滿文原檔

《滿文原檔》選讀譯注

太祖朝（三）

莊 吉 發譯注

滿 語 叢 刊

文史哲出版社印行

國家圖書館出版品預行編目資料

滿文原檔《滿文原檔》選讀譯注：太祖朝（三）/
莊吉發譯注. -- 初版. -- 臺北市：文史哲
出版社, 民 110.05
面 ：公分 --（滿語叢刊；42）
ISBN 978-986-314-551-6（平裝）

1.滿語 2.讀本

802.918 110005786

滿語叢刊 42

滿文原檔《滿文原檔》選讀譯注
太祖朝（三）

譯注者：莊吉發
出版者：文史哲出版社
http:// www.lapen.com.tw
e-mail:lapen@ms74.hinet.net
登記證字號：行政院新聞局版臺業字五三三七號
發行人：彭正雄
發行所：文史哲出版社
印刷者：文史哲出版社
臺北市羅斯福路一段七十二巷四號
郵政劃撥帳號：一六一八〇一七五
電話886-2-23511028・傳真886-2-23965656

實價新臺幣七二〇元

二〇二一年（民一一〇）六月初版

ISBN 978-986-314-551-6 65142

滿文原檔

《滿文原檔》選讀譯注

太祖朝（三）

目　　次

《滿文原檔》選讀譯注導讀（節錄）……………………3
一、天助諸申……………………9
二、非非是是……………………33
三、致書朝鮮……………………45
四、進兵鐵嶺……………………63
五、朝鮮來書……………………73
六、交鄰之道……………………81
七、牛彔額真……………………95
八、進兵開原……………………107
九、蒙古叛降……………………129
十、嚴禁藏匿……………………139

十　一、定居界藩 …… 155
十　二、致書蒙古 …… 177
十　三、信守法度 …… 187
十　四、善養降人 …… 211
十　五、生擒宰賽 …… 223
十　六、恃強殺戮 …… 257
十　七、執法治罪 …… 271
十　八、進兵葉赫 …… 289
十　九、用兵如神 …… 307
二　十、有恃無恐 …… 321
二十一、射鮑頭箭 …… 345
二十二、金杯賜酒 …… 365
二十三、不念舊惡 …… 383
二十四、諸申語音 …… 397
二十五、以禮相見 …… 409
二十六、細說本末 …… 417
二十七、天鑒是非 …… 439
二十八、盟誓合謀 …… 455
二十九、人質交替 …… 479
三　十、致書修好 …… 491
附　錄
滿文原檔之一、之二、之三、之四 …… 496
滿文老檔之一、之二、之三、之四 …… 498

《滿文原檔》選讀譯注
導　讀

內閣大庫檔案是近世以來所發現的重要史料之一，其中又以清太祖、清太宗兩朝的《滿文原檔》以及重抄本《滿文老檔》最為珍貴。明神宗萬曆二十七年（1599）二月，清太祖努爾哈齊為了文移往來及記注政事的需要，即命巴克什額爾德尼等人以老蒙文字母為基礎，拼寫女真語音，創造了拼音系統的無圈點老滿文。清太宗天聰六年（1632）三月，巴克什達海奉命將無圈點老滿文在字旁加置圈點，形成了加圈點新滿文。清朝入關後，這些檔案由盛京移存北京內閣大庫。乾隆六年（1741），清高宗鑒於內閣大庫所貯無圈點檔冊，所載字畫，與乾隆年間通行的新滿文不相同，諭令大學士鄂爾泰等人按照通行的新滿文，編纂《無圈點字書》，書首附有鄂爾泰等人奏摺[1]。因無圈點檔年久嬙舊，所以鄂爾泰等人奏請逐頁托裱裝訂。鄂爾泰等人遵旨編纂的無圈點十二字頭，就是所謂的《無圈點字書》，但以字頭釐正字蹟，未免逐卷翻閱，且無圈點老檔僅止一分，日久或致擦損，乾隆四十年（1775）二

1 張玉全撰，〈述滿文老檔〉，《文獻論叢》（臺北，臺聯國風出版社，民國五十六年十月），論述二，頁 207。

月，軍機大臣奏准依照通行新滿文另行音出一分，同原本貯藏[2]。乾隆四十三年（1778）十月，完成繕寫的工作，貯藏於北京大內，即所謂內閣大庫藏本《滿文老檔》。乾隆四十五年（1780），又按無圈點老滿文及加圈點新滿文各抄一分，齎送盛京崇謨閣貯藏[3]。自從乾隆年間整理無圈點老檔，托裱裝訂，重抄貯藏後，《滿文原檔》便始終貯藏於內閣大庫。

近世以來首先發現的是盛京崇謨閣藏本，清德宗光緒三十一年（1905），日本學者內藤虎次郎訪問瀋陽時，見到崇謨閣貯藏的無圈點老檔和加圈點老檔重抄本。宣統三年（1911），內藤虎次郎用曬藍的方法，將崇謨閣老檔複印一套，稱這批檔冊為《滿文老檔》。民國七年（1918），金梁節譯崇謨閣老檔部分史事，刊印《滿洲老檔祕錄》，簡稱《滿洲祕檔》。民國二十年（1931）三月以後，北平故宮博物院文獻館整理內閣大庫，先後發現老檔三十七冊，原按千字文編號。民國二十四年（1935），又發現三冊，均未裝裱，當為乾隆年間托裱時所未見者。文獻館前後所發現的四十冊老檔，於文物南遷時，俱疏遷於後方，臺北國立故宮博物院現藏者，即此四十冊老檔。昭和三十三年（1958）、三十八年（1963），日本東洋文庫譯注出版清太祖、太宗兩朝老檔，題為《滿文老檔》，共七冊。民國五十八年（1969），國立故宮博物院影印出版老檔，精裝十冊，題為《舊滿洲檔》。民國五十九年（1970）三月，廣祿、

2 《清高宗純皇帝實錄》，卷 976，頁 28。乾隆四十年二月庚寅，據軍機大臣奏。

3 《軍機處檔・月摺包》（臺北，國立故宮博物院），第 2705 箱，118 包，26512 號，乾隆四十五年二月初十日，福康安奏摺錄副。

李學智譯注出版老檔，題為《清太祖老滿文原檔》。昭和四十七年（1972），東洋文庫清史研究室譯注出版天聰九年分原檔，題為《舊滿洲檔》，共二冊。一九七四年至一九七七年間，遼寧大學歷史系李林教授利用一九五九年中央民族大學王鍾翰教授羅馬字母轉寫的崇謨閣藏本《加圈點老檔》，參考金梁漢譯本、日譯本《滿文老檔》，繙譯太祖朝部分，冠以《重譯滿文老檔》，分訂三冊，由遼寧大學歷史系相繼刊印。一九七九年十二月，遼寧大學歷史系李林教授據日譯本《舊滿洲檔》天聰九年分二冊，譯出漢文，題為《滿文舊檔》。關嘉祿、佟永功、關照宏三位先生根據東洋文庫刊印天聰九年分《舊滿洲檔》的羅馬字母轉寫譯漢，於一九八七年由天津古籍出版社出版，題為《天聰九年檔》。一九八八年十月，中央民族大學季永海教授譯注出版崇德三年（1638）分老檔，題為《崇德三年檔》。一九九〇年三月，北京中華書局出版老檔譯漢本，題為《滿文老檔》，共二冊。民國九十五年（2006）一月，國立故宮博物院為彌補《舊滿洲檔》製作出版過程中出現的失真問題，重新出版原檔，分訂十巨冊，印刷精緻，裝幀典雅，為凸顯檔冊的原始性，反映初創滿文字體的特色，並避免與《滿文老檔》重抄本的混淆，正名為《滿文原檔》。

二〇〇九年十二月，北京中國第一歷史檔案館整理編譯《內閣藏本滿文老檔》，由瀋陽遼寧民族出版社出版。吳元豐先生於「前言」中指出，此次編譯出版的版本，是選用北京中國第一歷史檔案館保存的乾隆年間重抄並藏於內閣的《加圈點檔》，共計二十六函一八〇冊。採用滿文原文、羅馬字母轉寫及漢文譯文合集的編輯體例，在保持原分編函冊的特點和聯繫的前提下，按一定厚度重新分冊，以滿文原文、羅馬字母轉寫、漢文譯文為序排列，合編成二十冊，其中第一冊至第十六冊為滿文原文、第十七冊至十八冊為羅馬字母轉寫，第十九冊至二十冊為漢文譯文。為了存真起見，滿文原文部分逐頁掃描，仿真製版，按原本顏色，以紅黃黑三色套印，也最大限度保持原版特徵。據統計，內閣所藏《加圈點老檔》簽注共有 410 條，其中太祖朝 236 條，太宗朝 174 條，俱逐條繙譯出版。為體現選用版本的庋藏處所，即內閣大庫；為考慮選用漢文譯文先前出版所取之名，即《滿文老檔》；為考慮到清代公文檔案中比較專門使用之名，即老檔；為體現書寫之文字，即滿文，最終取漢文名為《內閣藏本滿文老檔》，滿文名為“dorgi yamun asaraha manju hergen i fe dangse”。《內閣藏本滿文老檔》雖非最原始的檔案，但與清代官修史籍相比，也屬第一手資料，具有十分珍貴的歷史研究價值。同時，《內閣藏本滿文老檔》作為乾隆年間《滿文老檔》諸多抄本內首部內府精寫本，而且有其他抄本沒有的簽注。《內閣藏本滿文老檔》首次以滿文、羅馬字母轉寫和漢文譯文合集方式出版，確實對清朝開國史、民族史、東北地方史、滿學、八旗制度、滿文古籍版本等領域的研究，提供比較原始的、系統的、基礎的第一手資料，其次也有助於準確解讀用老滿文書寫《滿文老檔》原本，以及深入系統地研究滿文的創制與改革、滿語的發展變化[4]。

臺北國立故宮博物院重新出版的《滿文原檔》是《內閣藏本

4　《內閣藏本滿文老檔》（瀋陽，遼寧民族出版社，2009 年 12 月），第一冊，前言，頁 10。

滿文老檔》的原本，海峽兩岸將原本及其抄本整理出版，確實是史學界的盛事，《滿文原檔》與《內閣藏本滿文老檔》是同源史料，有其共同性，亦有其差異性，都是探討清朝前史的珍貴史料。為詮釋《滿文原檔》文字，可將《滿文原檔》與《內閣藏本滿文老檔》全文併列，無圈點滿文與加圈點滿文合璧整理出版，對辨識費解舊體滿文，頗有裨益，也是推動滿學研究不可忽視的基礎工作。

以上節錄：滿文原檔：《滿文原檔》選讀譯注導讀 — 太祖朝（一）全文 3-38 頁。

一、天助諸申

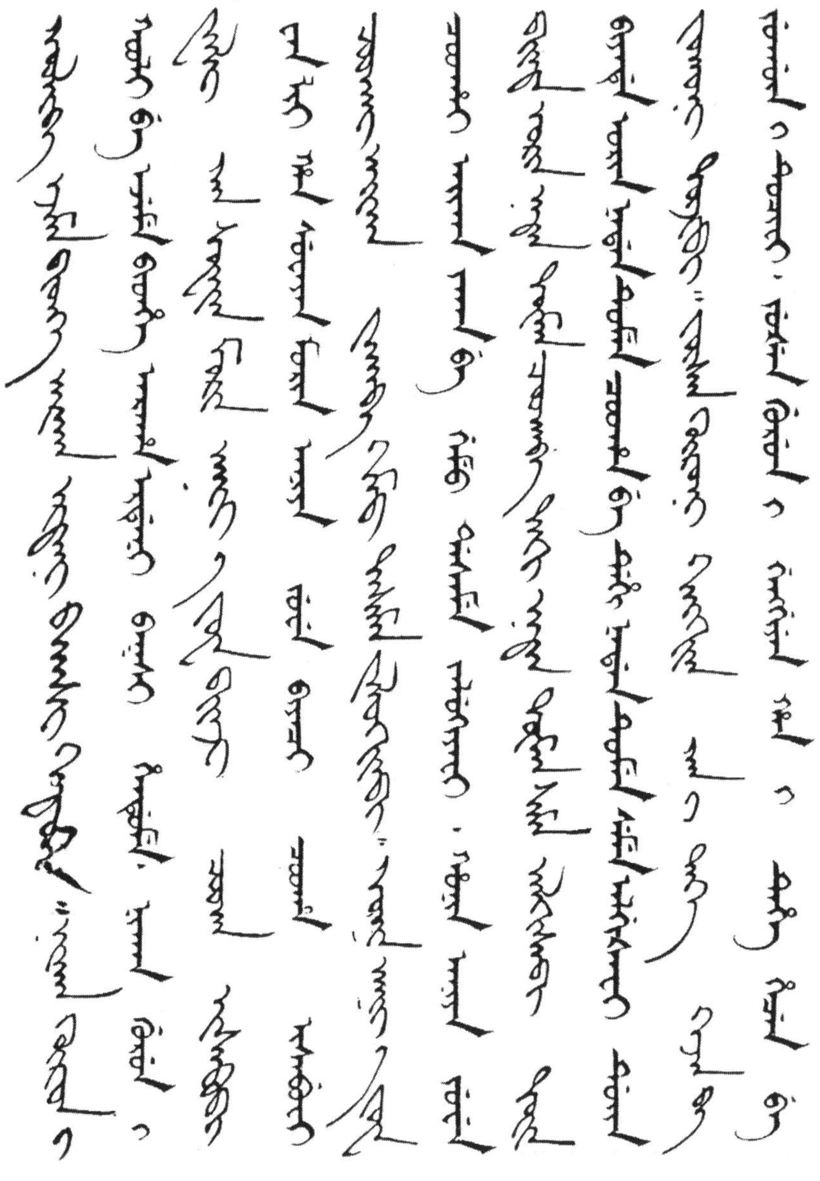

koolibe ejeme bithe araha erdeni baksi hendume, nikan gurun i wanli han suwayan morin aniya juwe biyaci cooha isabufi coohai aika jakabe gemu dasame jalukiyafi, honin aniya juwe biyade orin nadan tumen coohabe, dehi nadan tumen seme algišafi, duin jugūni tucifi, jušen guruni genggiyen han i tehe hecen be

---

將法典紀錄成書之額爾德尼巴克什曰：「明國萬曆帝，自戊午年[5]二月起聚集兵丁，一應兵械皆充足整修。於未年二月，以二十七萬兵，號稱四十七萬，分四路出兵，要破諸申[6]國英明汗所居之城，

将法典纪录成书之额尔德尼巴克什曰：「明国万历帝，自戊午年二月起聚集兵丁，一应兵械皆充足整修。于及未年二月，以二十七万兵，号称四十七万，分四路出兵，要破诸申国英明汗所居之城，

---

5 戊午年，句中「年」，《滿文原檔》讀作"aniy-a"，《滿文老檔》讀作"aniya"。按老蒙文書寫規則，凡字尾音節為 na,ne,qa,ɣa,ma,me,la,le,ya,ye,ra,re,wa 時，則作「分寫左撇」（蒙文稱作"čačulɣ-a"）。此無圈點滿文"aniy-a"，尾音節的「分寫左撇」過渡至"aniya" 字尾「右撇」（蒙文稱作"orkiča）之現象。

6 諸申，《滿文原檔》寫作"jüsen"，《滿文老檔》讀作"jušen"。《華夷譯語．女真譯語．人物門》:「女直，（讀音）朱先」（德國柏林國立圖書館藏本），此諸申"jušen"，意即「女真」。按清太祖奴爾哈齊以女真（諸申）族裔自居，太宗皇太極改稱滿洲，「諸申」始貶義作「滿洲奴僕」。

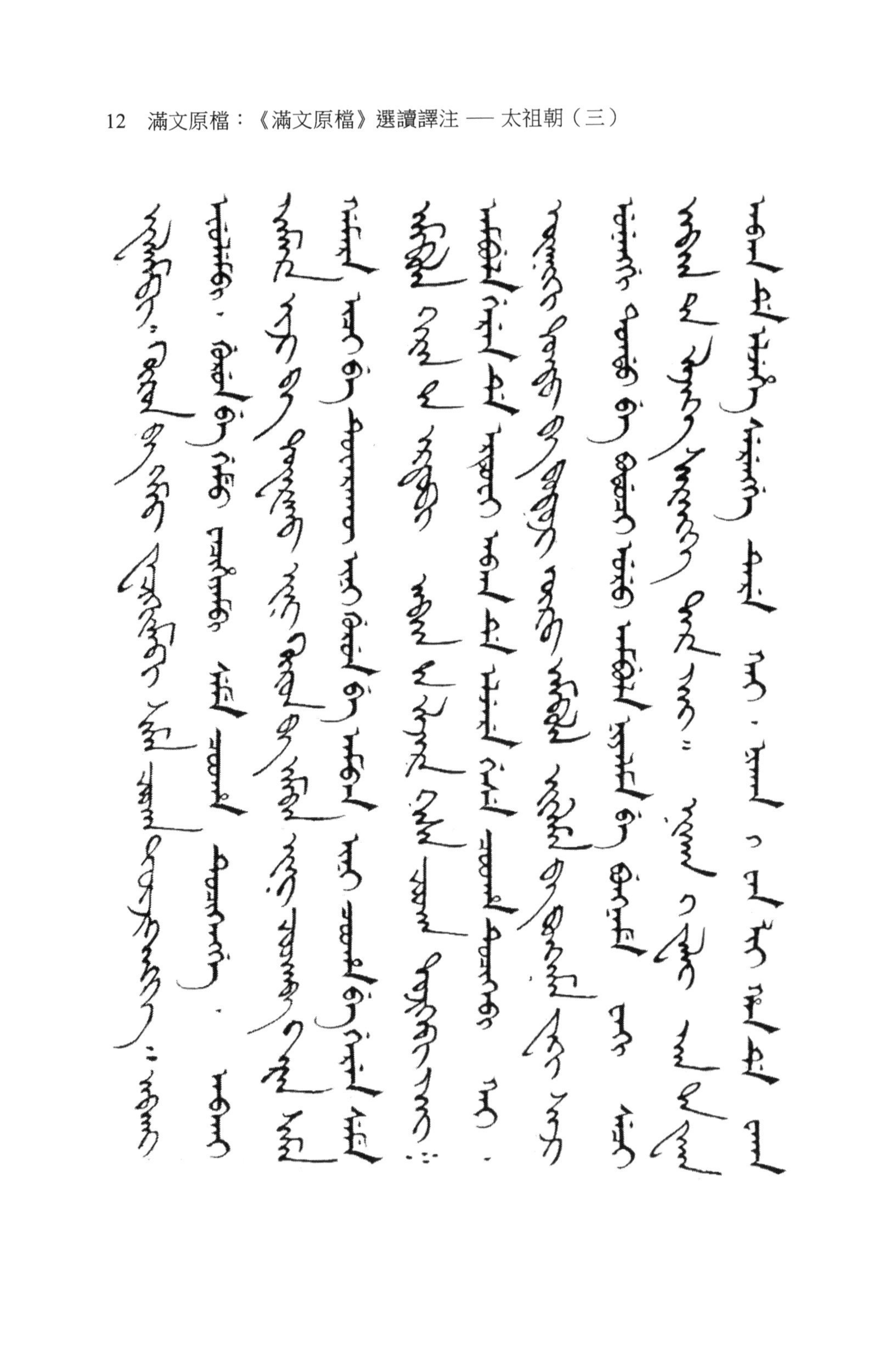

efulembi, gurun be gemu wacihiyambi seme cooha tucikengge. abkai gamara ici be tuwarakū ini gurun be amban ini cooha be geren seme ambula geren de ertufi abka de eljere gese cooha tucikebi kai. unenggi tondo be bodoci uru ambula niyalma be bungname waki seci abka de eljehe serengge tere kai. nikan i wanli han de waka

---

要盡滅我國。不顧天意，自恃國大兵眾，似抗拒天意而出兵也。不顧忠誠，欲殺害賢良，所謂逆天者此也。明萬曆帝若無大過，

要尽灭我国。不顾天意，自恃国大兵众，似抗拒天意而出兵也。不顾忠诚，欲杀害贤良，所谓逆天者此也。明万历帝若无大过，

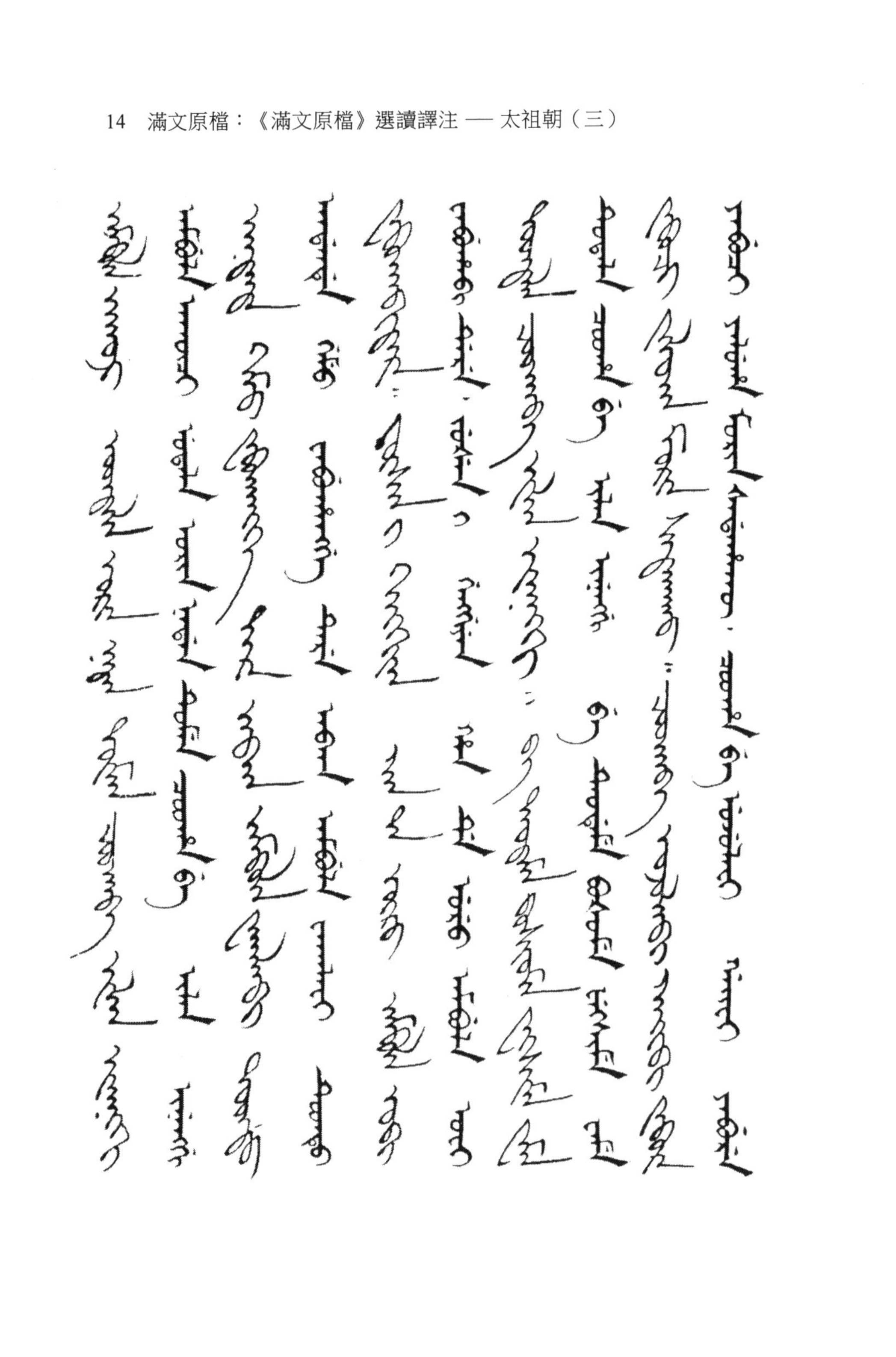

ambula akūci utala orin nadan tumen coohabe ilan inenggi andande gemu wabuhangge tere abka ambula wakalafi tuttu wabuhabi dere. jušen i genggiyen han de uru ambula ofi tutala coohabe ilan inenggi be teodeme bošome feksime wame yabuci yaluha morin šadahakū, coohabe ujulafi gaifi yabure

---

如許二十七萬兵何以在三日之內瞬間俱被殺，或因遭天譴責，故而被殺也。諸申之英明汗因所行皆是，故於三日之內其兵接連馳驅追殺，所乘之馬並未疲乏，為首領兵

如许二十七万兵何以在三日之内瞬间俱被杀，或因遭天谴责，故而被杀也。诸申之英明汗因所行皆是，故于三日之内其兵接连驰驱追杀，所乘之马并未疲乏，为首领兵

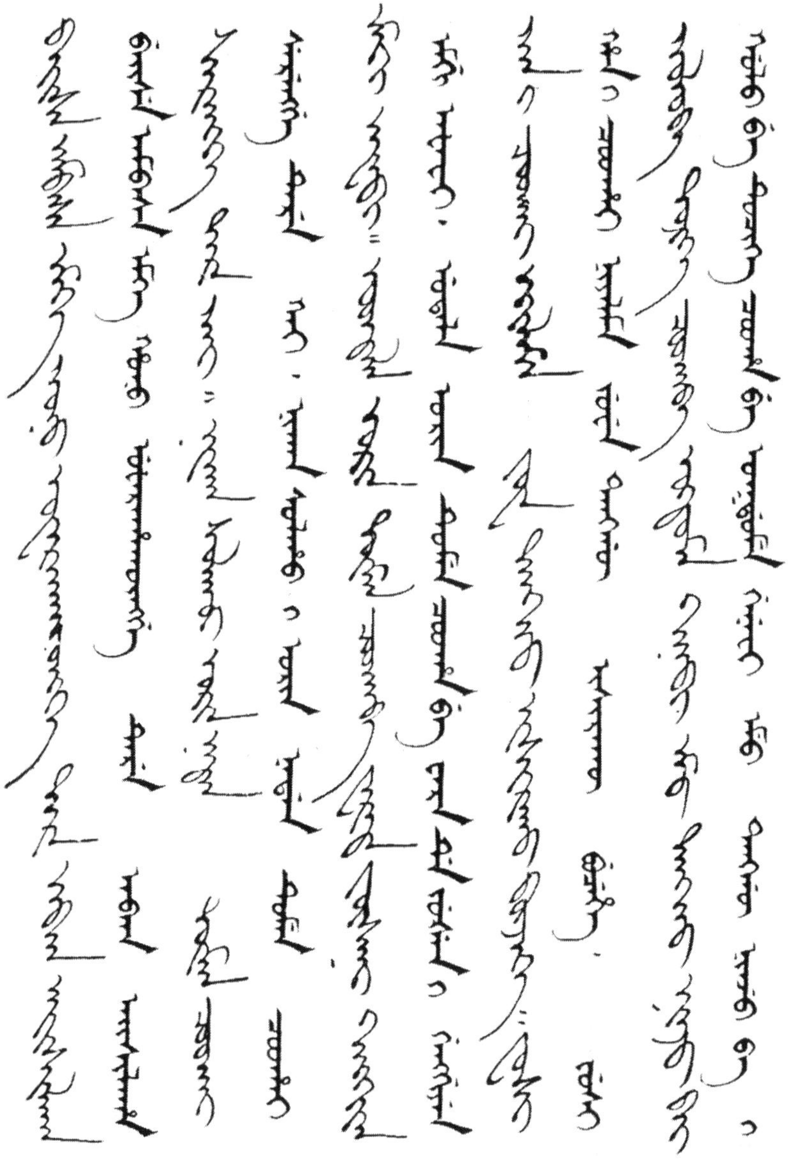

beise ambasa emke hono ufarahakūngge tere abka aisilaha serengge tere kai. nikan solho i orin nadan tumen cooohai emgi afafi, utala orin tumen coohabe warade jušeni genggiyan han i coohai niyalma juwe tanggū isirakū bucehe. fusi golobe tucike coohabe okdome genefi emu tanggū ninju bai

諸貝勒大臣一員亦未損失者，所謂天助者此也。與明、朝鮮二十七萬兵作戰，殺其如許[7]二十萬兵，諸申英明汗之軍士陣歿者不及二百人。前往迎擊[8]由撫順路出來之兵，行至一百六十里處，

诸贝勒大臣一员亦未损失者，所谓天助者此也。与明、朝鲜二十七万兵作战，杀其如许二十万兵，诸申英明汗之军士阵殁者不及二百人。前往迎击由抚顺路出来之兵，行至一百六十里处，

[7] 如許，《滿文原檔》寫作"ottala"，《滿文老檔》讀作"utala"，意即「這些」。
[8] 迎擊，句中「迎」，《滿文原檔》寫作"oktome"（陰性 k），《滿文老檔》讀作"okdome"（陽性 k）。按此為無圈點滿文首音節字尾 k 陰性（舌根音）與陽性（小舌音）、"to" 與"do"、"ma"與"me"之混用現象。

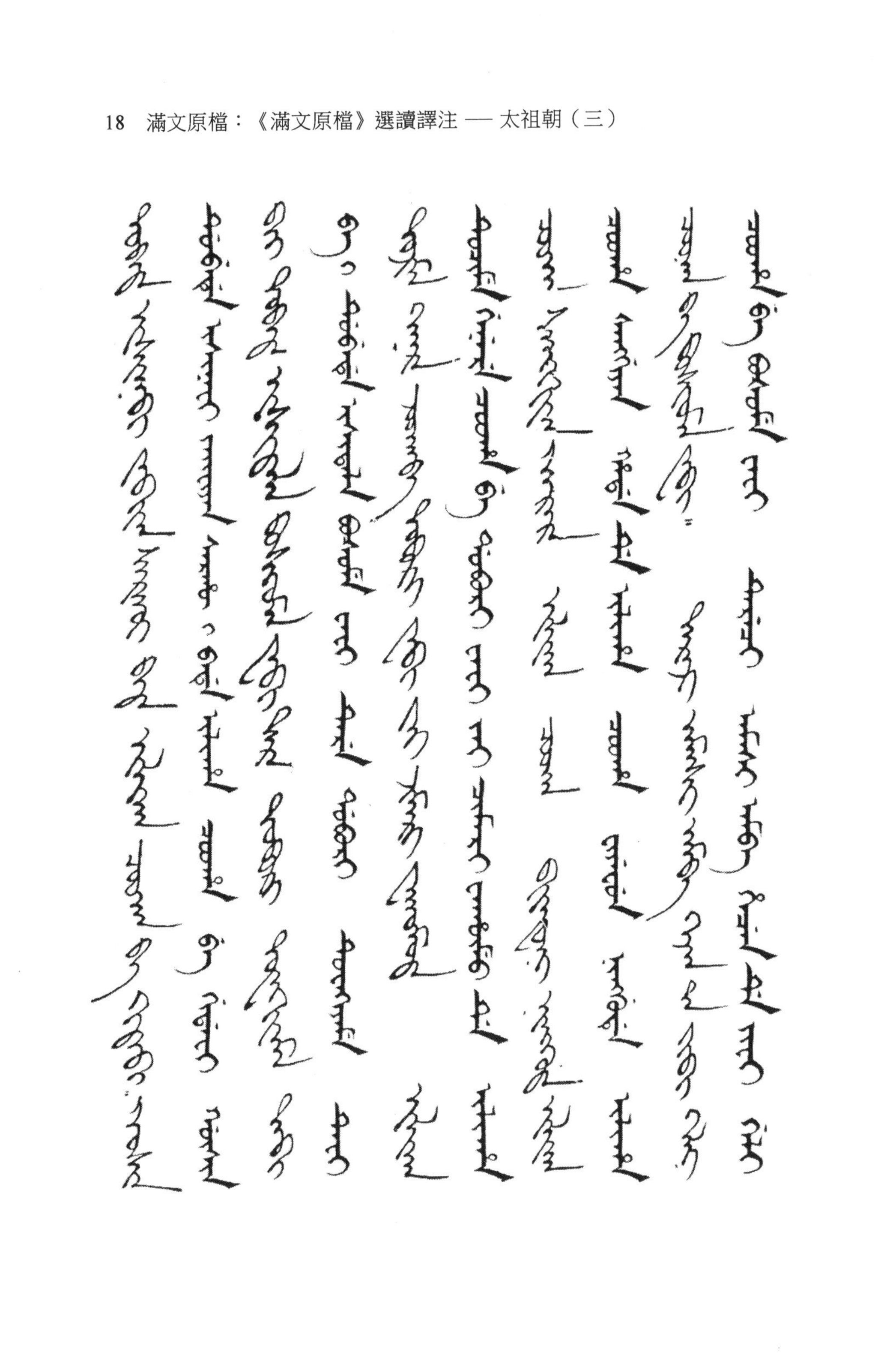

dubede isinafi jaifiyan sarhūi bade iliha cooha be gidafi, gūsin bai dubede isitala bošome wafi tere dobori tuwakiyame tefi tucime genere coohabe dobori wafi jai cimari wahūmude iliha cooha šanggiyan hada de iliha cooha fiyefuni ninggude iliha cooha be bošome wafi, tereci amasi amba hecen de jifi geli

---

擊敗立營於界藩[9]、薩爾滸地方之兵，追殺至三十里處，當夜駐守，乘夜勦殺逃出之兵。次日，追殺立營於斡瑚穆[10]之兵，立營於尚間崖[11]之兵、立營於斐芬山[12]巔之兵，由此返回大城。

击败立营于界藩、萨尔浒地方之兵，追杀至三十里处，当夜驻守，乘夜剿杀逃出之兵。次日，追杀立营于斡瑚穆之兵，立营于尚间崖之兵、立营于斐芬山巅之兵，由此返回大城。

---

[9] 界藩，《滿文原檔》寫作 “jabijan”，《滿文老檔》讀作 “jaifiyan”。 按此為無圈點滿文 “bi” 與 “fi”、 “ja”與 “ya”之混用現象。

[10] 斡瑚穆，《滿文原檔》寫作 “wakomo”，《滿文老檔》讀作 “wahūmu”，係 “wahūn” 與 “omo”的縮寫詞，意即「臭湖」。按此為無圈點滿文 “ko” 與 “hū”、 “mo”與 “mu”之混用現象。

[11] 尚間崖，句中「尚間」，《滿文原檔》讀作“sangkijan”，《滿文老檔》讀作 “šanggiyan” ，意即「白、煙塵」。按此為無圈點滿文 “sa” 與 “ša”、 “ ki” 與 “gi”、 “ja” 與 “ya”之混用現象。

[12] 斐芬山，句中「斐芬」，《滿文原檔》寫作 bijafon”，《滿文老檔》讀作“fiyefun”。按此為無圈點滿文 “bi”與 “fi”、 “ja”與 “ye”、 “fo”與 “fu”之混用現象。

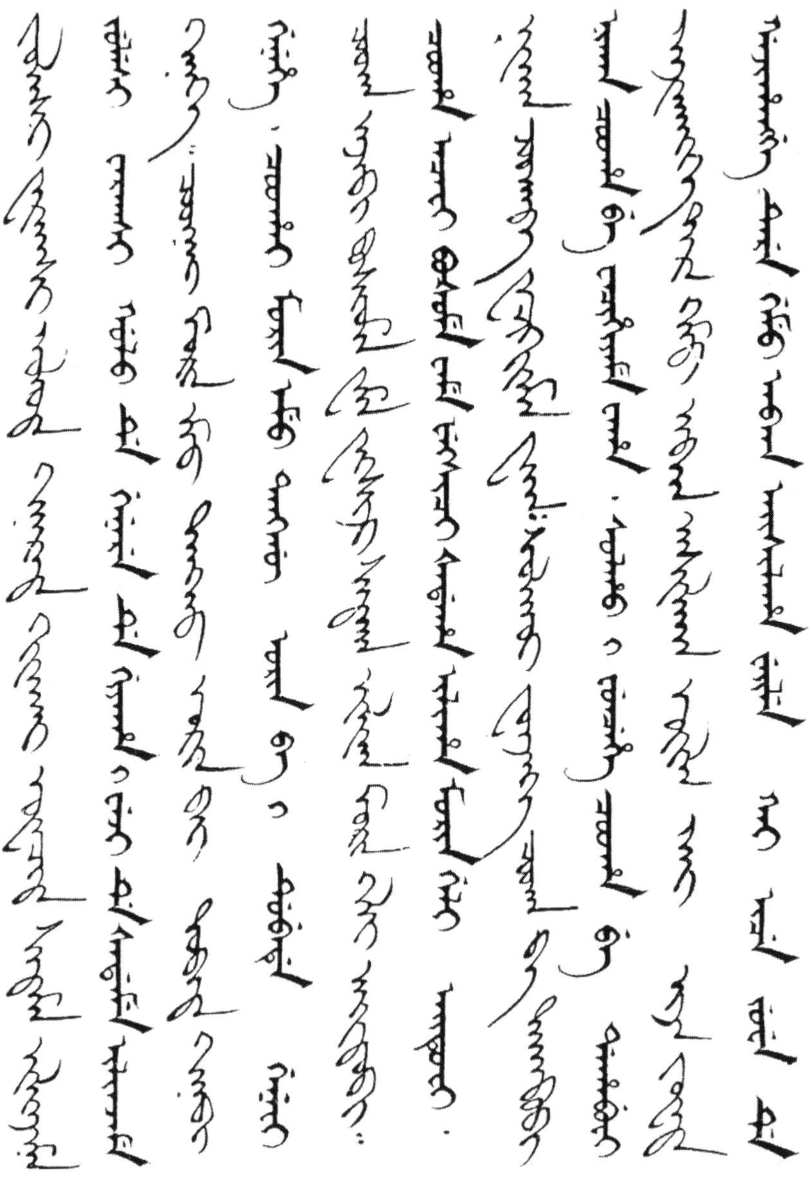

julesi warkasi golode generede giyahai wejide šadame ilinjame genehe. coohai morin emu tanggū orin bai dubede genefi cooha acafi bošome wame feksici šadaha iliha morin geli aitufi nikan coohabe wacihiyame waha, solhoi funcehe cooha be dahabufi gajihangge tere gemu abka aisilaha weile kai. ice juwe de

---

又南出瓦爾喀什路，至加哈林因兵馬疲乏停下緩行，前往一百二十里處後，會師縱馬追殺，疲乏馬匹又已復原，遂盡殲明兵，招降朝鮮殘餘之兵携歸，此皆天助者也。初二日

又南出瓦尔喀什路，至加哈林因兵马疲乏停下缓行，前往一百二十里处后，会师纵马追杀，疲乏马匹又已复原，遂尽歼明兵，招降朝鲜残余之兵携归，此皆天助者也。初二日

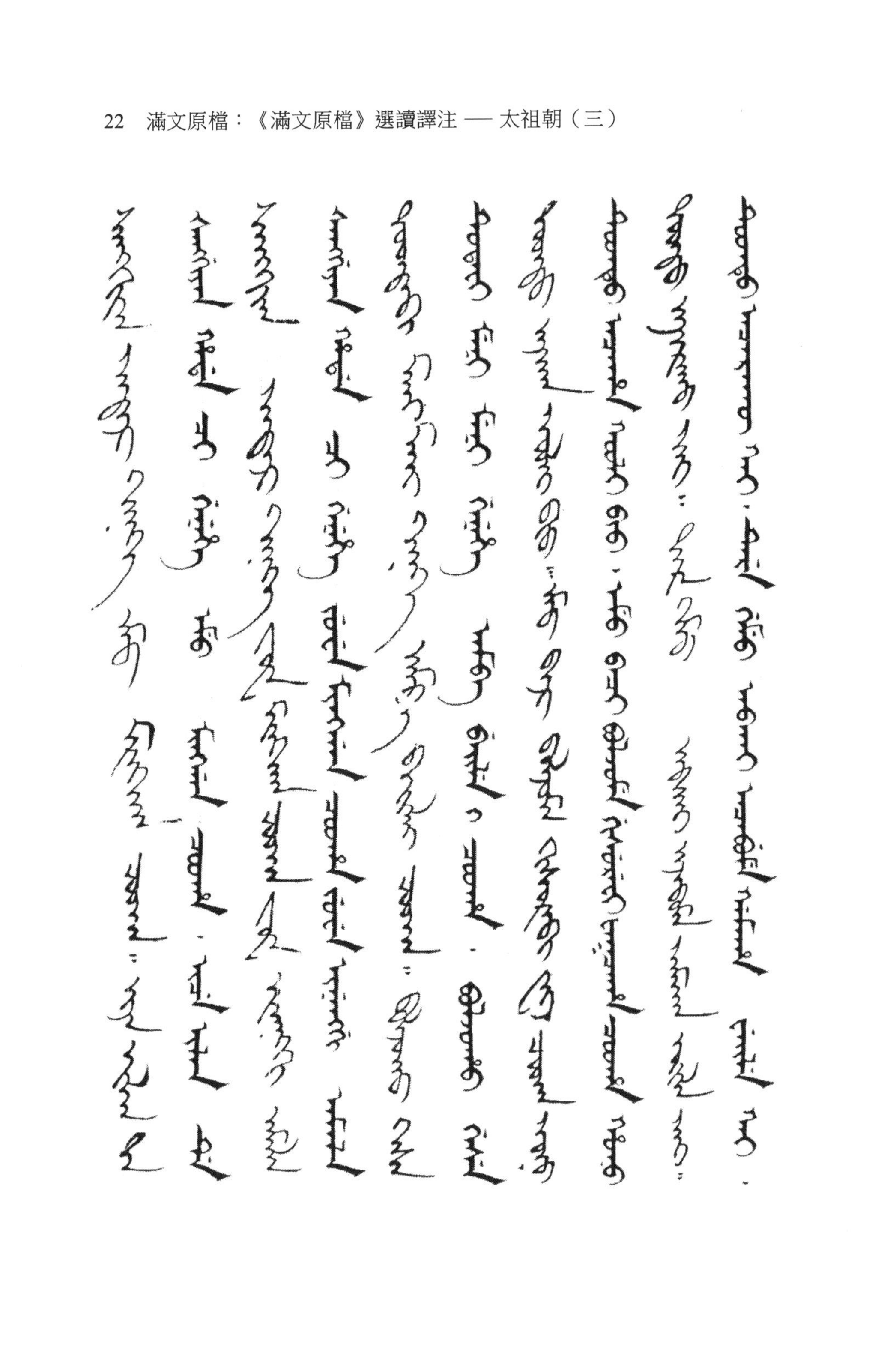

šanggiyan hadaci genehe emu minggan cooha, ice ilan de šanggiyan hadaci genehe juwe minggan cooha juwe inenggi amala tutafi meni meni genehe amba beilei cooha, boljoho gese tuttu acaha kooli bio. emu baci boljome gisurefi fakcaha cooha hono tuttu acarakū kai, tere gemu abkai acabume gamaha weile kai.

自尚間崖前去之一千兵，於初三日自尚間崖前去之二千兵，與二日後落後[13]各自分別前去之大貝勒之兵，猶如有約定地相遇會合，有如此巧合之例乎？即便自同一處約定後分別前去之兵，尚且不能如此巧合會師也，此皆天意使之會合者也。

自尚间崖前去之一千兵，于初三日自尚间崖前去之二千兵，与二日后落后各自分别前去之大贝勒之兵，犹如有约定地相遇会合，有如此巧合之例乎？即便自同一处约定后分别前去之兵，尚且不能如此巧合会师也，此皆天意使之会合者也。

---

13 落後，《滿文原檔》寫作 “tottabi”，《滿文老檔》讀作 “tutafi”。按此為無圈點滿文 “to” 與 “tu”、“ bi”與 “fi”之混用現象。

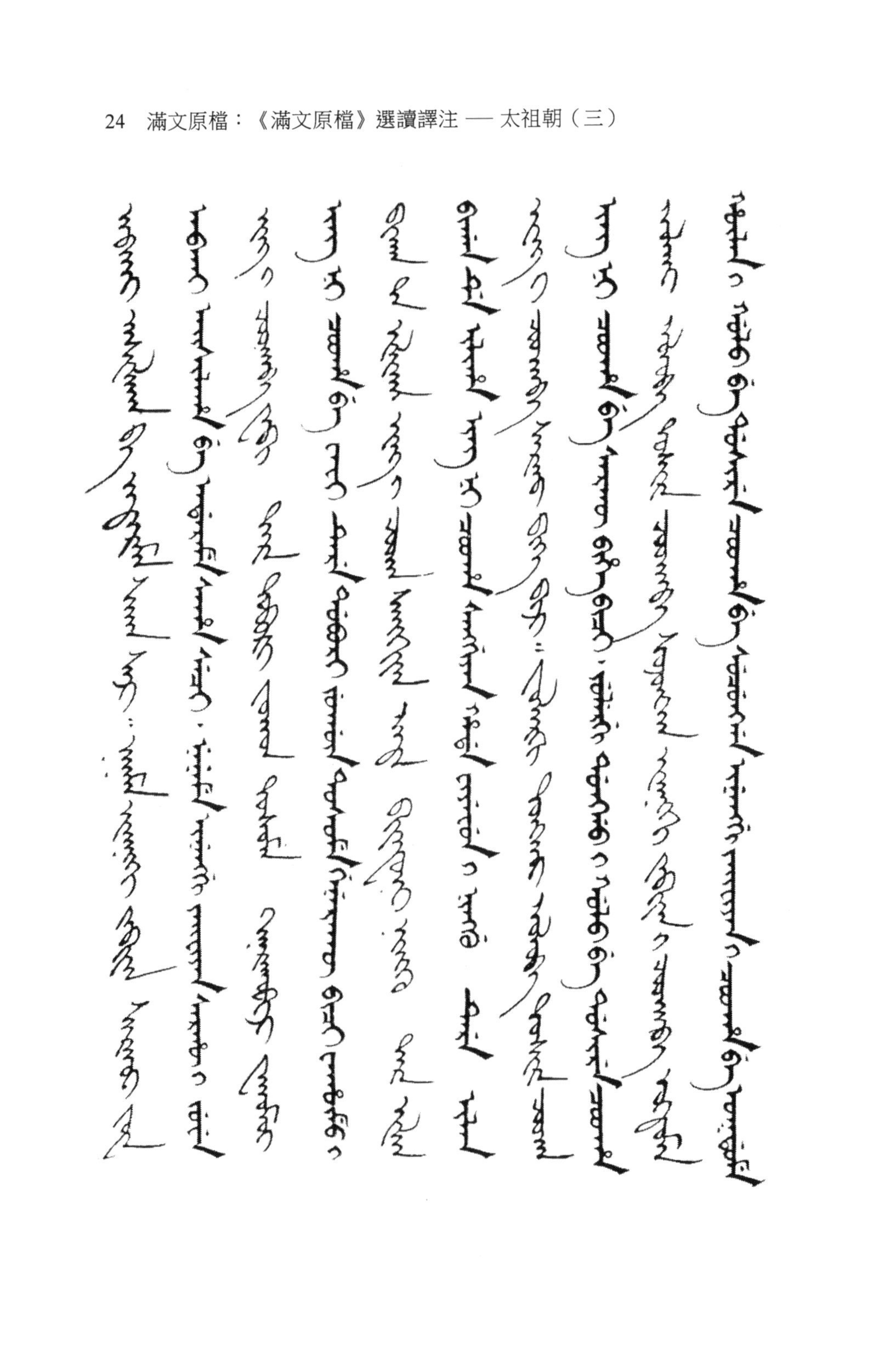

[illegible]

abkai aisilaha be adarame saha seci, neneme inenggi jaifiyan sarhūi juwe ing i coohabe wafi tere dobori jugūn tosome generakūbici, wahūmui bigan de iliha ing i cooha, šanggiyan hada fiyefuni ninggu tere ilan ing i cooha be sarkū bihe bici, julergi donggoi golobe dosire cooha hūlani golobe dosire coohabe sucungga inenggi jaifiyan i coohabe okdome

---

何以得知天助耶？首日斬殺界藩、薩爾滸二營之兵，倘不於當夜前往堵截其路，便不知宮瑚穆之野立營之兵，尚間崖、斐芬山巔此三營之兵。首日往迎界藩之兵時，若先已聞知進入南董鄂路之兵，進入虎攔路之兵，

何以得知天助耶？首日斩杀界藩、萨尔浒二营之兵，倘不于当夜前往堵截其路，便不知宫瑚穆之野立营之兵，尚间崖、斐芬山巅此三营之兵。首日往迎界藩之兵时，若先已闻知进入南董鄂路之兵，进入虎拦路之兵，

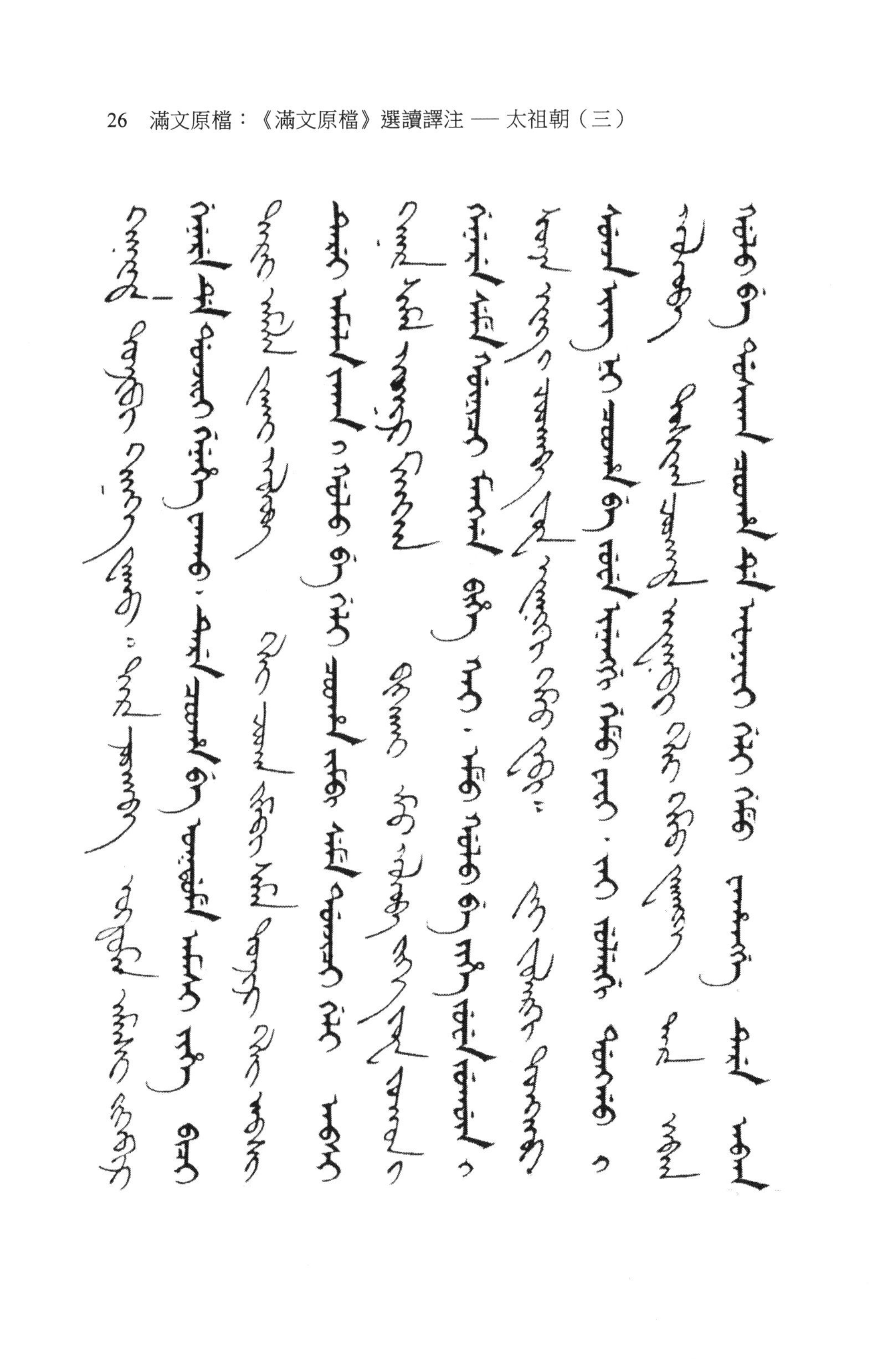

generede donjifi genehe wakao. tere coohabe okdome amasi jihebici terei amala jakai golobe geli cooha jimbi seme donjici geli absi genere seme gūnici mangga bihekai. emu golobe jihe juwe jugūn i sunja ing i coohabe, juwe inenggi gemu wafi, jai julergi donggoi golobe dosika coohade afanafi geli gemu wahangge tere abka

---

豈能不往迎其兵？若班師後，又聞其兵由扎喀路而來時，又欲往何處？則甚難也。將一路前來之二道五營之兵，於二日內皆斬殺之。再攻打進入南董鄂路之兵後又皆殲之者，

岂能不往迎其兵？若班师后，又闻其兵由扎喀路而来时，又欲往何处？则甚难也。将一路前来之二道五营之兵，于二日内皆斩杀之。再攻打进入南董鄂路之兵后又皆歼之者，

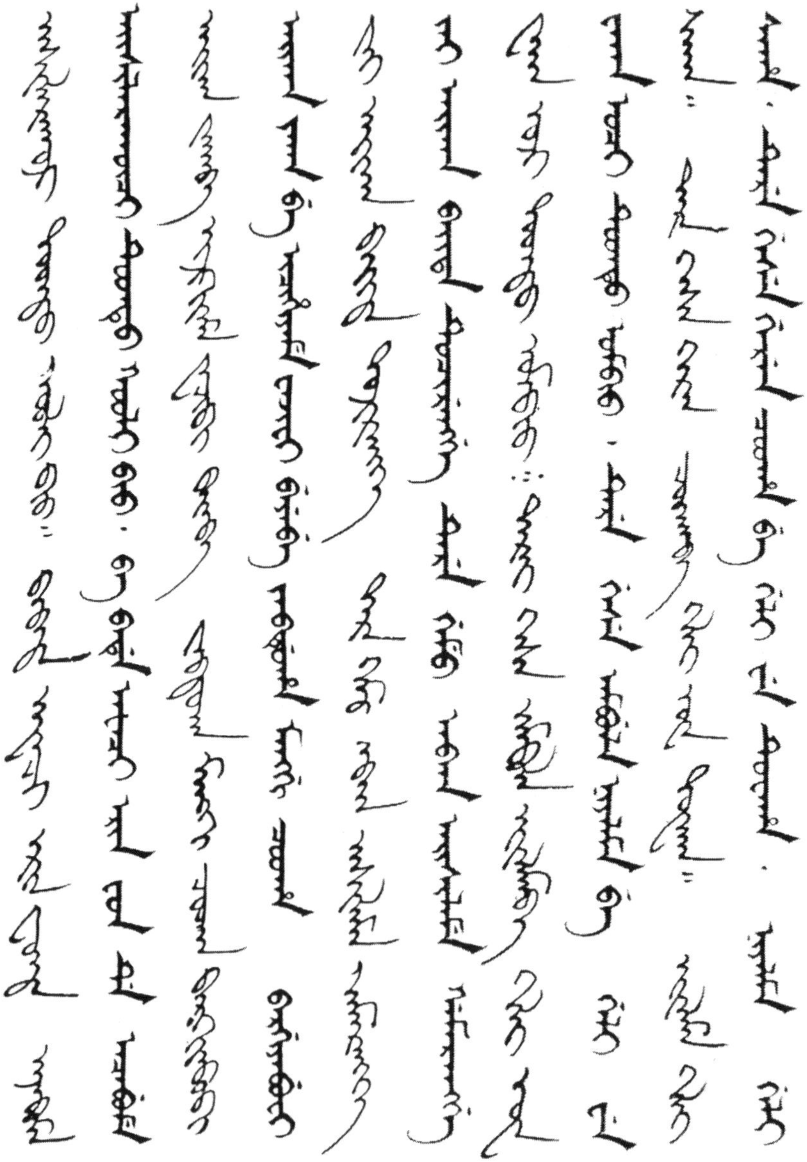

aisilarakūci tuttu kooli bio. babade afaci erin fonde acabume aika jakabe icihiyame wajifi beyebe jabduha manggi cooha bargiyabufi jai aika baita tucirengge, tere gemu abka aisilame gamarangge waka oci tuttu ombio. terei gese ambula niyalmabe geli we saha, tere gese geren coohabe geli we tuwaha, niyalma geli

---

若非天助，能有此例耶？處處轉戰，合乎機宜。一應物件處理完善，身有餘暇，收兵班師後，方有事情，此皆天助，若非天助，能如此耶？如此衆多之人，又有誰[14]得知？似此衆多兵丁，又有誰曾目睹？

若非天助，能有此例耶？处处转战，合乎机宜。一应对象处理完善，身有余暇，收兵班师后，方有事情，此皆天助，若非天助，能如此耶？如此众多之人，又有谁得知？似此众多兵丁，又有谁曾目睹？

---

[14] 誰，《滿文原檔》寫作“owa（uwe）”，《滿文老檔》讀作“we”。此即無圈點滿文“owa（uwe）”與“we”之混用現象。

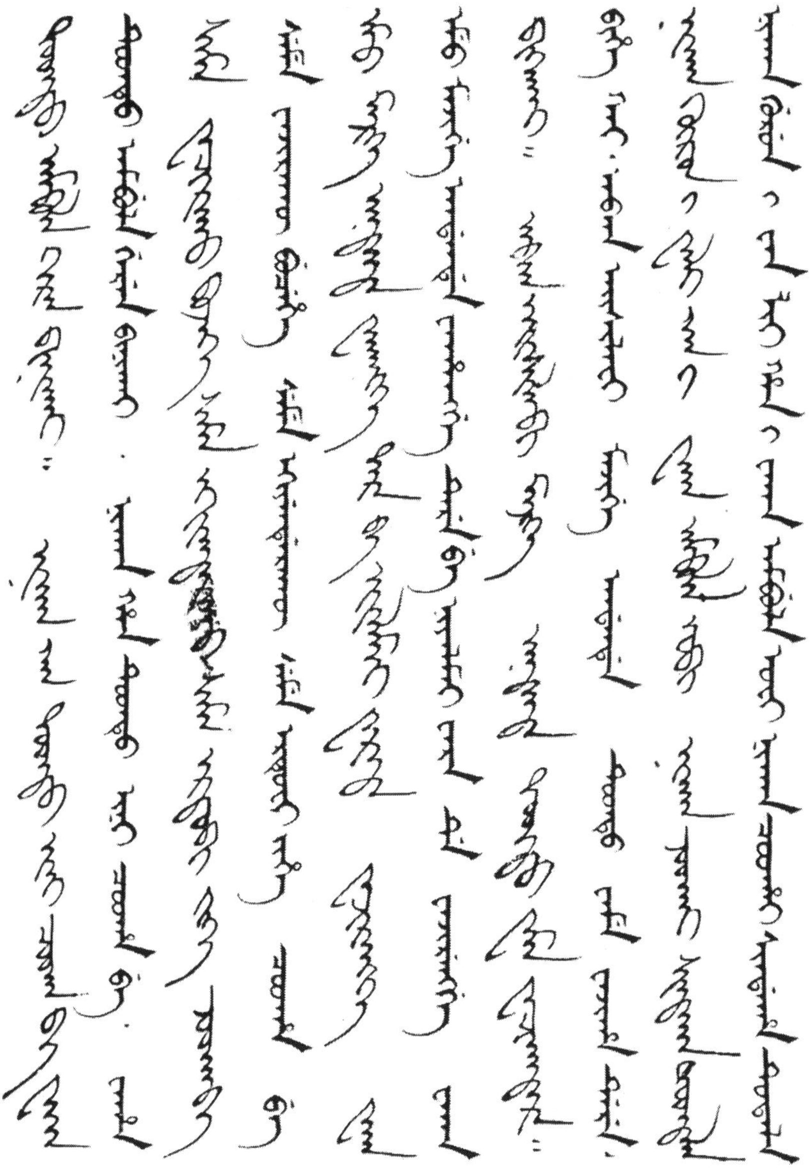

tuttu ambula geren binikai, nikan han tuttu ini cooha be waha seme wajirakū bucehe seme ekiyenderakū seme ertufi jihe cooha be emu majige andande wahangge tere be niyalmai warade wajirengge waka bihekai, abka aisilafi majige andande tuttu wame wajihadere, nikan gurun i wanli han i waka ambula ofi nikan coohai sindaha tutala

---

其人確如此衆多也。明帝倚恃其兵衆多，雖殺亦殺不完，雖死亦未減少。能將其來兵於一瞬間[15]殲之者，乃非人力所能殺而盡殲滅之也，想是天助而於瞬間如此盡殲滅之也。因明國之萬曆帝過失甚多，故明兵雖放如許

其人确如此众多也。明帝倚恃其兵众多，虽杀亦杀不完，虽死亦未减少。能将其来兵于一瞬间歼之者，乃非人力所能杀而尽歼灭之也，想是天助而于瞬间如此尽歼灭之也。因明国之万历帝过失甚多，故明兵虽放如许

---

15 瞬間，《滿文原檔》寫作"an̲tanta"，《滿文老檔》讀作"andande"。 按此為無圈點滿文字首音節尾輔音"n̲"（加點）與隱形"n"（不加點）、"ta"與"da"、"ta"與"de"之混用現象。

二、非非是是

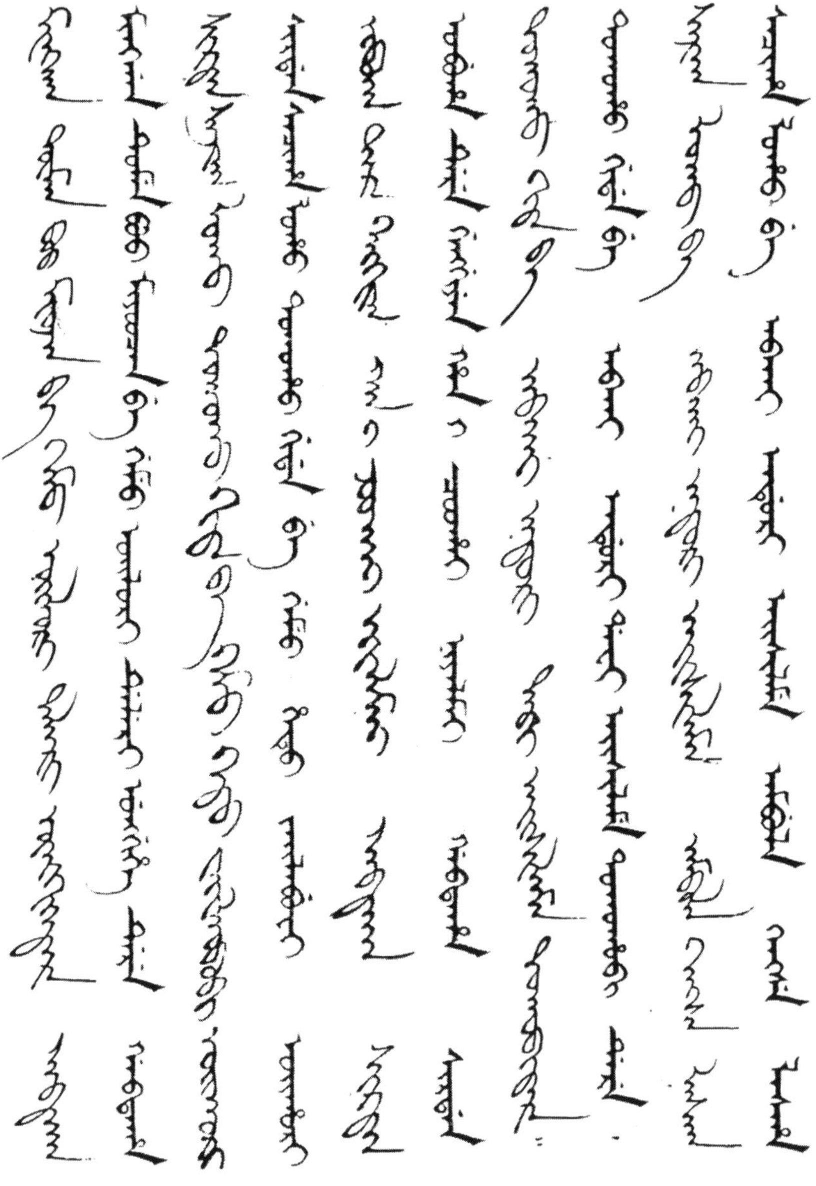

minggan tumen poo miocan be gemu oilori deleri unggihedere gabtaha sirdan saciha loho tokoho gida be gemu hetu jailabufi oihori obuha dere. genggiyen han i coohai niyalmai gabtaha sirdan tokoho gida be, abkai enduri dafi aisilame tokohobidere, saciha loho be abkai enduri aisilame ambula kengse lasha

---

千萬鎗礮[16]，皆輕率派出，所射之箭，所砍之刀，所刺之槍[17]，皆迴避旁落。英明汗軍士所射之箭，所刺之槍，皆因天神援助而刺之，所砍之刀，多蒙天神相助，快速砍斷。

千万鎗炮，皆轻率派出，所射之箭，所砍之刀，所刺之枪，皆回避旁落。英明汗军士所射之箭，所刺之枪，皆因天神援助而刺之，所砍之刀，多蒙天神相助，快速砍断。

---

[16] 鎗礮，句中「鎗」，《滿文原檔》寫作"miojan"，《滿文老檔》讀作"miyoocan"。按此為無圈點滿文"ja"與"ca"之混用現象。又，《清文總彙》"miyoocan"條，釋作「鳥槍」，其造字過程疑為 niyoociyang>miyoociyang> miyoocan。

[17] 所刺之槍，句中「槍」，《滿文原檔》寫作"kita"，《滿文老檔》讀作"gida"。按滿文"gida"與蒙文"ǰida"為同源詞，係"gi"與"ǰi"的音轉，意指「桿端有尖刃的長柄武器」。

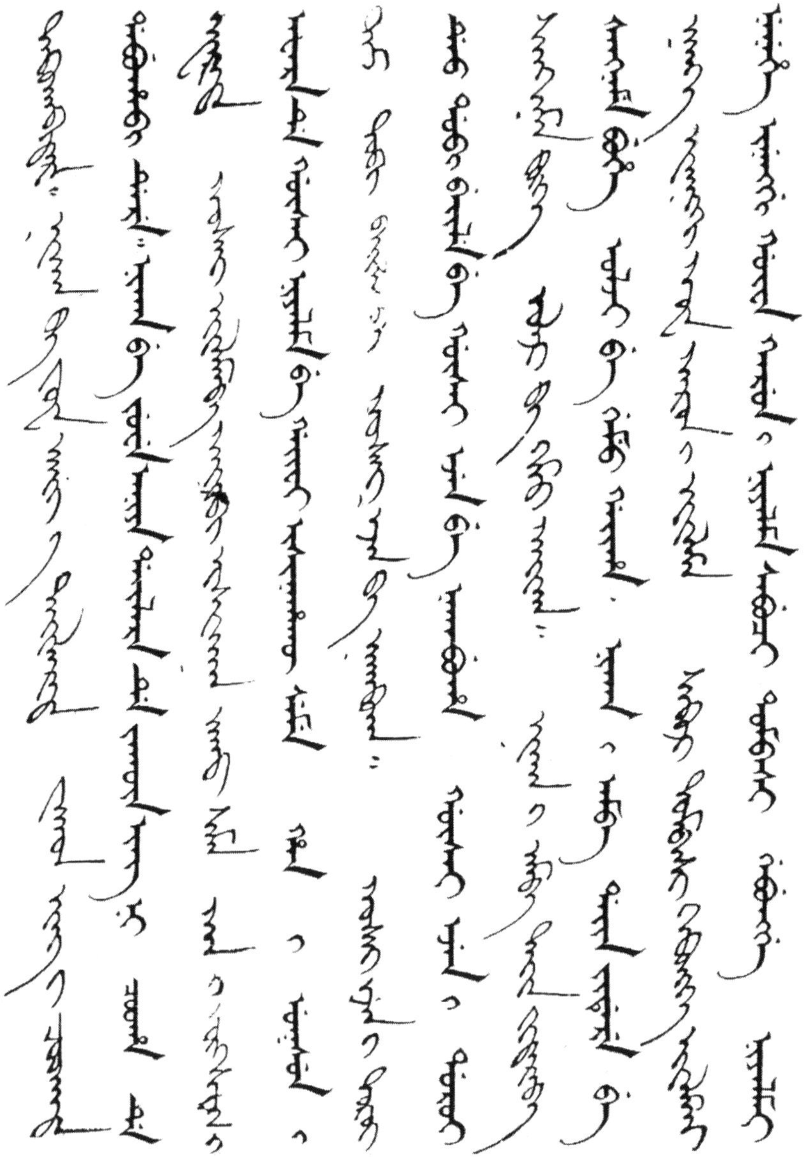

dabuhabidere. nikan be juwe aniya dailarade jakūn ing i coohade afarade gūsai niyalmabe gaifi isinaha akū seme, han i uksun i deo dobi beile be gūsai ejen be nakabuha. gūsai ejen i doroi šangname buhe olji be gemu gaiha. nikan i amba dain jiderebe nenehe inenggi gūwa karun i niyalma sabuci tombasi gebungge niyalmai

---

征明二年，攻打明八營之兵時，汗族弟多弼貝勒因未率旗人前來，故革其固山額真之職，將其以固山額真之禮所賜俘虜俱皆取回。明之大兵來犯，於前一日為別哨探[18]所見，名叫托木巴什

征明二年，攻打明八营之兵时，汗族弟多弼贝勒因未率旗人前来，故革其固山额真之职，将其以固山额真之礼所赐俘虏俱皆取回。明之大兵来犯，于前一日为别哨探所见，名叫托木巴什

---

18 哨探，《滿文原檔》、《滿文老檔》俱讀作“karun i niyalma”，句中“karun”，漢文音譯作「卡倫」，意即「邊哨」。按滿文“karun”與蒙文“qaraɣul”為同源詞，係字尾“n”與“l”音轉現象。

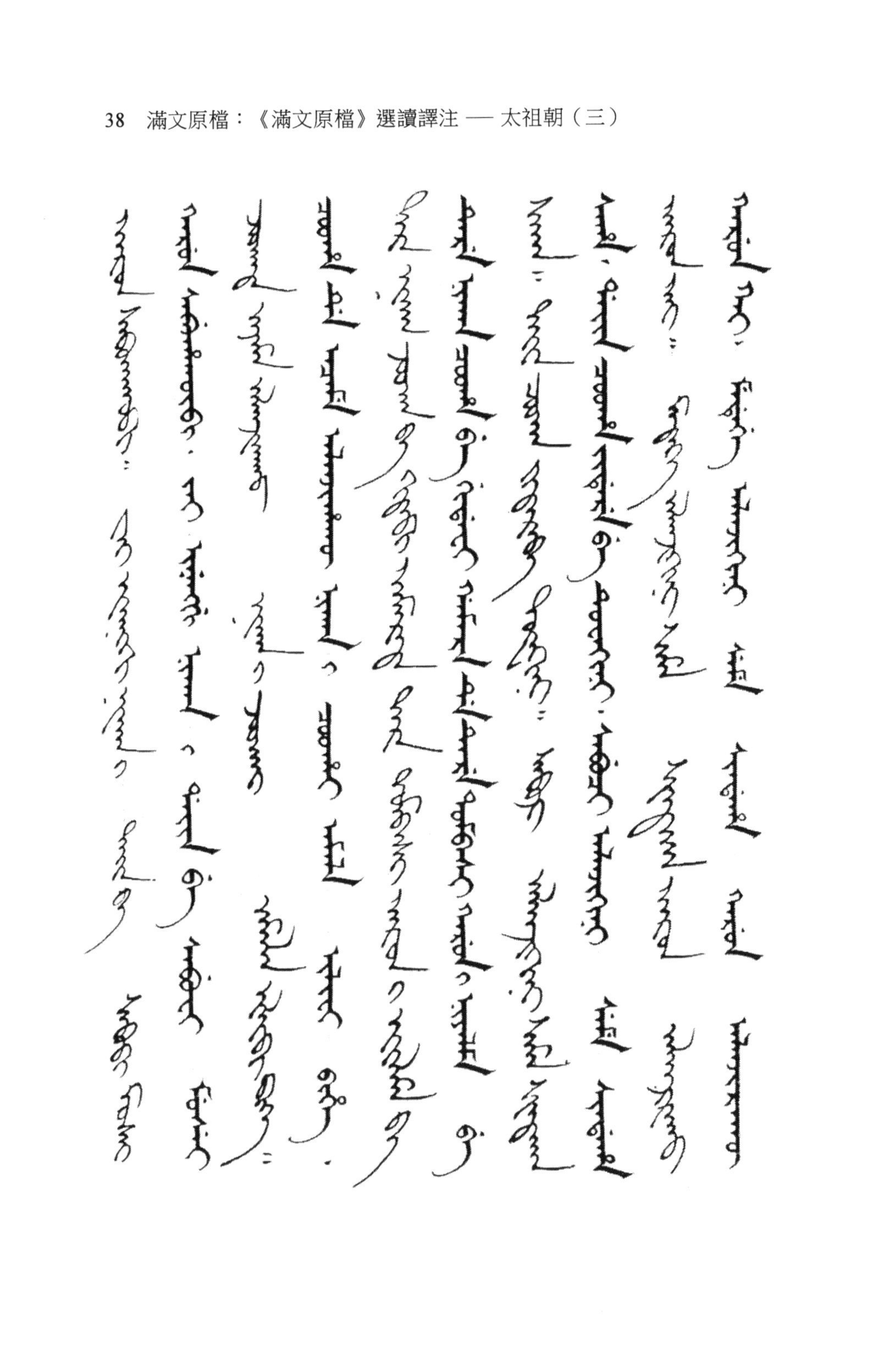

karun sabuhakūbi. jai inenggi nikan i dain be sabufi musei coohade acame alanjihakū nikan i coohai amala ilifi bihe. tere nikan cooha be gidafi gamarade tere tombasi karun i niyalma be saha, dain cooha jiderebe tuwakini, sabuci alanjikini seme sindaha karun kai. medege alanjikini seme sindaha kūrun alanjirakū

卡倫未曾見之。次日，見明之軍旅後，未來報我軍，而立於明兵之後。襲取明兵時，方見托木巴什哨探。為監視來犯明軍旅而設卡倫，然而為報信[19]而設之卡倫卻不來報，

卡伦未曾见之。次日，见明之军旅后，未来报我军，而立于明兵之后。袭取明兵时，方见托木巴什哨探。为监视来犯明军旅而设卡伦，然而为报信而设之卡伦却不来报，

---

19 報信，《滿文原檔》、《滿文老檔》俱讀作“medege alanjikini”，句中“medege”，意即「信息」，係蒙文“medege”借詞。

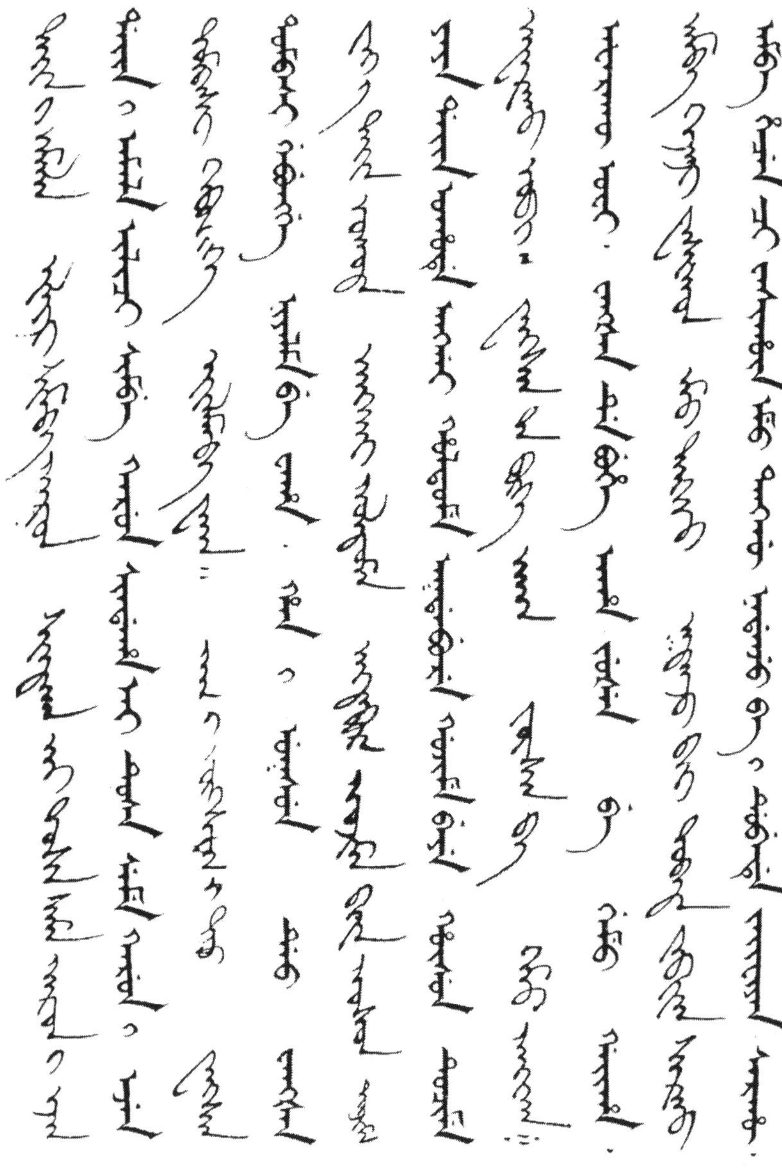

dain i amala ilici simbe karun sindaha ai tusa seme karun i ejen tombasi gebungge niyalmabe waha. han i uksun i deo wangšan yaya dain ohode anggai holtome akdabure gojime beye hūsun tucime afarakū ofi. wangšan de buhe aha jušen be gemu gaiha. amba hecenci wasihūn emu tanggū nadanju bai dubede jaifiyan sarhū

竟立於明軍旅之後，設爾卡倫何益？遂將卡倫額真名叫托木巴什之人問斬。汗族弟旺善凡遇征戰，但以口頭謊言取信而已。因其自身不出力作戰，故將賜給旺善之奴僕、諸申悉數取回。自大城以西一百七十里界藩、薩爾滸、

竟立于明军旅之后，设尔卡伦何益？遂将卡伦额真名叫托木巴什之人问斩。汗族弟旺善凡遇征战，但以口头谎言取信而已。因其自身不出力作战，故将赐给旺善之奴仆、诸申悉数取回。自大城以西一百七十里界藩、萨尔浒、

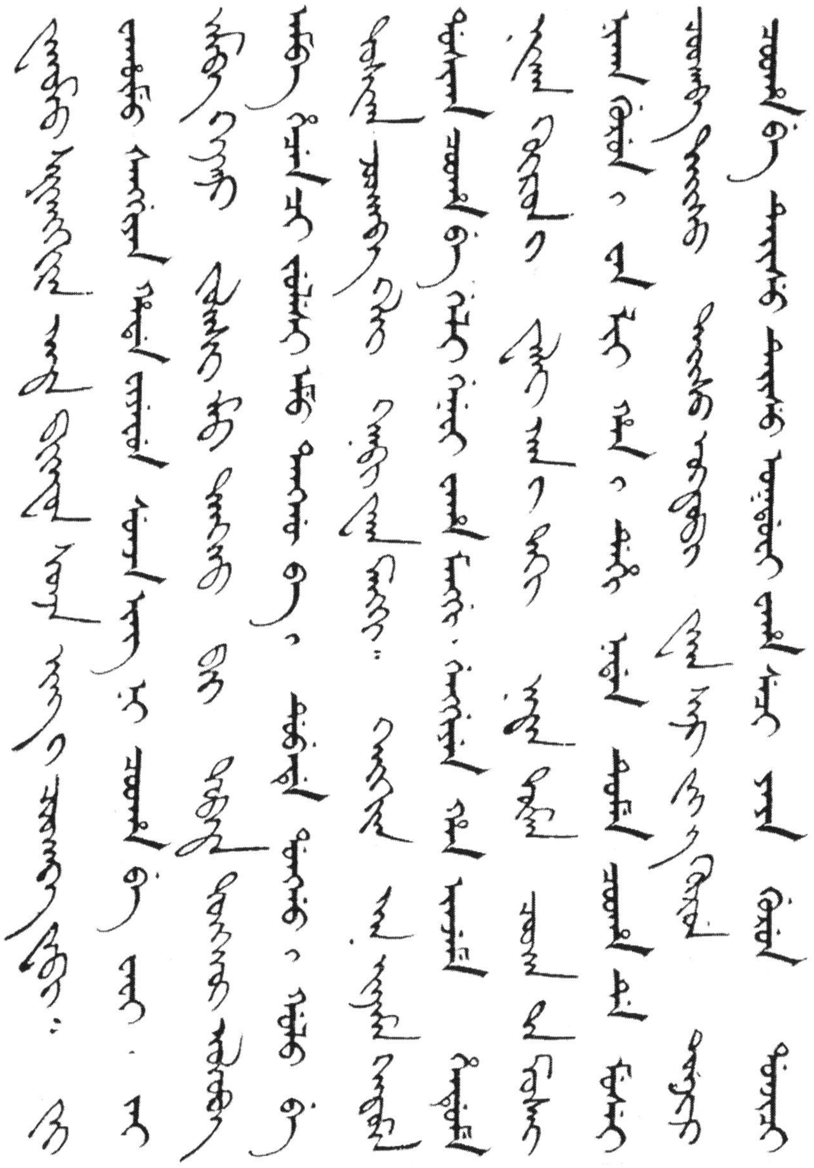

wahūmu šanggiyan hada fiyefun, sunja ing i coohabe wafi, jai amba hecenci julesi emu tanggū bai dubede donggoi golobe dosika coohabe geli genefi waha manggi, genggiyen han injeme hendume nikan gurun i wanli han i dehi nadan tumen cooha de musei cooha be teisu teisu okdofi waha seci yaya gurun donjici,

---

乞瑚穆、尚間崖、斐芬等五營之兵斬殺之。又往大城迤南一百里處斬殺進入董鄂路之兵後，英明汗笑曰：「明國萬曆帝兵四十七萬，我兵各個迎擊斬殺之，各國聞之，

乞瑚穆、尚间崖、斐芬等五营之兵斩杀之。又往大城迤南一百里处斩杀进入董鄂路之兵后，英明汗笑曰：「明国万历帝兵四十七万，我兵各个迎击斩杀之，各国闻之，

三、致書朝鮮

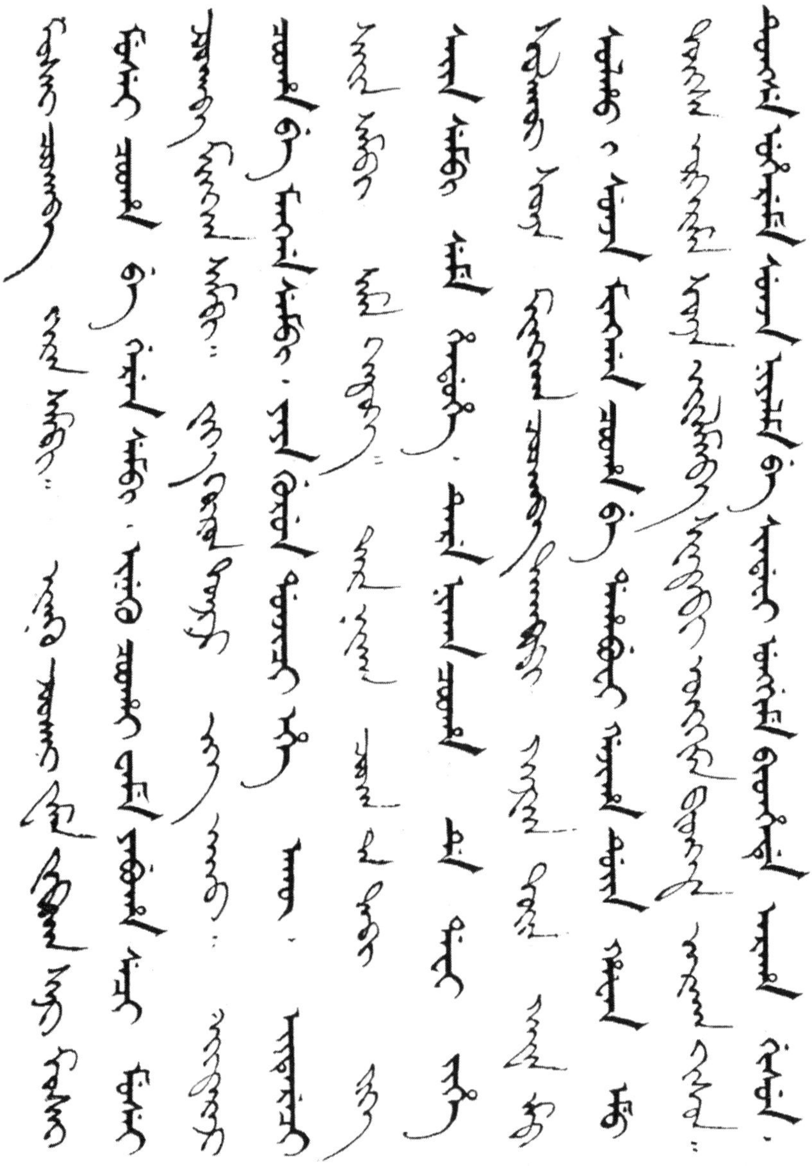

musei coohabe geren sembi, ineku coohai wame yabuha seci musei coohabe mangga sembi. yaya gurun donjici ehe akū, eitereci sain sembi seme henduhe. tere nikan cooha de dafi jihe solhoi sunja minggan coohabe dahabufi gajiha duin hafan emu tungse uhereme sunja niyalmabe sindafi unggime bithede araha gisun,

---

則謂我兵衆多。以同樣之兵前往剿殺，則謂我兵強勇。各國聞之，則謂總之無不是，皆善也。」將招降援助明兵而來之朝鮮兵五千人，所執官員四名，通事一名，共五人賫書釋還。書中寫道：

则谓我兵众多。以同样之兵前往剿杀，则谓我兵强勇。各国闻之，则谓总之无不是，皆善也。」将招降援助明兵而来之朝鲜兵五千人，所执官员四名，通事一名，共五人赍书释还。书中写道：

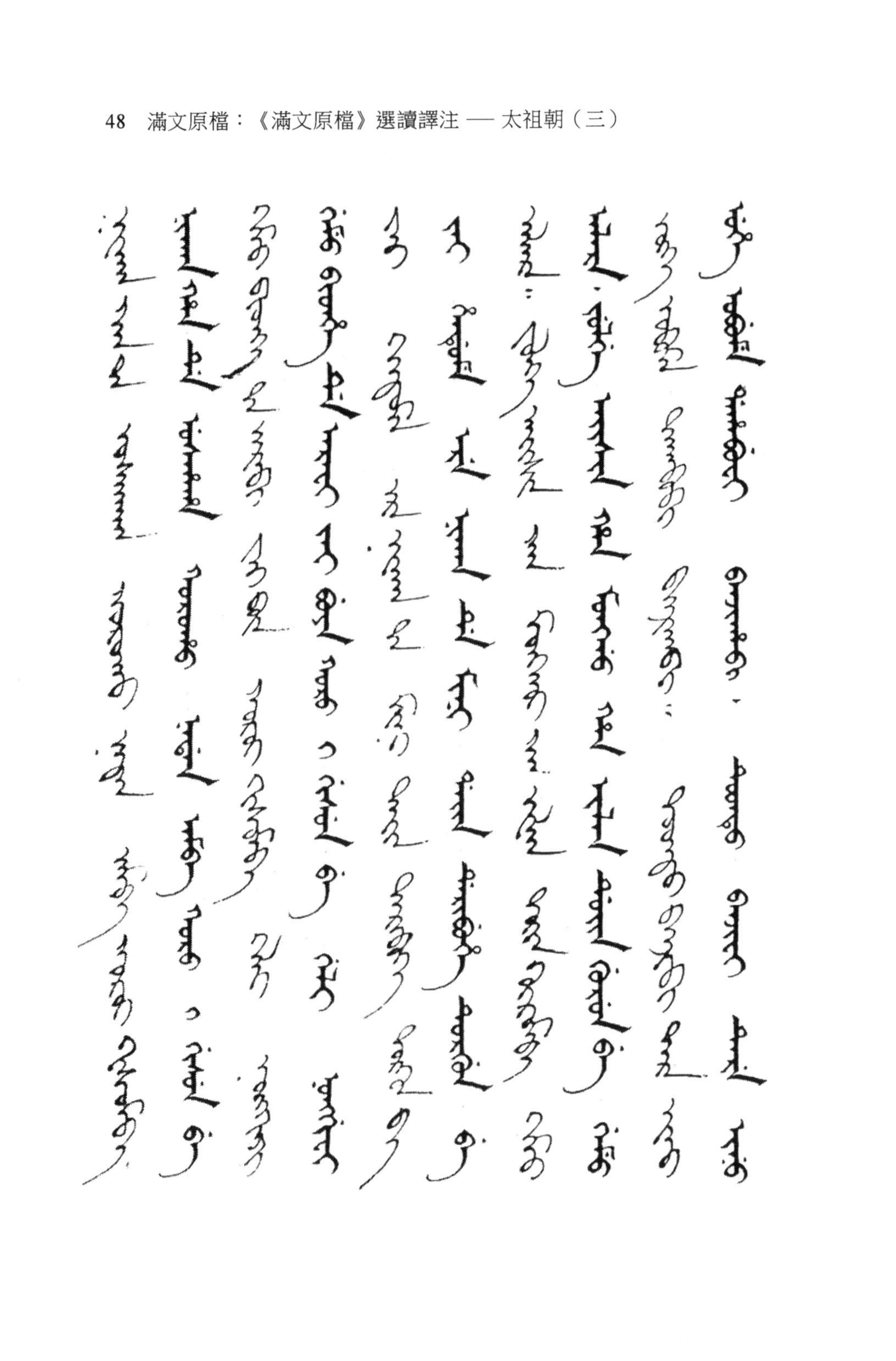

nikan han de ushaha koroho nadan amba koroi gisunbe gemu bithe de arafi jai buya koroi gisumbe geli nonggifi jai hendume ere nikan de mini dain deribuhe turgun be alara. julge aisin han monggo han ilan duin gurun be gemu uhe obume dahabufi banjihabi, tuttu banjifi tere inu

---

「仇明帝七大恨皆已具書，又再增添小恨，以及告知我對明興兵之緣由。昔金汗、蒙古汗征服三、四國皆歸一統而生活，雖如此生活，

「仇明帝七大恨皆已具书，又再增添小恨，以及告知我对明兴兵之缘由。昔金汗、蒙古汗征服三、四国皆归一统而生活，虽如此生活，

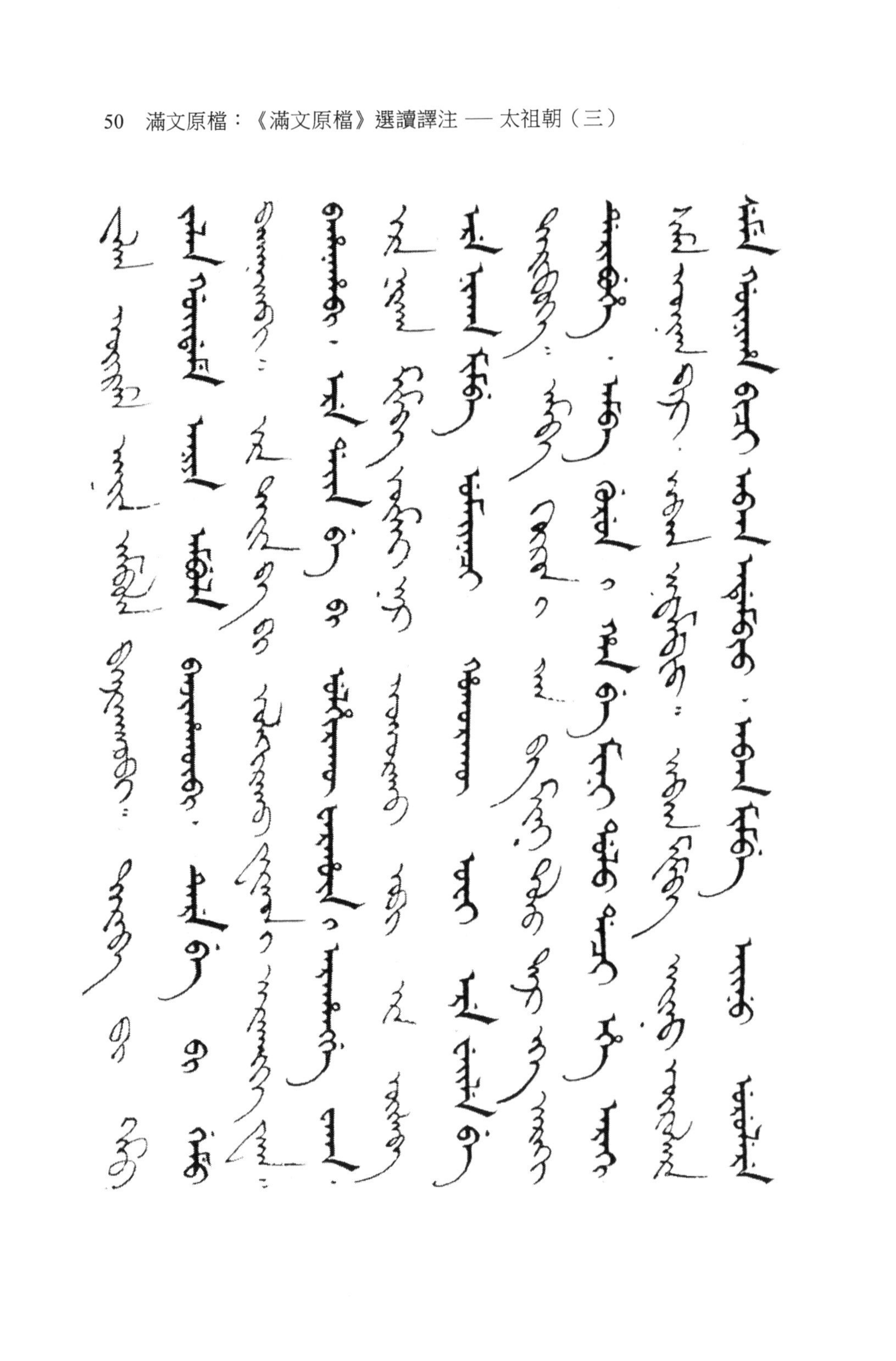

jalan goidame aniya ambula banjihakūbi, terebe bi gemu bahanahabi. ere dain be bi ulhirakū farhūn i arahangge waka, ere nikan mimbe umai naci hokorakū ofi ere weilebe deribuhe. amba gurun i han be mini dolo daci ehe araki seme gūniha bici, abka endembio. abka mimbe ainu urulere

---

然而未得享國長久，多歷年代於世，此皆我所素知者。我興此兵端，並非我愚昧無知樂為之也，實因明凌逼無奈[20]，遂爾致此。我向來若存此惡意，欲與大國皇帝結怨，豈能瞞過[21]天耶？天何以我為是耶？

然而未得享国长久，多历年代于世，此皆我所素知者。我兴此兵端，并非我愚昧无知乐为之也，实因明凌逼无奈，遂尔致此。我向来若存此恶意，欲与大国皇帝结怨，岂能瞒过天耶？天何以我为是耶？

---

[20] 無奈，《滿文原檔》寫作“ümai naji”，《滿文老檔》讀作“umainaci”。

[21] 瞞過，《滿文原檔》寫作“en̠tembi”，《滿文老檔》讀作“endembi”，意即「隱瞞」。按此為無圈點滿文字首音節尾輔音“n̠”（加點）與隱形“n”（不加點）、“te”與“de”之混用現象。

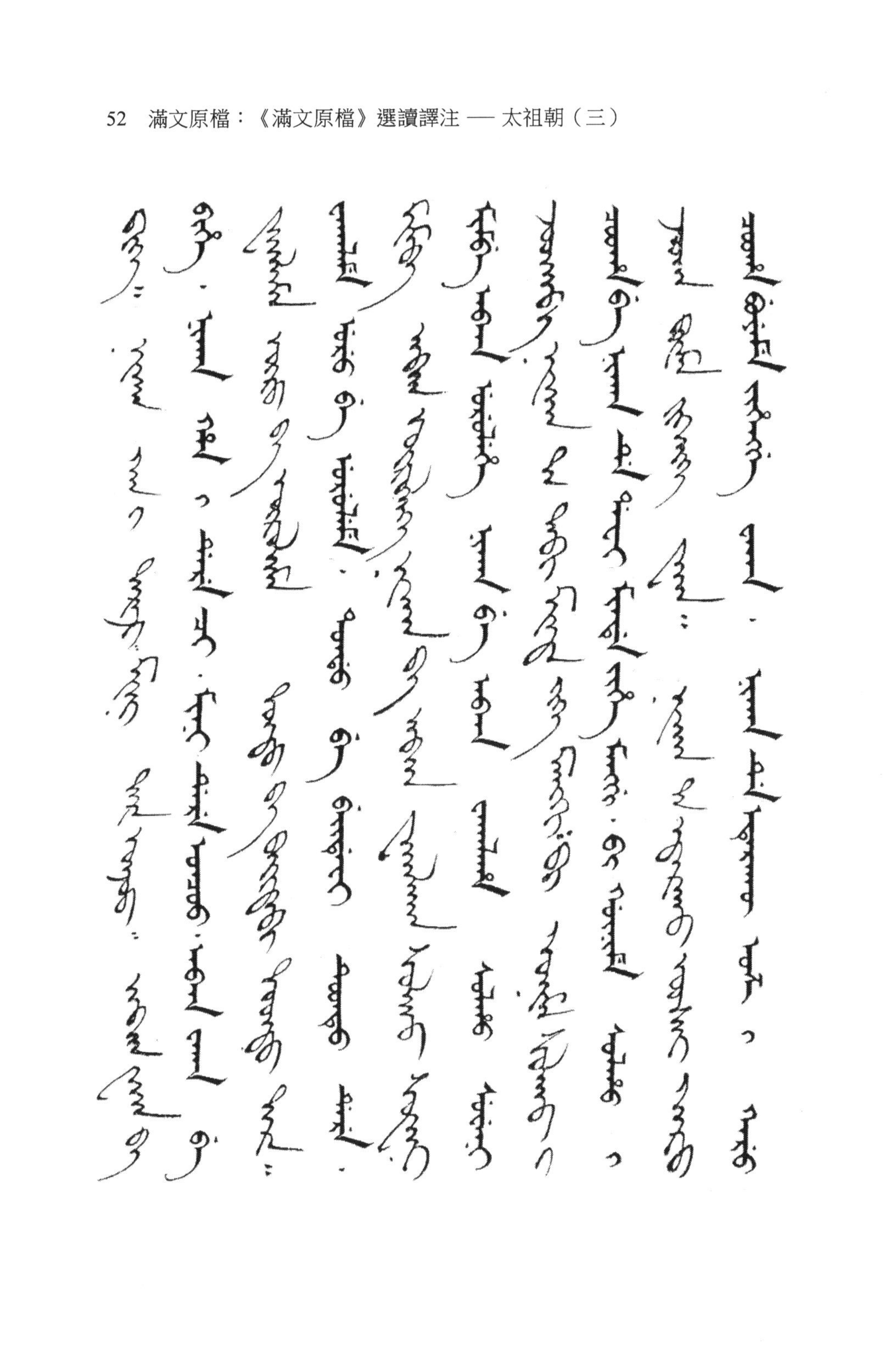

bihe, nikan han i dereci, mini dere oncoo. abka waka be wakalame uru be uruleme tondo be beidefi tuttu dere. mimbe abka urulehe nikan be abka wakalaha. solho suweni coohabe nikan de dafi minde jihe manggi, bi gūnime, solho i cooha buyeme jihengge waka, nikan de eterakū odz i karu

---

豈我之臉面較明帝之臉面更寬大，私我而薄明乎？或乃天非非是是，如此以直斷之也。故天以我為是，天以明為非。爾朝鮮以兵助明來侵我，我料想並非朝鮮之兵所願，乃因迫於明人為報倭難[22]

岂我之脸面较明帝之脸面更宽大，私我而薄明乎？或乃天非非是是，如此以直断之也。故天以我为是，天以明为非。尔朝鲜以兵助明来侵我，我料想并非朝鲜之兵所愿，乃因迫于明人为报倭难

---

[22] 倭難，句中「倭」，《滿文原檔》寫作“oosa”，《滿文老檔》讀作“odz”，意即「日本」。

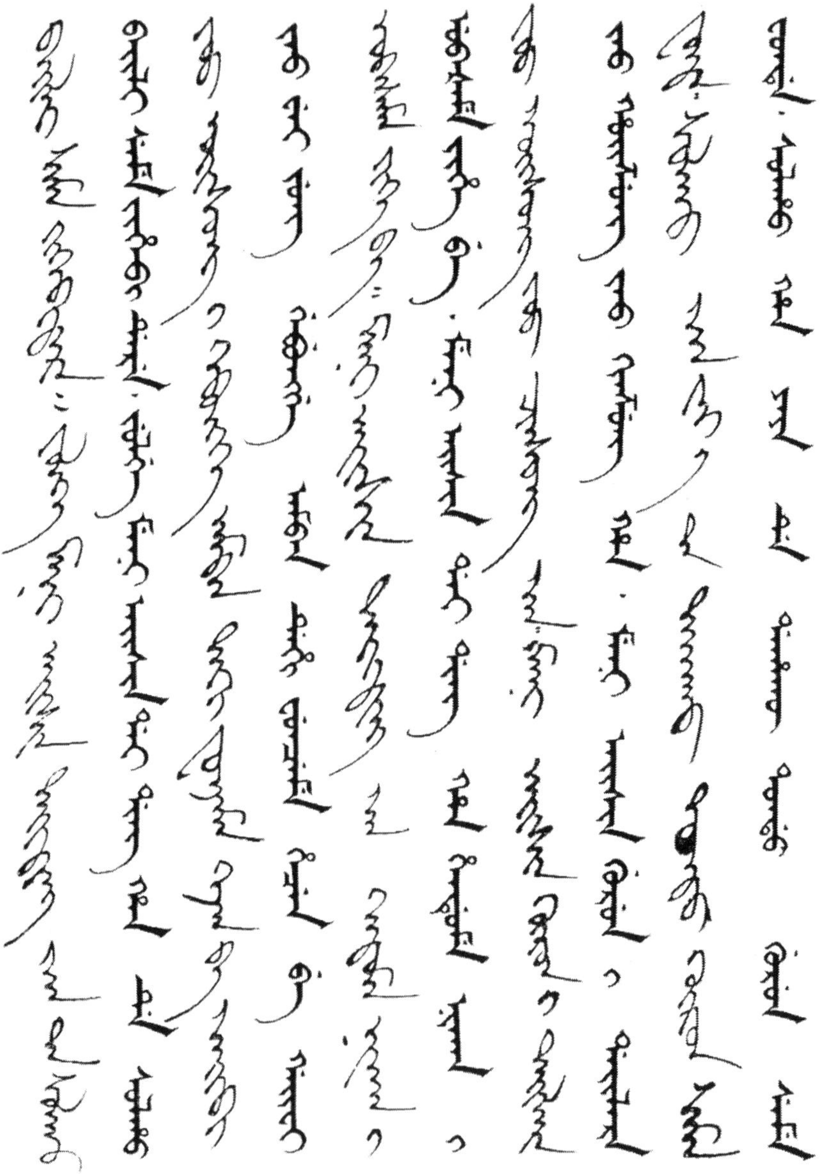

baili seme jihebidere. julge meni aisin dai ding han de solho jao wei jungi gebungge amban dehi funceme hecen be gaifi ubašame jihe be, meni aisin dai ding han hendume, nikan i jao hoidzung jao cindzung han, meni aisin gurun i dailara fonde, solho han yaya de dahakū tondo gurun seme

---

之恩而來，不得不然耳！昔我金大定汗時，朝鮮名叫趙惟忠[23]之大臣曾率四十餘城叛附。我大定汗曰：我金國征討漢人趙宋徽宗、欽宗帝時，朝鮮王並未相助，而持中立之國[24]也。

之恩而来，不得不然耳！昔我金大定汗时，朝鲜名叫赵惟忠之大臣曾率四十余城叛附。我大定汗曰：我金国征讨汉人赵宋徽宗、钦宗帝时，朝鲜王并未相助，而持中立之国也。

---

[23] 趙惟忠，《滿文原檔》寫作“joo üisüng”，《滿文老檔》讀作“jao wei jung”；滿蒙漢三體《滿洲實錄》卷五，滿文作“joo wei jung”，漢文作「趙惟忠」。《高麗史》卷一百，作「趙位寵」，韓文讀作“jo wi chong”。

[24] 中立之國，《滿文原檔》、《滿文老檔》俱讀作“tondo gurun”，意即「忠直之國」。

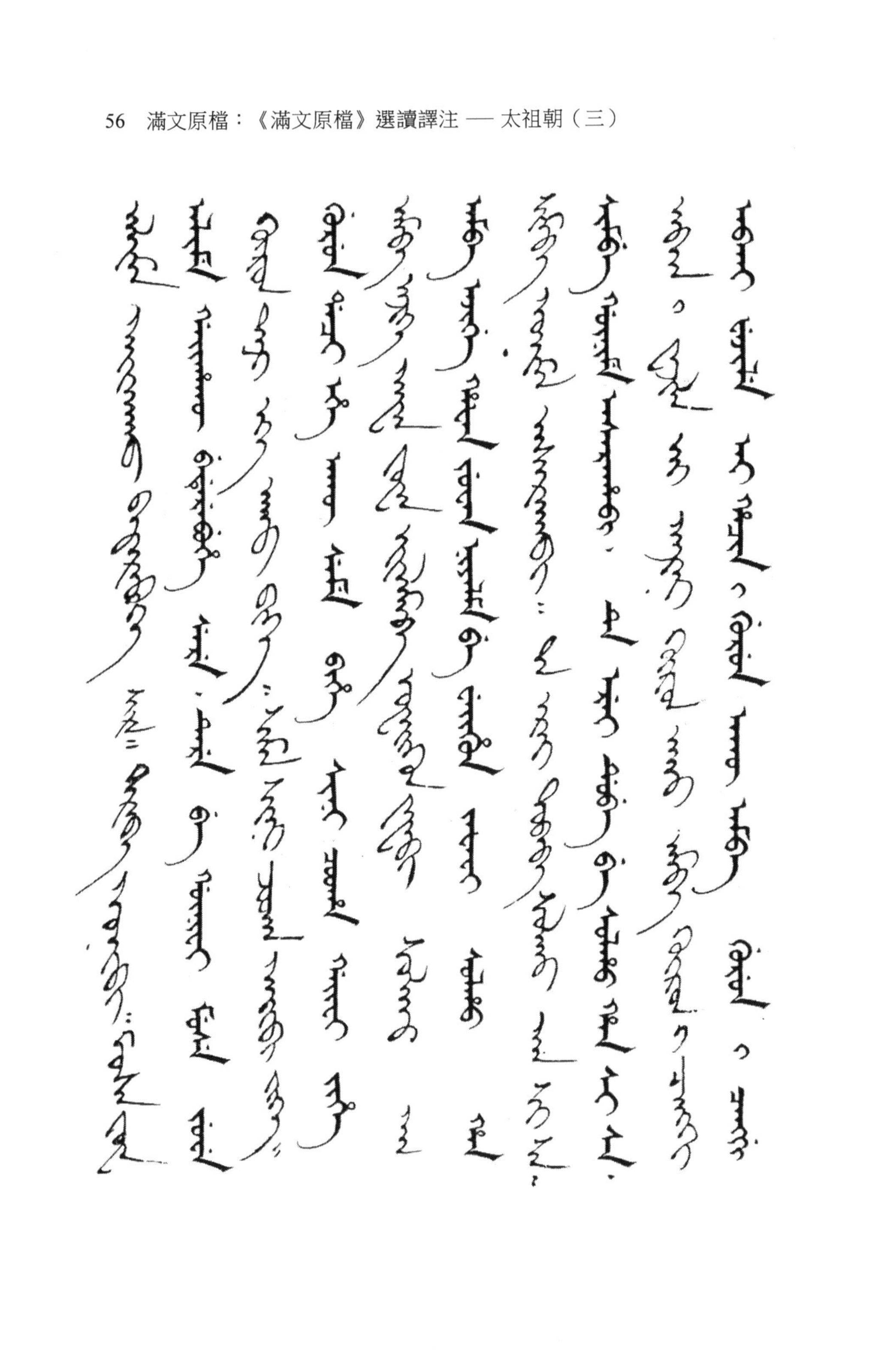

alime gaihakū bederebuhe sere. terebe gūnifi, muse juwe gurun daci ehe akū bihe, seme sini cooha gaifi jihe, amba ajige hafan juwan niyalmabe weihun jafafi solho han simbe gūnime asarahabi. te erei dubebe solho han si sa. abka i fejile ai hacini gurun akū amba gurun i canggi

---

遂不納而遣還。由此觀之，我二國素無仇隙，今生擒[25]爾統兵前來大小官員十人，念及爾朝鮮王而特留之。今此事何以完結，爾朝鮮王其知之。普天之下，不一其國，豈獨使大國獨存，

遂不纳而遣还。由此观之，我二国素无仇隙，今生擒尔统兵前来大小官员十人，念及尔朝鲜王而特留之，今此事何以完结，尔朝鲜王其知之。普天之下，不一其国，岂独使大国独存，

---

[25] 生擒，句中「生」，《滿文原檔》寫作“uweikun”，《滿文老檔》讀作“weihun”，意即「活的」。按此為無圈點滿文“uwe”與“we”、“ku”與“hu”之混用現象。

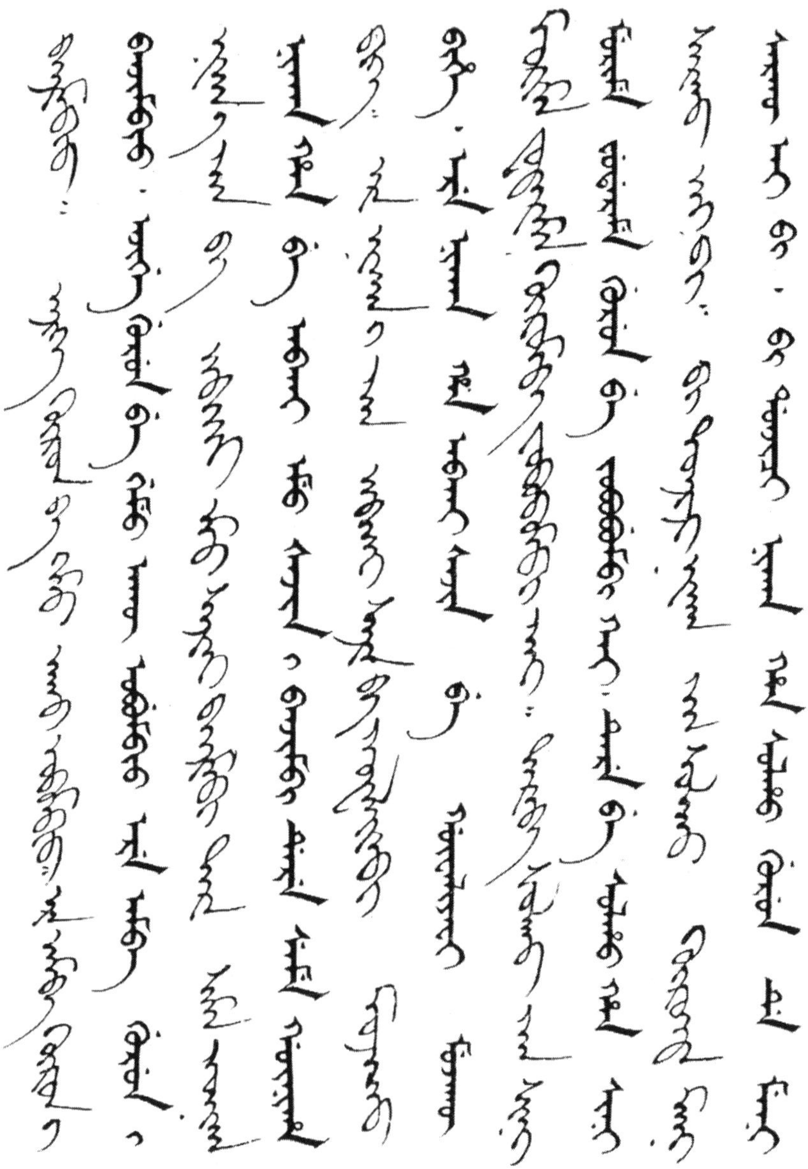

banjimbio. ajige gurun be gemu akū obumbio. ere amba gurun i nikan han be abkai emu šajini banjimbi dere seme gūniha bihe, ere nikan han abkai šajin be gūwaliyafi mujakū murime fudarame gurumbe jobobumbi kai. terebe solho han sini sarkū ai bi. bi donjici nikan han solho gurun de meni

---

而令小國盡亡者乎？原以為大國明帝必奉行天紀而生存，今明帝竟違天紀，恣加橫逆，虐苦他國，朝鮮王爾豈不知之？我又聞得，明帝欲令其諸子來主政朝鮮國

而令小国尽亡者乎？原以为大国明帝必奉行天纪而生存，今明帝竟违天纪，恣加横逆，虐苦他国，朝鲜王尔岂不知之？我又闻得，明帝欲令其诸子来主政朝鲜国

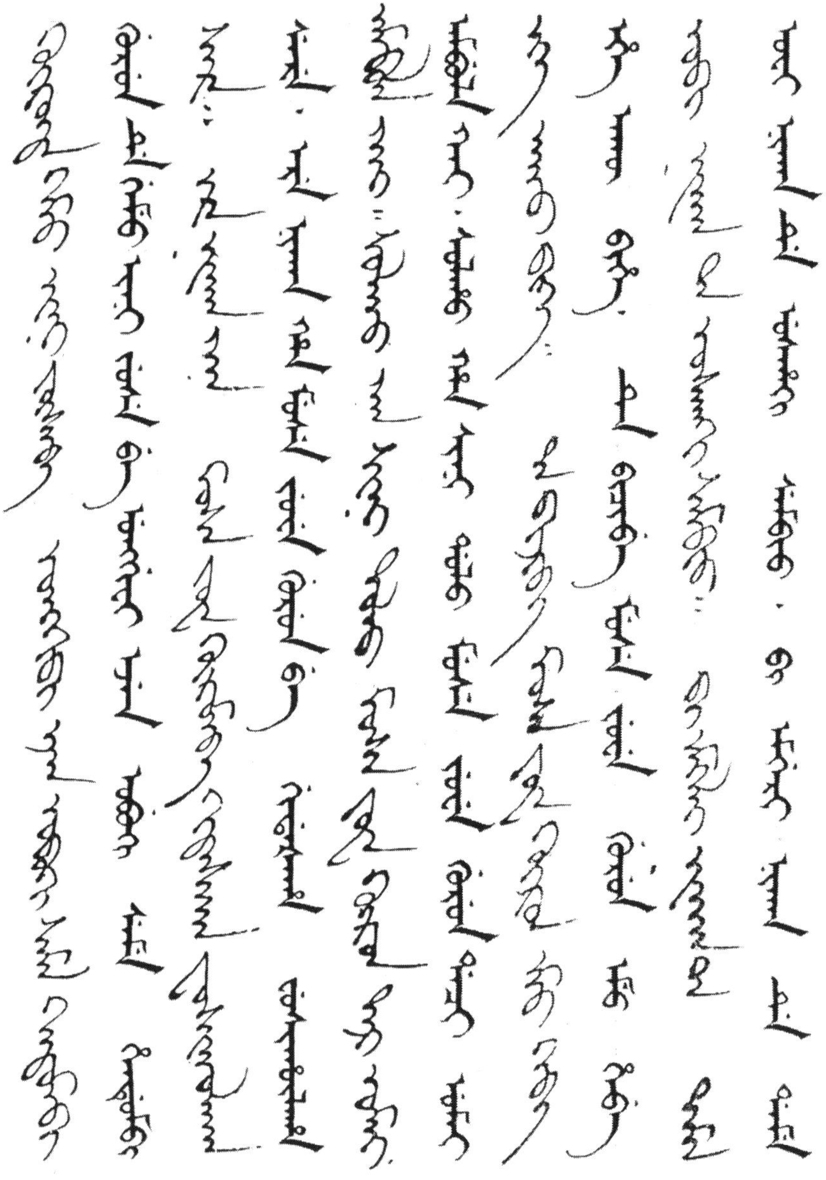

gurunde, gemu ini jusebe unggifi ejen obuki seme hendumbi sere, ere nikan han muse juwe gurumbe gidašaha fusihūlaha ambula kai. solho han sini dolo muse juwe gurun daci umai ehe akū bihe, te bicibe, muse juwe gurun emu hebe ofi nikan de ushaki sembio. bi emgeli nikan de dame

---

及我國，此乃明帝凌辱我二國太甚也。朝鮮王爾心中以我二國素來並無釁隙，如今或我二國合謀同仇明耶？抑或以為我既已[26]助明，

及我国，此乃明帝凌辱我二国太甚也。朝鲜王尔心中以我二国素来并无衅隙，如今或我二国合谋同仇明耶？抑或以为我既已助明，

---

[26] 既已，《滿文原檔》讀作“emgeli”，《滿文老檔》讀作“emgeri”。

四、進兵鐵嶺

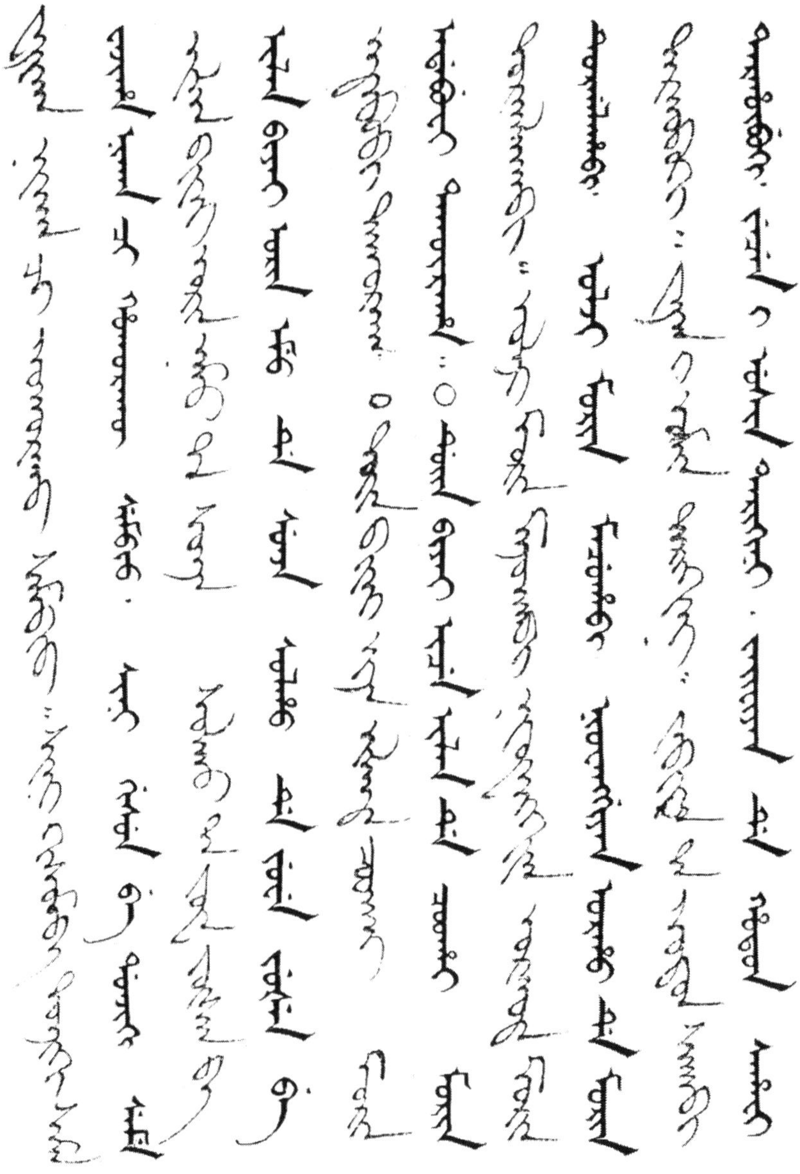

wajiha, nikan ci hokorakū sembio, sini gisun be donjiki seme ilan biyai orin emu de sunja solho de juwe jušen be adabufi takūraha. duin biyai ice ilan de coohai morin turgalahabi, olji morin macuhabi niowanggiyan orho de morin tarhūbuki, jecen i usin tarikini, jaifiyan de hoton sahafi

---

不忍離棄明耶？願聞爾言。」遂於三月二十一日遣諸申二人伴隨朝鮮五人同往。四月初三日，因軍兵之馬及俘虜之馬消瘦，須牧以青草，俾之膘壯，宜於邊境種田，築城於界藩，

不忍离弃明耶？愿闻尔言。」遂于三月二十一日遣诸申二人伴随朝鲜五人同往。四月初三日，因军兵之马及俘虏之马消瘦，须牧以青草，俾之膘壮，宜于边境种田，筑城于界藩，

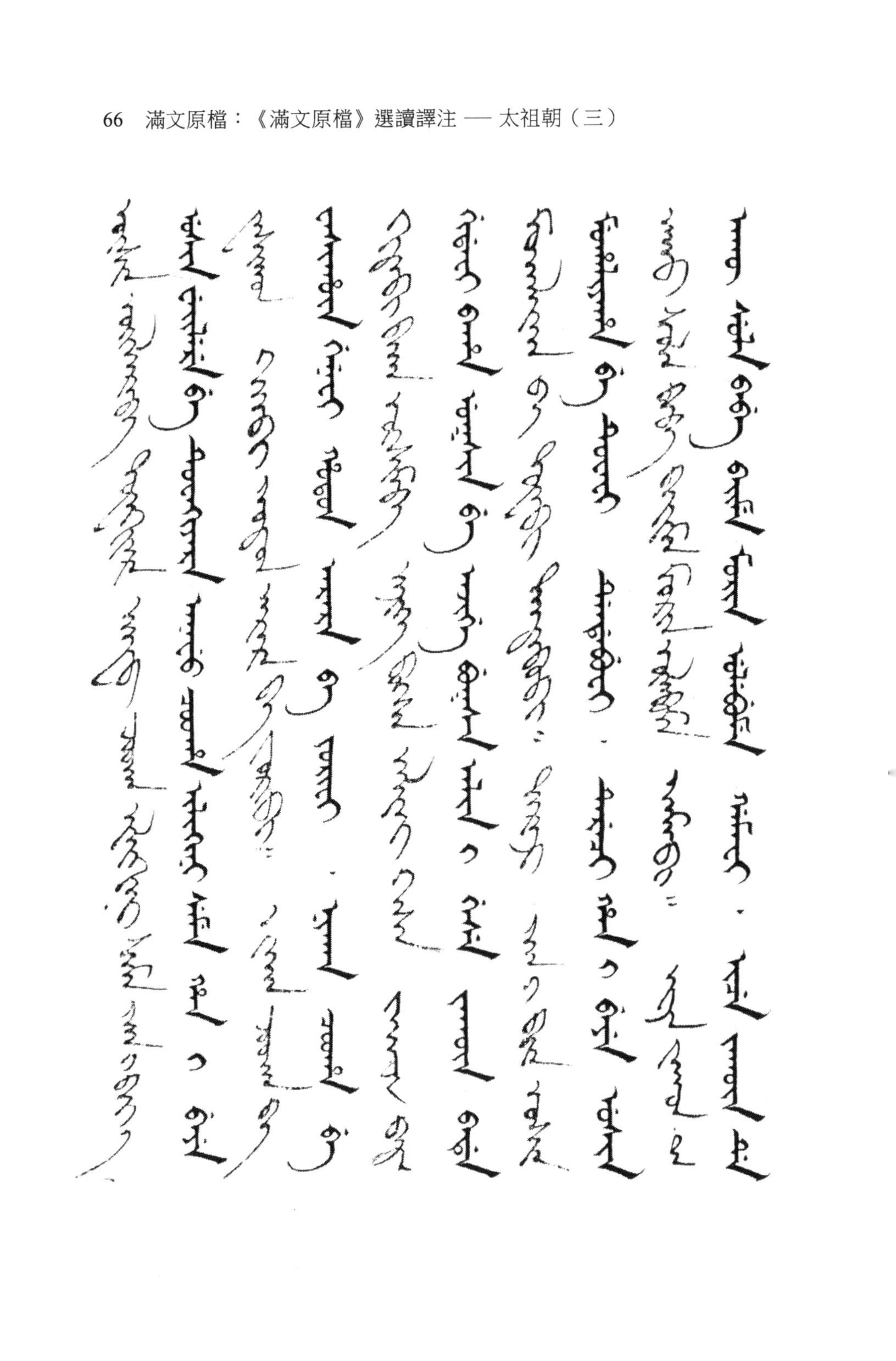

usin weilerebe tuwakiyara anafu cooha ilikini seme, han i beye wasihūn genefi hoton arara ba jorifi, nikan cooha be gidafi baha uksimbe ajige buksa alini gese jakūn bade muhaliyaha be tuwafi dendebufi, tereci han i beye, usin akū sula babe baime morin ulebume gamafi, ice jakūn de

---

設兵戍守[27]，以護耕田。汗親自西行，指示築城基址。見擊敗明兵後所獲鎧甲分八處堆放，形同花搭小山。於是汗親自尋找無田曠土牧放馬匹。初八日，

设兵戍守，以护耕田。汗亲自西行，指示筑城基址。见击败明兵后所获铠甲分八处堆放，形同花搭小山。于是汗亲自寻找无田旷土牧放马匹。初八日，

---

[27] 戍守，《滿文原檔》寫作“anfu”，《滿文老檔》讀作“anafu”。

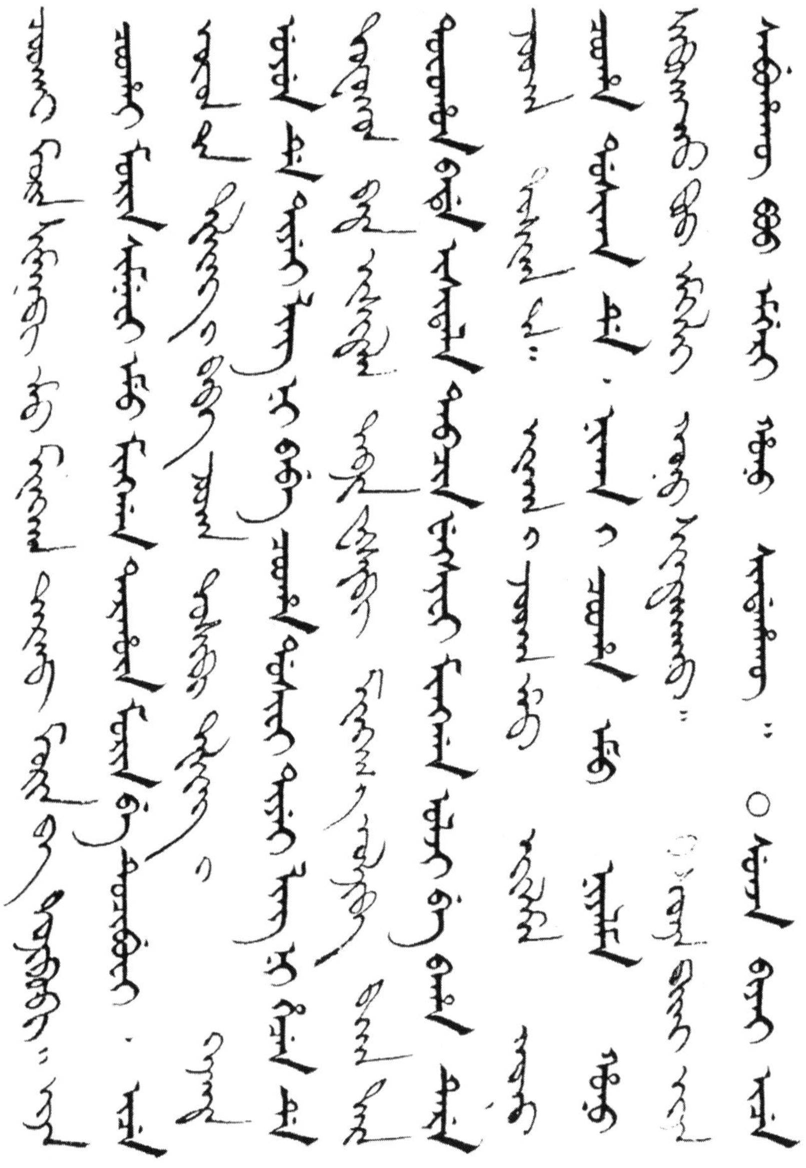

coohai morin simnefi, emu minggan tarhūn morin be tucibufi, ice uyun de tiling i babe cooha dosifi, tiling i hecen de tofohon bade isitala tabcin feksifi minggan olji be baha. tere cooha dosika de, nikan i cooha emu niyalma hono sabuhakū poo emgeli hono sindahakū. sunja biyai ice

---

挑選軍馬，挑出肥壯之馬[28]匹一千。初九日，進兵鐵嶺地方，馳至距鐵嶺城十五里處搶掠，獲俘虜一千。於進兵時，未見明兵一人，未放一礮。五月

挑选军马，挑出肥壮之马匹一千。初九日，进兵铁岭地方，驰至距铁岭城十五里处抢掠，获俘虏一千。于进兵时，未见明兵一人，未放一炮。五月

---

[28] 肥壯之馬，《滿文原檔》寫作“tarko morin”，《滿文老檔》讀作“tarhūn morin”。按滿文“tarhūn”，係蒙文“tarɤun”借詞，意即「肥胖的」。

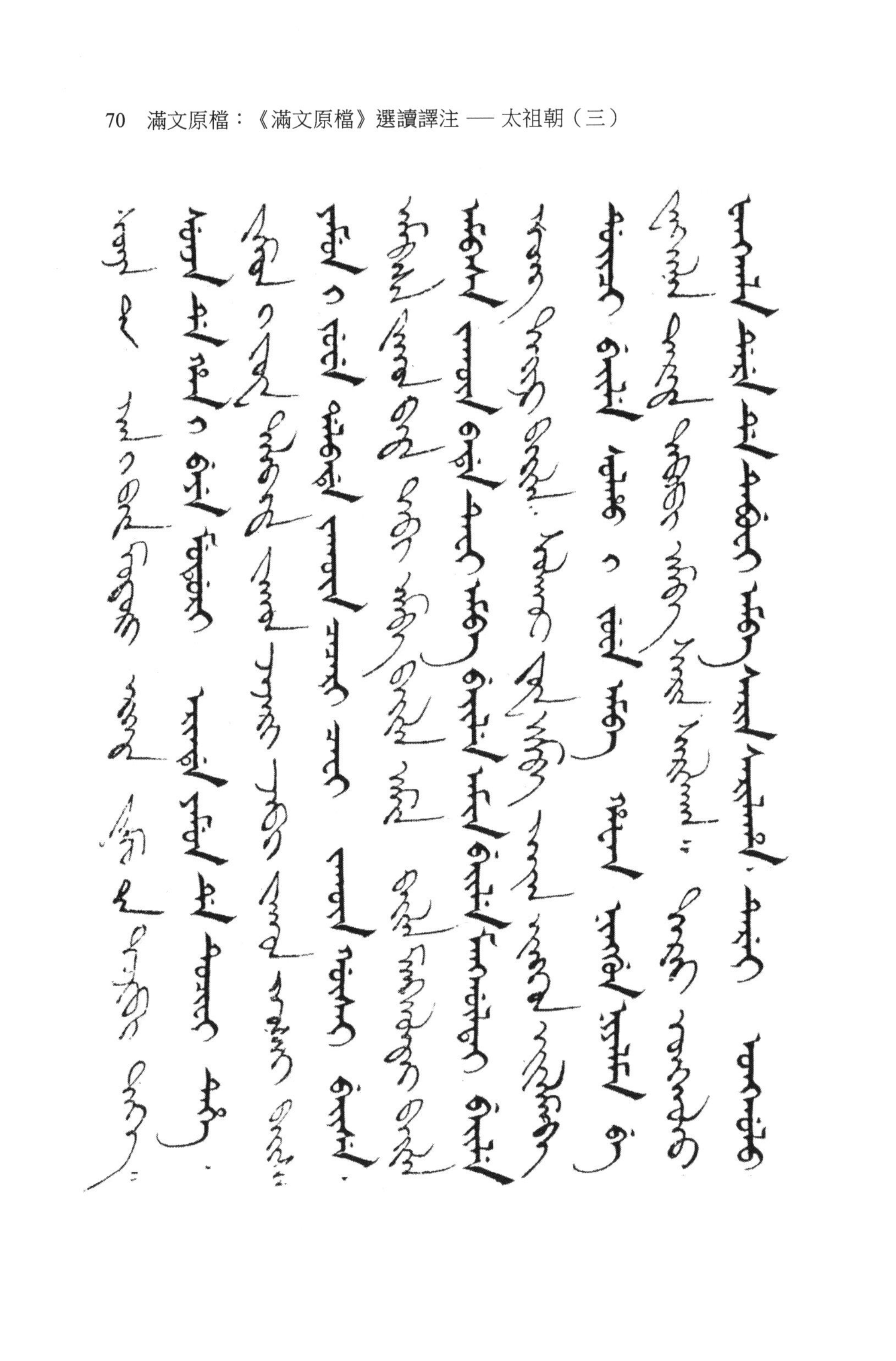

sunja de han i beye muduri erinde yamun de tucifi tehe. yamun i juwe dalbade jakūn cacari cafi jakūn gūsai beise ambasa jakūn bade tefi amba beile amin beile manggūltai beile hong taiji beile solho i juwe amba hafan ninggun niyalmabe fangkala dere de tebufi amba sarin sarilaha. terei onggolo

---

初五日，辰時，汗親自御衙門就座。命於衙門兩側搭蓋涼棚八座，八旗諸貝勒大臣等分坐八處，大貝勒、阿敏貝勒、莽古爾泰貝勒、洪台吉[29]貝勒及朝鮮二大官員等人，賜矮桌[30]就座，設大筵宴之。在此之前，

初五日，辰时，汗亲自御衙门就座。命于衙门两侧搭盖凉棚八座，八旗诸贝勒大臣等分坐八处，大贝勒、阿敏贝勒、莽古尔泰贝勒、洪台吉贝勒及朝鲜二大官员等人，赐矮桌就座，设大筵宴之。在此之前，

---

29 洪台吉，即清太宗皇太極，清太祖第四子。《滿文原檔》讀作“hong taiji”，《滿文老檔》讀作“duici beile”，意即「四貝勒」。

30 矮桌，句中「矮」，《滿文原檔》寫作“wangkala”，《滿文老檔》讀作“fangkala”。按此為無圈點滿文“wa”與“fa”之混用現象。

五、朝鮮來書

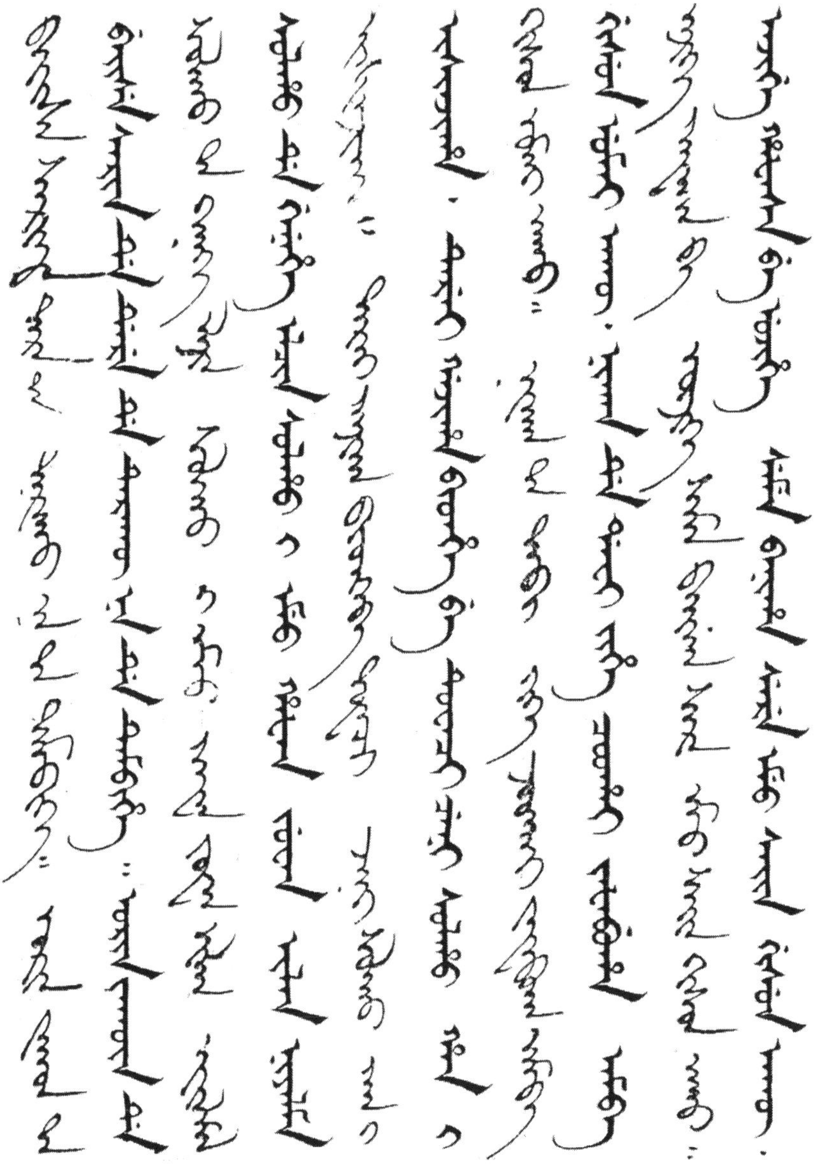

beise sarin de dere de terakū na de tembihe. orin jakūn de solho de genehe elcin solho i emu hafan juwan ilan niyalma isinjiha. terei gajiha bithebe tuwaci ceni solho han i gisun umai akū, nikan de dafi jihe coohai jafabuha amba ajige hafasa be ujihe seme baniha sere emu sain gisun akū,

---

諸貝勒進宴不置桌，皆席地而坐。二十八日，前往朝鮮之使者，朝鮮官員一人及從者十三人到來。覽其賫來之書，並無其朝鮮王之言。率兵前來助明被擒之大小官員，皆留養之，竟無一善言致謝，

诸贝勒进宴不置桌，皆席地而坐。二十八日，前往朝鲜之使者，朝鲜官员一人及从者十三人到来。览其赍来之书，并无其朝鲜王之言。率兵前来助明被擒之大小官员，皆留养之，竟无一善言致谢，

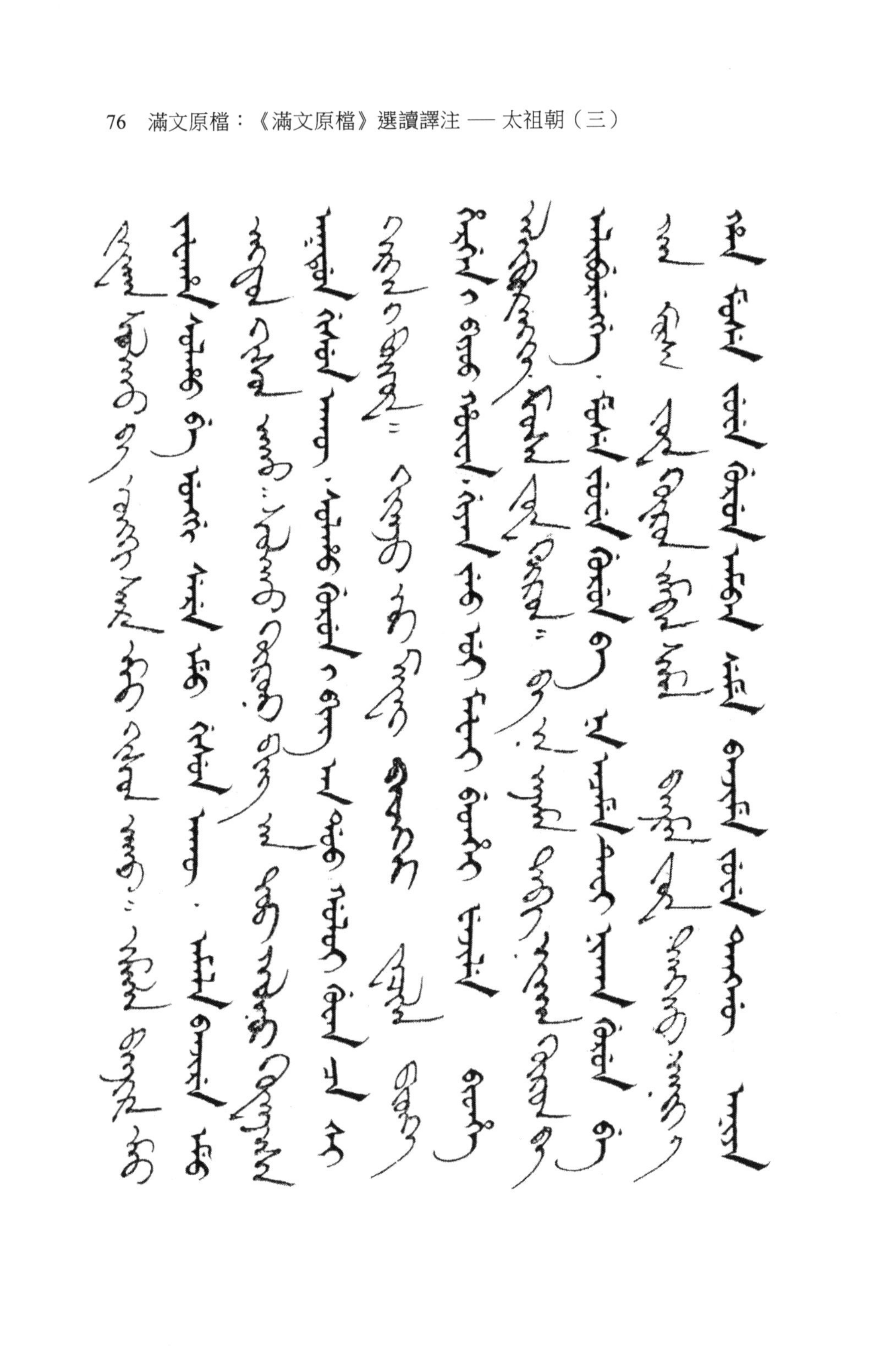

jafaha solho be unggi sere emu gisun akū, amala banjire emu akdun gisun akū. solho gurun i ping an doo goloi guwancase hergen i buhūwa, giyan jeo ui mafai bethei fejile bithe aliburengge. muse juwe gurun, ba na acame tefi, nikan gurun be han muse juwe gurun amban seme banjime juwe tanggū aniya

---

亦無一語提及遣回被擒朝鮮人之事，其後生活亦無一可信之言。其書曰：「朝鮮國平安道觀察使銜朴化[31]致書於建州衛馬法足下[32]，吾二國地土相連而居，以明國為君，吾二國為臣，經二百餘載，

亦无一语提及遣回被擒朝鲜人之事，其后生活亦无一可信之言。其书曰：「朝鲜国平安道观察使衔朴化致书于建州卫马法足下，吾二国地土相连而居，以明国为君，吾二国为臣，经二百余载，

---

31 朴化，《滿文原檔》寫作 “bokowa”，《滿文老檔》讀作 “piyoo hūwa”；滿蒙漢三體《滿洲實錄》卷五，滿文作 “piyoo hūwa”，漢文作「朴化」。《朝鮮王朝實錄．光海君日記》光海 11 年 4 月 16 日條，作「朴燁」，韓文讀作 “bak yeob”。

32 足下，句中「下」，《滿文原檔》寫作 “wecile”，《滿文老檔》讀作 “fejile”。按此為無圈點滿文 “we” 與 “fe”、“ci”與 “ji”之混用現象。

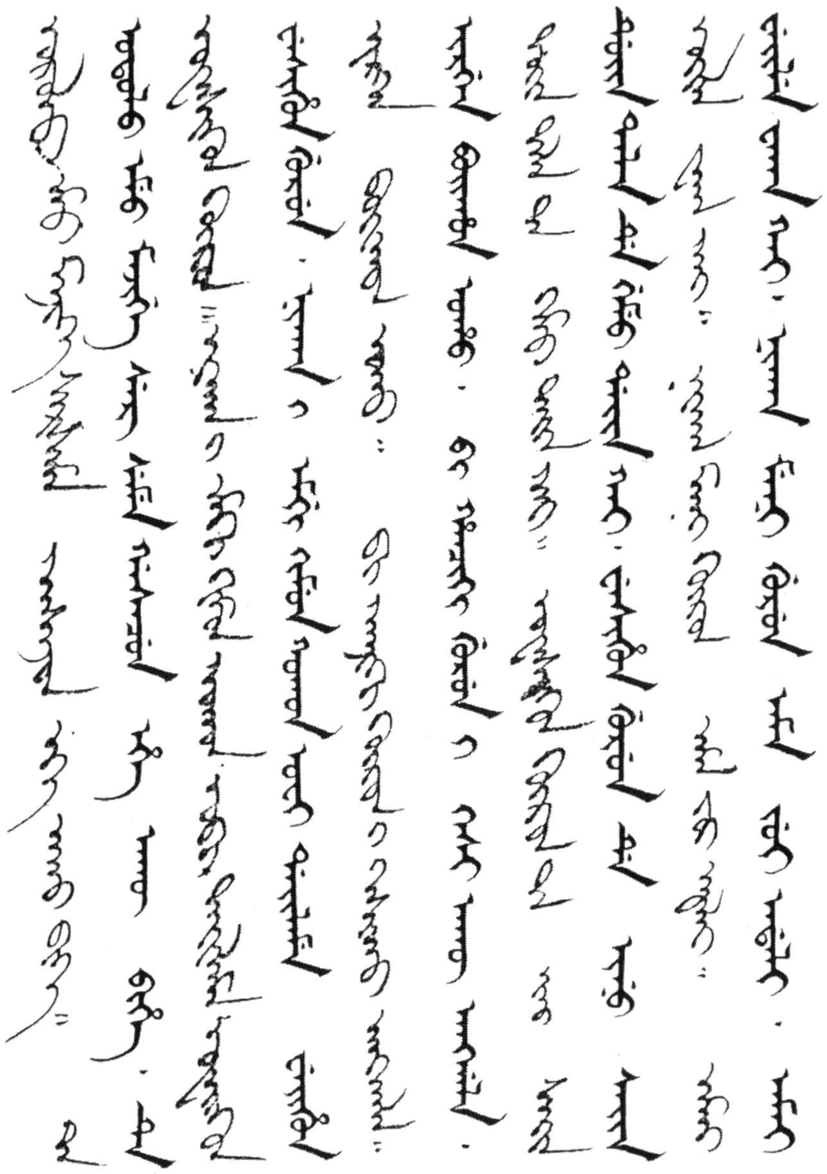

otolo, emu majige serseme gasacun ehe akū bihe. te wesihun gurun, nikan i emgi kimun kokon ofi dailame weihun irgen boihon oho, bi hanciki gurun i kesi akū anggala, duin tala de gemu dain kai, wesihun gurun de inu sain weile waka kai. nikan, meni gurun ama jui adali, amai

---

毫無怨惡。今貴國與明為仇，因而征戰，以致生靈塗炭，不特我邦不幸，即四方皆動干戈矣，亦非貴國之善事也。明與我國，猶如父子，

毫无怨恶。今贵国与明为仇，因而征战，以致生灵涂炭，不特我邦不幸，即四方皆动干戈矣，亦非贵国之善事也。明与我国，犹如父子，

六、交鄰之道

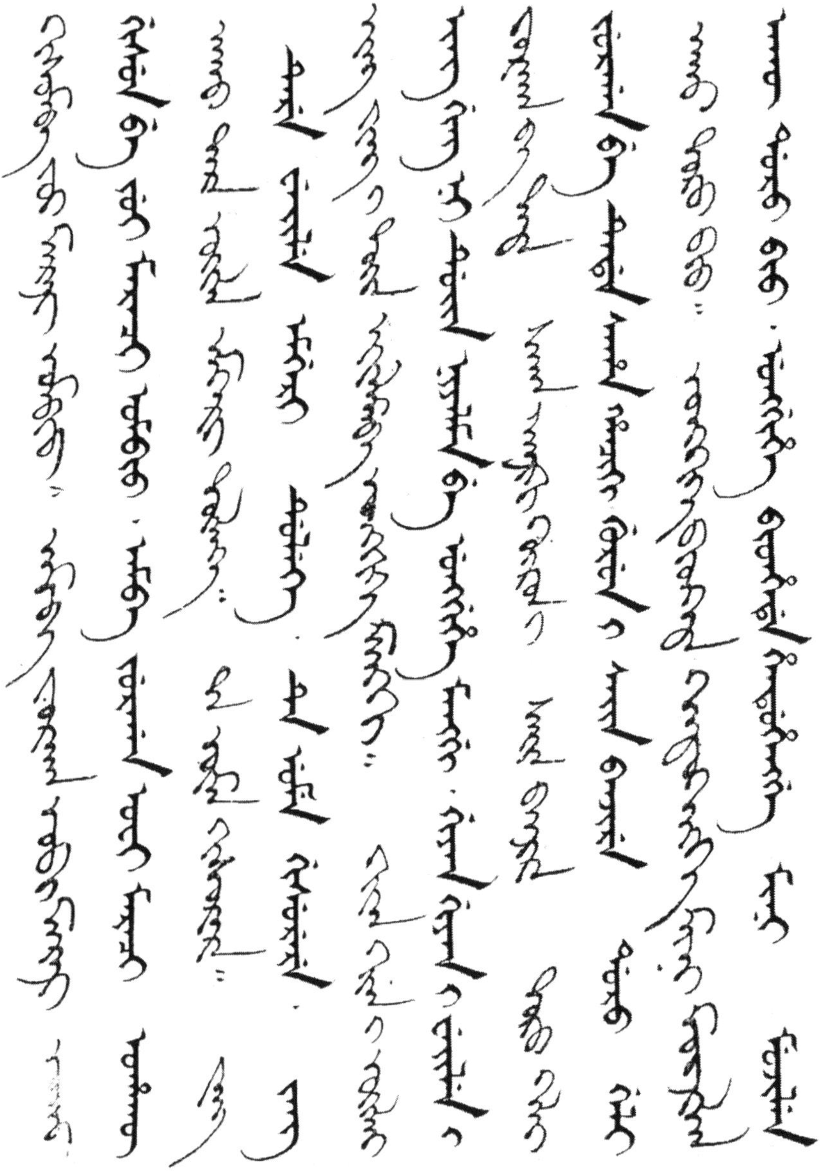

gisumbe jui maraci ombio. amba jurgan ofi maraci oho akū, tere weile emgeli duleke, te ume gisurere. jang ing jing i duin niyalmabe unggihe manggi, giyan giyan i weilei jurgan be tede saha. hanciki gurun i sain banjire doro geli akū doro bio. unggihe bithede henduhengge mini mujilen

---

父之言，子豈可拒乎？因係大義，故不可拒也。事屬既往，今勿復言。所遣張應京[33]等四人回來一一言之，方知此事原委。然隣國豈無交隣善處之道耶？來書云：

父之言，子岂可拒乎？因系大义，故不可拒也。事属既往，今勿复言。所遣张应京等四人回来一一言之，方知此事原委。然邻国岂无交邻善处之道耶？来书云：

---

33 張應京，《滿文原檔》寫作“jang ing jing”，《滿文老檔》讀作“jang ing ging”；滿蒙漢三體《滿洲實錄》卷五，滿文作“jang ing ging”，漢文作「張應京」。《朝鮮王朝實錄．光海君日記》光海 11 年 4 月 21 日條，作「鄭應井」，韓文讀作“jeng eung jeng”。

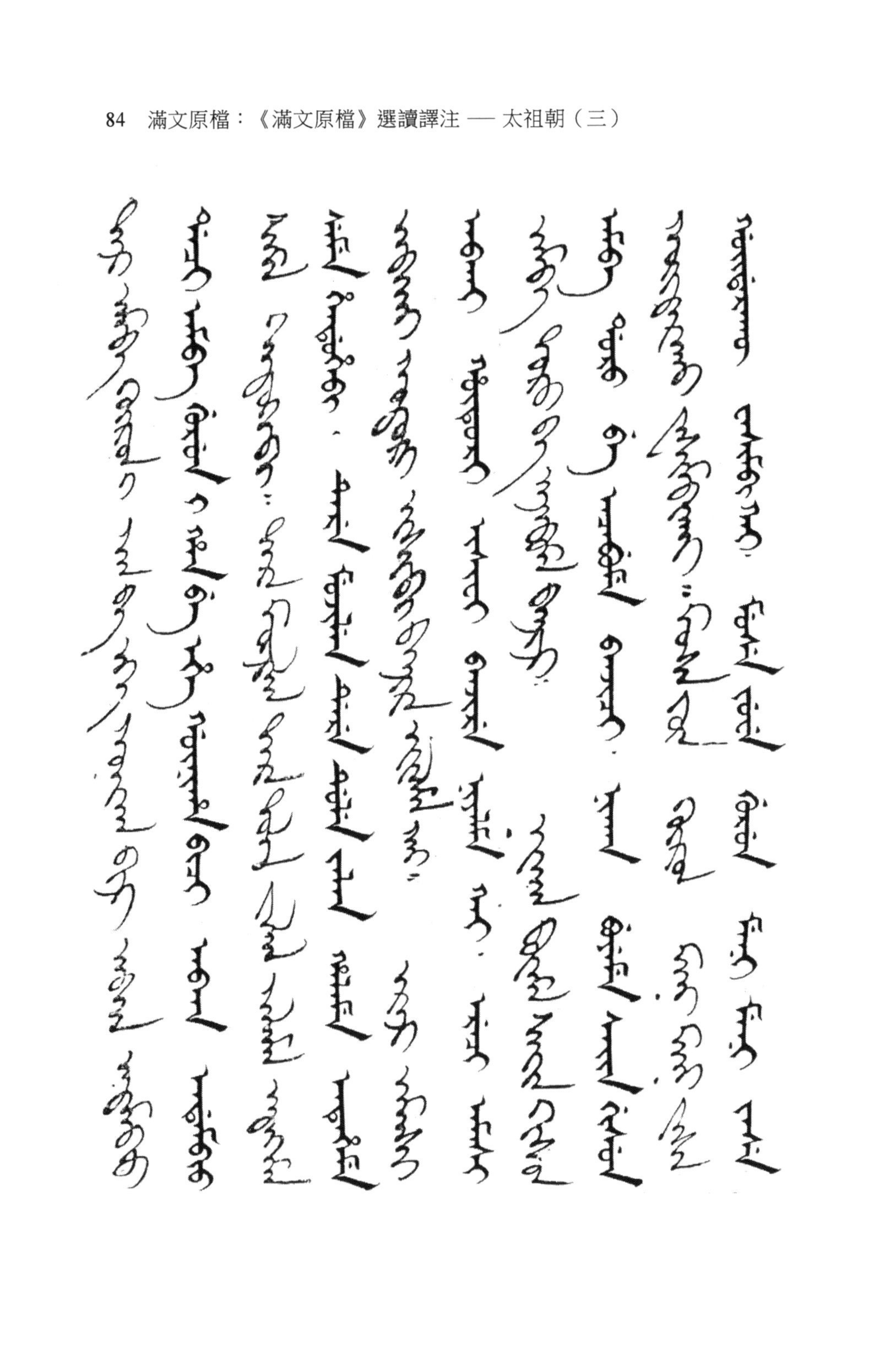

daci amba gurun i han be ehe gūniha bici abka endembio seme henduhebi. tere mujilen dere dule jalan halame enteheme abkai hūturi isifi banjire niyalma kai. ereci amasi amba doro be acabume banjici, nikan buyeme sain gisun goidarakū wasimbikai. muse juwe gurun meni meni jase

---

『吾若向來有意與大國之君結怨，穹蒼鑒之。』即此一心，便可世享天眷，受福無疆矣。自此以往，所行合乎大道，則明不久必欣喜頒下善言矣。吾二國各守疆圉，

『吾若向来有意与大国之君结怨，穹苍鉴之。』即此一心，便可世享天眷，受福无疆矣。自此以往，所行合乎大道，则明不久必欣喜颁下善言矣。吾二国各守疆圉，

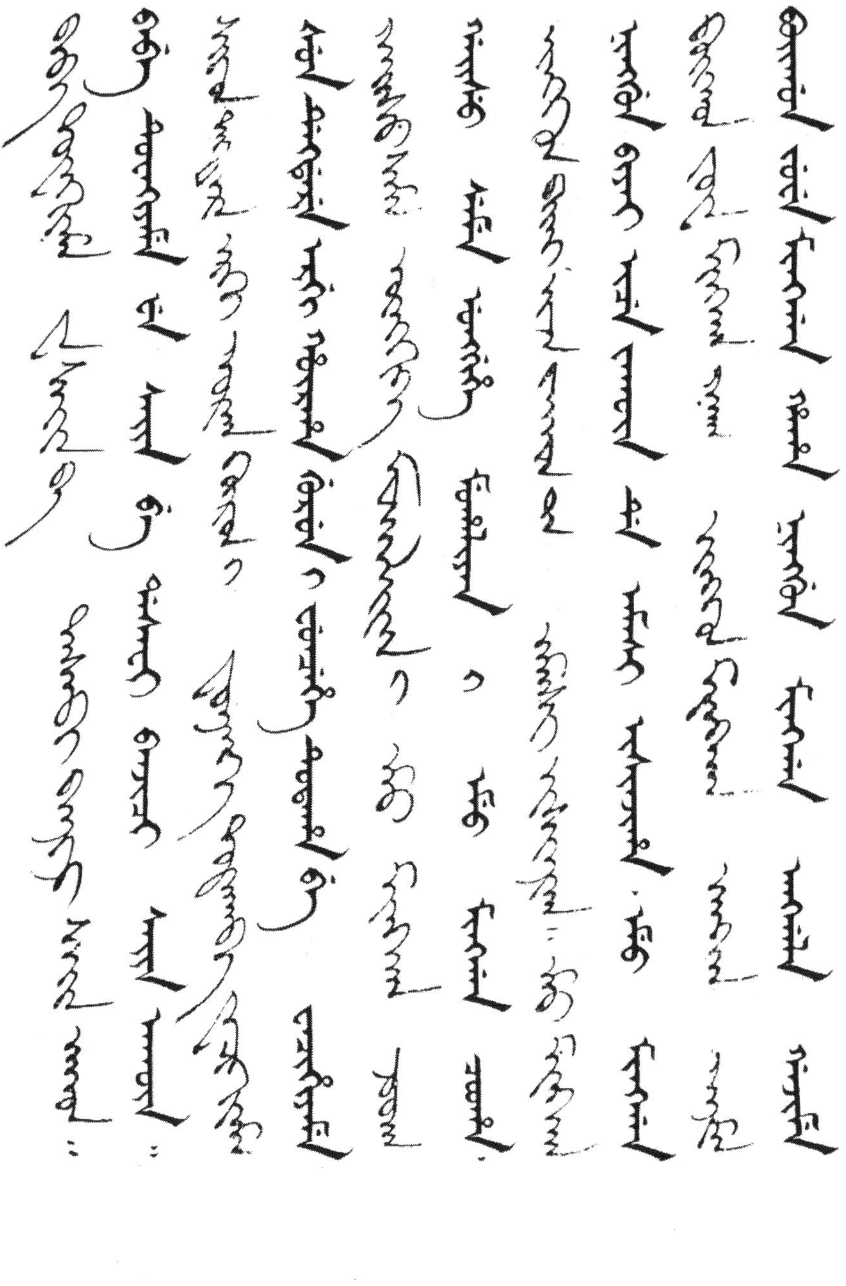

babe tuwakiyame fe sain be dasafi banjici sain akūn. šun dekdere ergi hūrha gurun i funcehe tutahabe wacihiyame gaisu seme unggihe muhaliyan i emu minggan cooha ninggun biyai ice jakūn de amasi isinjiha, emu minggan boigon juwe minggan haha ninggun minggan anggala gajime

---

復修舊好，豈不美哉？」遣往東海收取虎爾哈部遺民之穆哈連率兵一千，携民戶一千、男丁二千、家口六千，於六月初八日返回。

复修旧好，岂不美哉？」遣往东海收取虎尔哈部遗民之穆哈连率兵一千，携民户一千、男丁二千、家口六千，于六月初八日返回。

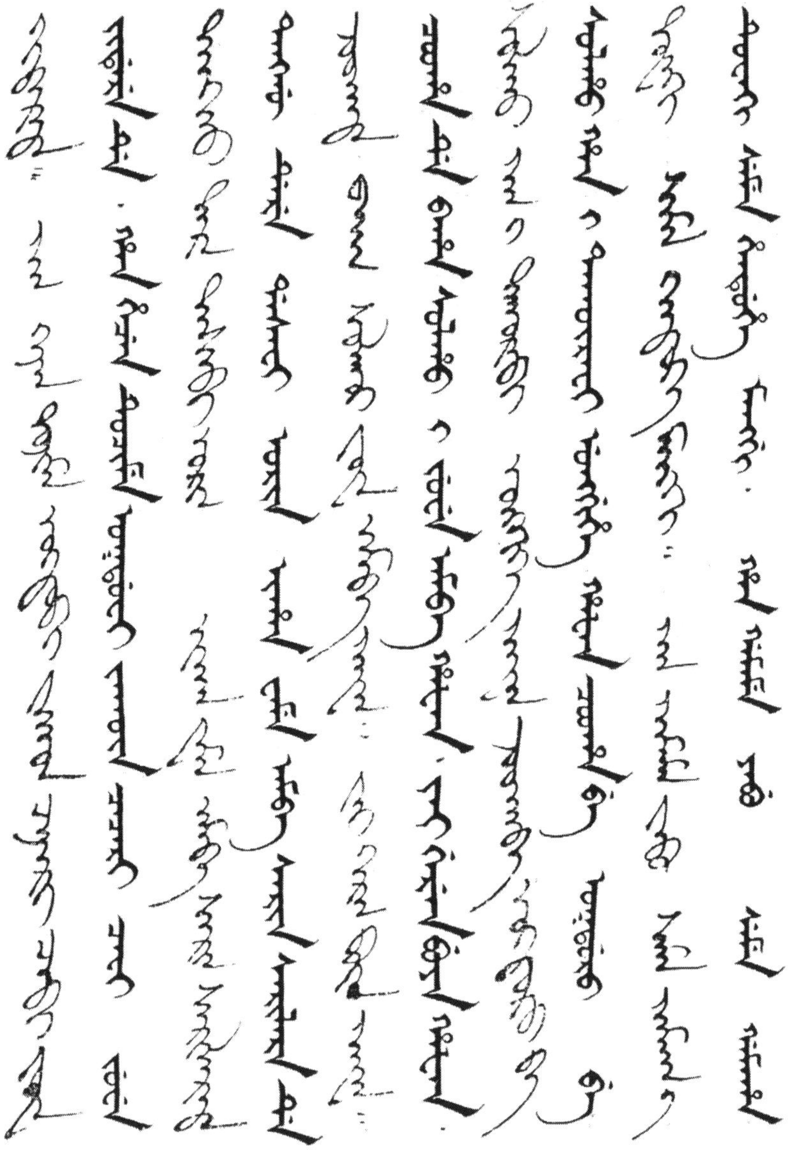

jiderede, han hecen tucime okdofi jakūn cacari cafi juwe tanggū dere dasafi orin ihan wame amba sarin sarilarade, coohade baha solhoi juwe amba hafan, jai geren buya hafan, solho han i takūrafi unggihe hafan cooha be okdoro be tuwaki seme henduhe manggi, han gamame yabu seme gamaha

---

來到時，汗出城迎接，搭涼棚[34]八座，置席二百桌，宰牛二十頭，設大筵宴之。我軍所擒朝鮮大官二員，各小官及朝鮮王遣來官員請求觀看迎兵陣勢，汗命帶領前來，

来到时，汗出城迎接，搭凉棚八座，置席二百桌，宰牛二十头，设大筵宴之。我军所擒朝鲜大官二员，各小官及朝鲜王遣来官员请求观看迎兵阵势，汗命带领前来，

---

[34] 涼棚，《滿文原檔》寫作“cajari”，《滿文老檔》讀作“cacari”。按滿文“cacari”係蒙文“čačar”借詞，意即「（方形的）大天幕、大帷幄」。

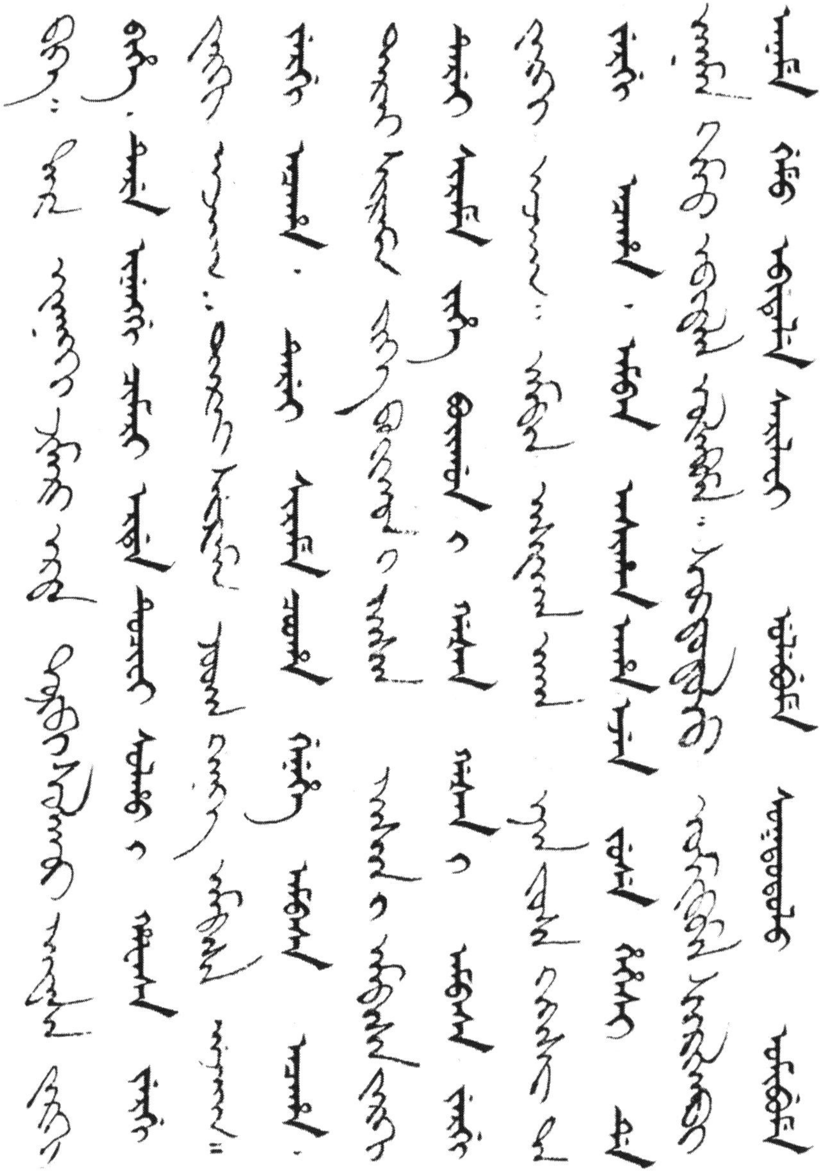

bihe. tere inenggi cimari erde tucifi solhoi hafasa jergi jergi acaha. terei sirame cooha genehe ambasa acaha. terei sirame jihe boigon i gašan gašan i ambasa jergi jergi acaha. amban asihan aha ejen juse hehesi de aname gemu ebitele ulebume, soktotolo omibume sarilafi

---

是日清晨出來，朝鮮各官依次相見，繼之領兵諸大臣相見，繼之降戶各村諸大人依次相見，無論長幼僕主婦孺等人人皆酒足飯飽，

是日清晨出来，朝鲜各官依次相见，继之领兵诸大臣相见，继之降户各村诸大人依次相见，无论长幼仆主妇孺等人人皆酒足饭饱，

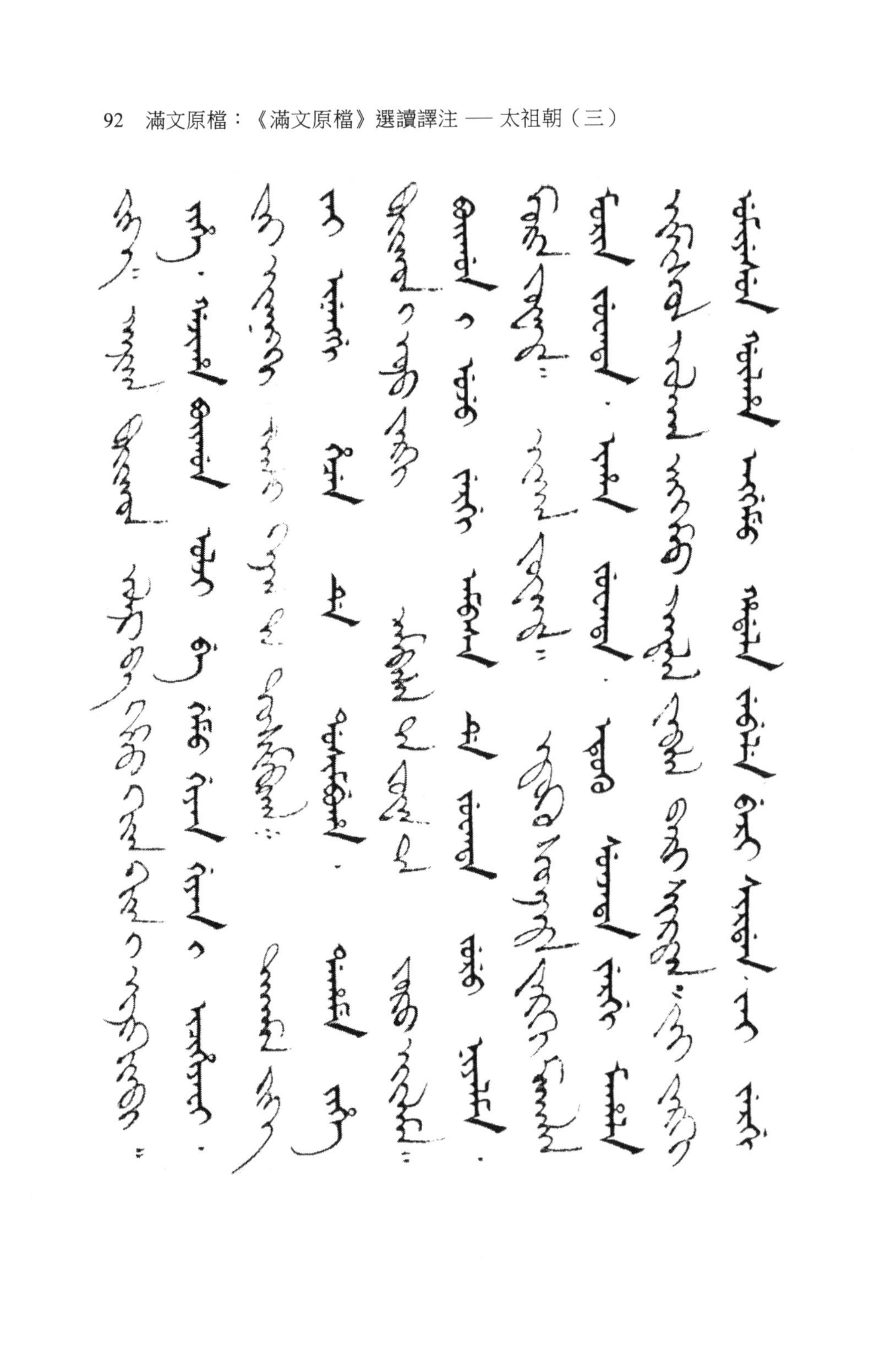

jihe, gajiha boigon olji be gemu giyan giyan i icihiyafi, jai inenggi han i hecen de dosimbuha. dahame jihe boigon i uju jergi ambasa de, juwan ta juru niyalma, morin juwanta, ihan juwanta, etuku sunjata jergi mahala umiyesun gūlha enggemu hadala jebele beri sirdan, jai jergi

---

宴畢返回。携來之人戶俘虜，皆逐一辦妥，於次日令其進入汗城。賜率領來降人戶之頭等大人男婦各十對、馬各十匹、牛各十頭、衣各五襲、暖帽、腰帶[35]、靴、鞍、轡、撒袋、弓、箭。次等

宴毕返回。携来之人户俘虏，皆逐一办妥，于次日令其进入汗城。赐率领来降人户之头等大人男妇各十对、马各十匹、牛各十头、衣各五袭、暖帽、腰带、靴、鞍、辔、撒袋、弓、箭。次等

---

[35] 腰帶，《滿文原檔》讀作“imisun”，《滿文老檔》讀作“umiyesun”。

七、牛彔額真

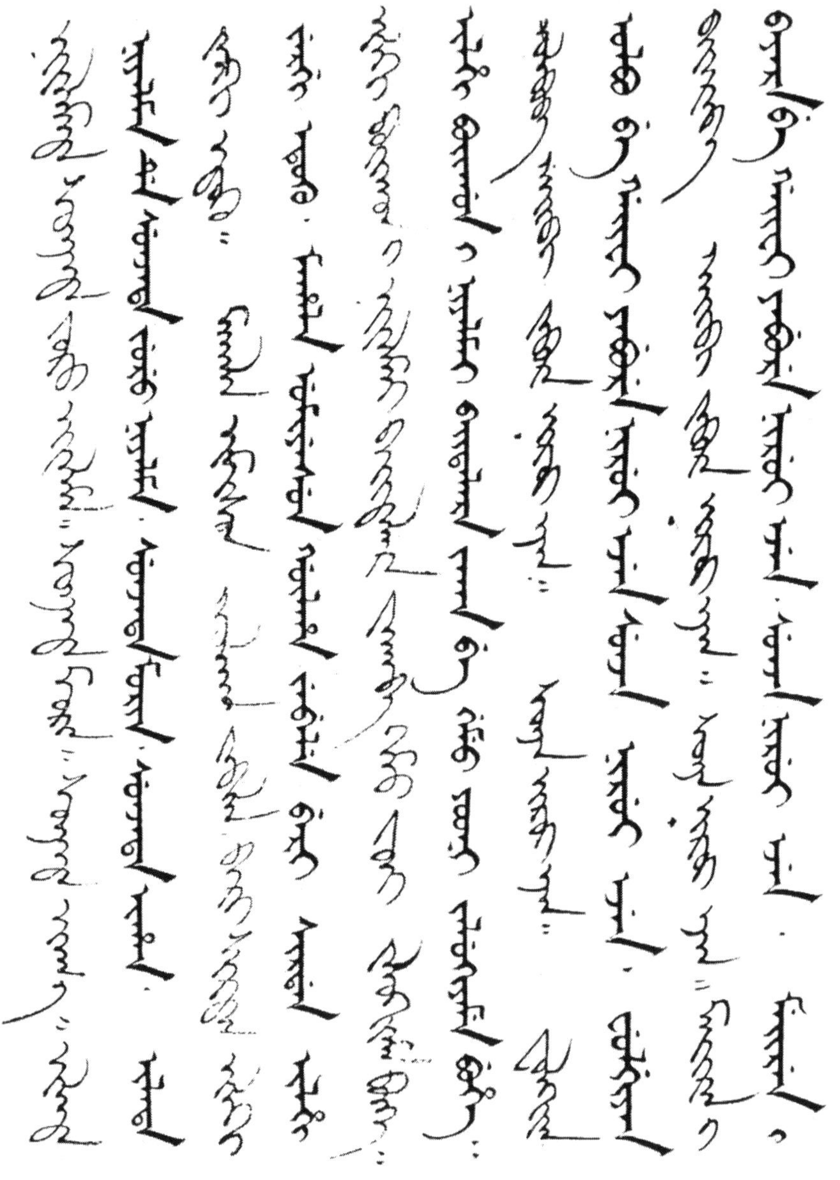

niyalmade sunjata juru niyalma, sunjata morin, sunjata ihan, ilata jergi etuku, mahala umiyesun gūlha jebele beri sirdan ilhi ilhi boigon i niyalmai baitalara jakabe gemu yooni jalukiyame buhe. olbobe gaifi yabure nirui ejen, sunja nirui ejen, fulgiyan bayarabe gaifi yabure nirui ejen, sunja nirui ejen, meiren i

---

賜男婦各五對、馬各五匹、牛各五頭、衣各三襲、暖帽、腰帶、靴、撒帶、弓、箭。其他依次將各戶應用器物皆充足賜給[36]。率領綿甲兵行走之牛彔額真、五牛彔額真，率領紅巴牙喇行走之牛彔額真、五牛彔額真，

赐男妇各五对、马各五匹、牛各五头、衣各三袭、暖帽、腰带、靴、撒带、弓、箭。其它依次将各户应用器物皆充足赐给。率领绵甲兵行走之牛彔额真、五牛彔额真，率领红巴牙喇行走之牛彔额真、五牛彔额真，

---

[36] 皆充足賜給，句中「充足」，《滿文原檔》寫作"joni jalokijama"，《滿文老檔》讀作"yooni jalukiyame"，意即「全然滿足」。

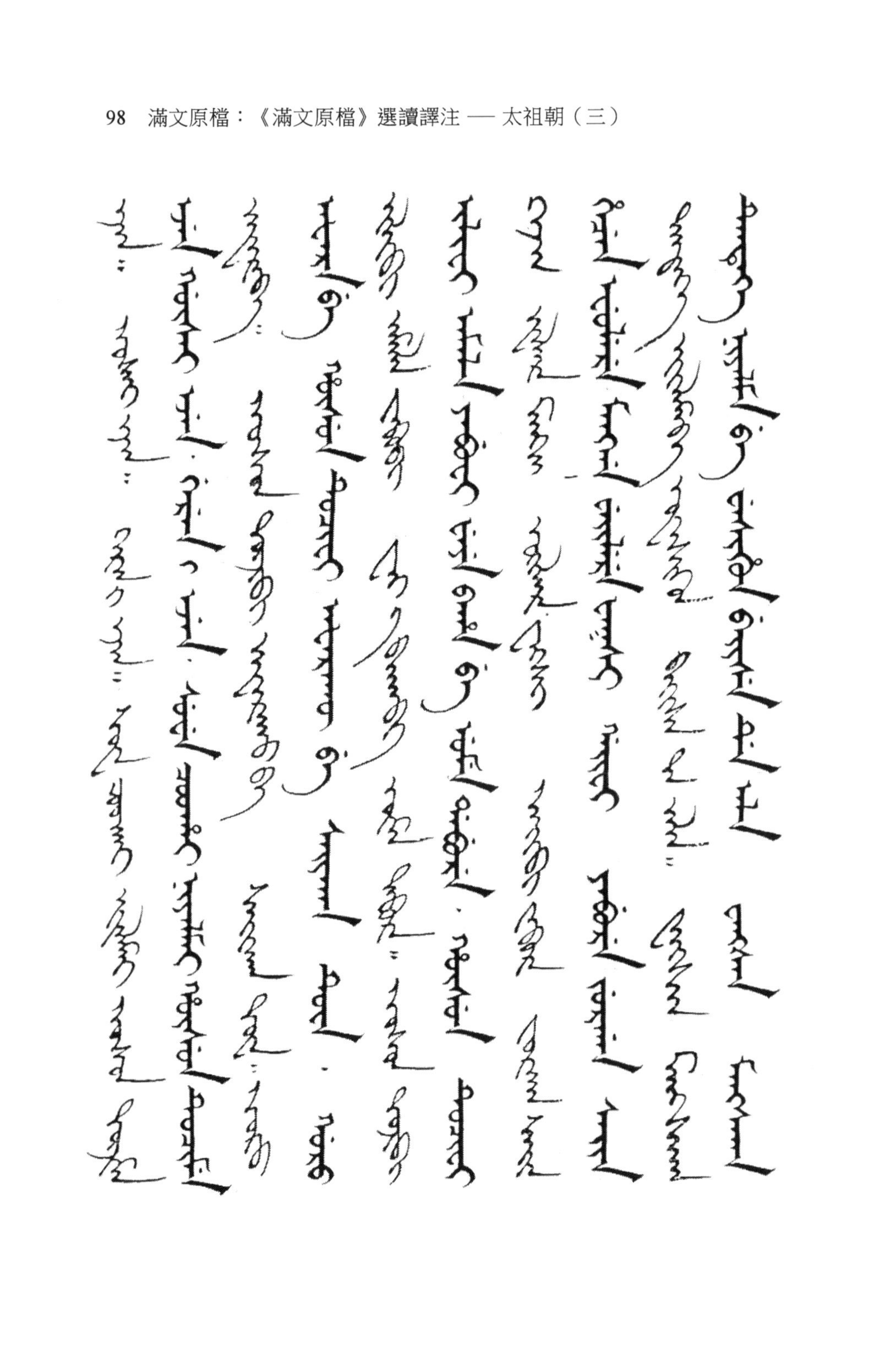

ejen, gūsai ejen, geren i ejen, suwe coohai niyalmai hūsun tucime afarabe, hūsun tucifi afarakū be saikan tuwa. goro ilifi amala yabufi feye bahabe ume dabure. hūsun tucifi hecen efulere mangga weilere faksi gaifi yabure jurgan sain tenteke niyalma be wesihun beise de ala. wangšan mangsaka

---

梅勒額真、固山額真、眾人額真，爾等宜善加監視軍士攻戰出力，或不出力。其遠立在隊尾後行走者，雖負傷亦不算有功。其出力善於破城巧於工事，率領行者隊伍良好，則將那些人告知諸貝勒。如汪善、莽薩喀、

梅勒额真、固山额真、众人额真，尔等宜善加监视军士攻战出力，或不出力。其远立在队尾后行走者，虽负伤亦不算有功。其出力善于破城巧于工事，率领行者队伍良好，则将那些人告知诸贝勒。如汪善、莽萨喀、

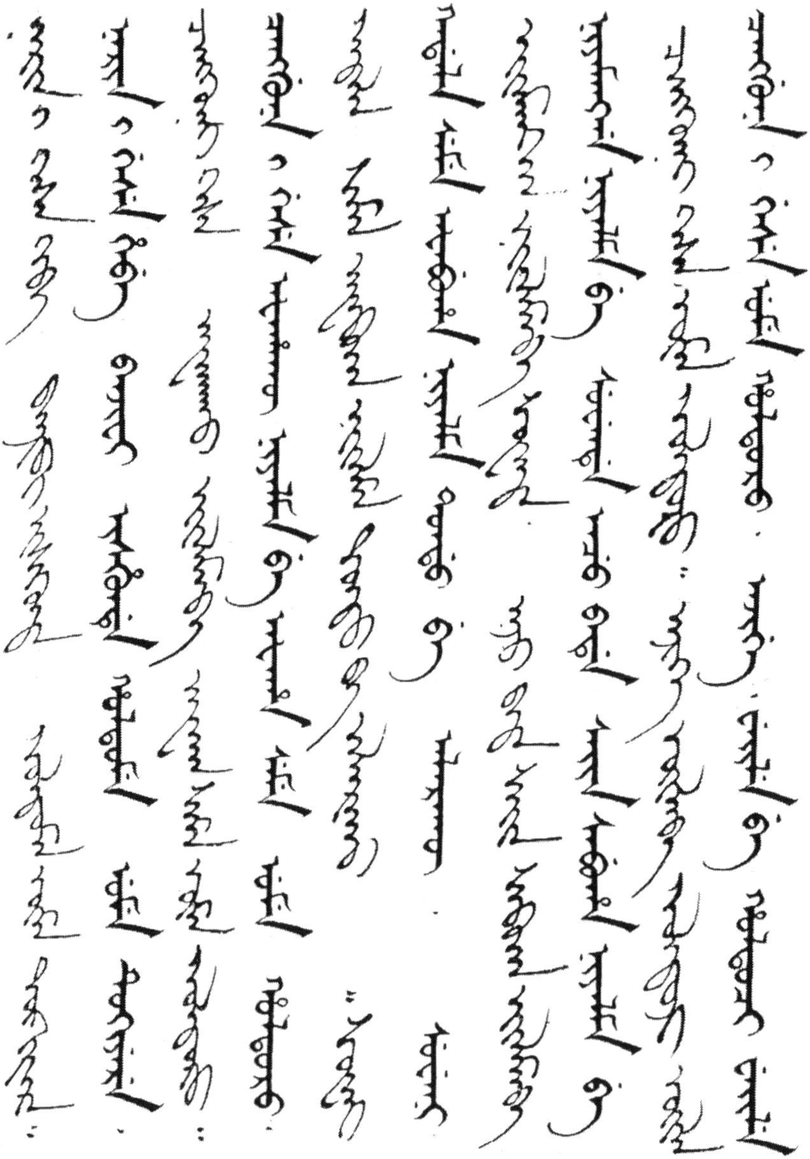

narin i gese hebe banjifi ishunde holtome ume tukiyere. canggunai gese afahakū niyalmabe afaha seme ume holtoro, kadala seme afabuha niyalma tondo be alarakū, suweni niyamangga niyalma be suwende encu bade sain sabuha niyalma be canggunai gese ume holtoro. ajige weilebe holtoci weile

---

納林同謀相互哄騙，則勿薦舉。如常古納將未征戰之人謊報征戰，將委任管理之人，不以直相告，爾等親族、與爾等異地而居相好之人，勿如常古納謊騙。若小事謊報，

纳林同谋相互哄骗，则勿荐举。如常古纳将未征战之人谎报征战，将委任管理之人，不以直相告，尔等亲族、与尔等异地而居相好之人，勿如常古纳谎骗。若小事谎报，

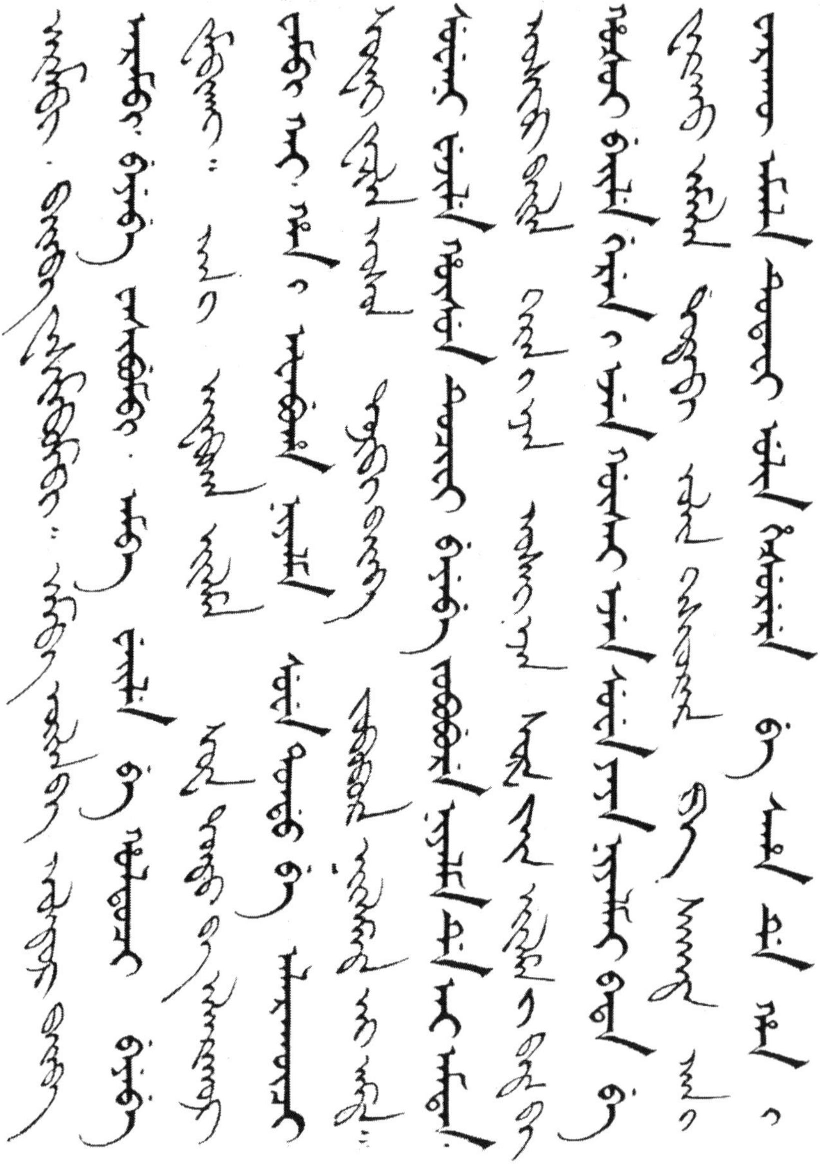

arambi, beyebe wasibumbi. amba weile be holtoci beyebe wambi kai. han i afabuha niyalma suwe tondo be alarakūci suweni fejile hūsun tucifi beyebe jobobure niyalmade ai amtan. hošoi beile geren i ejen gūsai ejen suwe yaya niyalma i bata be warakū amala tutafi ulin hešurere be saha de han i

---

則治降級之罪，若大事謊報，則治殺身之罪矣。爾等係汗委用之人，若不以直相告，則爾等屬下出力勞身之人又有何趣哉！和碩貝勒、眾人額真、固山額真，諸凡爾等之人不臨陣殺敵，而留後搜尋財物，見即以汗

则治降级之罪，若大事谎报，则治杀身之罪矣。尔等系汗委用之人，若不以直相告，则尔等属下出力劳身之人又有何趣哉！和硕贝勒、众人额真、固山额真，诸凡尔等之人不临阵杀敌，而留后搜寻财物，见即以汗

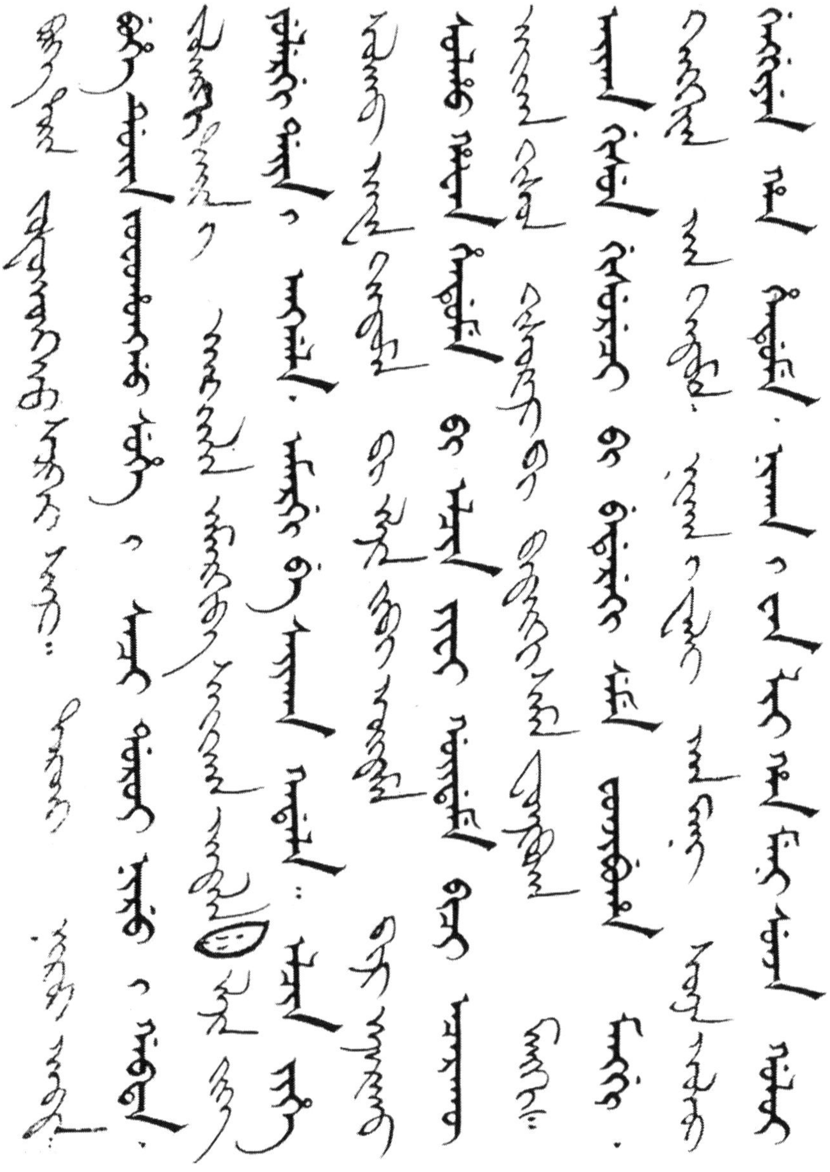

buhe duin jofohonggo suhei saci, doroi nirui gabta. julergi dain i anggala amargibe saikan kadala. elcin jihe solho hafan hendume bi elcin jifi goidame bici acarakū aika gisun gisureci bi bedereki seme fonjibuha manggi, genggiyen han hendume, nikan i wanli han meni sunja goloi

---

賜四棱大斧砍之，或以大禮披箭射之。既在前方征戰，亦應善於管理後方。朝鮮來使官問曰：「我為使來此，不宜久留，我今欲歸國，有何言語相告？」英明汗曰：「明萬曆帝毀我五路

賜四棱大斧砍之，或以大礼披箭射之。既在前方征战，亦应善于管理后方。朝鲜来使官问曰：「我为使来此，不宜久留，我今欲归国，有何言语相告？」英明汗曰：「明万历帝毁我五路

八、進兵開原

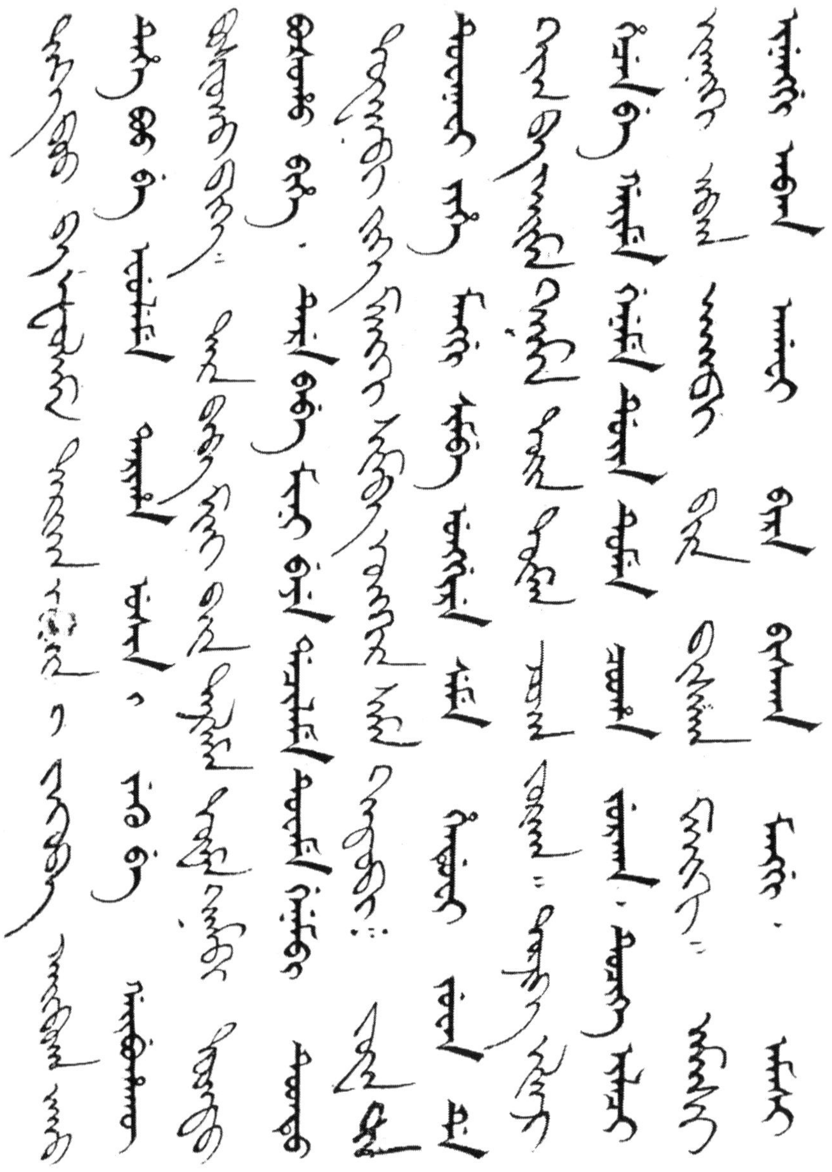

tehe boo be efuleme, tariha usin i jekube gaibuha akū bošoho bihe. tere babe mini beye dacilame tuwame genembi tuttu tuwanafi jihe manggi simbe unggire seme hendufi, juwan de, keyen be gaime geneme duin tumen cooha juraka, tucike ilaci inenggi abka agafi bira bisaka manggi, amasi

---

居住房舍，所種糧食，不准收穫，加以驅逐。我將親自前往該處訪察，待我查看回來後，再送你回去。」初十日，率兵四萬出發，往取開原[37]城。出發後第三日，天降大雨，河水漲溢，

居住房舍，所种粮食，不准收获，加以驱逐。我将亲自前往该处访察，待我查看回来后，再送你回去。初十日，率兵四万出发，往取开原城。出发后第三日，天降大雨，河水涨溢，

---

[37] 開原，《滿文原檔》寫作"kejen"，讀作"keyen"，《滿文老檔》讀作"hecen"訛誤；應改作"keyen"。滿蒙漢三體《滿洲實錄》卷五，滿文作"k'ai yuwan"，漢文作「開原」。

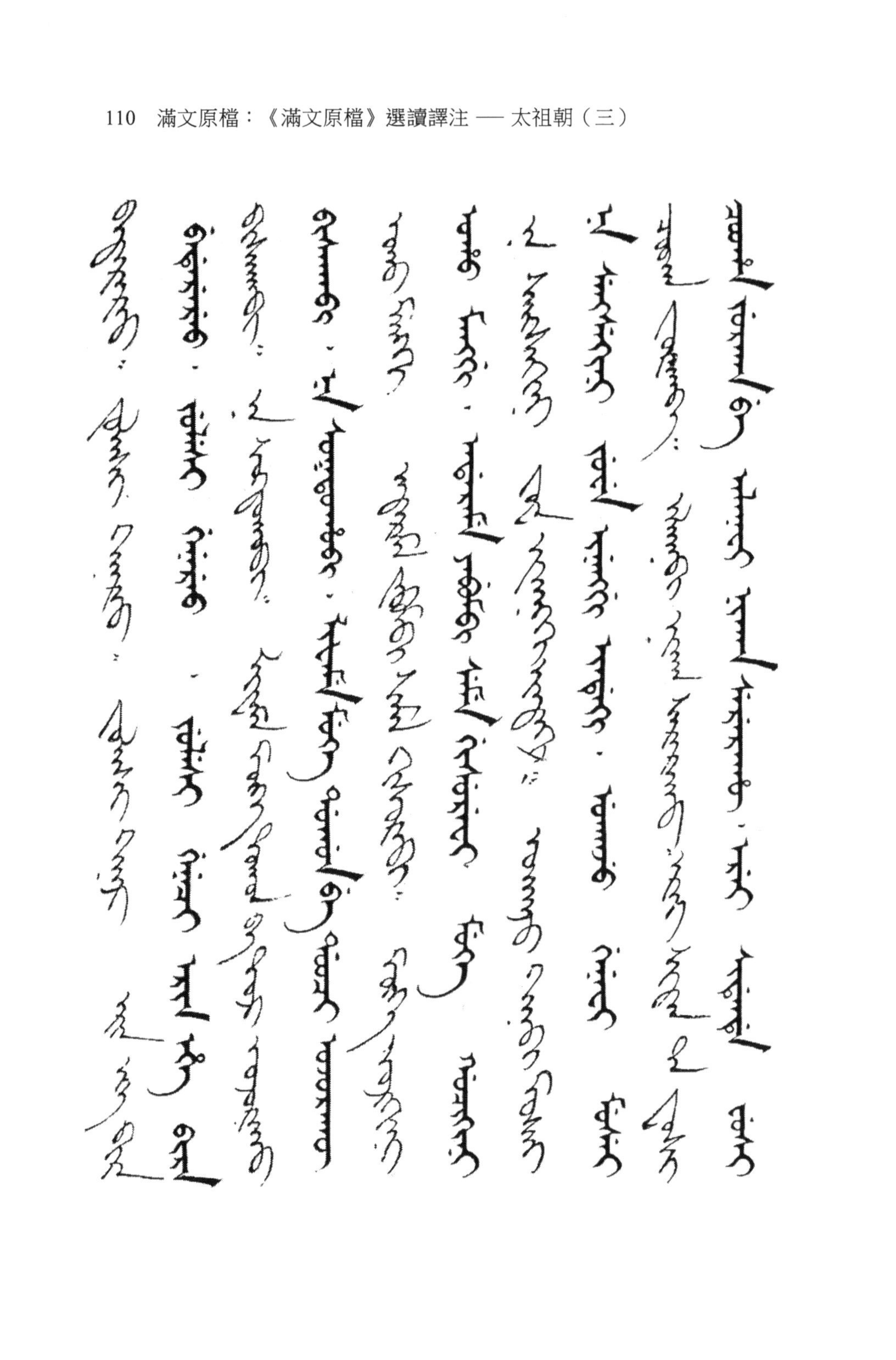

bedererео, julesi genereo, julesi geneci erin ehe bira bisakabi, na soktohobi, lifame muke dogon be dooci ojorakū oho manggi, adarame yabumbi seme gisurefi, muke gocikini na sengsekini juwe inenggi indeki, ukanju genefi musei cooha jurakabe, alanafi nikan sererahū, erei siden de, fusi

---

汗曰：「將回兵耶？抑進兵耶？倘進兵非其時，河水漲溢，道路泥濘，渡口河水深陷難濟，則何以行之？若屯留二日，以待水落地乾，又恐逃者洩語，使明知覺我軍已出發。在此期間，

汗曰：「将回兵耶？抑进兵耶？倘进兵非其时，河水涨溢，道路泥泞，渡口河水深陷难济，则何以行之？若屯留二日，以待水落地干，又恐逃者泄语，使明知觉我军已出发。在此期间，

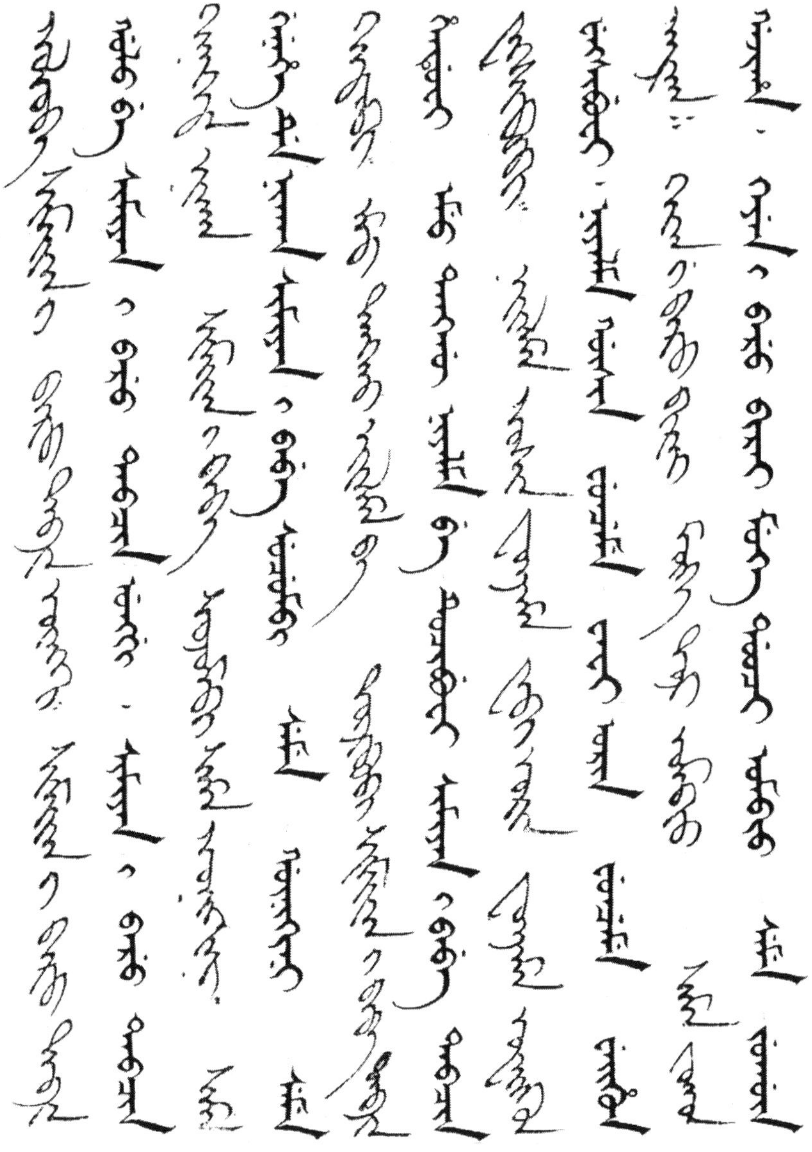

golobe simiyan i baru tabcin unggi, simiyan i baru tabcin genehede, nikan simiyan i babe sucumbi seme gūnikini seme hendufi emu tanggū niyalma be tucibufi simiyan i babe tabcin feksibufi, niyalma gūsin funceme wafi orin funceme weihun gajiha, keyen i baru birai muke dooci ombio seme jugūn

---

可遣兵由撫順路向瀋陽搶掠。前往瀋陽搶掠時，明疑我突襲瀋陽。」言畢，遂遣兵一百人，馳掠瀋陽，殺三十餘人，生擒二十餘人而還。遣往偵視開原道河水是否可以渡過之人

可遣兵由抚顺路向沈阳抢掠。前往沈阳抢掠时，明疑我突袭沈阳。」言毕，遂遣兵一百人，驰掠沈阳，杀三十余人，生擒二十余人而还。遣往侦视开原道河水是否可以渡过之人

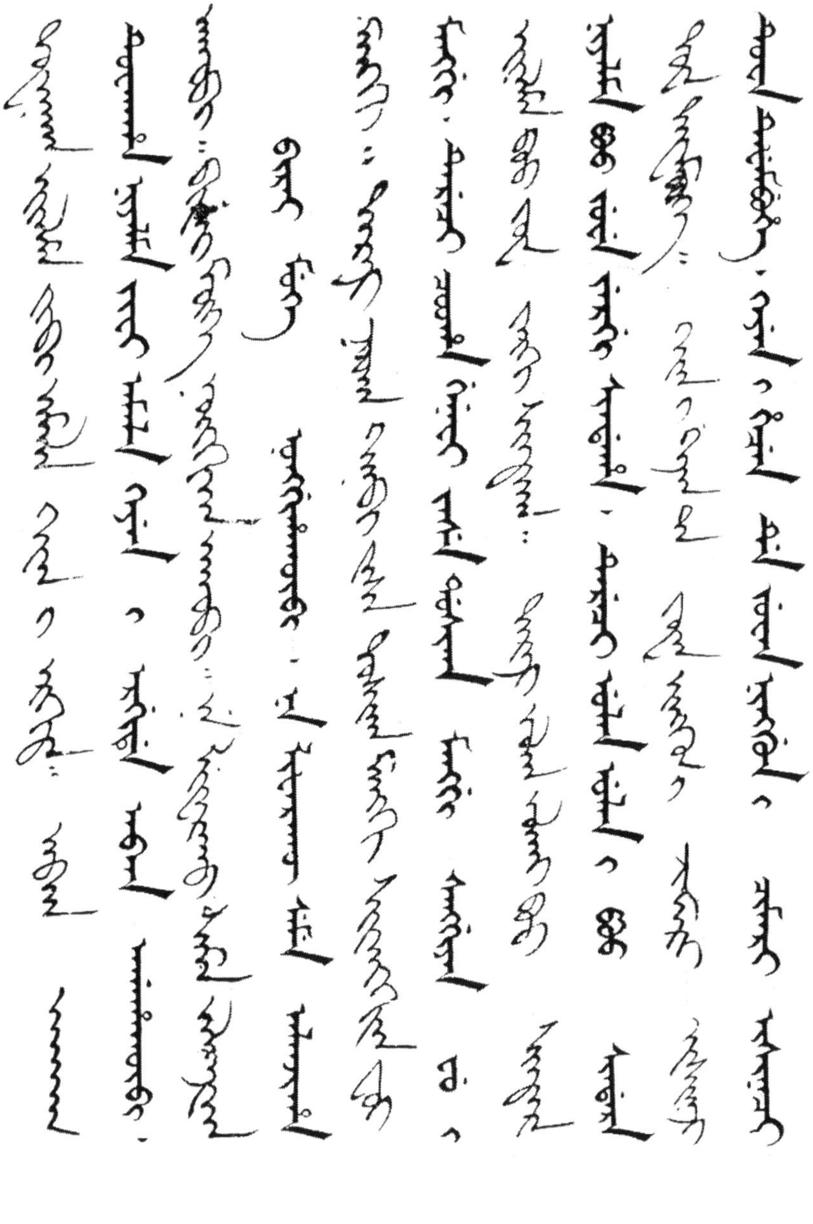

tuwanaha niyalma jifi amala keyen i ergide, abka agaha akūbi, birai muke nonggiha akūbi, na lifarakū seme alanjiha manggi, tereci cooha genefi jase dosika manggi šanggiyan fui niyalma poo juwe jergi sindaha, tereci ulan ulani poo sindara tuwa tefembuhe, keyen i hecen de juwan ninggun i cimari isinaci

---

之人回來報曰：「北面開原地方，天未降雨[38]，河水未漲，道路不泥濘。」遂起兵由此入邊。尚間堡之人放礮二次，由此接連燃火放礮。於十六日晨抵達開原城，

之人回来报曰：「北面开原地方，天未降雨，河水未涨，道路不泥泞。」遂起兵由此入边。尚间堡之人放炮二次，由此接连燃火放炮。于十六日晨抵达开原城，

---

[38] 未降雨，《滿文原檔》寫作 "akaka akobi"，《滿文老檔》讀作 "agahakūbi"。按此為無圈點滿文"ka"與"ga"、"ka" 與"ha"、"ko"與"kū"之混用現象。

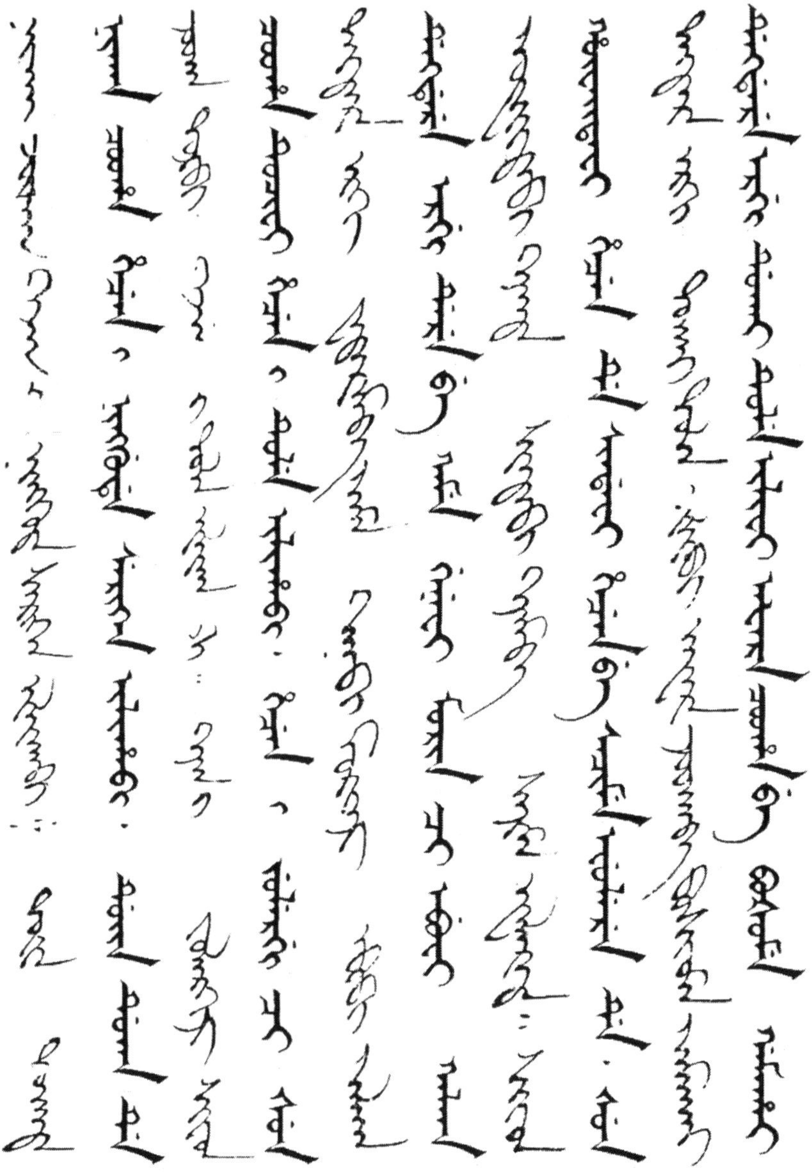

nikan cooha hecen i ninggude seriken ilihabi, duin dukade cooha tucifi hecen i tule iliha bi. hecen i julergici šun dekdere ergi feterembe kame genefi morinci ebufi kalka hūwaitafi hecende sindafi hecembe sacime efulere de, šun dekdere ergi dukai tule ilifi afara coohabe bošome gamahai

---

明兵稀疏陣列城上，餘兵出四門，陣列城外。我軍由城南向東邊圍攻，下馬拴繫盾牌[39]，置於城邊，拆燬城垣，擊敗東門外陣列敵兵，追逐掩殺，

明兵稀疏阵列城上，余兵出四门，阵列城外。我军由城南向东边围攻，下马拴系盾牌，置于城边，拆毁城垣，击败东门外阵列敌兵，追逐掩杀，

---

[39] 盾牌，《滿文原檔》、《滿文老檔》俱讀作“kalka”，此與蒙文“qalqaɣ-a”係同源詞。

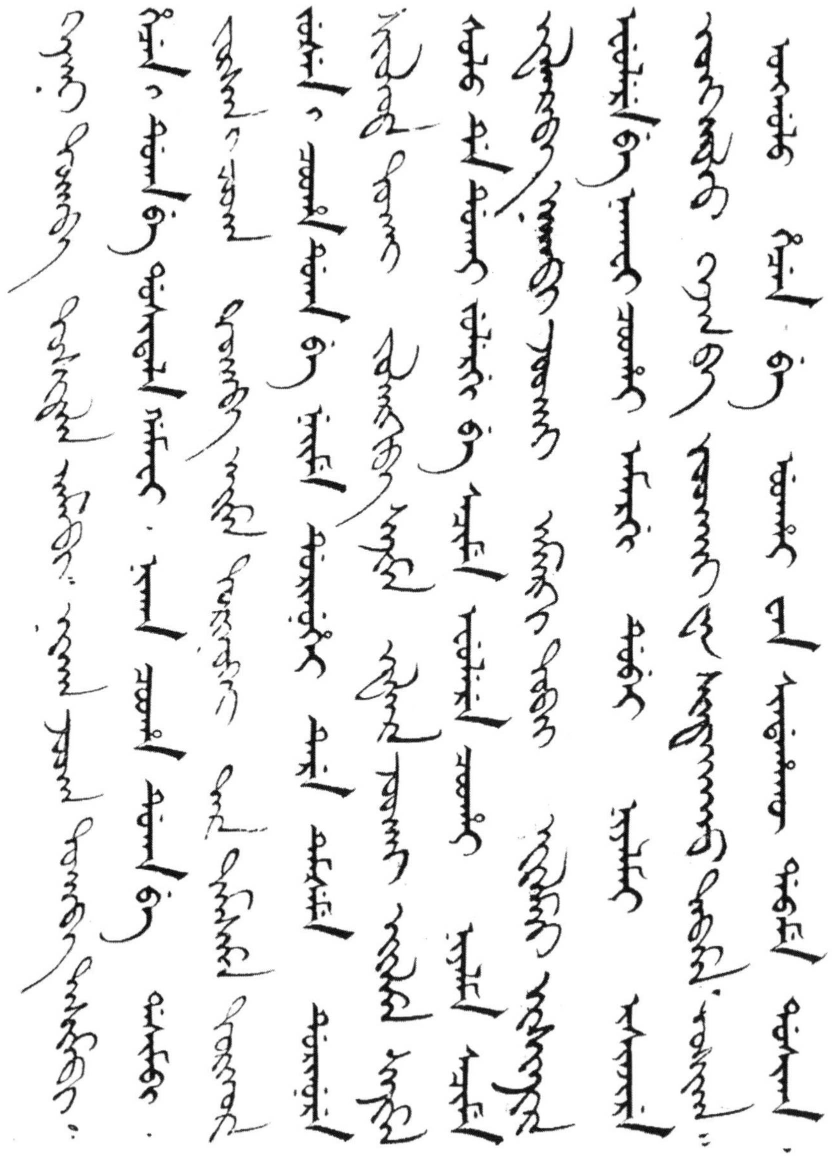

heceni dukabe dositala gamafi, nikan cooha dukabe dasimbi, jušen i cooha dukabe neime durinuhei tere temšeme durinure šolode dukai julergibe sacime efulere coohai niyalma sacime efulerebe nakafi, coohai amargi dubei niyalmai isinjire onggolo, hecen be uthai wan sindahakū dabame dosika,

---

逼入城門，明兵掩門，諸申兵開門力奪。在爭奪之際，攻破城門南面之軍士，停止拆城，在後隊兵士到達之前，雲梯未豎，即踰城而入，

逼入城门，明兵掩门，诸申兵开门力夺。在争夺之际，攻破城门南面之军士，停止拆城，在后队兵士到达之前，云梯未竖，即踰城而入，

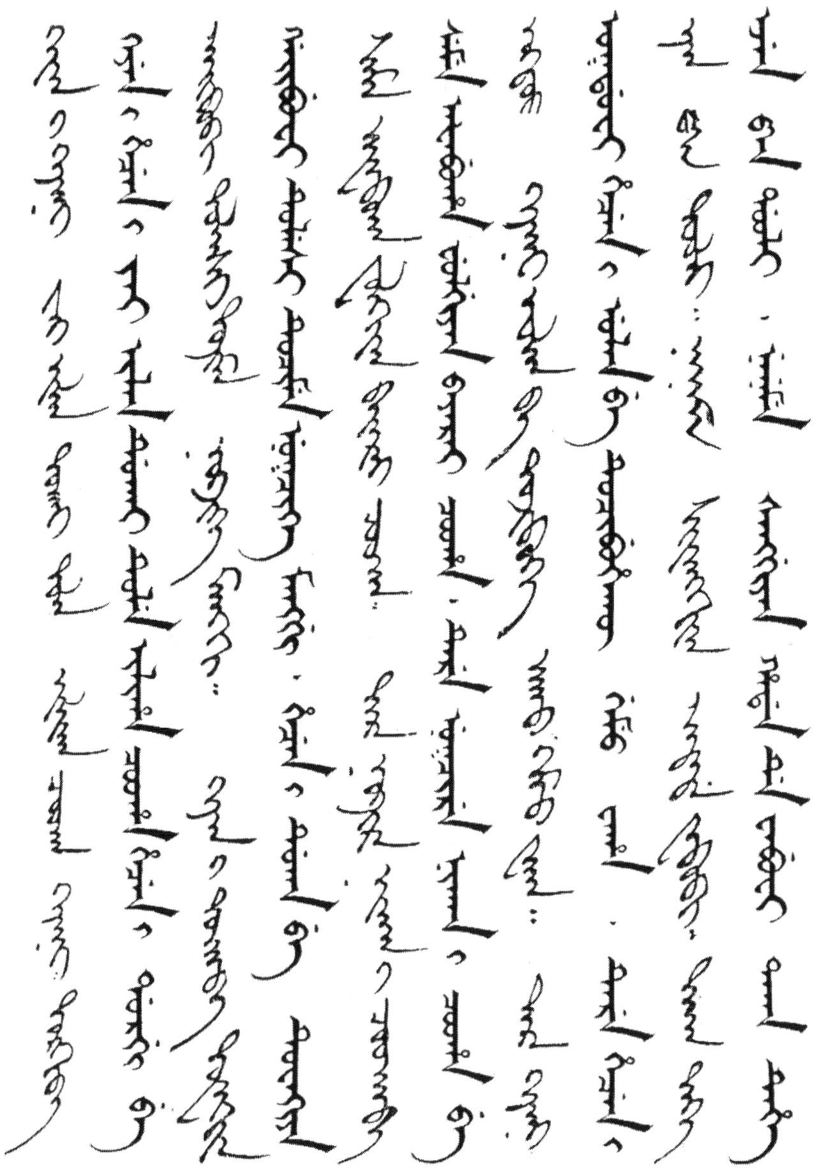

keyen i hecen i jai ilan dukai tule iliha cooha heceni dorgibe gaibufi tulesi tucime nukcike manggi, hecen i dukabe tuwakiya seme afabuha fulgiyan bayarai cooha, tere nukcire nikan i coohabe okdofi heceni ulan be tucibuhe akū gemu waha, tere heceni ejen pan dooli, neneme šanggiyan hadade wabufi, taka tehe

---

立於開原城另三門外之兵，見城內已被擊敗，即向外衝突奔竄。奉命守城門之紅巴雅喇兵迎擊突圍明兵，不令其逃出城壕，盡殲之。其城主將潘道員前在尚間崖已被殺，

立于开原城另三门外之兵，见城内已被击败，即向外冲突奔窜。奉命守城门之红巴雅喇兵迎击突围明兵，不令其逃出城壕，尽歼之。其城主将潘道员前在尚间崖已被杀，

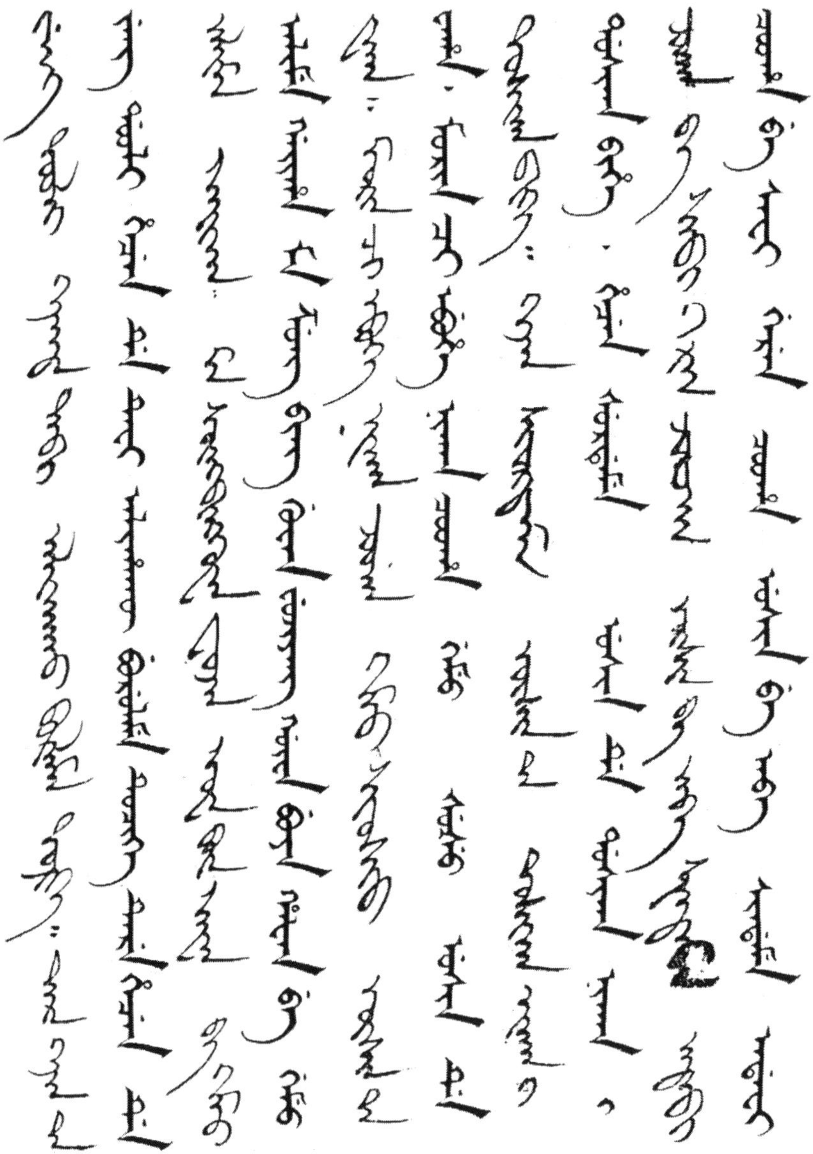

jeng dooli hecen de tefi alihakū burulame tucike, tere hecen de alime gaiha ma dzungbingguwan, fujiyang, gūwa buya hafan be gemu waha. morin ci ebuhe nikan cooha gemu šušu usin de dosika bihe, hecen šurdeme usin de dosika nikan i cooha be safi, geren cooha, usin be aba sindame adafi

---

由鄭道員暫署駐守此城，未戰逃出，專管此城之馬總兵官[40]、副將及其他小官，皆被殺。下馬之明兵皆進入高粱[41]田中，見明兵進入城週圍田中，衆軍即排列行圍田中，

由郑道员暂署驻守此城，未战逃出，专管此城之马总兵官、副将及其它小官，皆被杀。下马之明兵皆进入高粱田中，见明兵进入城周围田中，众军即排列行围田中，

---

40 總兵官，《滿文原檔》寫作"süngbingkuwan"，《滿文老檔》讀作"dzungbingguwan"。

41 高粱，《滿文原檔》寫作"siosio"，《滿文老檔》讀作"šušu"。按此為無圈點滿文"sio"與"šu"之混用現象。

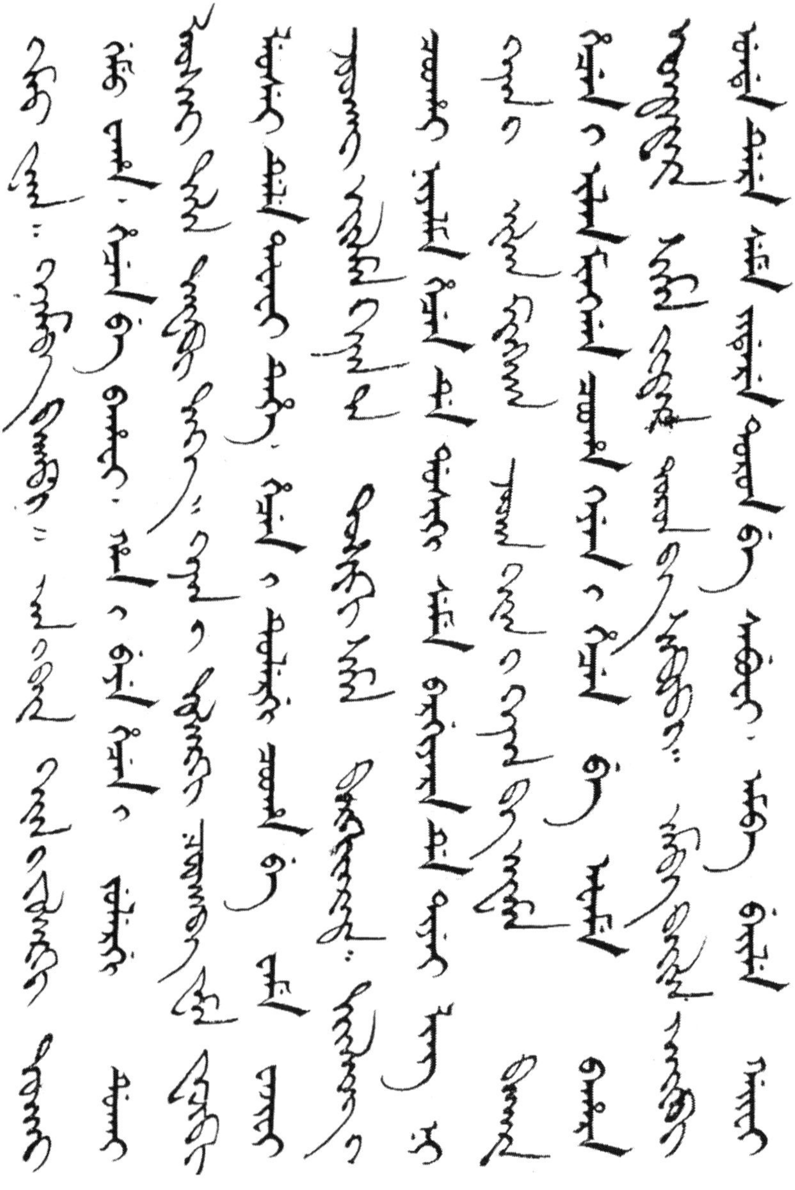

gemu waha. hecenbe bahafi, han i beye keyen i julergi dukai leosei dele tafafi tehe. hecen i tulergi coohabe wame wajifi coohai niyalma hecen de dosiki seme bargiyarade, tiyeling i hecen i ilan minggan cooha keyen i hecen be afame bahara undedere seme jidere toron be sabufi, amba beile gaifi

---

皆殺之。攻取此城後，汗親自登上開原城南門樓上而坐。盡殲城外之兵後，正欲收兵入城時，鐵嶺城三千兵尚以為開原城未被攻取而來援，見前來軍馬飛塵，大貝勒領兵

皆杀之。攻取此城后，汗亲自登上开原城南门楼上而坐。尽歼城外之兵后，正欲收兵入城时，铁岭城三千兵尚以为开原城未被攻取而来援，见前来军马飞尘，大贝勒领兵

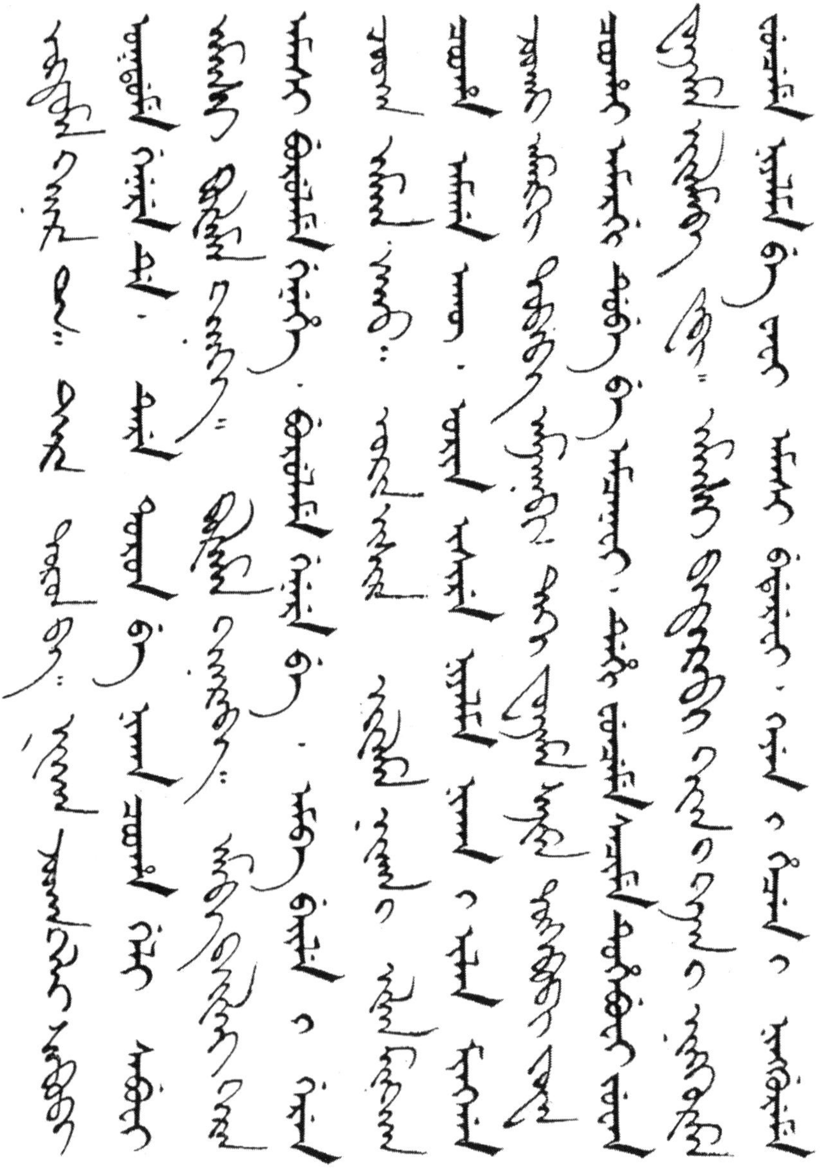

okdome genere de, tere toron be nikan cooha geli sabufi amasi burulame genehe. burulame generebe, amba beilei geren cooha amaga akū, orin isire niyalma nikan i ilan minggan coohai amargi dubebe amcanafi, dehi funceme sacime tuhebufi, juwan funceme niyalmabe wafi amasi bederefi keyen i hecen i ninggureme

---

迎戰。明兵一見飛塵即轉回逃走。大貝勒見明兵逃走，在後無衆兵，僅率二十人由後尾追明兵三千人，砍倒四十餘人，殺十餘人而回，紮營於開原城上。

迎战。明兵一见飞尘即转回逃走。大贝勒见明兵逃走，在后无众兵，仅率二十人由后尾追明兵三千人，砍倒四十余人，杀十余人而回，扎营于开原城上。

九、蒙古叛降

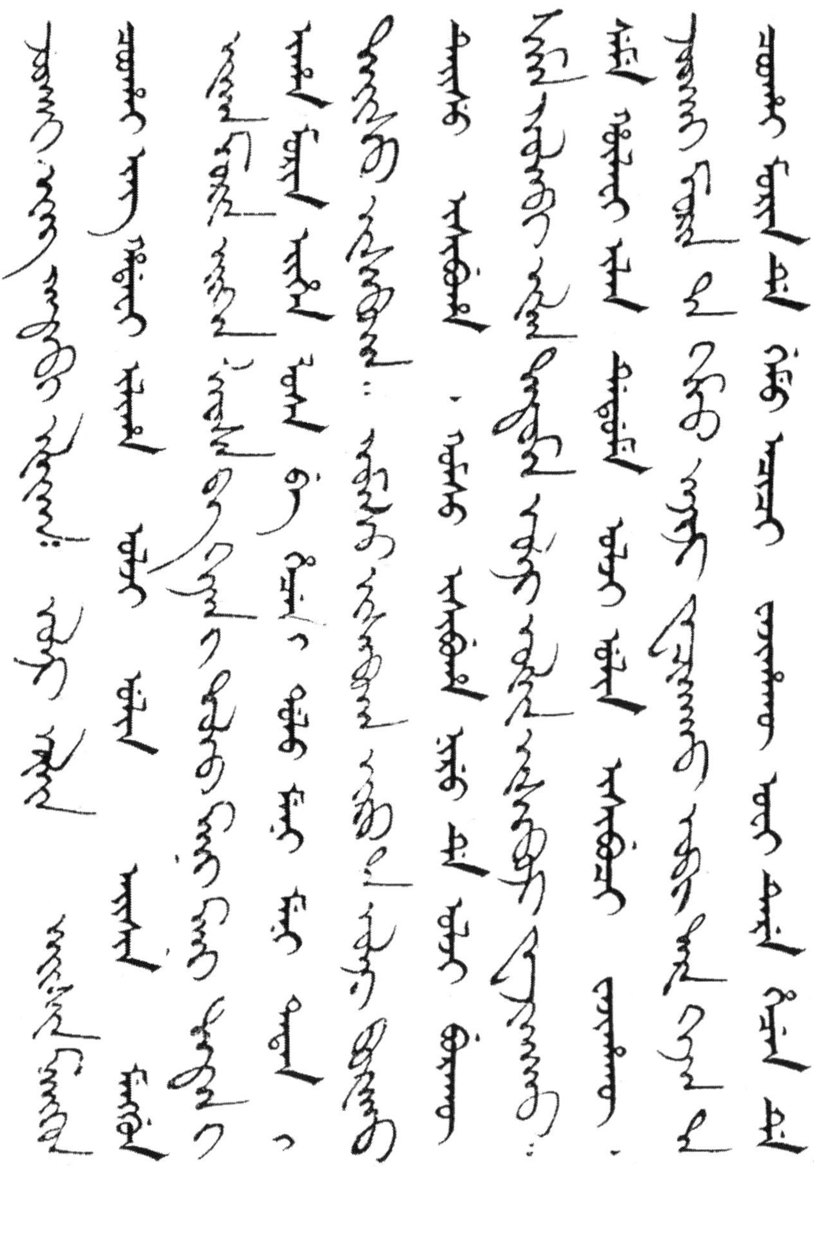

coohai ing hadafi iliha, olji, ulin, aisin, menggun, ihan, morin, eihen, losa be, hecen i dolo meni meni tatan i teisu isabuha, komso isabuha niru de olji burakū seme hūlafi ilan dedume olji ulin isabuci wajihakū, coohai morin de gemu acici wajihakū ofi tere hecen de

---

將城內所獲俘虜[42]、貨財、金、銀、牛、馬、驢、騾[43]，俱令各自積聚於各塔坦內。積聚少之牛彔，令不給俘虜。駐三日，積聚俘虜、貨財仍未收完，軍馬皆未馱完，

将城内所获俘虏、货财、金、银、牛、马、驴、骡，俱令各自积聚于各塔坦内。积聚少之牛彔，令不给俘虏。驻三日，积聚俘虏、货财仍未收完，军马皆未驮完，

---

[42] 俘虜，《滿文原檔》、《滿文老檔》俱讀作 "olji"，係蒙文 "olǰa" 借詞。

[43] 騾，《滿文原檔》寫作"laosa"，《滿文老檔》讀作"losa"。按滿文"losa" 係蒙文"laɣusa"借詞。

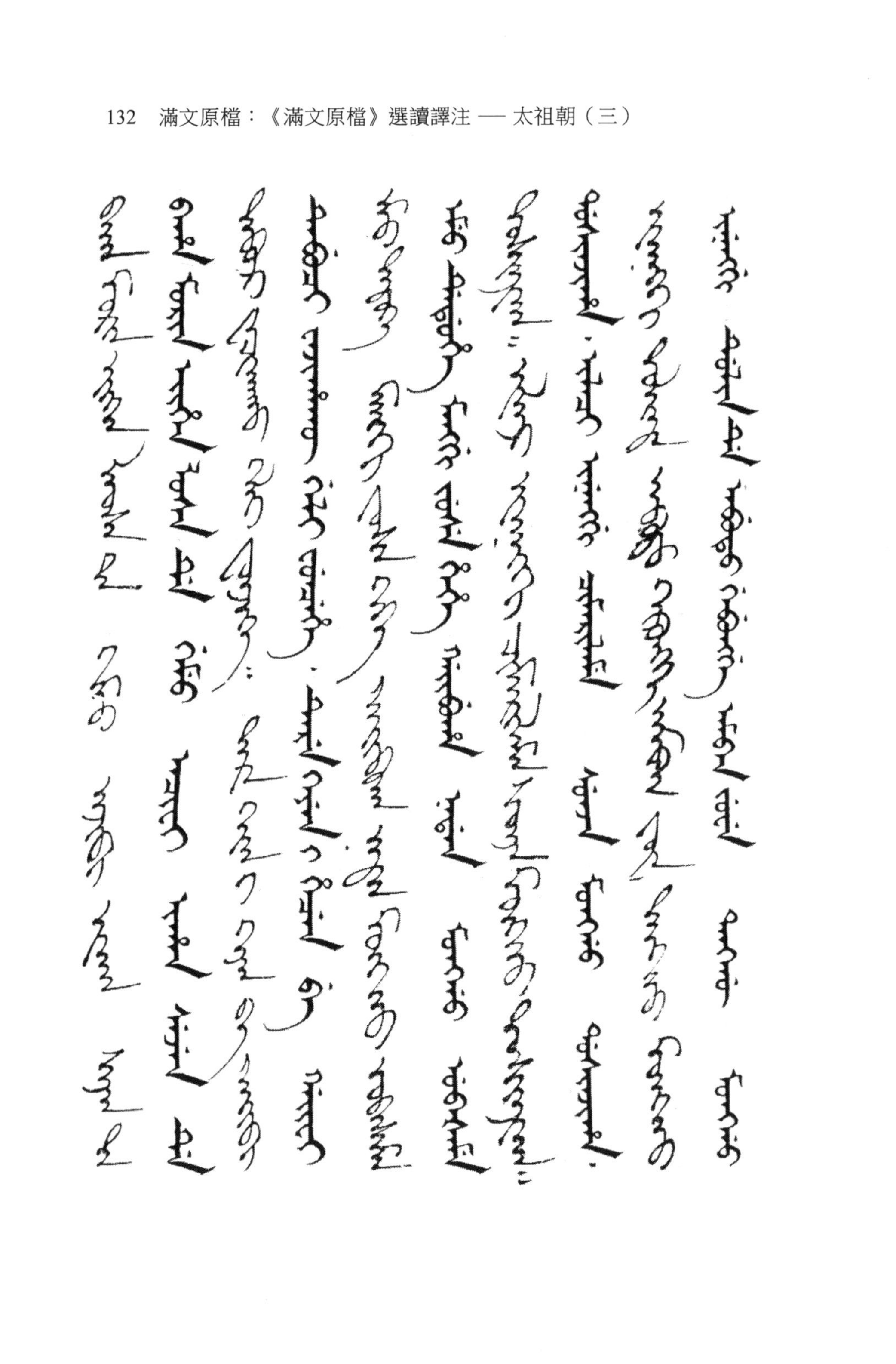

baha morin, eihen, losa de gemu acifi ihan sejen de tebuci wajihakū geli funcehe. tere keyen i hecen be gaifi emu deduhe manggi juse hehe gaibuha nadan monggo ubašame dosinjiha. ilaci inenggi cimarilame sunja monggo dosinjiha. inenggi dulinde abutu gebungge amban juwe tanggū monggo

---

乃俱以此城内所獲之馬、驢、騾馱運，以牛車裝載，仍有剩餘。攻取開原城後，駐一宿，次日，有妻孥被俘之蒙古七人叛降前來。第三日清晨，有蒙古五人前來。至午時，有名叫阿布圖之大臣率蒙古兵二百名

乃俱以此城内所获之马、驴、骡驮运，以牛车装载，仍有剩余。攻取开原城后，驻一宿，次日，有妻孥被俘之蒙古七人叛降前来。第三日清晨，有蒙古五人前来。至午时，有名叫阿布图之大臣率蒙古兵二百名

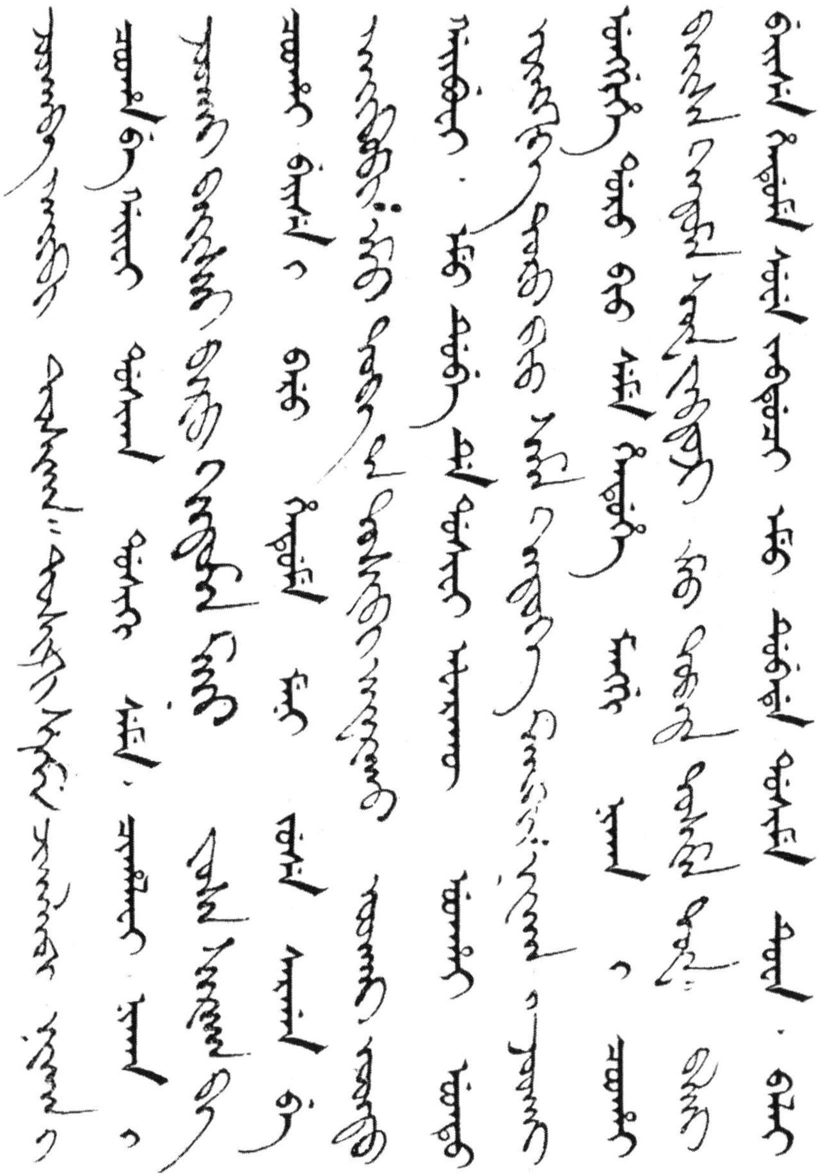

coohabe gaifi dosika, dosiki seme cihalafi nikan i coohai beisei baru hendume meni juse sargan be gaibufi, emu dube de dosifi afarakū uthai uttu unggihe doro bio seme henduhe manggi, nikan i coohai beise hendume suwe jabduci emu dubede dosime tuwa, balai

---

進來，因欲投降，曾向明領兵諸王曰：「我等妻孥被俘，若不前去一戰，豈有就如此送還之理？」明兵諸王曰：「爾等可乘隙進去相機而行，

进来，因欲投降，曾向明领兵诸王曰：「我等妻孥被俘，若不前去一战，岂有就如此送还之理？」明兵诸王曰：「尔等可乘隙进去相机而行，

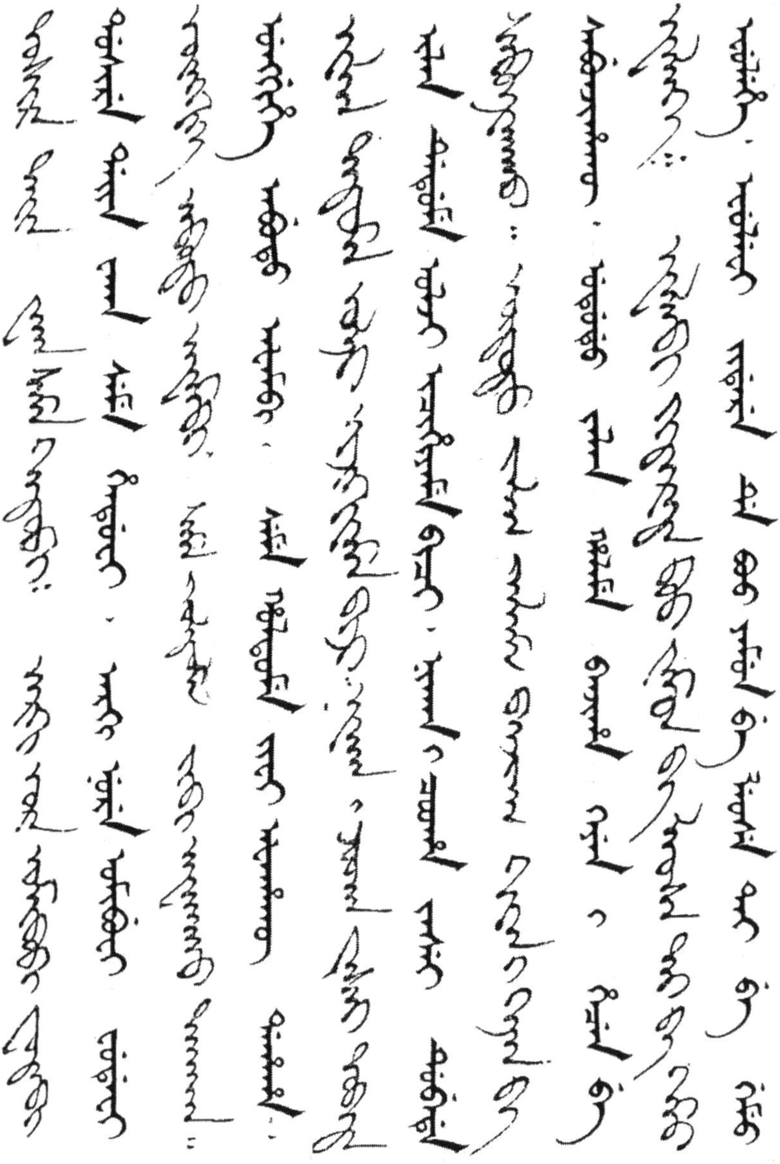

dosire dain waka seme hendufi, arki nure omibufi fudefi unggihe. abutu afambi, seme holtome jifi afahakū dahaha. ilan dedume olji icihiyame bici, nikan i cooha jasei dubede sabunjihakū, ududu jalan halame banjiha keyen i hecen be efulehe. efulefi jiderede, boo yamun be leose tai be gemu

---

此非妄行戰役。」言畢，乃進酒送回。阿布圖謊稱來戰，卻不戰而降。駐軍三日，處理俘虜，未見明兵出邊。遂燬其數世生活之開原城。燬壞後返回時，又盡焚城內房舍、衙署、樓臺。

此非妄行战役。」言毕，乃进酒送回。阿布图谎称来战，却不战而降。驻军三日，处理俘虏，未见明兵出边。遂毁其数世生活之开原城。毁坏后返回时，又尽焚城内房舍、衙署、楼台。

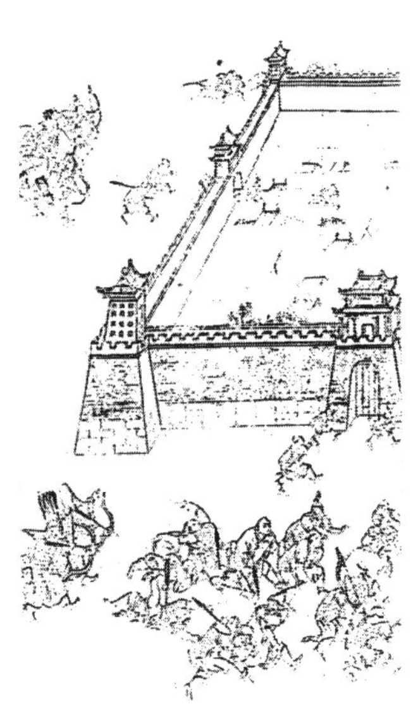

十、嚴禁藏匿

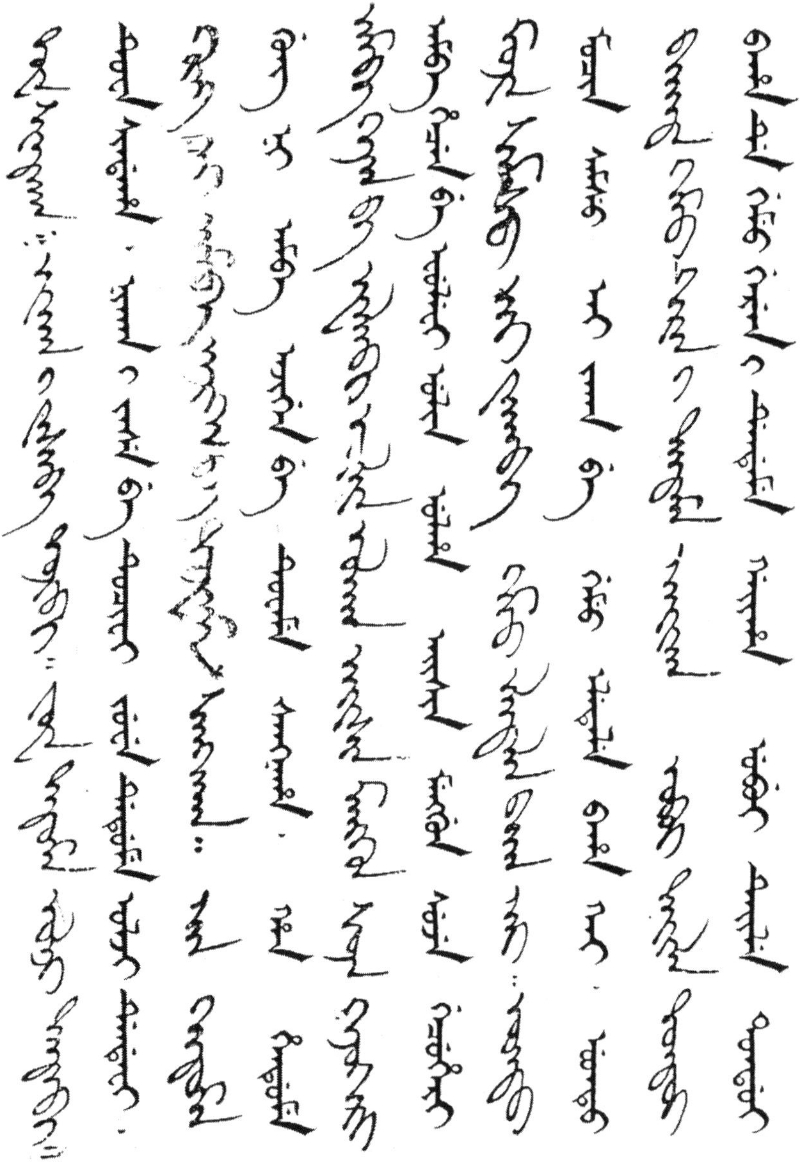

tuwa sindaha. nikan i jasebe tucifi, juwe dedume olji dendefi, gung ni amba ajigen be tuwame šangnaha. han hendume, amba hecen be efulefi, ulin, ulha aisin menggun suje gecuheri mocin samsu ai jakabe gemu eletele baha kai. uttu baha de gemu geren i dendeme gaiha ubui teile tondoi

---

兵出明邊，駐二日，分賜俘虜，視功之大小行賞。汗曰：「燬此大城，充足獲取貨財、牲畜、金銀、綢緞、毛青布、翠藍布等一應物件。如此獲得，衆人皆按數平分，

兵出明边，驻二日，分赐俘虏，视功之大小行赏。汗曰：「毁此大城，充足获取货财、牲畜、金银、绸缎、毛青布、翠蓝布等一应物件。如此获得，众人皆按数平分，

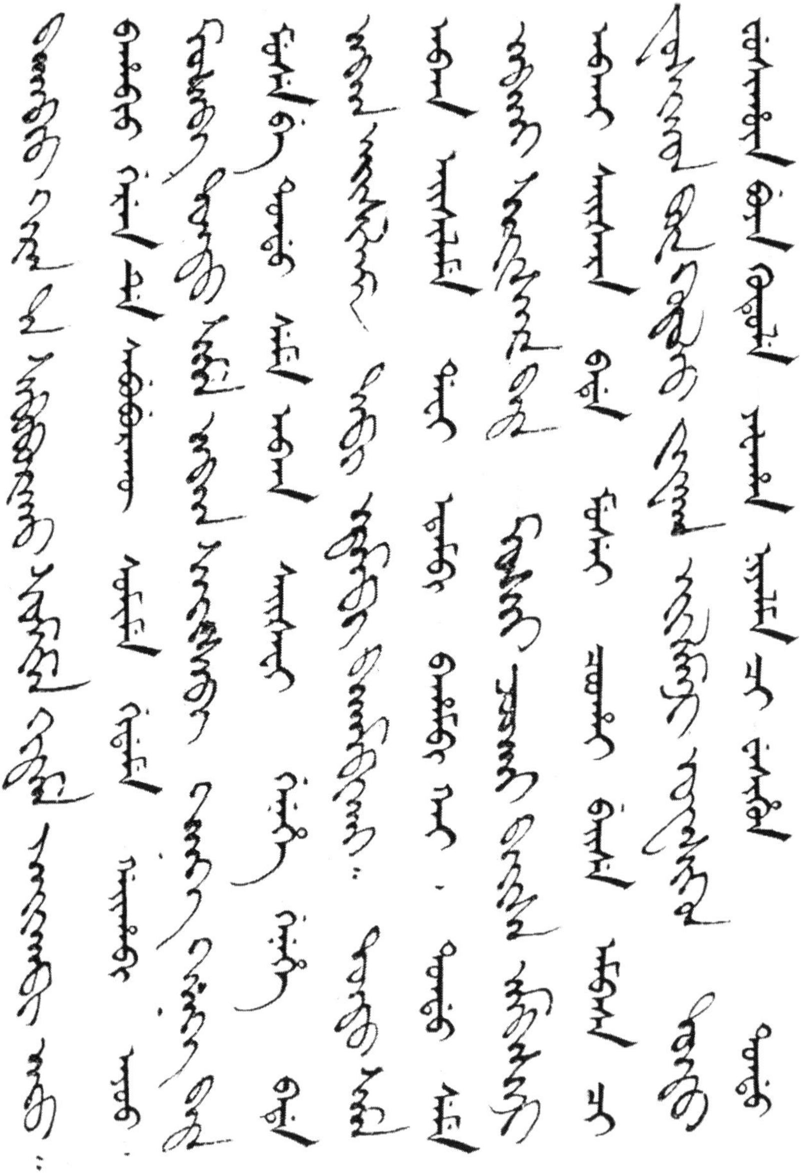

bahabio. geren de sabuburakū somime gidame gaihabi ayoo, musebe tondo seme abka saišafi genehe genehe bade, abka aisilame dafi etembi bahambikai. tondo seme abkai saišara bade musei coohai beise ambasa ci fusihūn buya kutule yafahan niyalmaci wesihun, tondo

---

恐有[44]不令衆人看見私取藏匿者，因上天嘉許[45]我之公正，故所到之處，皆蒙上天援助而取得勝利也。公正而獲上天嘉許之處，我軍上自諸貝勒大臣，下至低微牽馬[46]步行[47]跟役，

恐有不令众人看见私取藏匿者，因上天嘉许我之公正，故所到之处，皆蒙上天援助而取得胜利也。公正而获上天嘉许之处，我军上自诸贝勒大臣，下至低微牵马步行跟役，

---

44 恐有，句中「恐」，《滿文原檔》寫作“ajo”，《滿文老檔》讀作“ayoo”。按此為無圈點滿文 “jo” 與 “yo”之混用現象。滿文 “ayoo” 係蒙文“ayuu”借詞，意即「恐怕語氣」。

45 嘉許，《滿文原檔》寫作“saisafi”，《滿文老檔》讀作“saišafi”。按滿文“saiša”詞根與蒙文“saisiya”詞根相同，係同源詞（根）。

46 牽馬，《滿文原檔》寫作“kutolo”，《滿文老檔》讀作“kutule”。按滿文“kutule”係蒙文“kötölöge”借詞，意即「牽著的」。

47 步行，《滿文原檔》寫作“jawakan”，《滿文老檔》讀作“yafahan”，意即「步行的」。按此為無圈點滿文 “ja” 與 “ya”、“wa”與 “fa”、“ka”與 “ha”之混用現象。

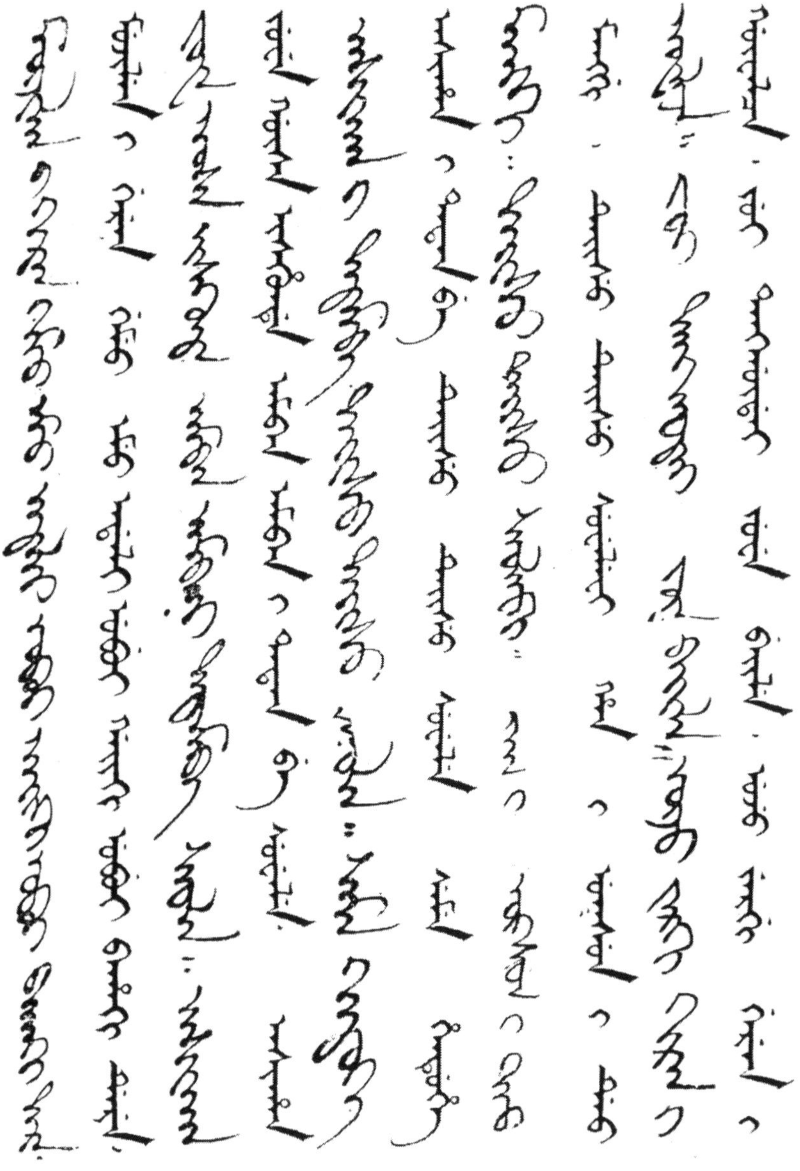

mujilen i geren gemu emu adali ubui gaiki, ubui bahaki dere, juwe gūsa ishumde amban ambani tatambe seole, asihan asihan i tatambe teisu teisu seole seme henduhe manggi, teisu teisu seolefi, han i uksun i deo gūwalca, jui tanggūdai juwe beile, uju jergi geren i

---

欲以公正之心令衆人皆一樣獲取一份，遂使之各得一份。令每二旗年長者相互搜檢[48]年長者之窩帳，年少者相互搜檢各自之窩帳。」言畢，遂各自搜檢。查獲汗之族弟卦爾查、子湯古岱二貝勒，

欲以公正之心令众人皆一样获取一份，遂使之各得一份。令每二旗年长者相互搜检年长者之窝帐，年少者相互搜检各自之窝帐。」言毕，遂各自搜检。查获汗之族弟卦尔查、子汤古岱二贝勒，

---

[48] 搜檢，《滿文原檔》寫作 "saola"，《滿文老檔》讀作 "suwele"，係 "suwelembi" 使役形。

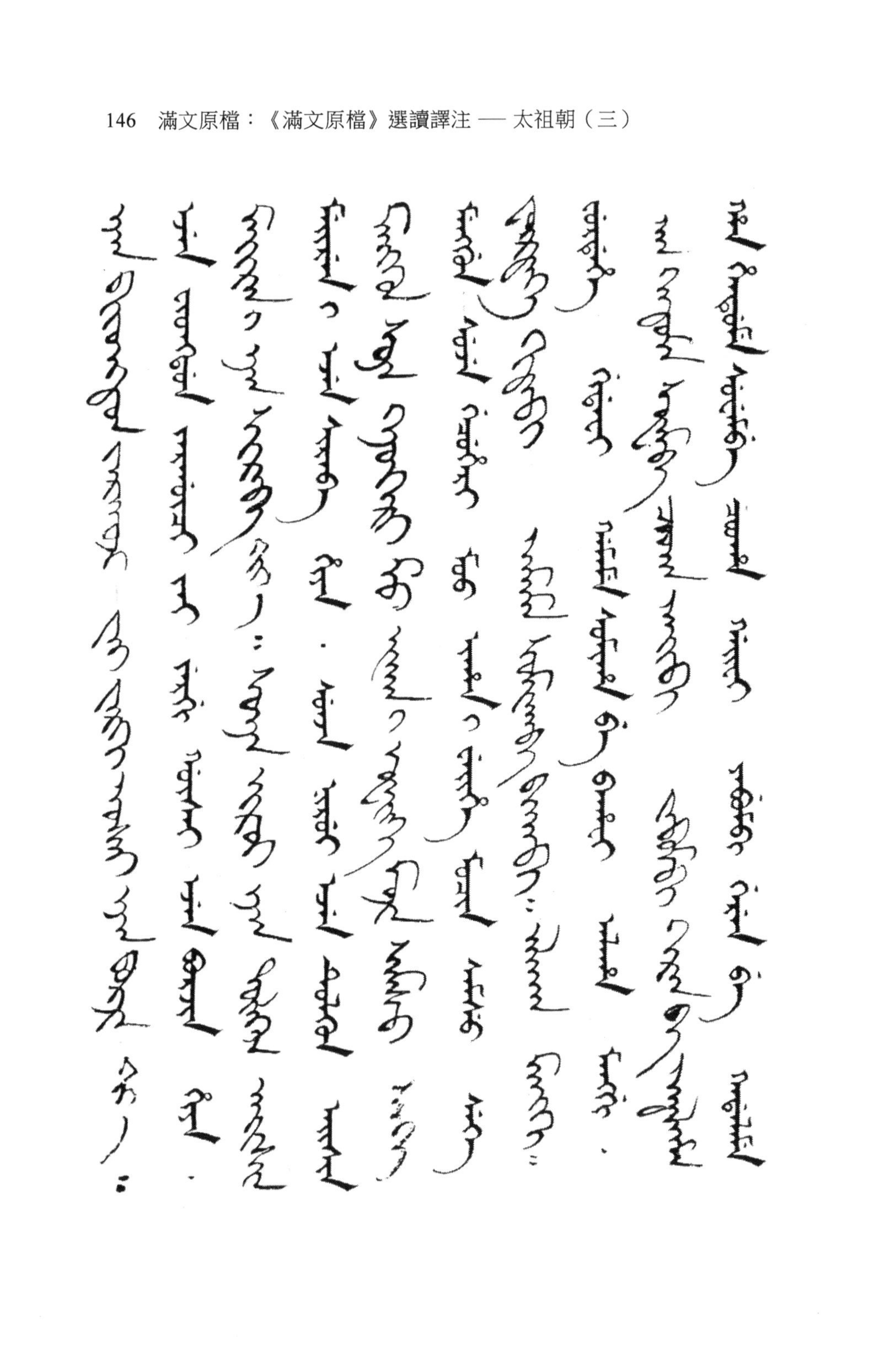

ejen fiongdon jargūci jai jergi gūsai ejen borjin hiya, meiren i ejen siraba hiya, sunja nirui ejen tulkun, aisin menggun suje gecuheri moo ihan i weihe mocin, samsu seke furdehe gidafi gamame somihabe bahafi, alaha manggi, han hendume suwembe cooha gaifi yabumbi geren be kadalame

---

一等諸額真費英東[49]扎爾固齊[50]、二等固山額真博爾晉侍衛、梅勒額真希拉巴侍衛、五牛彔額真圖勒昆，藏匿金銀、綢緞、犀牛角、毛青布、翠藍布、貂皮等，搜獲藏匿之物，經稟告後，汗曰：「念爾等領兵行走，管理衆人，

一等诸额真费英东扎尔固齐、二等固山额真博尔晋侍卫、梅勒额真希拉巴侍卫、五牛彔额真图勒昆，藏匿金银、绸缎、犀牛角、毛青布、翠蓝布、貂皮等，搜获藏匿之物，经禀告后，汗曰：「念尔等领兵行走，管理众人，

---

[49] 費英東，《滿文原檔》寫作 "bijongton"，《滿文老檔》讀作 "fiongdon"。按此為無圈點滿文 "bi" 與 "fi"、 "to"與 "do"之混用現象。

[50] 扎爾固齊，《滿文原檔》寫作"jarkoji"，《滿文老檔》讀作"jargūci"，係蒙文"ǰarɣuči"借詞，意即「斷事官」。

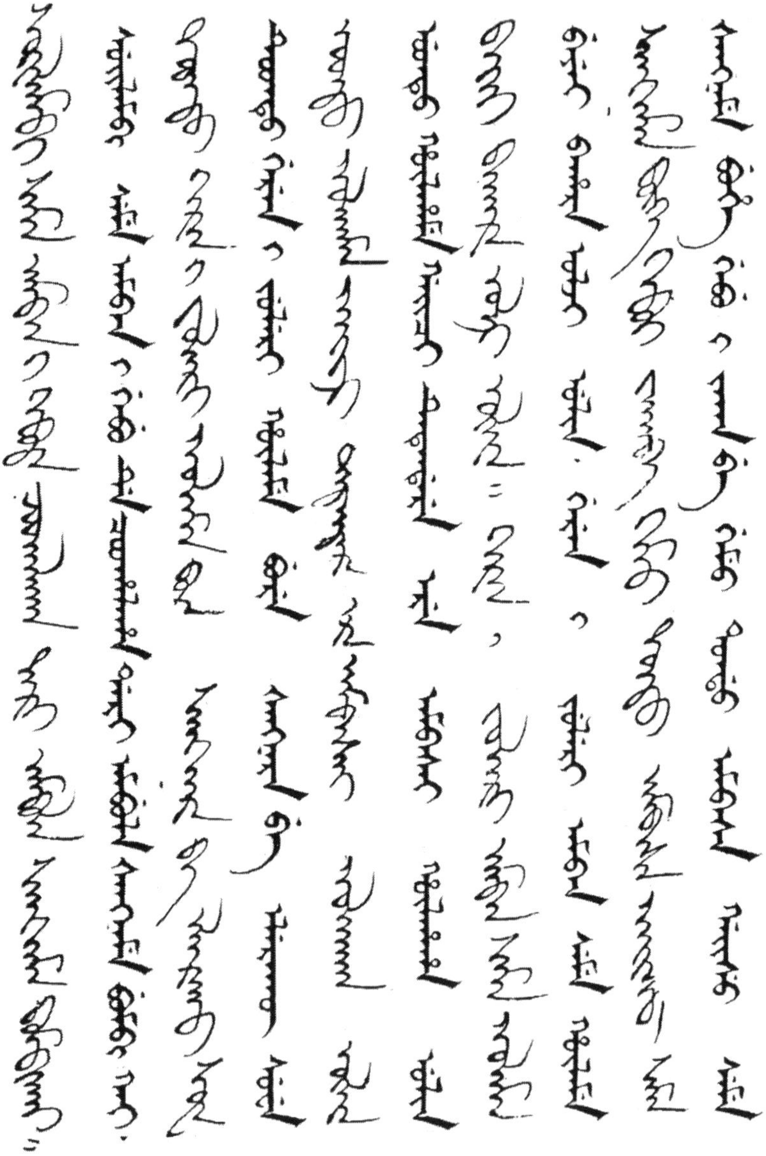

suilambi seme amban i gebude coohalaha dari ambula šangname bumbikai, tuttu geren i juleri hūlame bure šangnara be elerakū suwe uttu hūlhame gaici tetendere ere ambasai hūlhaha ulin beyei bahara olji ulin, geren i juleri amban seme hūlame šangname buhe gebui jakabe, gemu tondo ambasa gaisu seme

---

多有勞苦，每於用兵時以大臣之名分，多給賞賜也，如此不滿足當衆宣讀所賞。爾等既然如此竊取，則將該大臣等所竊取之財物、自身所獲之俘虜財物及當衆宣讀以大臣名分所賞給之物品，盡行籍沒，皆賞給公正之大臣。」

多有劳苦，每于用兵时以大臣之名分，多给赏赐也，如此不满足当众宣读所赏。尔等既然如此窃取，则将该大臣等所窃取之财物、自身所获之俘虏财物及当众宣读以大臣名分所赏给之物品，尽行籍没，皆赏给公正之大臣。」

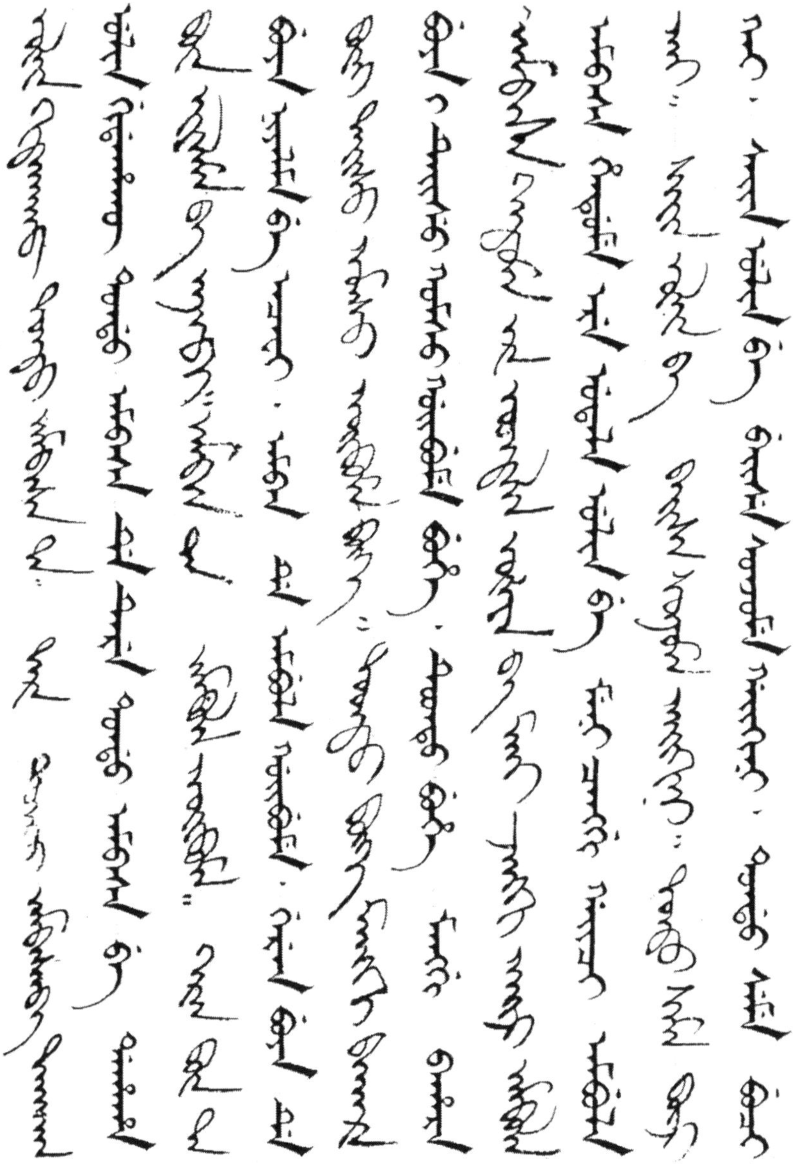

ulin gidahakū tondo ambasa de, tere tondo ambasabe dahaha buya niyalma be acafi, amban de ambula goibume, geren buya de buyai teisu komso goibume buhe. tuttu buhe manggi bahara ambasa hendume ere utala ulin be meni canggi gaici ambula kai. sain ulin be beise sonjome gaikini, tondo seme buci

---

遂令未藏匿財物之公正諸大臣及隨從其公正諸大臣之低微跟役小廝會同分配，大臣多分，衆跟役小廝則按其低微之身分少分給之。如此分給後，分得財物諸大臣曰：「若盡由我等獲取如許財物，著實過多也。可令諸貝勒選取良好財物，因公正而賜之，

遂令未藏匿财物之公正诸大臣及随从其公正诸大臣之低微跟役小厮会同分配，大臣多分，众跟役小厮则按其低微之身分少分给之。如此分给后，分得财物诸大臣曰：「若尽由我等获取如许财物，着实过多也。可令诸贝勒选取良好财物，因公正而赐之，

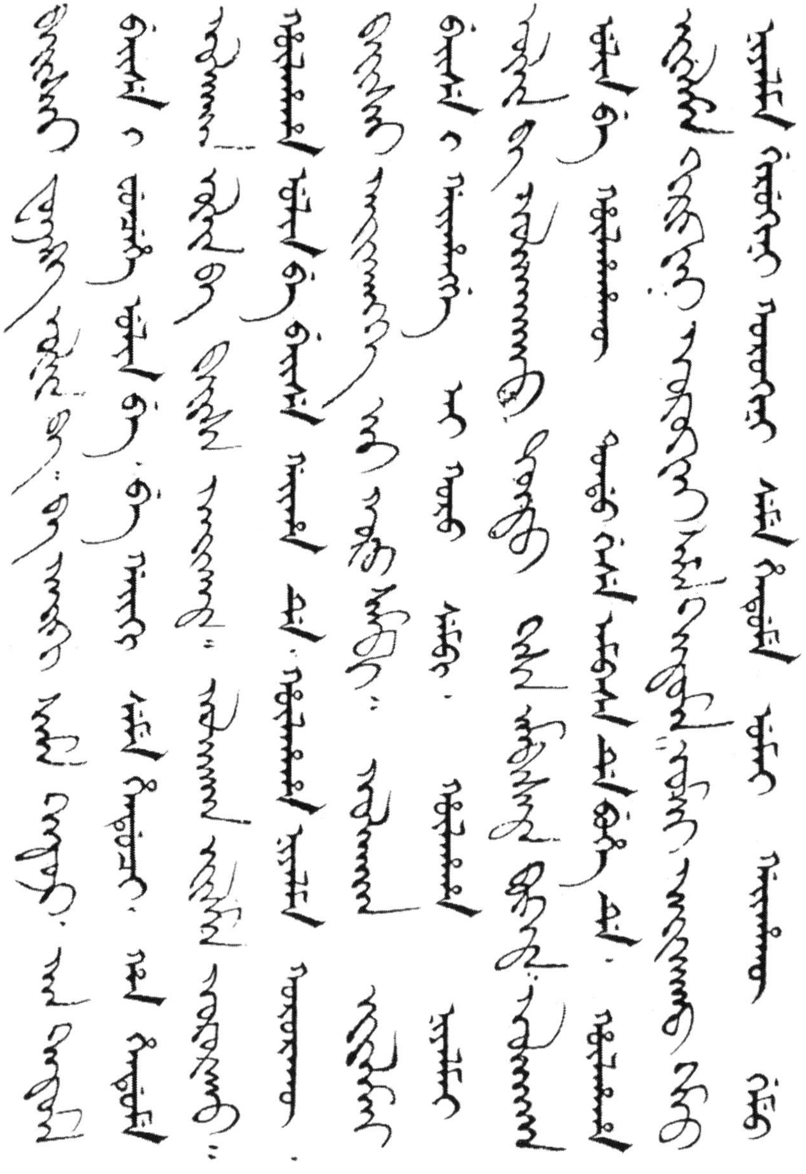

beisei funcehe ulin be, be gaiki seme henduci, han hendume hūlhaha ulin be beise gaihade, hūlhaha niyalma kororakū, beisei gaihangge ai koro sembi. hūlhaha niyalmai ulin be, hūlhahakū tondo gese ambasade buhede, hūlhaha niyalma girukini korokini seme hendume, umai gaihakū gemu

---

將諸貝勒剩餘財物，我等可取之。」汗曰：「將偷竊之財物，由諸貝勒取之，則偷竊之人無所怨恨，諸貝勒所得者又有何怨恨？將偷竊者之財物，分給未偷竊之公正同等諸大臣，乃令偷竊者羞愧後悔也。」言畢，並未索取，

将诸贝勒剩余财物，我等可取之。」汗曰：「将偷窃之财物，由诸贝勒取之，则偷窃之人无所怨恨，诸贝勒所得者又有何怨恨？将偷窃者之财物，分给未偷窃之公正同等诸大臣，乃令偷窃者羞愧后悔也。」言毕，并未索取，

十一、定居界藩

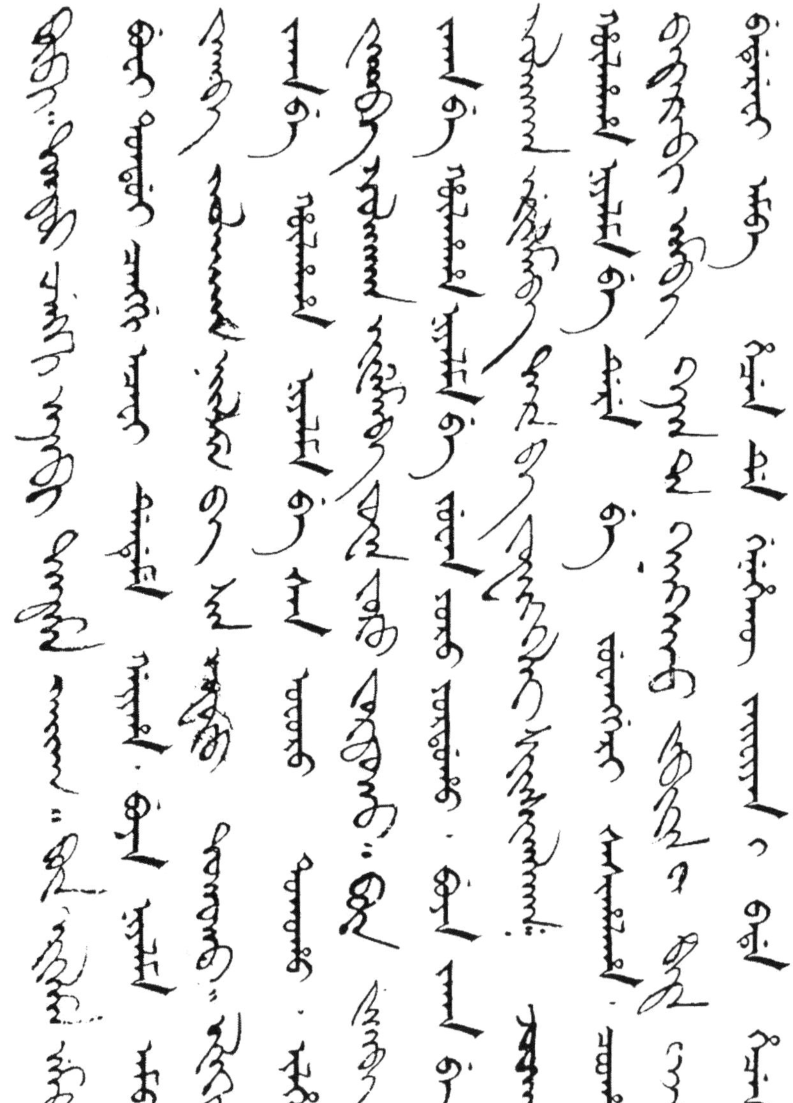

bufi, tondoi canggi acafi dendeme gaiha. buya niyalma amba jaka be hūlhaha niyalma be, šan oforo tokoho, ilhi jakabe hūlhaha niyalmabe juwan yoro yordoho, buya jakabe hūlhaha niyalmabe dere be juwanggeli šasihalaha. cooha bederefi amba hecen de genehekū jaifiyan i bade hecen

---

而盡給公正之諸大臣會同分取之。職位低微之人偷竊大物者，用箭穿其耳、鼻；偷竊次大物件者，射骲箭十箭；偷竊小物者，摑臉[51]十次。班師後，未往大城，而往界藩地方，

而尽给公正之诸大臣会同分取之。职位低微之人偷窃大物者，用箭穿其耳、鼻；偷窃次大物件者，射骲箭十箭；偷窃小物者，掴脸十次。班师后，未往大城，而往界藩地方，

---

[51] 摑臉，句中「摑」，《滿文原檔》寫作“sijasikalaka”，《滿文老檔》讀作“šasihalaha”。按此為無圈點滿文“siya”與“ša”、“ka”與“ha”之混用現象。

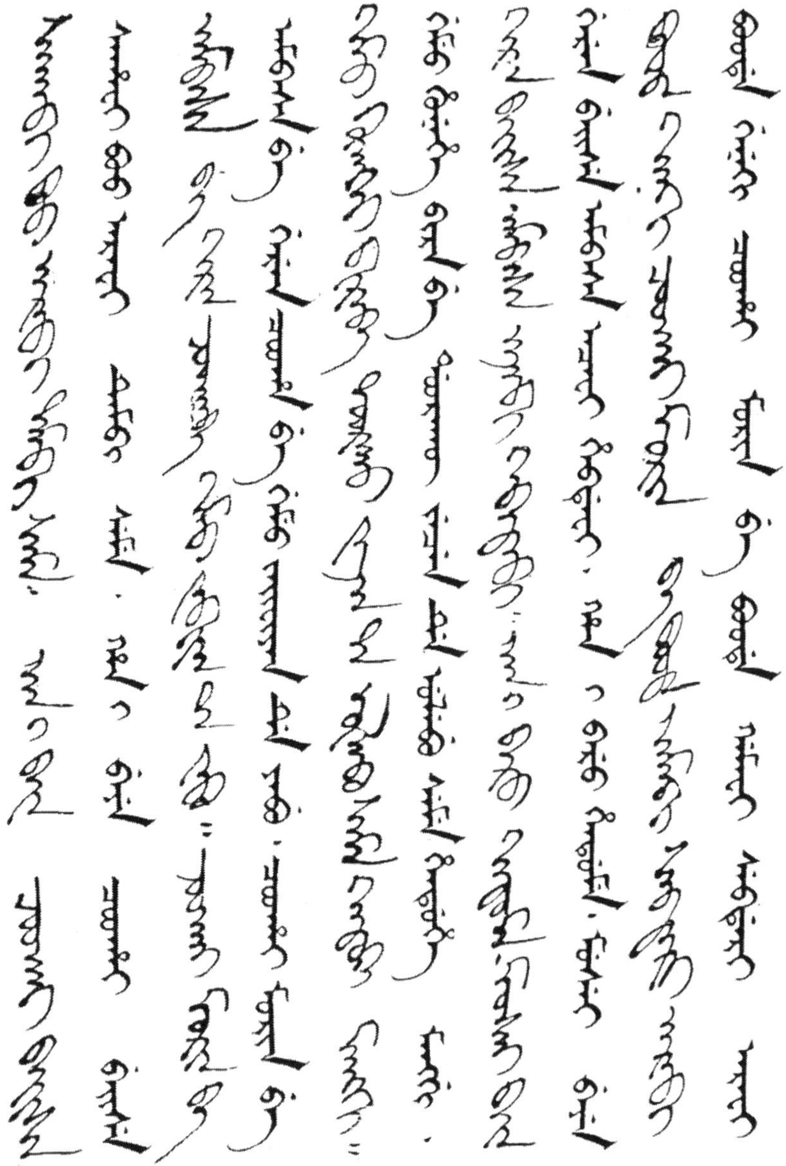

sahafi boo arafi tembi seme, han i beye coohai beise ambasa be geren coohabe gemu jaifiyan de yabu, coohai morin be gemu hunehei birabe doorakū jecen de ulebu seme henduhe manggi, geren beise ambasa acafi hebdefi, han i baru hendume, musei beye boode geneki coohai morin be boode gamafi sebderi arafi

---

築城建屋以居，汗命領兵諸貝勒大臣率衆軍皆往界藩，軍馬皆不渡渾河，而牧於邊境。言畢，諸貝勒大臣會商後，向汗說：我們要往自己家，軍馬攜回家，息於蔭涼處[52]，

筑城建屋以居，汗命领兵诸贝勒大臣率众军皆往界藩，军马皆不渡浑河，而牧于边境。言毕，诸贝勒大臣会商后，向汗说：我们要往自己家，军马携回家，息于荫凉处，

---

52 蔭涼處，《滿文原檔》寫作 "sa(e)bta(e)ri arabi sa(e)rkün ba"，《滿文老檔》讀作 "sebderi arafi serguwen ba"，句中 "serguwen"係蒙文 "serigün"借詞，意即「涼快的」。

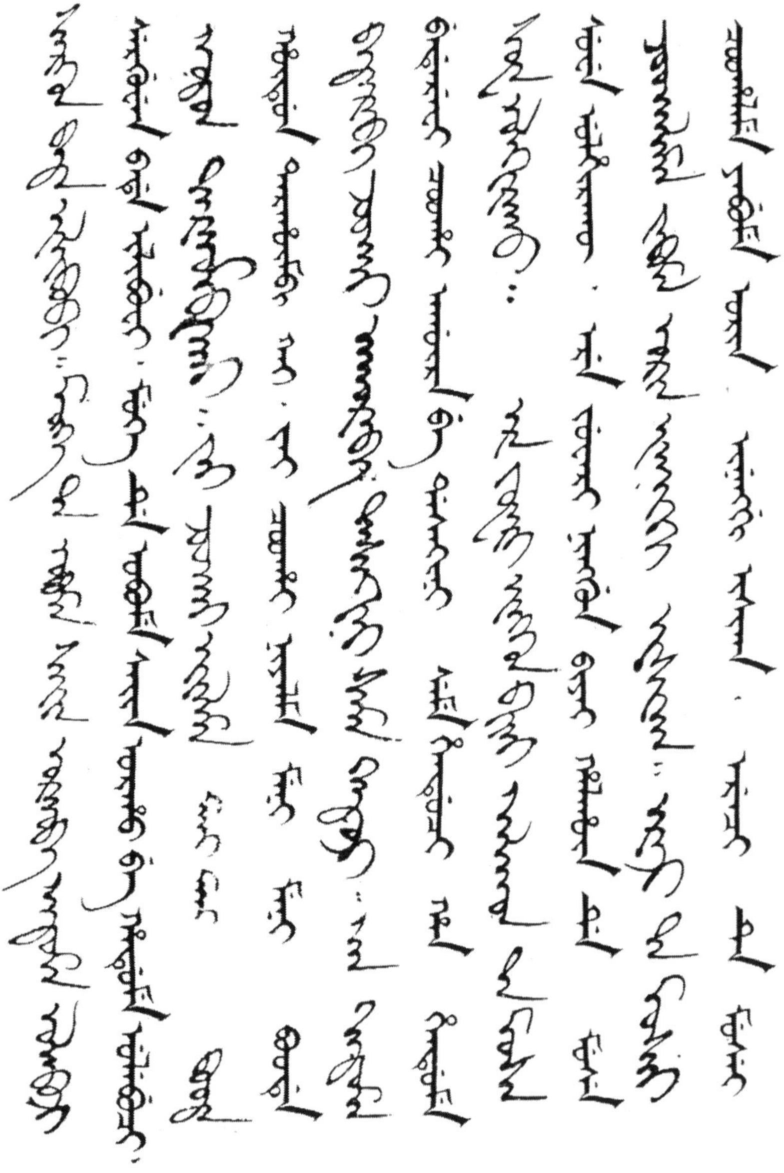

serguwen bade ilibufi, muke de obome sain orhobe hadume ulebuci, hūdun tarhūmbikai, jai coohai niyalma meni meni boode bederefi coohai agūrabe dasakini seme henduci, han hendume suwe ulhirakū, ere juwari ninggun biyai halhūn de muse coohalame yabume orin inenggi isika, ereci te musei

---

以水刷洗之，割好草餵之，則馬可迅速[53]肥壯啊！又兵士返回各自之家，令其整修軍械。」汗曰：「爾等不曉得，今夏六月天熱[54]，我等行軍已二十日，今若由此

以水刷洗之，割好草喂之，则马可迅速肥壮啊！又兵士返回各自之家，令其整修军械。」汗曰：「尔等不晓得，今夏六月天热，我等行军已二十日，今若由此

---

[53] 迅速，《滿文原檔》寫作"koton"，《滿文老檔》讀作"hūdun"。按滿文"hūdun"係蒙文"qurdun"借詞，意即「快速的」。

[54] 六月天熱，句中「熱」，《滿文原檔》寫作"kalkon"，《滿文老檔》讀作"halhūn"，係蒙文"qalaɣun"借詞，意即「熱的」。

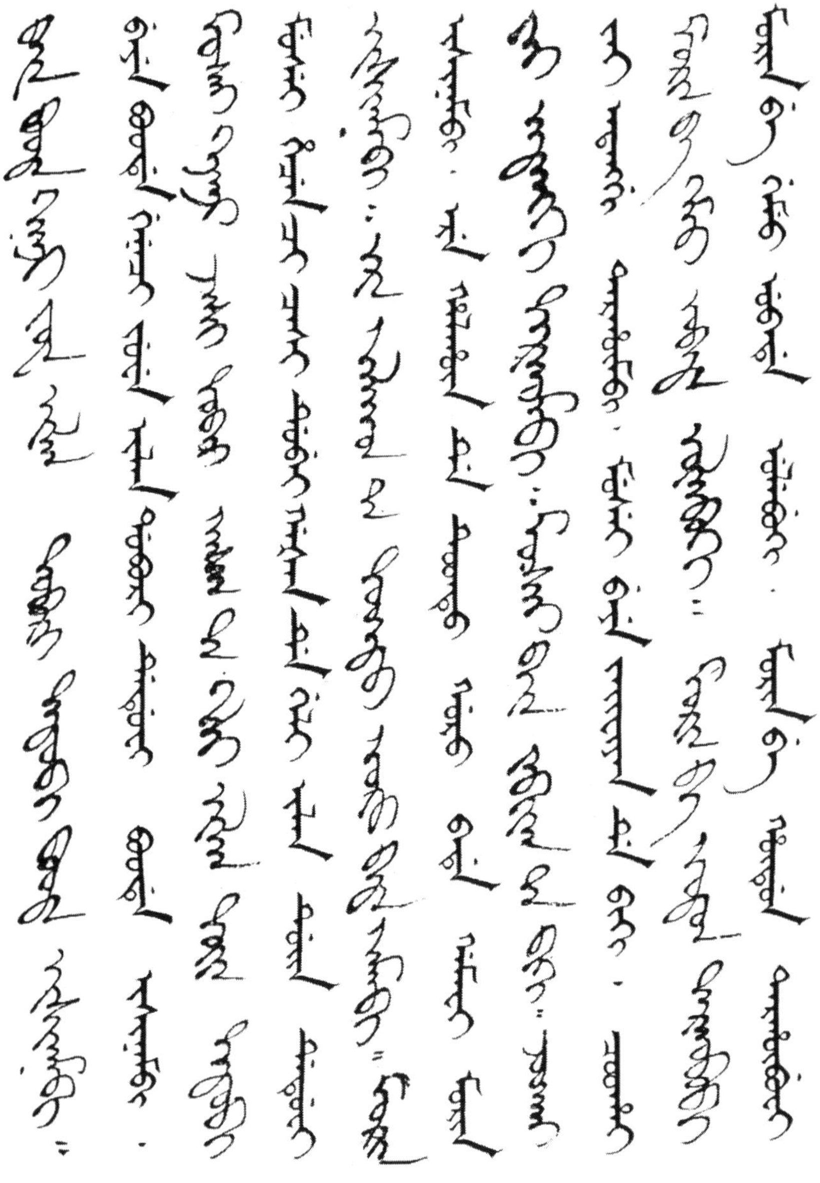

beye boode geneci juwe ilan dobori dedufi boode isinambi, musei hecen ci casi dubei gašan de geli ilan duin (dobori) dedufi isinambi. ere halhūn de tuttu goro bade gamafi, morin jai atanggi tarhūmbi, musei beye jaifiyan de biki, coohai morin be gemu ubade ulebuki, morin be hūdun tarhūbufi

---

前往我等自己家，宿二、三夜方能到家，由我等之城朝那邊至末尾村寨，又宿三、四夜後方至。炎熱之日如此跋涉，馬匹又幾時始肥壯，我等留居界藩，軍馬皆於此處餵養，則馬匹迅速肥壯後，

前往我等自己家，宿二、三夜方能到家，由我等之城朝那边至末尾村寨，又宿三、四夜后方至。炎热之日如此跋涉，马匹又几时始肥壮，我等留居界藩，军马皆于此处喂养，则马匹迅速肥壮后，

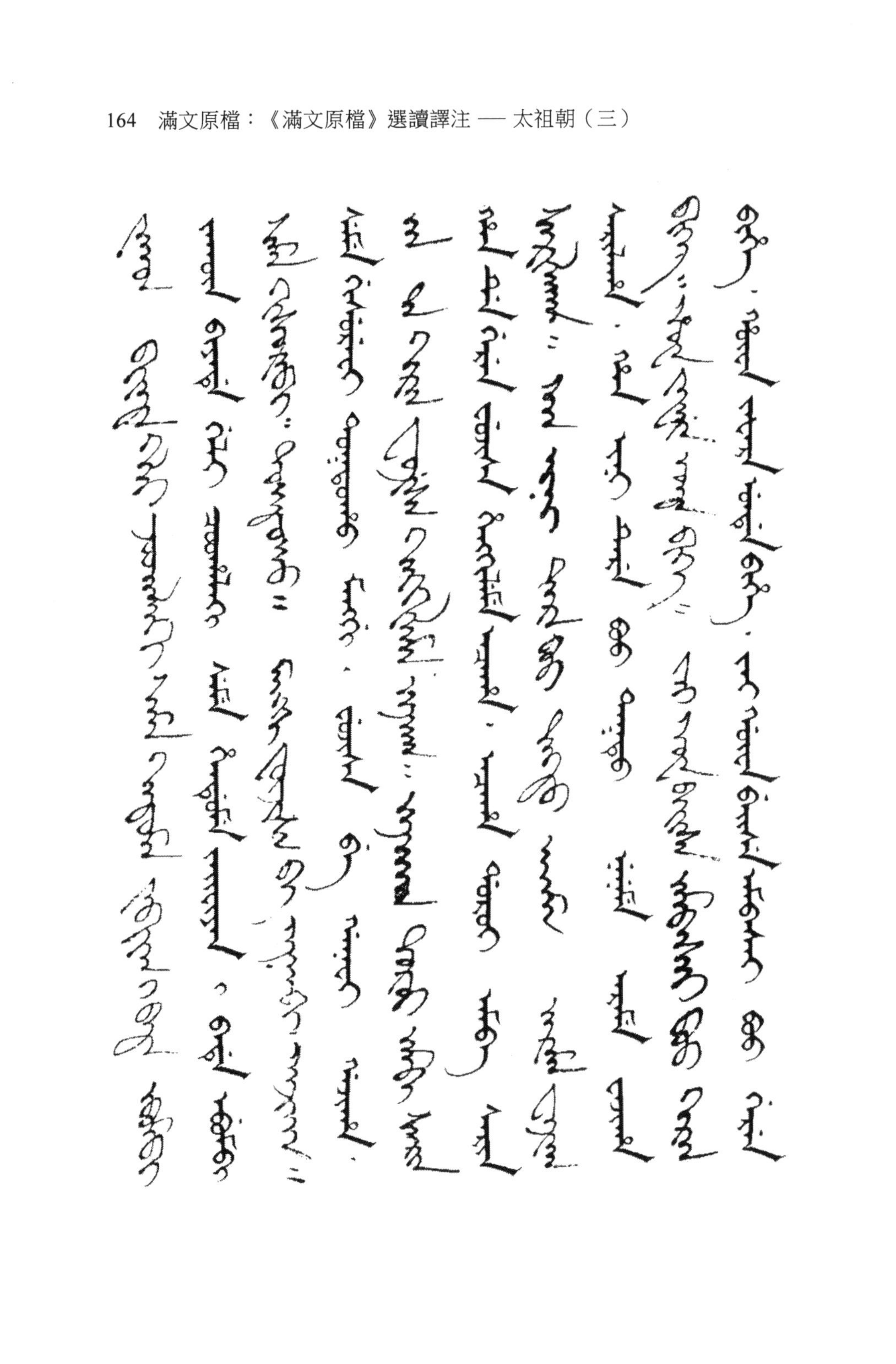

jakūn biyade geli coohalaki seme hendume jaifiyan i bade ebumbi seme gisurefi, toktoho manggi, fujisa be ganafi gajiha. han de geren fujisa hengkileme acaha, acaha doroi amba sarin sarilaha. han ini tere boo taktu neneme arame wajiha bihe, hūwa jafara unde bihe, jai gūwa beise ambasai boo geren

---

至八月又可用兵也。」言畢，議定駐界藩後，遣人接取衆福晉前來。衆福晉叩見汗，以會見禮設大筵宴之。先行建造汗居住之樓舍完竣，院子尚未完竣，其他諸貝勒大臣之房舍，

至八月又可用兵也。」言毕，议定驻界藩后，遣人接取众福晋前来。众福晋叩见汗，以会见礼设大筵宴之。先行建造汗居住之楼舍完竣，院子尚未完竣，其它诸贝勒大臣之房舍，

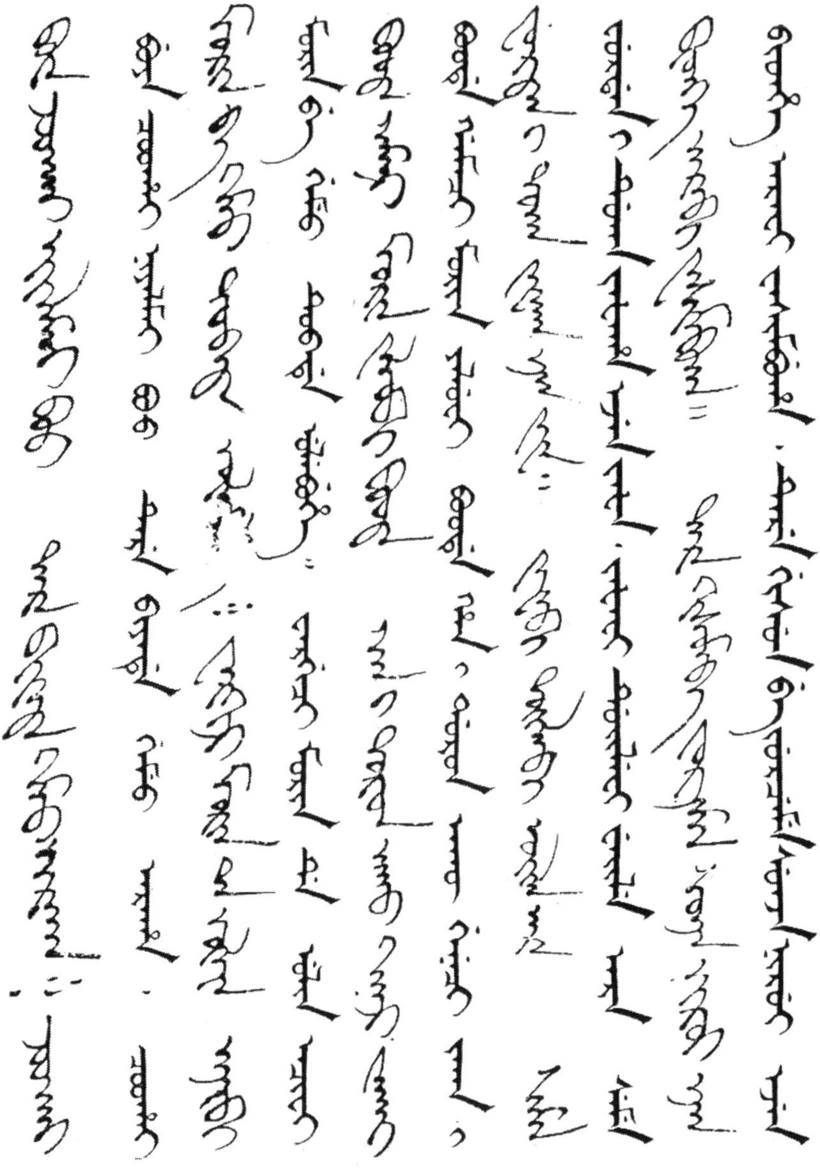

buya coohai niyalmai boo tere biyade gemu araha, coohai morin be gemu tubade ulebuhe. wargici morin de ulin acifi boode gamaci morin yalufi boode han i doron akū geneci jaka i furdan i duka jafaha ejen jafa, jafafi duilefi weile ara seme bithe arafi wasimbuha. tere gisun be jurceme sunja nirui ejen

---

及衆小兵士之房舍，於是月皆建造完竣，軍馬皆於此處餵養。繕書頒諭曰：「凡是由西返家馬匹馱載財物，或乘騎馬匹返家，若無汗之印信，扎喀關掌門主將執之，拏獲後審問定罪。」時有五牛彔額真

及众小兵士之房舍，于是月皆建造完竣，军马皆于此处喂养。缮书颁谕曰：「凡是由西返家马匹驮载财物，或乘骑马匹返家，若无汗之印信，扎喀关掌门主将执之，拏获后审问定罪。」时有五牛彔额真

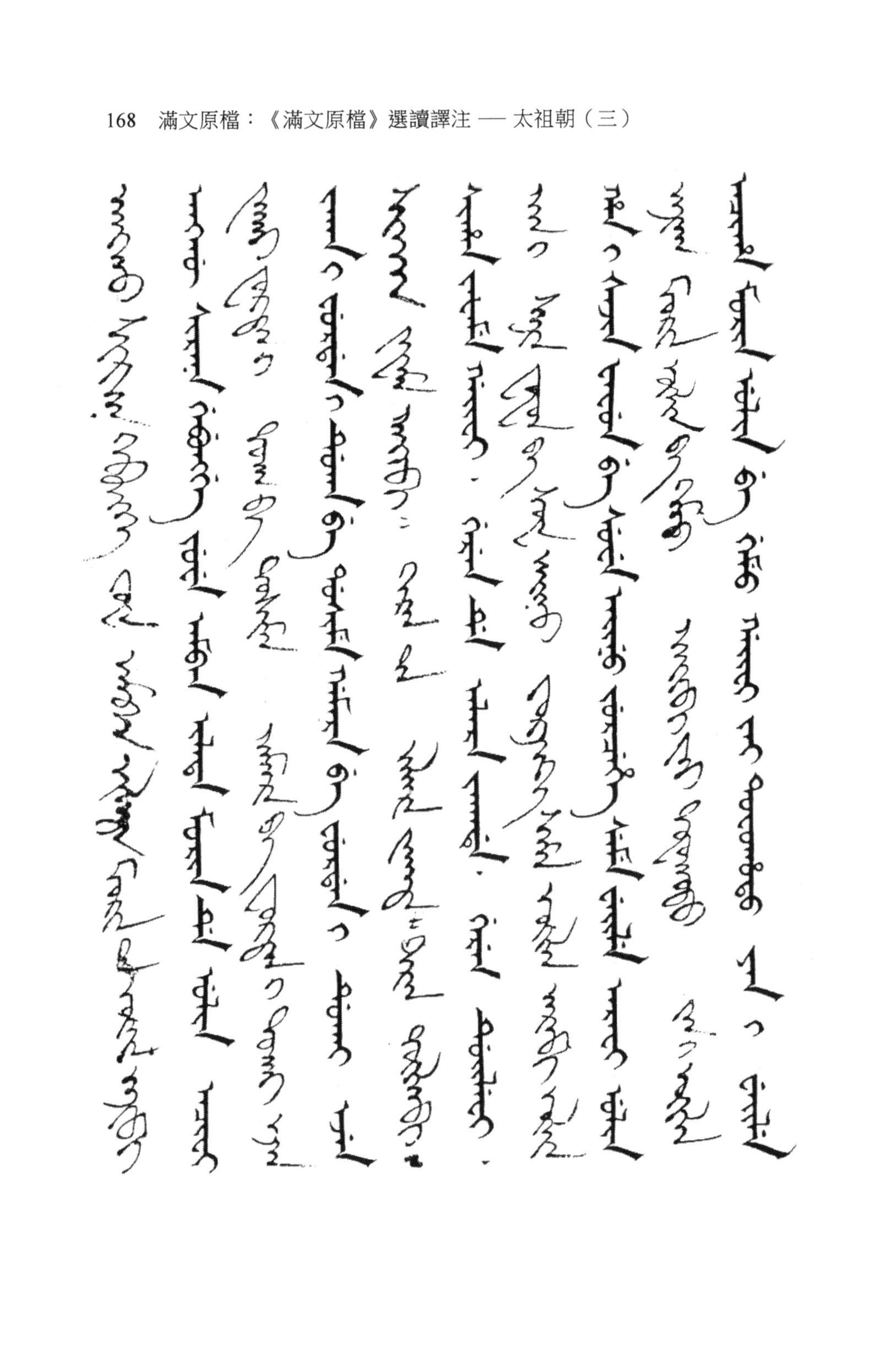

anggū sirana gebungge juwe amban ilata morin de ulin acifi jakai furdan i duka be dosime gamara be furdan i dukai ejen sihan jafame gaifi, geren de alara jakade, geren duilefi, han i šajin fafun be suwe ainu jurcehe seme weile arafi ulin aciha morin ulin be gemu gaifi jai tofohoto yan i weile

---

昂古、錫喇納二大臣違悖此諭，各以三匹馬馱載財物進入扎喀關之門，為扎喀關主將希罕拏獲，告知衆人時，經衆人審問後，責以爾等為何違悖汗之法度禁約，遂治以罪，馱載財物之馬匹及財物皆沒收，再各罰銀十五兩。

昂古、锡喇纳二大臣违悖此谕，各以三匹马驮载财物进入扎喀关之门，为扎喀关主将希罕拏获，告知众人时，经众人审问后，责以尔等为何违悖汗之法度禁约，遂治以罪，驮载财物之马匹及财物皆没收，再各罚银十五两。

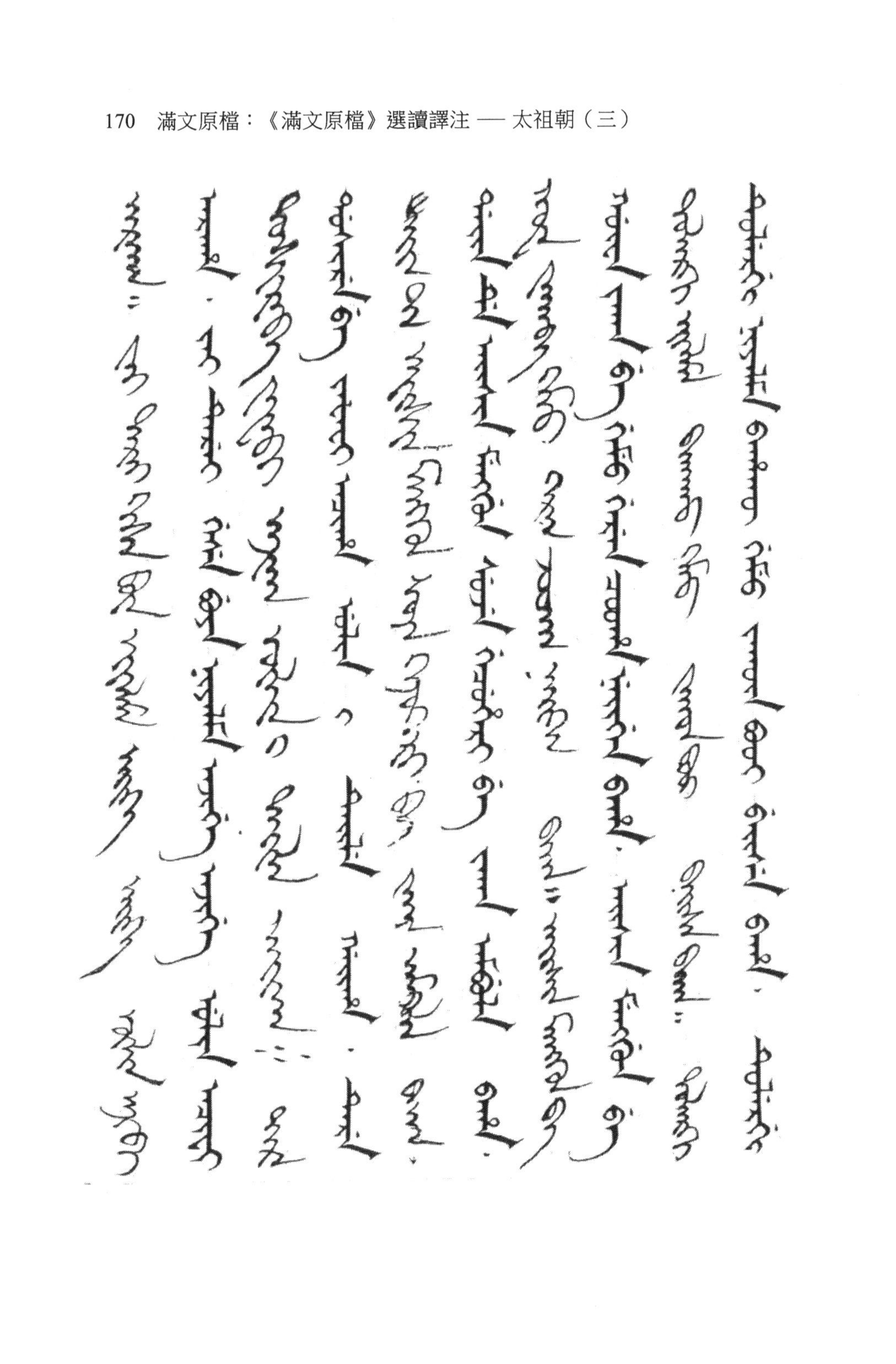

araha. jai terei gese buya niyalma ajige ajige ulin acifi dosirebe jafafi aciha ulin i teile gaiha. tere dain de aisin menggun suje gecuheri be, jaka ambula baha, gūwa jakabe gemu geren cooha neigen baha, aisin menggun be tulergi niyalma bahakū gemu jakūn booi beise baha, tulergi

---

再拏獲類此低微者馱載少量財物入關，僅沒收馱載之財物。此役，所獲金銀、綢緞及其他物件甚多，除金銀外，其餘物品，皆由衆兵士平分，外人未獲金銀，皆由八家諸貝勒得之，

再拏获类此低微者驮载少量财物入关，仅没收驮载之财物。此役，所获金银、绸缎及其它对象甚多，除金银外，其余物品，皆由众兵士平分，外人未获金银，皆由八家诸贝勒得之，

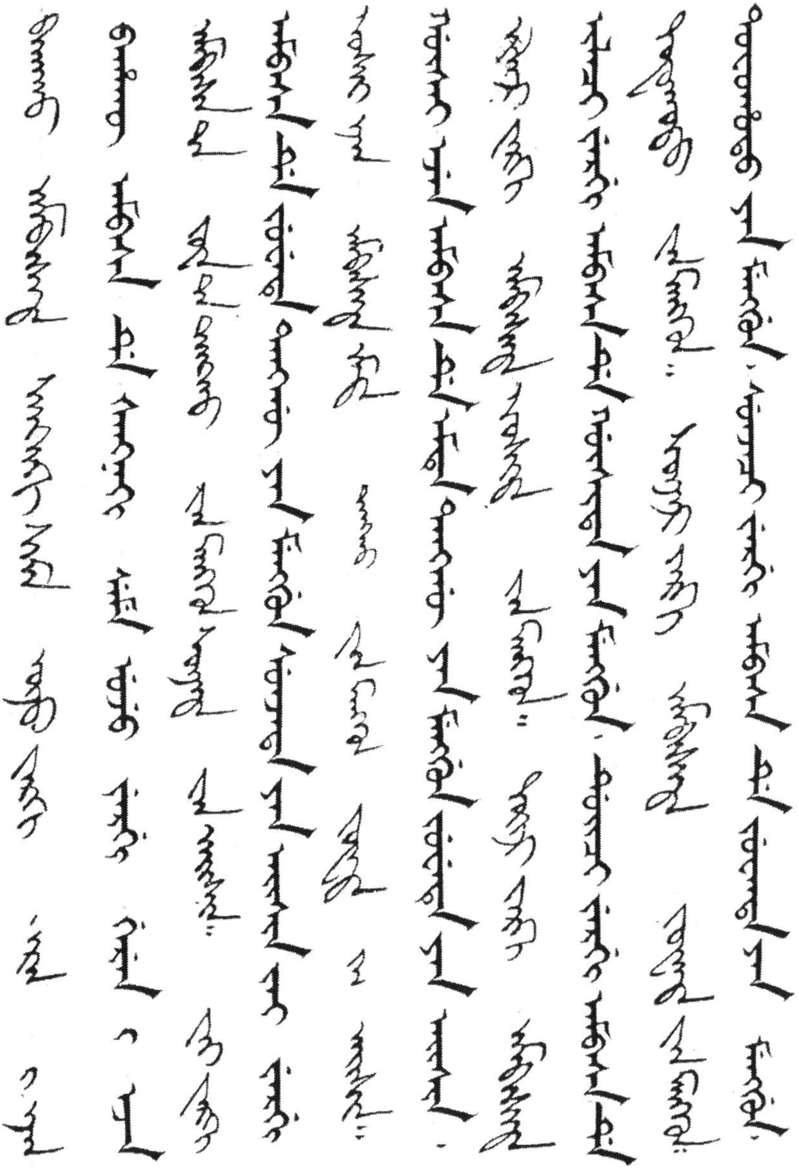

bahakū ambasade šangnaki seme uju jergi geren i ejen ambasa de, juwe te tanggū yan menggun sunjata yan aisin. jai jergi gūsai ejen ambasade emte tanggū yan menggun juwete yan aisin. ilaci jergi ambasade, gūsita yan menggun. duici jergi ambasade, tofohoto yan menggun. sunjaci jergi ambasade juwanta yan menggun.

此外未獲金銀諸大臣，命賞賜之。賜頭等衆額真諸大臣銀各二百兩，金各五兩；賜二等固山額真諸大臣銀各一百兩，金各二兩；賜三等諸大臣銀各三十兩；賜四等諸大臣銀各十五兩；賜五等諸大臣銀各十兩；

此外未获金银诸大臣，命赏赐之。赐头等众额真诸大臣银各二百两，金各五两；赐二等固山额真诸大臣银各一百两，金各二两；赐三等诸大臣银各三十两；赐四等诸大臣银各十五两；赐五等诸大臣银各十两；

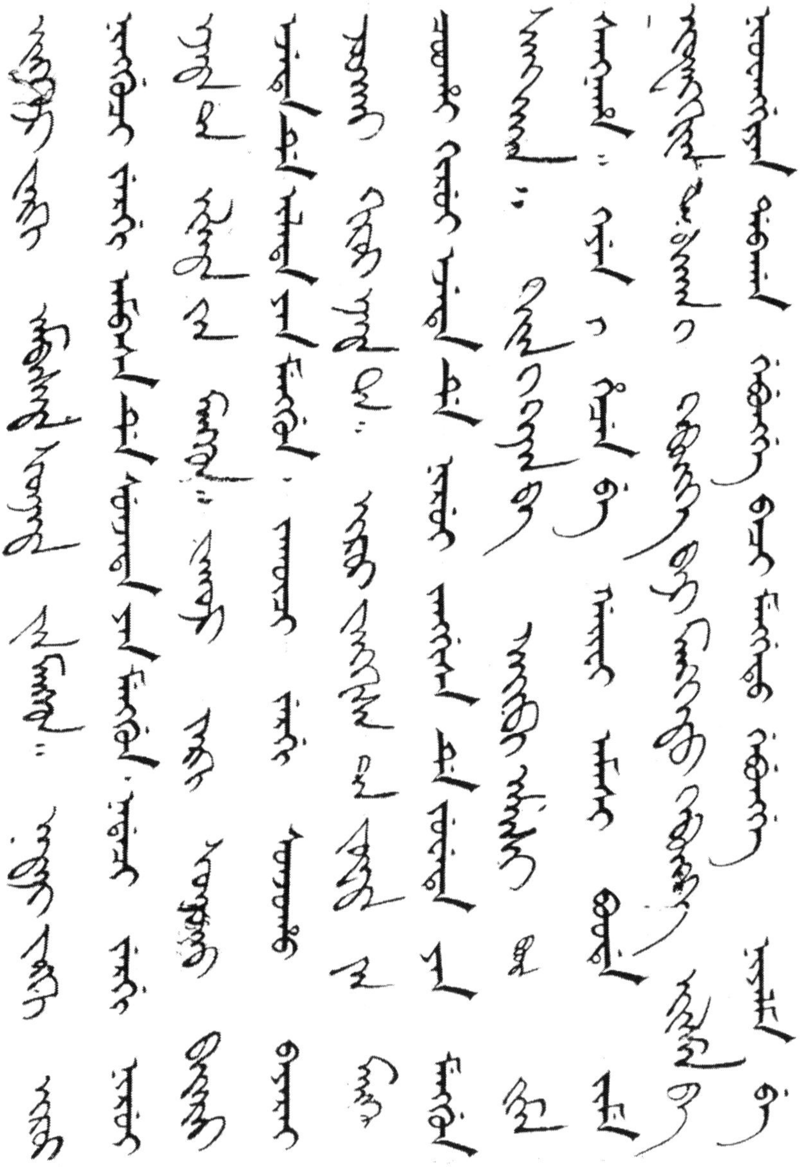

ningguci jergi ambasade sunjata yan menggun. nadaci jergi nirui ejete de ilata yan menggun, jakūci jergi sonjoho bayarai coohai kirui ejete de, nirui janggisa de, juwete yan menggun šangnaha. keyen i hecen be gaifi amasi boode jime niowanggiyan dabagan i gebungge baci, menggetu gebungge niyalma be,

---

賜六等諸大臣銀各五兩；賜七等牛彔額真銀各三兩；賜八等精選巴雅喇兵小旗額真、牛彔章京銀各二兩。攻取開原城返家時，於清河嶺地方，派遣孟格圖

赐六等诸大臣银各五两；赐七等牛彔额真银各三两；赐八等精选巴雅喇兵小旗额真、牛彔章京银各二两。攻取开原城返家时，于清河岭地方，派遣孟格图

十二、致書蒙古

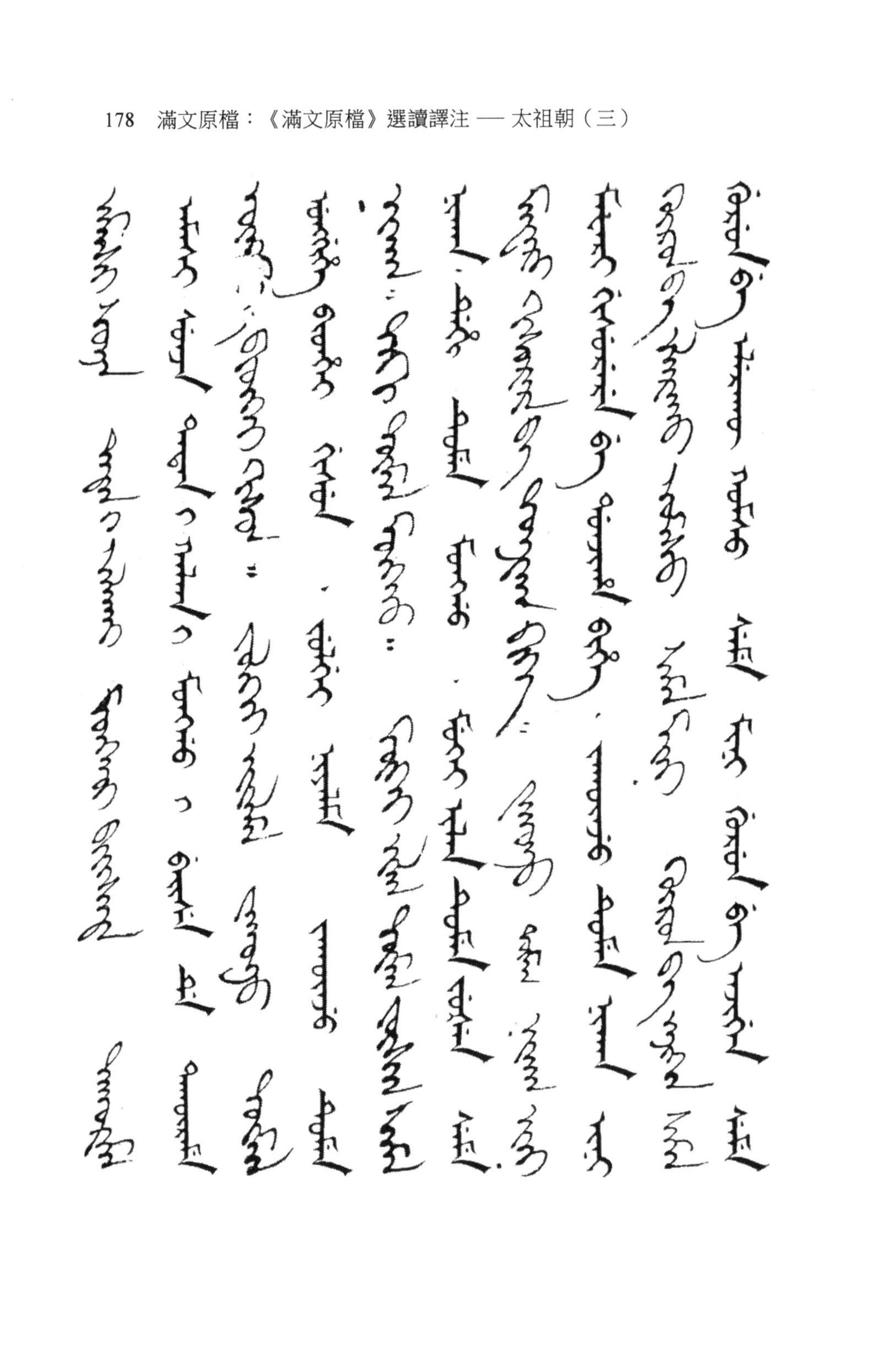

amasi sunja tatan i kalkai monggoi beisede takūrame unggihe bithei gisun, julgei niyalma jakūnju tumen nikan, dehi tumen monggo, mukei ilan tumen jušen seme mafari gisurere be donjiha bihe. jakūnju tumen nikan ini gurun be elerakū komso seme mini gurun be ajigen seme

---

送書給五部喀爾喀蒙古諸貝勒曰：「曾聞先人云：『八十萬漢人，四十萬蒙古，水濱之三萬諸申。』明國尚不滿足而嫌少。欺壓我小國，

送书给五部喀尔喀蒙古诸贝勒曰：「曾闻先人云：『八十万汉人，四十万蒙古，水滨之三万诸申。』明国尚不满足而嫌少。欺压我小国，

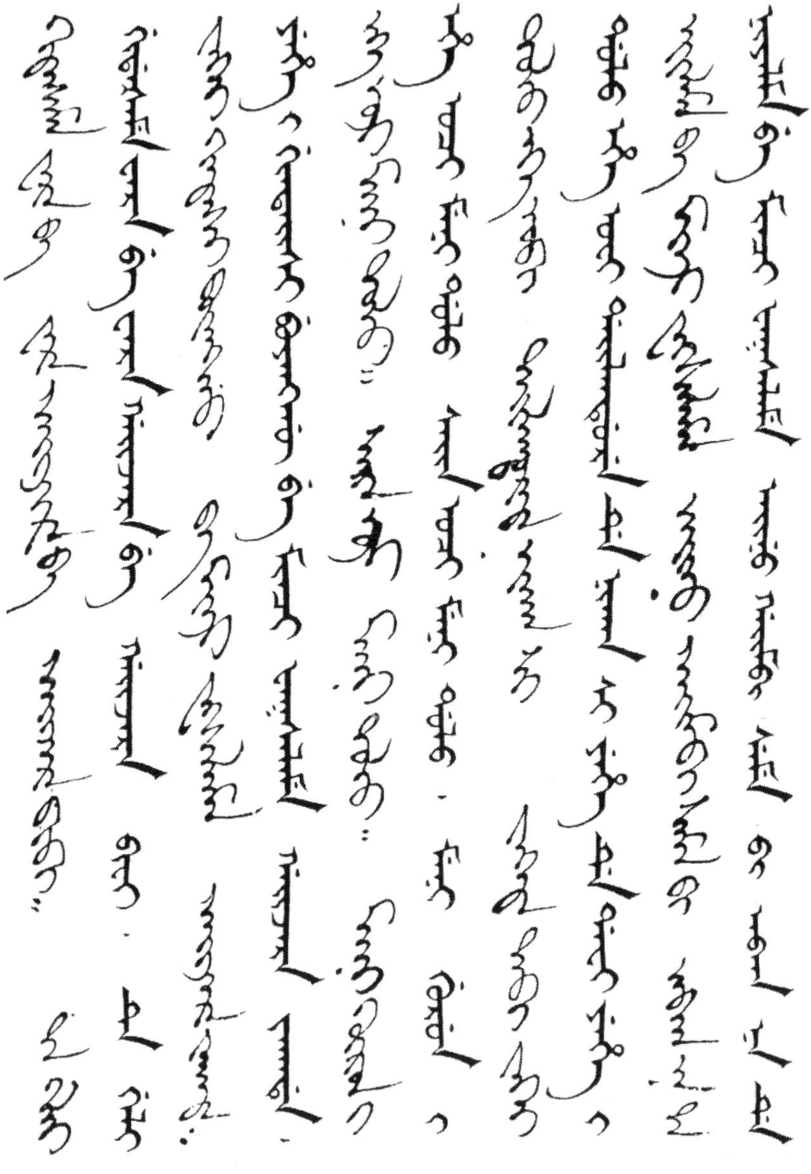

gidašame wara be wara gaijara be gaijara bifi, te geli yehei gintaisi buyanggū be minci faksalame gaijara jakade, ehe oci meni dolo, sain oci meni dolo, meni gurun i dolo ehe ofi dailandurede, nikan si yehe de dafi yehe i niyalma be minci faksalame ainu gaimbi seme bi abka na de

---

欲殺即殺，欲掠即掠。如今又唆使葉赫錦台什、布揚古叛離我。其交惡乃我內部之事，其和好乃我內部之事，我國內因交惡征戰，爾明國為何助葉赫，使葉赫人叛我而取之。我祈求天地，

欲杀即杀，欲掠即掠。如今又唆使叶赫锦台什、布扬古叛离我。其交恶乃我内部之事，其和好乃我内部之事，我国内因交恶征战，尔明国为何助叶赫，使叶赫人叛我而取之。我祈求天地，

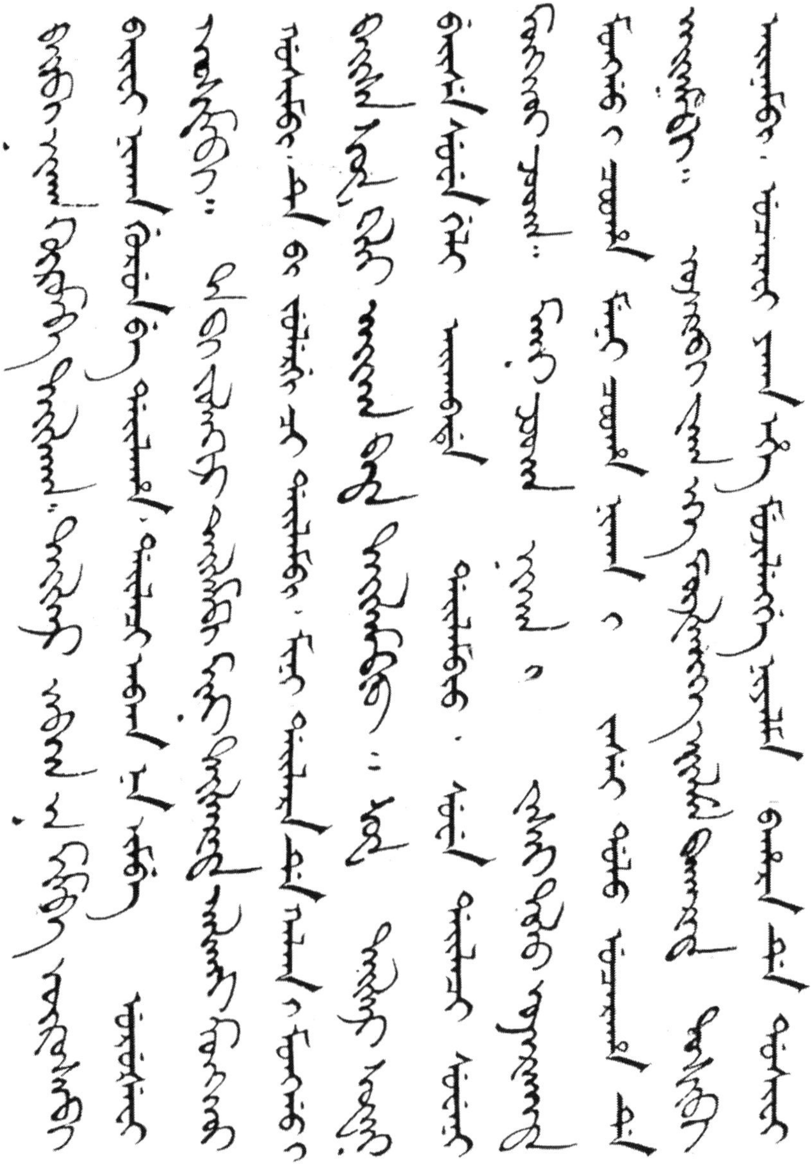

baifi nikan gurumbe dailaha, dailaci abka na mimbe urušefi gosimbi. te bi julergici dailambi, mini dailarade kalkai monggoi beise suwe geli aika bade dailambio. suwe dailaci suweni monggoi cooha, meni cooha nikan i jasei dolo ucarahade ainambi, ucarafi yaka ehe mujilengge niyalma baharade dosifi

---

往征明國，征討時，天地以我為是而佑我。如今我將南征，我往征時，爾喀爾喀蒙古兵與我軍相遇於明之境內，又將奈何？相遇後倘若懷有惡意之人將進入者

往征明国，征讨时，天地以我为是而佑我。如今我将南征，我往征时，尔喀尔喀蒙古兵与我军相遇于明之境内，又将奈何？相遇后倘若怀有恶意之人将进入者

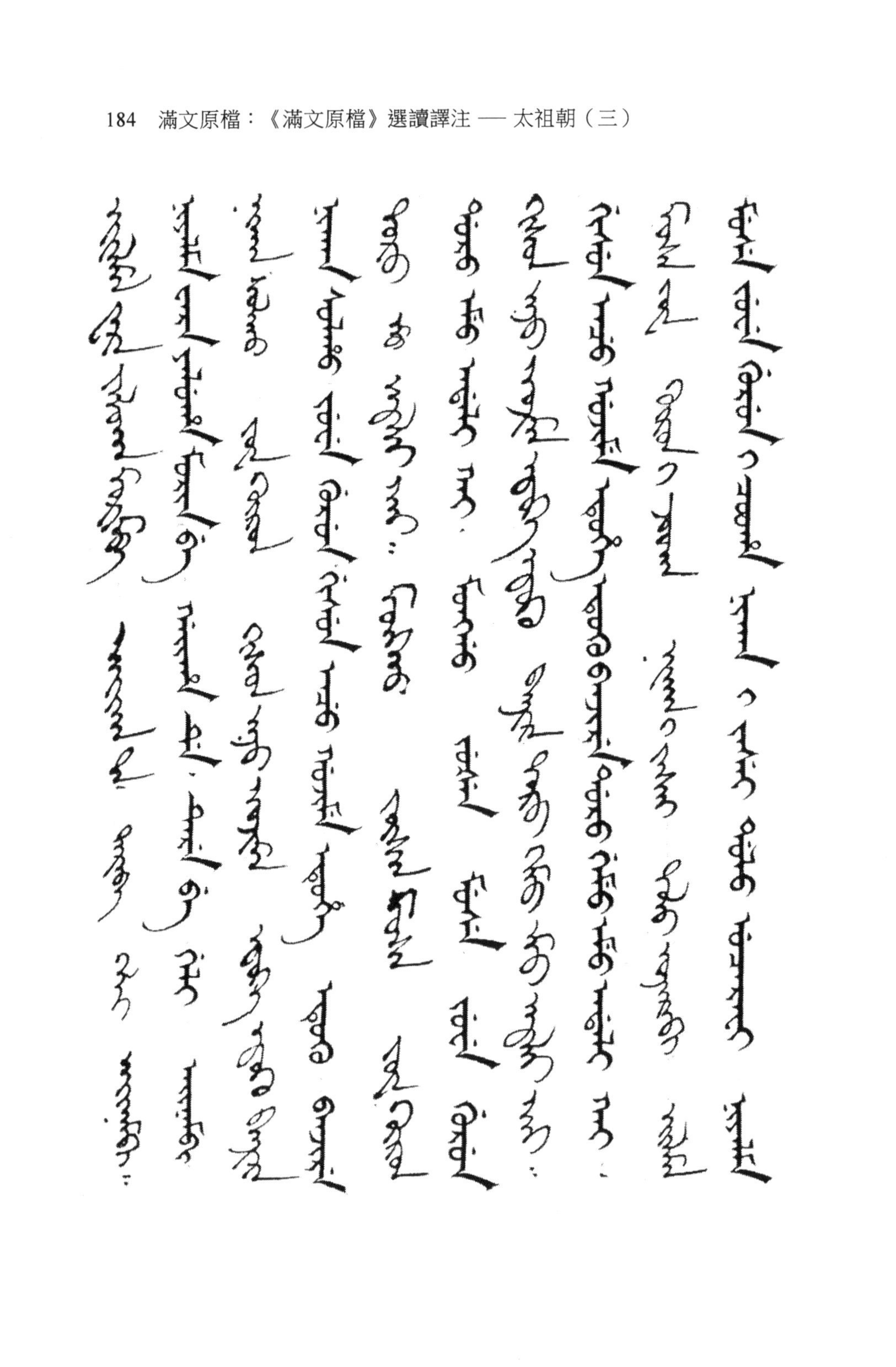

niyalma wara yaluha morimbe gaiha de, tere be geli ainambi. nikan solho juwe gurun gisun encu gojime etuhe etuku banjire doro emu adali kai. monggo jušen muse juwe gurun gisun encu gojime etuhe etuku banjire doro gemu emu adali kai. muse juwe gurun i cooha nikan i jasei dolo ucarafi niyalma

---

拏獲殺之，奪取所騎馬匹，又將奈之何？明國、朝鮮二國語言雖異，但其衣飾風俗卻相同也；蒙古、諸申我二國，語言雖異，而衣飾風俗卻相同也。我二國之兵相遇於明國境內後，

拏获杀之，夺取所骑马匹，又将奈之何？明国、朝鲜二国语言虽异，但其衣饰风俗却相同也；蒙古、诸申我二国，语言虽异，而衣饰风俗却相同也。我二国之兵相遇于明国境内后，

十三、信守法度

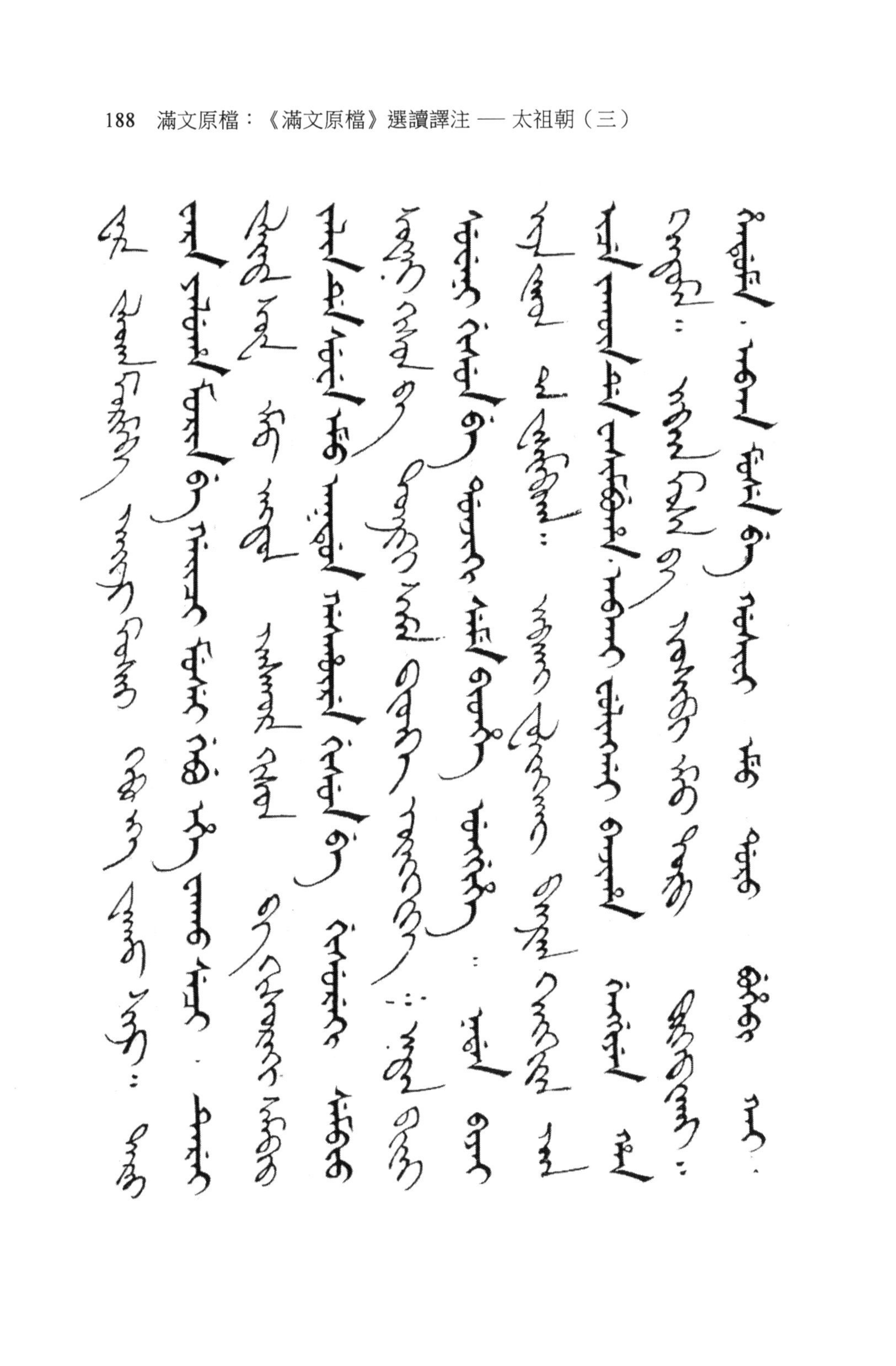

wara yaluha morimbe gaici musei gebu ehe wakao seci, terei jalinde suwe emu akdun gashūre gisun be gisureki sembio. suweni gisun be donjiki seme bithe unggihe. nadan biyai ice jakūn de wasimbuha, abkai fulinggai banjiha genggiyan han hendume, abka muse be gosifi emu doro buhebikai,

---

若有殺人奪取乘騎馬匹者，豈非敗壞我等名聲耶？為此故，欲與爾等立一可信誓言，願聞爾回音。」七月初八日，諭曰：奉天命所生英明汗曰：蒙天佑我，授一政權[55]也，

若有杀人夺取乘骑马匹者，岂非败坏我等名声耶？为此故，欲与尔等立一可信誓言，愿闻尔回音。」七月初八日，谕曰：奉天命所生英明汗曰：蒙天佑我，授一政权也，

---

55 政權，《滿文原檔》寫作"toro"，《滿文老檔》讀作"doro"。按滿文"doro"與蒙文"törö"係同源詞。

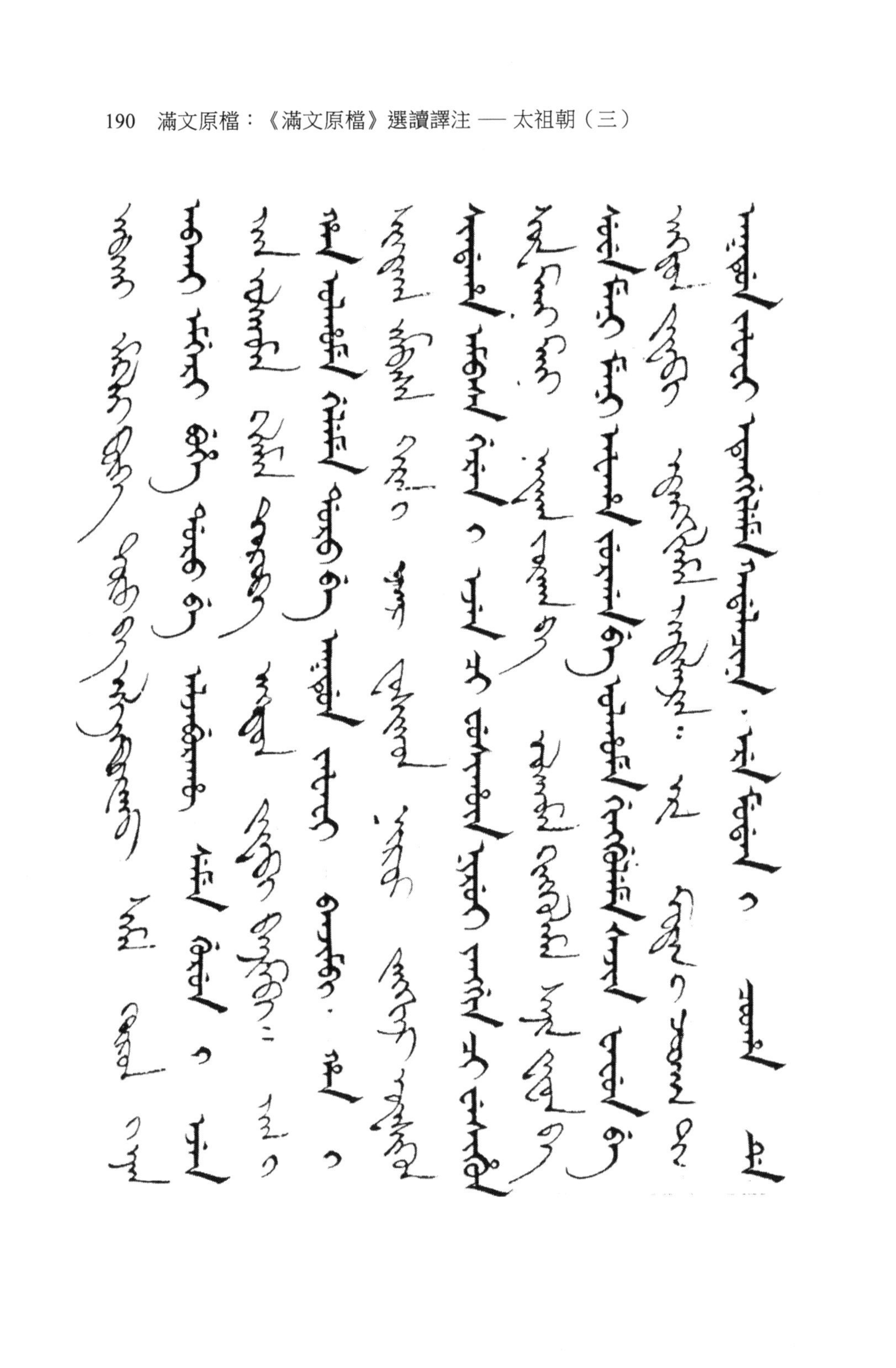

[illegible]

abkai emgeli buhe doro be aljaburahū seme gurun i ejen han olhome geleme dorobe akdun jafafi banjimbi. han i sindaha ambasa geren i ejenci fusihūn nirui jangginci wesihun, suwe meni meni afaha jurgan be olhome gingguleme šajin fafun be akdun jafafi etenggileme kadalacina. ere mudan i cooha de

---

惟恐喪失上天既授之政權，身為國主之汗，戒慎恐懼，堅守政權而生活。汗所委任諸大臣，自衆額真以下，至牛彔章京以上，爾等應各自勤敏敬慎，殫心厥職，信守法度[56]，嚴加管束。此次出兵，

惟恐丧失上天既授之政权，身为国主之汗，戒慎恐惧，坚守政权而生活。汗所委任诸大臣，自众额真以下，至牛彔章京以上，尔等应各自勤敏敬慎，殚心厥职，信守法度，严加管束。此次出兵，

---

[56] 法度，《滿文原檔》寫作"sajin wafon"，《滿文老檔》讀作"šajin fafun"。按此為無圈點滿文"sa"與"ša"、"wa"與"fa"、"fo"與"fu"之混用現象。

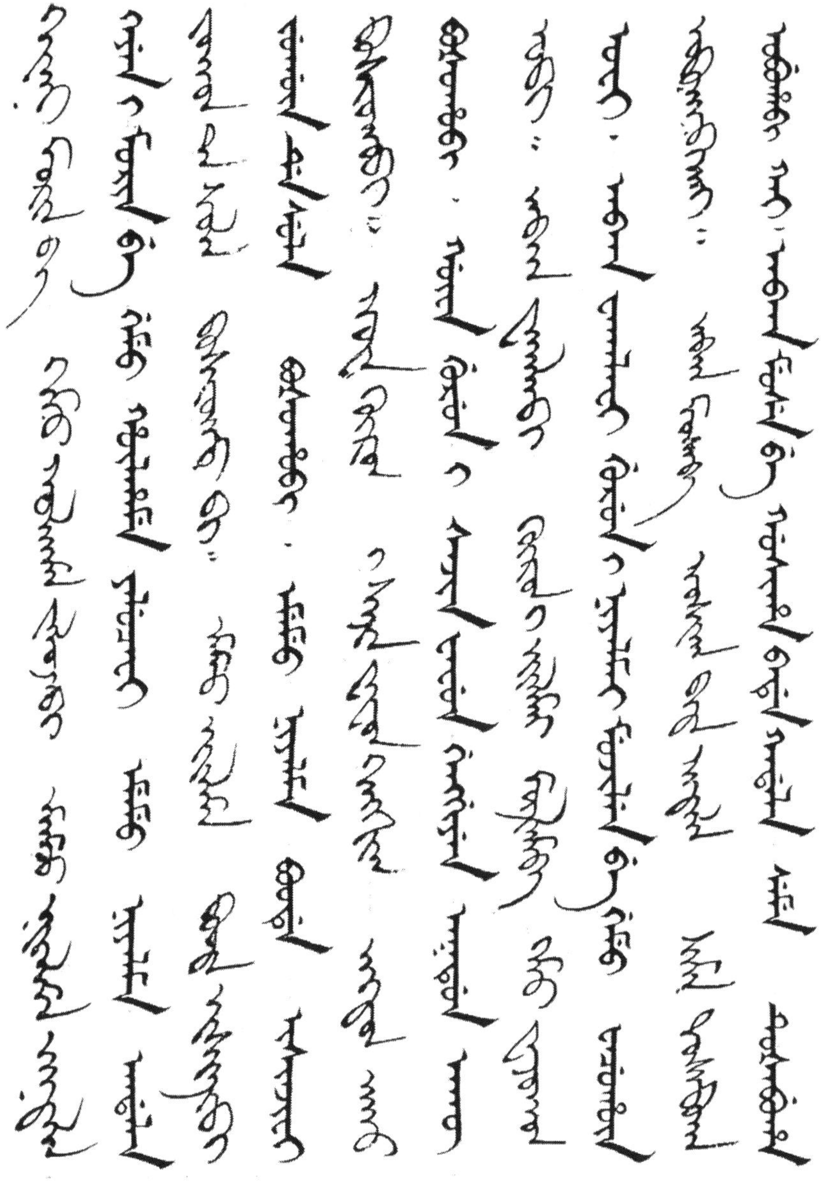

keyeni morin be gemu hūlhame yalucafi ememu niyalma andala jugūn de sula bošoho bi, ememu niyalma boode isinjifi bošohobi, gūwa gurun i šajin fafun genggiyen akdun akū ofi, abka wakalafi gurun i niyalmai mujilembe gemu facuhūn obuhabikai, abka musebe gosiha bade kadala seme tušabuha

---

皆偷盜開原馬匹乘騎，或有人於途中驅趕空馬，或有人趕回家裡。因他國法度禁約不嚴明，遭受天譴，以致國人之心皆混亂也，天既佑我，其委令管束者

皆偷盗开原马匹乘骑，或有人于途中驱赶空马，或有人赶回家里。因他国法度禁约不严明，遭受天谴，以致国人之心皆混乱也，天既佑我，其委令管束者

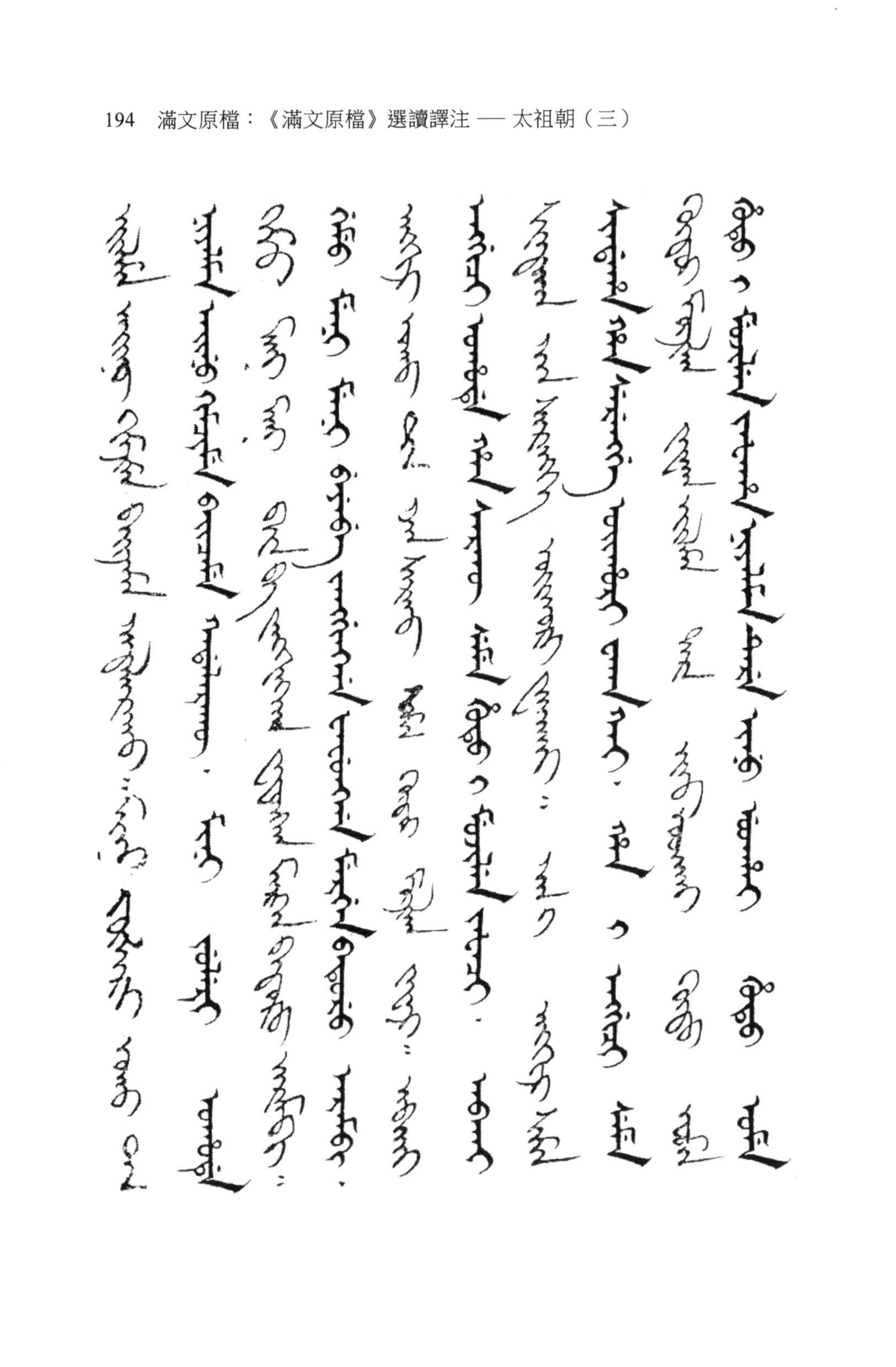

niyalma ainu kimcime baicame kadalarakū. mini juleri oho de gemu meni meni beye be janggingga fafungga mergen baturu arambi, enggici oho de han sarkū seme hutui mujilen jafaci. abkai sindaha han serengge oihori wakakai. han i enggici seme hutui mujilen jafaha niyalma tere inu uthai butu ome

---

為何不行稽查約束？當我之面，皆各自裝作秉公守法，智勇兼備之態，背我之時，則以為汗不致知悉，而居鬼祟之心。當知天授之汗，非可輕視也。汗背後居鬼祟之心者，則其人亦必定是鬼祟也。

为何不行稽查约束？当我之面，皆各自装作秉公守法，智勇兼备之态，背我之时，则以为汗不致知悉，而居鬼祟之心。当知天授之汗，非可轻视也。汗背后居鬼祟之心者，则其人亦必定是鬼祟也。

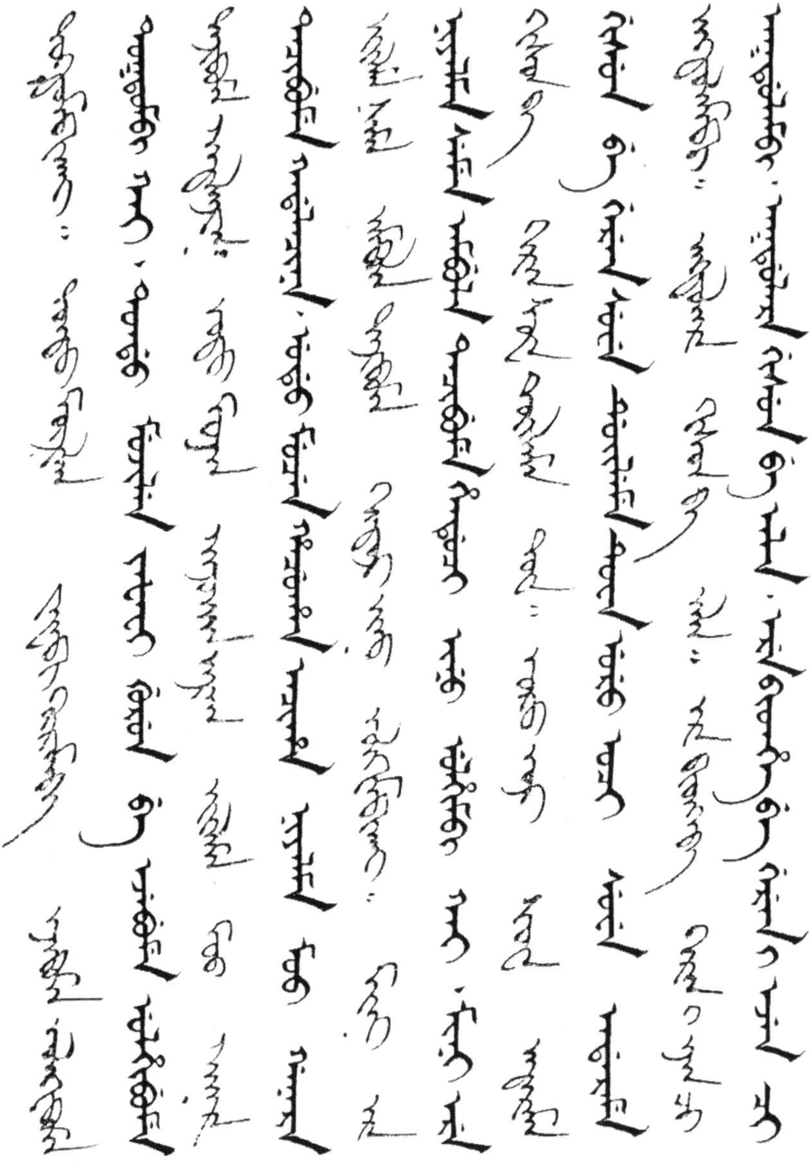

toktombikai. tondo mujilen jafafi gurumbe ejebume ulhibume tacibume kadalacina. udu mucen hacuhan aciha niyalma moo ganara niyalma seme ambula tacibume henduci inu ulhimbikai. mini ere gisun be geren suwe duileme tuwa, uru oci suwe adarame akdulambi, akdulara gisun be ala, ere bithebe geren i ejen ci

---

務須牢記居心公正，以曉諭國人，即使是背負釜鍋之人，伐木之人，若多加教誨，亦可知曉也。我之此言，爾衆人審度看看，若所言為是，爾等如何保證？可告以保證之言，將諭令宣示衆額真以下，

务须牢记居心公正，以晓谕国人，即使是背负釜锅之人，伐木之人，若多加教诲，亦可知晓也。我之此言，尔众人审度看看，若所言为是，尔等如何保证？可告以保证之言，将谕令宣示众额真以下，

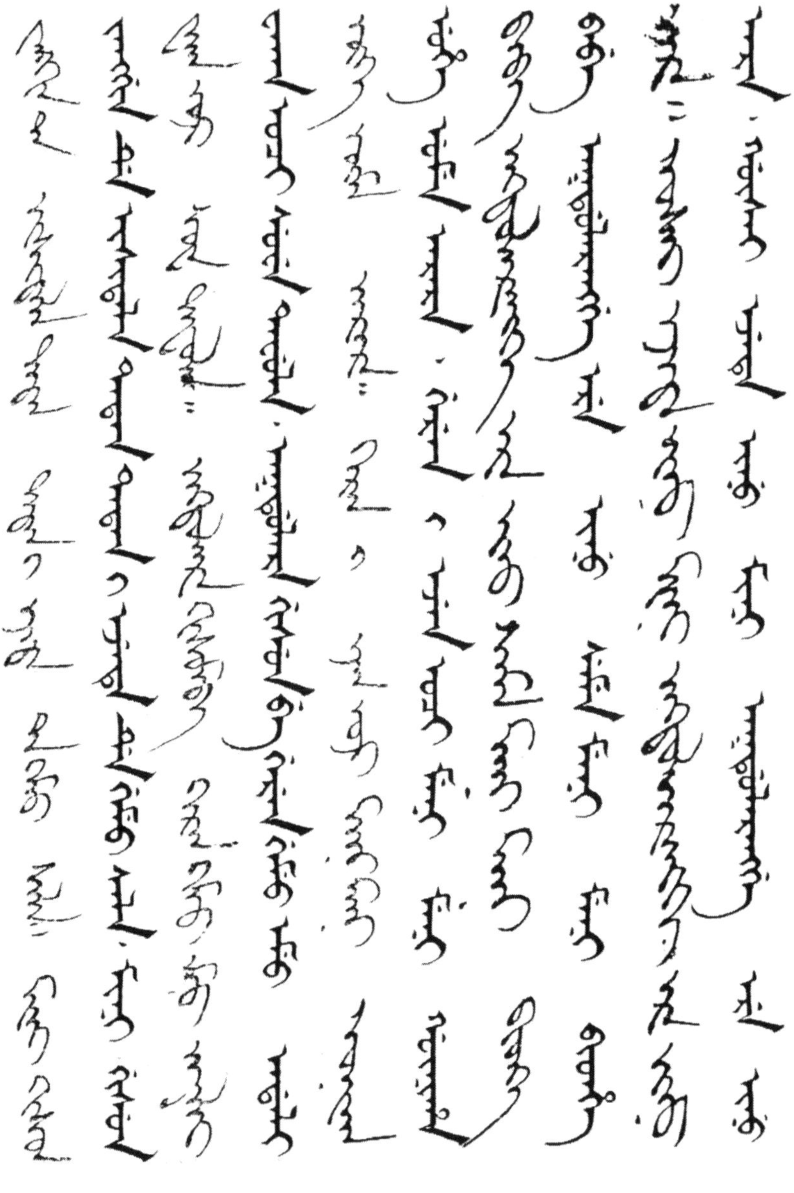

janggin de isitala tatan tatan i ejete de gemu sala, mini gisun waka oci suwe tafula. akdulara gisumbe geren gemu emu adali uhe ume arara, geren i ejen oci meni meni gūniha babe akdularangge ere inu seme meni meni bithe ara, gūsai ejete inu mini akdularangge ere inu

---

章京以上及各塔坦之額真；若我之所言非是；爾等可進諫。保證之言，衆人勿用相同之言書寫。若衆額真將己見各自寫成保證書，固山額真亦應

章京以上及各塔坦之额真；若我之所言非是；尔等可进谏。保证之言，众人勿用相同之言书写。若众额真将己见各自写成保证书，固山额真亦应

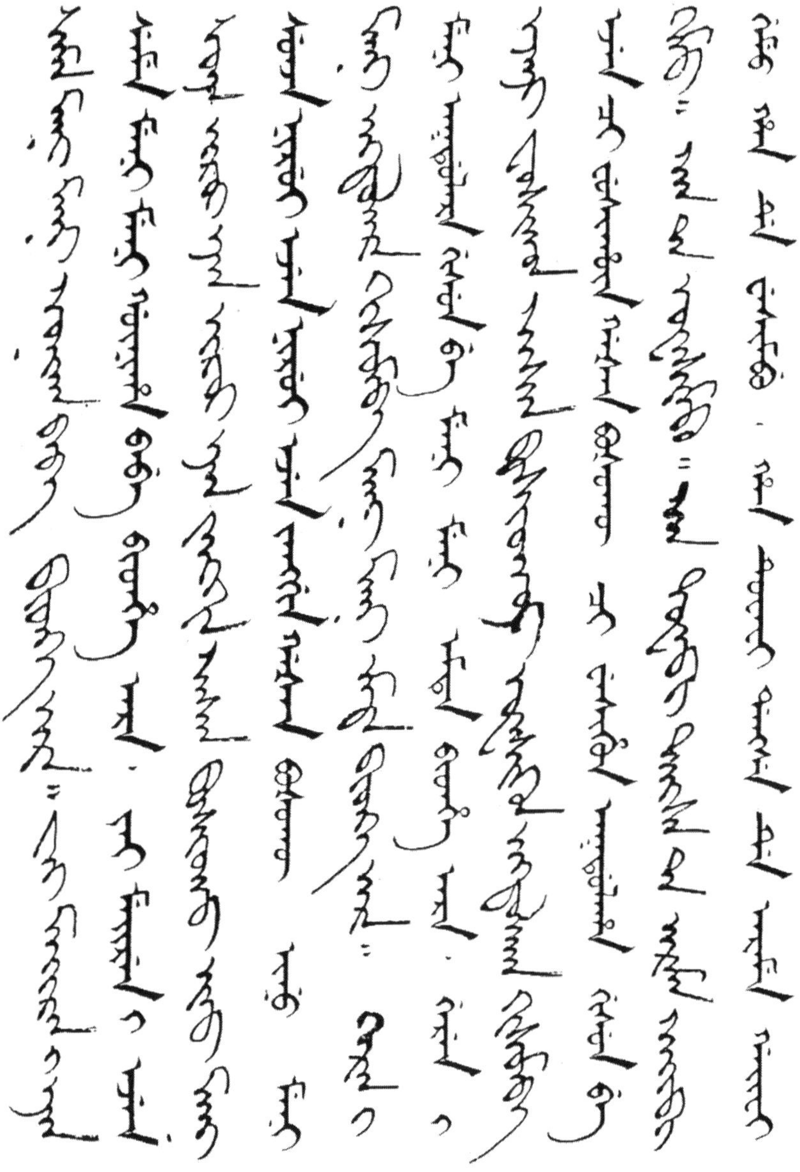

seme meni meni gūniha babe bithe ara. jai meiren i ejen sunja nirui ejen nirui ejen janggin gašan bošokū inu meni meni akdulara gisun be meni meni emte bithe ara. geren i ejenci fusihūn gašan bošokūci wesihun akdulaha gisumbe gemu, han de wesimbu, han tuwafi dangse de arame gaifi

---

將己見各自寫成保證書。再梅勒額真、五牛彔額真、牛彔額真、章京，村領催[57]等，亦應將自己保證之言，各自寫成保證書一份，自衆額真以下，至村領催以上，皆將保證書進呈於汗，汗閱後記入檔冊，

将己见各自写成保证书。再梅勒额真、五牛彔额真、牛彔额真、章京，村领催等，亦应将自己保证之言，各自写成保证书一份，自众额真以下，至村领催以上，皆将保证书进呈于汗，汗阅后记入档册，

---

[57] 村領催，《滿文原檔》寫作“kasan bosioko”，《滿文老檔》讀作“gašan bošokū”。按此為無圈點滿文“ka”與“ga”、“sa”與“ša”、“sio”與“šo”、“ko”與“kū”之混用現象。

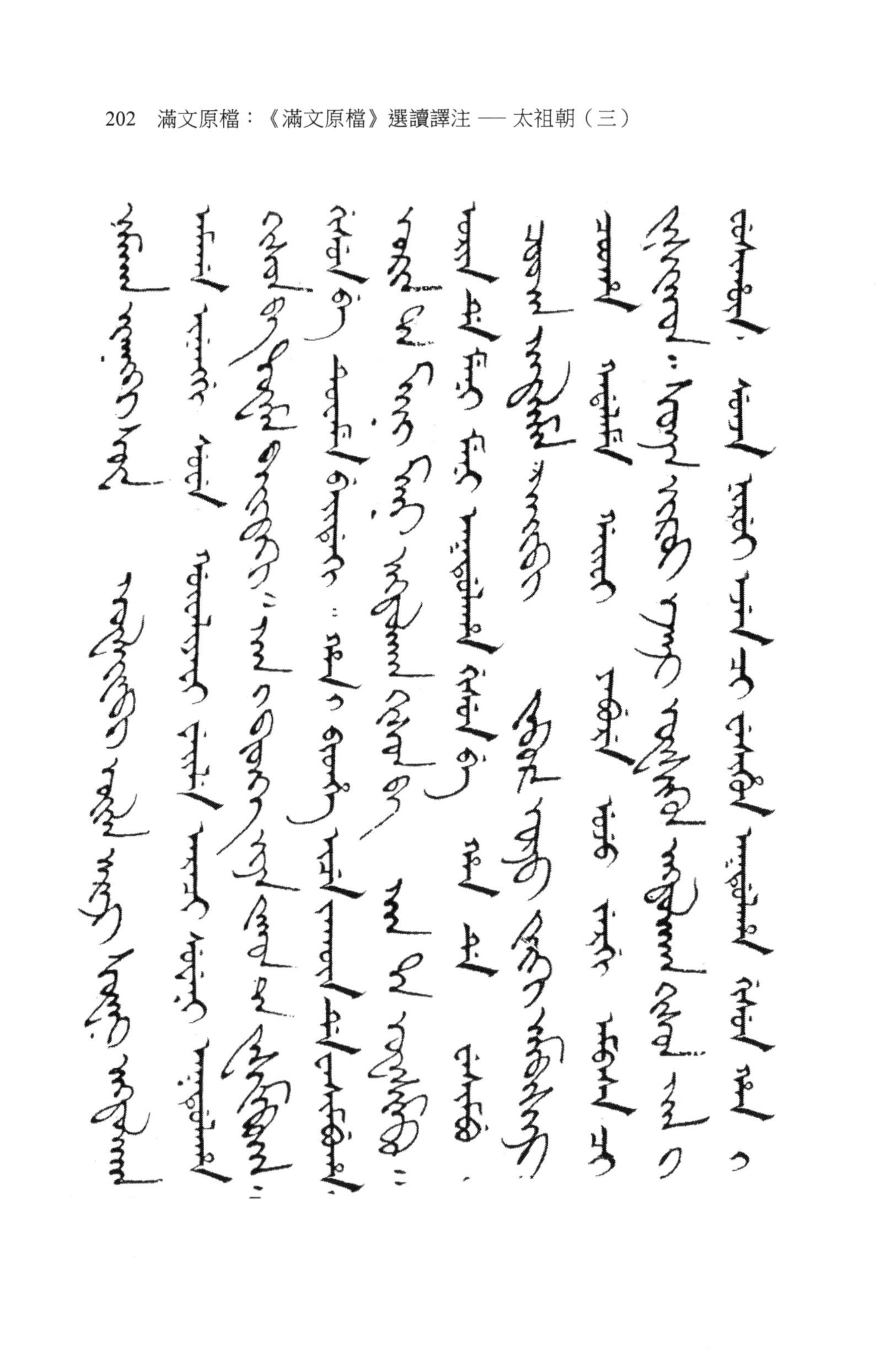

amaga inenggi suwe gūwaliyafi weile araci suweni akdulaha gisun be tuwame beideki. han i bithe ice jakūn de wasimbuha, orin de meni meni akdulaha gisun be han de wesimbu. cooha kadalame gaifi yabure uju jergi ambasaci fusihūn, sunja nirui ejenci wesihun akdulaha gisun, han i

---

日後爾等若反悔犯罪，即依爾等保證之言審斷。」初八日，頒諭，命於二十日將各自保證書進呈於汗。自統領兵士行走之頭等大臣以下，至五牛彔額真以上保證之言曰：

日后尔等若反悔犯罪，即依尔等保证之言审断。」初八日，颁谕，命于二十日将各自保证书进呈于汗。自统领兵士行走之头等大臣以下，至五牛彔额真以上保证之言曰：

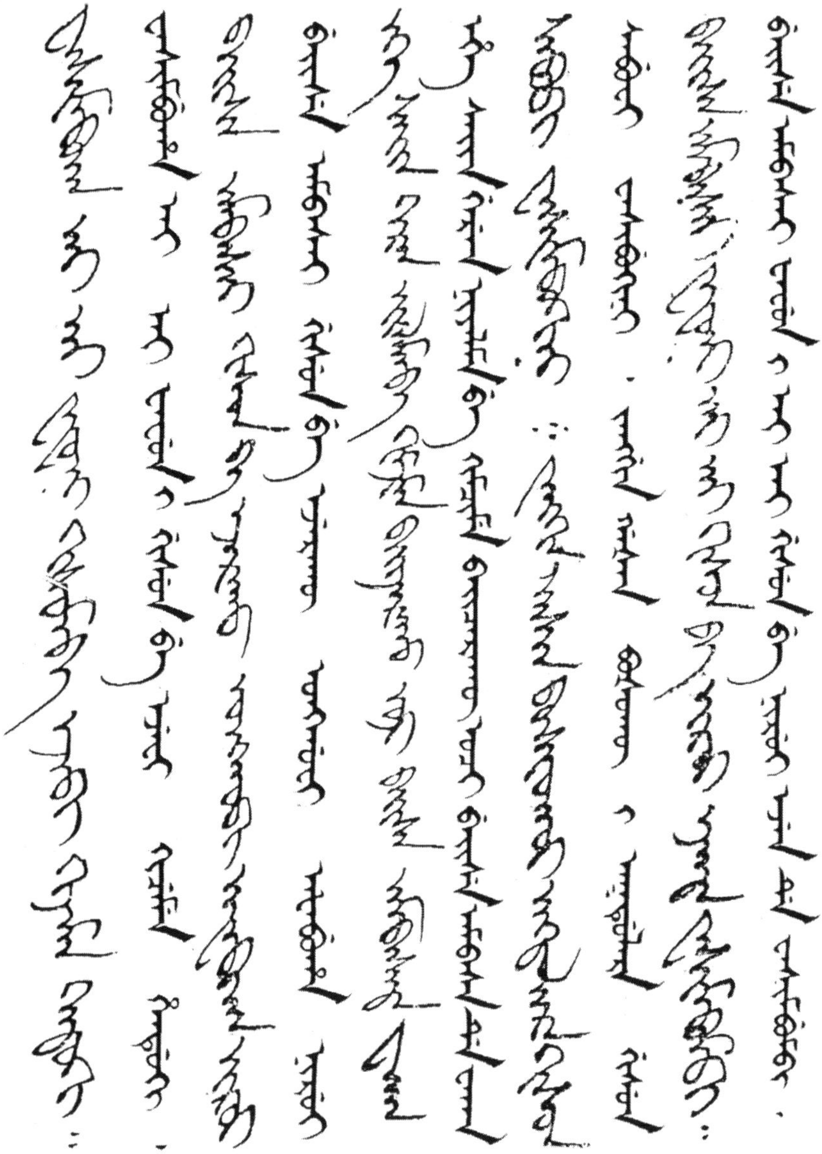

wasimbuha ai ai fafuni gisumbe ejefi kiceme henduki, beise ambasai gisun be ejerakū onggofi afabuha nirui ehe sain geren niyalmabe kimcime baicarakū oci beise ambasade waka sabufi wasibukini. janggin gašan bošokūi akdulara gisun beise ambasai fafuni ai ai gisun be nirui ejende wasimbumbi.

所頒各項法度之言，謹此銘記，並勤加宣諭。若置諸貝勒大臣之言於不顧，不牢記而忘記，所交付牛彔衆人之良莠不勤加稽查，為諸貝勒大臣得知其不是處而見責，願受貶黜。章京、村領催保證之言曰：諸貝勒大臣已將各項法度下達牛彔額真。

所颁各项法度之言，谨此铭记，并勤加宣谕。若置诸贝勒大臣之言于不顾，不牢记而忘记，所交付牛彔众人之良莠不勤加稽查，为诸贝勒大臣得知其不是处而见责，愿受贬黜。章京、村领催保证之言曰：诸贝勒大臣已将各项法度下达牛彔额真。

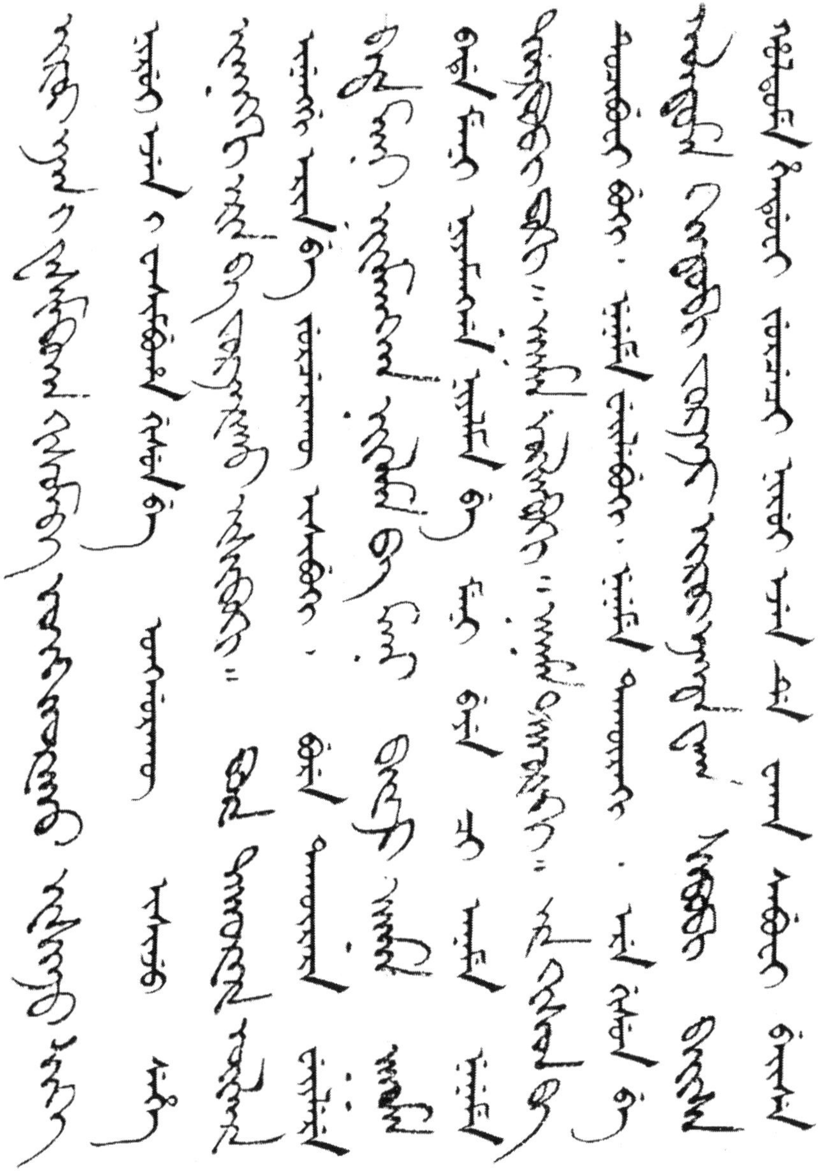

nirui ejen i wasimbuha gisumbe onggorakū isinju sehe inenggi erin be jurcerakū isibuki. bure takūrara weilere bade meni niyamangga niyalma be meni beyeci aname neneme tucibufi buki, neneme weilebuki, neneme takūraki. ere gisun be holtome hendufi jurceci nirui ejende waka sabufi beise

---

牛彔額真轉諭之言牢記不忘，召之即至，不違時日。所交付之差役，先行派出我等親人，我等身先承當，率先做事，率先差遣。若有謊言違悖其言，為牛彔額真見其不是，

牛录额真转谕之言牢记不忘，召之即至，不违时日。所交付之差役，先行派出我等亲人，我等身先承当，率先做事，率先差遣。若有谎言违悖其言，为牛录额真见其不是，

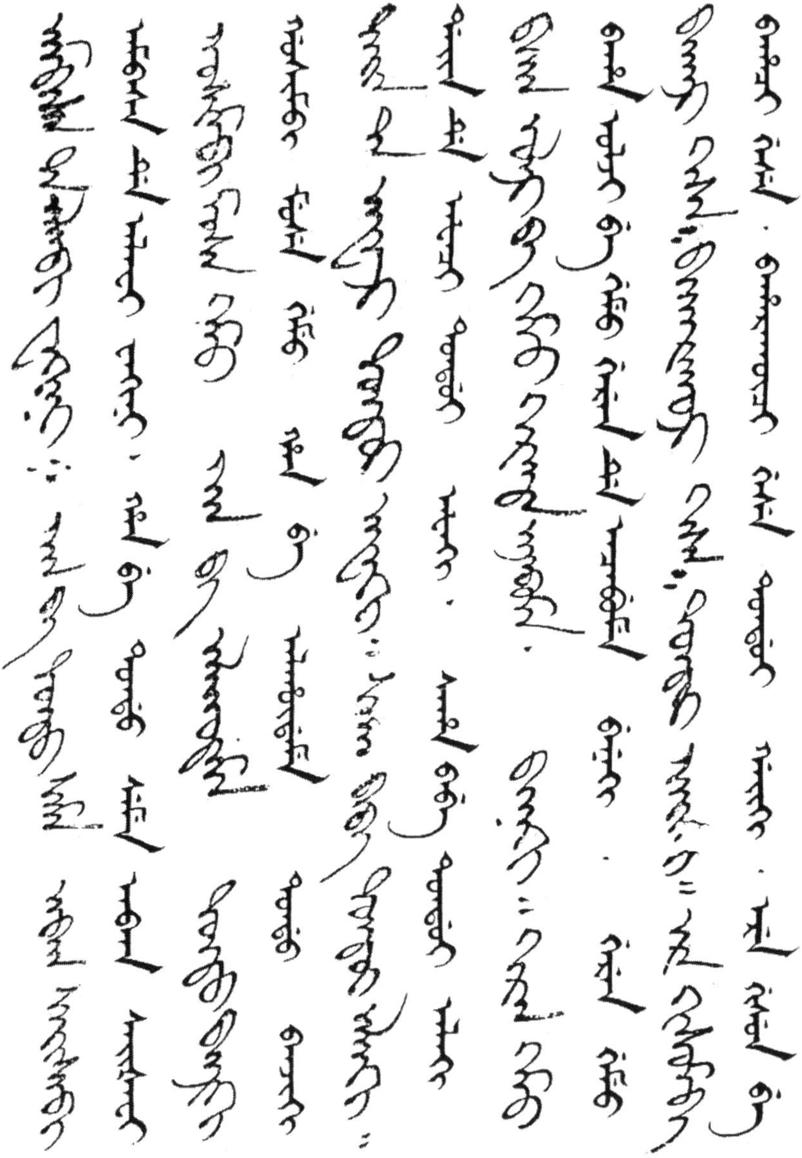

ambasa de alafi wakini, han be tondo seme abka saišafi gosimbi muse gemu han be alhūdame tondo banjiki. dain de afaci tondoi afaki. saha babe tondoi alaki. baha olji be gemu gerende acabume beneki. geren gemu bahaci gese, baharakūci gese, tondoi gaiki. ere gisumbe

---

告知諸貝勒大臣。上天以汗之忠正而嘉佑，我等皆願仿效汗，忠正而過活。於陣中攻戰時，必矢忠攻戰。凡有所知，必盡忠言。陣獲俘虜，與衆人所獲俘虜合於一處送繳。衆人有所獲皆相同，無所獲亦相同，必公平取得。

告知诸贝勒大臣。上天以汗之忠正而嘉佑，我等皆愿仿效汗，忠正而过活。于阵中攻战时，必矢忠攻战。凡有所知，必尽忠言。阵获俘虏，与众人所获俘虏合于一处送缴。众人有所获皆相同，无所获亦相同，必公平取得。

十四、善養降人

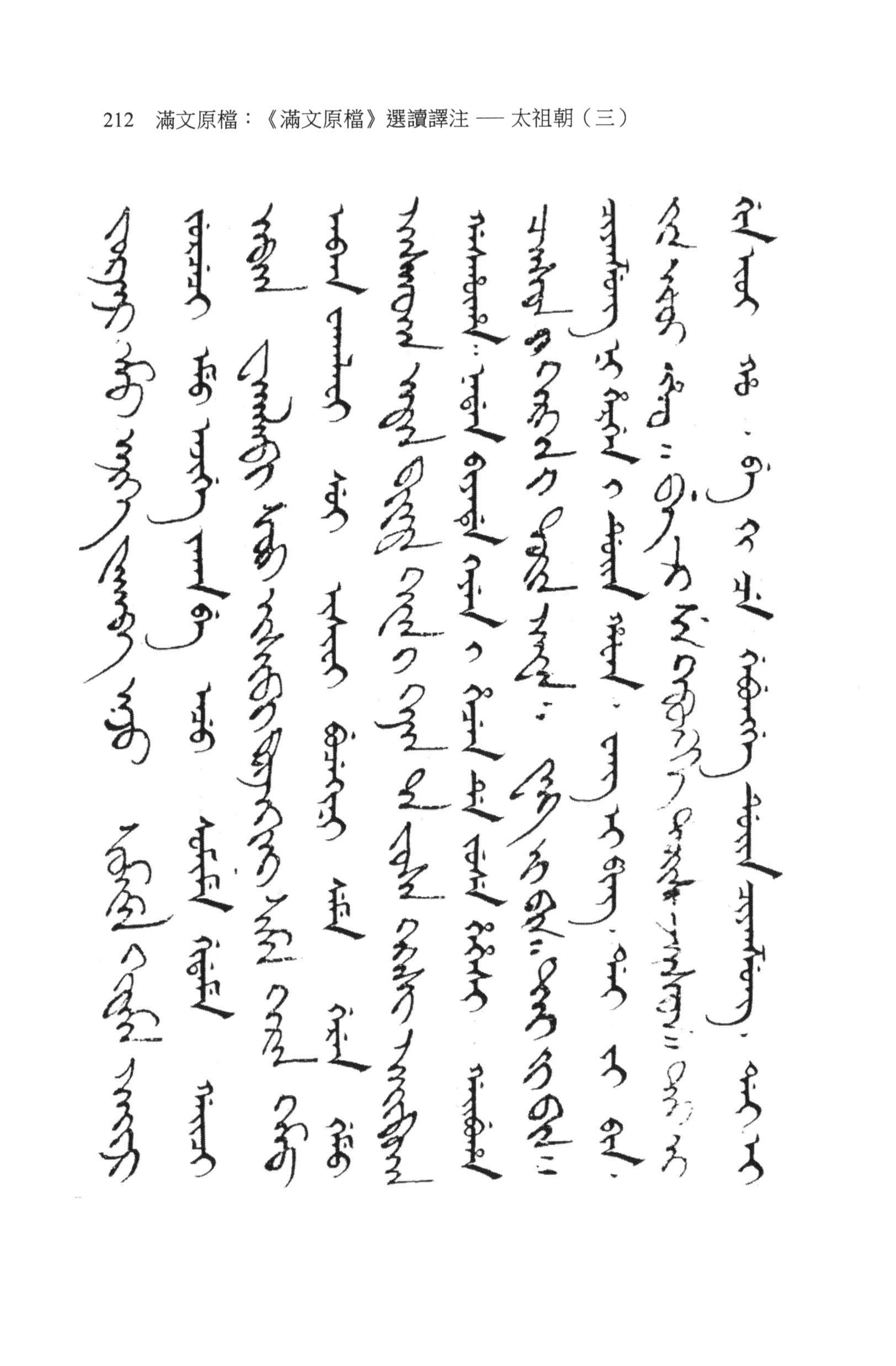

jurceci emu ajige jakabe encu somime gidame gaici abka wakalafi sui isifi bucekini seme geren gemu gashūha. nadan biyade keyen i hecen de juse hehesi gaibuha ciyandzung ni hergen i duin hafan, wang i ping, dai ji bin, jin ioi ho, be ci se gebungge duin ciyandzung, dai i

若違此言，另行隱匿私取些須之物，願受上天譴責，罪及於死。衆人皆盟誓之。七月，原居開原城妻孥被俘千總官銜四員，王一屏、戴集賓、金玉和、白奇策等四千總[58]，

若违此言，另行隐匿私取些须之物，愿受上天谴责，罪及于死。众人皆盟誓之。七月，原居开原城妻孥被俘千总官衔四员，王一屏、戴集宾、金玉和、白奇策等四千总，

[58] 千總，《滿文原檔》讀作“canson”，《滿文老檔》讀作“ciyandzung”。

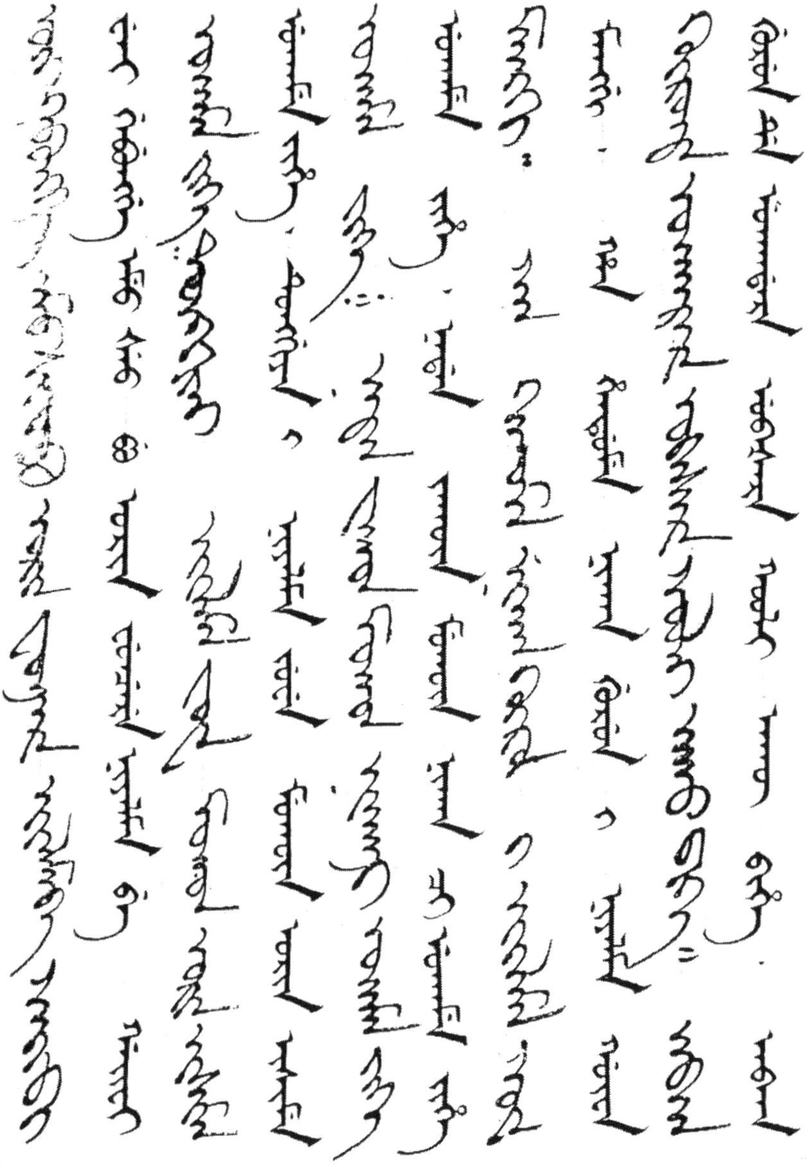

wei gebungge emu šeo pu orin funcere niyalmabe gaifi ukame jihe, tunggiyai niyalma, juwe mukūn orin isime ukame jihe. nadan jakūn mukūn nikanci ukame jihe manggi, han hendume nikan gurun i niyalma gūwa gurunde ukandara ubašara kooli akū bihe, abka

---

及守堡[59]戴一位一名率二十餘人逃來，佟家人兩族約二十人逃來。七、八族自明逃來後，汗曰：明國人原無叛逃他國之例，

及守堡戴一位一名率二十余人逃来，佟家人两族约二十人逃来。七、八族自明逃来后，汗曰：明国人原无叛逃他国之例，

---

59 守堡，《滿文原檔》寫作“siobo”，《滿文老檔》讀作“šeo pu”。

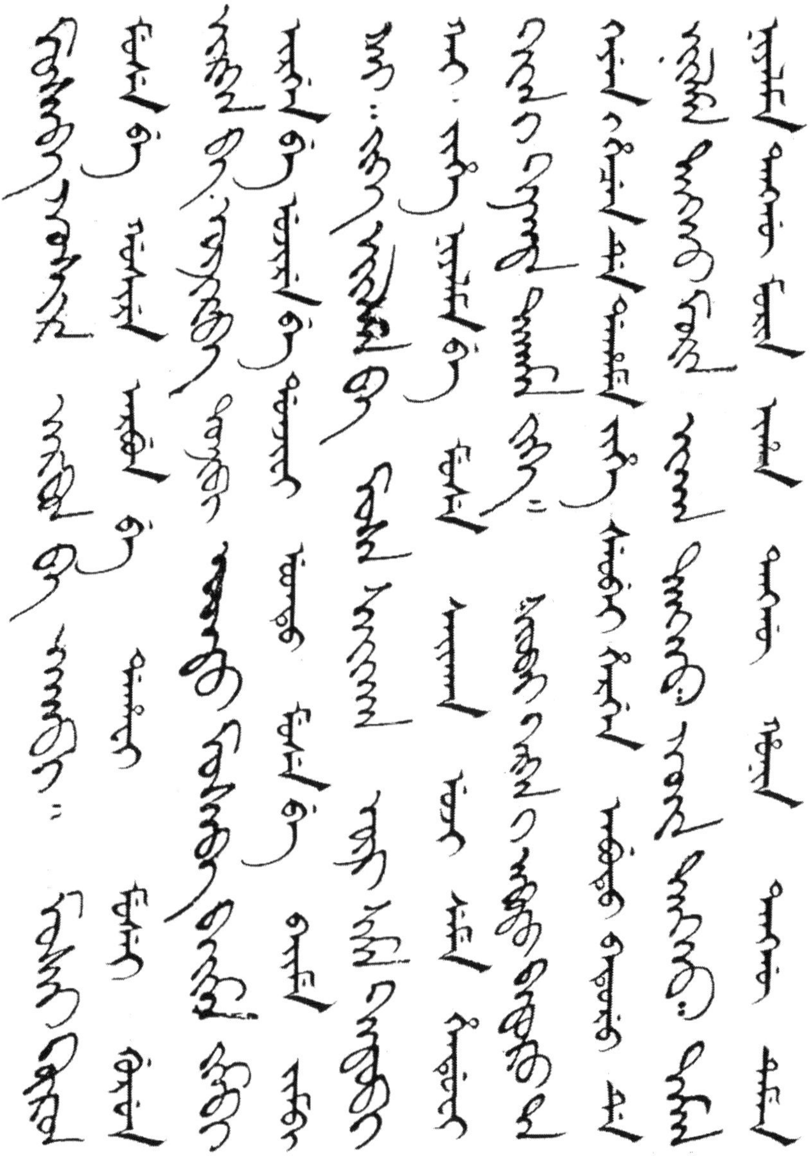

musebe gosire arbun be dahafi, musei gurun irgen be ujirebe donjifi uttu musebe baime jimbi kai. jihe niyalma be muse saikan uji seme hendufi keyen i hecende dahame jihe, šeobei hergen i abutu baturu de niyalma tanggū morin ihan tanggū honin tanggū temen

---

彼等順從上天佑我之勢，又聞我國豢養人民，故此來投我也。來投之人，我當善加豢養之。」遂賜前來開原城投順之守備官銜阿布圖巴圖魯人一百、牛馬一百、羊一百、

彼等顺从上天佑我之势，又闻我国豢养人民，故此来投我也。来投之人，我当善加豢养之。」遂赐前来开原城投顺之守备官衔阿布图巴图鲁人一百、牛马一百、羊一百、

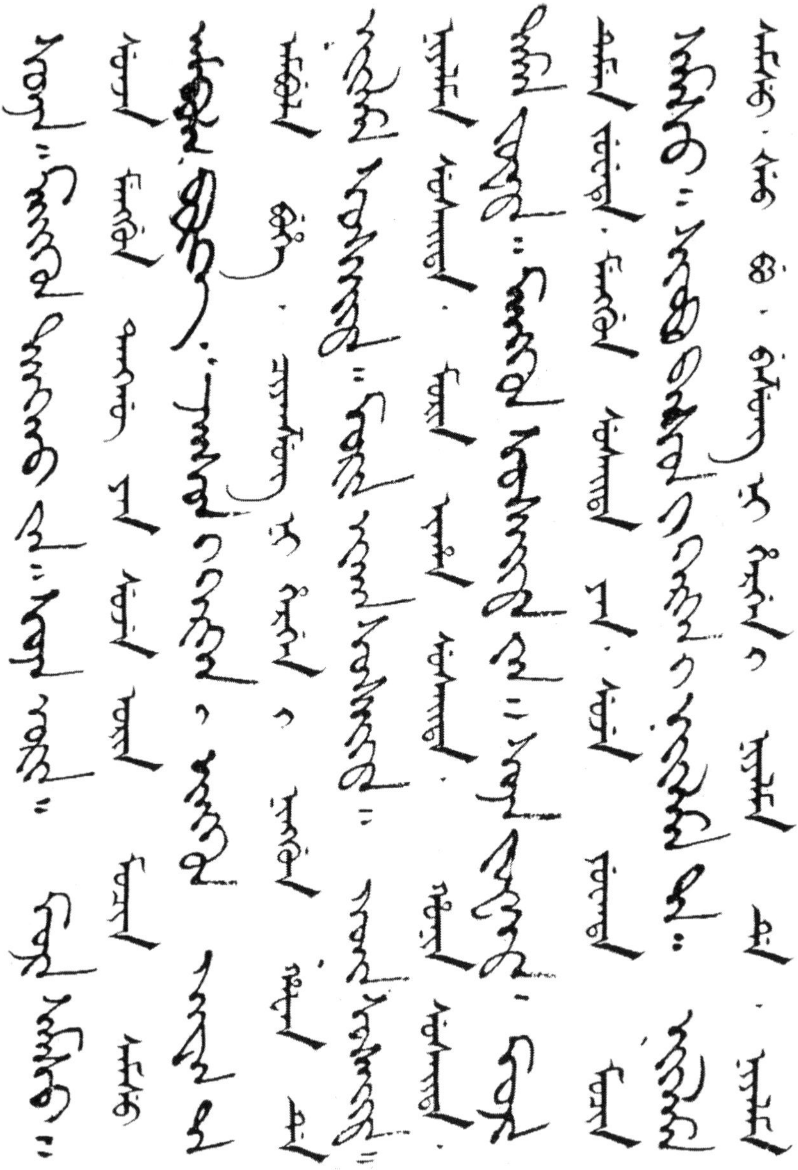

sunja, menggun tanggū yan, suje orin, mocin samsu, ambula buhe. ciyandzung ni hergen i ninggun hafan de niyalma susaita, morin ihan susaita, honin susaita, temen juwete, menggun susaita yan, suje juwanta, mocin samsu, šeo pu, bedzung ni hergen i niyalma de, niyalma

---

駝五、銀百兩、綢緞二十疋及毛青布、翠藍布甚多。千總官銜六員各賜人五十、牛馬五十、羊五十、駝二、銀五十兩、綢緞十疋及毛青布、翠藍布。守堡、百總官銜之人，

驼五、银百两、绸缎二十疋及毛青布、翠蓝布甚多。千总官衔六员各赐人五十、牛马五十、羊五十、驼二、银五十两、绸缎十疋及毛青布、翠蓝布。守堡、百总官衔之人，

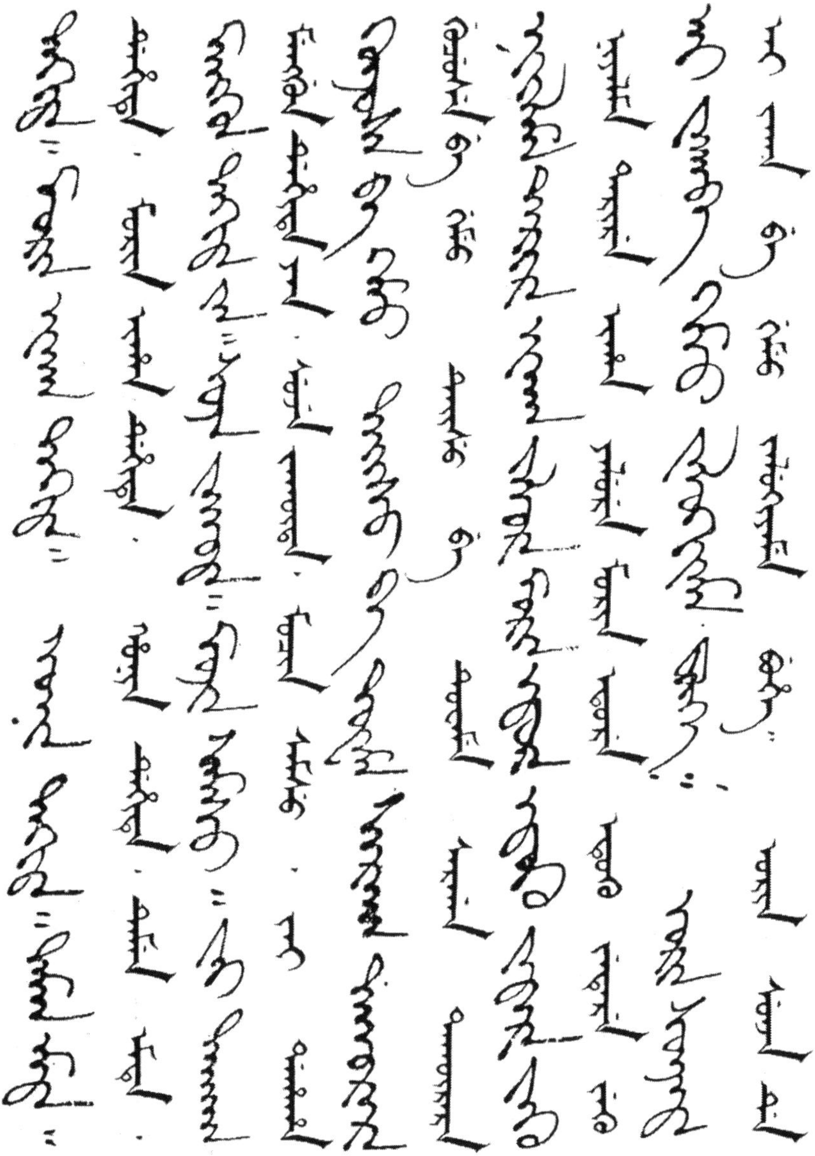

dehite, morin ihan dehite, honin dehite, temen emte, menggun dehite yan, suje jakūta, mocin samsu. jai dahaha gucuse be gemu teisu be tuwame sargan, takūrara niyalma tarire ihan yalure morin eture etuku jetere jeku ai jakabe gemu jalukiyame buhe. orin sunjade

---

各賜人四十、牛馬四十、羊四十、駝一、銀四十兩、綢緞八疋及毛青布、翠藍布。再隨從僚友，皆視其職分，各賜妻室、差遣之人、耕牛、乘騎馬匹、穿着衣物、食糧等物，皆充足賜給。二十五日，

各赐人四十、牛马四十、羊四十、驼一、银四十两、绸缎八疋及毛青布、翠蓝布。再随从僚友，皆视其职分，各赐妻室、差遣之人、耕牛、乘骑马匹、穿着衣物、食粮等物，皆充足赐给。二十五日，

十五、生擒宰賽

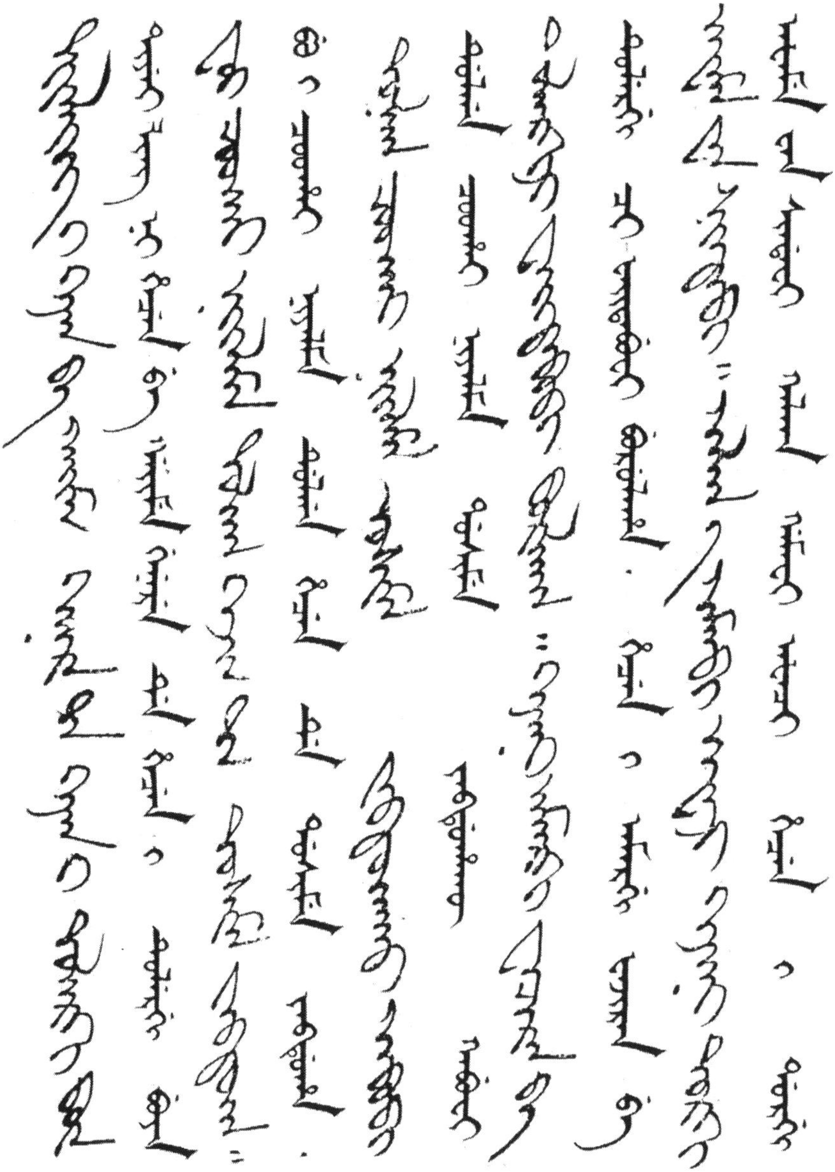

tiyeling i hecen be gaime genere de hecen i tulergi buya pu i coohai niyalma dulga hecen de dosime jabduha, dulga coohai niyalma dosime jabduhakū kabufi tulergici faitabufi burulaha. heceni amargi fajiran be afame wan sindafi, kalka gamafi afaci heceni dorgi,

---

往取鐵嶺城時，城外小堡兵丁，一半來得及入城[60]，一半來不及入城，被圍截城外，四散敗走。我軍樹雲梯執盾牌攻城北墻，城中

往取铁岭城时，城外小堡兵丁，一半来得及入城，一半来不及入城，被围截城外，四散败走。我军树云梯执盾牌攻城北墙，城中

---

60 一半來得及入城，句中「一半」，《滿文原檔》寫作“tolka”，《滿文老檔》讀作“dulga”，意即「一半的」。按此為無圈點滿文“to”與“du”、“ka”與“ga”之混用現象。

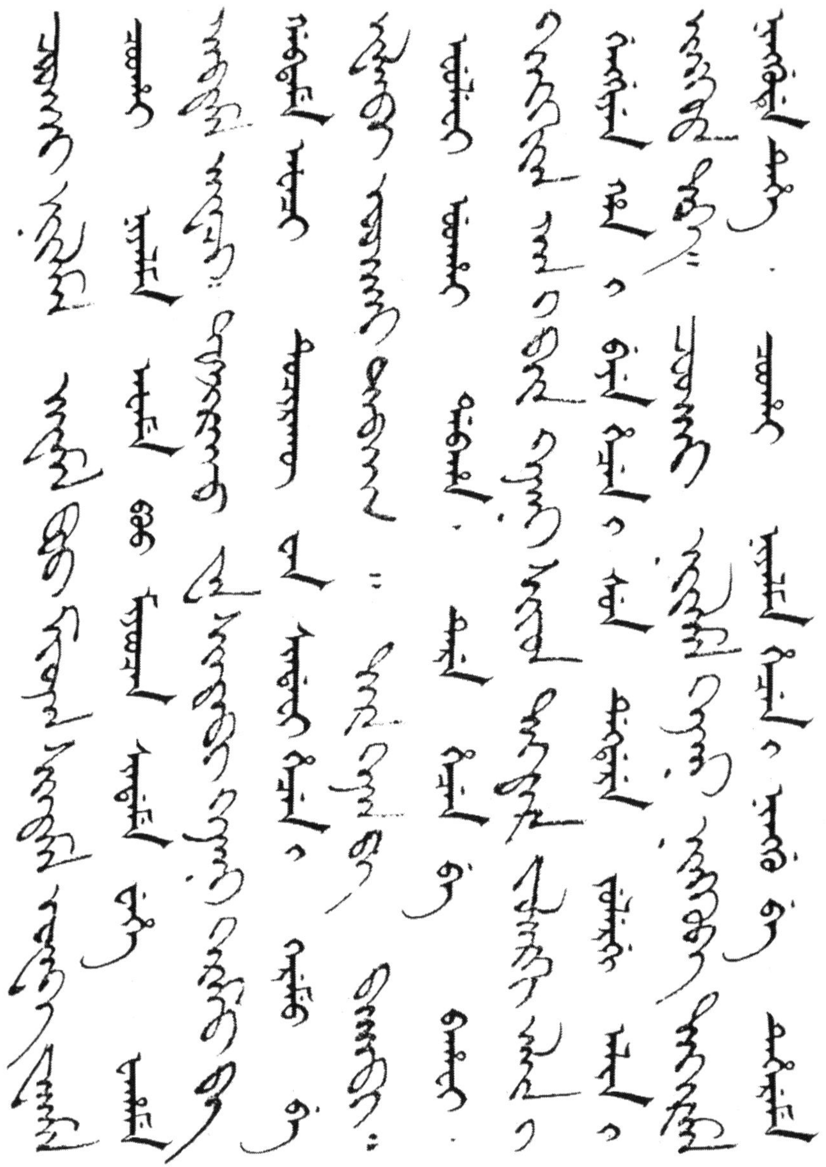

coohai niyalma afame poo miyocan sindame wehe fahame gabtame afaci tucirakū wan sindafi heceni keremu be efulefi uthai dabaha, tere hecen be bahafi, genggiyen han i beye hecen i šun dekdere julergi alin i ninggude tehe, coohai niyalma heceni ninggube tehereme

---

兵丁施放鎗礮，投石射箭，堅守不出。我軍樹雲梯，搗燬城垛後即登上獲其城。英明汗親自坐於城東南山上，軍士於城上

兵丁施放鎗炮，投石射箭，坚守不出。我军树云梯，捣毁城垛后即登上获其城。英明汗亲自坐于城东南山上，军士于城上

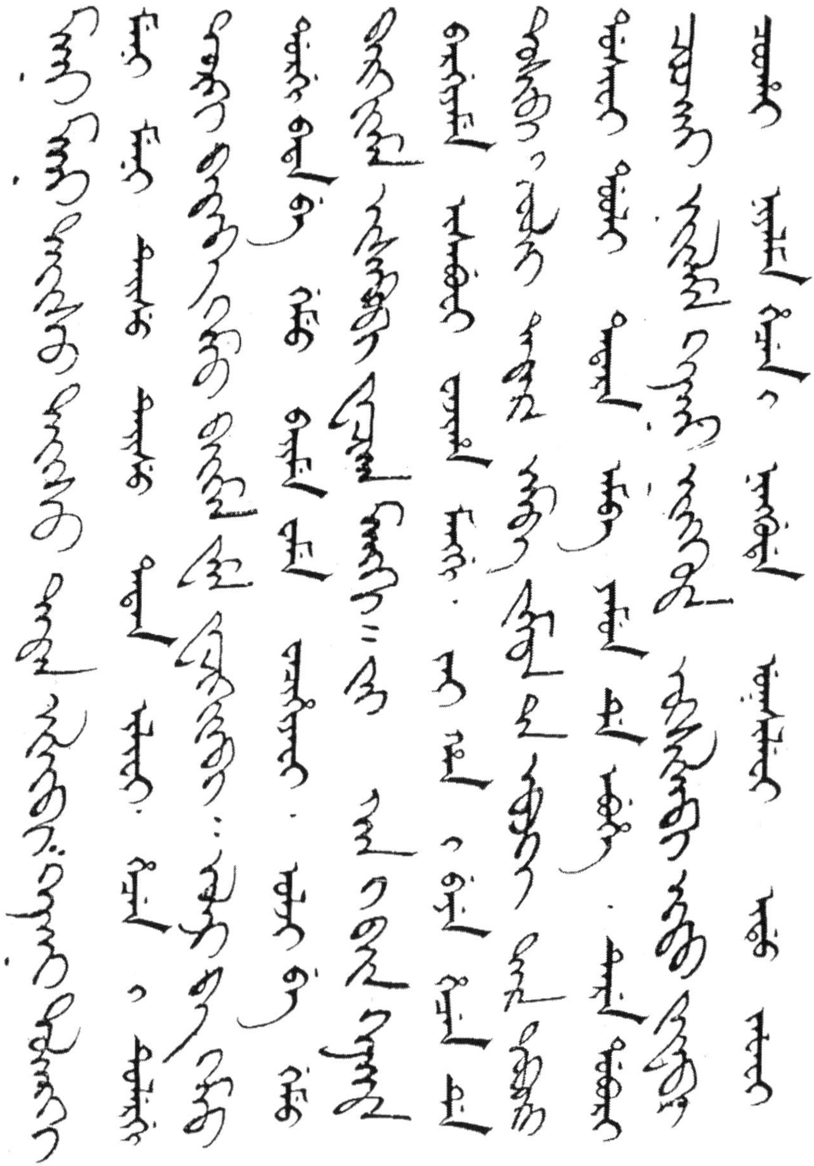

meni meni teisu teisu tatan ilifi, heceni tulergi dorgi batabe gemu baime wame wacihiyafi, olji be gemu bargiyame isabufi wajiha manggi, jai han i beye hecende dosifi dooli tatara amba yamun de ebuhe, tere dobori coohai niyalma heceni ninggude uksilefi idu jafafi

---

依次各自建立窩帳，將城內城外之敵皆搜殺殆盡，俘虜皆收攏完竣後，汗始親自入城，駐於道員所駐大衙門內。是夜，軍士於城上擐甲值班，

依次各自建立窝帐，将城内城外之敌皆搜杀殆尽，俘虏皆收拢完竣后，汗始亲自入城，驻于道员所驻大衙门内。是夜，军士于城上擐甲值班，

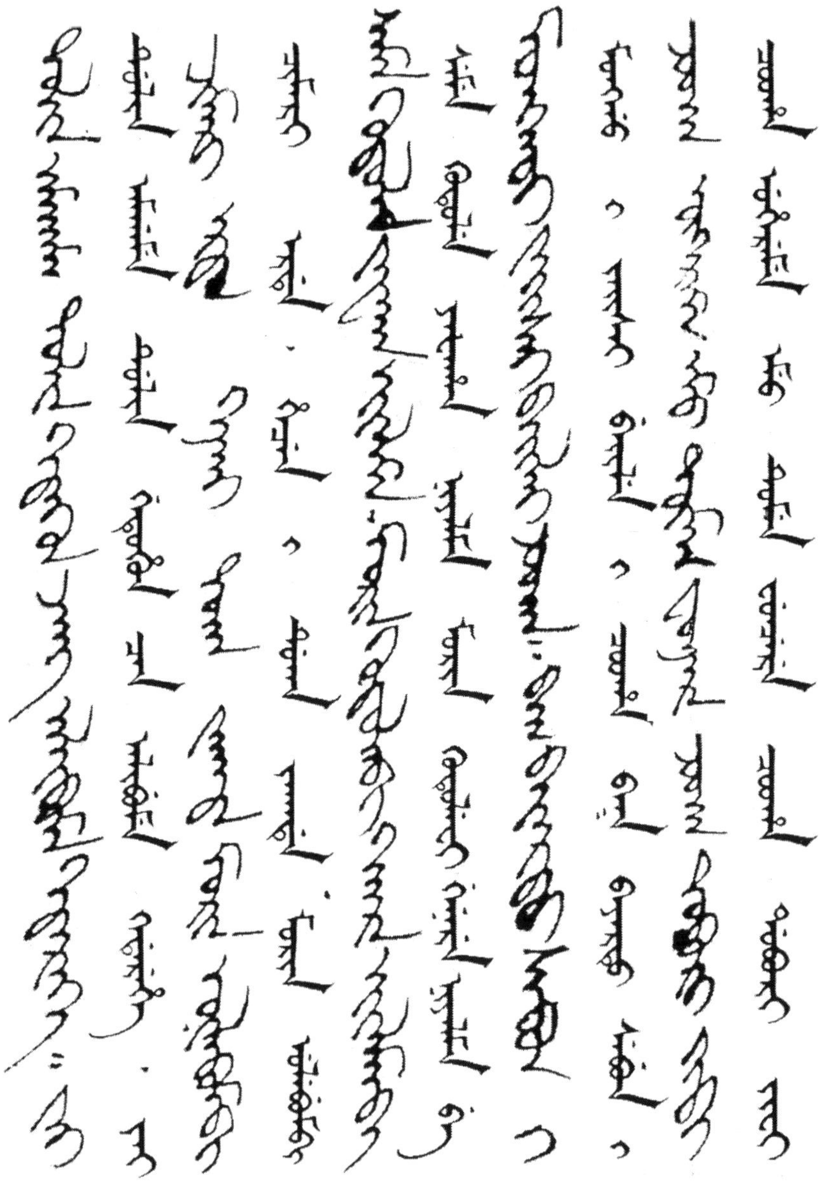

dulin amgame dulin getuhun cang alibume kederehe. jai cimari erde, hecen i duka jakade morin ulebumbi seme kutule yafahan niyalma morin kutulefi genere niyalmabe monggo i jaisai beilei cooha, bak bayartu sebun i cooha uhereme emu tumen funcere cooha dobori jifi

---

其半睡覺，其半未寐傳鑼巡夜。次晨，跟役小廝牽馬前往城門前餵馬。時有蒙古宰賽貝勒之兵，以及巴克、巴雅爾圖、色本之兵，共一萬餘兵，乘夜而來，

其半睡觉，其半未寐传锣巡夜。次晨，跟役小厮牵马前往城门前喂马。时有蒙古宰赛贝勒之兵，以及巴克、巴雅尔图、色本之兵，共一万余兵，乘夜而来，

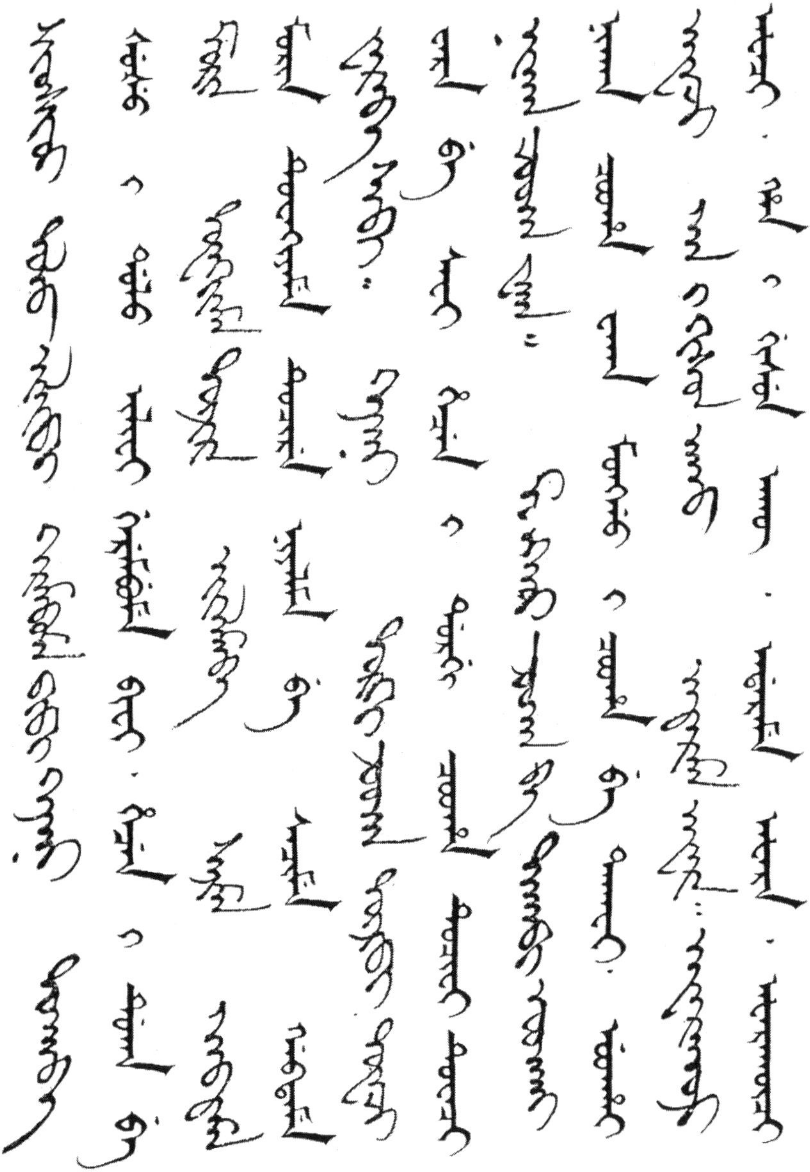

šušui dolo ilifi gerembume bifi, heceni dukabe morin tuwakiyame tucire niyalmabe sacime gabtame warabe safi, heceni dorgi cooha tucifi tuwaci nikan cooha waka, monggoi cooha be takafi, uthai afaci, han i gisun akū, adarame afara, afarakūci,

---

伏於高粱內，待至天明，見出城門牧馬之人，即射箭砍殺。薀城內之兵出城察看，認出非明兵乃蒙古兵，若即行攻戰，然未奉汗命，如何攻戰？若不攻戰，

伏于高粱内，待至天明，见出城门牧马之人，即射箭砍杀。薀城内之兵出城察看，认出非明兵乃蒙古兵，若即行攻战，然未奉汗命，如何攻战？若不攻战，

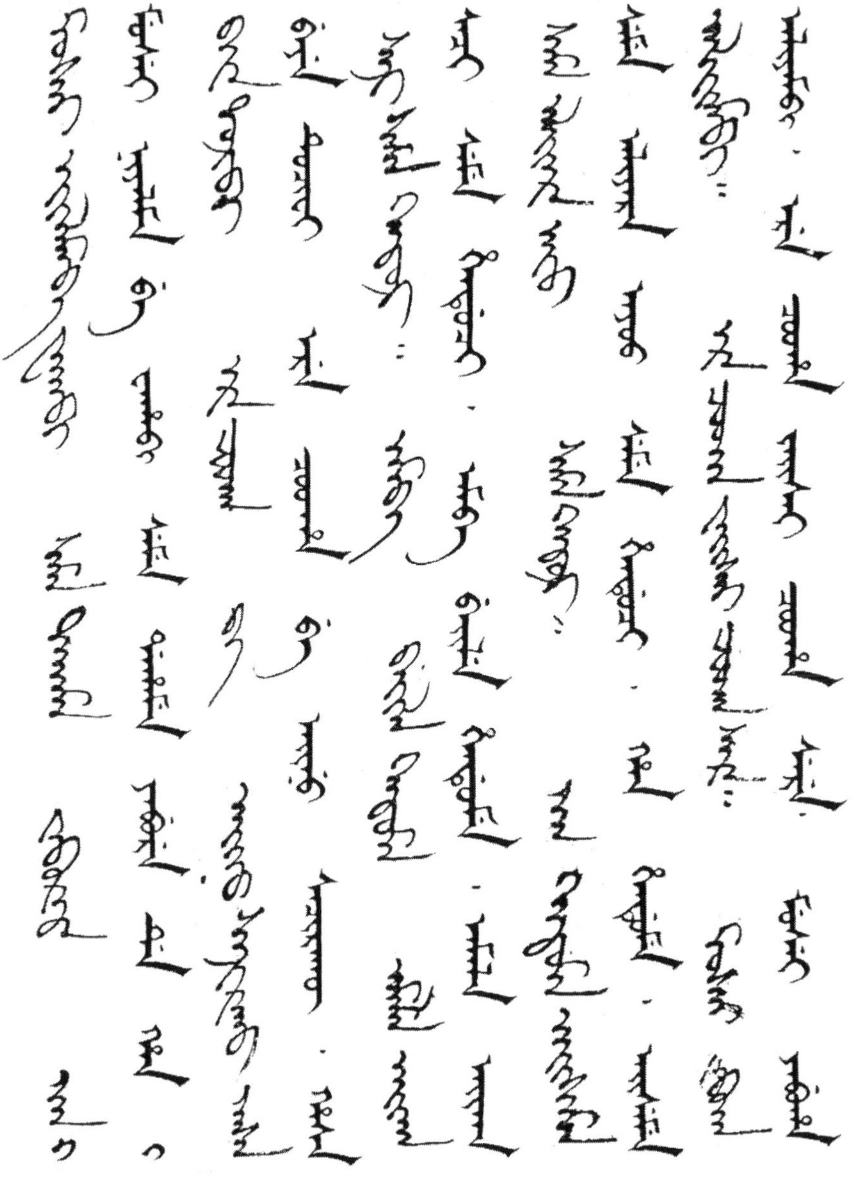

musei niyalmabe wahabi seme dahame yaburede han i beye tucifi ere cooha be ainu sacirakū, hasa saci seme henduci . amba beile hendume, amala aika seme aliyara ayoo seme henduci. han hendume, aiseme aliyambi, ere cooha jaisai cooha sere, musei yabuha

---

我人已被殺，遂躡其後而行。汗親自出城曰：「為何不砍殺此兵？速砍殺人。」大貝勒曰：「若戰恐貽後悔。」汗曰：「何必悔之，此兵乃宰賽之兵，

我人已被杀，遂蹑其后而行。汗亲自出城曰：「为何不砍杀此兵？速砍杀人。」大贝勒曰：「若战恐贻后悔。」汗曰：「何必悔之，此兵乃宰赛之兵，

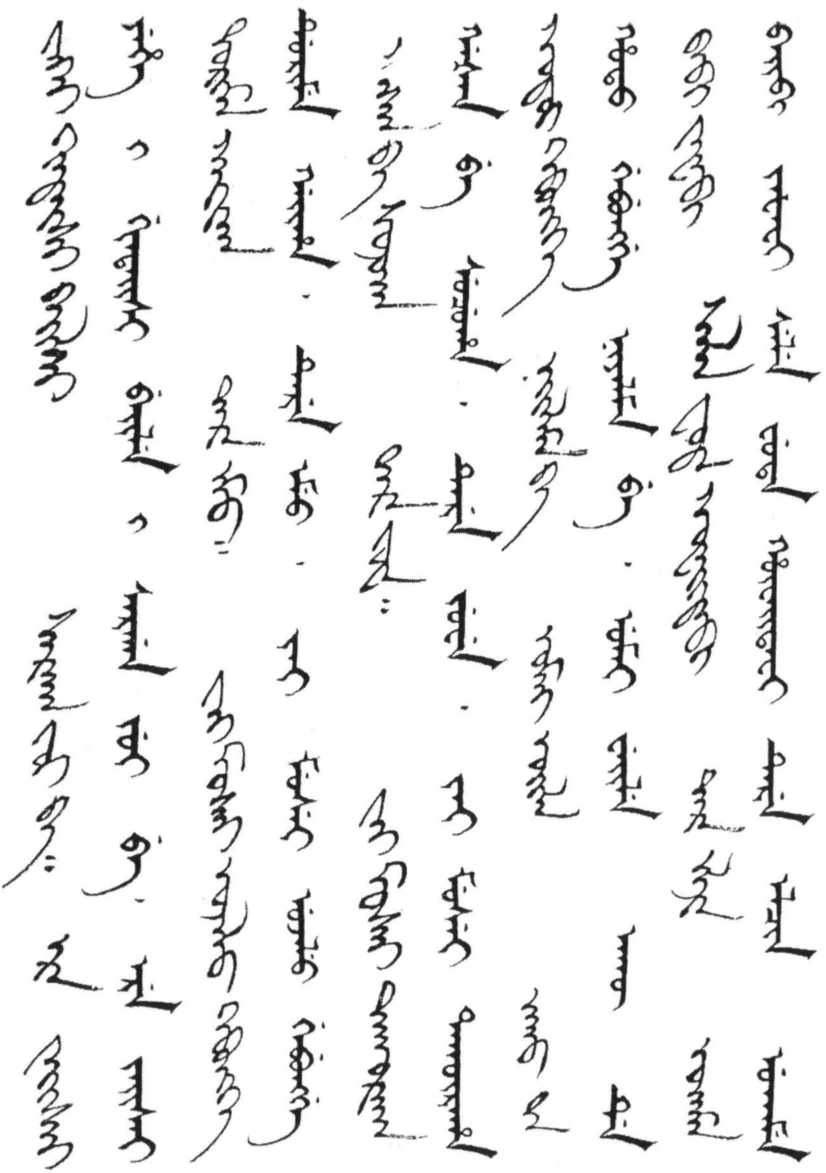

yehei gintaisi beilei sargan jui be, ere jaisai durime gaiha, tere emu. jai musei ujalu gebungge gašan be sucuha, tere juwe. jai musei takūraha hotoi gebungge niyalma be, umai weile akū de baibi jafafi sele futa hūwaitafi tere elcin ukame

---

我已行聘葉赫錦台什貝勒之女，宰賽奪而娶之，此其一；衝殺我烏扎魯村寨，此其二；又我所派遣之和托，並無罪過無故[61]執之，繫以鐵索，該使者脫逃

我已行聘叶赫锦台什贝勒之女，宰赛夺而娶之，此其一；冲杀我乌扎鲁村寨，此其二；又我所派遣之和托，并无罪过无故执之，系以铁索，该使者脱逃

---

61 無故，《滿文原檔》讀作“babi”，《滿文老檔》讀作“baibi”，意即「白白地、枉然地」。

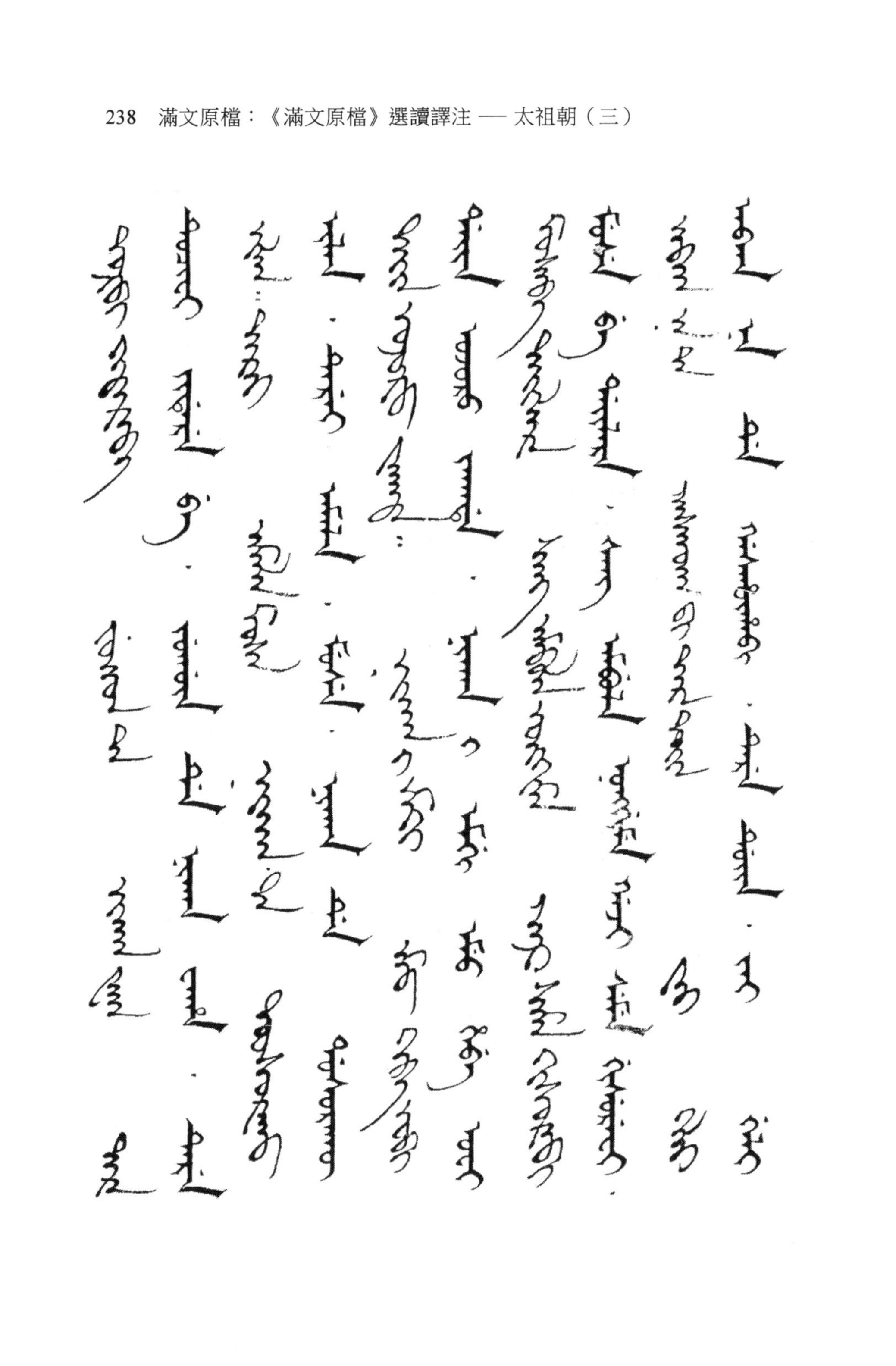

tucifi jiderebe, jugūn de nikan waha, tere ilan. terei amala, muse nikan de dosorakū dain ojoro jakade, nikan i emgi emu hebe ofi musebe dailara, šang ambula nonggime gaji seme gisurefi, abka na de gashūha bi tere duin. jai geli

---

返回，途中為明人所殺，此其三；其後，我因不堪[62]明之欺虐而興師。而宰賽與明同謀，對天地立誓伐我，以取厚賞，此其四；

返回，途中为明人所杀，此其三；其后，我因不堪明之欺虐而兴师。而宰赛与明同谋，对天地立誓伐我，以取厚赏，此其四；

---

[62] 不堪，《滿文原檔》寫作"toosorako"，《滿文老檔》讀作"dosorakū"，意即「不能忍受」。按此為無圈點滿文"to"與"do"、"ko"與"kū"之混用現象。

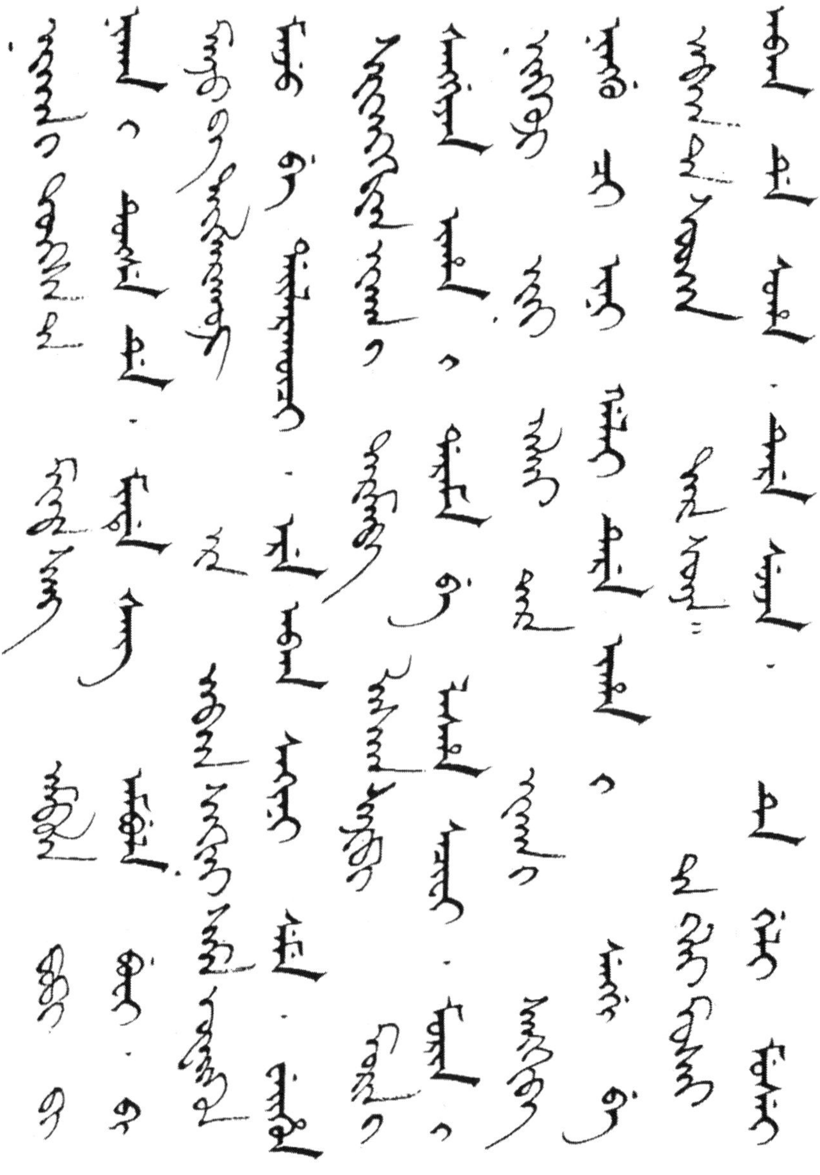

nikan i tungse de minde šang ambula bufi, bi manju be dailarakūci, ere abka sakini seme, weihun šanggiyan ihan i daramabe lasha sacifi, morin i ningguci ini galai tere ihan i senggibe abka de sooha. tere sunja. te geli musei

---

再者，曾謂明通事賜我厚賞，我若不征伐滿洲，上天鑒之，遂腰斬[63]活白牛，於馬上拋灑牛血於天，此其五[64]。

再者，曾谓明通事赐我厚赏，我若不征伐满洲，上天鉴之，遂腰斩活白牛，于马上抛洒牛血于天，此其五。

---

63 腰斬，句中「腰」，《滿文原檔》、《滿文老檔》俱讀作“darama”。係蒙文“daram-a”借詞，意即「（動物的）脊背」。規範滿文讀作“dara”。

64 按清太祖面諭諸王大臣與蒙古宰賽（或作齋賽）有五恨(korsoho sunja weile)，滿文本《大清太祖武皇帝實錄》卷三、滿蒙漢三體《滿洲實錄》卷六均提及，惟具體內容略而未載。

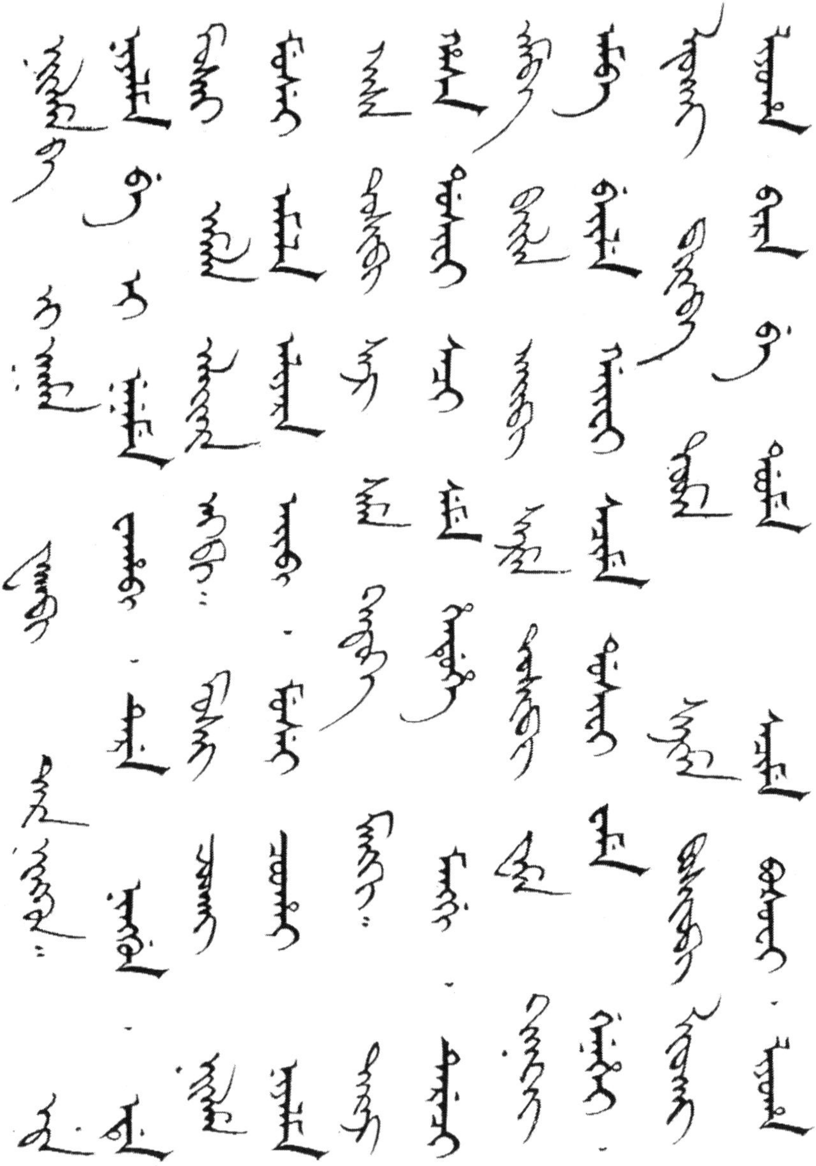

niyalma be i neneme wahabi, tere ninggun. ede musei amala aliyara aibi. musei coohai niyalma hasa dosifi saci seme henduhe manggi, tereci amba beile gaifi sacime dosifi wame genehei, liohai birabe doome sacime bošofi, liohai

---

今又先殺我人，此其六。如此我何悔之有？吾等軍士快進入砍殺。」於是，大貝勒領兵進攻砍殺，一直追殺渡過遼河，

今又先杀我人，此其六。如此我何悔之有？吾等军士快进入砍杀。」于是，大贝勒领兵进攻砍杀，一直追杀渡过辽河，

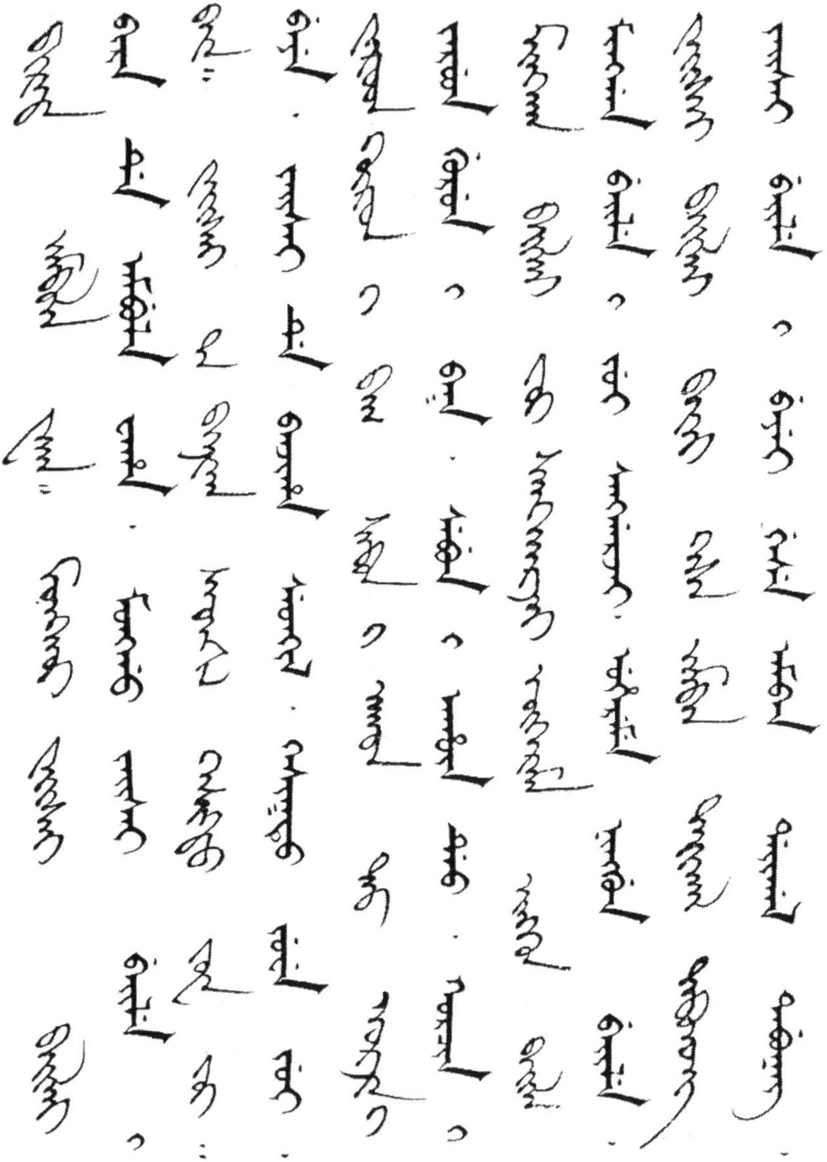

birade ambula waha, monggoi jaisai beilei beye, jaisai de banjiha setkil, kesiktu juwe jui, jarut gurun i bak, sebun i ahūn deo, korcin i minggan beilei jui sanggarjai, uhereme ninggun beile, jaisai beilei beyei gese amban daigal tabunang,

---

大殺其兵於遼河。生擒蒙古宰賽貝勒本人，宰賽親生二子色特希爾、克石克圖，以及扎魯特國巴克、色本兄弟，科爾沁明安貝勒之子桑阿爾寨等總共六貝勒，宰賽貝勒親如自身之大臣代噶爾塔布囊[65]，

大杀其兵于辽河。生擒蒙古宰赛贝勒本人，宰赛亲生二子色特希尔、克石克图，以及扎鲁特国巴克、色本兄弟，科尔沁明安贝勒之子桑阿尔寨等总共六贝勒，宰赛贝勒亲如自身之大臣代噶尔塔布囊，

---

65 塔布囊，《滿文原檔》讀作"tabonong"，《滿文老檔》讀作"tabunang"。係蒙文"tabunang"借詞，意即「駙馬」，等同滿文 "efu"。按塔布囊，滿文本《大清太祖武皇帝實錄》卷三，作"tabonong"； 滿蒙漢三體《滿洲實錄》卷六，滿文作"tabunang"，蒙文作"tabunung"。

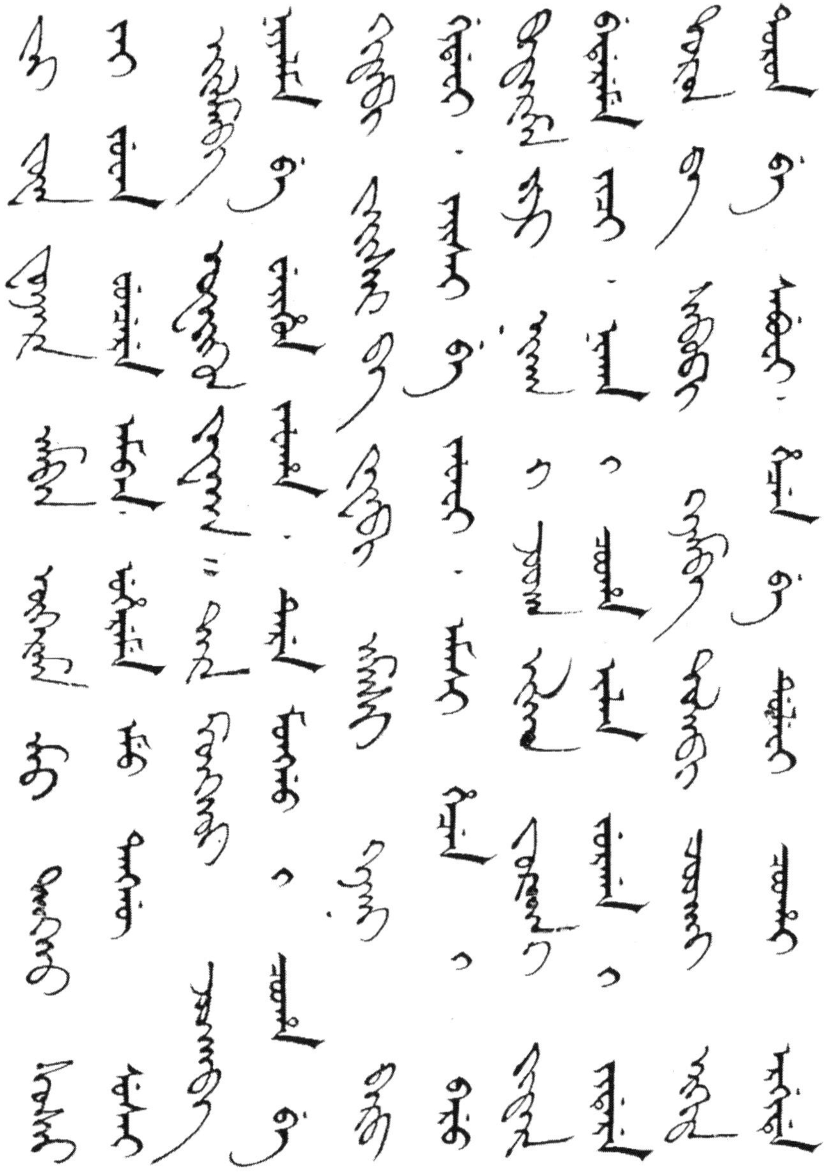

jai juwan funcere amban, uhereme emu tanggū susai niyalmabe weihun jafaha. tere monggoi coohabe gidafi, jaisai be jafafi, amasi heceni baru bedereme jici, nikan i cooha ilan jurgan i jidere toron be sabufi, hecembe dulefi coohai ergide

---

以及大臣十餘人，總共生擒一百五十人。擊敗蒙古兵，擒拏宰賽後，班師返回城中時，見明兵分三路而來之塵土飛揚，遂越城往迎其兵，

以及大臣十余人，总共生擒一百五十人。击败蒙古兵，擒拏宰赛后，班师返回城中时，见明兵分三路而来之尘土飞扬，遂越城往迎其兵，

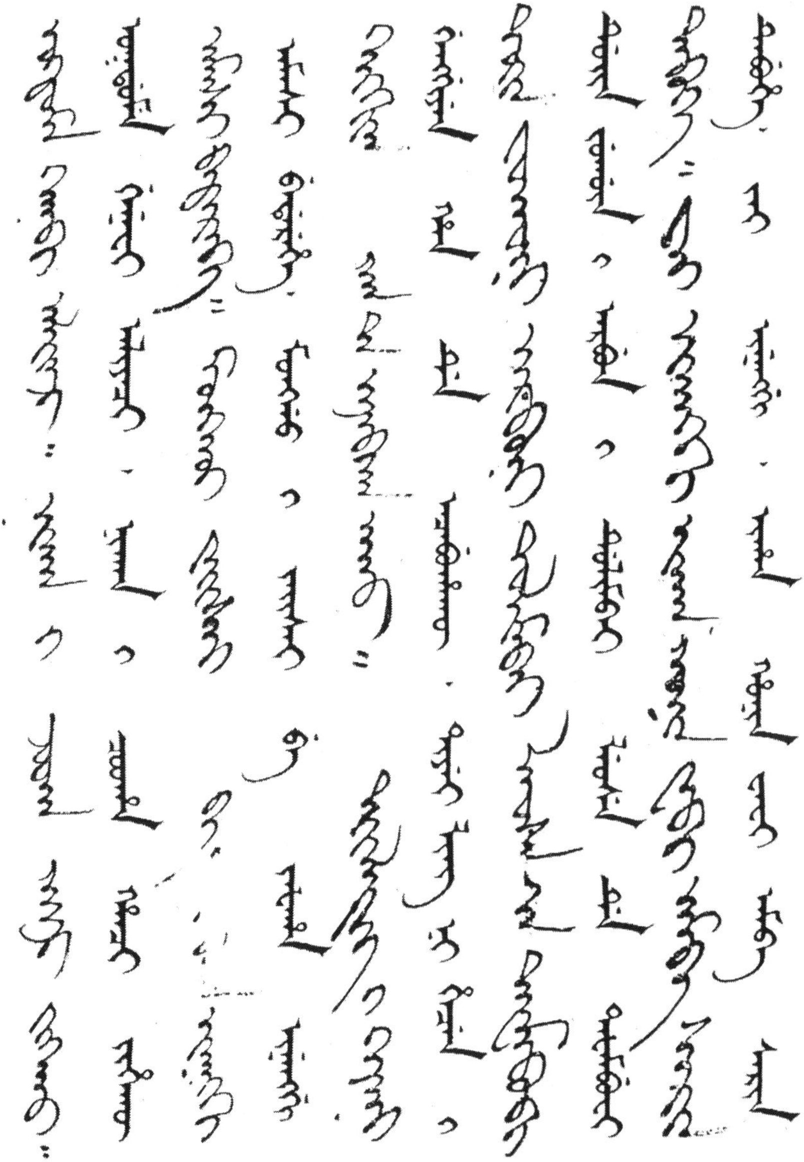

okdome genefi aliyaci, nikan i cooha hanci jihekū amasi bederehe. monggoi jaisai be jafaha inenggi genggiyen han de acabua akū, tiyeling i heceni duin jugūni arbuni dulimbai leose de tafambufi tebuhe, jai inenggi, ihan honin wafi amba sarin

---

明兵未敢走近，即行退回。擒獲蒙古宰賽之當日，未令宰賽會見英明汗，而令其居住於鐵嶺城正中四角樓內。次日，宰殺牛羊，設大筵，

明兵未敢走近，即行退回。擒获蒙古宰赛之当日，未令宰赛会见英明汗，而令其居住于铁岭城正中四角楼内。次日，宰杀牛羊，设大筵，

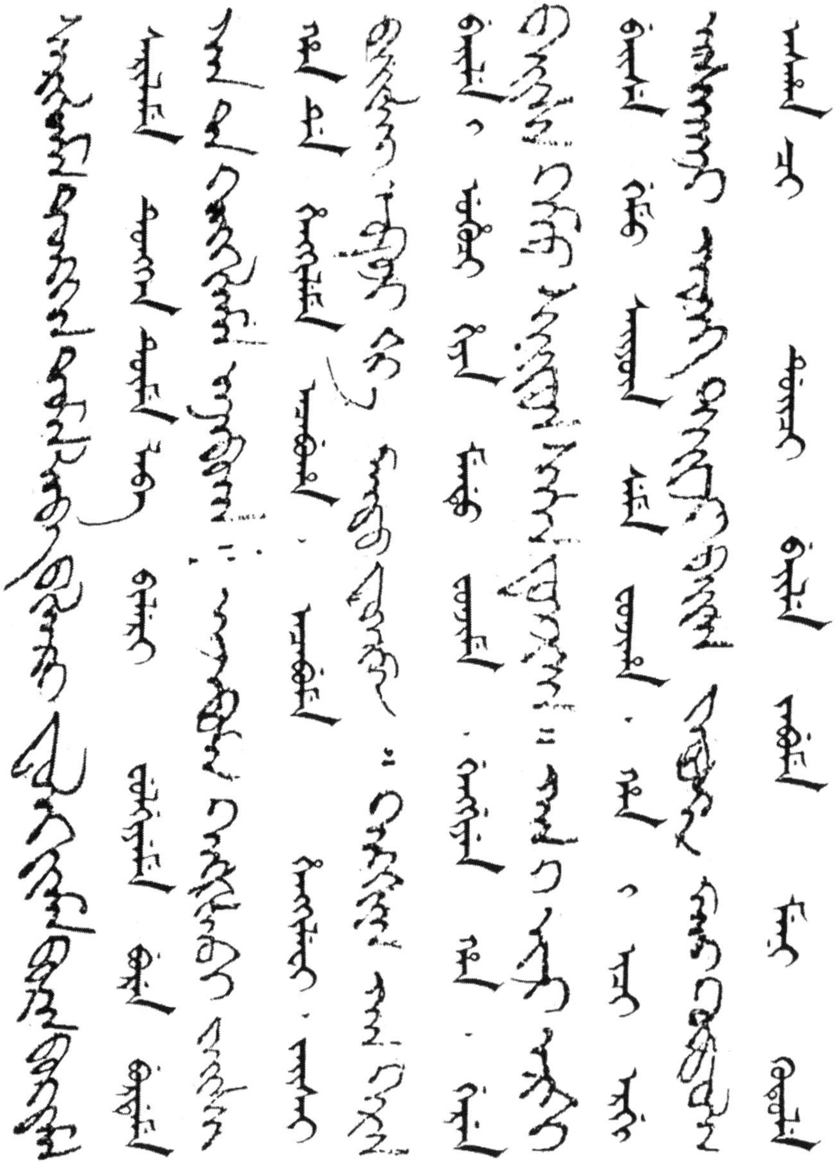

sarilame tungken tūme laba bileri fulgiyeme buren burdeme, han de hengkileme acabuha. acabume hengkilefi, jaisai beilei uhuci hiya mendu fonjime. genggiyen han, geren beise gemu saiyūn seme fonjiha, han i ici ergi ashanci hong taiji beile jabume meni kutule

---

擊鼓，吹喇叭、嗩吶、海螺[66]，令其叩見汗，叩見畢，宰賽貝勒從人烏胡齊侍衛向前問候[67]曰：「英明汗及諸貝勒皆無恙耶？」四貝勒於汗右側答曰：「我跟役

击鼓，吹喇叭、唢呐、海螺，令其叩见汗，叩见毕，宰赛贝勒从人乌胡齐侍卫向前问候曰：「英明汗及诸贝勒皆无恙耶？」四贝勒于汗右侧答曰：「我跟役

---

66 吹喇叭、嗩吶、海螺，句中「喇叭」，滿文讀作“laba”，蒙文讀作“labai”，意即「海螺」；「嗩吶」，滿文讀作“bileri”，蒙文讀作“bilar”，意即「觱篥」；「海螺」滿文讀作“buren”，蒙文讀作“büriyen”，意即「號角」。以上三詞，滿蒙讀音相近，詞義有別。

67 問候，《滿文原檔》寫作“manto fonjime”，《滿文老檔》讀作“mendu fonjime”，句中“mendu”係蒙文“mendü”借詞，意即「安康的」。

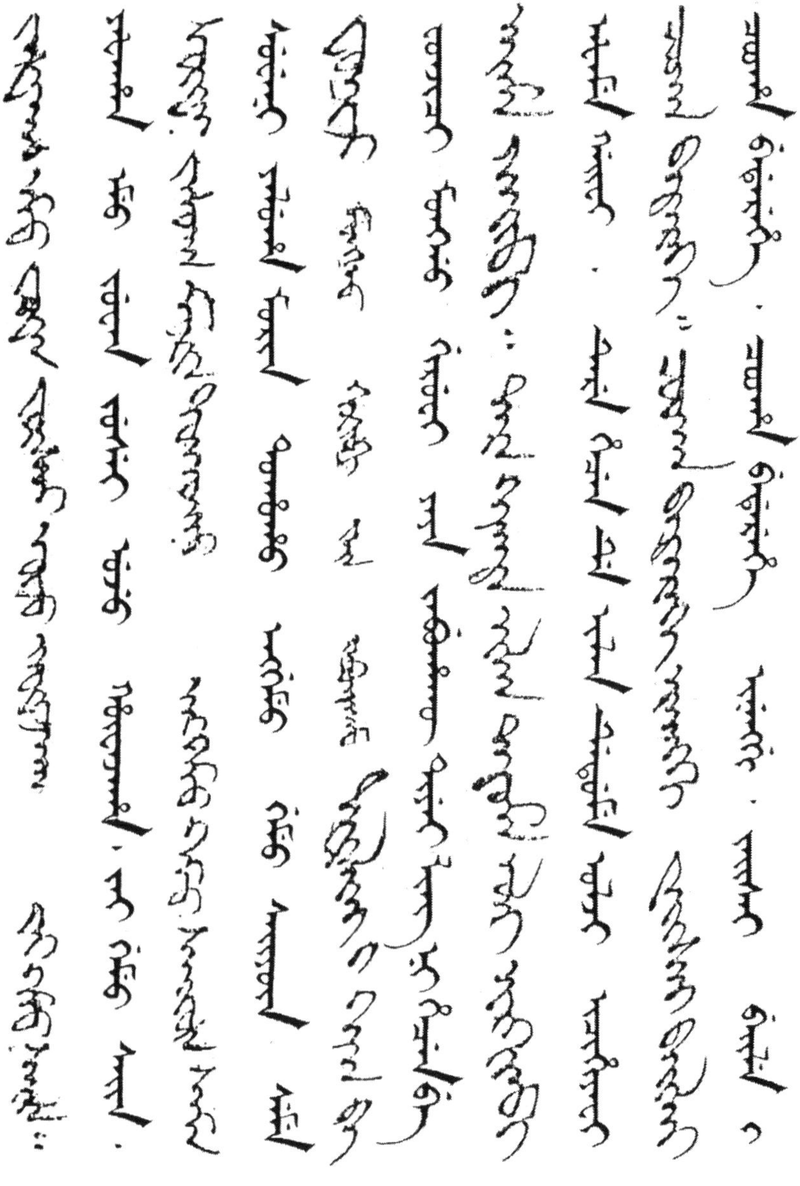

yafahan emu juwan jusei uju hūwajaha, jai gemu sain. suweni yaluha morin tohoho enggemu gemu saiyūn seme fonjici monggo girufi yaya jabuhakū. tiyeling i hecen be afame gaifi, tere hecende ilan dedume olji icihiyafi cooha bederehe. cooha bederehe inenggi, jaisai beilei

---

小厮有十數人破頭顱者，餘皆無恙。不知汝等乘騎馬匹鞍轡俱完善否？」蒙古等赧然，無言以對。鐵嶺城既攻取，駐此城三宿，處理俘虜後回師。回師當日，諭宰賽貝勒之

小厮有十数人破头颅者，余皆无恙。不知汝等乘骑马匹鞍辔俱完善否？」蒙古等赧然，无言以对。铁岭城既攻取，驻此城三宿，处理俘虏后回师。回师当日，谕宰赛贝勒之

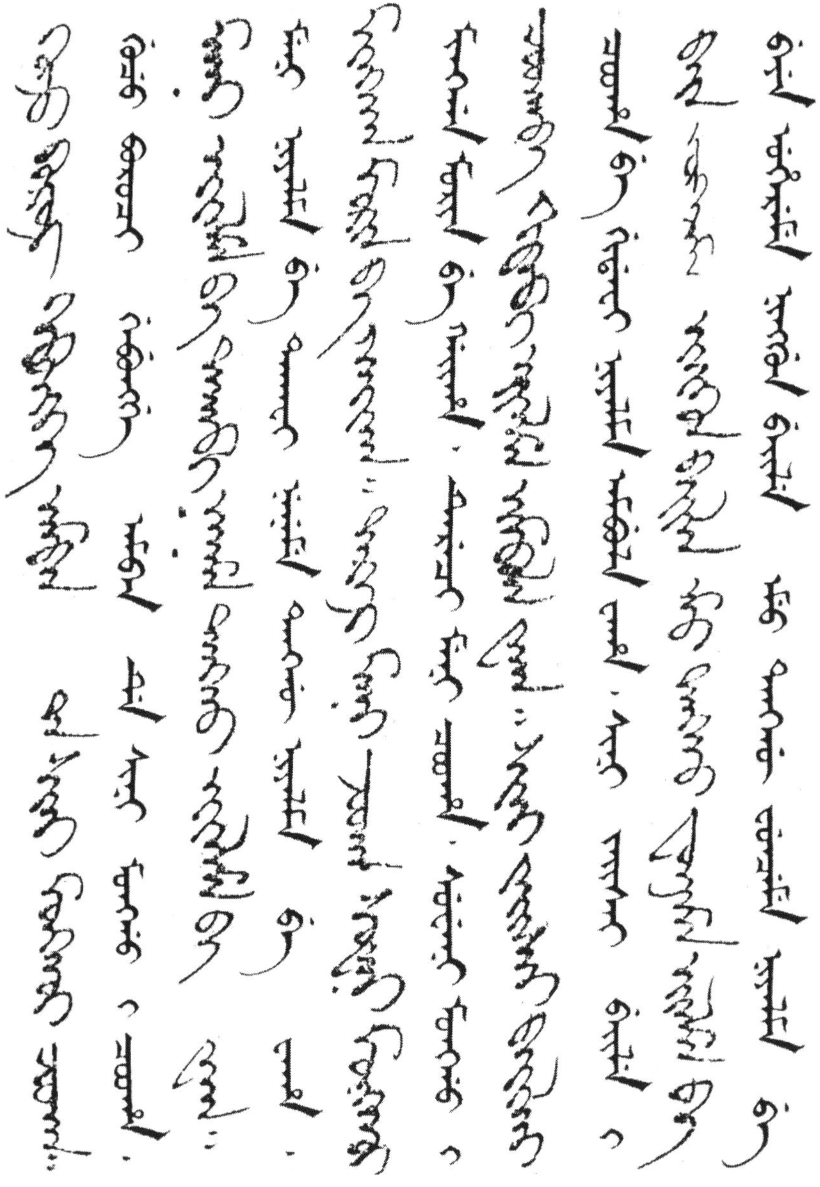

gucu boroci gebungge amban de sini monggoi cooha, meni niyalma be takafi neneme tanggū niyalma be waha, minggan morin be gaiha, tereci meni cooha, suweni monggoi coohabe gidafi niyalma ambula waha, sini jaisai beilei beye uhereme ninggun beile emu tanggū funceme niyalma be

---

僚友名孛羅齊之大臣曰：「爾蒙古兵知係我之人，先殺我百人，奪馬千匹。於是我兵敗爾蒙古兵，很多人被殺，生擒爾宰賽貝勒本身以及其他總共六貝勒，一百餘人。」

僚友名孛罗齐之大臣曰：「尔蒙古兵知系我之人，先杀我百人，夺马千匹。于是我兵败尔蒙古兵，很多人被杀，生擒尔宰赛贝勒本身以及其它总共六贝勒，一百余人。」

十六、恃強殺戮

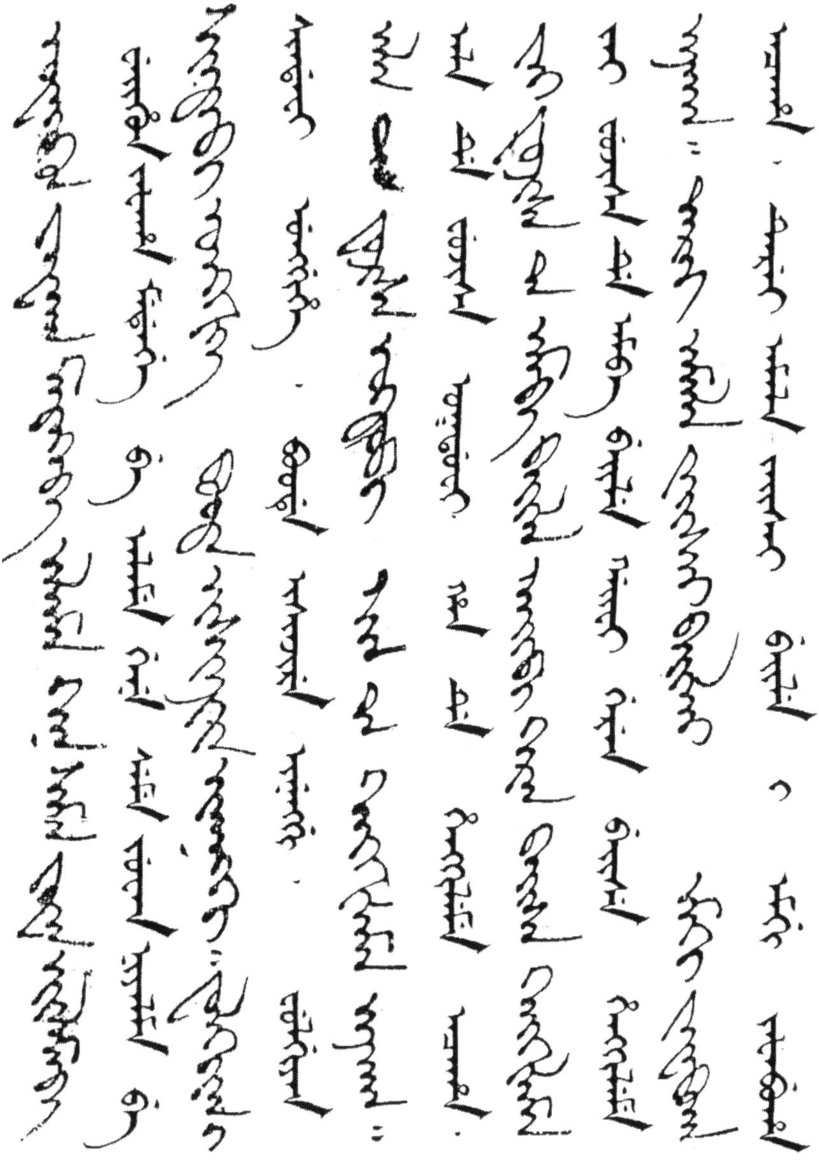

weihun jafaha, medegebe alame gene seme juwan niyalmabe sindafi unggihe. boode isinjire inenggi, fulgiyan i ala de fujisa okdofi, han de hengkileme acaha, jai fujisa de amba beile gaifi geren beise hengkileme acaha, terei amala jaisai beilei emgi jafabuha

---

遂將十人釋放回國，令其往告消息。班師返家之日，衆福晉相迎於富爾簡阿拉[68]，叩見汗。大貝勒率諸貝勒叩見衆福晉，其後與宰賽貝勒一同被擒之

遂将十人释放回国，令其往告消息。班师返家之日，众福晋相迎于富尔简阿拉，叩见汗。大贝勒率诸贝勒叩见众福晋，其后与宰赛贝勒一同被擒之

---

68 富爾簡阿拉，《滿文老檔》讀作“fulgiyan ala”，意即「紅崗」。

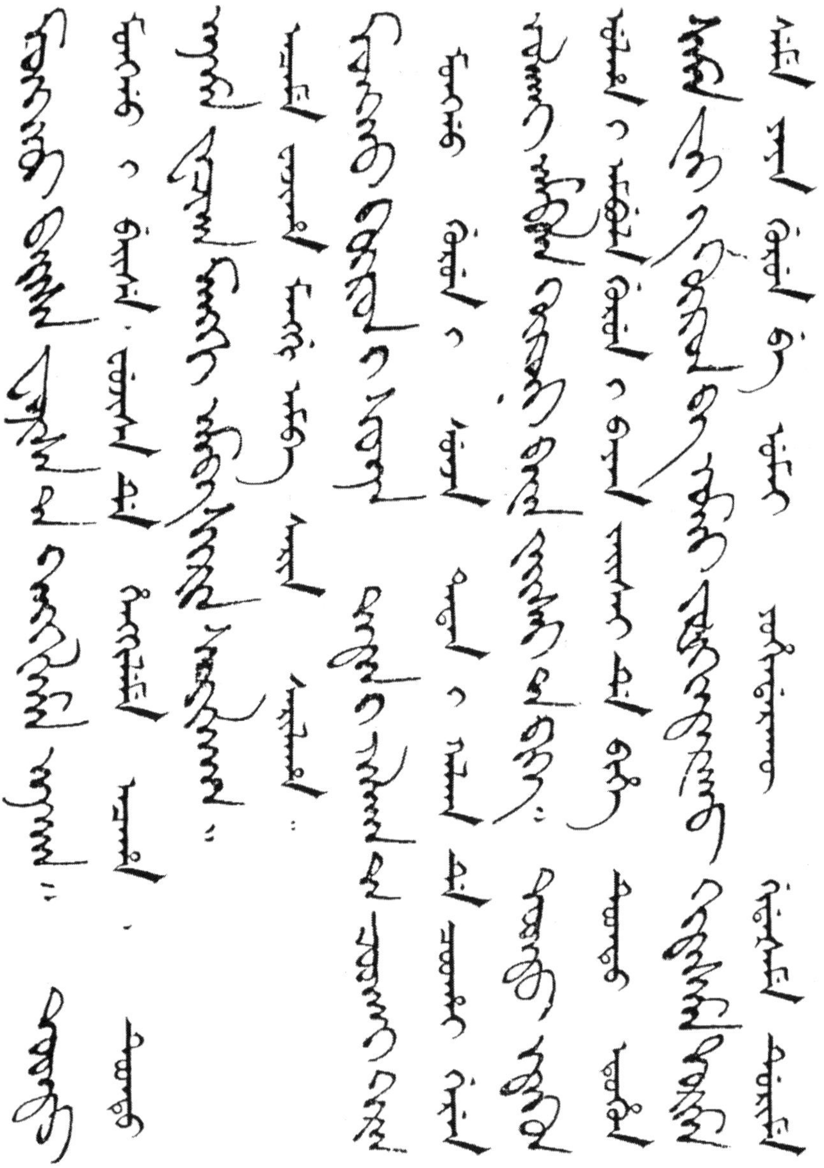

monggoi beise fujisa de hengkileme acaha. tuttu acame wajiha manggi amba sarin sarilaha.
monggo gurun i sunja tatan i kalka de coohai geren ulhai ambula guruni bayan jaisai de bihe, tuttu etuhun seme yaya gurun be umai yohindarakū, gidašame durime

---

蒙古諸貝勒叩見衆福晉。叩見既畢，設大筵。蒙古國五部喀爾喀，兵衆、畜多、國富，原歸宰賽，恃其強盛，藐視各國[69]，欺壓、掠奪，

蒙古诸贝勒叩见众福晋。叩见既毕，设大筵。蒙古国五部喀尔喀，兵众、畜多、国富，原归宰赛，恃其强盛，藐视各国，欺压、掠夺，

---

[69] 藐視各國，句中「各」，《滿文原檔》寫作 “jay-a”，《滿文老檔》讀作 “yaya”，意即「所有」。按此為無圈點滿文 “ja” 與 “ya” 混用及字尾音節「左撇分寫」過渡至「右撇」之現象。

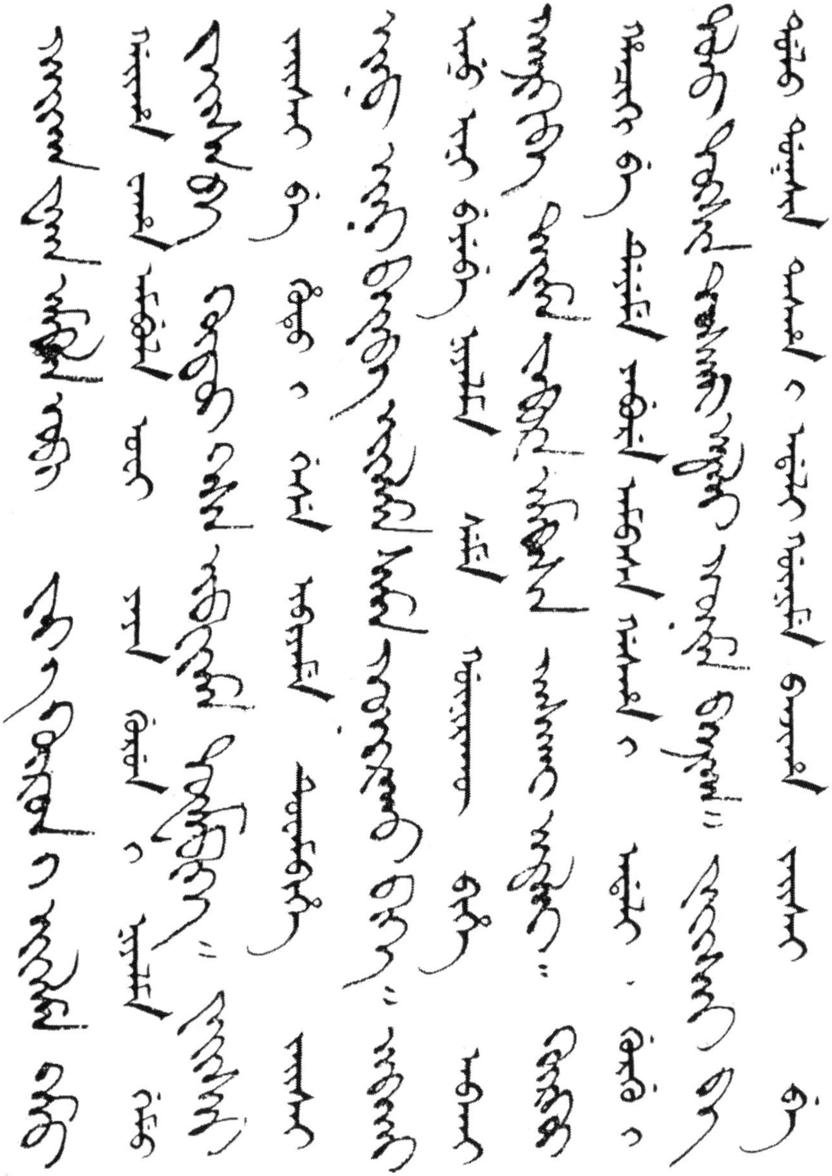

gaiha waha ambula ofi yaya gurun i niyalma gemu jaisai be hutui gese ibiyame tuwambihe, jaisai inu ini beyebe niyalma seme gūnirakū bihe, abkai hancikibe deyeme yabure ambasa gashai adali, gurgui dolo doksin tashai adali gūnime banjiha. jaisai be

---

大肆殺戮。因此，各國之人皆視宰賽如鬼魅而厭惡之，宰賽亦不認為自己是人，而將自己比喻為飛向天空之鷙鳥，獸中之猛虎[70]，如此想像過日。

大肆杀戮。因此，各国之人皆视宰赛如鬼魅而厌恶之，宰赛亦不认为自己是人，而将自己比喻为飞向天空之鸷鸟，兽中之猛虎，如此想象过日。

---

[70] 猛虎，《滿文原檔》寫作"toksin"（陰性 k），《滿文老檔》讀作"doksin"（陽性 k），係蒙文"doɣsin"借詞，意即「兇暴的」。按此為無圈點滿文"to"與"do"及首音節字尾 k 陰性（舌根音）與陽性（小舌音）的混用現象。

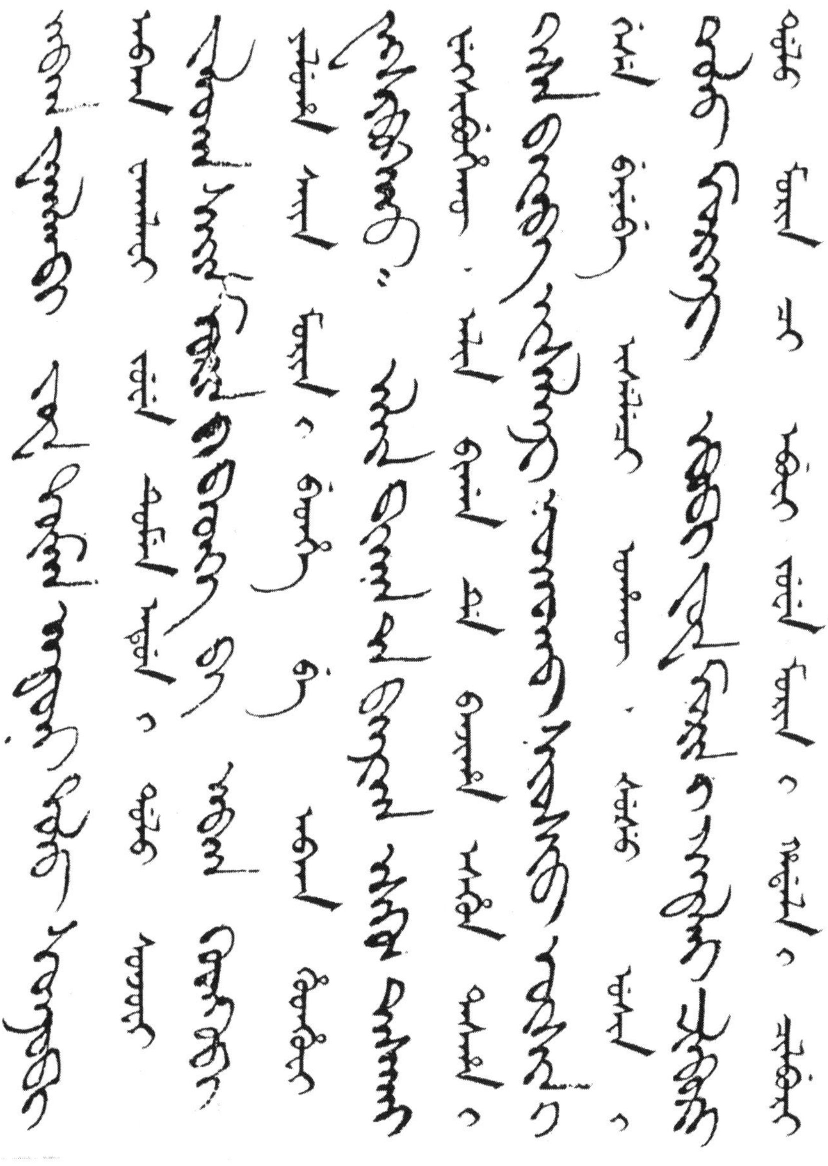

abka wakalafi juwe tumen aduni dolo sonjofi yaluha sain morin i bethe be abka huthufi feksibuhekū, alin bigan de banjiha eshun tashai gese beyebe iseleci ohakū, šušu usin i dolo morinci ebufi juwe morin i hadalai cilburi

---

然而宰賽遭受天譴，由二萬牧群中挑選出來良馬之腿為天所綁縛，不能跑動，將其如山野中所生猛虎之身軀，亦未能抗拒，而下馬于高粱田中，執持馬之二根轡頭偏韁而坐，

然而宰赛遭受天谴，由二万牧群中挑选出来良马之腿为天所绑缚，不能跑动，将其如山野中所生猛虎之身躯，亦未能抗拒，而下马于高粱田中，执持马之二根辔头偏缰而坐，

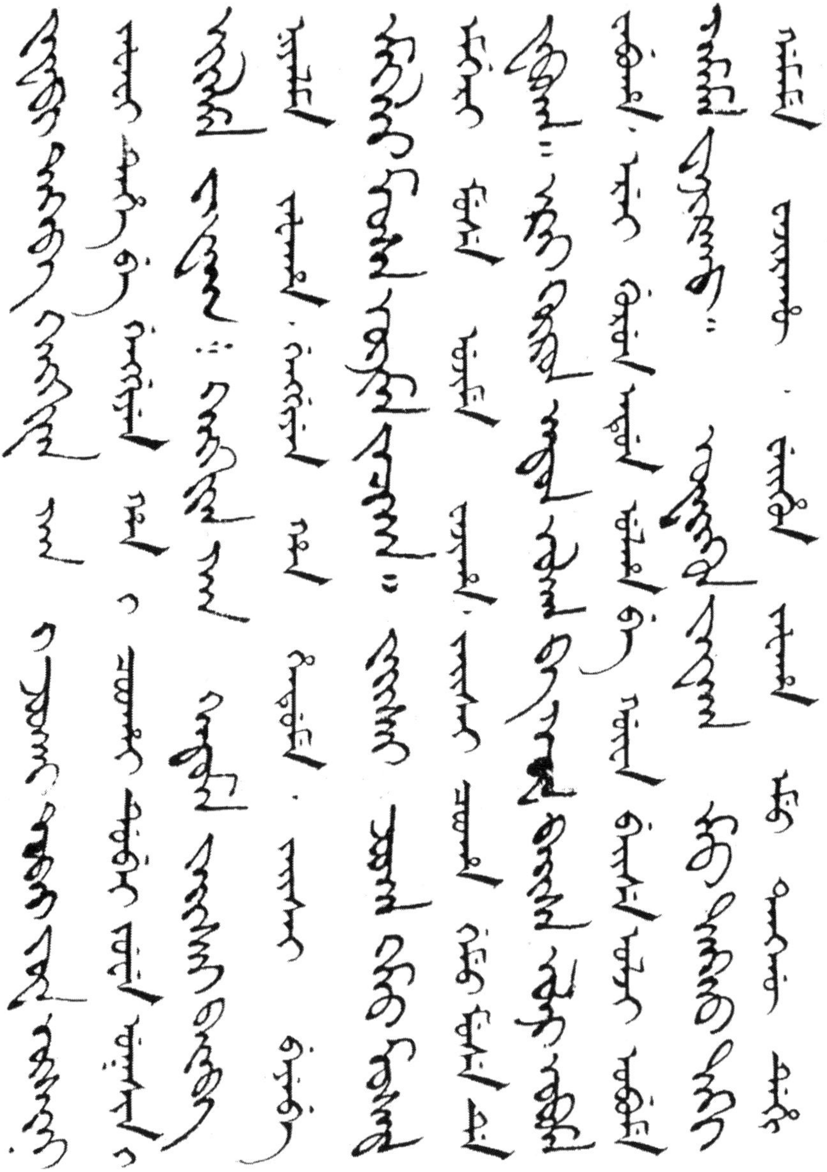

jafafi tehebe genggiyen han i coohai dubei juwe uksini niyalma jafaha. genggiyen han hendume, jaisai beyebe emgeli muse ujime wajiha, jaisai cooha gemu musede wabuha. erei gurun adun ulha be gūwa beise olji obume gamame wajirahū, weihun jafaha emu tanggū dehi

---

為英明汗軍末隊二甲士所擒獲。英明汗曰：「宰賽本人，我已養之，宰賽之兵俱為我所殺。其國人牧群牲畜恐盡為其他各貝勒掠取，不如將生擒一百四十人

为英明汗军末队二甲士所擒获。英明汗曰：「宰赛本人，我已养之，宰赛之兵俱为我所杀。其国人牧群牲畜恐尽为其它各贝勒掠取，不如将生擒一百四十人

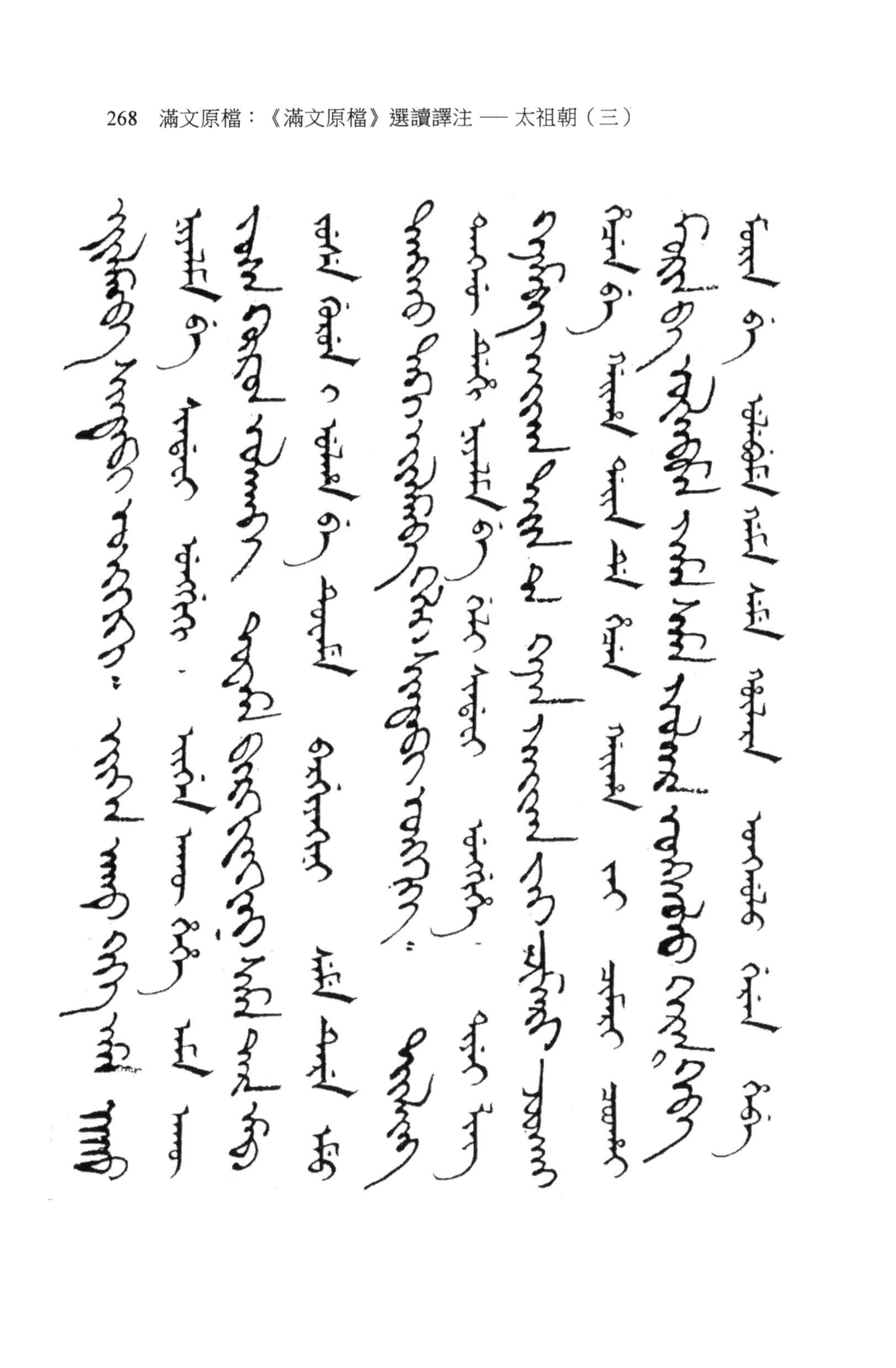

niyalmabe sindafi unggiki, eigen akū hehe ama akū juse, gurun i ulhabe tuwame bargiyakini seme tere emu tanggū dehi niyalmabe geli sindafi unggihe. tiyeling hecembe gaiha dain de hecen gaiha jai cimari coohai morin be ulebume gama seme hūlara onggolo geren i hebe

---

放還，令其收養守護無夫之婦，無父之子國人牲畜，因而放還其一百四十人。攻取鐵嶺之役，取城次晨，未下命令牧放軍馬之前，

放还，令其收养守护无夫之妇，无父之子国人牲畜，因而放还其一百四十人。攻取铁岭之役，取城次晨，未下命令牧放军马之前，

十七、執法治罪

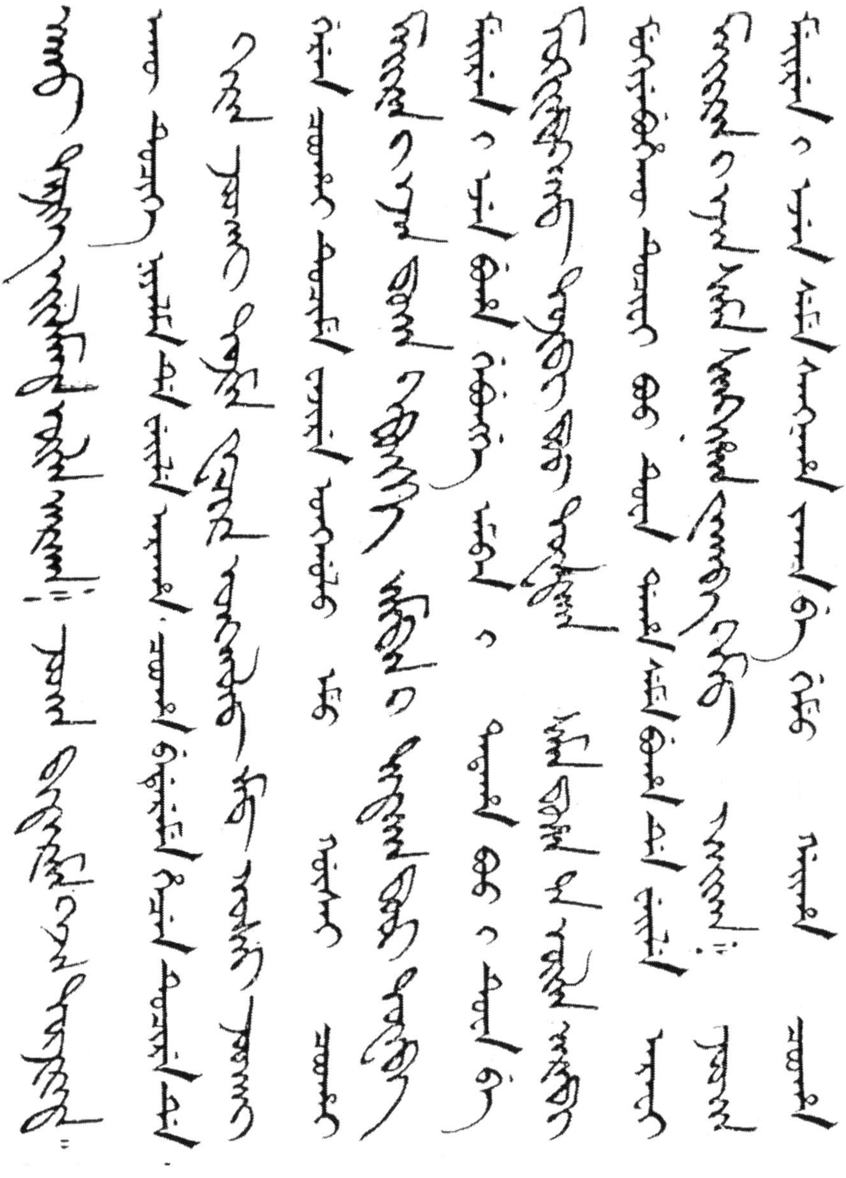

akū tucike niyalmade weile araha. cooha bedereme hecen tucirede, geren coohai tucime wajire onggolo emu gūsai coohai meiren i ejen buha gebungge amban i tataha booi tuwabe mukiyebuhekū tucifi boo tuwa daha seme buha de weile arafi meiren i ejen seme šangnaha jakabe gemu gaiha. cooha

---

未與衆人商議即行出去餵放馬匹之人，治之以罪。回兵出城之時，衆軍出城尚未完畢之前，有一固山兵梅勒額真名布哈之大臣，未熄滅其所住屋內之火而離去，以致火燒房屋，遂將布哈治罪，將其以梅勒額真之名所賞物件俱行收回。

未与众人商议即行出去喂放马匹之人，治之以罪。回兵出城之时，众军出城尚未完毕之前，有一固山兵梅勒额真名布哈之大臣，未熄灭其所住屋内之火而离去，以致火烧房屋，遂将布哈治罪，将其以梅勒额真之名所赏物件俱行收回。

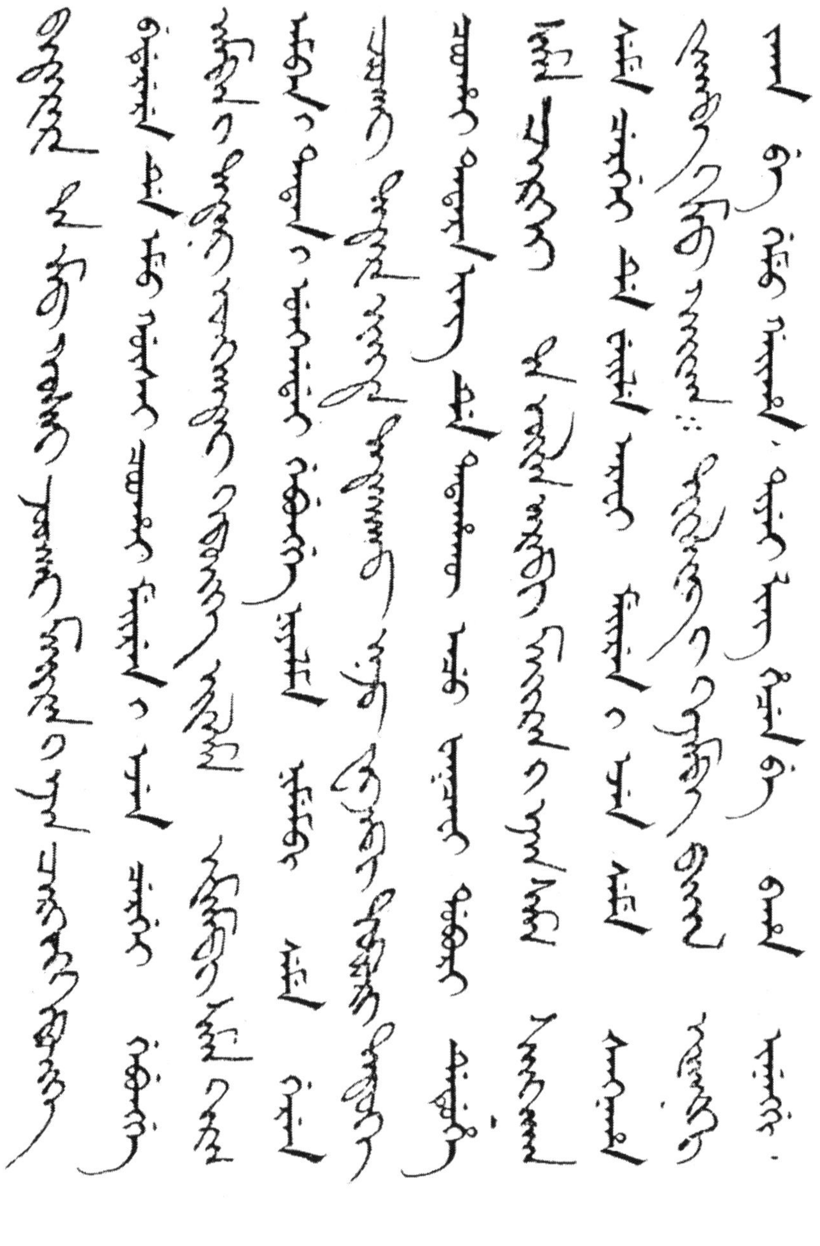

bederere de emu gūsai coohai meiren i ejen cergei gebungge amban i tatani unggadai gebungge niyalma nimembi seme geren coohai tatara ingde tatahakū encu fakcafi dobori deduhe seme cergei de weile arafi meiren i ejen seme šangnaha jakabe gemu gaiha. tiyeling i hecembe baha inenggi,

---

回兵時，有一固山兵之梅勒額真名車爾格之大臣塔坦名翁噶岱之人，因病未宿於衆軍所住之營帳內，離營另夜宿他處，故將車爾格治罪，將其以梅勒額真之名所賞物件俱收回。攻取鐵嶺城當日，

回兵时，有一固山兵之梅勒额真名车尔格之大臣塔坦名翁噶岱之人，因病未宿于众军所住之营帐内，离营另夜宿他处，故将车尔格治罪，将其以梅勒额真之名所赏物件俱收回。攻取铁岭城当日，

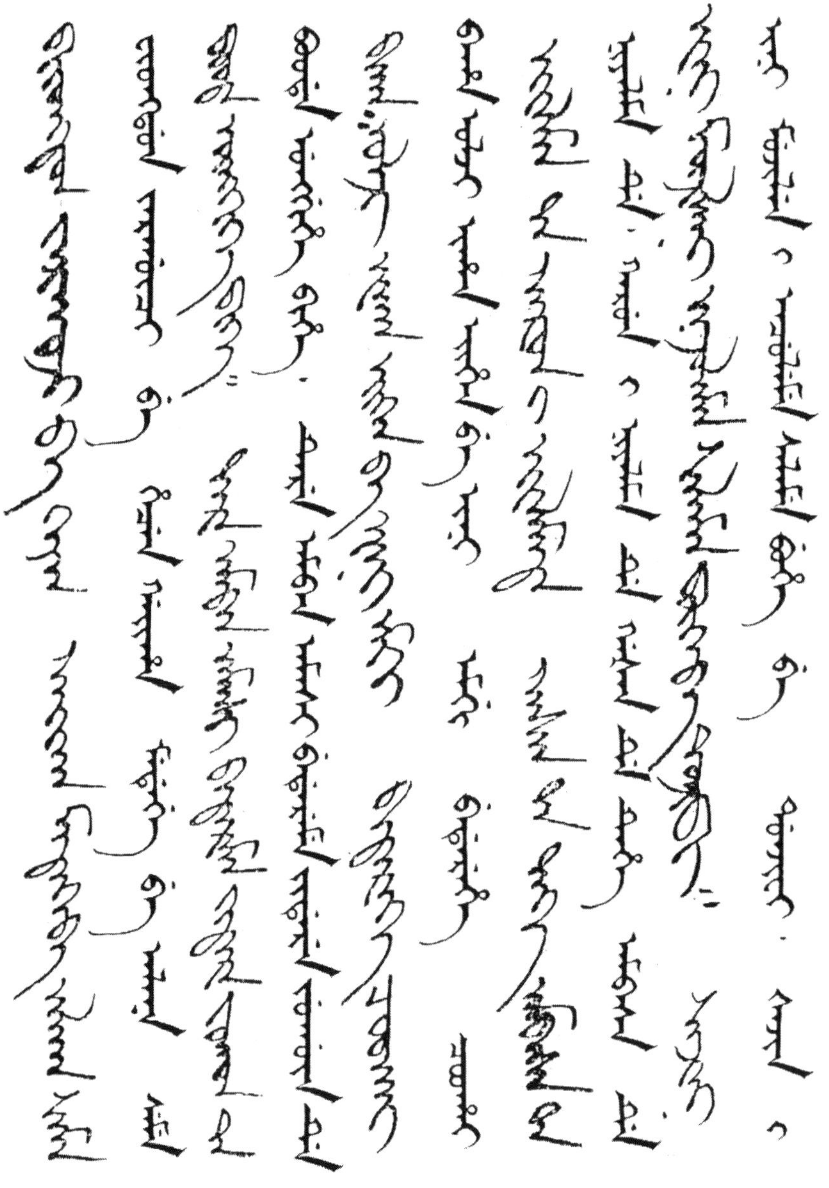

fiongdon jargūci be hecen gaiha medegebe alana seme boode unggihe bihe, tere amban amasi bedereme jidere jugūn de baha olji, ihan, eihen be ini emgi bederehe coohai niyalma de karun i niyalmade gašan de tehe ambasa de ini mujileni enculeme salame buhebe donjifi, šajini

---

曾遣費英東扎爾固齊回家告知攻取城池消息。據聞該大臣於返回途中將所獲俘虜、牛、驢，擅自散發給予與其一同返回兵丁、卡倫中人及住在村寨之大臣等，

曾遣费英东扎尔固齐回家告知攻取城池消息。据闻该大臣于返回途中将所获俘虏、牛、驴，擅自散发给予与其一同返回兵丁、卡伦中人及住在村寨之大臣等，

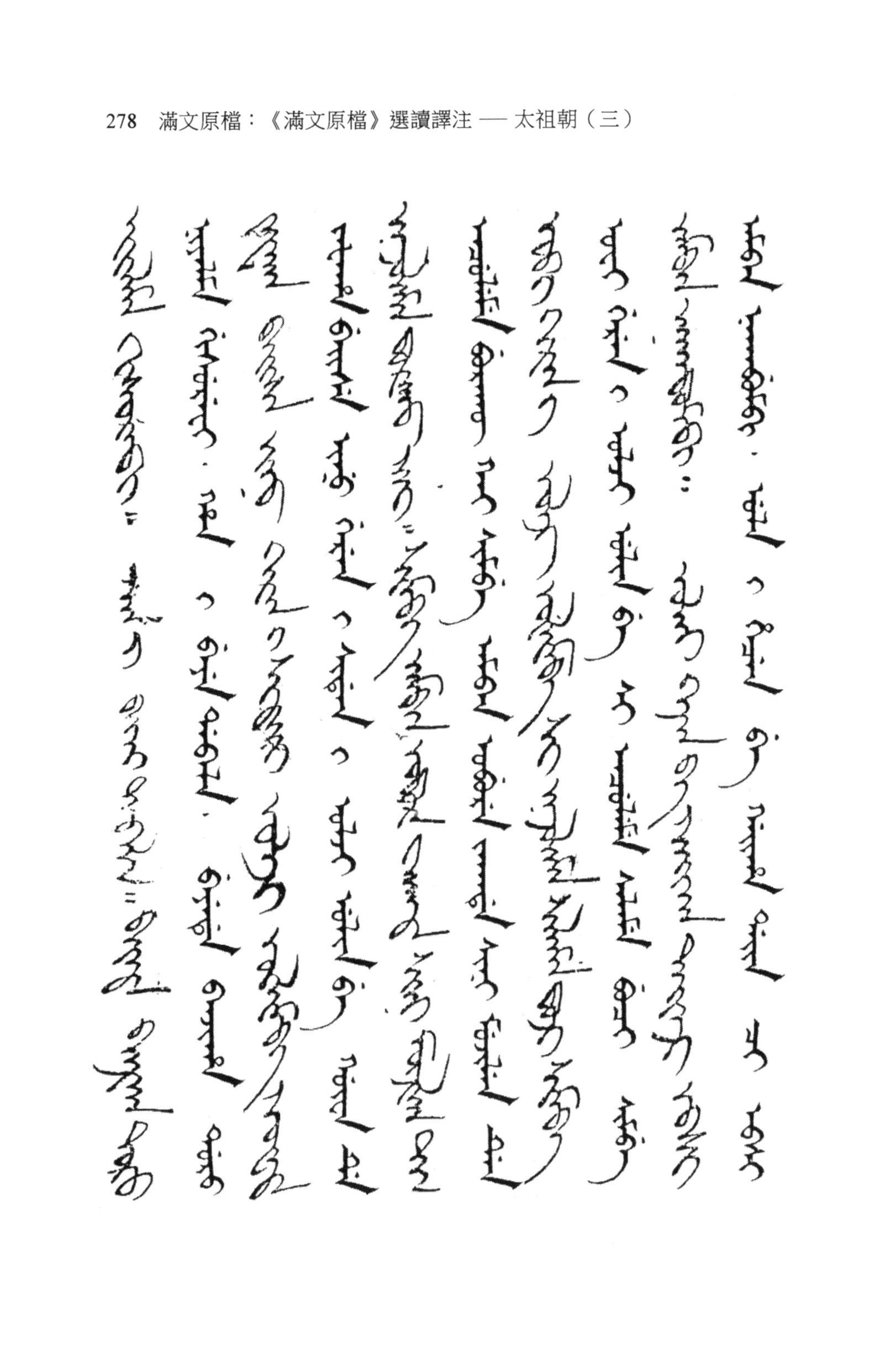

niyalma gisurefi, han i beyei dabala, beyede banjiha doro jafaha beise inu geren i sideni olji ulimbe gūwade enculeme burakū kai. simbe amban obure jakade sini mujilen den ofi geren i olji ulimbe si enculeme salame buci simbe amban nakabumbi, ulai hecen be gaiha dainci ebsi,

---

執法之人曰:「除汗本人外,即使是汗親生執政之諸貝勒,亦不得將衆人公有之俘虜財物另給他人。以爾為大臣,爾乃居心高傲,將衆人之俘虜財物擅自散給,應革爾大臣之職,並將攻取烏拉城之役以來,

---

执法之人曰:「除汗本人外,即使是汗亲生执政之诸贝勒,亦不得将众人公有之俘虏财物另给他人。以尔为大臣,尔乃居心高傲,将众人之俘虏财物擅自散给,应革尔大臣之职,并将攻取乌拉城之役以来,

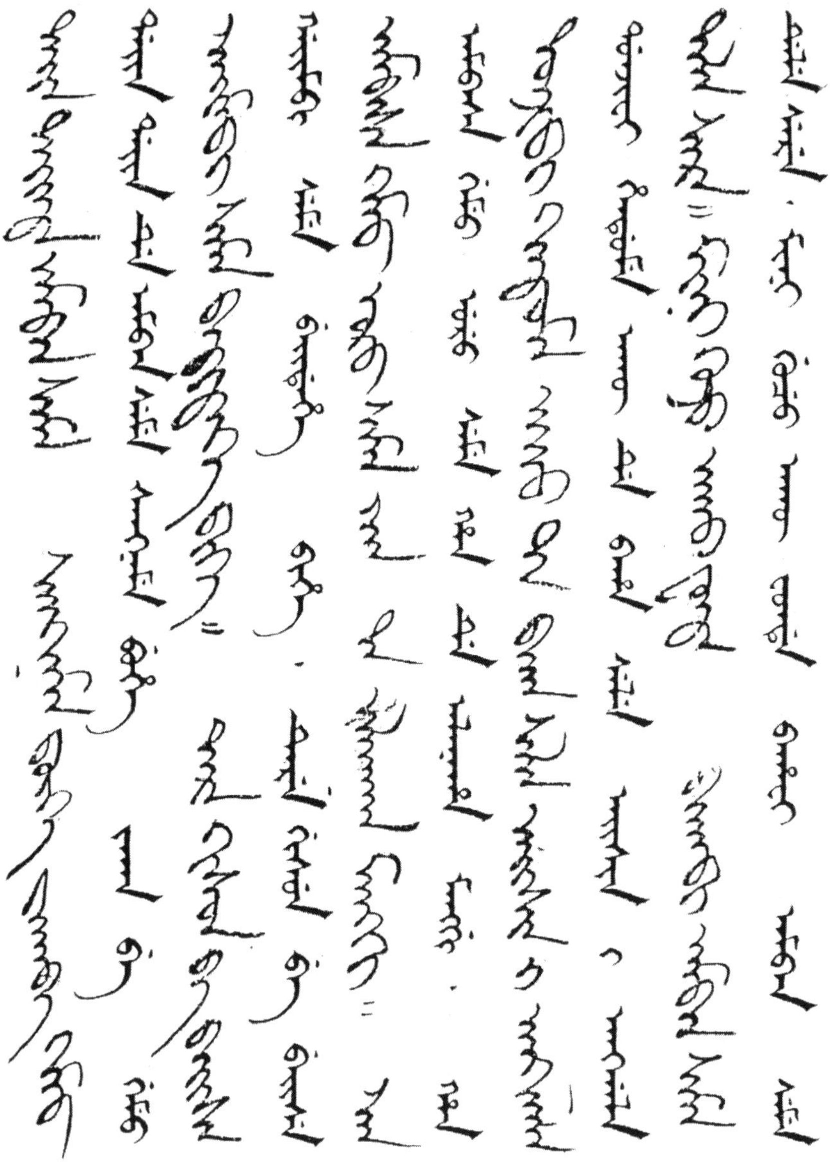

dain dainde amban seme šangname buhe jakabe gemu gaimbi seme beidehe bihe, tere gisun be beise ambasa gemu uru seme han de alanaha manggi, han donjifi hendume akū de baha sele aisin i anggala dele sere, mini gucu akū fonde bahafi amban seme

---

在歷次戰役中以大臣之名所賞賜之物件，俱行收回。」審擬畢，諸貝勒大臣皆以其言為是，告汗以聞。汗聞之曰：「常言道：『無時得鐵貴於金。』我無僚友之時，得之而舉為大臣

在历次战役中以大臣之名所赏赐之物件，俱行收回。」审拟毕，诸贝勒大臣皆以其言为是，告汗以闻。汗闻之曰：「常言道：『无时得铁贵于金。』我无僚友之时，得之而举为大臣

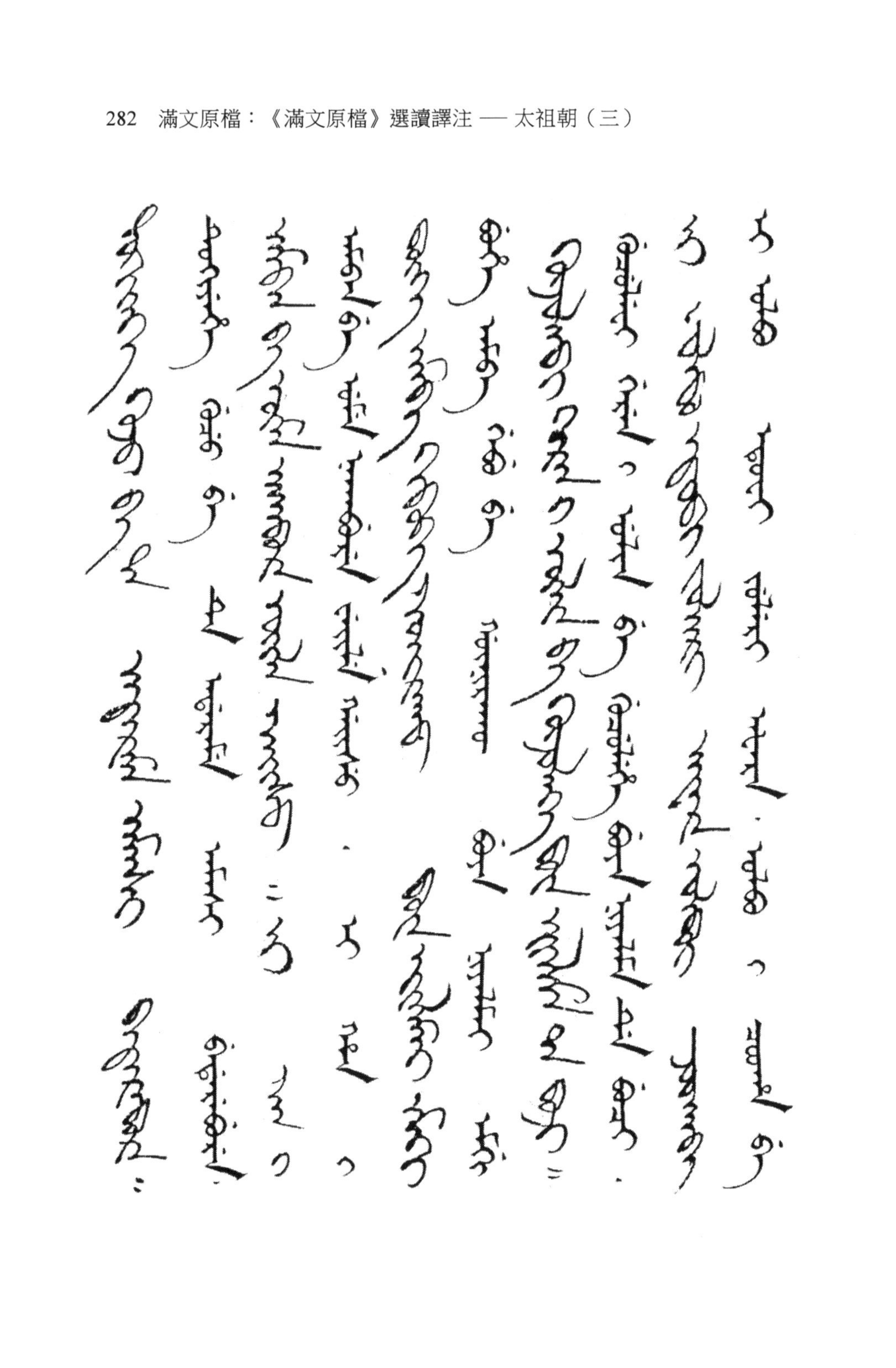

tukiyehe gucu be te adarame amasi bederebure. amban be ume nakabure weile gaisu i han i buhe amba gebube gūnirakū buya niyalmai enmgi guculef geren i ulin be guculehe buya niyalma de buci, i olbo etufi juleri afara, olbo i coohabe

---

之僚友，如今如何退回?勿革其大臣之職，准其贖罪。彼不念汗所賜大名，與小人交友，將眾人之財物分給交結之小人，當令其披綿甲在前攻戰，統率綿甲兵

之僚友，如今如何退回?勿革其大臣之职，准其赎罪。彼不念汗所赐大名，与小人交友，将众人之财物分给交结之小人，当令其披绵甲在前攻战，统率绵甲兵

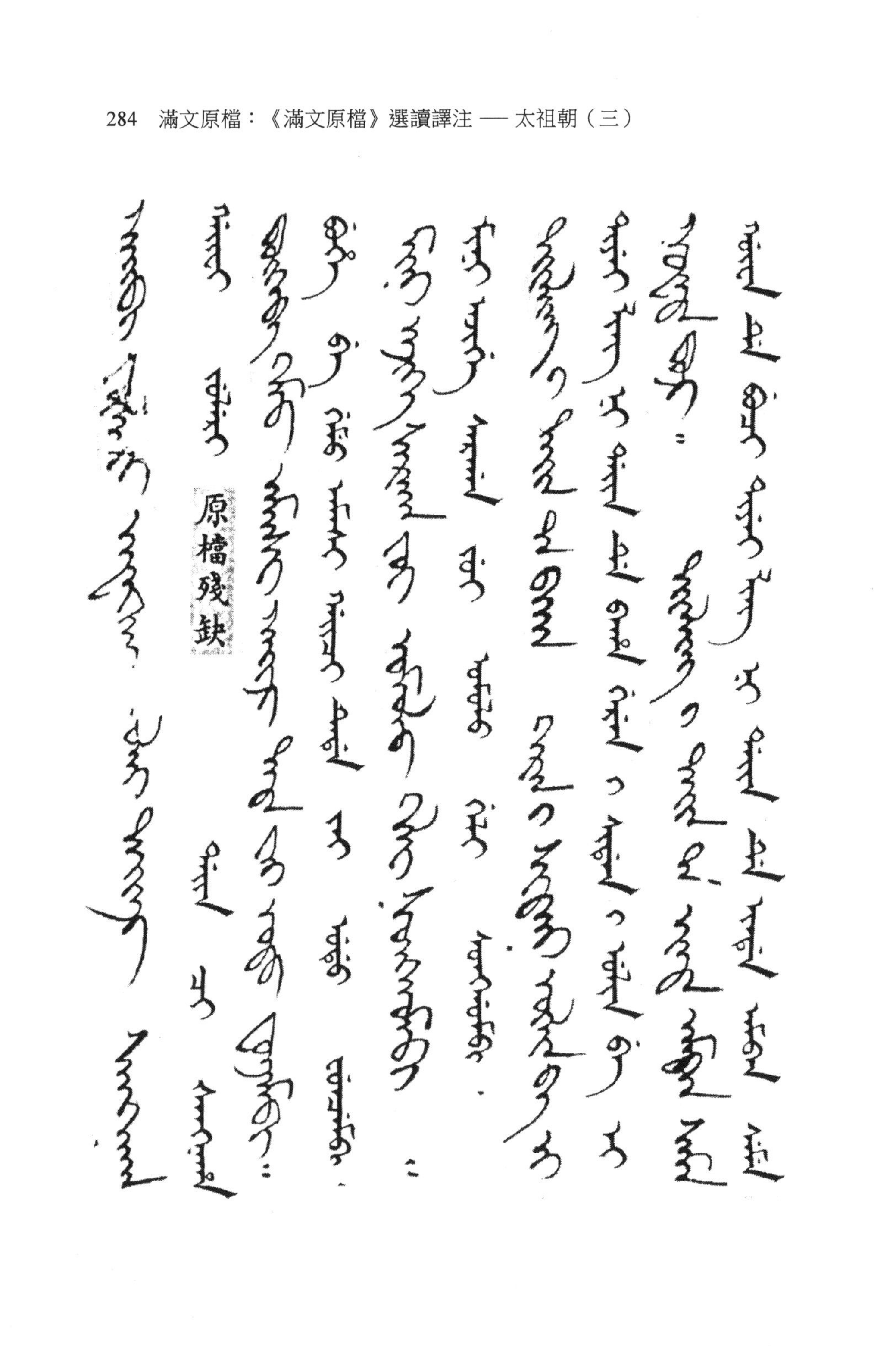

原檔殘缺

gaifi juleri afakini.……ulai dainci šangnaha buhebe gemu amasi gaici tede jai udu funcembi. mini ajige sargan jui omolo geli songgombi. tiyeling i dain de baha geren i sideni ulin be i gūwade buci, tiyeling i dain de inde amban seme

---

在前進攻。若將（原檔殘缺）烏拉戰役以來所有賞賜俱行收回，則彼之所餘又有幾何？且我小女孫兒又將哭泣也。彼既將鐵嶺戰役中所獲衆人公物散給他人，則可將鐵嶺戰役以大臣之名

在前进攻。若将（原檔残缺）乌拉战役以来所有赏赐俱行收回，则彼之所余又有几何？且我小女孙儿又将哭泣也。彼既将铁岭战役中所获众人公物散给他人，则可将铁岭战役以大臣之名

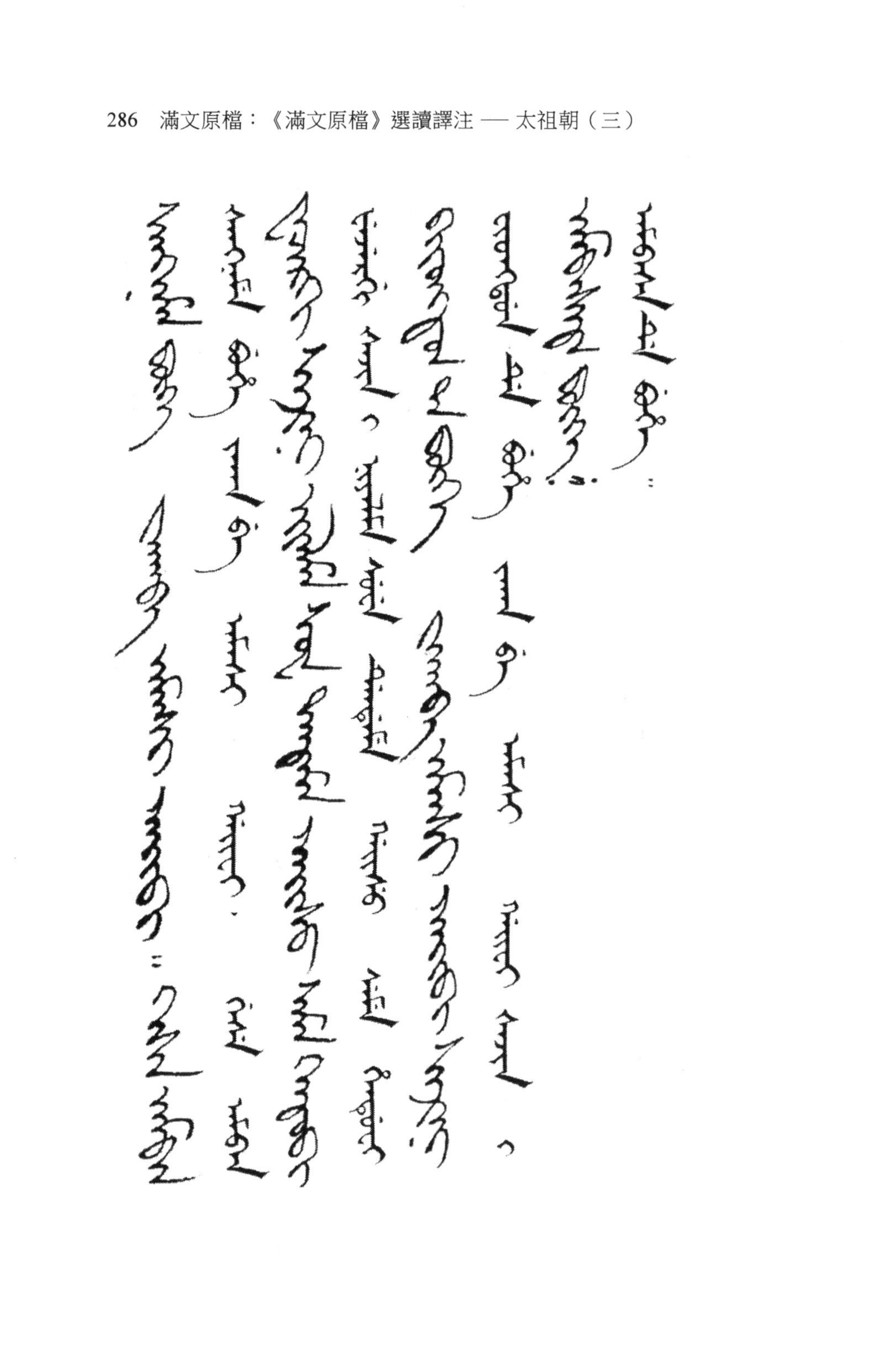

šangname buhe jakabe amasi gaifi, gese amban fejergi šajin i niyalma suwe dendeme gaisu seme hendufi fiongdon de buhe jakabe amasi gaifi šajin i ambasade buhe.

賞賜給彼之物件收回，分給爾等同等級大臣及屬下[71]執法之人可也。」諭畢，遂將賞給費英東之物件收回，分給執法諸大臣。

赏赐给彼之物件收回，分给尔等同等级大臣及属下执法之人可也。」谕毕，遂将赏给费英东之物件收回，分给执法诸大臣。

71 屬下，《滿文原檔》寫作"wacarki"，《滿文老檔》讀作"fejergi"。按此為無圈點滿文 "wa（we）"與"fe"、"ca（ce）"與"je"、"ki"與"gi"之混用現象。

十八、進兵葉赫

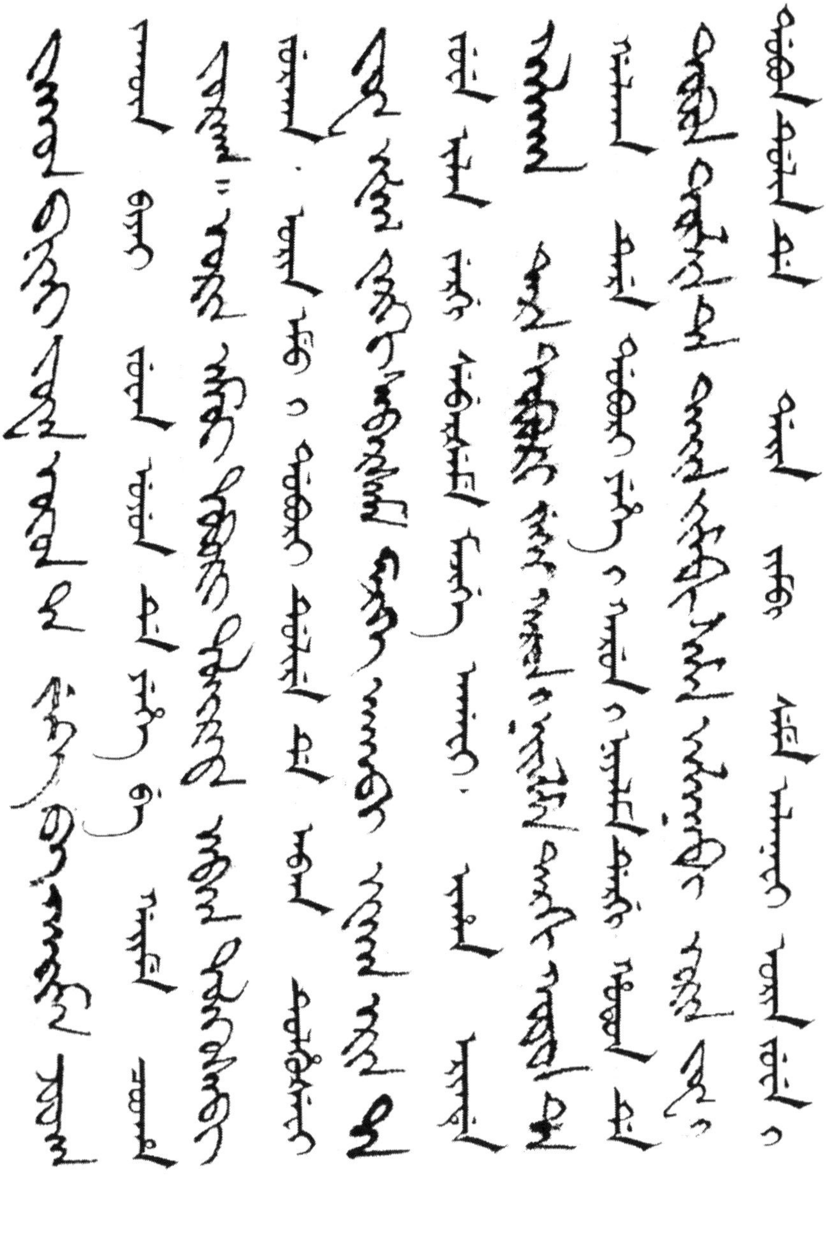

jakūn biyai juwan uyun de yehe be gaime cooha juraka. orin emui dobori dulirede abka tulhušefi juwe ilan jergi seberšeme majige agafi, ihan erin de galaka. tere dobori yehe i karun i niyalma dergi hoton de dobon dulin de dain jimbi seme alanafi, orin juwe i

---

八月十九日，發兵往取葉赫。二十一日夜半，天陰，降稀疏[72]小雨二、三次，至丑刻放晴。是夜，葉赫哨探飛報於東城，夜半[73]有敵兵前來，

八月十九日，发兵往取叶赫。二十一日夜半，天阴，降稀疏小雨二、三次，至丑刻放晴。是夜，叶赫哨探飞报于东城，夜半有敌兵前来，

---

[72] 稀疏，《滿文原檔》寫作"sabarsama"，《滿文老檔》讀作"seberšeme"。按此為無圈點滿文"sa"與"se"、"ba"與"be"、"sa"與"še"、ma"與"me"之混用現象。

[73] 夜半，《滿文原檔》寫作"tobon tülin"，《滿文老檔》讀作"dobon dulin"。按滿文本《大清太祖武皇帝實錄》卷三、滿蒙漢三體《滿洲實錄》卷六俱作"dobori dulire"。

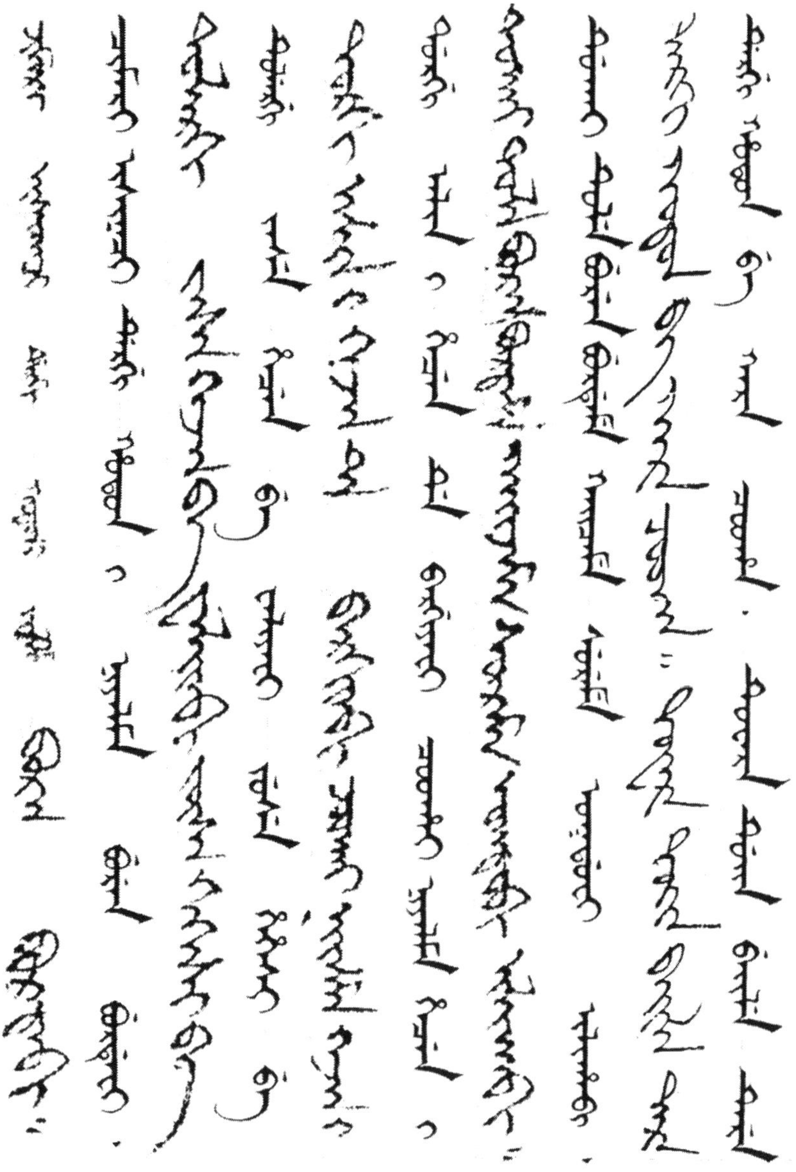

cimari isinaci dergi hoton i niyalma buren burdefi, tulergi jase hecen be waliyafi juse hehesi be dorgi alin i hecen de bargiyafi coohai niyalma hecen i dukai tule buren burdeme kaicame sureme okdofi ilihabi, dergi hoton be kara cooha, tuwara duin beile tere

---

二十二日晨，我兵到時，東城之人吹海螺，棄外城，將婦孺收入內山城中，兵丁列陣於城門外，吹海螺吶喊迎戰。留四貝勒駐其城督視包圍東城之兵。

二十二日晨，我兵到时，东城之人吹海螺，弃外城，将妇孺收入内山城中，兵丁列阵于城门外，吹海螺呐喊迎战。留四贝勒驻其城督视包围东城之兵。

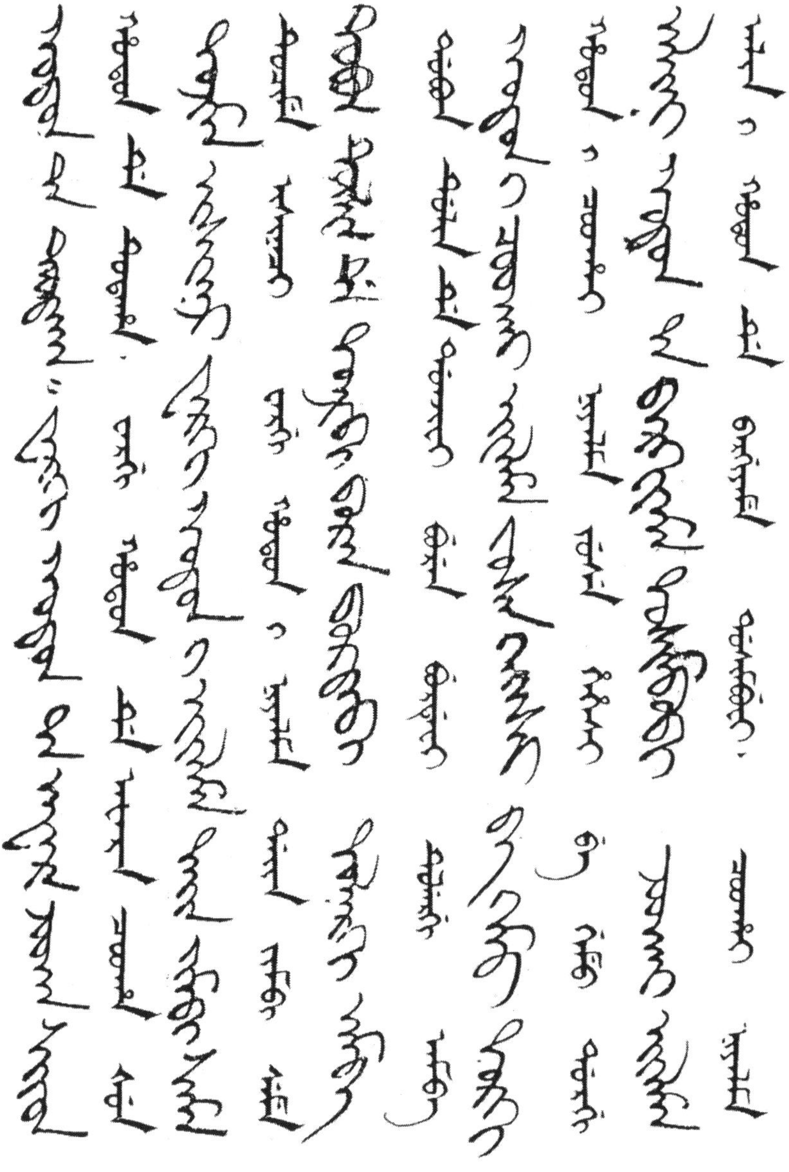

hoton de tutaha. wargi hoton de afara cooha, šun tucime isinaci wargi hoton i niyalma dain jimbi seme dobon dulin de donjifi buren burdefi tulergi amba hoton i coohai niyalma juse hehesi be gemu dorgi alini hoton de bargiyame dosimbufi, coohai niyalma

---

進攻西城之兵，日出時至，西城之人於夜半聞敵兵前來，即吹海螺，外大城之兵丁將婦孺皆收入內山城中，

进攻西城之兵，日出时至，西城之人于夜半闻敌兵前来，即吹海螺，外大城之兵丁将妇孺皆收入内山城中，

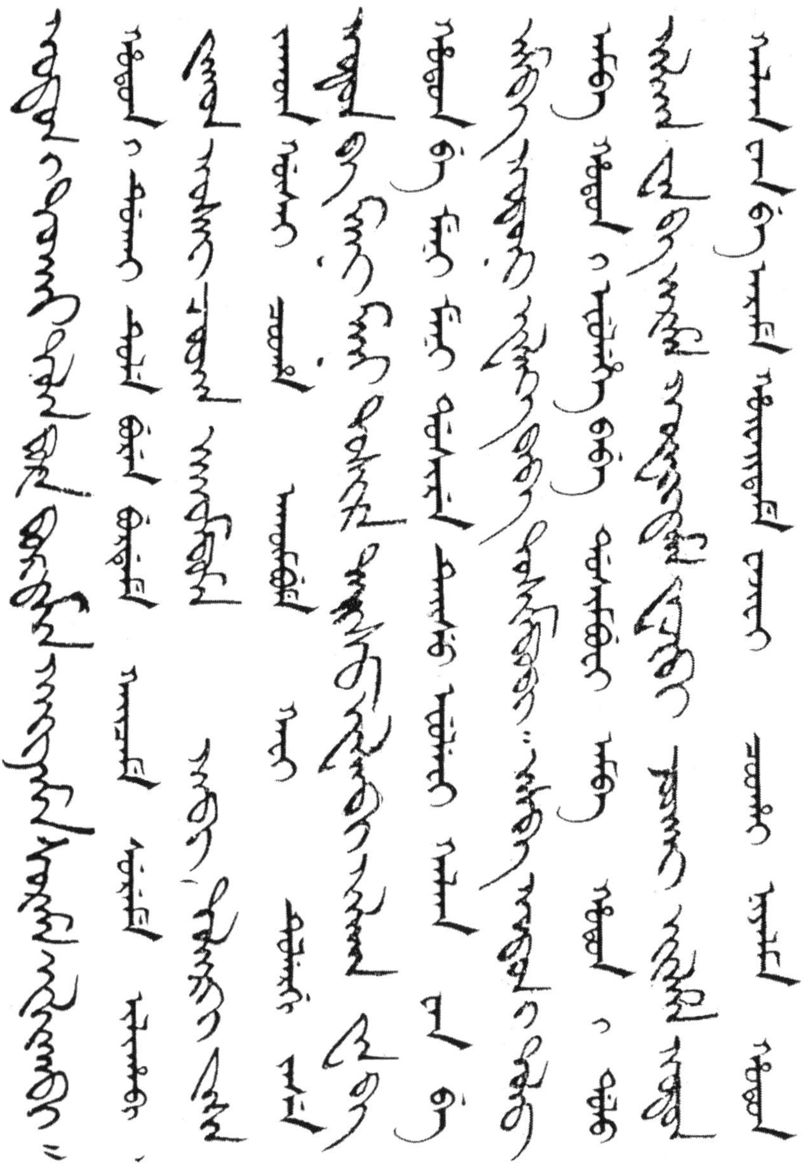

hoton i dukai tule buren burdeme kaicame sureme ilihabi. jakūn gūsai cooha akūmbume kafi, tulergi jase hoton be meni meni dosire teisu efulefi kalka wan be amba hotoni efulehe babe dosimbufi, amba hoton i dolo kalka wan be arame hūwaitame wajifi coohai niyalma hoton

---

兵丁於城門外列陣吹海螺吶喊。八固山之兵完全包圍後，各自分兵進入燬壞其外邊大城，將盾牌、雲梯由大城燬壞處運入，於大城內將盾牌、雲梯建造拴繫完竣，

兵丁于城门外列阵吹海螺呐喊。八固山之兵完全包围后，各自分兵进入毁坏其外边大城，将盾牌、云梯由大城毁坏处运入，于大城内将盾牌、云梯建造拴系完竣，

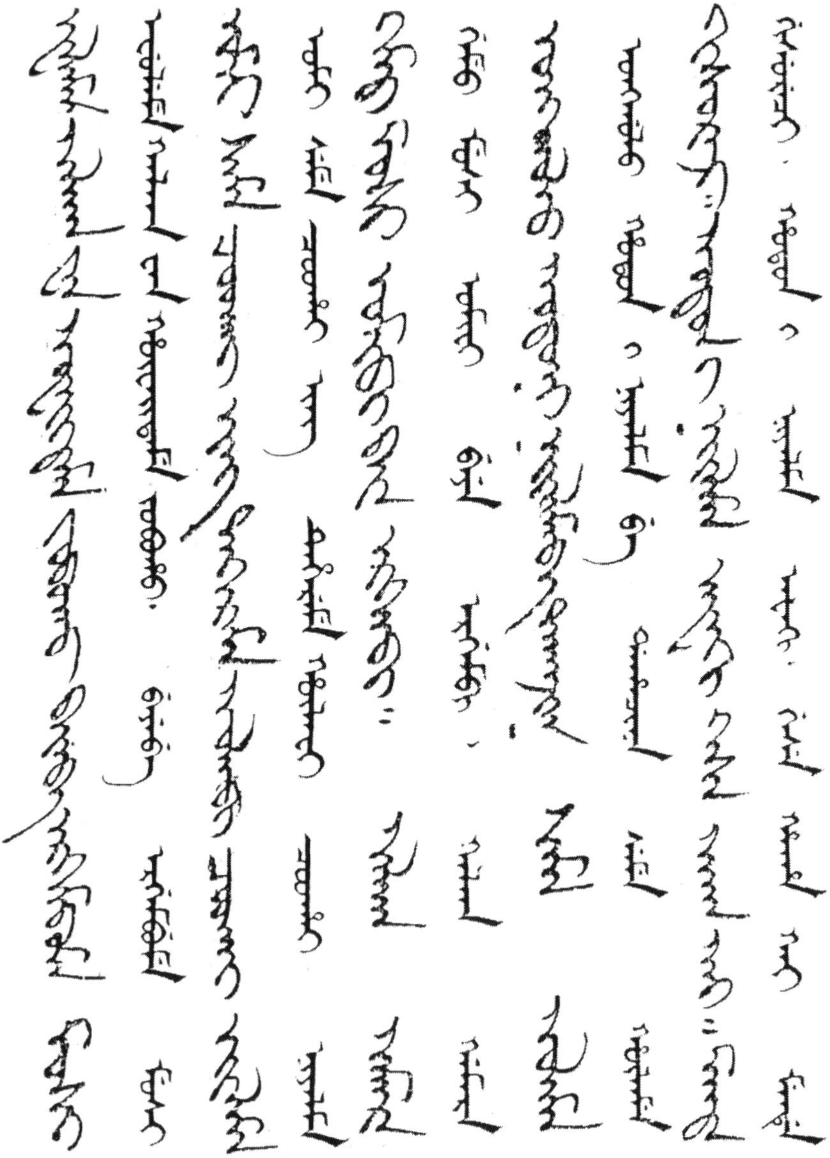

299

efuleme kalka wan hūwaitame joboho, beyebe ergembume musi omi seme, coohai ing tehereme hūlafi coohai niyalma gemu musi omifi beye ergembi. kalka gamara onggolo hotoni niyalmabe dahacina seme hūlame gisureci. hoton i niyalma afaki, gese haha kai, mende

---

念軍士燬城拴盾牌、雲梯身體勞頓，諭令各軍營歇息食炒麵，軍士皆食炒麵歇息。執盾攻城前，向城中喊話，令城內之人投降，城內之人回答：「願意一戰，同是男子也，

念军士毁城拴盾牌、云梯身体劳顿，谕令各军营歇息食炒面，军士皆食炒面歇息。执盾攻城前，向城中喊话，令城内之人投降，城内之人回答：「愿意一战，同是男子也，

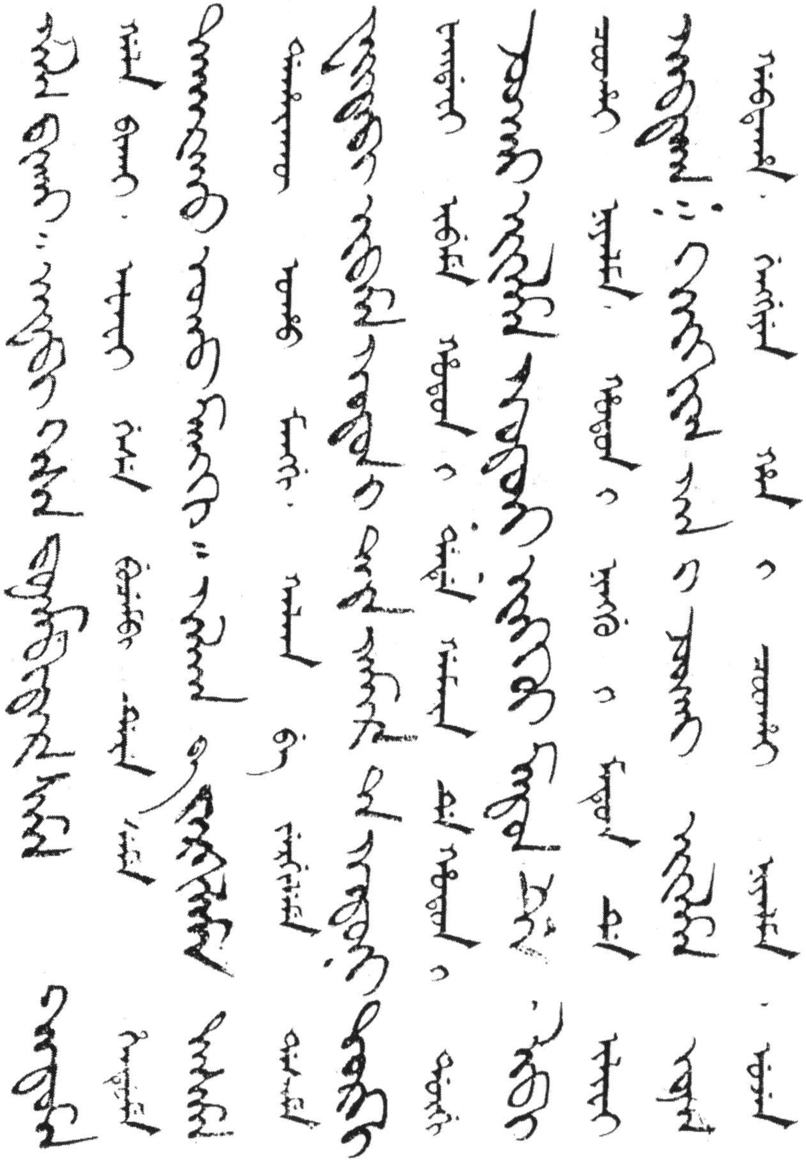

gala bikai, afafi gese bucembidere seme hendume daharakū oho manggi, kalka be jergileme dasame faidafi ibeme hoton i dade gamara de hoton i dorgi coohai niyalma, hotoni ninggui matun de ilifi gabtaha. genggiyen han i coohai niyalma, ujen

---

我等亦有手啊！惟有一同死戰而已。豈肯投降？」言畢，遂列盾布陣以進。兵臨城下時，城內兵丁立於城上站板射箭。英明汗之軍士，

我等亦有手啊！惟有一同死战而已。岂肯投降？」言毕，遂列盾布阵以进。兵临城下时，城内兵丁立于城上站板射箭。英明汗之军士，

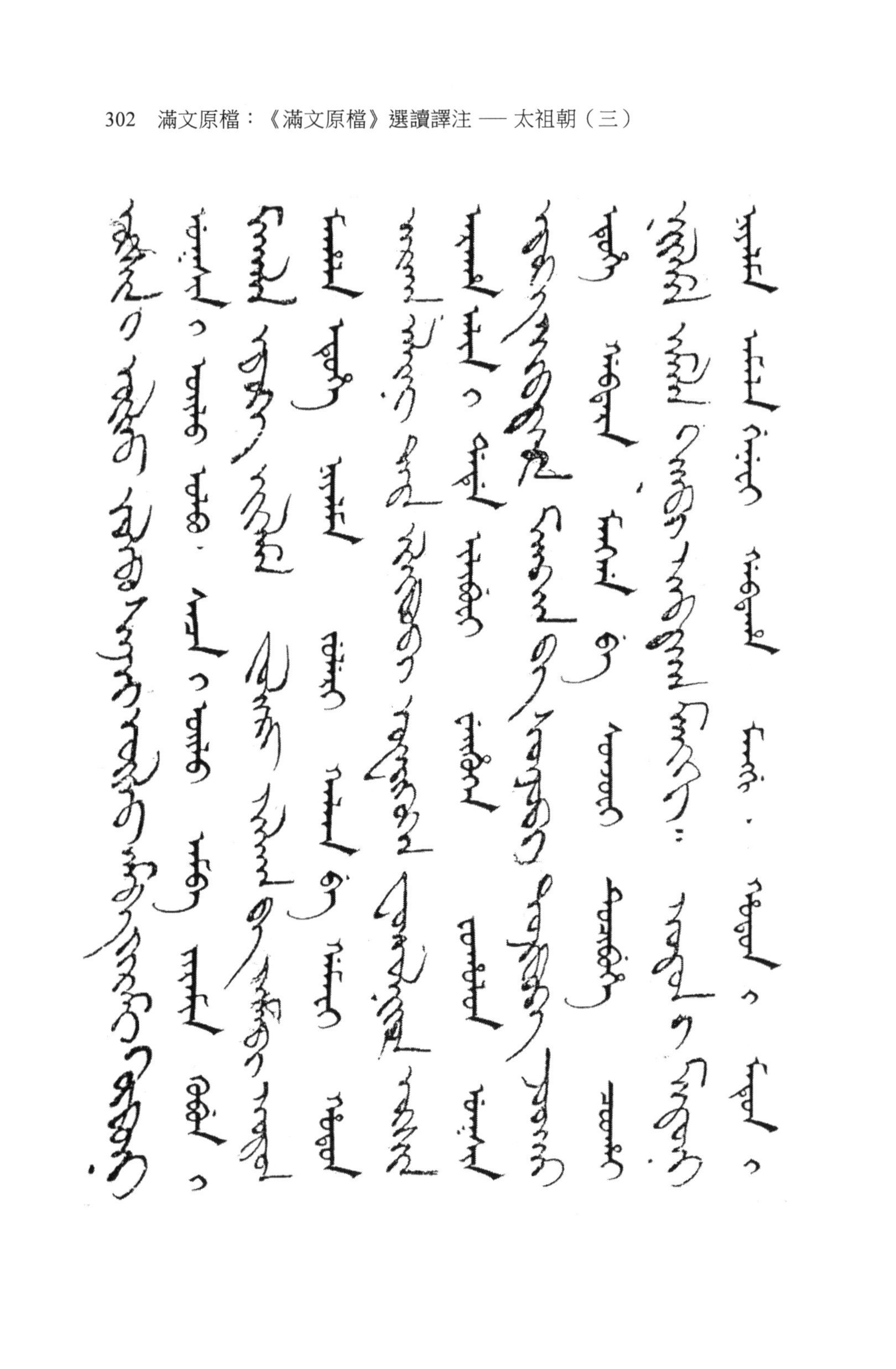

uksin i oilo olbo, sacai oilo amba jiramin kubuni mahala etuhe niyalma juleri kalka be gamafi hoton araha alin i dade ilibufi weihuken foholon uksin etuhe gabtara mangga be sonjofi tucibuhe coohai niyalma amala genefi gabtaha manggi, hoton i matun i

---

其身穿重甲外披綿甲，頭盔外戴厚大綿帽[74]之人在前執盾，立於築城山下，另選穿輕短甲[75]善射之軍士，隨後前往射箭。

其身穿重甲外披绵甲，头盔外戴厚大绵帽之人在前执盾，立于筑城山下，另选穿轻短甲善射之军士，随后前往射箭。

---

74 厚大綿帽，句中「綿」，《滿文原檔》寫作"kübün"，《滿文老檔》讀作"kubun"，係蒙文"köböng"借詞。意即「棉、棉花」。

75 穿輕短甲，句中「短」，《滿文原檔》寫作"fokolijon"，《滿文老檔》讀作"foholon"。按此為無圈點滿文 "ko" 與 "ho"、 "lijo(liyo)" 與 "lo"之混用現象。

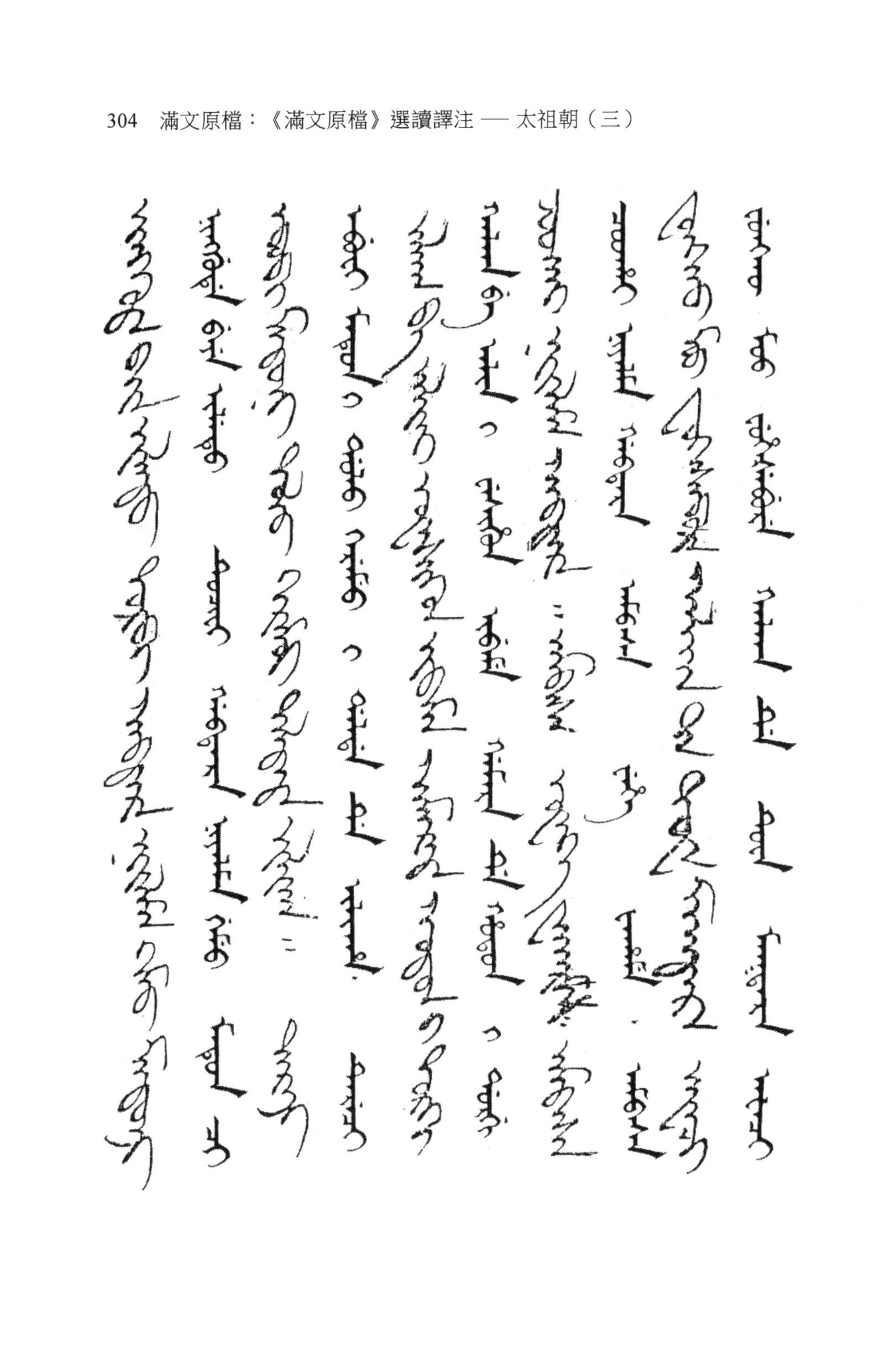

ninggude beye iletu tucifi gabtara niyalma gemu matunci ebufi matun i dolo keremui daldade iliha. tereci kalka be alin i wesihun ibeme gamara de hoton i dorgi coohai niyalma gabtara, ambasa wehe fahame, ambasa fungkū moo fuhešebure kalka de tuwa maktara afaci

---

其立城牆射擊暴露之人，皆由站板而下，站立於站板內城垛口隱蔽。於是我兵執盾登山而進時，城內之兵丁，放箭、投巨石、滾粗木，擲火於盾迎戰。

其立城墙射击暴露之人，皆由站板而下，站立于站板内城垛口隐蔽。于是我兵执盾登山而进时，城内之兵丁，放箭、投巨石、滚粗木，掷火于盾迎战。

十九、用兵如神

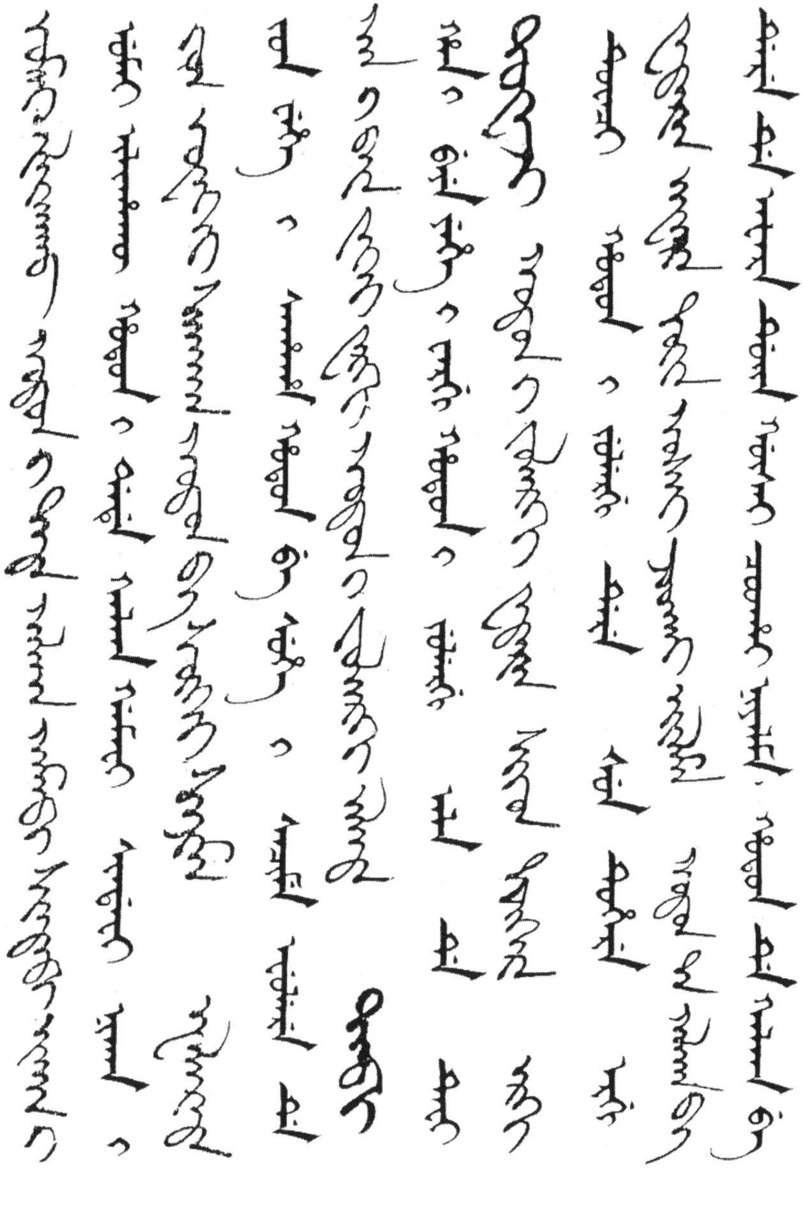

umai ilihakū hoton i dade kalka gamafi sindafi nikan i jon wehei sahaha hoton be suhei sacime efulerede han i beye yehei wargi hoton i julergi alade tefi tuwaci hoton i julergi dere šun tuhere ergi dere de afara duin gūsai coohai niyalma, hoton de kalka be

---

我軍並未停止，執盾置放於城下，用斧砍燬用明人磚石[76]所築之城垣。汗親自坐於葉赫西城南山崗，見由城南面[77]、城西面進攻之四固山軍士，

我军并未停止，执盾置放于城下，用斧砍毁用明人砖石所筑之城垣。汗亲自坐于叶赫西城南山岗，见由城南面、城西面进攻之四固山军士，

---

[76] 磚石，句中「磚」，《滿文原檔》、《滿文老檔》俱讀作 "jon"，疑係漢字「磚」之音譯詞。

[77] 城南面，句中「面」，《滿文原檔》寫作"wataran"，讀作"feteren"，《滿文老檔》讀作"dere"。

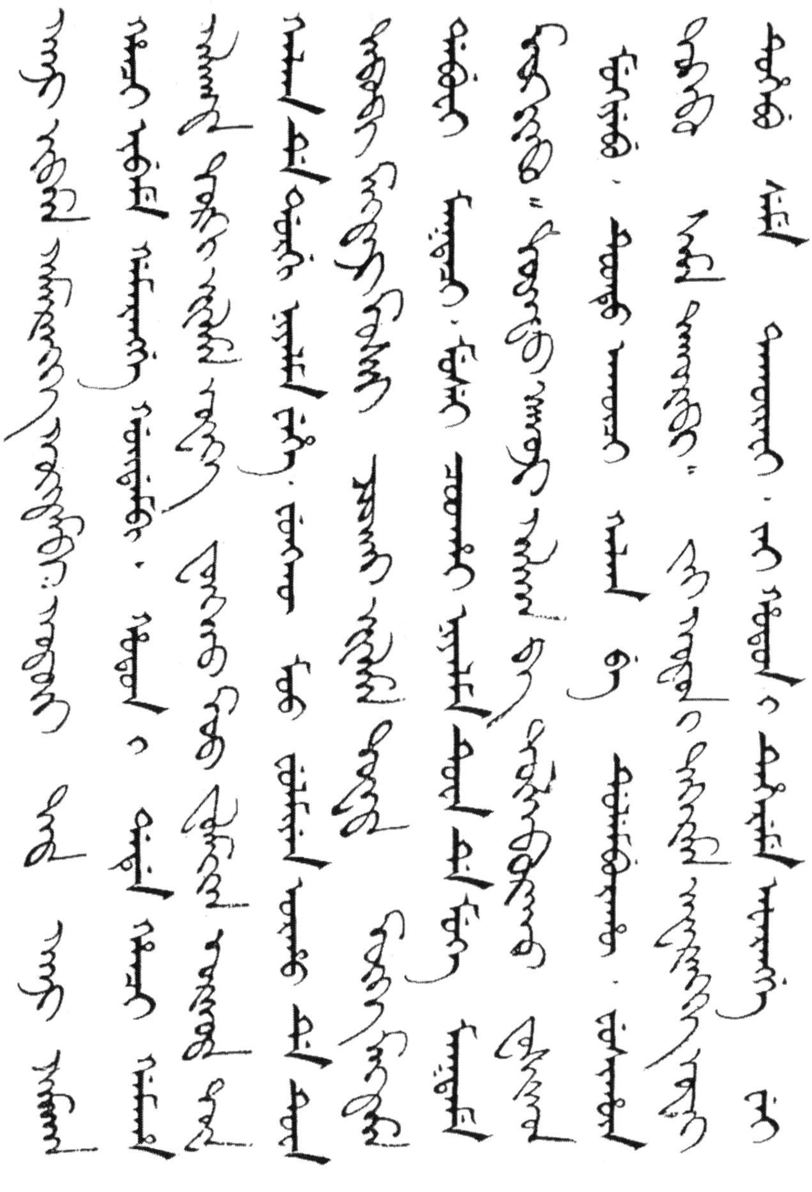

hanci ibeme gamarangge goidambi, hoton i dade hanci gamaha kalka de dorgi niyalma wehe, fungkū moo fulmiyen orhode tuwa dabufi maktaci, musei coohai niyalma tuwa de muke maktame mukiyebu. tuttu akūci kalka be dulemburahū, fusihūn tuhebu seme takūrafi, jai hoton i tehereme afarangge wei

---

執盾往城附近前進遲緩，即遣人傳諭曰：「執盾接近城下時，若城內之人擲石、滾木及投擲點燃之草捆，則我軍士應撒水以滅其火，否則恐怕盾着火燃燒倒下。」

执盾往城附近前进迟缓，即遣人传谕曰：「执盾接近城下时，若城内之人掷石、滚木及投掷点燃之草捆，则我军士应撒水以灭其火，否则恐怕盾着火燃烧倒下。」

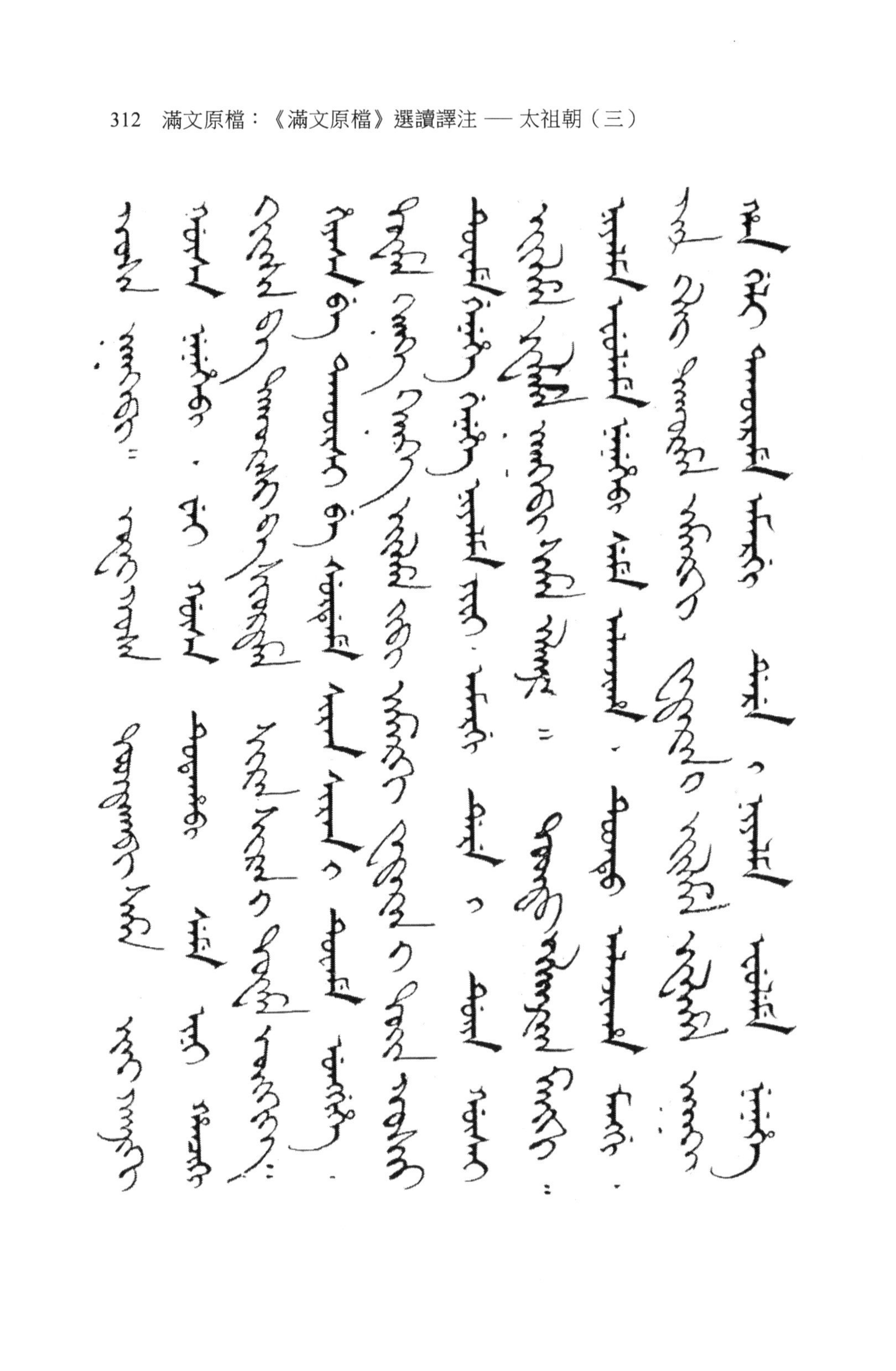

gūsa nenehebi, wei gūsa tutahabi seme ini hanciki hiyasa be takūrsi be šurdeme siran siran i tuwame unggihe, tuwame genehe genehe niyalma jifi amargi dere i duin gūsai niyalma efuleme nenehebi seme alanjiha, tuttu alanjiha manggi, han geli takūrame amargi dere i niyalma efuleme nenehe

---

又差遣親近侍衛及承差，前往週圍不斷巡視攻城各軍，哪個固山在先，哪個固山落後。前往各處巡視之人返回告稱：「北面四固山之兵已先破城。」如此來報後，汗復遣人往諭曰：「北面之兵

又差遣亲近侍卫及承差，前往周围不断巡视攻城各军，哪个固山在先，哪个固山落后。前往各处巡视之人返回告称：「北面四固山之兵已先破城。」如此来报后，汗复遣人往谕曰：「北面之兵

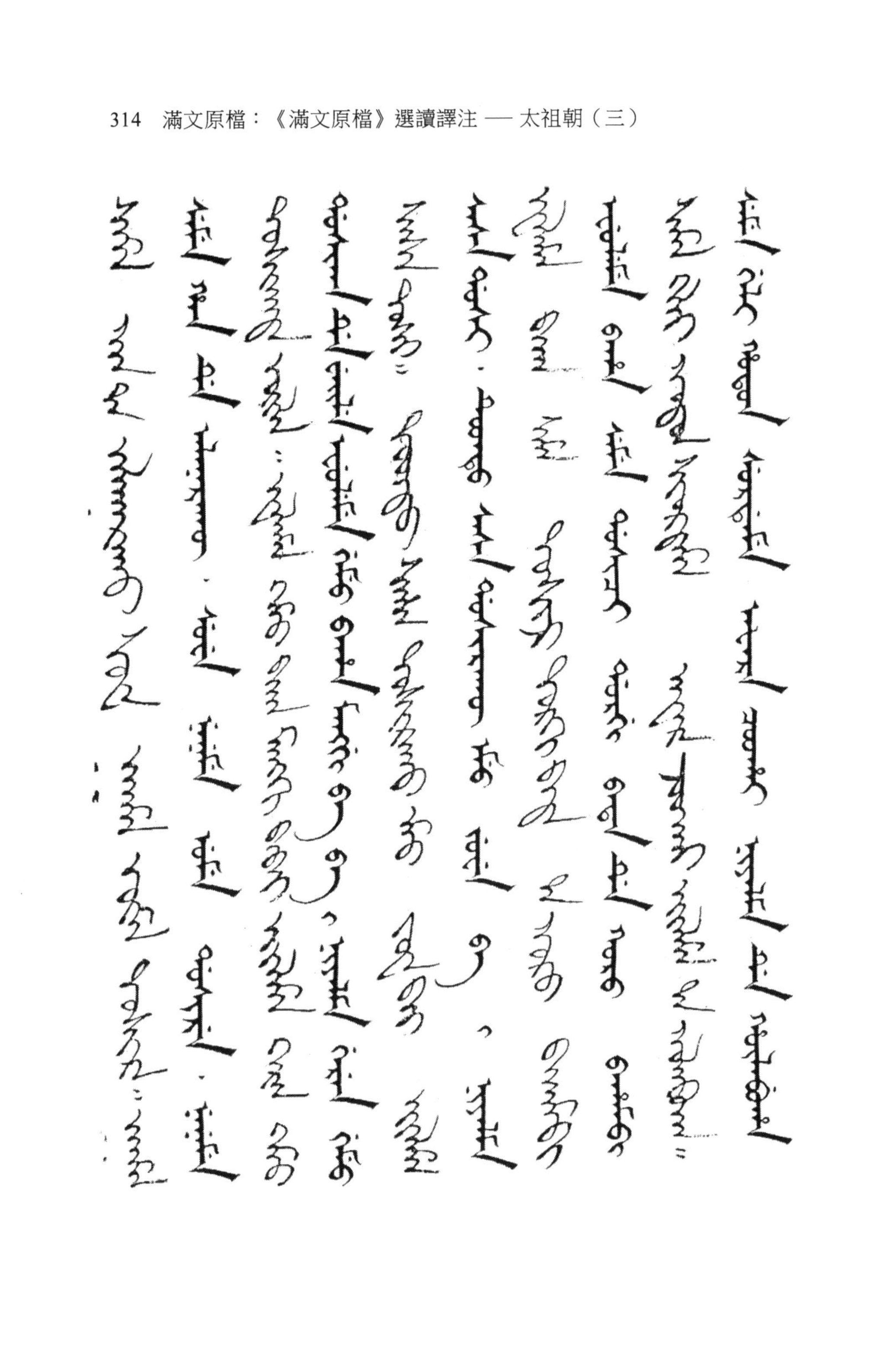

seme han de alanarakū, suwe neneme ume dosire, neneme dosikade weile, efuleme gemu baha manggi babai niyalma geren gemu sasa dosi. tuttu sasa dosirakū emu juwe ba i niyalma efuleme baha seme dosici dorgi bata de koro bahambi seme geli hoton šurdeme afara coohai niyalma de hūlabuha.

未將已先破城報汗以聞，爾等勿先行進入，若先行進入則罪之。應俟各城皆攻破得手後，各路之人大家皆一齊進入，倘不一齊進入，僅一、二處之人攻破得手即進入，則必被城内之敵所傷。」又命傳諭週圍攻城之軍士知道。

未将已先破城报汗以闻，尔等勿先行进入，若先行进入则罪之。应俟各城皆攻破得手后，各路之人大家皆一齐进入，倘不一齐进入，仅一、二处之人攻破得手即进入，则必被城内之敌所伤。」又命传谕周围攻城之军士知道。

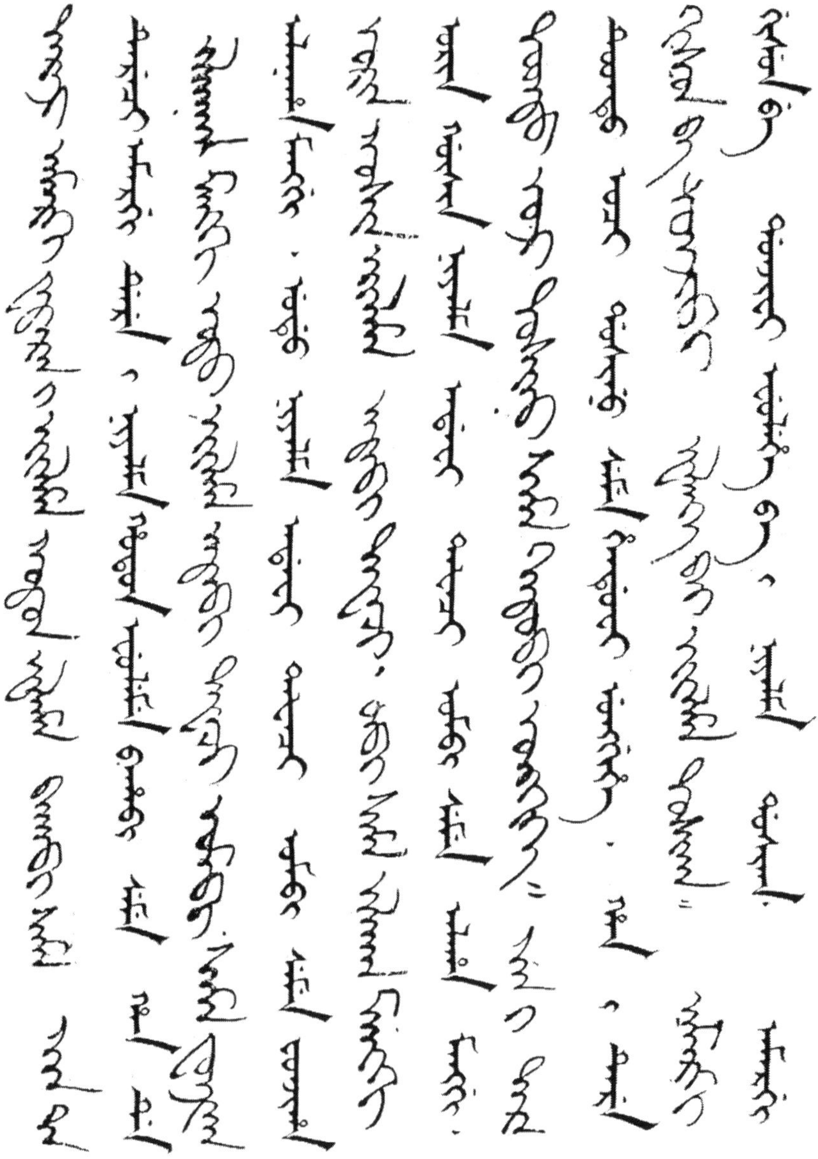

tereci amargi dere i niyalma hoton efuleme bahabi seme han de alanaha manggi, udu niyalma adafi tafaci ombi seme fonjiha. orin gūsin niyalma adafi tafaci ombi seme alaha manggi, tuttu oci dosinu seme hendufi unggihe. han i tere gisun be donjifi efulehe bai niyalma dosika. amargi

---

於是北面之人以破城得手來報汗後，並問可以幾人並排進攻否？汗答曰：「可以二、三十人並排進攻。若是如此可一齊進入。」聞汗此言，破城處之人，遂進入城中。

于是北面之人以破城得手来报汗后，并问可以几人并排进攻否？汗答曰：「可以二、三十人并排进攻。若是如此可一齐进入。」闻汗此言，破城处之人，遂进入城中。

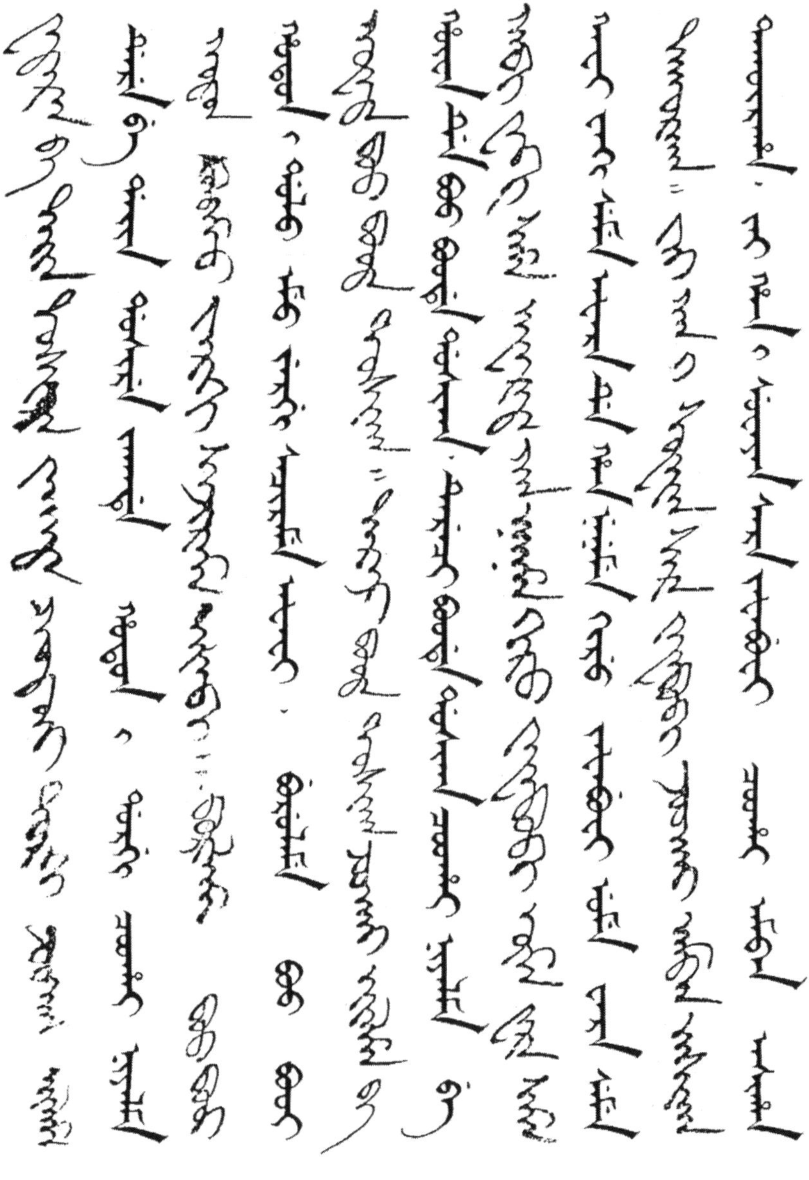

dere be dain dosire jakade hoton i dorgi coohai niyalma hoton i dolo emu jergi sacirame afafi, burulame boo booi hūwa de boo boode dosika. tereci boode dosika coohai niyalma be kafi waki seme afarade han neneme kiru jafabufi ume wara seme takūraha. jai han i suwayan sara jafabufi coohai amban asihan

---

攻入北面之時，城內兵丁於城內砍殺攻戰一陣後，敗走進入各家院內或屋中，進攻圍殺進入家中之兵丁時，汗先遣人執旗往諭，令勿殺。後又遣人執汗之黃蓋往諭

攻入北面之时，城内兵丁于城内砍杀攻战一阵后，败走进入各家院内或屋中，进攻围杀进入家中之兵丁时，汗先遣人执旗往谕，令勿杀。后又遣人执汗之黄盖往谕

二十、有恃無恐

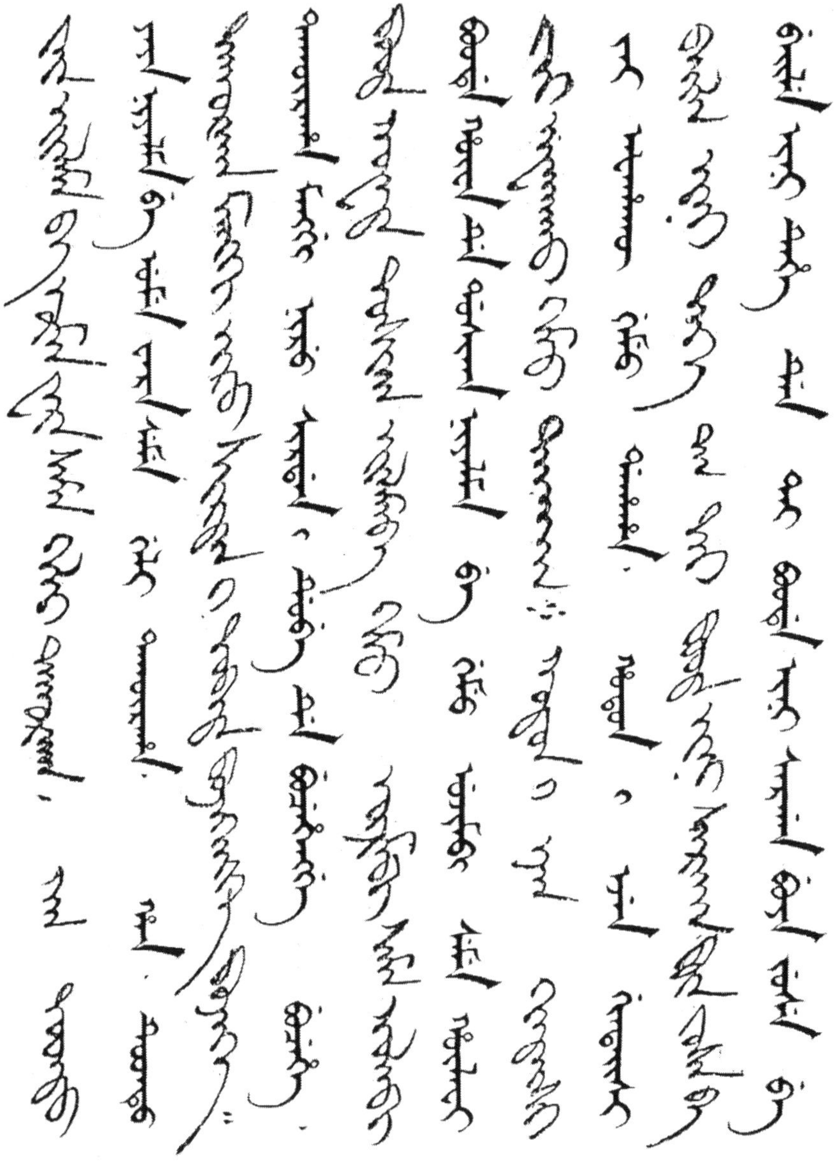

yaya niyalma be ume wara seme geli takūraha. han tuttu takūraha manggi niru sirdan i dubede bucehengge bucehe, boode hūwade dosika niyalmabe gemu ujimbi seme hūlafi, jai afahakū gemu dahaha. hoton i ejen gintaisi beile ini tehe den tai boode ini sargan buya juse be

---

軍中之人無論長幼，勿殺。汗如此差遣後宣諭曰：「除死於箭鏃者外，凡逃入院舍中之人皆收養之。」遂未戰皆降。城主錦台什貝勒携其妻室及幼子登上其所居之高臺屋中，

军中之人无论长幼，勿杀。汗如此差遣后宣谕曰：「除死于箭镞者外，凡逃入院舍中之人皆收养之。」遂未战皆降。城主锦台什贝勒携其妻室及幼子登上其所居之高台屋中，

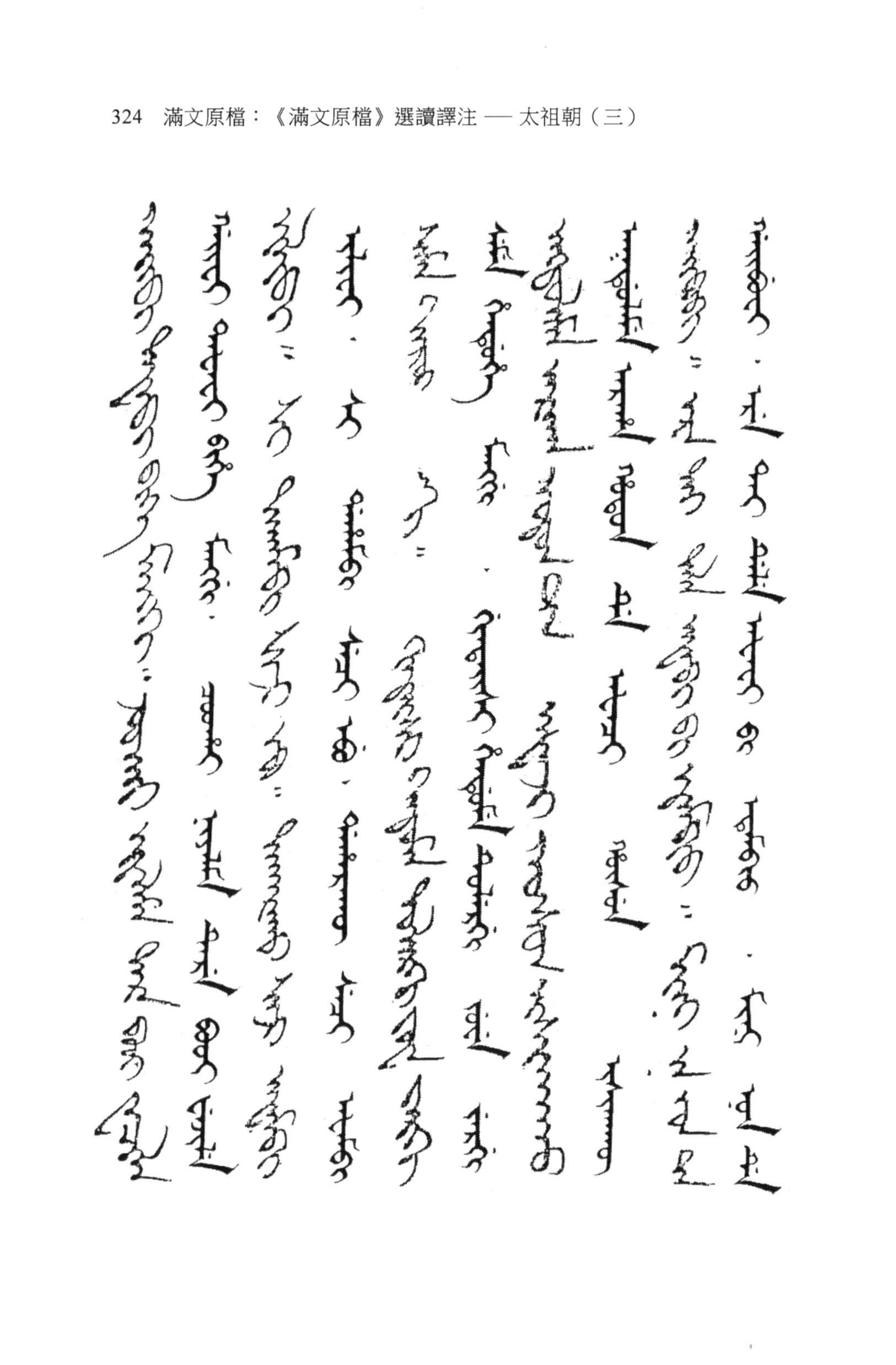

gaifi tafafi bihe manggi, coohai niyalma tere booi fejile ilifi, si dahambi seci ebu, daharakū seci afambi seme henduhe manggi, gintaisi hendume tulergi juwe jergi akdulame araha hoton de afaci hūsun isikakū gaibufi, ere tai dele afafi bi etembio. mini na non de

---

軍士立於其屋下，招曰：「汝降則下，不降則攻之。」錦台什曰：「憑藉外邊所築二層堅固之城拒戰，尚且力不及被攻尅，縱據此高臺再戰，我能勝乎？

军士立于其屋下，招曰：「汝降则下，不降则攻之。」锦台什曰：「凭藉外边所筑二层坚固之城拒战，尚且力不及被攻克，纵据此高台再战，我能胜乎？

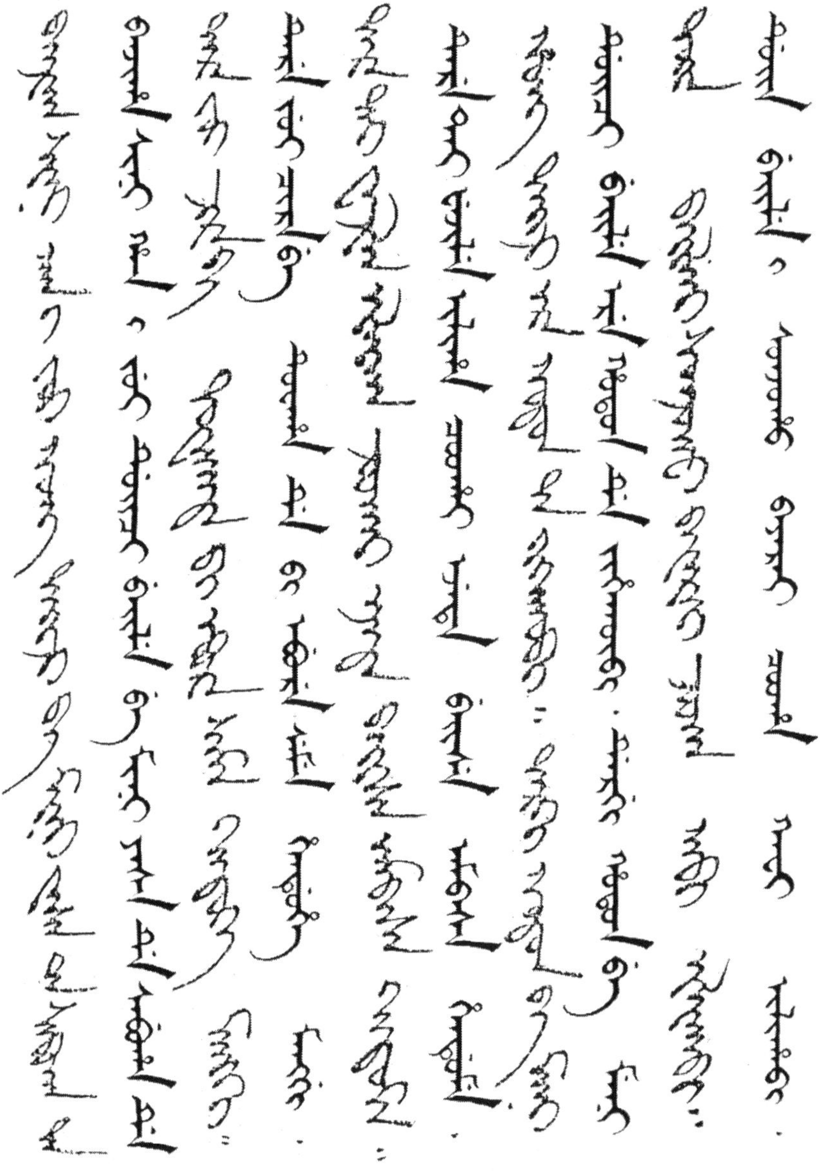

、

banjiha sini han i jui hong taiji be mini yasa de sabuha de, tere jui cira be tuwahade bi ebure seme henduhe manggi, tere tai fejile iliha coohai ejete beise ambasa hendume, hong taiji ere hoton de jihekūbi, dergi hoton be meni duin beile i sonjoho bayarai cooha kafi ilihabi,

---

若得親眼一見我妹[78]所生爾汗之子洪台吉，見其子之面時，我即下來。其臺下所立軍中主將、諸貝勒大臣曰：「洪台吉未來此城，我四貝勒[79]正率精銳巴雅喇兵圍攻東城，

若得亲眼一见我妹所生尔汗之子洪台吉，见其子之面时，我即下来。其台下所立军中主将、诸贝勒大臣曰：「洪台吉未来此城，我四贝勒正率精锐巴雅喇兵围攻东城，

---

[78] 我妹，句中「妹」，《滿文原檔》寫作“na on”，讀作“ne un”，《滿文老檔》讀作“non”。按女真文「妹」讀作“nəxun”（《女真文辭典》62、288頁，金啟孮，文物出版社，1984年）。

[79] 四貝勒，《滿文原檔》、《滿文老檔》俱讀作“duin beile”（四位貝勒），訛誤，應更正為“duici beile”（第四貝勒）

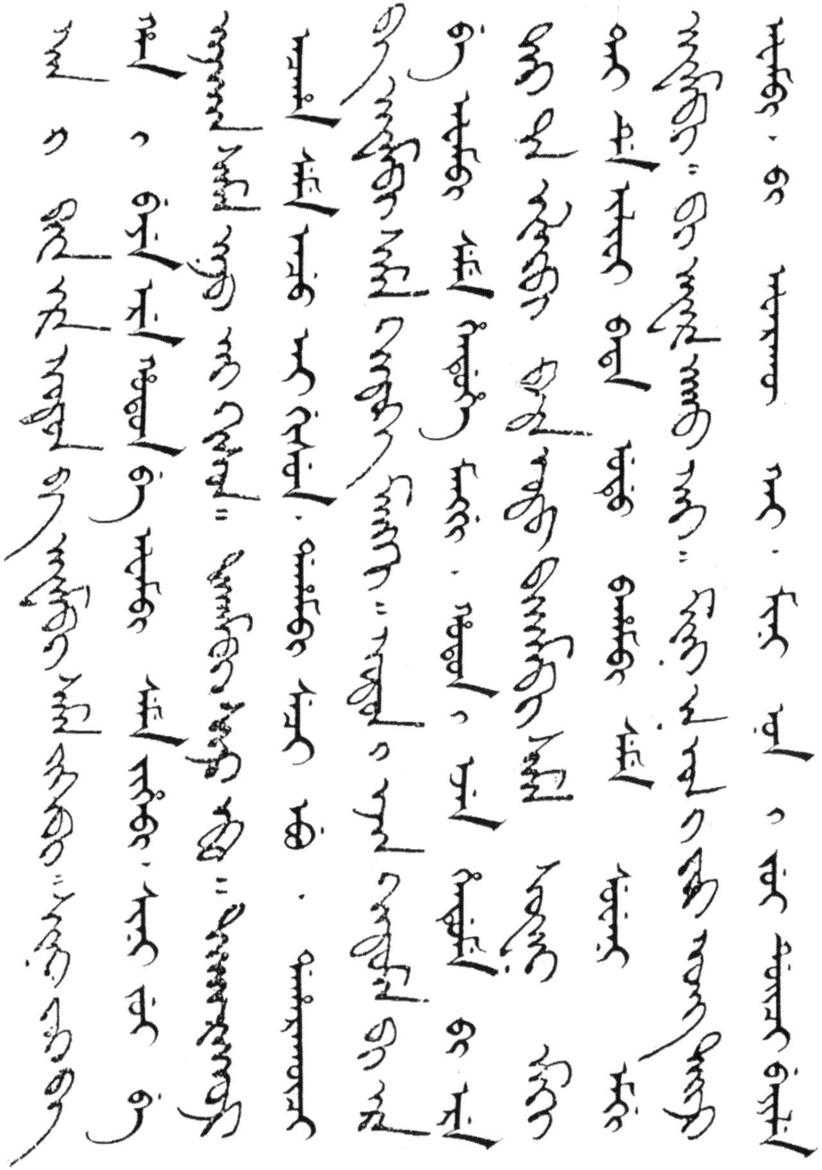

han i beye ere hoton be afambi seme jihebi, sini jui be acaha seme encu ai gisun. dahambi seci ebu, daharakūci be afambi seme henduhe manggi, hoton i ejen hendume bi ere tai de ilifi bata udu bahambi seme, suweni emgi afambi, bi afarakū kai, mini na non i jui hong taiji

---

汗親自前來督攻此城，欲見爾子，另有何言？降則下，不降則攻之。」言畢，城主曰：「我站立此臺與爾相戰，能敵擋幾何？我不戰也，但聞我妹之子洪台吉

汗亲自前来督攻此城，欲见尔子，另有何言？降则下，不降则攻之。」言毕，城主曰：「我站立此台与尔相战，能敌挡几何？我不战也，但闻我妹之子洪台吉

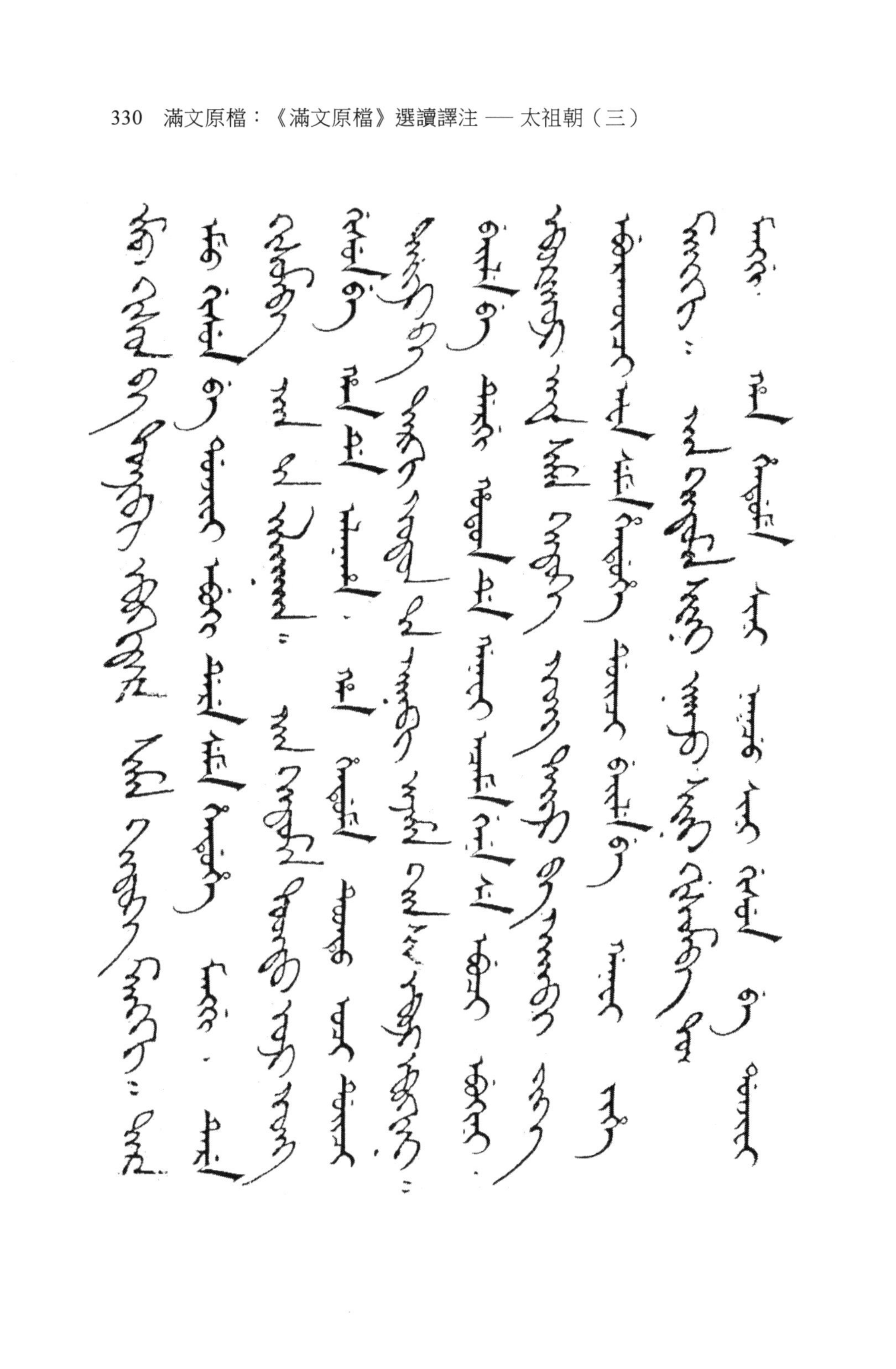

emu gisun be donjifi ebukidere seme henduhe manggi, tere gisumbe han de alanaha. han hendume tuttu oci hong taiji be dergi hoton de ganafi acame gene se ebuci ebukini, eburakūci afa seme henduhe, hong taiji be ganafi jihe manggi, han hendume sini nakcu, sini gisumbe donjifi

---

一言即下。」言畢，遂將其言報汗以聞。汗曰：「既然如此，命人往東城領洪台吉至，令其前往會面，招其下則已，不下則攻之。」洪台吉領來後，汗曰：「爾舅[80]欲聞爾言，

一言即下。」言毕，遂将其言报汗以闻。汗曰：「既然如此，命人往东城领洪台吉至，令其前往会面，招其下则已，不下则攻之。」洪台吉领来后，汗曰：「尔舅欲闻尔言，

---

80 爾舅，句中「舅」，《滿文原檔》寫作“nakjo”，《滿文老檔》讀作“nakcu”。按滿文“nakcu”係蒙文“naɣaču”借詞，意即「舅舅」。

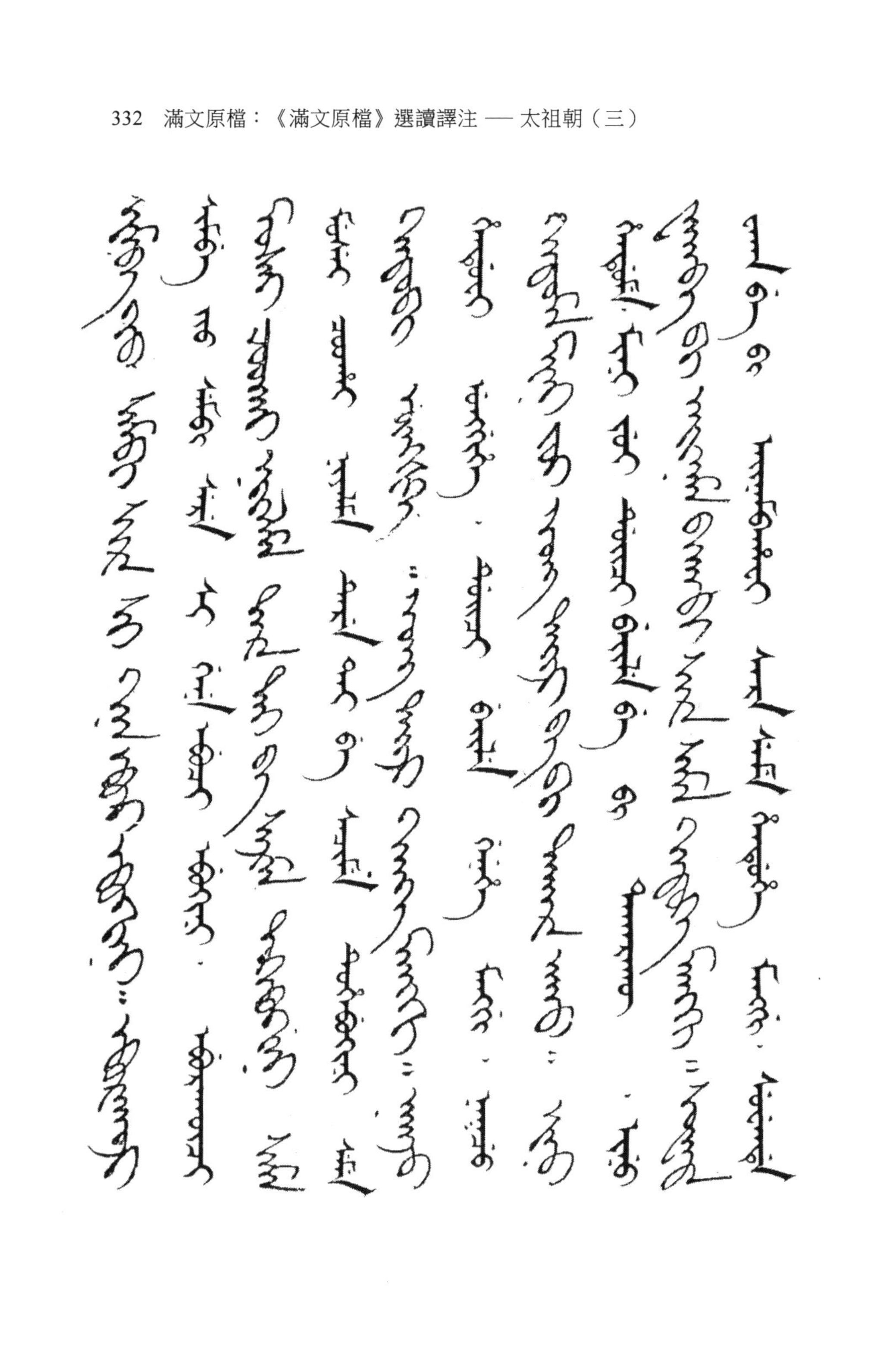

simbe jio sembi sere si gene. ebuci ebukini, eburakūci musei coohai niyalma tere tai be sacime tuhebukini seme hendufi unggihe. hong taiji genehe manggi, nakcu hendume, mini jui hong taiji be bi takarakū, inu wakabe bi ainame bahafi sara seme henduhe manggi, suwende

---

故喚爾前來。爾即前往，下則已，不下，則令我軍士砍倒其臺。」言畢遣之，洪台吉既往，其舅曰：「我不識我子洪台吉，焉能[81]辨其真偽。」言畢，

故唤尔前来。尔即前往，下则已，不下，则令我军士砍倒其台。」言毕遣之，洪台吉既往，其舅曰：「我不识我子洪台吉，焉能辨其真伪。」言毕，

---

[81] 焉能，《滿文原檔》寫作"ainame bahafi"，《滿文老檔》讀作"ainambahafi"，意即「怎能得到」。

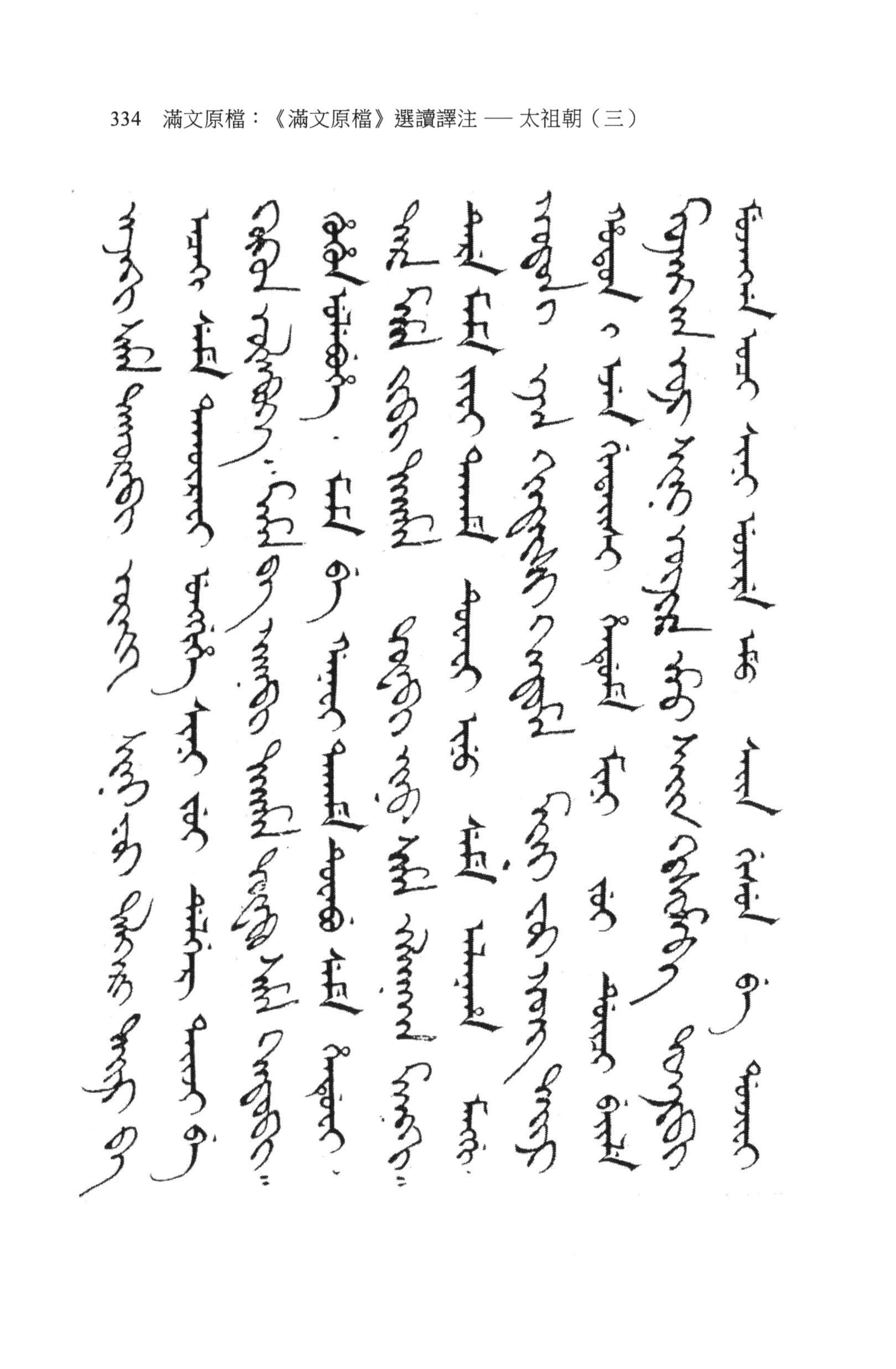

acaki seme takūrafi unggihe sini jui delger taiji be huhun ulebuhe mama be ganafi takame tuwabu seme hendufi, tere mama jifi takame tuwafi inu seme alanaha manggi, hoton i ejen gintaisi hendume mini jui hong taiji mujangga oci sini ujire emu sain gisumbe donjifi,

---

洪台吉曰：「曩者欲與爾等和好，曾遣乳養汝子德爾格勒台吉之嬤嬤前來，今可領來辨認。」言畢，該餵奶嬤嬤前來辨認後告曰：「是也。」城主錦台什曰：「若果真是我子洪台吉，聞爾願收養我之一句善言後，

洪台吉曰：「曩者欲与尔等和好，曾遣乳养汝子德尔格勒台吉之嬷嬷前来，今可领来辨认。」言毕，该喂奶嬷嬷前来辨认后告曰：「是也。」城主锦台什曰：「若果真是我子洪台吉，闻尔愿收养我之一句善言后，

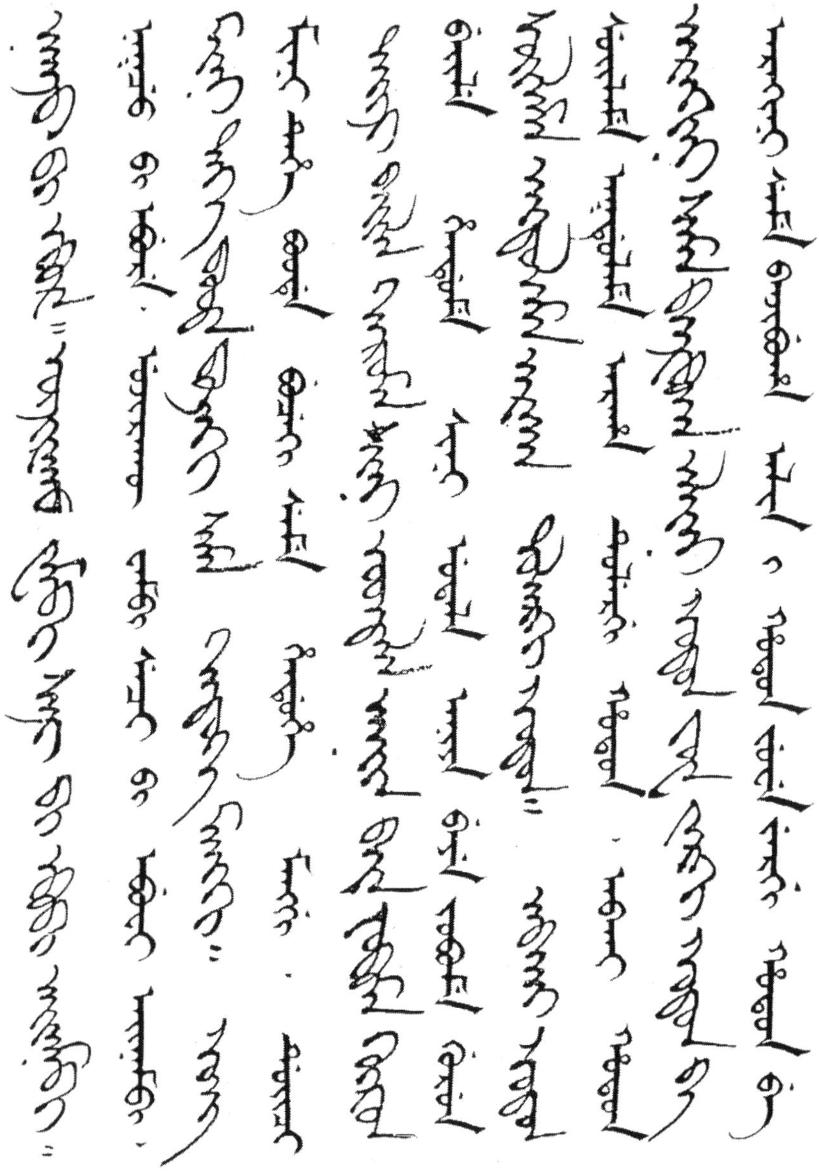

nakcu bi ebure, ujirakū wambi seci bi ebufi ainambi, mini tehe boode buceki seme henduhe manggi, hong taiji beile hendume sini utala aniya beye jobome gurun suilame akdulame araha tulergi hoton, abkai hoton arakini seme banjibuha alin i hoton juwe jergi hoton be

---

為舅之我即下來，若不收養而要殺害，我下來何為？寧願死於住家。」言畢，洪台吉曰：「爾多年苦己勞民，修築牢固外城，復依天險，修築山城，所築兩層山城

为舅之我即下来，若不收养而要杀害，我下来何为？宁愿死于住家。」言毕，洪台吉曰：「尔多年苦己劳民，修筑牢固外城，复依天险，修筑山城，所筑两层山城

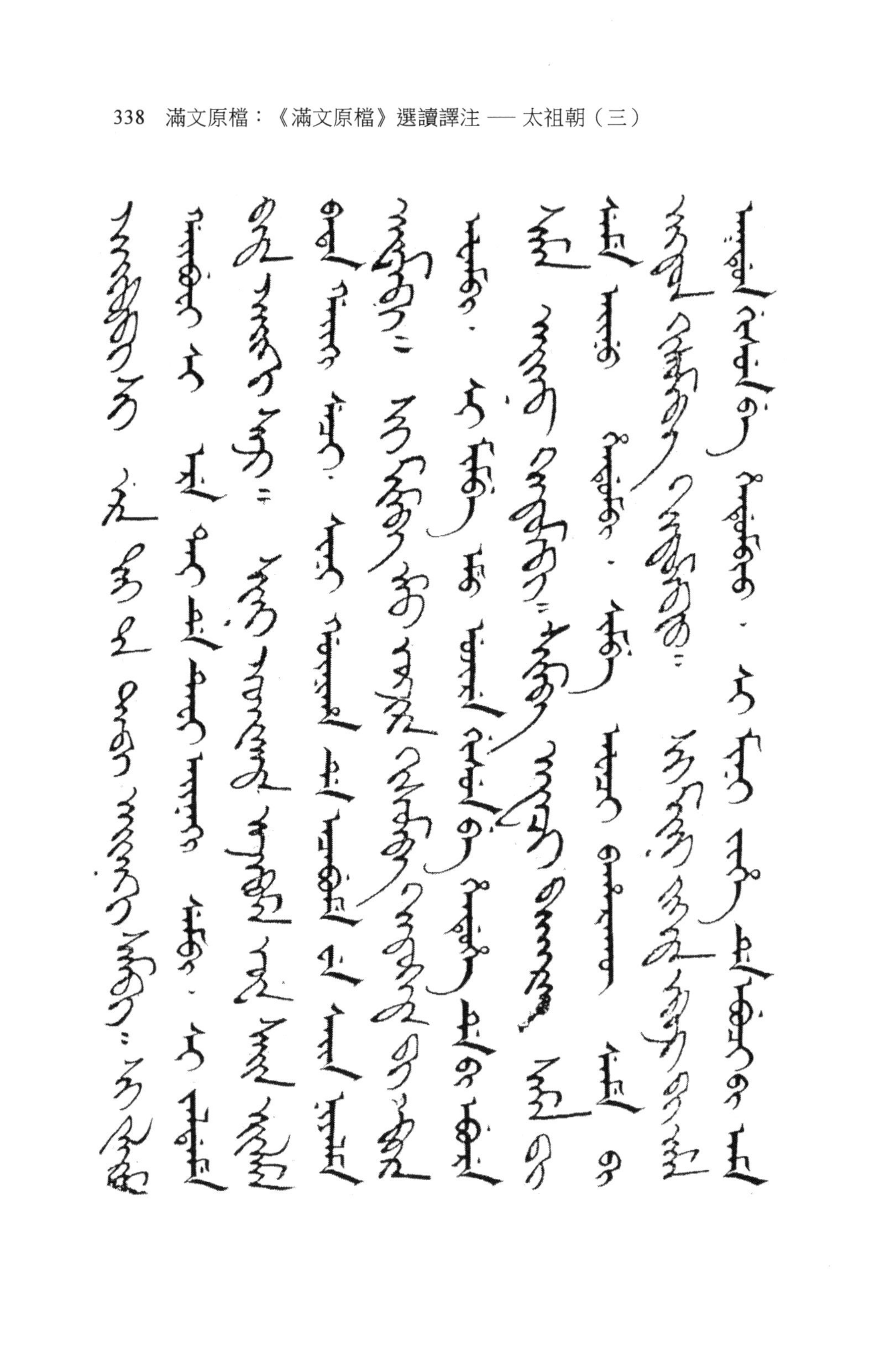

gaibufi si ere tai de tefi ainaki sembi. si jaldame bata gaiki seci, sini gūnihade acabume we sain niyalma afambi. si mimbe emu ujire gisumbe henduhe de bi ebure seme ainu hendumbi, simbe afaci baharakū seme bi akdun gisumbe hendumbio. si mini jihede ebuci bi ama

---

尚且被尅，爾居此臺，意欲何為？爾意不過欲以此誘取敵人，孰肯以好人攻戰迎合爾意？中爾計耶？乃何故曰：『得我確實收養爾一言我方下來。』豈戰不能勝爾而許以的實之言[82]歟？我已前來，爾若下來，

尚且被克，尔居此台，意欲何为？尔意不过欲以此诱取敌人，孰肯以好人攻战迎合尔意？中尔计耶？乃何故曰：『得我确实收养尔一言我方下来。』岂战不能胜尔而许以的实之言欤？我已前来，尔若下来，

---

[82] 的實之言，《滿文原檔》寫作"akton（k 陰性） kison"，《滿文老檔》讀作"akdun（k 陽性）gisun"，意即「信實之言」。

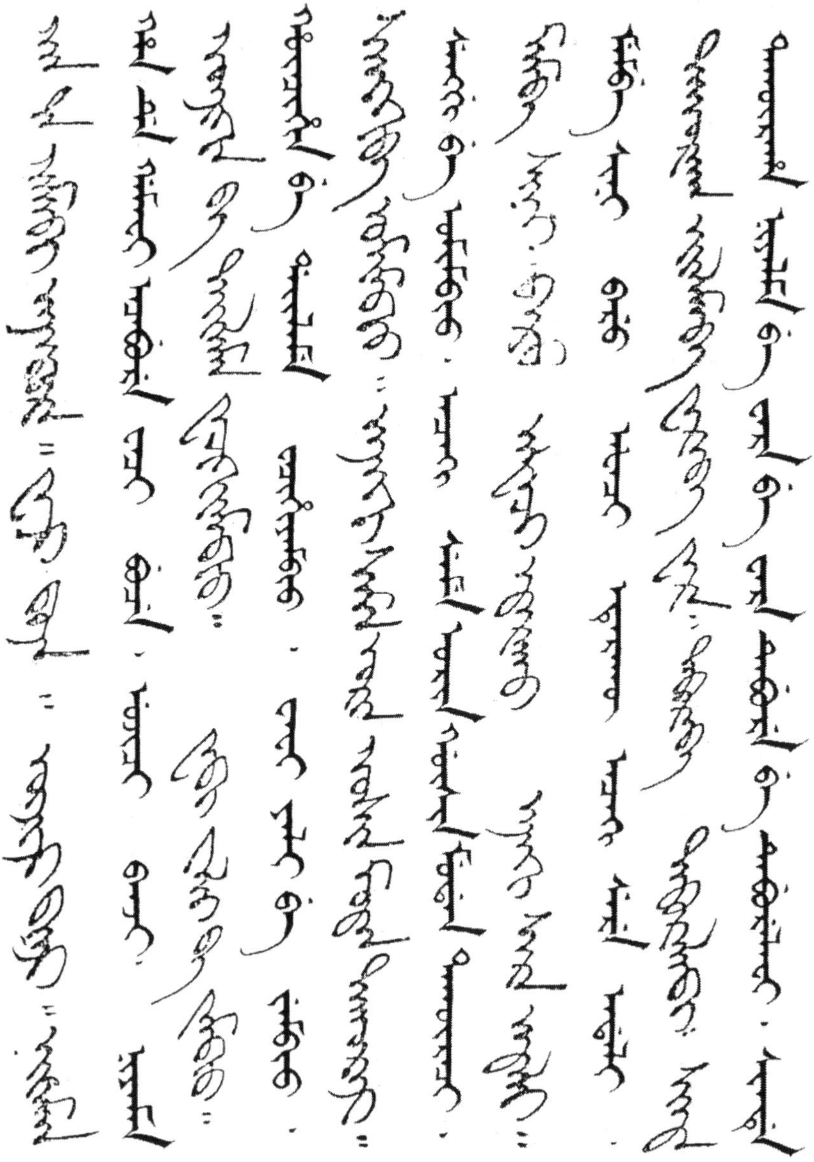

han de gamafi acabure, waci buce, ujici banji. niyaman hūncihin be dailame wacihiyambio. wafi yali be jembio. senggibe omimbio. acaki seme orin gūsin mudan takūraci, membe sini baru afaci eterakū acaki sere adali, takūraha niyalmabe warabe wara, teburebe teburelafi, sinde

我即帶爾往見我父汗，殺之則死，養之則生。征伐親戚[83]豈能盡行屠戮耶？豈殺之食肉耶？飲血耶？我遣人二、三十次欲相和好，似乎以我與爾爭戰不能取勝而欲求和好，乃將所遣之人殺者殺，羈者羈，

我即带尔往见我父汗，杀之则死，养之则生。征伐亲戚岂能尽行屠戮耶？岂杀之食肉耶？饮血耶？我遣人二、三十次欲相和好，似乎以我与尔争战不能取胜而欲求和好，乃将所遣之人杀者杀，羁者羁，

[83] 親戚，《滿文原檔》寫作"nijaman konjikin"，《滿文老檔》讀作"niyaman hūncihin"。按此為無圈點滿文"ja"與"ya"、"ko"與"hū"、"ji"與"ci"、"ki"與"hi"之混用現象。

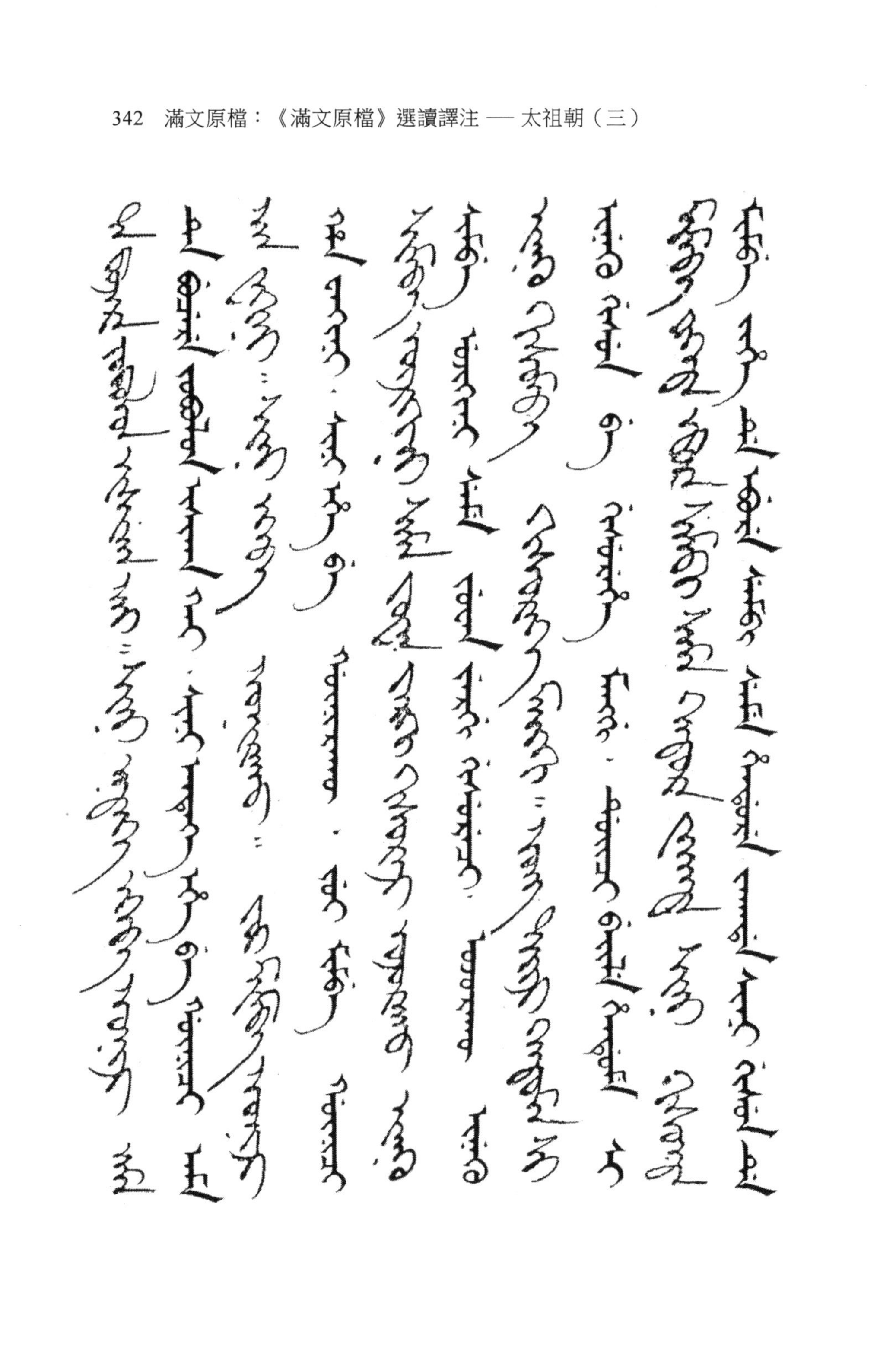

te bucere jobolon isika kai. sini enteke ehebe gūnici ama han wakini. sini ehebe gūnirakū, jui mimbe gūnici simbe ujikini seme juwan jergi gisureci, ojorakū ineku ineku gisumbe gisurehe manggi, hong taiji hendume si mimbe jihe de ebure sembi seme hendure jakade sini gisunde

---

以致如今喪身之禍[84]已至也。若念爾之此惡，則任父汗戮之；若不念爾之惡，念及爾子之我，則可養爾矣。」言者凡十次，仍執前言，反覆說前後相同之言而不從。洪台吉曰：「爾曾言我來即下，依爾言，

以致如今丧身之祸已至也。若念尔之此恶，则任父汗戮之；若不念尔之恶，念及尔子之我，则可养尔矣。」言者凡十次，仍执前言，反复说前后相同之言而不从。洪台吉曰：「尔曾言我来即下，依尔言，

---

84 喪身之禍，句中「禍」，《滿文原檔》、《滿文老檔》俱讀作“jobolon”，係蒙文“jobalang”借詞，意即「禍害」。

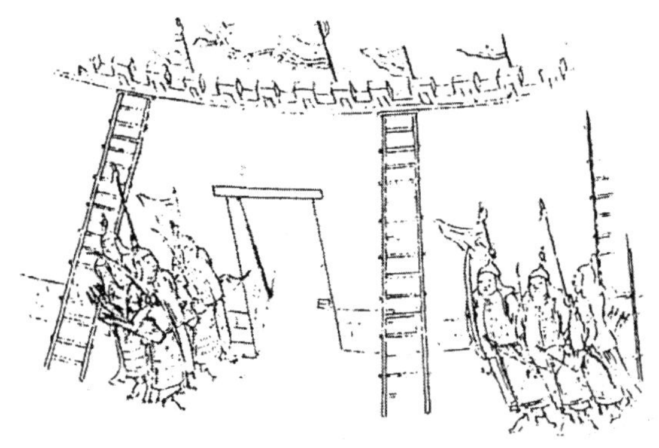

二十一、射鮑頭箭

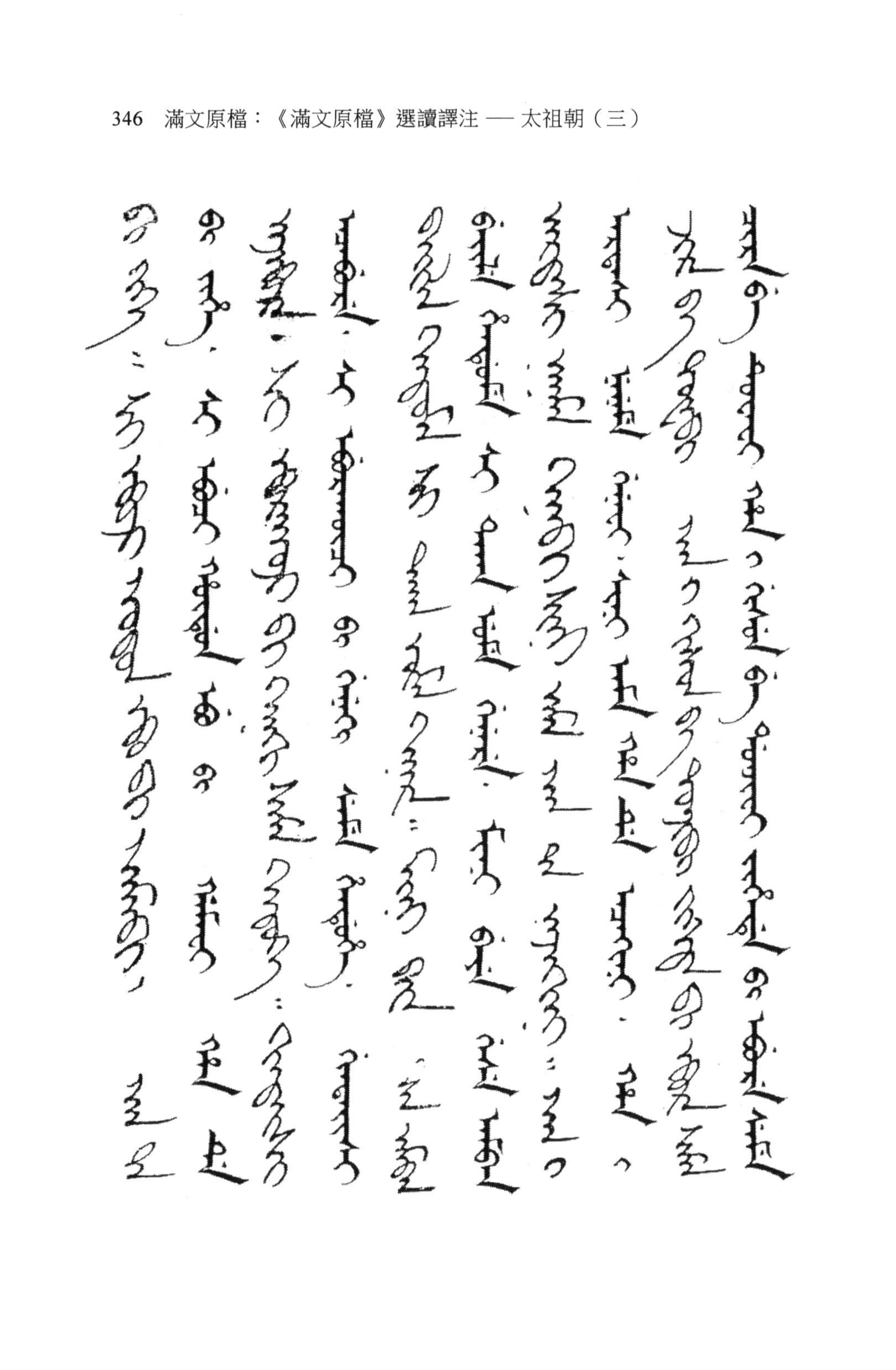

bi jihe, si ebuci hūdun ebu bi gamafi han de acabure, si eburakūci bi geneki seme henduhe. gintaisi beile hendume si taka ume genere, mini beye gese amban artasi neneme genefi, sini ama han de acakini, han i cira be tuwafi han i gisun be donjifi jihede bi ebure seme

---

我已前來，爾若下則速下，我帶爾見汗，爾若不下，則我去矣。錦台什貝勒曰：「爾暫勿去，先遣我親信大臣阿爾塔石去見爾父汗，見汗之面，聆聽汗之言返回時，我即下。」

我已前来，尔若下则速下，我带尔见汗，尔若不下，则我去矣。锦台什贝勒曰：「尔暂勿去，先遣我亲信大臣阿尔塔石去见尔父汗，见汗之面，聆听汗之言返回时，我即下。」

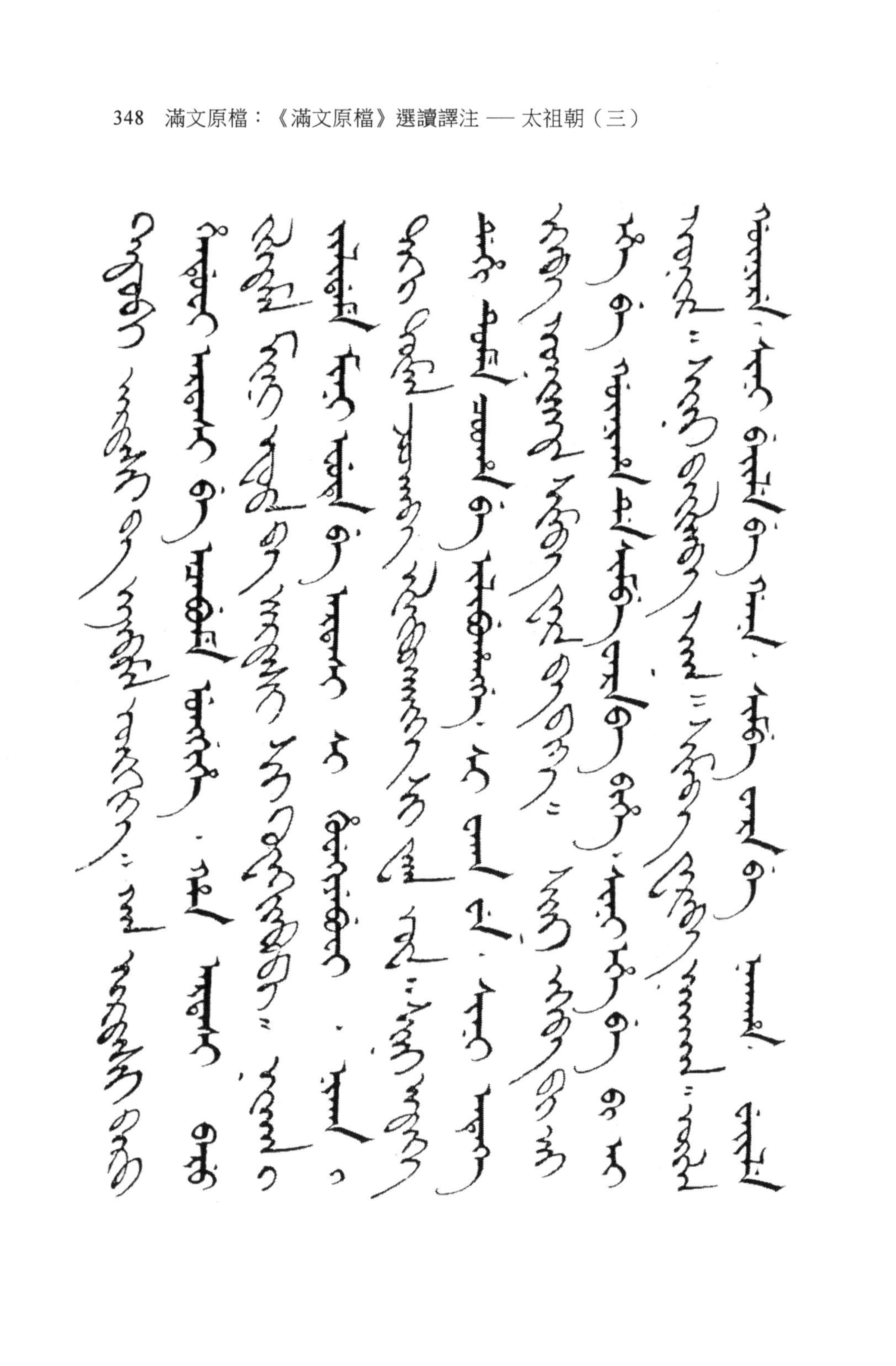

hendufi artasi be acabume unggihe. han, artasi baru jilidame mini efute be, artasi si huwekiyebufi, nikan i dehi tumen coohabe ilibuhangge, si waka we. sini enteke ehebe gūnihade simbe wara ba bihe. sini ehebe bi ai gūnire, sini beilebe gana, simbe wara be nakaha, weile

---

遂遣阿爾塔石往見。汗對阿爾塔石發怒曰：「爾阿爾塔石唆使我諸額駙，使明興兵四十萬前來，非爾而誰耶？念爾此惡，殺之宜也。我不念爾之惡，着帶爾貝勒前來，則不殺爾。」

遂遣阿尔塔石往见。汗对阿尔塔石发怒曰：「尔阿尔塔石唆使我诸额驸，使明兴兵四十万前来，非尔而谁耶？念尔此恶，杀之宜也。我不念尔之恶，着带尔贝勒前来，则不杀尔。」

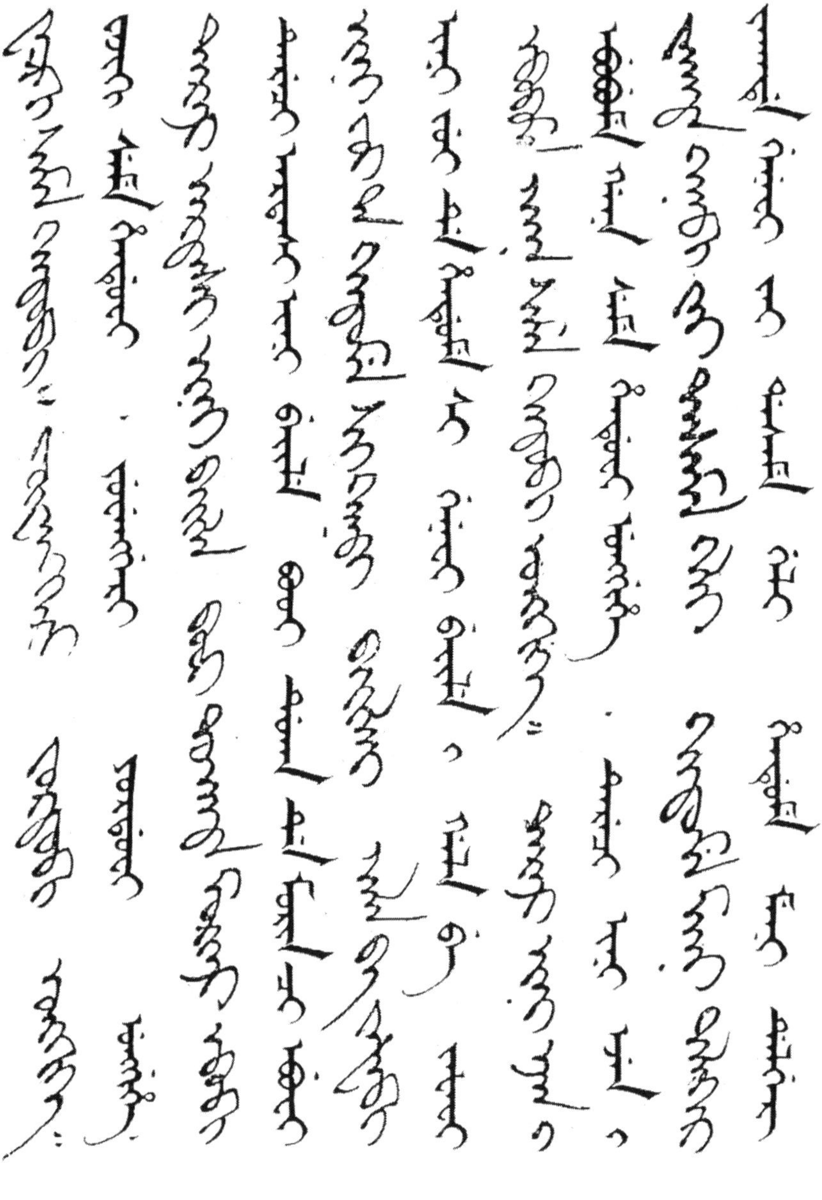

wajiki seme hendufi, juwenggeri yordofi unggihe. tereci artasi ini beile booi dukade morinci ebufi ini jui de hendume si genefi beilei gala be jafafi ebubume gana seme hendufi unggihe. tereci ini ejen i jakade genefi jai dasame geli hendume, meni delger

---

言畢，射髏頭箭二次後遣歸。於是阿爾塔石至其貝勒家門口下馬，謂其子曰：「爾執貝勒之手使其下來。」言畢遣往，於是前往其主跟前，錦台什又曰：

言毕，射髅头箭二次后遣归。于是阿尔塔石至其贝勒家门口下马，谓其子曰：「尔执贝勒之手使其下来。」言毕遣往，于是前往其主跟前，锦台什又曰：

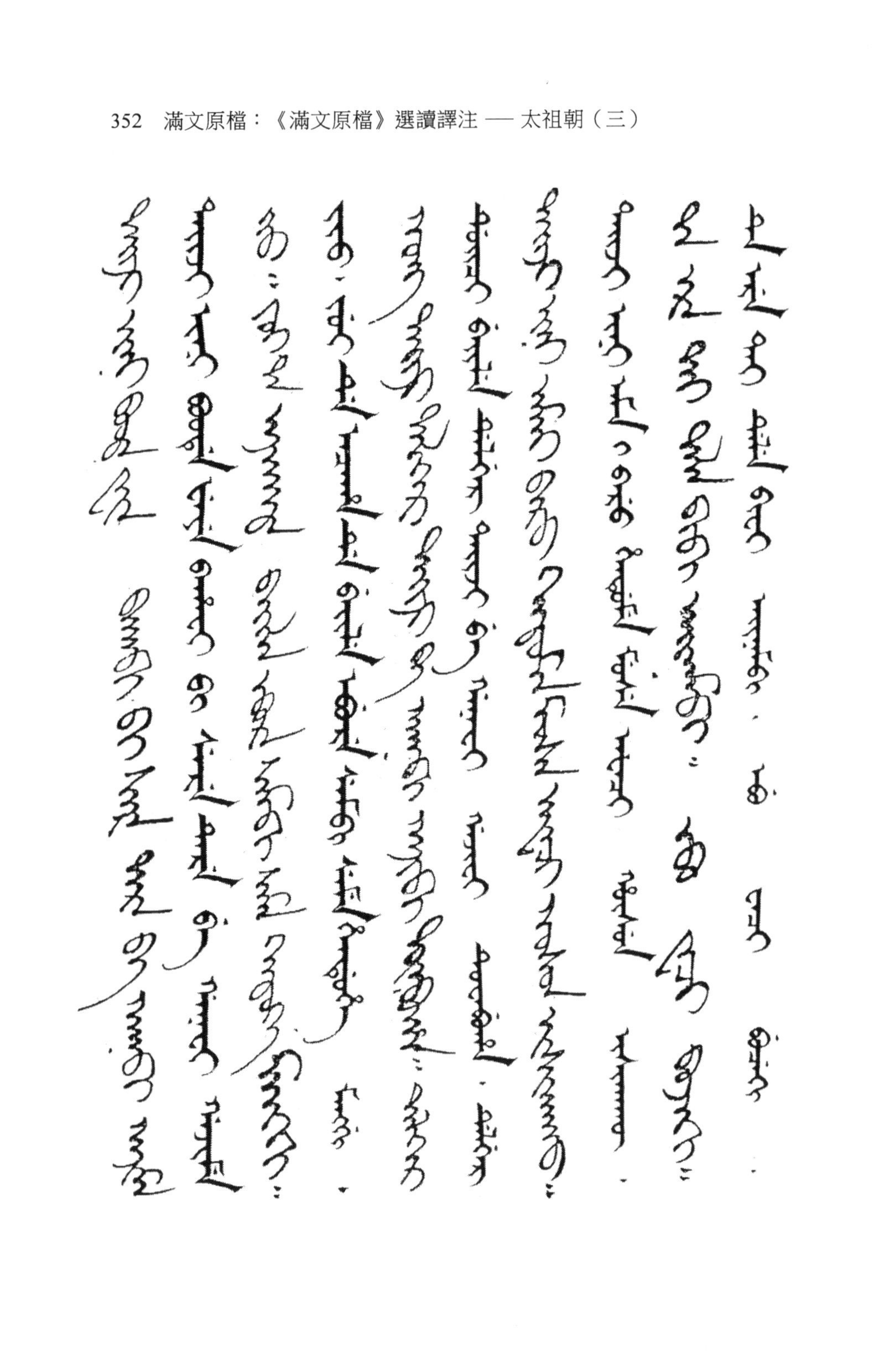

taiji ini boode feye bahafi bi sere tere be ganafi gajime jio, jui de, acahade, beile ebure sembi seme henduhe manggi. hong taiji delger taiji be ganafi gajifi tuwabuha, delger taiji ini amai baru hendume muse afaci hūsun isikakū, te ere tai dele bifi ainambi. ebu waci buceki,

---

「聞我子德爾格勒被傷在其家，前往帶他來，與子相見，貝勒即下。」洪台吉召德爾格勒台吉前來，與之相見。德爾格勒台吉謂其父曰：「我等若戰則力不足，如今居此臺上，更欲何為？盍下，若殺則死，

「闻我子德尔格勒被伤在其家，前往带他来，与子相见，贝勒即下。」洪台吉召德尔格勒台吉前来，与之相见。德尔格勒台吉谓其父曰：「我等若战则力不足，如今居此台上，更欲何为？盍下，若杀则死，

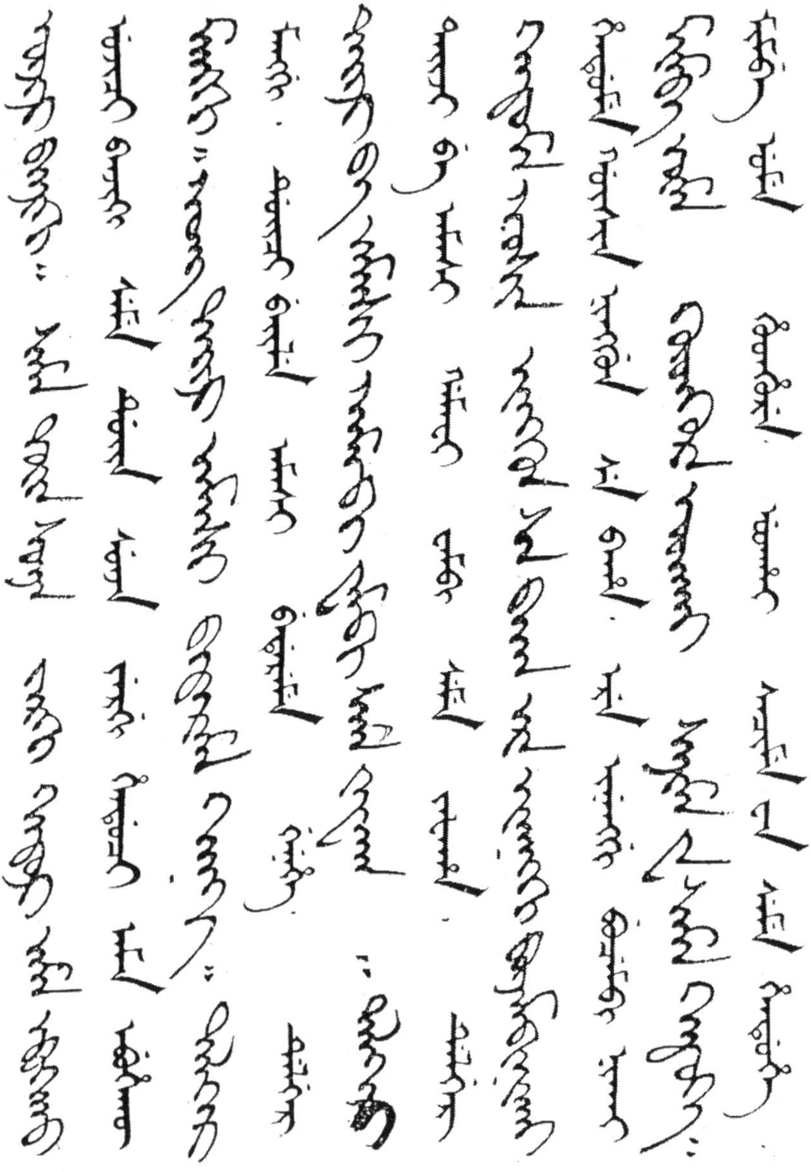

ujici banjiki seme duin sunja jergi henduci ama ebuhekū manggi, hong taiji amasi bedereme genehe, delger taiji be amasi gamafi wambi seme jafaha. delger hendume gūsin ninggun se baha, ere inenggi bucembinikai, mimbe ume huthure uthai sacime wa seme henduhe.

養則生。」反覆言之四、五次，其父竟未下。洪台吉遂返回，執德爾格勒台吉返回，欲殺之。德爾格勒曰：「享年三十六歲，今日將死，毋庸縛我，可即斬殺。」

养则生。」反复言之四、五次，其父竟未下。洪台吉遂返回，执德尔格勒台吉返回，欲杀之。德尔格勒曰：「享年三十六岁，今日将死，毋庸缚我，可即斩杀。」

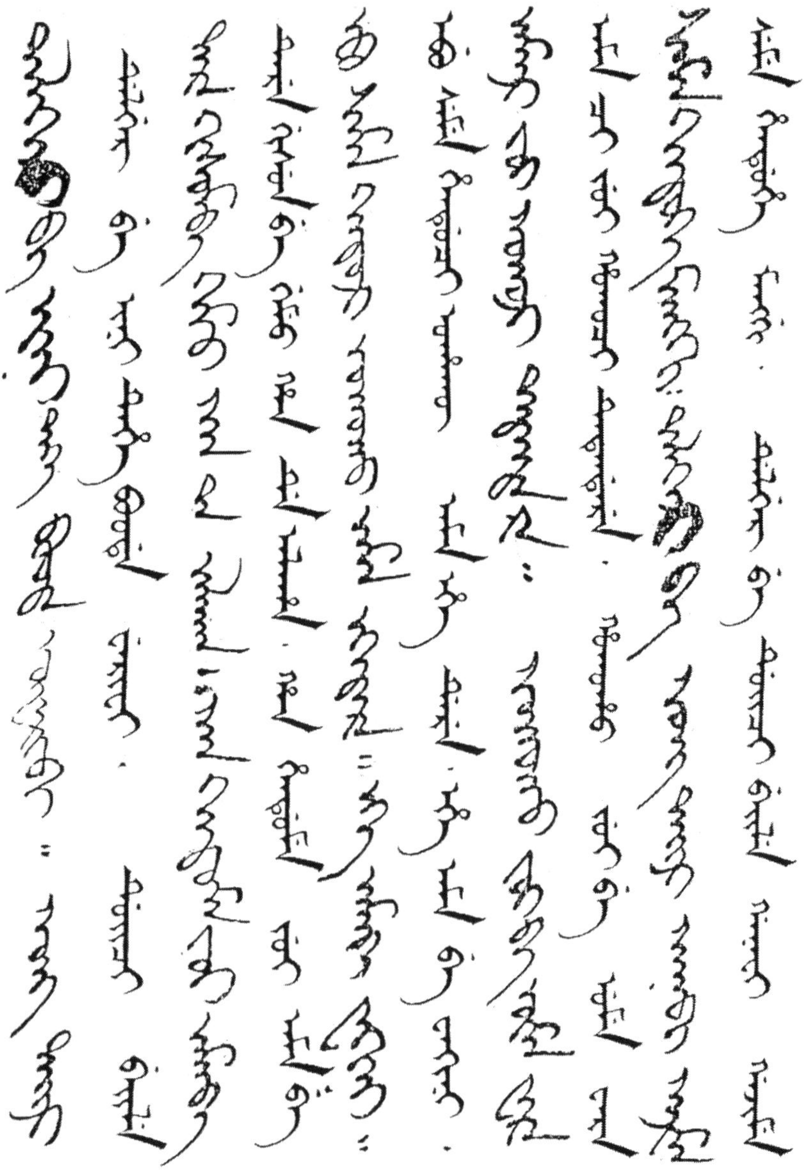

delger be ini tehe boode werifi, hong taiji tere gisumbe gemu han de alaha. han hendume jui amabe ebu seme henduci ohakū ama ehedere, ehe amabe wakini. amaci jui hokoci tetendere, hokoho jui be ume wara seme henduhe manggi, delger be, hong taiji ganafi gajime

---

遂留德爾格勒於其家。洪台吉將其言皆報汗以聞。汗曰：「子招父下而不從，是父之罪也，當誅有罪之父。子既叛父，勿殺叛子。」言畢，洪台吉引德爾格勒

遂留德尔格勒于其家。洪台吉将其言皆报汗以闻。汗曰：「子招父下而不从，是父之罪也，当诛有罪之父。子既叛父，勿杀叛子。」言毕，洪台吉引德尔格勒

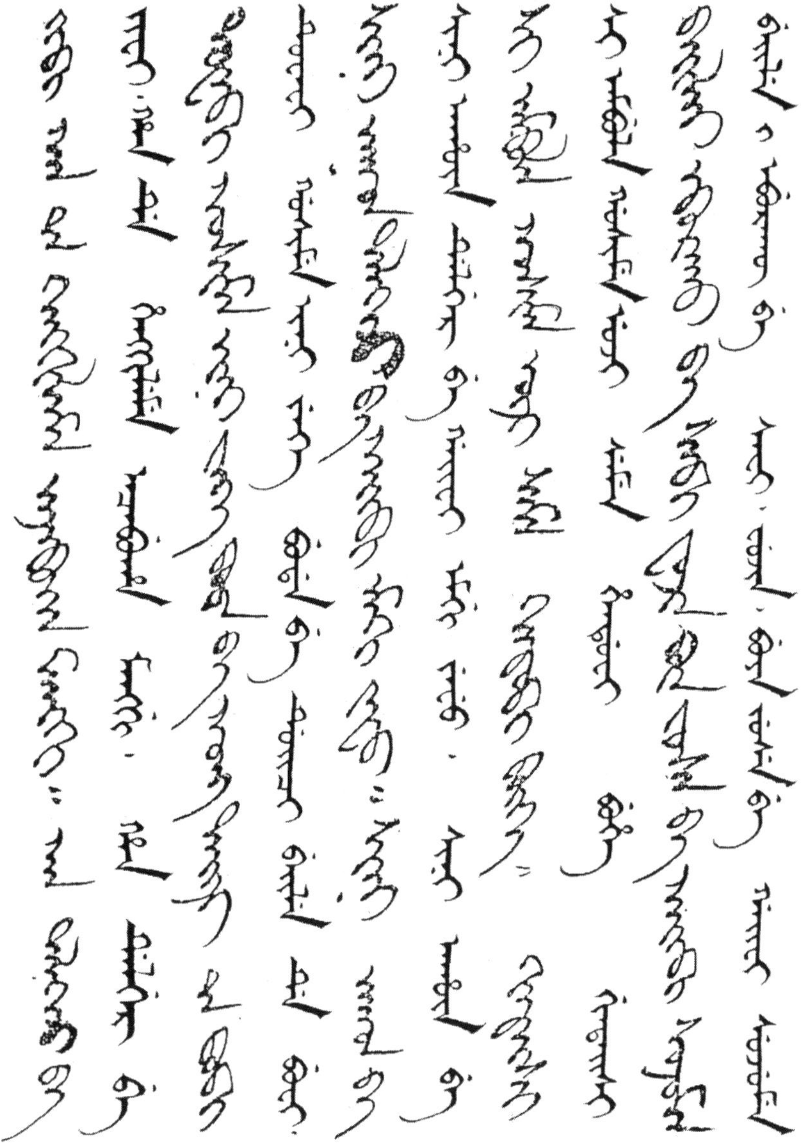

jifi, han de hengkileme acabuha manggi, han, delger be tuwafi gosime ini jeke buda be hong taiji de bufi, sini ahūn delger be gaifi emgi jefu, sini ahūn be si ambula gosime uji seme hendufi buhe. gintaisi beilei eburakū be safi, fujin, buya juse be gaifi sujume

---

來叩見汗。汗見德爾格勒而憐愛之，將其所食之飯[85]，給予洪台吉曰：「領爾兄德爾格勒同食，爾當多加眷愛恤養爾兄。」福晉見錦台什不下，遂攜諸稚子

来叩见汗。汗见德尔格勒而怜爱之，将其所食之饭，给予洪台吉曰：「领尔兄德尔格勒同食，尔当多加眷爱恤养尔兄。」福晋见锦台什不下，遂携諸稚子

---

[85] 所食之飯，句中「飯」，《滿文原檔》寫作“bota”，《滿文老檔》讀作“buda”，係蒙文“budaɣ-a”借詞，意即「米飯」。

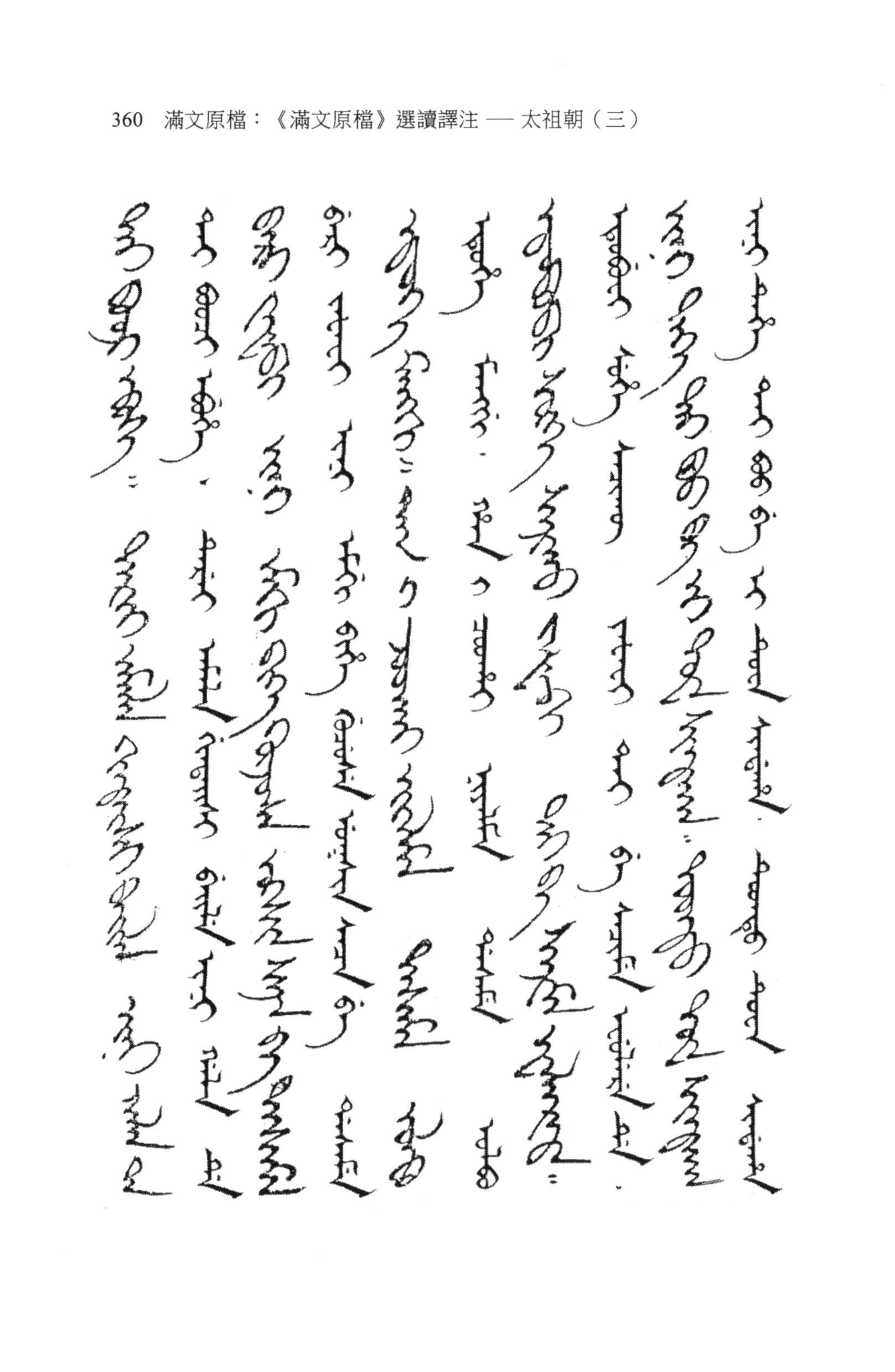

tai booci ebuhe. terei amala gintaisi beile ini gala de beri jafafi ini emgi bihe gucuse uksin saca be dasame etuhe manggi, han i coohai niyalma dasame olbo etubufi suhe sacikū jafafi tai be sacime efulerede, ini tehe tai boo be i tuwa sindaha, tuttu tuwa sindaha

---

自臺上房舍奔跑下來。其後，錦台什手執弓箭與同在之僚友重整甲胄應戰，汗之軍士即披綿甲，手持斧鑭將臺砍燬，錦台什縱火焚其所居臺上房舍，

自台上房舍奔跑下来。其后，锦台什手执弓箭与同在之僚友重整甲胄应战，汗之军士即披绵甲，手持斧镢将台砍毁，锦台什纵火焚其所居台上房舍，

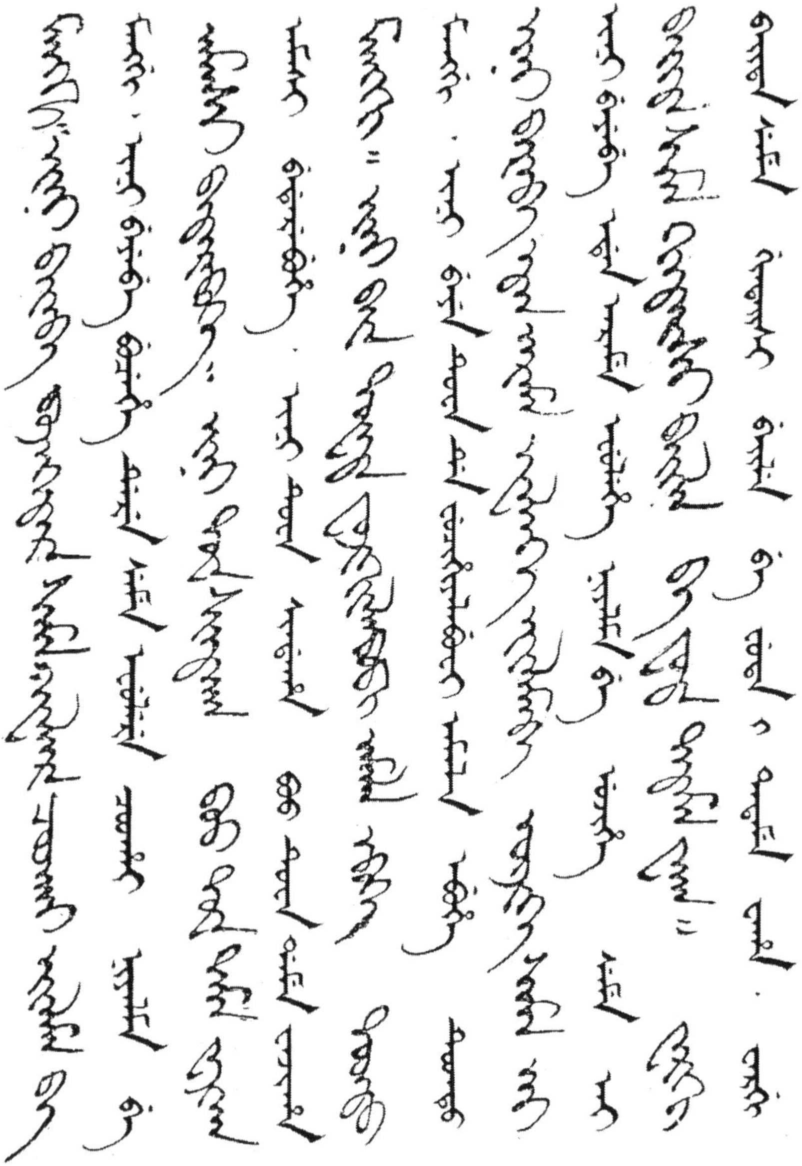

manggi, ini beyebe bucehedere seme efulere coohai niyalma be amasi bederebuhe. ini tuwa sindaha boo tuwa dame wajiha manggi, ini beye tuwade fucihiyalabufi amala ebuhe tuttu ini beyebe eden arame efulehe niyalma be ujihe seme ai baita seme gintaisi beile be futa i tatame waha. wargi

見其縱火後，疑其已焚死，遂將燬臺軍士撤回。其縱火房舍盡行焚燒，其身被火所燎後下來，如此自殘其身，殘廢之人養之何益？遂將錦台什貝勒以繩絞殺之。

见其纵火后，疑其已焚死，遂将毁台军士撤回。其纵火房舍尽行焚烧，其身被火所燎后下来，如此自残其身，残废之人养之何益？遂将锦台什贝勒以绳绞杀之。

二十二、金杯賜酒

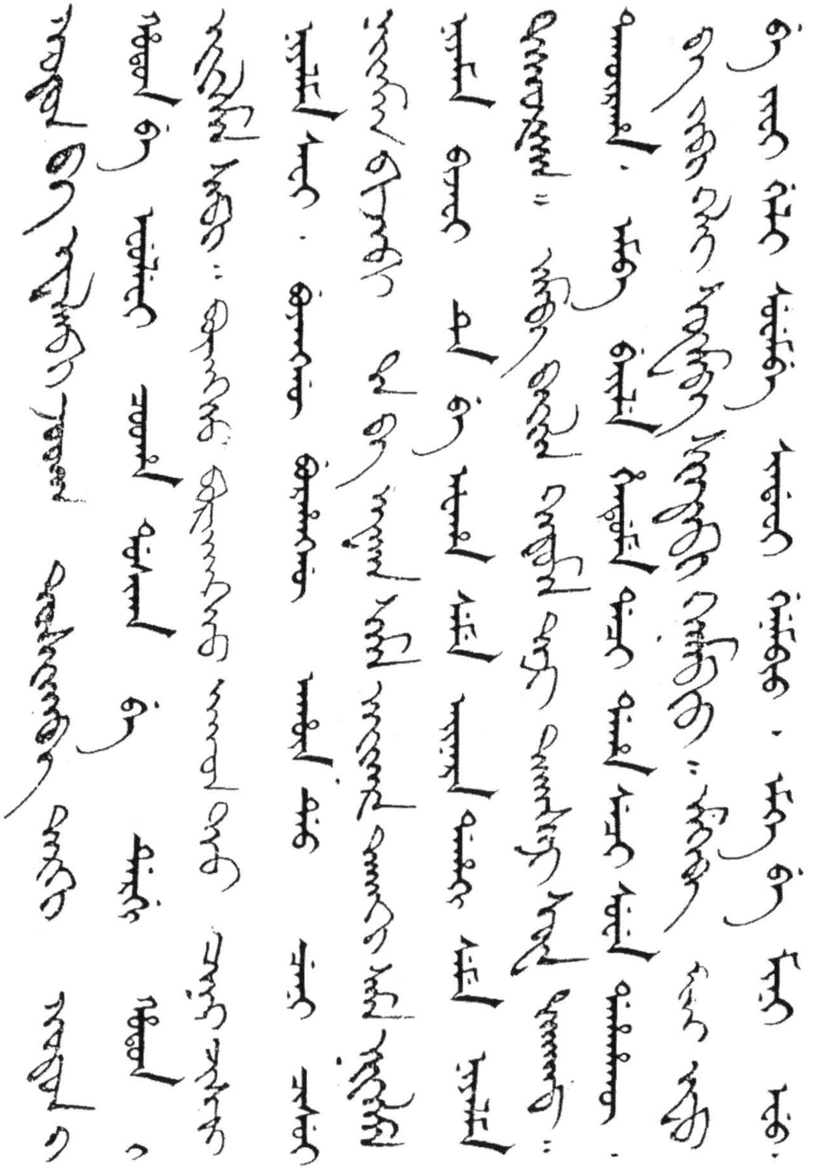

hoton be efulefi cooha dosikabe dergi hoton i niyalma safi, buyanggū burhanggū ahūn deo ceni cisui niyaman bijafi te be afaha seme ainara dahaki seme niyalma takūraha. amba beile hendume daci dahaseci suwe dahahakū, be jifi geli suwembe sindafi genembio. emke be mini efu,

---

東城之人知我兵已攻破西城而入，布揚吉、布爾杭古兄弟驚懼[86]。遂遣人曰：「如今我等雖戰，亦無如之何？願降。」大貝勒曰：「初令降，而爾等不從，我等既來，豈肯又放爾等而去乎？爾等一為我姐夫，

东城之人知我兵已攻破西城而入，布扬吉、布尔杭古兄弟惊惧。遂遣人曰：「如今我等虽战，亦无如之何？愿降。」大贝勒曰：「初令降，而尔等不从，我等既来，岂肯又放尔等而去乎？尔等一为我姐夫，

---

[86] 驚懼，《滿文原檔》寫作“nijaman bijabi”，《滿文老檔》讀作“niyaman bijafi”，意即「身心頓挫」。

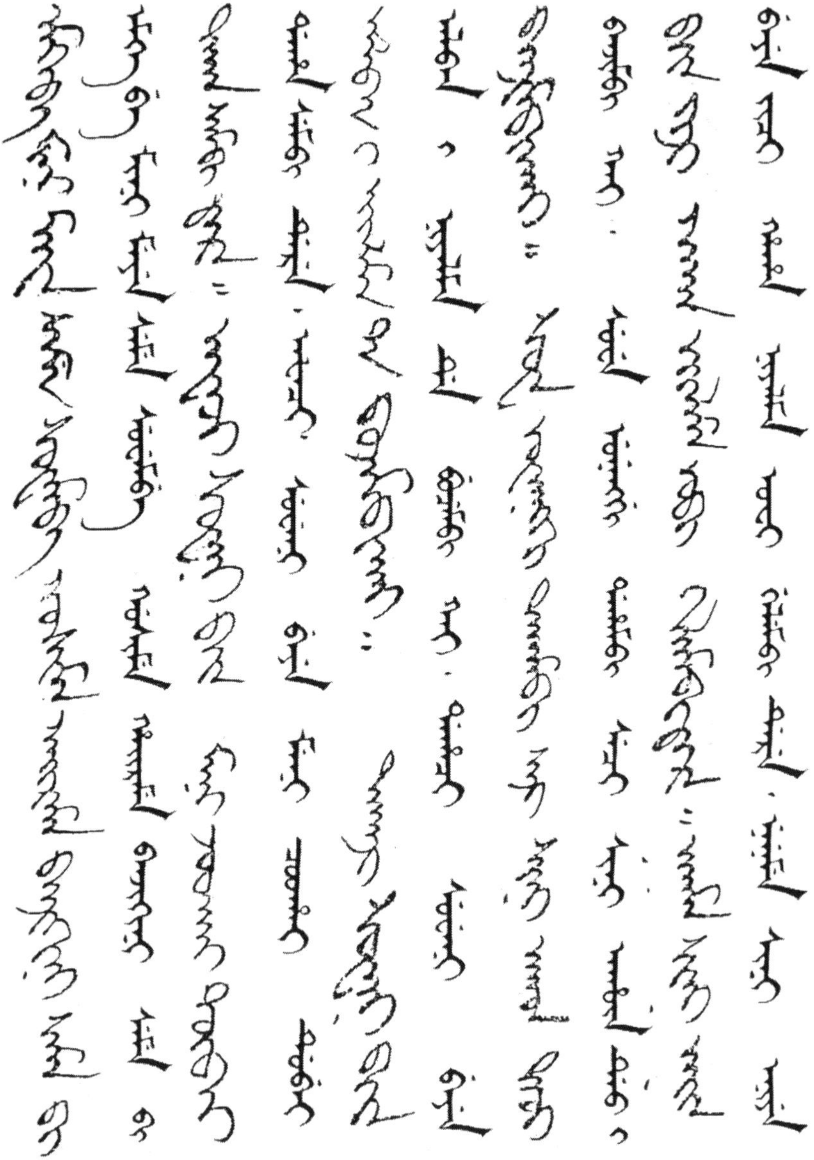

emkebe mini meye seme suwembe gosime hairame banjikini seme bi daha sembi dere. afaci, suweni beye meni coohai dubei alban i niyalma de bucembikai, dahaci, suweni beye banjimbikai. suwe unenggi dahambi seci sini ahūn deoi beye jici haha niyalma ofi gelembidere, neneme sini eniye

---

一為我妹夫，我招撫之意，不過眷愛爾等，俾爾得生也。戰則爾等之身不過死於我小卒之手，降則爾等之身得生也。爾等果願降，爾兄弟親自來，或因男子之故，懼而不來，

一为我妹夫，我招抚之意，不过眷爱尔等，俾尔得生也。战则尔等之身不过死于我小卒之手，降则尔等之身得生也。尔等果愿降，尔兄弟亲自来，或因男子之故，惧而不来，

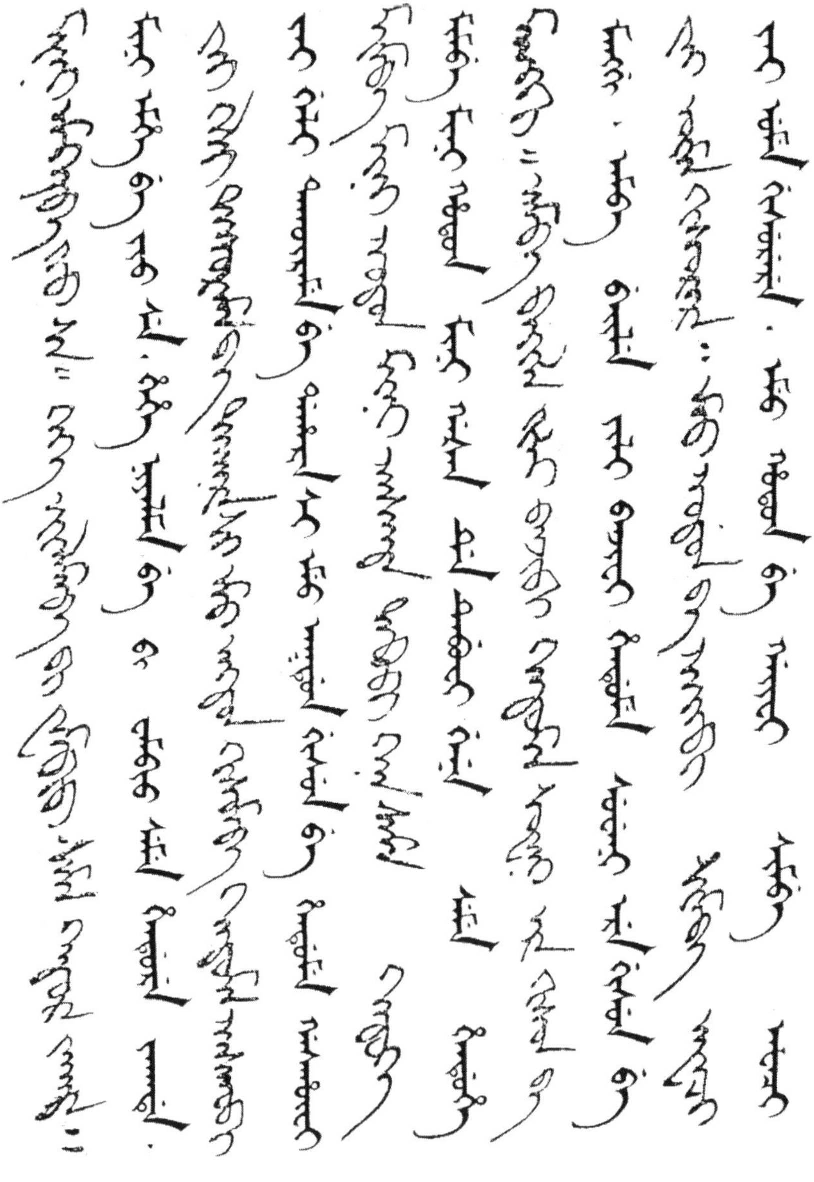

mini emhebe jio se, hehe niyalmabe bi wambio seme hendure jakade. jai geli takūrame be dahara si emu akdun gisumbe hendume gashūfi, mimbe mini hoton mini gašande tebufi gene seme henduhe manggi, amba beile jili banjifi hendume suweni ere gisun be jai ume gisurere, emu hoton be gaifi simbe afaci

---

可令爾母即我岳母先來，我豈有殺婦人之理耶？」彼又遣人來曰：「我等願降，爾可出一的實誓言，准我仍居我城我村寨。」大貝勒發怒曰：「爾等勿再出此言，既克一城，

可令尔母即我岳母先来，我岂有杀妇人之理耶？」彼又遣人来曰：「我等愿降，尔可出一的实誓言，准我仍居我城我村寨」。大贝勒发怒曰：「尔等勿再出此言，既克一城，

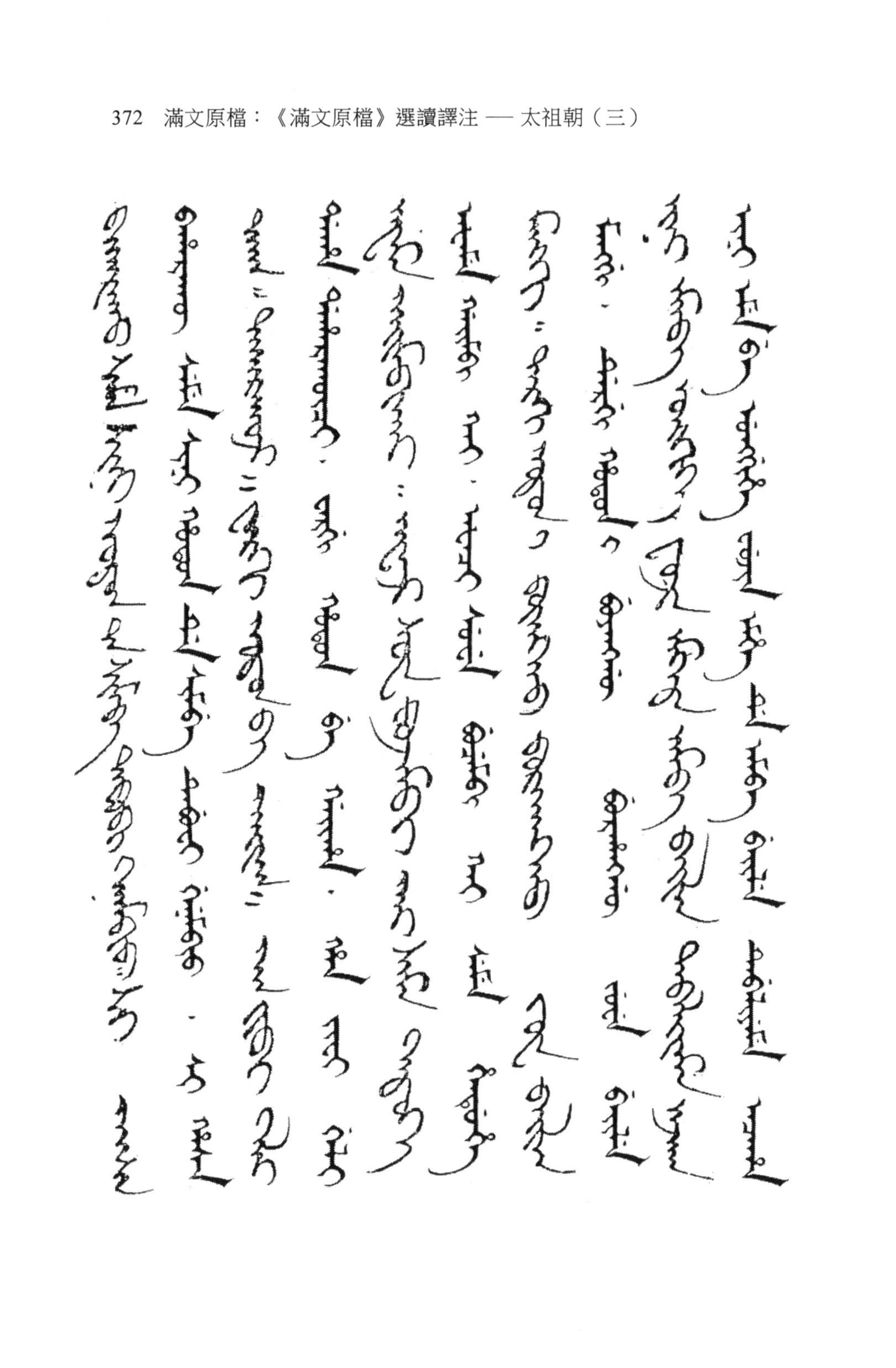

baharakū seme sini hoton de simbe tebufi genembio. si hasa daha, daharakūci, wargi hoton be gaiha, han jifi geli afame gaimbikai afaci suwe bucembi kai seme henduhe manggi, dergi hoton i buyanggū burhanggū juwe beile ini emebe unggihe fujin emhede amba beile tebeliyeme acaha.

豈因戰而不能勝聽爾仍居爾城而去耶？爾速降則已，倘若不降，西城已破，汗至又將攻取也。一經攻戰，則爾等必死也。」東城布揚古、布爾杭古二貝勒遣其母來，大貝勒抱見岳母福晉後，

岂因战而不能胜听尔仍居尔城而去耶？尔速降则已，倘若不降，西城已破，汗至又将攻取也。一经攻战，则尔等必死也。」东城布扬古、布尔杭古二贝勒遣其母来，大贝勒抱见岳母福晋后，

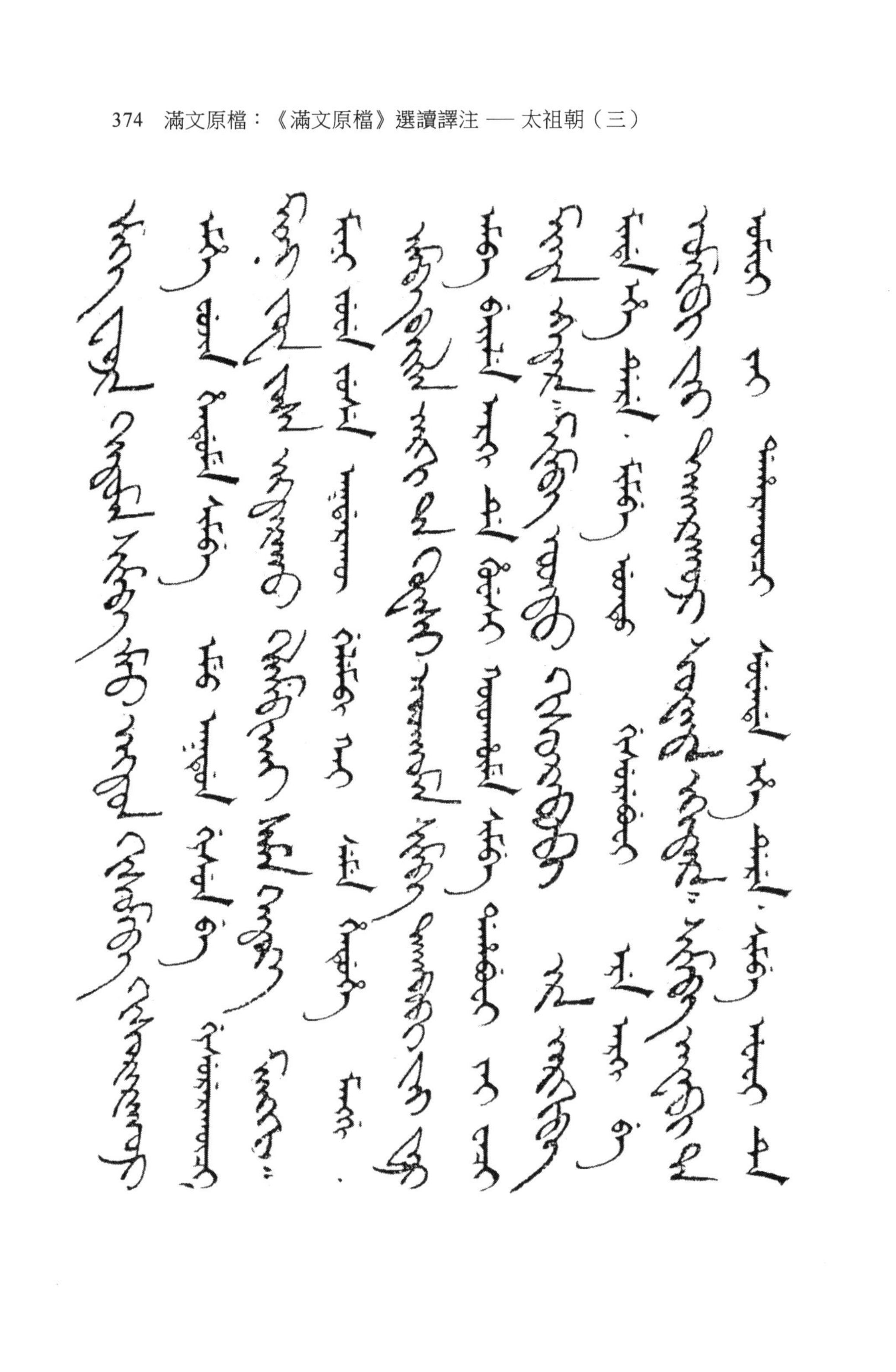

emhe fujin hendume, simbe emu akdun gisun be gisurerakūci, mini juwe juse akdarakū gelembi kai seme henduhe manggi, amba beile arki de huwesi kūthūme, simbe dahabufi jai waci minde ehe dere, mimbe uttu gisurebufi ere arki be omifi jai daharakūci, suwende ehe dere, simbe afafi te

---

岳母福晉曰：「爾若不說一句的實之言，我二子不信，故懼也。」大貝勒乃以刀劃酒而誓曰：「若殺爾於降後，殃及於我。言畢，飲此酒後，若不降，則殃及爾等，

岳母福晋曰：「尔若不说一句的实之言，我二子不信，故惧也。」大贝勒乃以刀划酒而誓曰：「若杀尔于降后，殃及于我。言毕，饮此酒后，若不降，则殃及尔等，

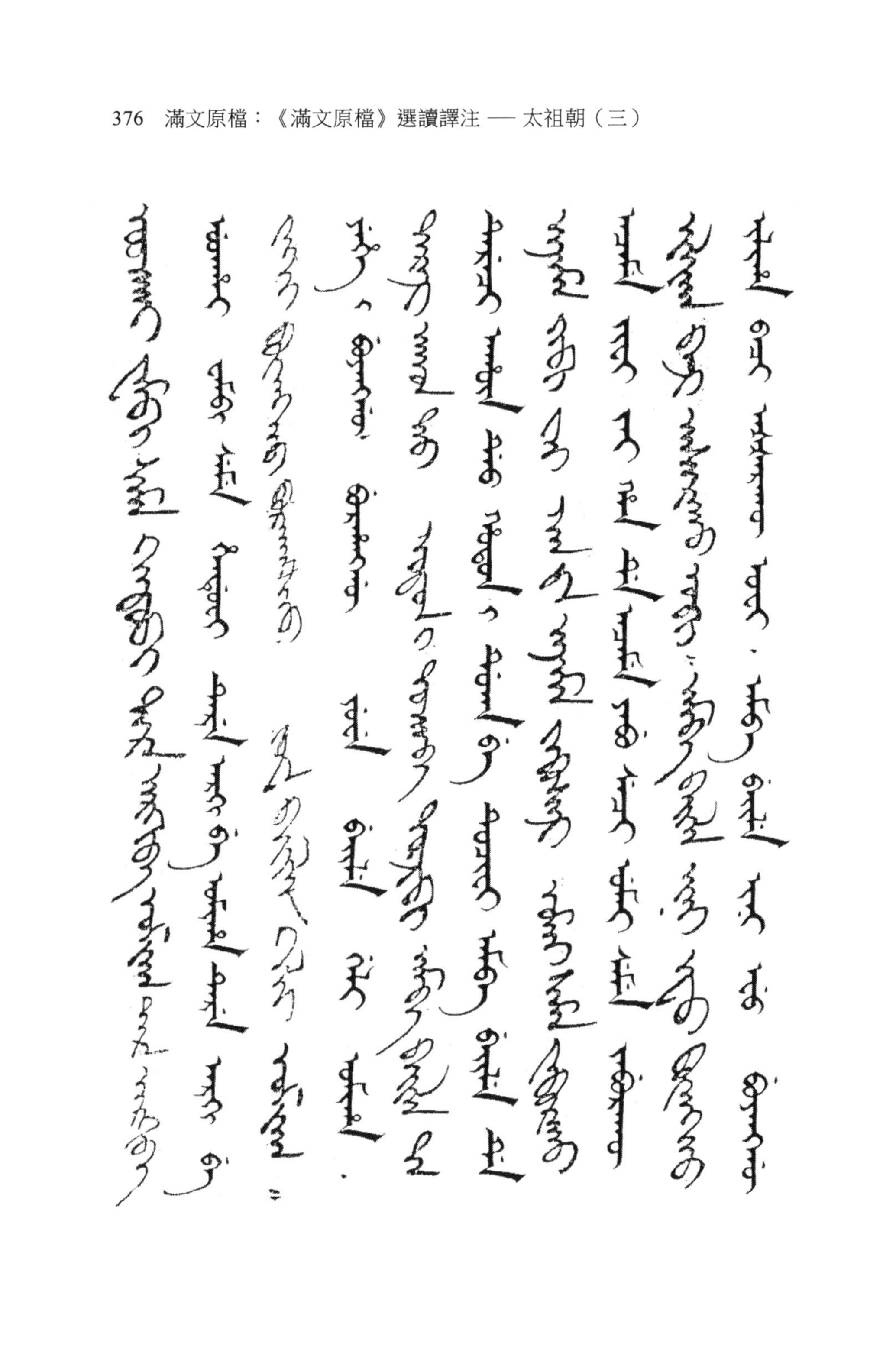

uthai wambi seme hendufi tere arki be omiha. tere arki be yehe i buyanggū, burhanggū juwe beile geli omiha. tereci ahūn deo hoton i dukabe tucifi amba beile de acame jifi jai han de acame yabuseci umai seme jaburakū iliha baci aššarakū ofi, amba beile ini efu buyanggū

如今一戰後即殺之。」遂飲其酒。葉赫布揚古、布爾杭古二貝勒又飲其酒。兄弟遂開城門出降，來見大貝勒，又令前去見汗。並不答話，而立於原處不動[87]。大貝勒挽其姐夫布揚古

如今一战后即杀之。」遂饮其酒。叶赫布扬古、布尔杭古二贝勒又饮其酒。兄弟遂开城门出降，来见大贝勒，又令前去见汗。并不答话，而立于原处不动。大贝勒挽其姐夫布扬古

---

[87] 不動，《滿文原檔》寫作“asarako”，《滿文老檔》讀作“aššarakū”。

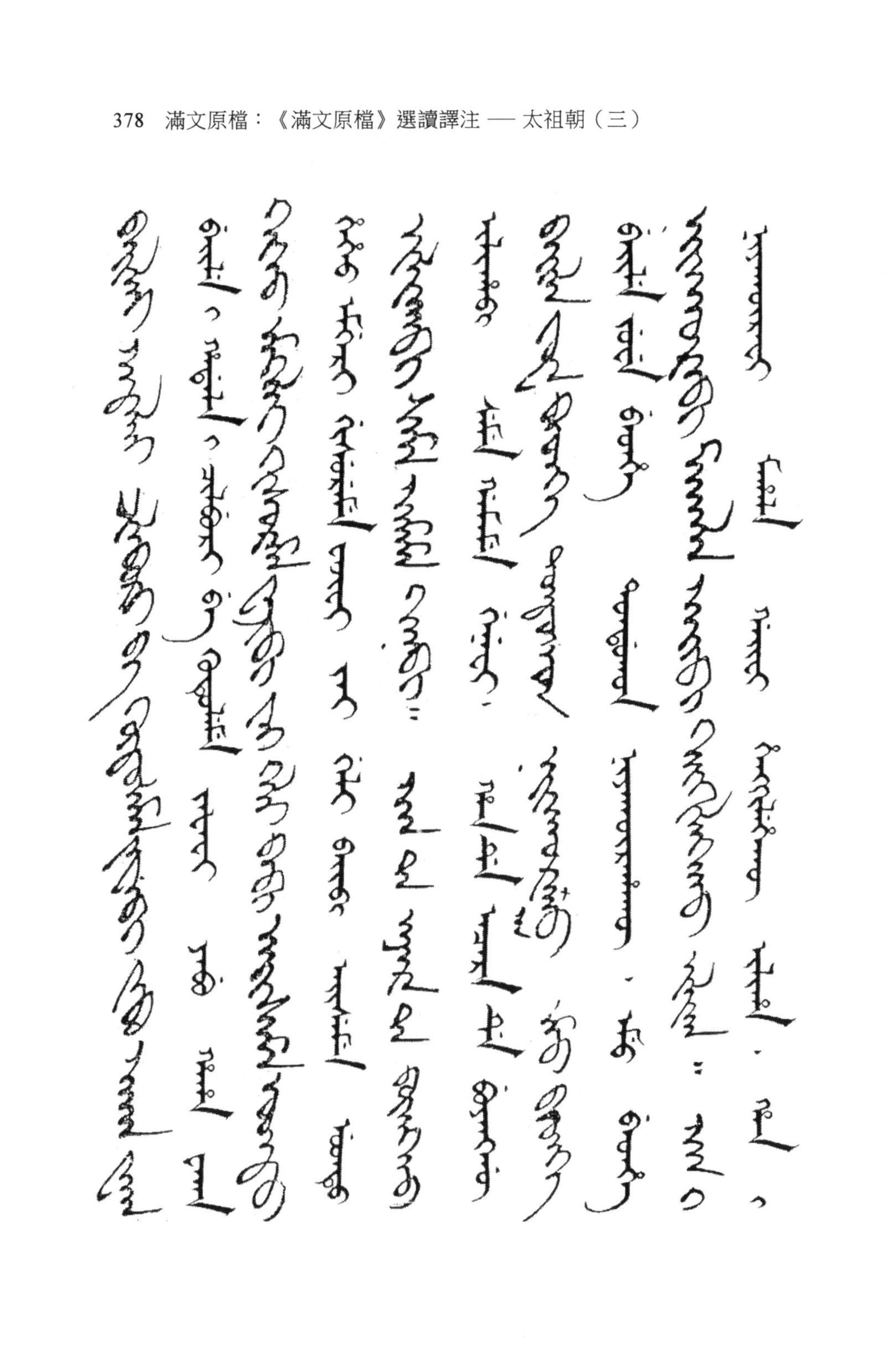

beilei hadalai cilburi be kutuleme jafafi yabu haha waka heheo. emgeli gisureme wajifi jai geli baibi aiseme uttu ilihabi seme gamame genefi, han de acara de buyanggū beile juwe bethe tondokon niyakūrahakū, emu bethe niyakūrafi mahala gaifi hengkilehekū iliha. han i

---

貝勒之轡繮曰：「走，非男子，乃婦流耶？一言既定，又立此更欲何為？」乃攜往見汗。布揚古貝勒兩膝未端正跪地，僅跪一膝，取帽為禮，不拜而起。汗

贝勒之辔缰曰：「走，非男子，乃妇流耶？一言既定，又立此更欲何为？」乃携往见汗。布扬古贝勒两膝未端正跪地，仅跪一膝，取帽为礼，不拜而起。汗

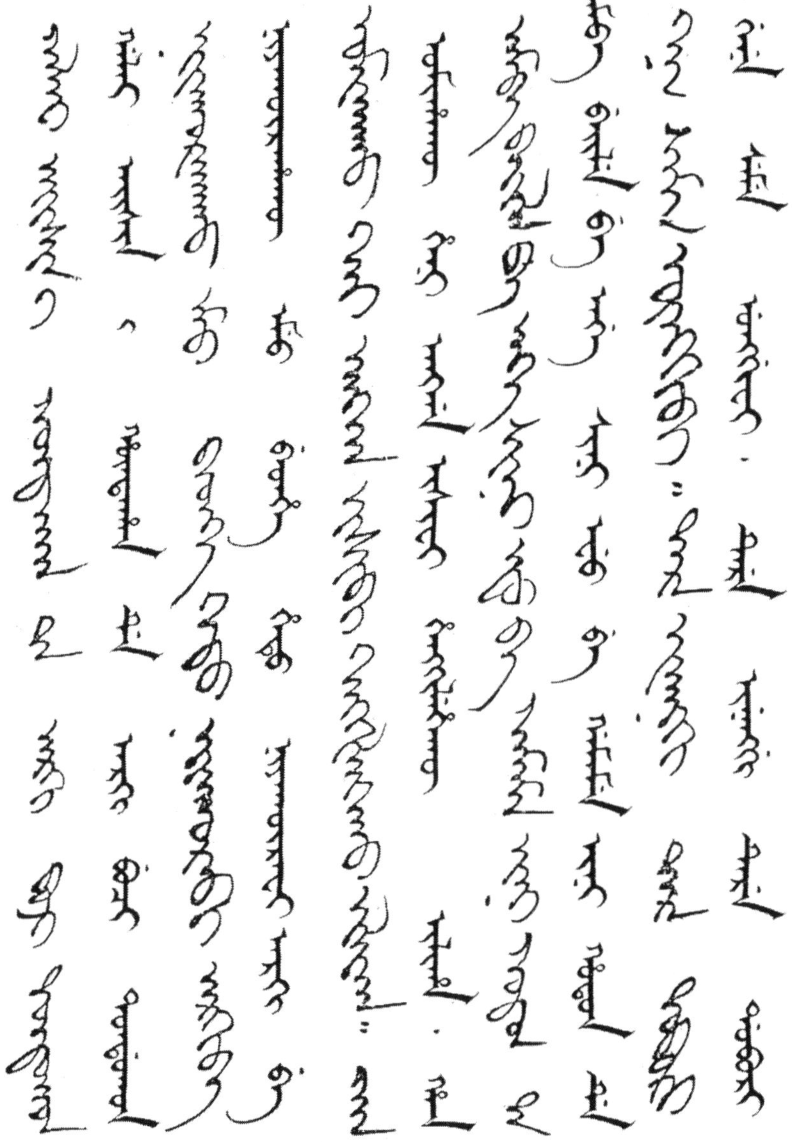

galai aisin i hūntahan de arki buci tondokon niyakūrahakū emu bethe hetu niyakūrafi arkibe omihakū heni angga isifi hengkilehekū iliha. han amba beile be age sini efu be gamame ini hoton de gene seme unggifi, tere inenggi tere dobori

---

親手以金杯[88]賜酒，不端正跪地，僅一膝橫跪，酒亦未飲，僅口沾些須而已，不拜而起。汗謂大貝勒曰：「阿哥，帶爾姐夫前往其城。」言畢，遣之。汗晝夜

亲手以金杯赐酒，不端正跪地，仅一膝横跪，酒亦未饮，仅口沾些须而已，不拜而起。汗谓大贝勒曰：「阿哥，带尔姐夫前往其城。」言毕，遣之。汗昼夜

---

[88] 金杯，句中「杯」，《滿文原檔》寫作"kontakan"，《滿文老檔》讀作"hūntahan"。按滿文"hūntahan"，係蒙文"qundaɣan"借詞，意即「酒杯」。

二十三、不念舊惡

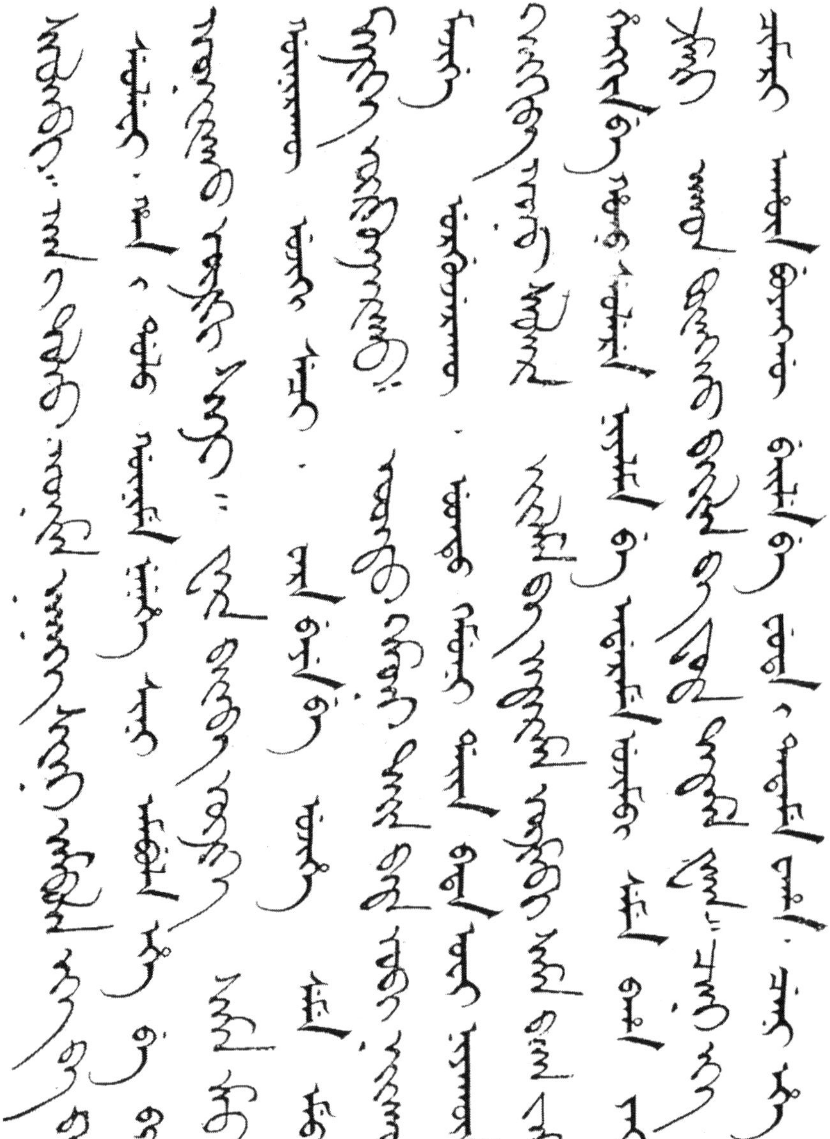

seolefi, han i dolo gūnime nenehe sini ambula ehe be bi gūnirakū ujiki seci, wara beyebe ujihe seme emu majige urgunjerakū, uttu kemuni dain bata ofi niyakūn hengkinbe hono seolere niyalma be adarame ujimbi seme baha. jai cimari ahūn buyanggū beile be futa i tatame waha, ceni ehe

---

默思，心中深念：「我既不念爾之舊惡，而欲養之，貸其應殺之身豢養之而無絲毫喜意，仍若征戰仇敵，於跪叩之間，尚且不肯之人，將如何養之。」遂於擒獲之次晨，將其兄布揚古貝勒以繩絞殺之。

默思，心中深念：「我既不念尔之旧恶，而欲养之，贷其应杀之身豢养之而无丝毫喜意，仍若征战仇敌，于跪叩之间，尚且不肯之人，将如何养之。」遂于擒获之次晨，将其兄布扬古贝勒以绳绞杀之。

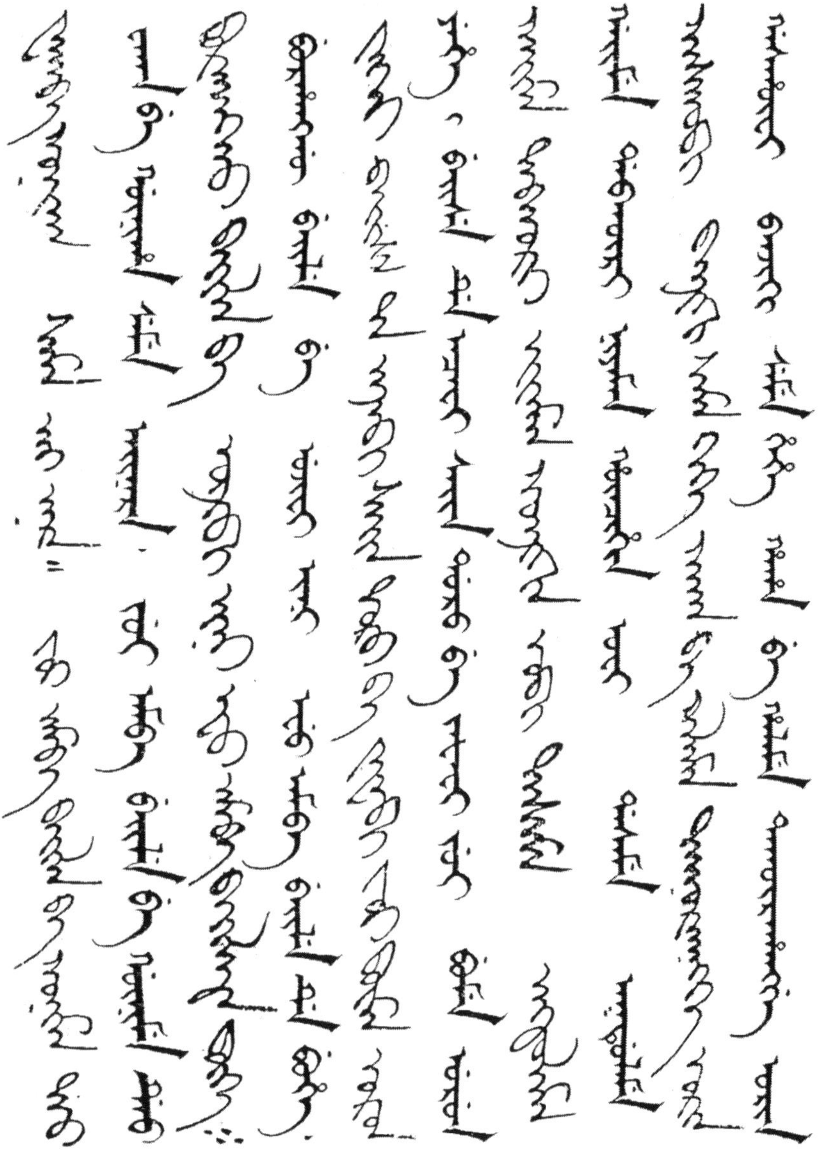

wakabe gūniha seme ai nara, jui amba beile be gūnime deo burhanggū beile be ujifi ini efu amba beilede buhe. yehei beise de acafi sain doro be jafafi jui bume urun gaime dabkūri niyaman hūncihin ofi dasame akdulame gashūfi banjiki seme hehe haha be halame takūrahangge orin

---

念其惡，咎之何益？但念及子大貝勒，將其弟布爾杭古貝勒收養之，交給其姐夫大貝勒。昔與葉赫諸貝勒議和修好，嫁女娶媳[89]，重重結為親戚，復立盟誓，互遣男女，

念其恶，咎之何益？但念及子大贝勒，将其弟布尔杭古贝勒收养之，交给其姐夫大贝勒。昔与叶赫诸贝勒议和修好，嫁女娶媳，重重结为亲戚，复立盟誓，互遣男女，

---

[89] 娶媳，句中「媳」，《滿文原檔》寫作“oron”，《滿文老檔》讀作“urun”，意即「媳婦」。

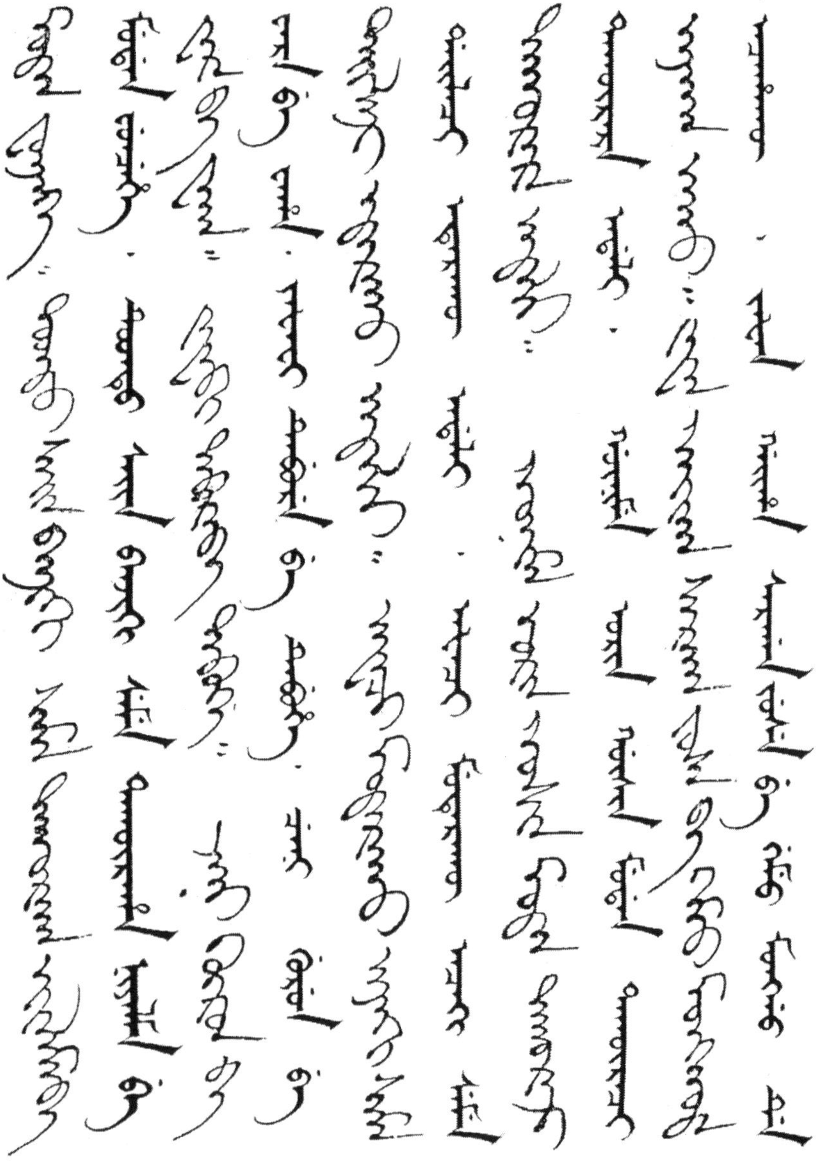

mudan funcehe. tuttu sain banjiki seme takūraha niyalmabe wara be waha, jafafi teburebe tebuhe, ceni gurun be dailaci eterakū adali, afaci muterakū acaki seme takūrara adali, gūnime orin gūsin mudan takūraci acahakū, jafan gaiha sargan juse be gemu monggode

---

二十餘次。然將我遣往通好之人，恣意殺戮拘留囚禁，似乎以為我征戰其國不能勝一樣，以為不能征戰而遣人通好，遣人二、三十次不肯通好，並將所聘之女皆改適蒙古。

二十余次。然将我遣往通好之人，恣意杀戮拘留囚禁，似乎以为我征战其国不能胜一样，以为不能征战而遣人通好，遣人二、三十次不肯通好，并将所聘之女皆改适蒙古。

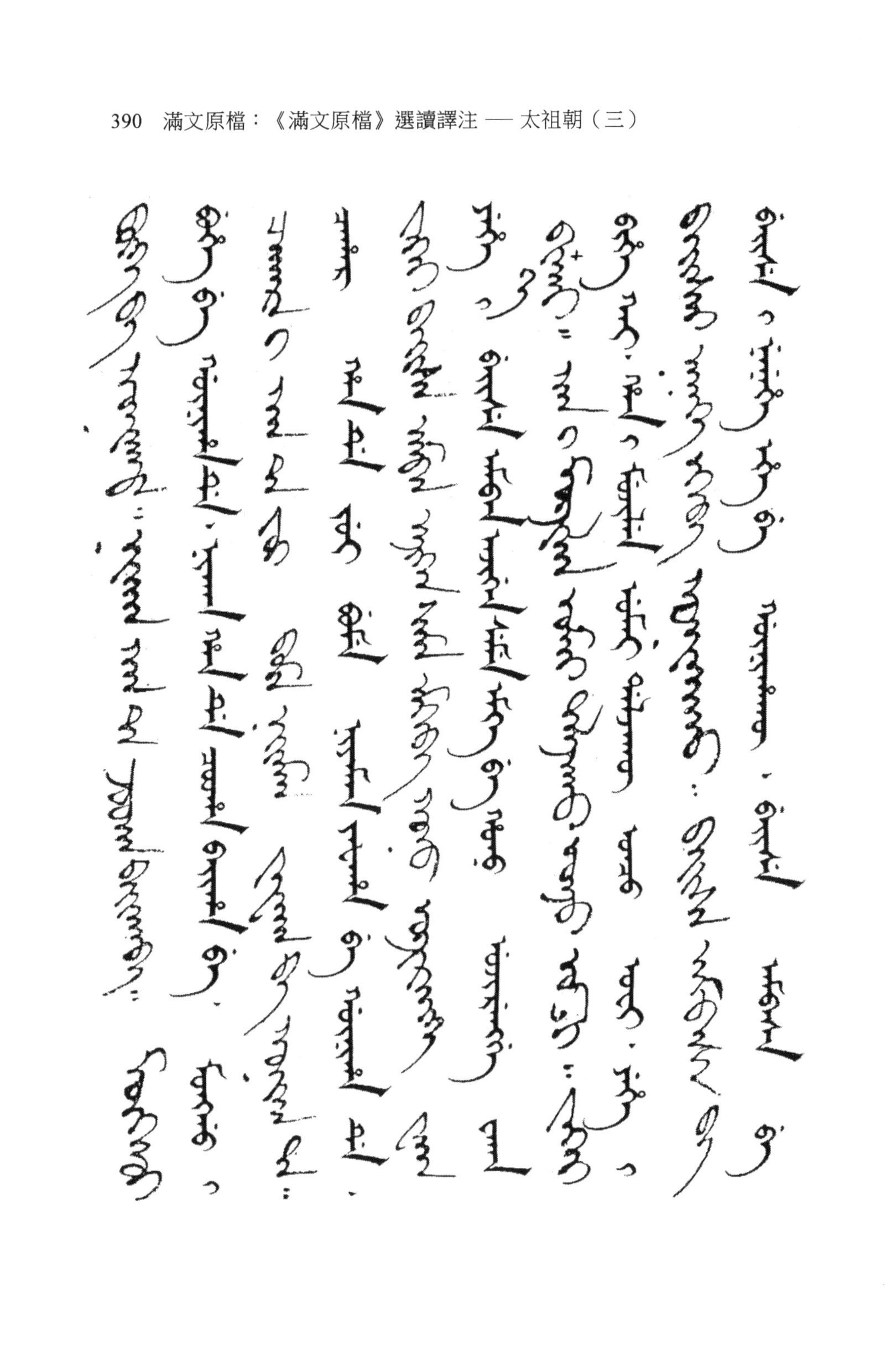

[illegible]

buhe be gūnihade, nikan han de cooha baihabe, monggoi cahara i han de jui bume niyaman jafaha be gūniha de, yehe i beise amban ajigen seme emkebe hono ujirengge waka bihekai. han i mujilen umai daljakū onco ofi, yehei beisei nenehe ehebe gūnihakū, beise ambasa be

又請兵於明帝，送女給蒙古察哈爾汗結親，念及此事，葉赫諸貝勒及其大小人等一個也不可收養也。然因汗之心寬大，並非漠不關心，不念葉赫諸貝勒之舊惡，

又请兵于明帝，送女给蒙古察哈尔汗结亲，念及此事，叶赫诸贝勒及其大小人等一个也不可收养也。然因汗之心宽大，并非漠不关心，不念叶赫诸贝勒之旧恶，

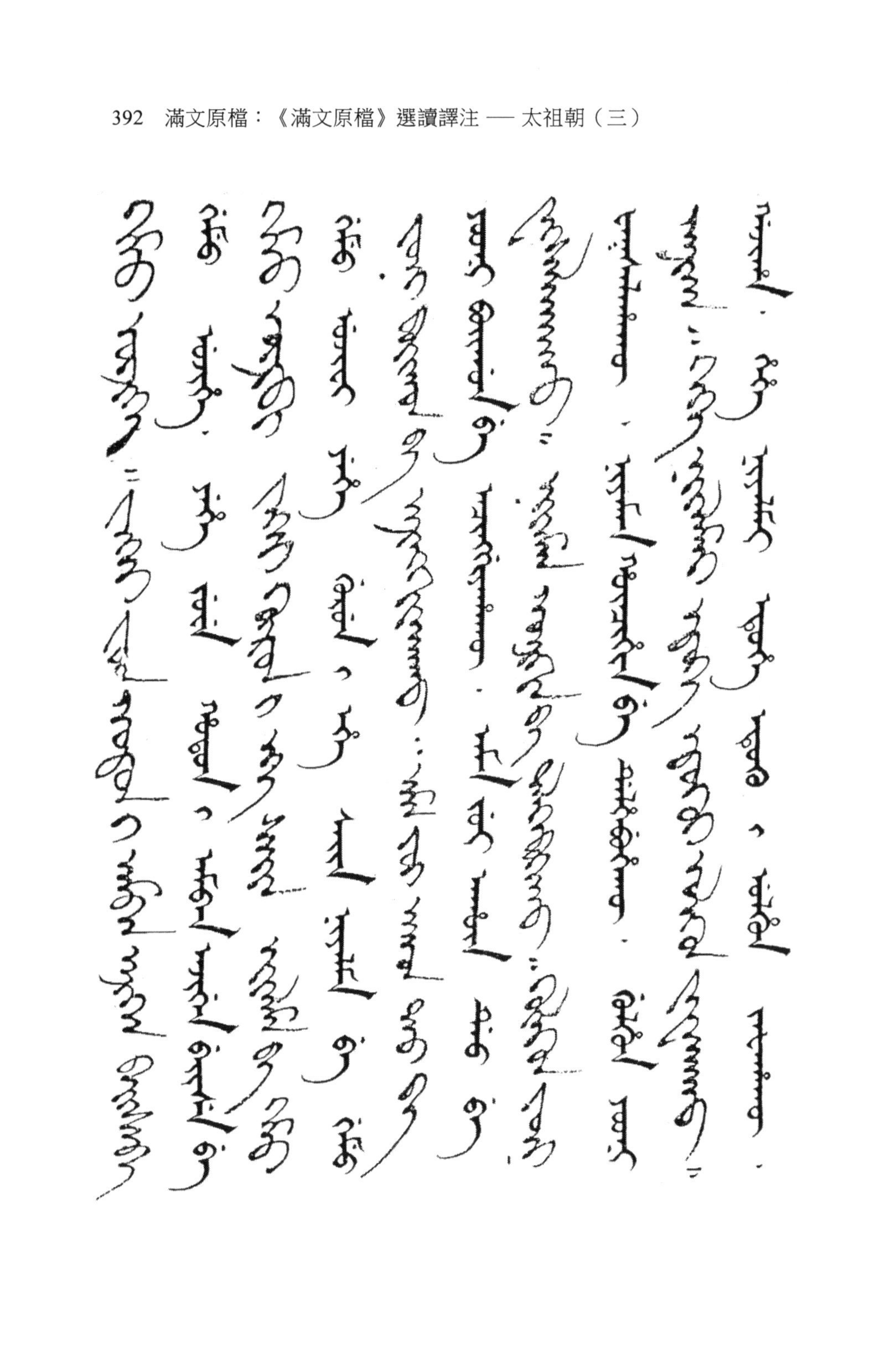

gemu ujihe. yehei juwe hoton i amban ajigen beisebe gemu ujifi yehei gurun i ehe sain niyalma be gemu yooni boigon be acinggiyahakū, ama jui ahūn deo be faksalahakū, niyaman hūncihin be delhebuhekū, gulhun yooni gajiha. hehe niyalmai etuhe etukui ulhun jafahakū,

---

將其諸貝勒大臣皆收養。葉赫二城大小諸貝勒皆收養。將葉赫國人不論善惡，俱皆不動其家產，父子兄弟不離散，親戚不令分離，俱全數帶來。未拿婦人所穿之衣領，

将其诸贝勒大臣皆收养。叶赫二城大小诸贝勒皆收养。将叶赫国人不论善恶，俱皆不动其家产，父子兄弟不离散，亲戚不令分离，俱全数带来。未拿妇人所穿之衣领，

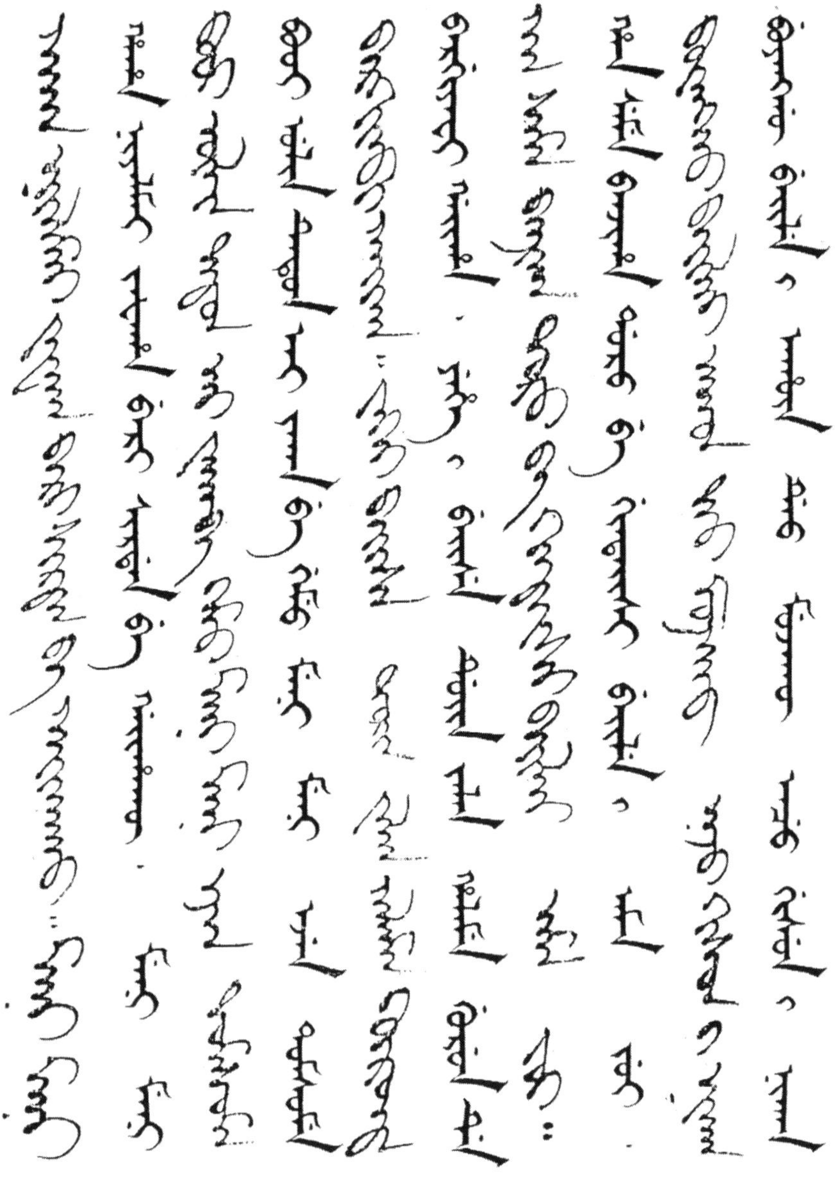

haha niyalmai jafaha beri sirdan be gaihakū, meni meni booi ulin tetun ai jakabe gemu meni meni ejen tomsome bargiyafi gaiha. yehei beise duin jalan halame gurunde han seme banjiha doro be gintaisi beilei ama jui, buyanggū beilei ahūn deo mujakū encu gisun i nikan

---

未取男人所持弓箭，各家財物器皿等一應物件，皆由各自原主檢點收取之。葉赫諸貝勒四世相傳之國，汗之基業，皆為錦台什貝勒之父子，布揚古貝勒之兄弟，仗恃語言相異之明帝

未取男人所持弓箭，各家财物器皿等一应物件，皆由各自原主检点收取之。叶赫诸贝勒四世相传之国，汗之基业，皆为锦台什贝勒之父子，布扬古贝勒之兄弟，仗恃语言相异之明帝

二十四、諸申語音

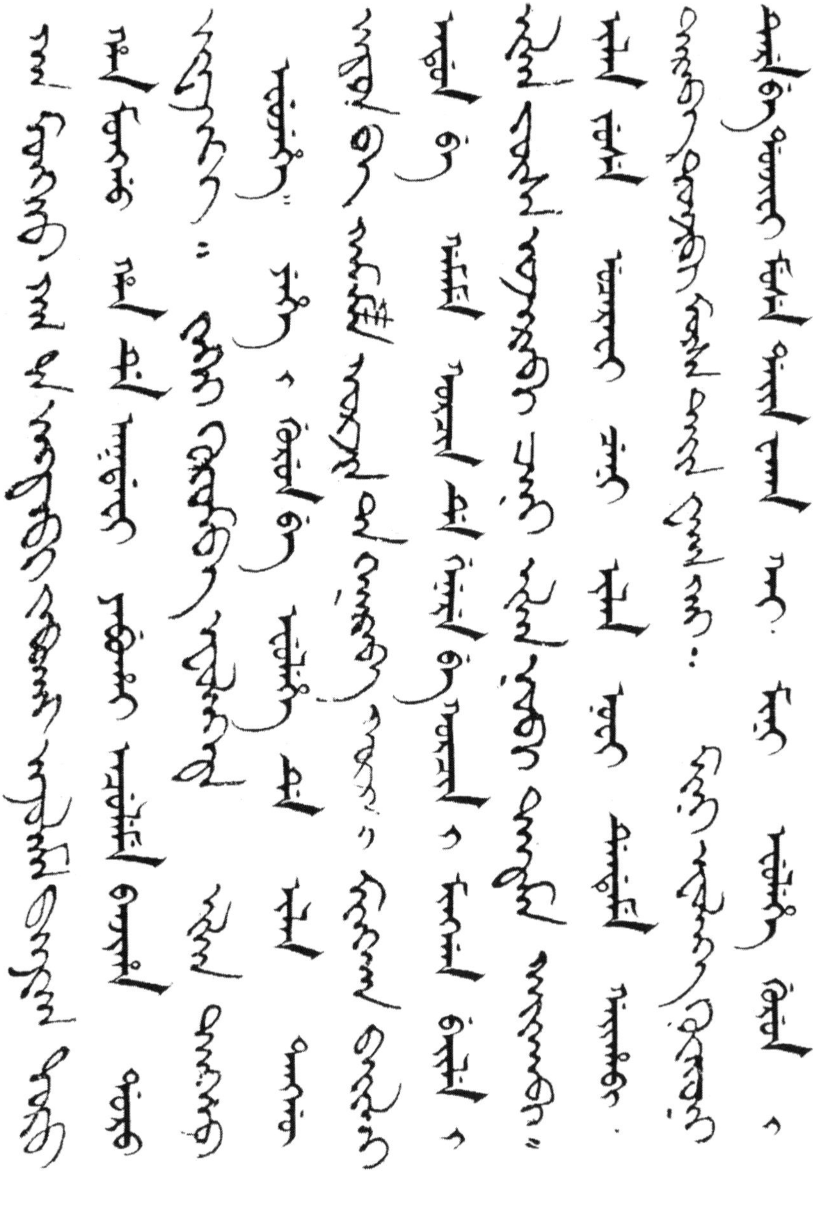

han monggo han de akdafi yabuhai enculeme banjiba doro efujehe. yehei gurumbe efulehede ilan tanggū adun be gamame korcin de genere be korcin i minggan beile i ilan juse ucarafi ceni ilan nofi dendeme gaihabi. terebe donjifi muse dain waka kai, mini efulehe guruni

---

及蒙古汗之妄行而滅其基業。滅葉赫國時，有脫出者攜牧群三百往投科爾沁。遇科爾沁明安貝勒之三子，彼三人分取之。聞此，汗兩次遣使前往曰：「我等非仇敵也，

及蒙古汗之妄行而灭其基业。灭叶赫国时，有脱出者携牧群三百往投科尔沁。遇科尔沁明安贝勒之三子，彼三人分取之。闻此，汗两次遣使前往曰：「我等非仇敌也，

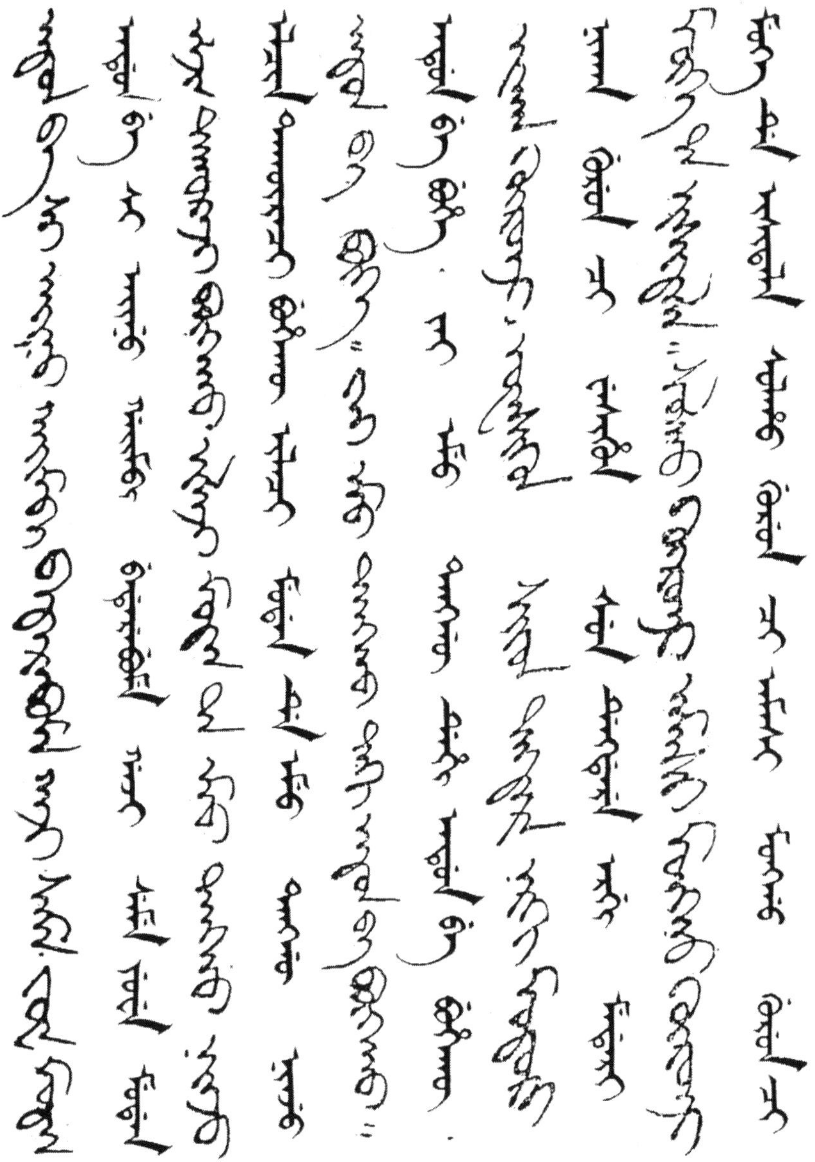

adun be si ainu gaimbi bederebume gaji seme juwe mudan elcin takūraci buhekū ilaci mudan de emu tanggū ninju adun be buhe, jai emu tanggū dehi adun be buhekū. nikan gurunci wesihun šun dekdere ergi mederi muke de isitala solho gurunci amasi monggo gurunci

---

何以襲取我所滅國人之牧群，當速送還。」但並未給還。第三次遣使索取時，僅給還牧群一百六十，另外牧群一百四十仍未給還。至此，自明國迤東至東海[90]，朝鮮國以北，蒙古國以南，

何以袭取我所灭国人之牧群，当速送还。」但并未给还。第三次遣使索取时，仅给还牧群一百六十，另外牧群一百四十仍未给还。至此，自明国迤东至东海，朝鲜国以北，蒙古国以南，

---

[90] 東海，《滿文原檔》寫作"sijun tektere erki motori müke"，讀作"siyun dekdere ergi muduri muke"，《滿文老檔》讀作"šun dekdere ergi mederi muke"。意即「日升處（東方）海水」。按《滿文原檔》句中之"muduri"（龍），訛誤，應更正為 "mederi"（海）。

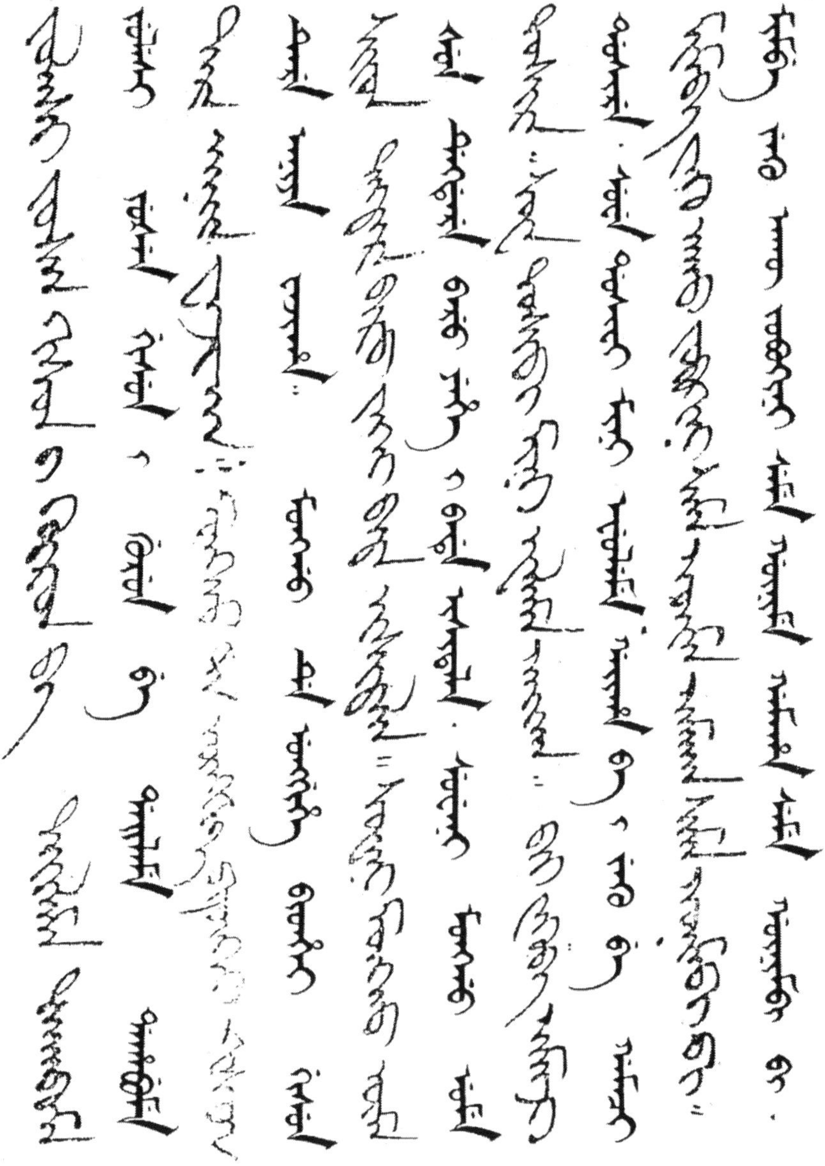

julesi jušen gisun i gurun be dailame dahabume tere aniya wajiha. monggo de unggihe bithei gisun šun dekdere baru yehei bade isitala, suweni monggo ume dosire, suwe dosifi mini efuleme gaiha bai jekube gamaci mimbe jeku akū jobokini seme gūnime gamaha seme gūnimbi bi,

---

凡屬諸申語音之國，俱於是年征服完成。致蒙古書曰：「東至葉赫地方，爾等蒙古人勿進入。爾等若進入我所攻取地方，奪取糧穀，我將以爾等有意使我陷於無糧之苦，

凡属诸申语音之国，俱于是年征服完成。致蒙古书曰：「东至叶赫地方，尔等蒙古人勿进入。尔等若进入我所攻取地方，夺取粮谷，我将以尔等有意使我陷于无粮之苦，

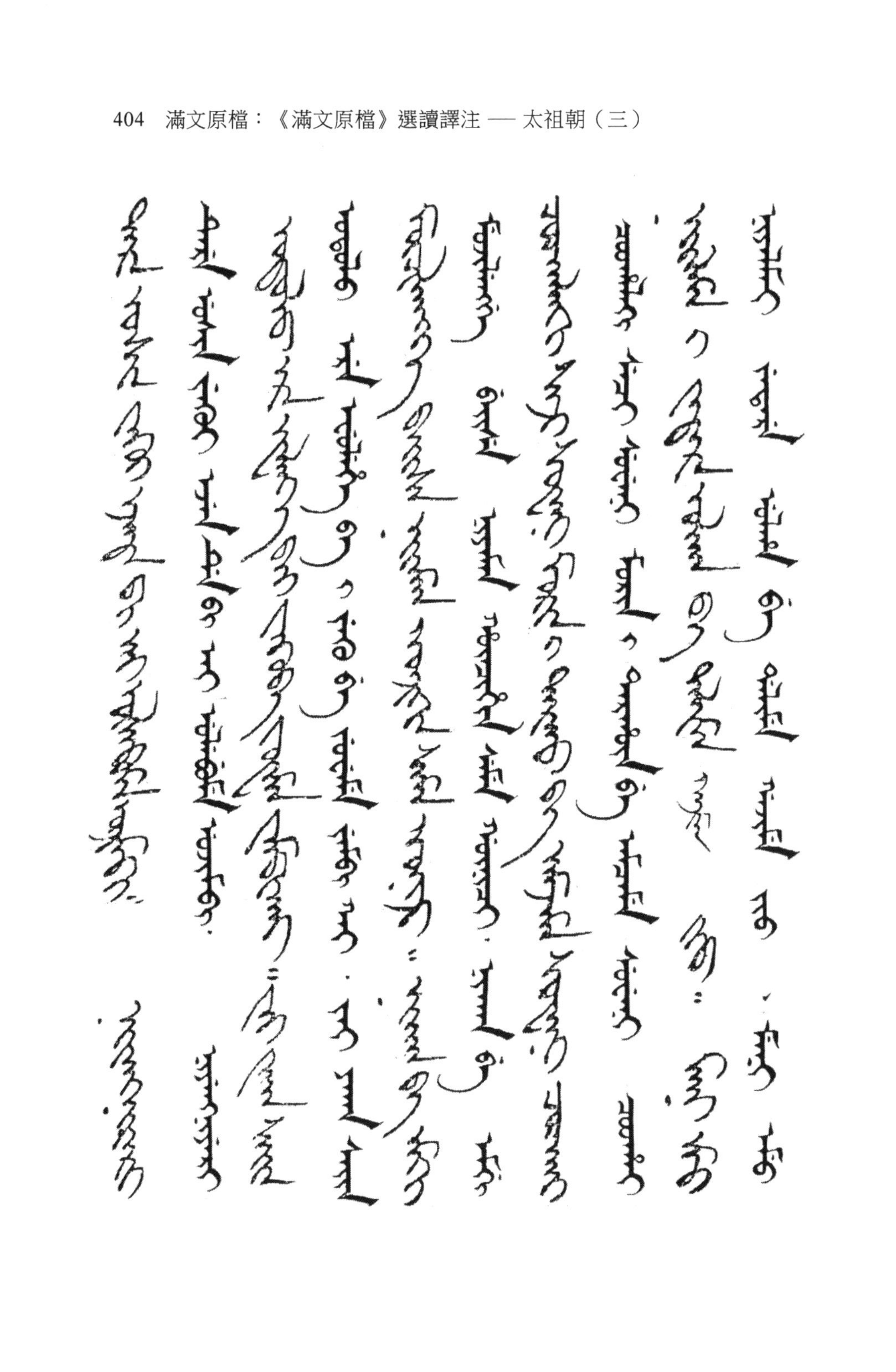

tere usin jekui ejende bi ai ulebume ujimbi. niyengniyeri otolo ere efulehe bai jekube juweme jembikai. jai yaka sain mujilengge beise niyaman hūncihin seme gūnici, nikan be emgi coohalaki seci suweni morin i tarhūn be amcame suweni coohai niyalma i jetere ulha be dalime gajime jio. meni emu

---

我何以養活其耕種糧食之主人耶？直至春天，運送征服地方之糧穀食用也。再者，如有善心諸貝勒，念我為親戚，一同出兵征明，趁爾等馬匹膘壯，驅趕爾等兵丁食用牲畜前來。

我何以养活其耕种粮食之主人耶？直至春天，运送征服地方之粮谷食用也。再者，如有善心诸贝勒，念我为亲戚，一同出兵征明，趁尔等马匹膘壮，驱赶尔等兵丁食用牲畜前来。

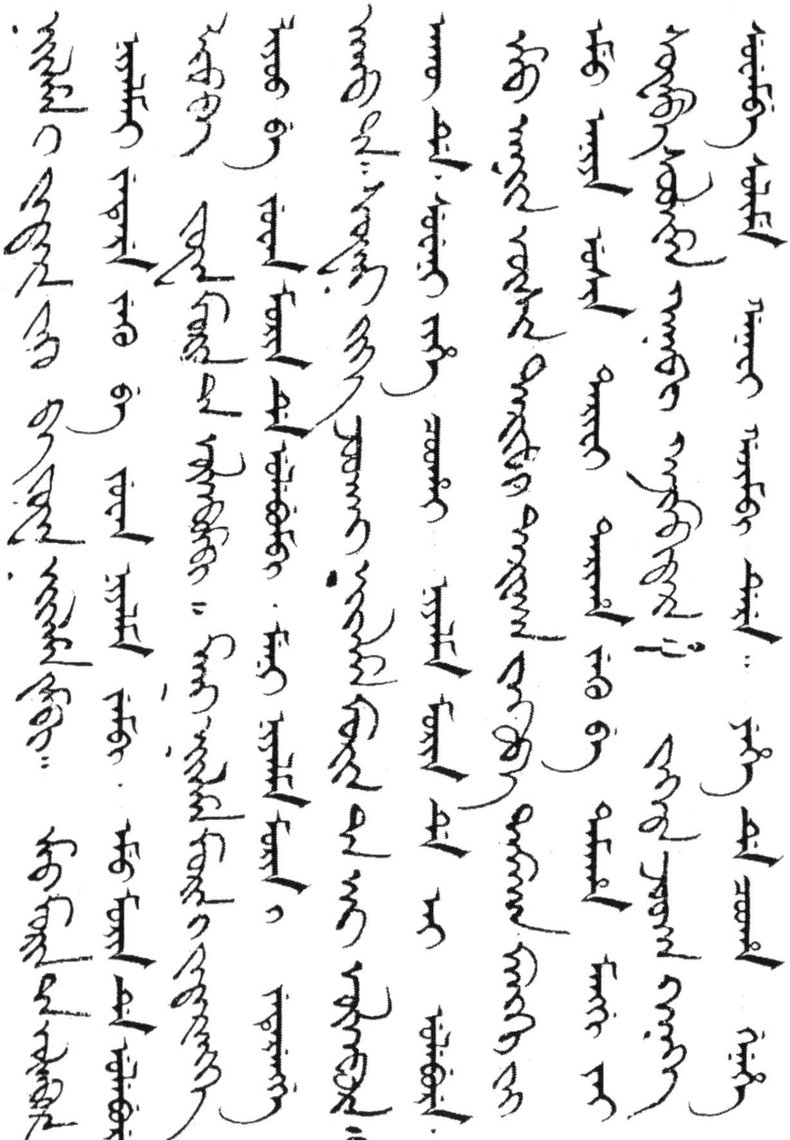

niyalma i jetere jeku be juwan niyalma jembi, emu morin de ulebure lio be juwan morin de ulebumbi. meni niyalma morin i jeterengge akū de, suweni jihe coohai niyalma morin de ai ulebure. emu aniya usin tarifi tariha jekube tamaha manggi jai suwembe soolime ganafi gajimbidere. yehede cooha genehe

---

將我一人所食之糧十人食之，餵一馬之料[91]十馬飼之。值我等人馬無可食之時，爾等到來後兵丁馬匹以何為食？待耕田一年後，收割所種之糧食，再請[92]爾等前來取去吧！」出兵葉赫後，

将我一人所食之粮十人食之，喂一马之料十马饲之。值我等人马无可食之时，尔等到来后兵丁马匹以何为食？待耕田一年后，收割所种之粮食，再请尔等前来取去吧！」出兵叶赫后，

---

[91] 餵一馬之料，句中「料」，《滿文原檔》寫作"lio"，《滿文老檔》讀作"liyoo"，係漢字音譯詞。

[92] 再請，句中「請」，《滿文原檔》讀作"soolime"，《滿文老檔》讀作"solime"，意即「邀請」。

二十五、以禮相見

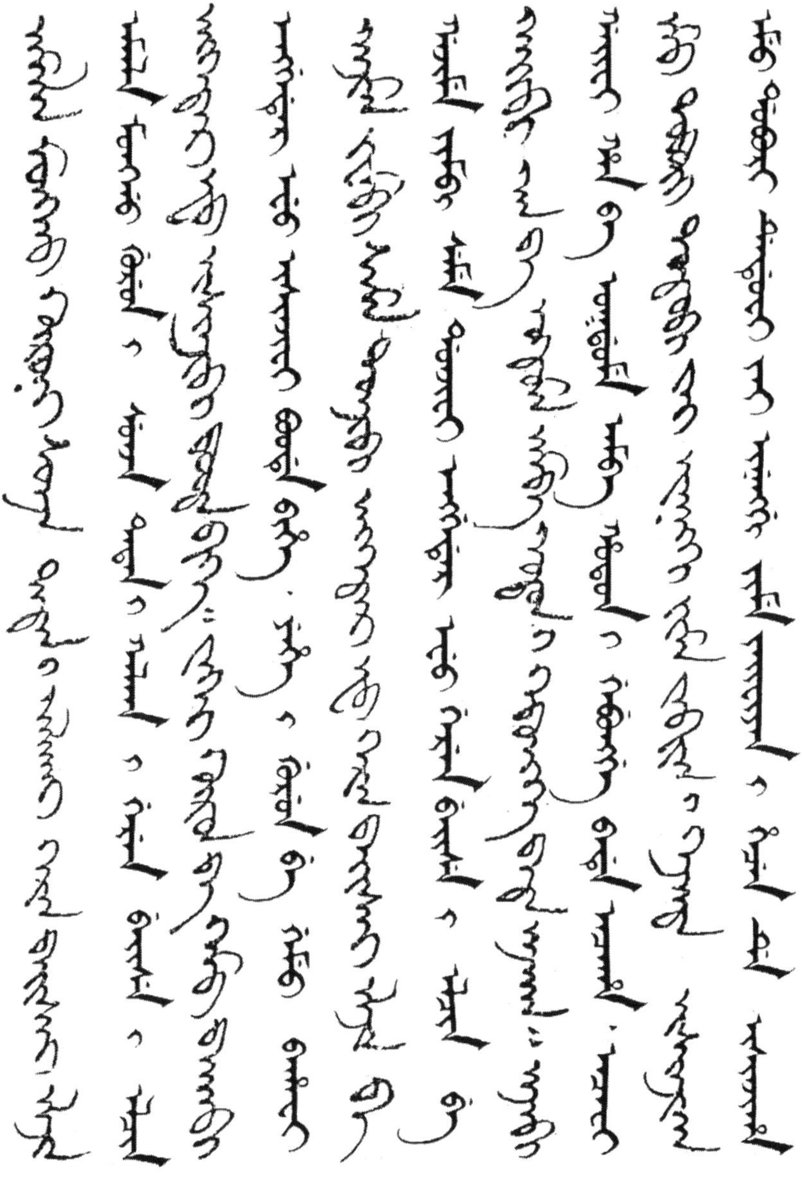

amala monggo guruni sunja tatan i kalkai geren beisei elcin enggeder efu isinjifi boode bihe, yehei gurun be gemu bahafi gajime jimbi seme donjifi enggeder efu geren beisei elcin be gaifi, han be okdome amba hoton i gebungge bade acaha, acafi. emu dobori dedufi jai inenggi jime jaifiyan i hecen de isinjiha

---

蒙古國五部喀爾喀眾貝勒之使者恩格德爾額駙到來後，留住於家，聞知已將葉赫國人皆獲得攜回，恩格德爾額駙率眾貝勒之使者出迎汗，於名叫大城地方會見汗。會見後宿一夜。翌日，來至界藩城之日，

蒙古国五部喀尔喀众贝勒之使者恩格德尔额驸到来后，留住于家，闻知已将叶赫国人皆获得携回，恩格德尔额驸率众贝勒之使者出迎汗，于名叫大城地方会见汗。会见后宿一夜。翌日，来至界藩城之日，

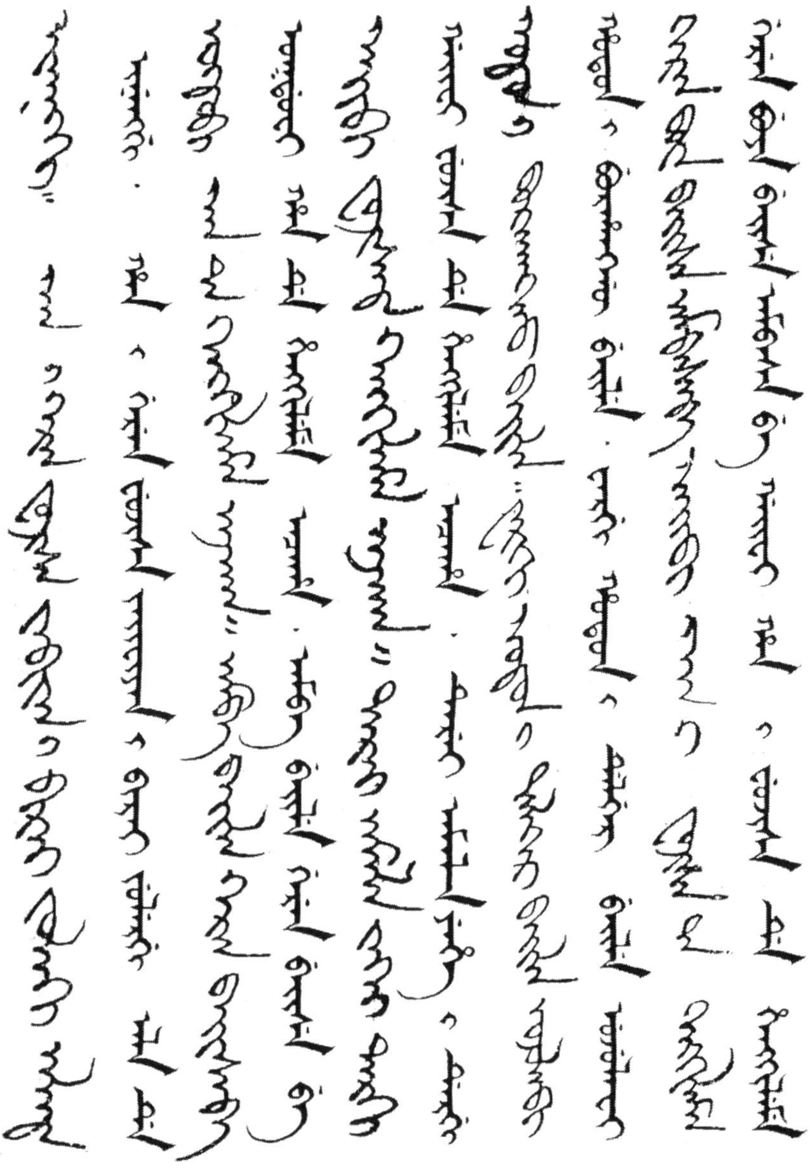

inenggi, han i geren fujisa jaifiyan i birai julergi alade okdofi han de hengkileme acaha. amba beile geren beise be gaifi fujisa de hengkileme acaha. terei amala yehei dergi hoton i burhanggū beile, wargi hoton i delger beile ujulafi geren buya beise ambasabe gaifi han i fujisa de hengkileme

---

汗之眾福晉迎於界藩河南崗叩見汗，大貝勒率眾貝勒叩見眾福晉。其後，葉赫東城布爾杭古貝勒、西城德勒格爾貝勒為首，率眾小貝勒大臣，叩見汗之眾福晉。

汗之众福晋迎于界藩河南岗叩见汗，大贝勒率众贝勒叩见众福晋。其后，叶赫东城布尔杭古贝勒、西城德勒格尔贝勒为首，率众小贝勒大臣，叩见汗之众福晋。

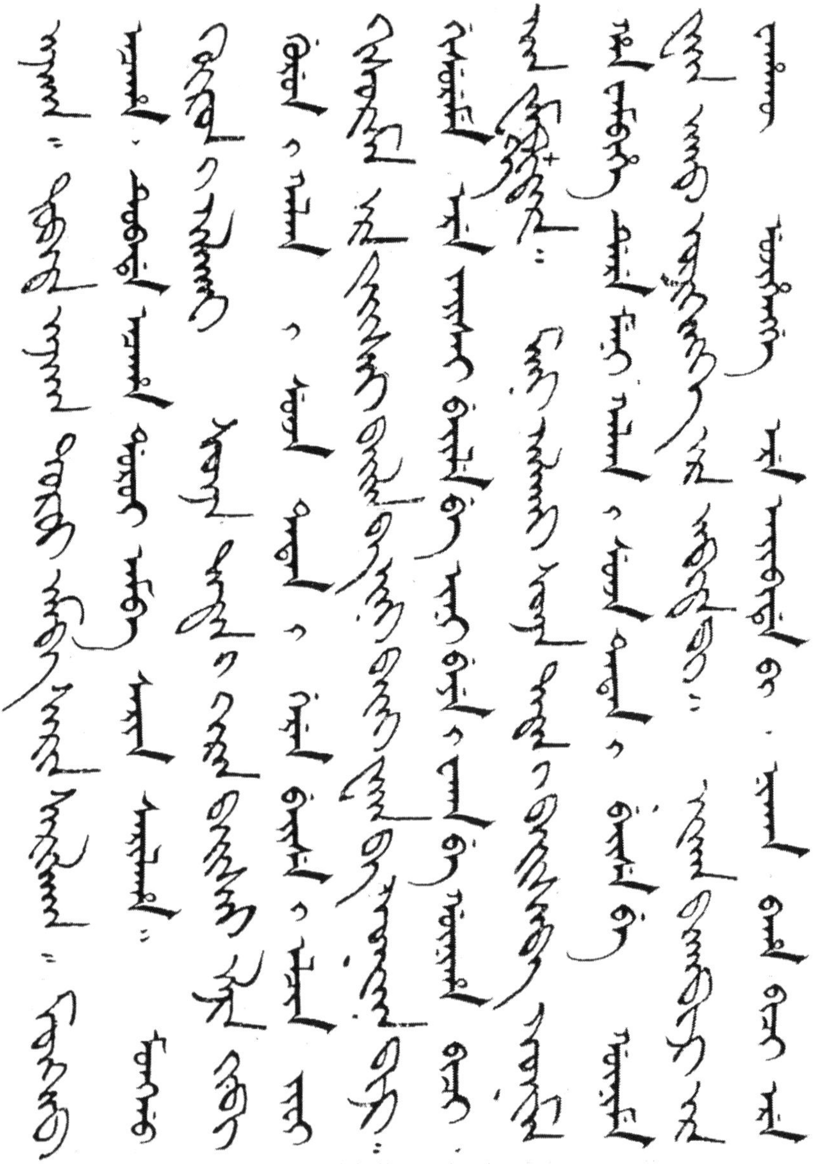

Acaha. tubade acaha doroi amba sarin sarilaha. monggo gurun i kalkai sunja tatan i geren beisei elcin jifi gisureme ere jaisai beile be ini beyei waka be gūniha bici, han wambihe dere. meni kalkai sunja tatan i beisebe gūnime waha akū ujihengge ere aibide bi. nikan bahabici, ere

---

即於該處以會見禮設大筵宴之。蒙古國喀爾喀五部眾貝勒之使者來曰：「若念宰賽貝勒其自身之罪，汗即誅之也。但念及我等喀爾喀五部諸貝勒，故未誅戮而收養之，此事何處有之？倘若為明人擒獲，

即于该处以会见礼设大筵宴之。蒙古国喀尔喀五部众贝勒之使者来曰：「若念宰赛贝勒其自身之罪，汗即诛之也。但念及我等喀尔喀五部诸贝勒，故未诛戮而收养之，此事何处有之？倘若为明人擒获，

二十六、細說本末

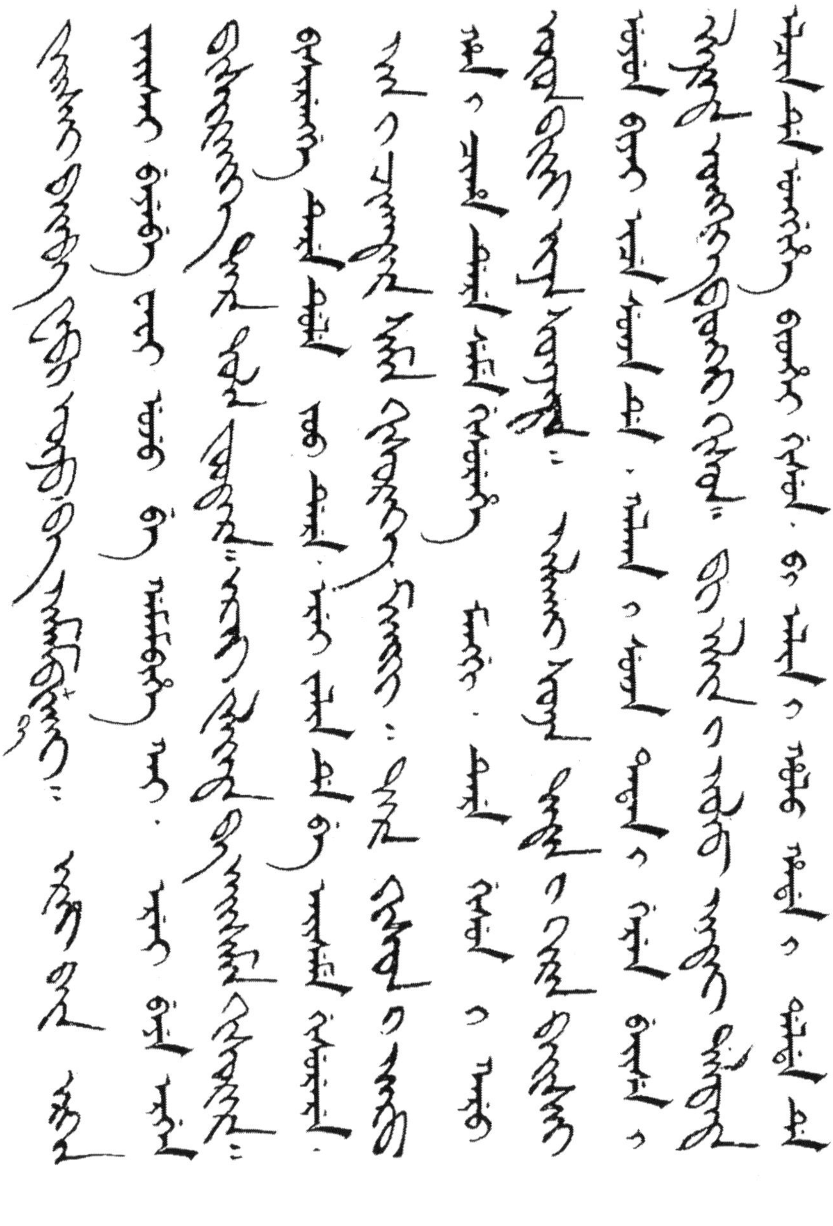

jaisai beyebe wafi uju be gamambihekai. erei beye ergen bisirengge tere dule joodere. erei jalinde be aiseme gisurere. han i cihadere seme gisurehe manggi, tere gisun i karu uyun biyai ice sunjade, kalkai sunja tatan i geren beisei elcinde unggihe bithei gisun, bi alin i holo hadai daldade

---

必殺宰賽其身，攜首級以去也。今保有其身命者，莫過於此也。為此，我等尚有何言？悉聽汗命。」九月初五日，將回覆之言繕寫書信，交由喀爾喀五部眾貝勒之使者送去。書曰：「我居於山谷峯蔭為生，

必杀宰赛其身，携首级以去也。今保有其身命者，莫过于此也。为此，我等尚有何言？悉听汗命。」九月初五日，将回复之言缮写书信，交由喀尔喀五部众贝勒之使者送去。书曰：「我居于山谷峯荫为生，

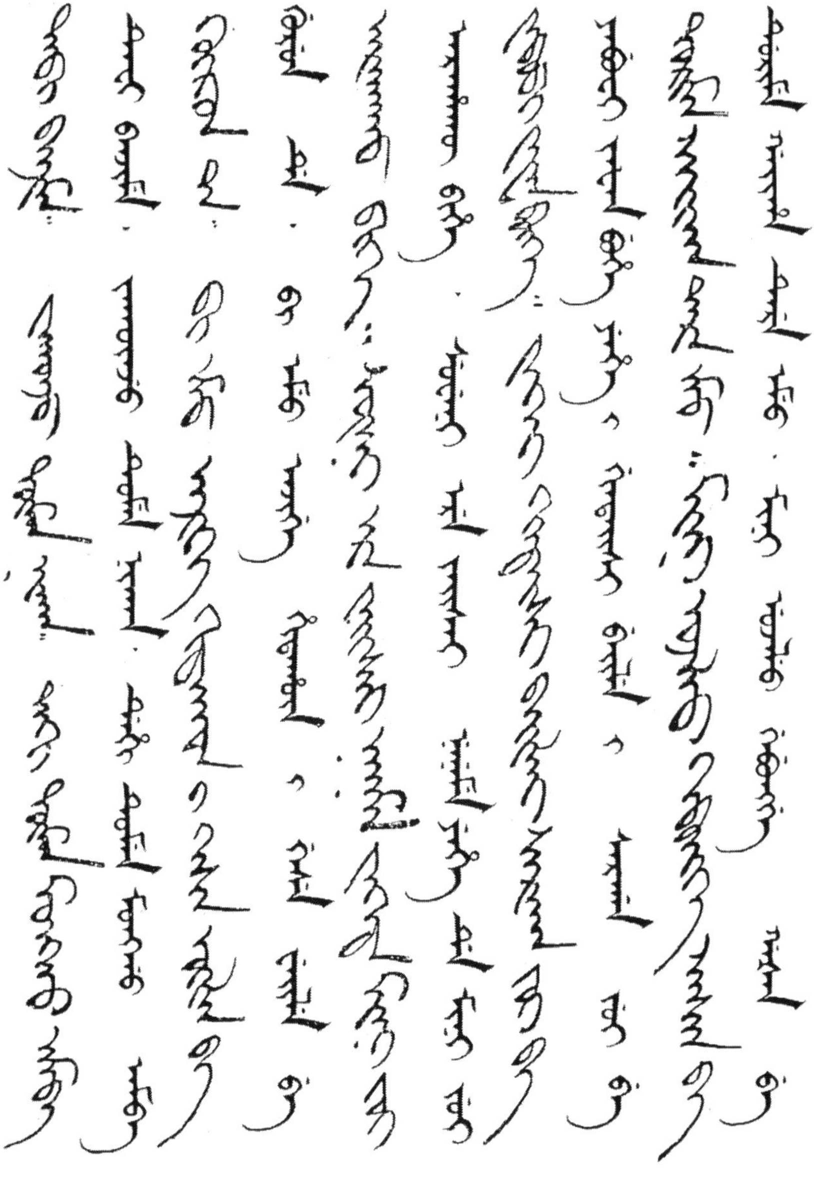

tefi banjime, jakūnju tumen nikan, dehi tumen monggo amba gurun de, bi emu ajige hitahūn i gese weile be arahakū bihe. suweni ere jaisai neneme yehede mini jui yabufi jafan buhe. yehei gintaisi beilei sargan jui be durime gaiha tere emu. mini ujalu gebungge gašan be

---

對八十萬明人，四十萬蒙古大國，我絲毫[93]未犯罪，乃爾此宰賽奪娶先前在葉赫我子已行聘結親錦台什貝勒之女，此其一。襲取我名叫烏扎魯之村寨，

对八十万明人，四十万蒙古大国，我丝毫未犯罪，乃尔此宰赛夺娶先前在叶赫我子已行聘结亲锦台什贝勒之女，此其一。袭取我名叫乌扎鲁之村寨，

---

93 絲毫，《滿文原檔》、《滿文老檔》俱讀作 “emu ajige hitahūn i gese”，意即「彷彿一片小指甲」。

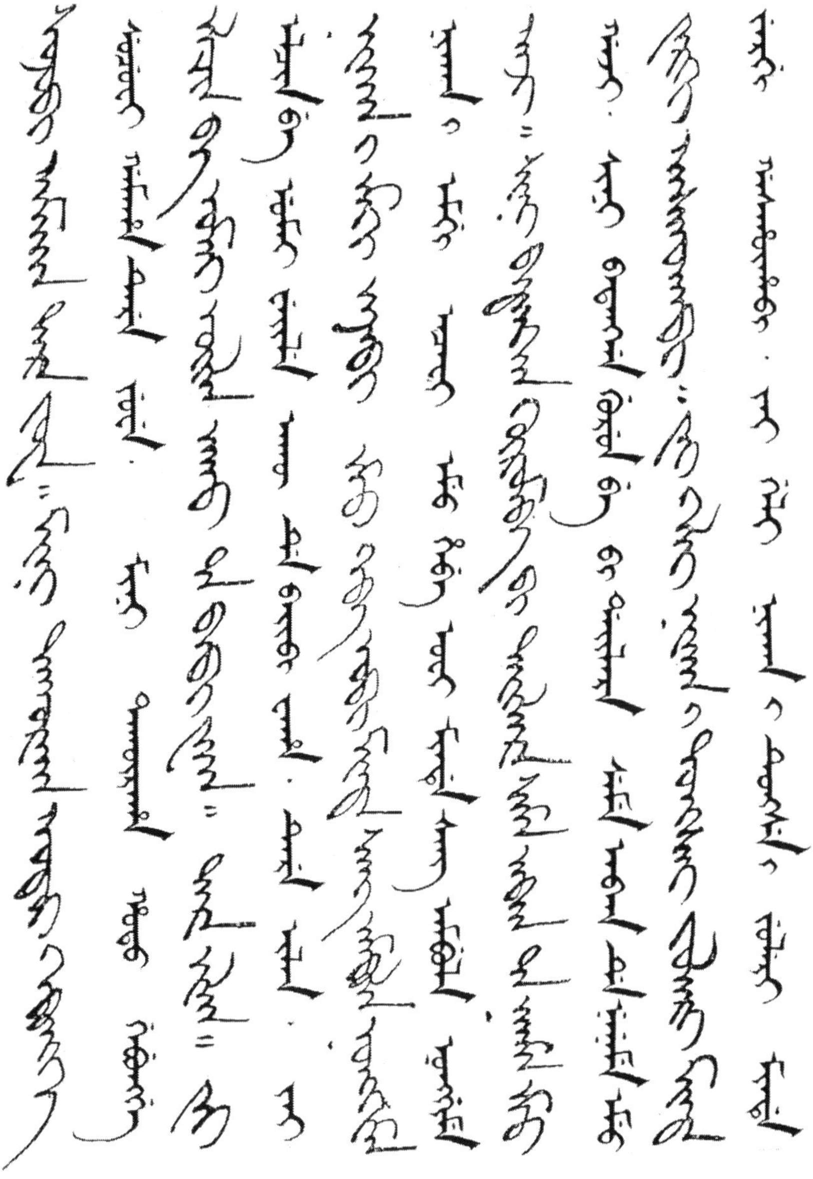

sucufi gamaha, tere juwe. mini takūraha hotoi gebungge elcin be umai weile akū de baibi waha, tere ilan. jai nikan i emgi acafi emu hebe ofi minde šang ambula nonggime gaji, sini batangga gurumbe bi dailara seme abka de neneme emu jergi gashūhabi. jai geli nikani tungse i juleri minde

---

此其二。將我所遣名叫和託之使者，無故殺害，此其三。另外，更與明人合謀曰：『若多加賞物給我，我將征伐與爾為敵之國。』曾先對天立誓一次。另外又在明通事面前曰：

此其二。将我所遣名叫和托之使者，无故杀害，此其三。另外，更与明人合谋曰：『若多加赏物给我，我将征伐与尔为敌之国。』曾先对天立誓一次。另外又在明通事面前曰：

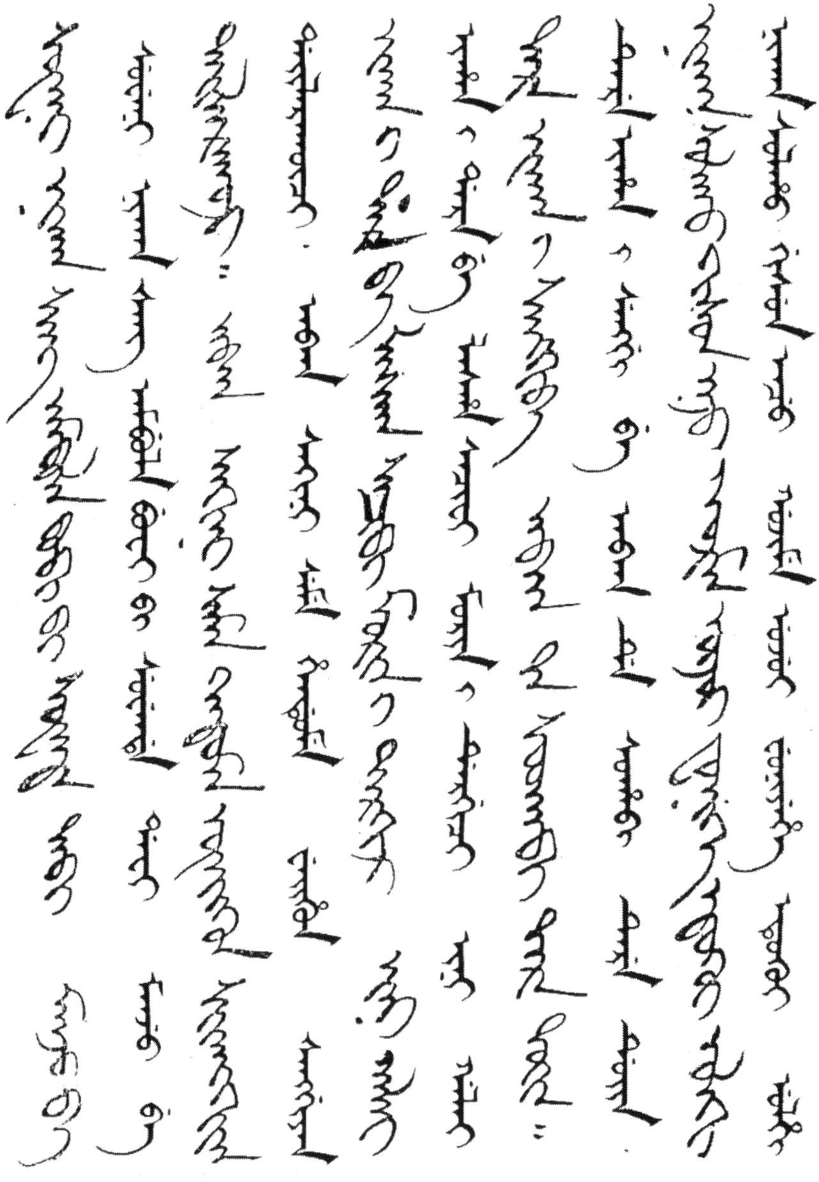

suweni nikan šang ambula bufi bi suwende dafi manju be dailarakūci, abka sakini seme hendume weihun šanggiyan ihan i dara be lasha sacifi morin i dergici ini galai tere ihan i senggibe abka de soohabi tere duin. nikan solho gisun encu gojime ujui funiyehe etukui ulhi

---

『爾等明國給我重賞後，我若不助爾等征討滿洲，上天鑒之。』遂斬斷活白牛之腰，從馬上親手對天拋灑牛血，此其四。明國、朝鮮，語言雖異，然頭髮[94]、衣袖

『尔等明国给我重赏后，我若不助尔等征讨满洲，上天鉴之。』遂斩断活白牛之腰，从马上亲手对天抛洒牛血，此其四。明国、朝鲜，语言虽异，然头发、衣袖

---

94 頭髮，《滿文原檔》讀作“ujui funihe”，《滿文老檔》讀作“ujui funiyehe”。

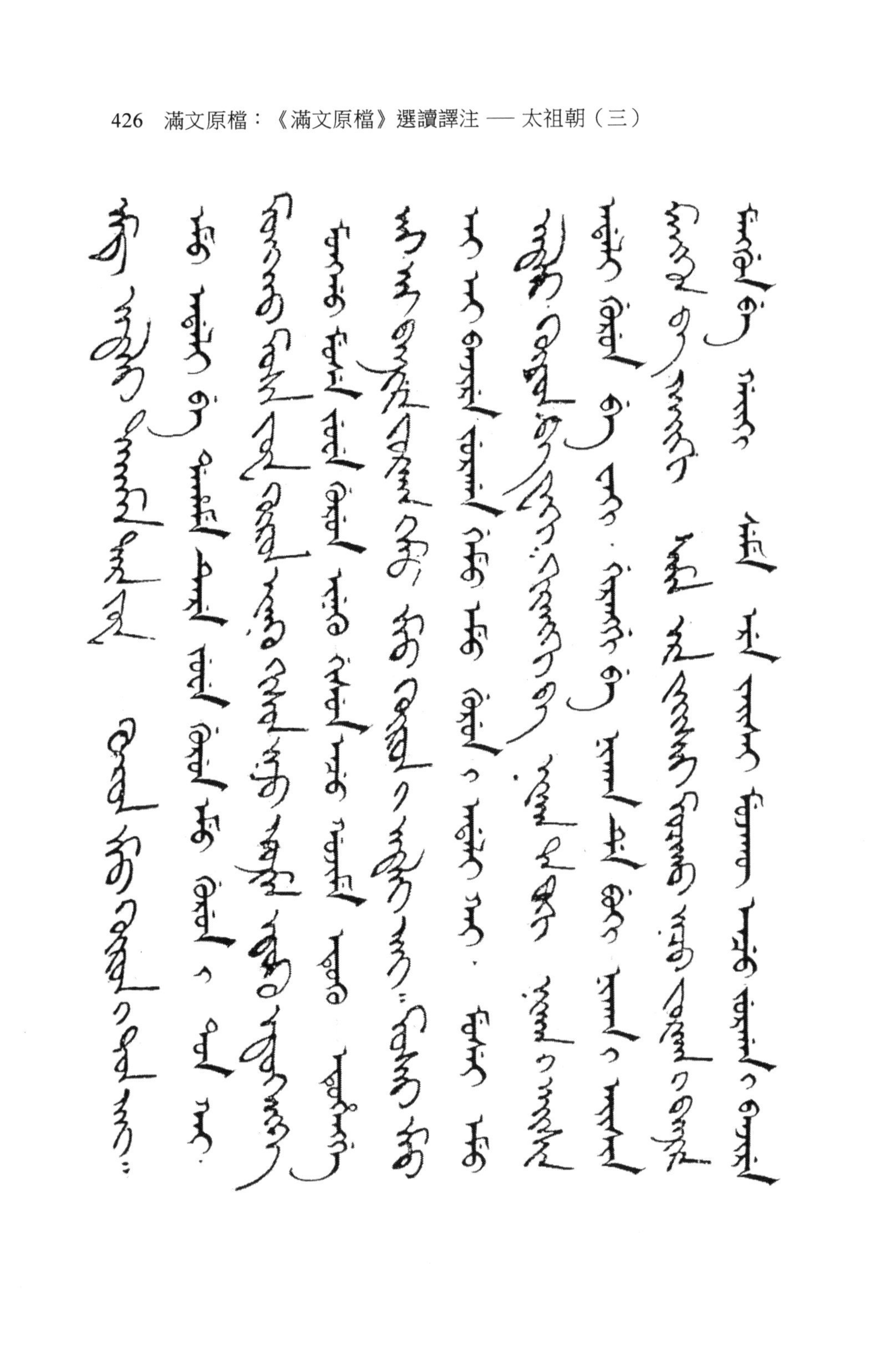

emu adali be dahame tere juwe gurun emu gurun i ton kai, monggo muse juwe gurun ineku gisun encu gojime etuku etuhengge ai ai banjire jurgan gemu emu gurun i adali kai. musei emu adali gurun be waki, giranggi be nikan de buki nikan i aisin menggun be gaiki seme ere jaisai mujakū encu jurgan i banjire

---

卻相同[95]，其二國算作一國也。蒙古與我二國，也是語言雖異，然衣飾、風習皆如一國也。聞宰賽竟與風習殊異之明國盟誓，欲殺戮我等相同之國人，獻骨於明國，欲取明國之金銀。

却相同，其二国算作一国也。蒙古与我二国，也是语言虽异，然衣饰、风习皆如一国也。闻宰赛竟与风习殊异之明国盟誓，欲杀戮我等相同之国人，献骨于明国，欲取明国之金银。

---

[95] 相同，《滿文原檔》讀作"emte adali"，《滿文老檔》讀作"emu adali"。

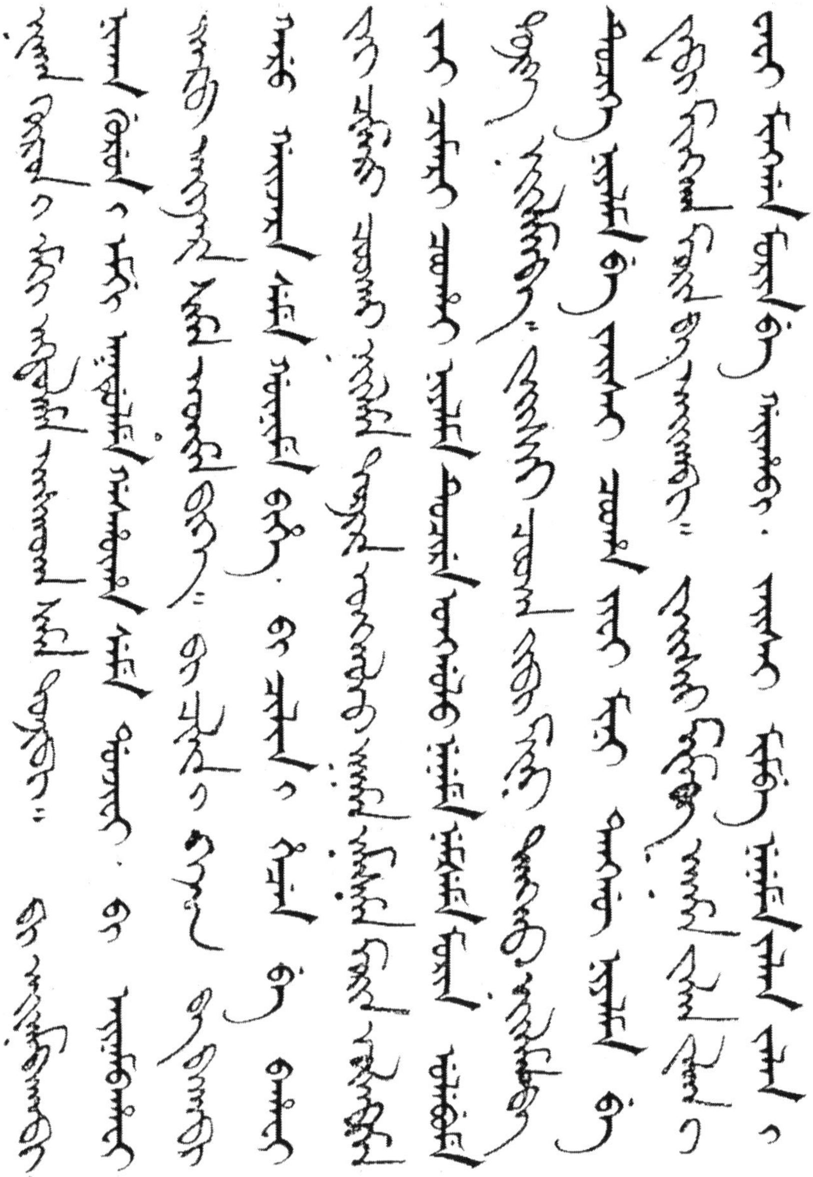

nikan gurun i emgi akdulame gashūha seme donjifi, bi ainambahafi karu gaijara seme gūnime bihe. bi cilin i hecen be bahafi jai cimari coohai niyalma tucire onggolo neneme nemšeme morin ulebume tucike niyalma be, jaisai cooha jifi, mini tanggū niyalmabe wafi minggan morin be gaihabi. jaisai mimbe neneme jalan jalan i

---

我曾想如何設法報復。我攻取鐵嶺城[96]後之次日，在我軍士出城之前，先行出城餵馬之人，宰賽之兵前來，殺我百人，掠馬千匹。宰賽先世與我有世代之

我曾想如何设法报复。我攻取铁岭城后之次日，在我军士出城之前，先行出城喂马之人，宰赛之兵前来，杀我百人，掠马千匹。宰赛先世与我有世代之

---

[96] 鐵嶺城，句中「鐵嶺」《滿文原檔》、《滿文老檔》俱讀作 “cilin”，此與滿文音譯漢文「鐵嶺」作“tiyei ling”，異。

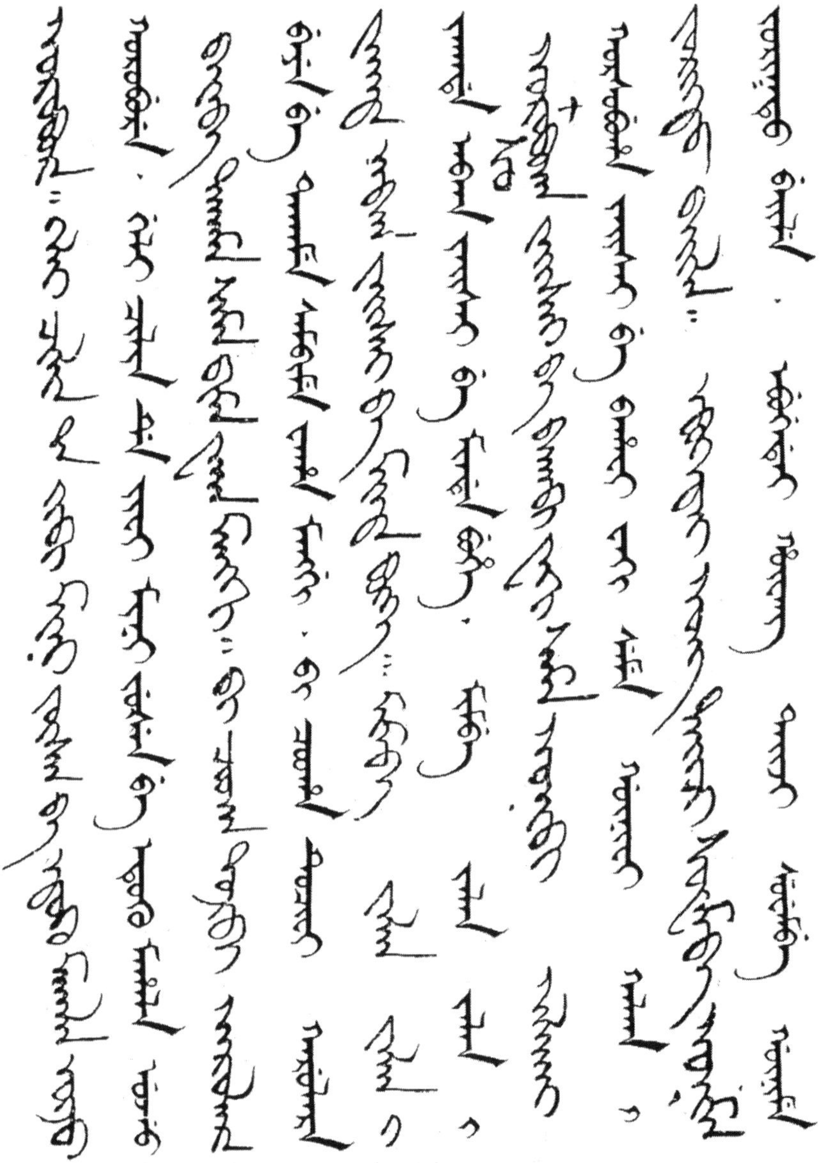

korobure, geli cilin de jifi mini jušen be etuku mahala uju beye be takame sambime waha manggi, bi cooha tucifi karulara jakade abka jaisai be minde buhe, mimbe jalan jalan i korosobuha jaisai be bahafi waki seme gūnifi kalkai joriktu beile ebugedei hong taiji suwembe gūnime

仇恨，又來至鐵嶺，識我諸申衣冠頭身容貌而殺害。我出兵報復，上天將宰賽給我，將世代有仇恨之宰賽擒獲，本想殺之，然而念及爾等喀爾喀卓禮克圖貝勒及額布格德依洪台吉[97]等，

仇恨，又来至铁岭，识我诸申衣冠头身容貌而杀害。我出兵报复，上天将宰赛给我，将世代有仇恨之宰赛擒获，本想杀之，然而念及尔等喀尔喀卓礼克图贝勒及额布格德依洪台吉等，

97 額布格德依洪台吉，《滿文原檔》讀作“ebugedei hong taiji”，《滿文老檔》讀作“ebugedei hūwang taiji”。

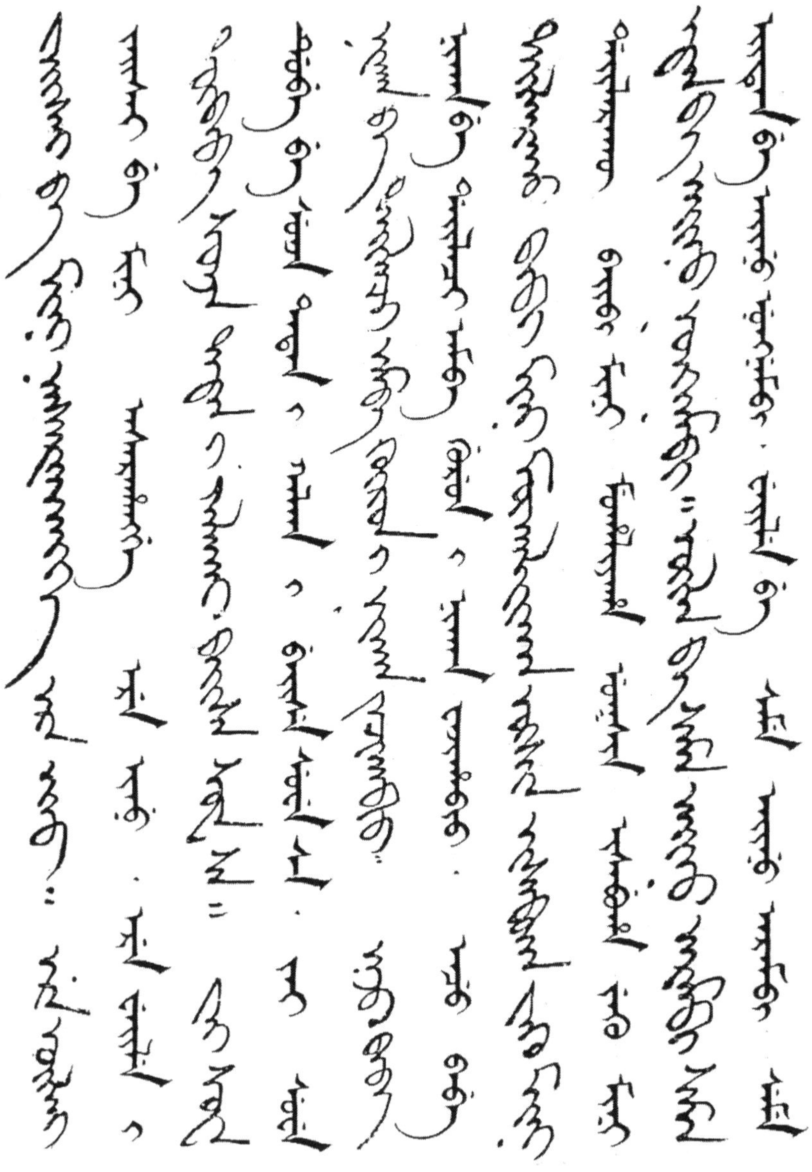

jaisai be mini asarahangge ere inu, ere weile i dubebe sunja tatani kalkai beise suwe sa. jai suwe nikan be dailaci amba gurun i nikan wajihabio. encu babe dailarakū baibi mini muhaliyaha uksin isabuha jeku mini eiten be ainu nungnembi. weile be same ainu arambi seme

---

故將宰賽留置者此也。並將必事本末令爾等五部喀爾喀貝勒知之。再者，爾等若征討明國，大國之明即此滅亡乎？為何不征討他處？而平白無故侵奪我所堆存之鎧甲、所積貯之糧穀等一應物件[98]耶？何以知罪而故犯耶？」

故将宰赛留置者此也。并将必事本末令尔等五部喀尔喀贝勒知之。再者，尔等若征讨明国，大国之明即此灭亡乎？为何不征讨他处？而平白无故侵夺我所堆存之铠甲、所积贮之粮谷等一应物件耶？何以知罪而故犯耶？」

---

98 一應物件，《滿文原檔》讀作"eten"，《滿文老檔》讀作"eiten"， 意即「全部的」。

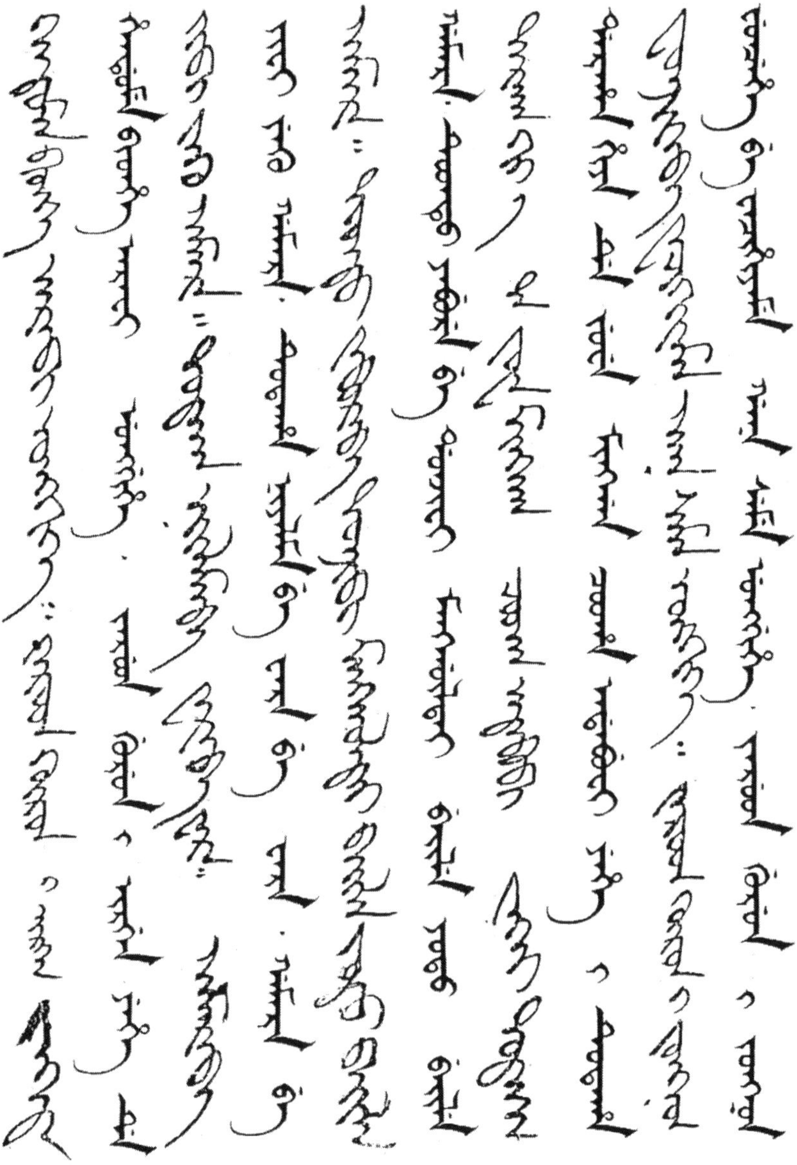

hendume bithe arafi unggihe. jarut gurun i irgen yehede jifi jeku gamara, tutaha niyalmabe warabe wara, gamarabe gamara, tuttu yaburebe donjifi manggūltai beile yoto beile darhan hiya de juwe minggan cooha adabufi yehei tutaha funcehebe wacihiyame gana seme unggihe. jarut gurun i jongnon

---

將所說之言繕寫書信送去。扎魯特國之民人來至葉赫，劫其糧穀，將留居之人殺的殺，捉的捉，聞知如此惡行後，即遣莽古爾泰貝勒、岳託貝勒、達爾漢侍衛率兵二千，前往將其餘留居葉赫之人盡行收回。聞知扎魯特國之鍾嫩、

将所说之言缮写书信送去。扎鲁特国之民人来至叶赫，劫其粮谷，将留居之人杀的杀，捉的捉，闻知如此恶行后，即遣莽古尔泰贝勒、岳托贝勒、达尔汉侍卫率兵二千，前往将其余留居叶赫之人尽行收回。闻知扎鲁特国之锺嫩、

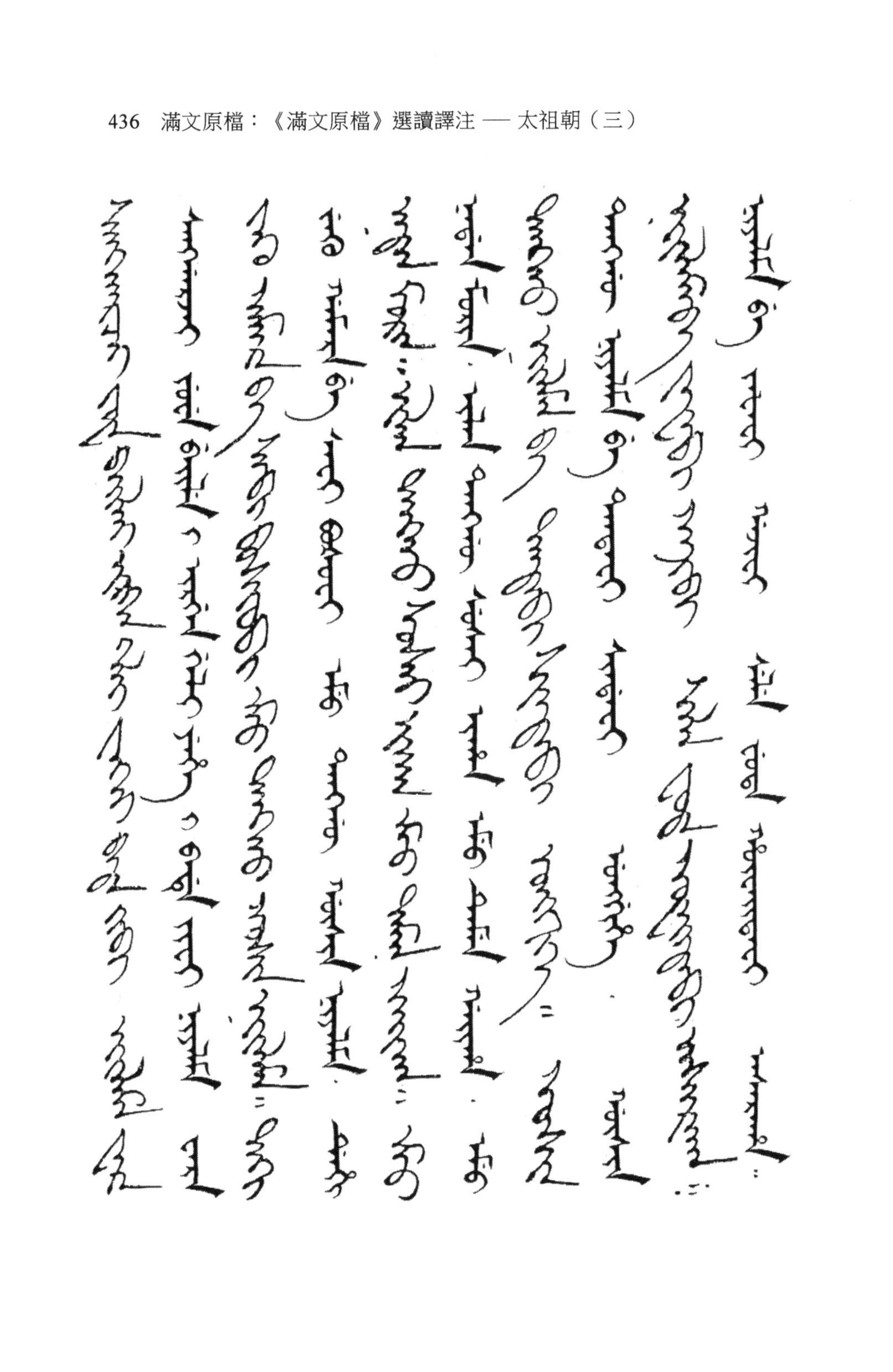

sanggarjai juwe beilei irgen geli yehei bade jifi niyalma wara jeku gamara be safi bošofi emu tanggū gūsin niyalma, dehi nadan morin, ilan tanggū susai ihan emu temen gaiha. emu tanggū niyalma be tantafi sindafi unggihe, gūsin niyalmabe jafafi gajifi sele futa hūwaitafi asaraha.

桑噶爾齋二貝勒屬下民人又來葉赫地方殺人劫糧，遂前往驅逐之，俘一百三十人，獲馬四十七匹、牛三百五十頭、駝一隻。將一百人責打後放回，擒挐三十人繫以鐵索留之。

桑噶尔斋二贝勒属下民人又来叶赫地方杀人劫粮，遂前往驱逐之，俘一百三十人，获马四十七匹、牛三百五十头、驼一只。将一百人责打后放回，擒拏三十人繫以铁索留之。

二十七、天鑒是非

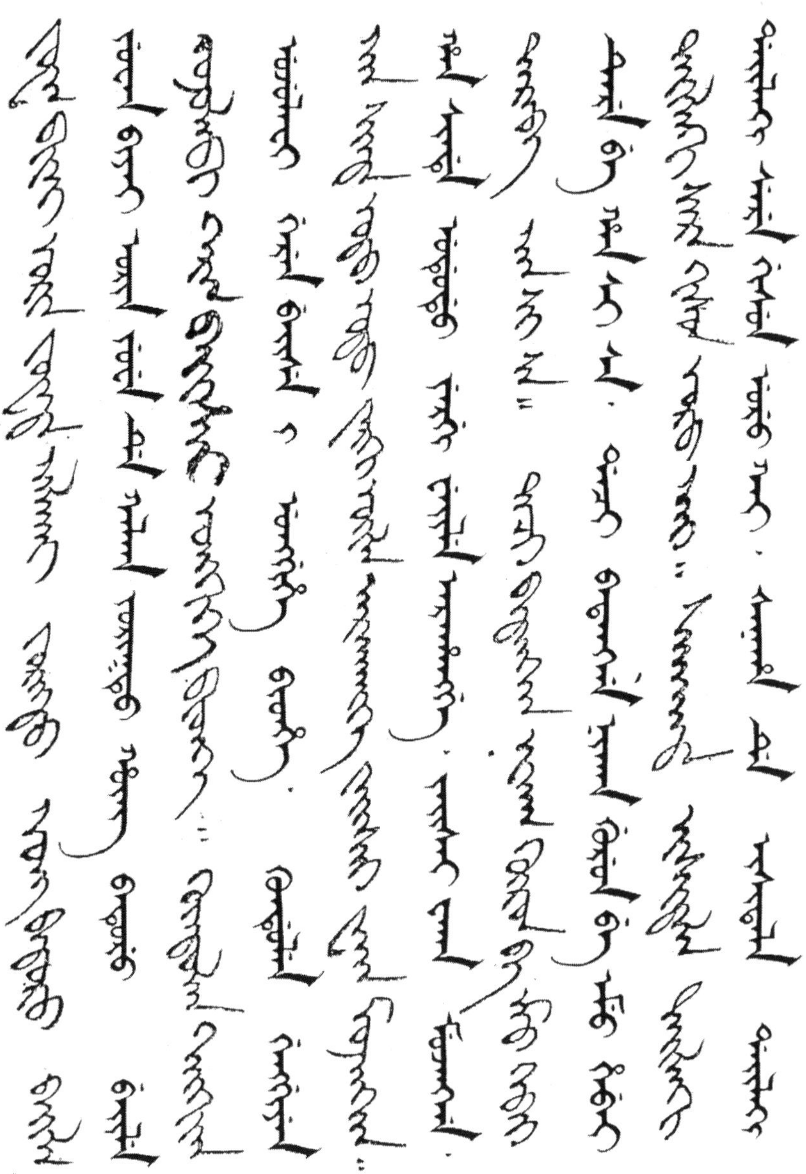

juwan biyai orin juwede kalkai joriktu hūng baturu beile ujulafi geren beisei unggihe bithe, kundulen genggiyen han sinde udu udu jergi weile arahangge, jaisai waka mujangga, terebe han si sa, daci batangga nikan gurun be emu hebei dailaki sere gisun uru kai, šanahade isitala dailaki

---

十月二十二日，喀爾喀卓禮克圖洪巴圖魯貝勒為首眾貝勒遣使致書曰：「恭敬英明汗：往昔屢犯你，誠為宰賽之罪，汗你知之，向以明國為敵，欲合謀征討之言甚是也，願同征討直至山海關，

十月二十二日，喀尔喀卓礼克图洪巴图鲁贝勒为首众贝勒遣使致书曰：「恭敬英明汗：往昔屡犯你，诚为宰赛之罪，汗你知之，向以明国为敌，欲合谋征讨之言甚是也，愿同征讨直至山海关，

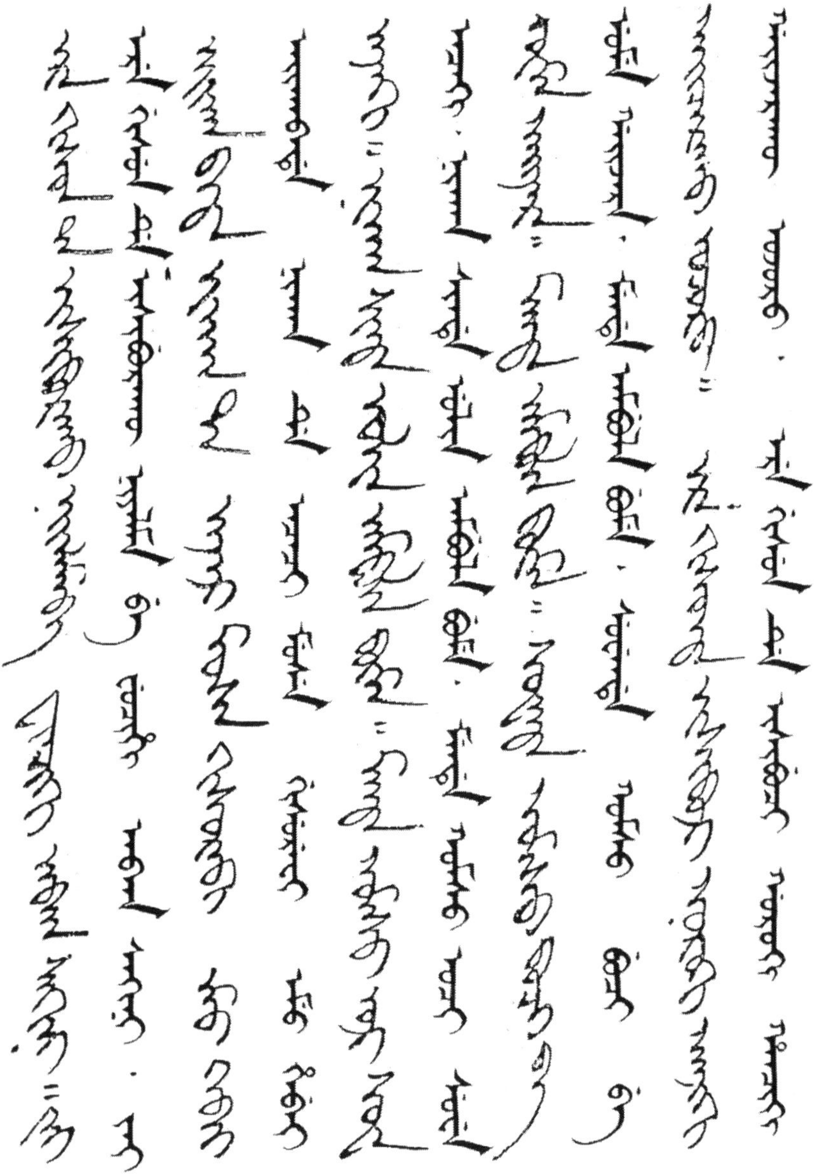

ere gisun de isiburakū niyalmabe fucihi abka sakini. jai aika bade nikan de acaci muse gisurefi emu hebei acaki. nikan sinde ulin ambula bume, mende komso oci suwe ume gaijara, mende ambula bume, suwende komso buci be gaijarakū ojoro, ere gisun de isibuci goroki hanciki

---

其不踐此言者，佛天鑒之。再者，倘與明和，我等議定後合謀和之。若明所給財物，厚爾而薄我，爾等毋受；厚我而薄爾，我亦不受，能踐此言，則名聞遠近，

其不践此言者，佛天鉴之。再者，倘与明和，我等议定后合谋和之。若明所给财物，厚尔而薄我，尔等毋受；厚我而薄尔，我亦不受，能践此言，则名闻远近，

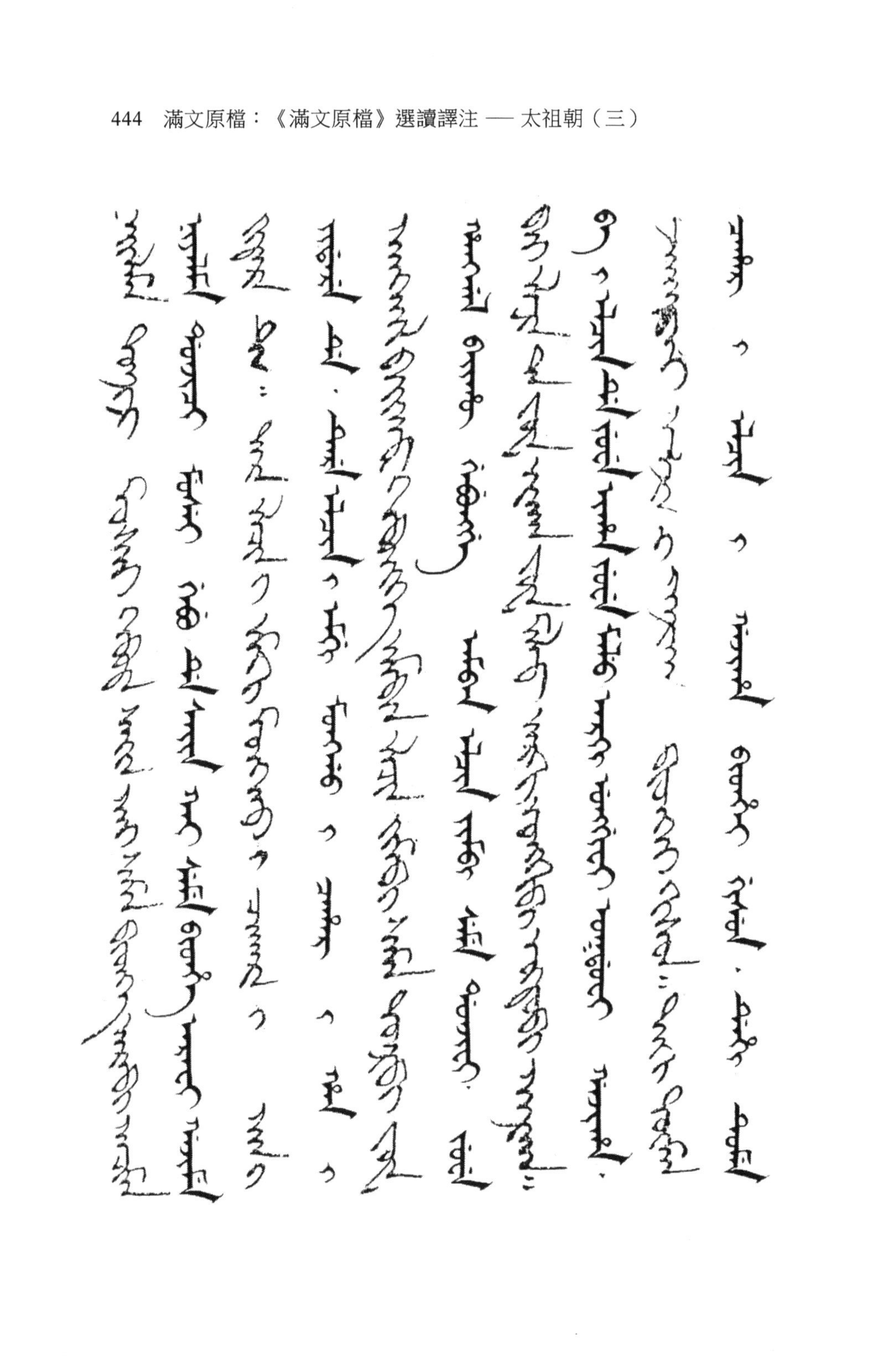

niyalma donjici musei gebude sain kai seme bithe arafi gajime jidere de, tere elcin i emgi monggo i cahara i han i hanggal baihū gebungge amban elcin jimbi seme donjifi, juwe ba i elcin de juwe ihan juwe malu arki unggifi okdofi gajiha, caharai elcin i gajiha bithei gisun, dehi tumen

---

不亦善乎？」如此繕寫書信賫至時，聞蒙古察哈爾[99]汗使者名叫康喀爾拜虎之大臣，與該使同至，為迎二處之使，遂遣人送牛二頭，酒二瓶。察哈爾使者所賫書曰：

不亦善乎？」如此缮写书信赍至时，闻蒙古察哈尔汗使者名叫康喀尔拜虎之大臣，与该使同至，为迎二处之使，遂遣人送牛二头，酒二瓶。察哈尔使者所赍书曰：

---

[99] 察哈爾，《滿文原檔》寫作“cakara”，《滿文老檔》讀作“cahar”。

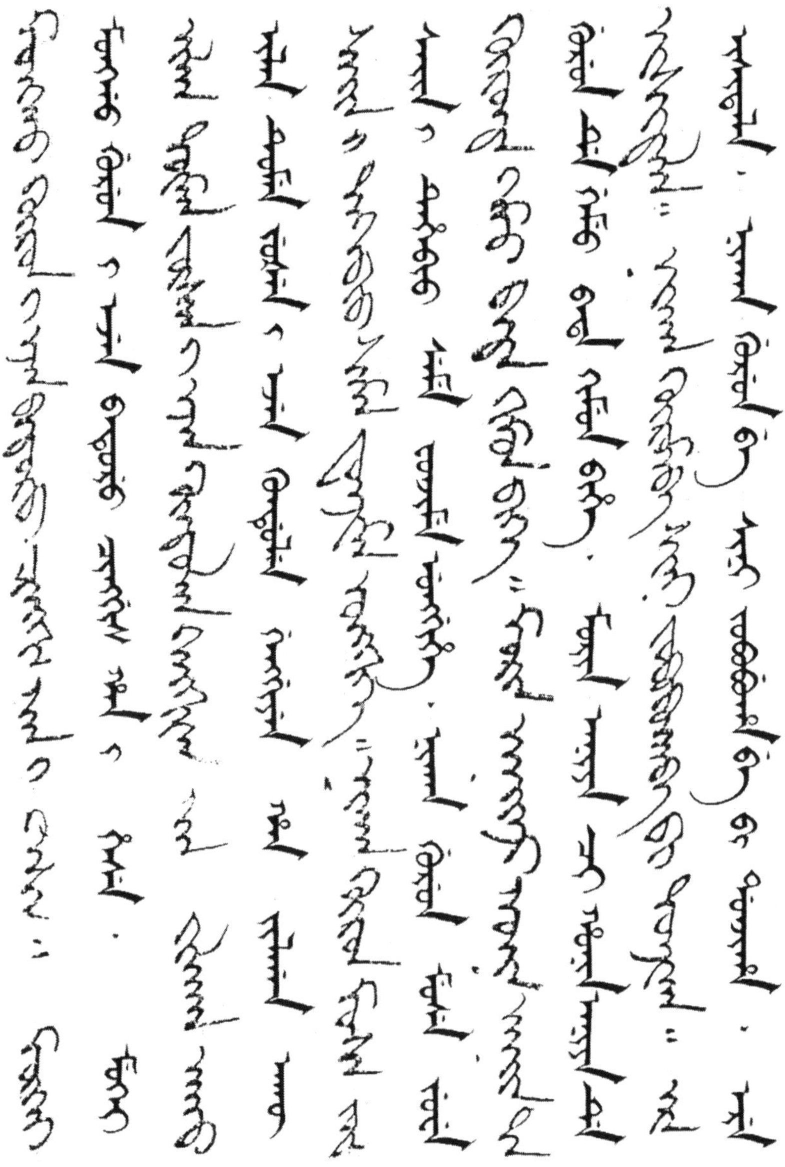

monggo gurun i ejen baturu cinggis han i hese, mukei ilan tumen jušen i ejen kundulen genggiyen han jilgan akū sain i tehebio seme fonjime unggihe. nikan gurun muse juwe gurunde gemu bata kimun bihe. morin aniya ci honin aniya de isitala, nikan gurumbe sini jobobuha be bi donjiha, ere

---

「統四十萬眾蒙古國之主巴圖魯成吉思汗諭：問候水濱三萬諸申之主恭敬英明汗安居無恙否？明國與我二國素來皆仇敵也。我聞自午年至未年，爾擾害明國。

「统四十万众蒙古国之主巴图鲁成吉思汗谕：问候水滨三万诸申之主恭敬英明汗安居无恙否？明国与我二国素来皆仇敌也。我闻自午年至未年，尔扰害明国。

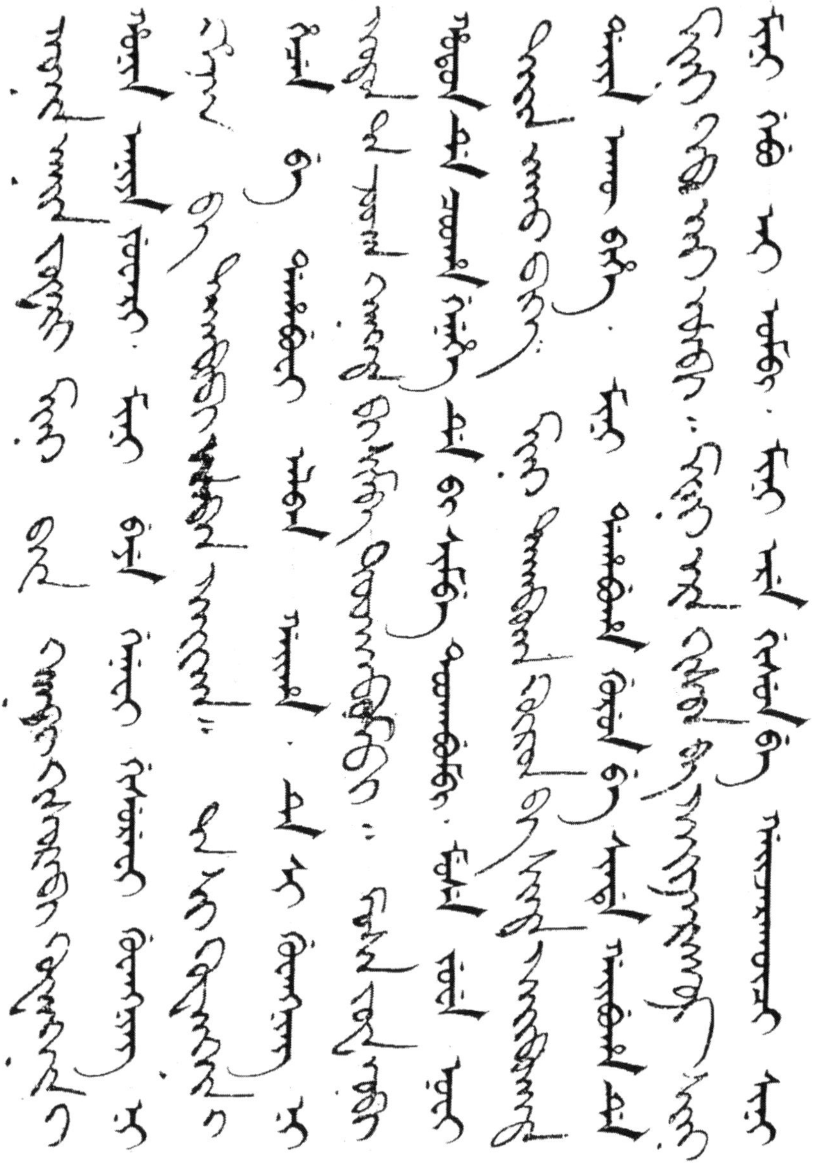

honin aniya juwari, mini beye genefi gisurefi guwangnin i hecen be dahabufi alban gaiha. te si guwangnin i hoton de cooha genehede bi simbe tookabumbi, muse juwe nofi dain akū bihe, mini dahabuha gurun be sinde gaibuhade mini gebu ai ombi. mini ere gisun be gaijarakūci sini

---

今未年夏，我將親自前往廣寧，招撫其城，收取貢賦。今爾出兵廣寧時，我將掣肘爾。我等二人，原無釁端，若我所招撫之國為爾所得，我名安在？若不從我此言，

今未年夏，我将亲自前往广宁，招抚其城，收取贡赋。今尔出兵广宁时，我将掣肘尔。我等二人，原无衅端，若我所招抚之国为尔所得，我名安在？若不从我此言，

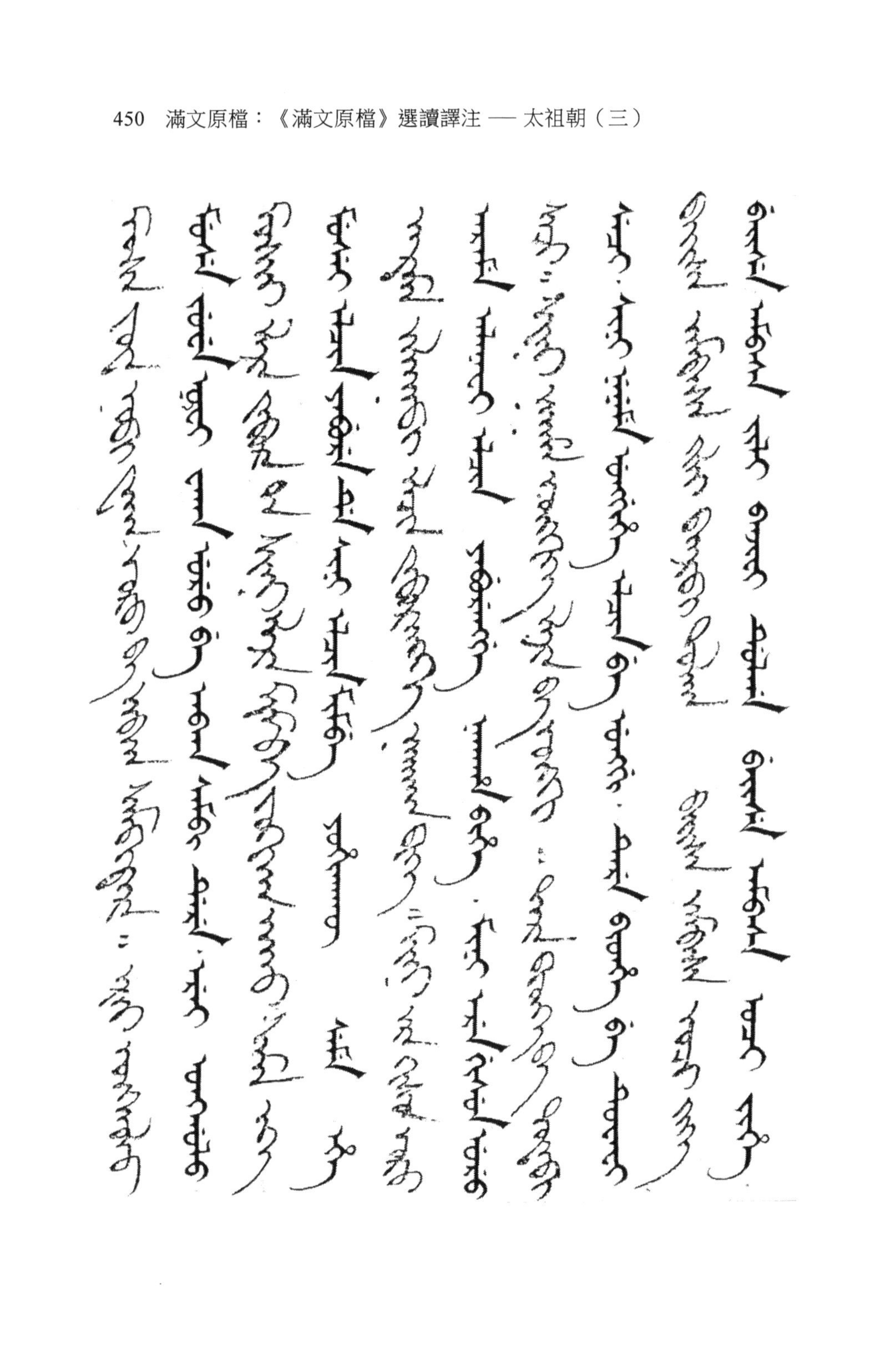

muse juwe nofi waka uru be abka sambidere. erei onggolo musei elcin yabure de sini elcin mimbe yohika akū seme ehe arame alanafi elcin yaburengge nakaha bihe. mini ere gisun uru seci, sini neneme unggihe elcin be unggi. tere bithe be tuwafi, beise ambasa jili banjifi dulga beise ambasa oci jihe

---

則爾我二人之是非，天必鑒之。在此之前我等遣使往來時，因爾使捏稱我傲慢不理睬，告爾不善之言，遂不復聘問。若以我此言為是，爾可將先前所遣之使送來。」閱畢其書後，諸貝勒大臣發怒，一半諸貝勒大臣，

则尔我二人之是非，天必鉴之。在此之前我等遣使往来时，因尔使捏称我傲慢不理睬，告尔不善之言，遂不复聘问。若以我此言为是，尔可将先前所遣之使送来。」阅毕其书后，诸贝勒大臣发怒，一半诸贝勒大臣，

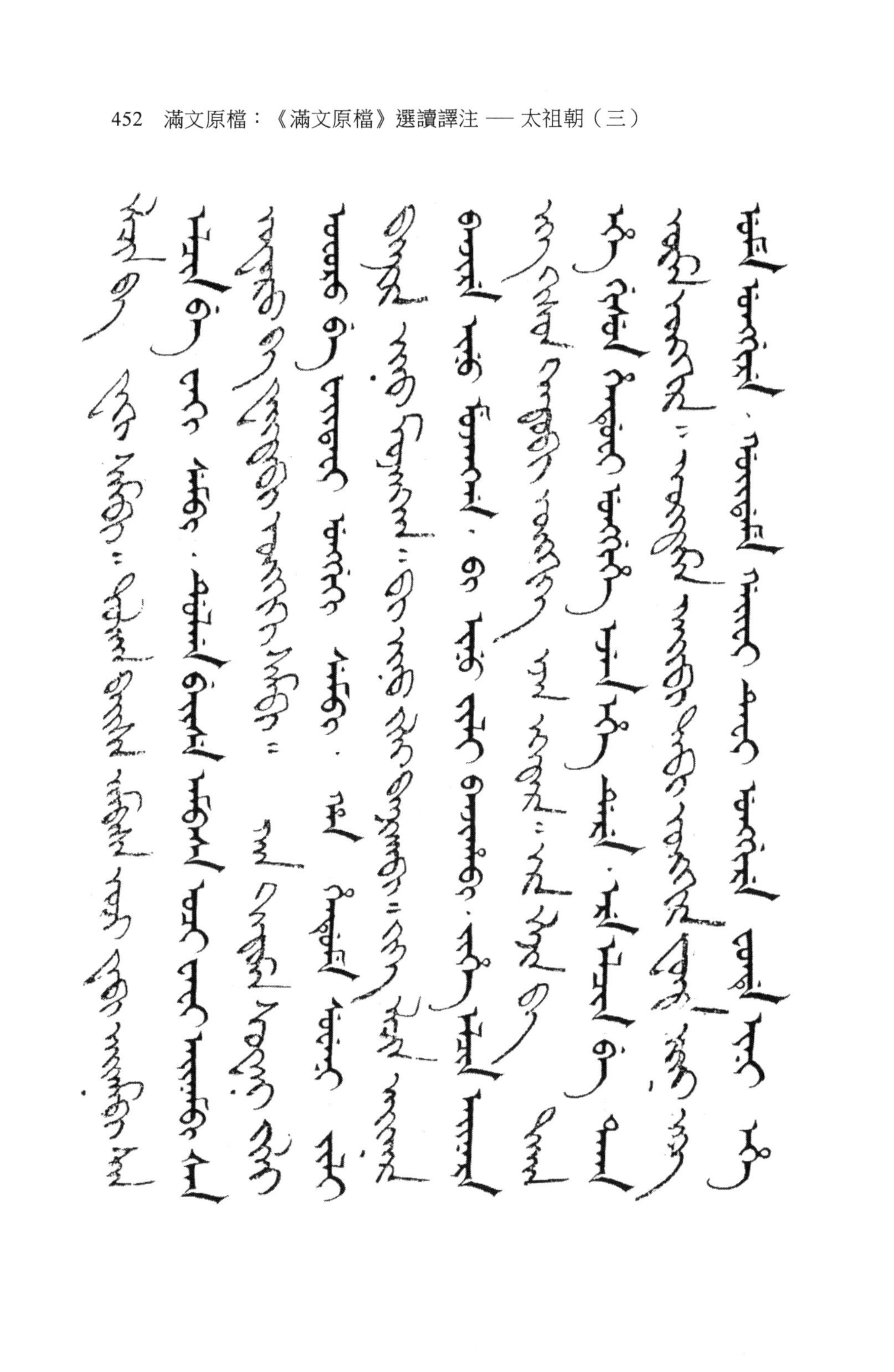

[illegible]

elcin be waki sembi, dulga beise ambasa oci wafi ainambi šan oforo be faitafi unggiki sembi. han hendume suweni jili banjire inu mujangga, bi inu jili banjihabi. jihe elcin ainara. ehe gisun hendufi unggihe ejen ehe dere, ere elcin be taka ume unggire, goidame gaifi tefi unggire fonde ini ehe

---

欲斬來使；一半諸貝勒大臣則謂殺之做什麼？欲將使者劓鼻馘耳而後放歸。汗曰：「爾等怒之，亦是也，我亦發怒。然於來使何干？說惡言，乃遣送使者主人之惡也，此使暫勿遣還，可久留居之，待遣回時，

欲斩来使；一半诸贝勒大臣则谓杀之做什么？欲将使者劓鼻馘耳而后放归。汗曰：「尔等怒之，亦是也，我亦发怒。然于来使何干？说恶言，乃遣送使者主人之恶也，此使暂勿遣还，可久留居之，待遣回时，

二十八、盟誓合謀

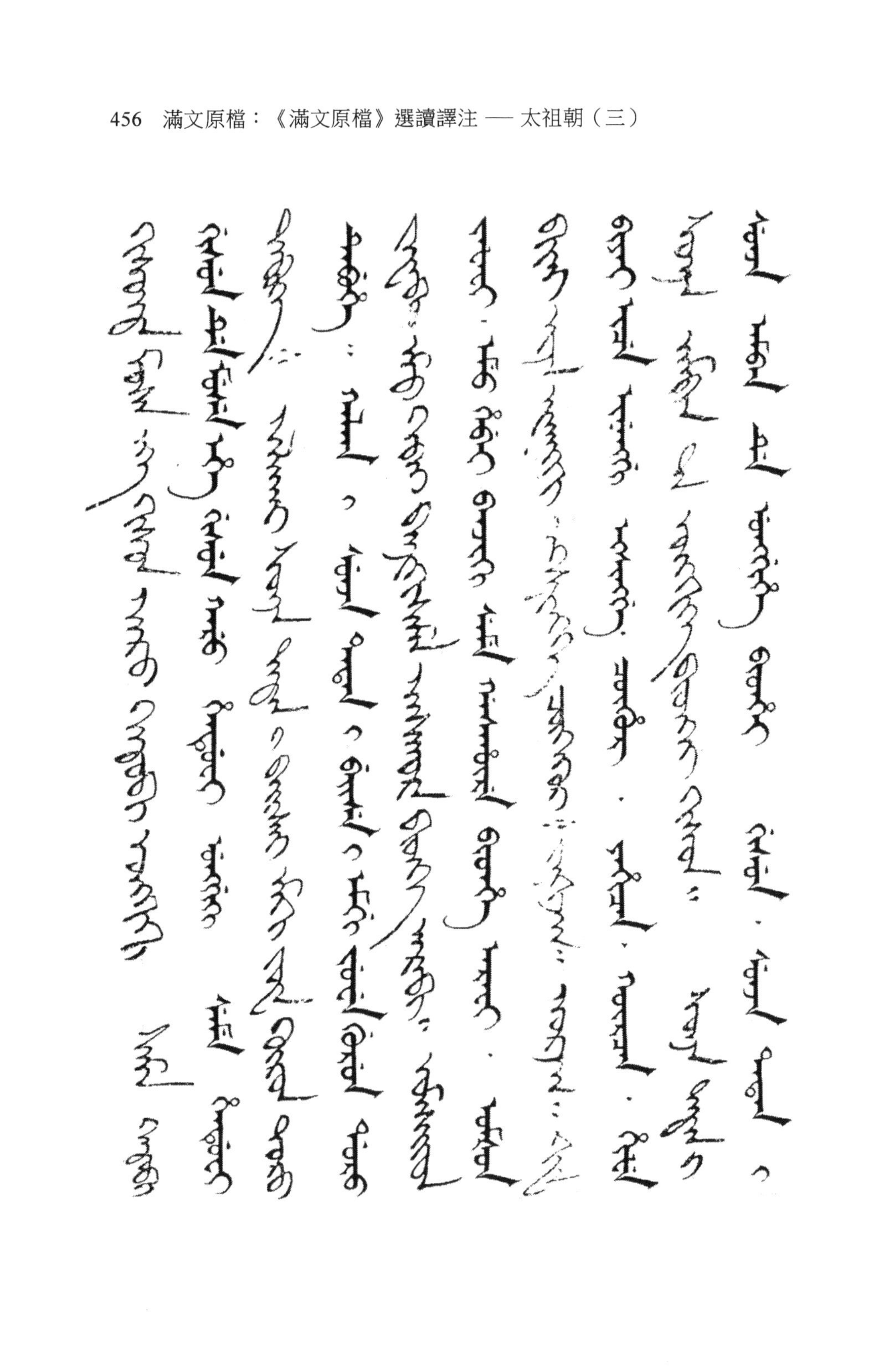

gisunde muse ehe gisun karu hendufi unggiki seme hendufi tebuhe. kalkai sunja tatan i beisei emgi juwe gurun doro jafafi, emu hebei banjikiseme gashūre bithe arafi, omšon biyai ice inenggi eksingge, cūhur, yahican, kūrcan, hife sunja amban de unggihe. bithei gisun, sunja tatan i

---

我等亦依其惡言，以惡言相答。」言訖，遂羈其使。欲與喀爾喀五部諸貝勒盟誓兩國執政聯盟和好，繕寫書信，於十一月[100]初一日，遣額克興額、綽護爾、雅希禪、庫爾纏、希福五大臣前往。書曰：

我等亦依其恶言，以恶言相答。」言讫，遂羁其使。欲与喀尔喀五部诸贝勒盟誓两国执政联盟和好，缮写书信，于十一月初一日，遣额克兴额、绰护尔、雅希禅、库尔缠、希福五大臣前往。书曰：

---

100 十一月，《滿文原檔》寫作“omsijon biya”，《滿文老檔》讀作“omšon biya”。按此為無圈點滿文“sijo（siyo）”與“šo”之混用現象。

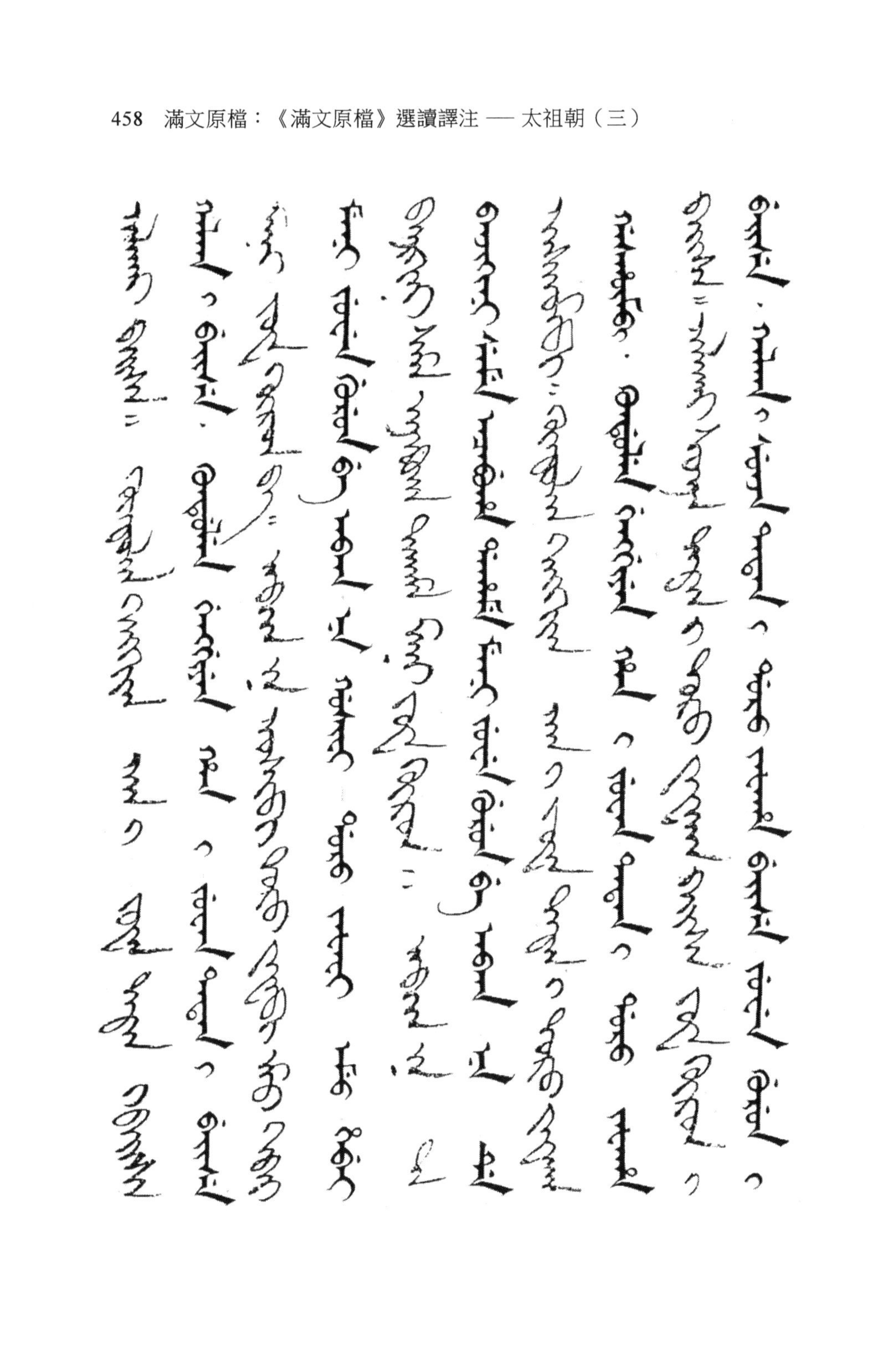

kalkai beise, kundulen genggiyen han i juwan tatan i beise meni juwe gurun be, abka na gosifi doro jafafi emu hebei banjikini seme acabuha dahame meni juwe gurun, abka na de gashūmbi, kundulen genggiyen han i juwan tatan i doro jafaha beise, kalkai sunja tatan i doro jafaha beise juwe gurun i

---

「五部喀爾喀諸貝勒與恭敬英明汗十固山諸貝勒，我二國蒙天地眷佑，執政同心相與盟好合謀，我二國對天地盟誓，恭敬英明汗十固山執政諸貝勒與喀爾喀五部執政諸貝勒，

「五部喀尔喀诸贝勒与恭敬英明汗十固山诸贝勒，我二国蒙天地眷佑，执政同心相与盟好合谋，我二国对天地盟誓，恭敬英明汗十固山执政诸贝勒与喀尔喀五部执政诸贝勒，

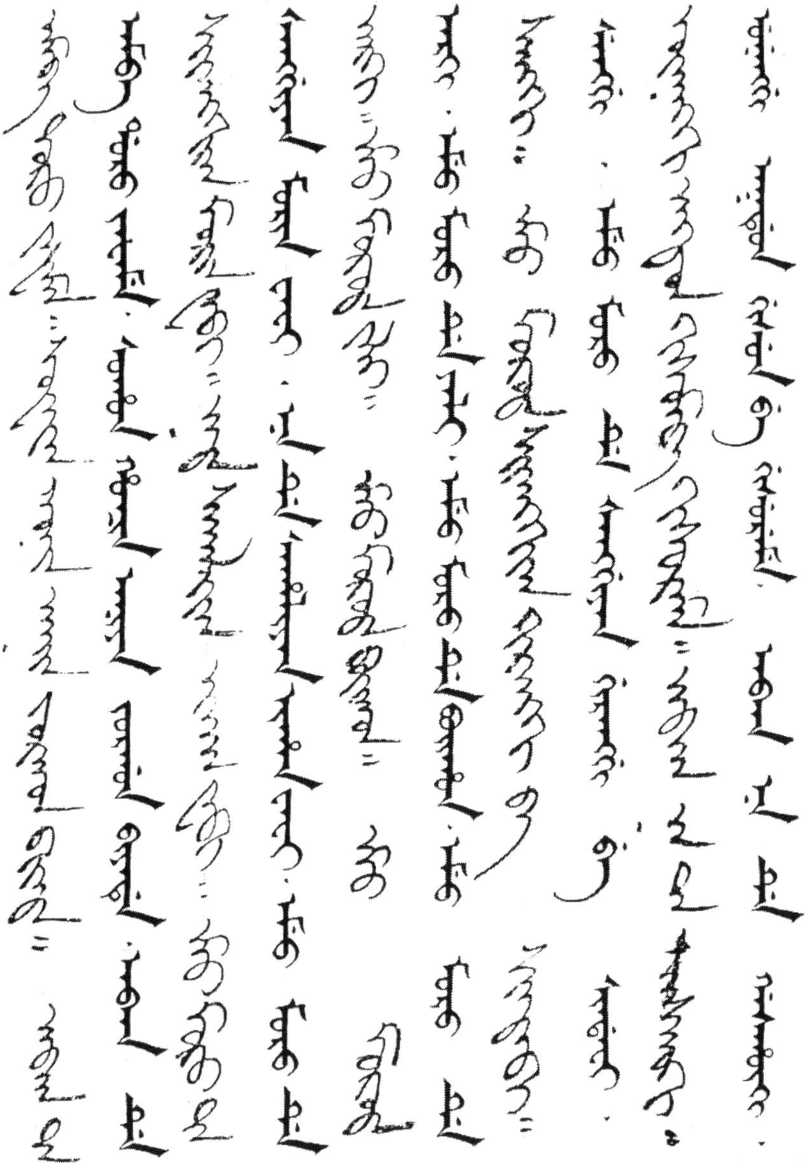

amba doro jafame, suwayan honin aniya jorgon biyade, abka de šanggiyan morin wafi, na de sahaliyan ihan wafi, emu moro de arki, emu morode yali, emu morode boihon, emu morode senggi, emu morode šanggiyan giranggi be sindafi, unenggi akdun gisumbe gisureme, abka na de gashūki,

---

執掌二國大政，於戊未〔己未〕年十二月[101]，刑白馬祭天，刑烏牛祭地，設酒一碗、肉一碗、土一碗、血一碗、白骨一碗，以誠信之言，誓告天地。

执掌二国大政，于戊未〔己未〕年十二月，刑白马祭天，刑乌牛祭地，设酒一碗、肉一碗、土一碗、血一碗、白骨一碗，以诚信之言，誓告天地。

---

101 戊未，《滿文原檔》讀作"suwayan honin"，《滿文老檔》讀作"sohon honin"意即「己未」，相當於明神宗萬曆四十七年（1619）、清太祖天命四年。

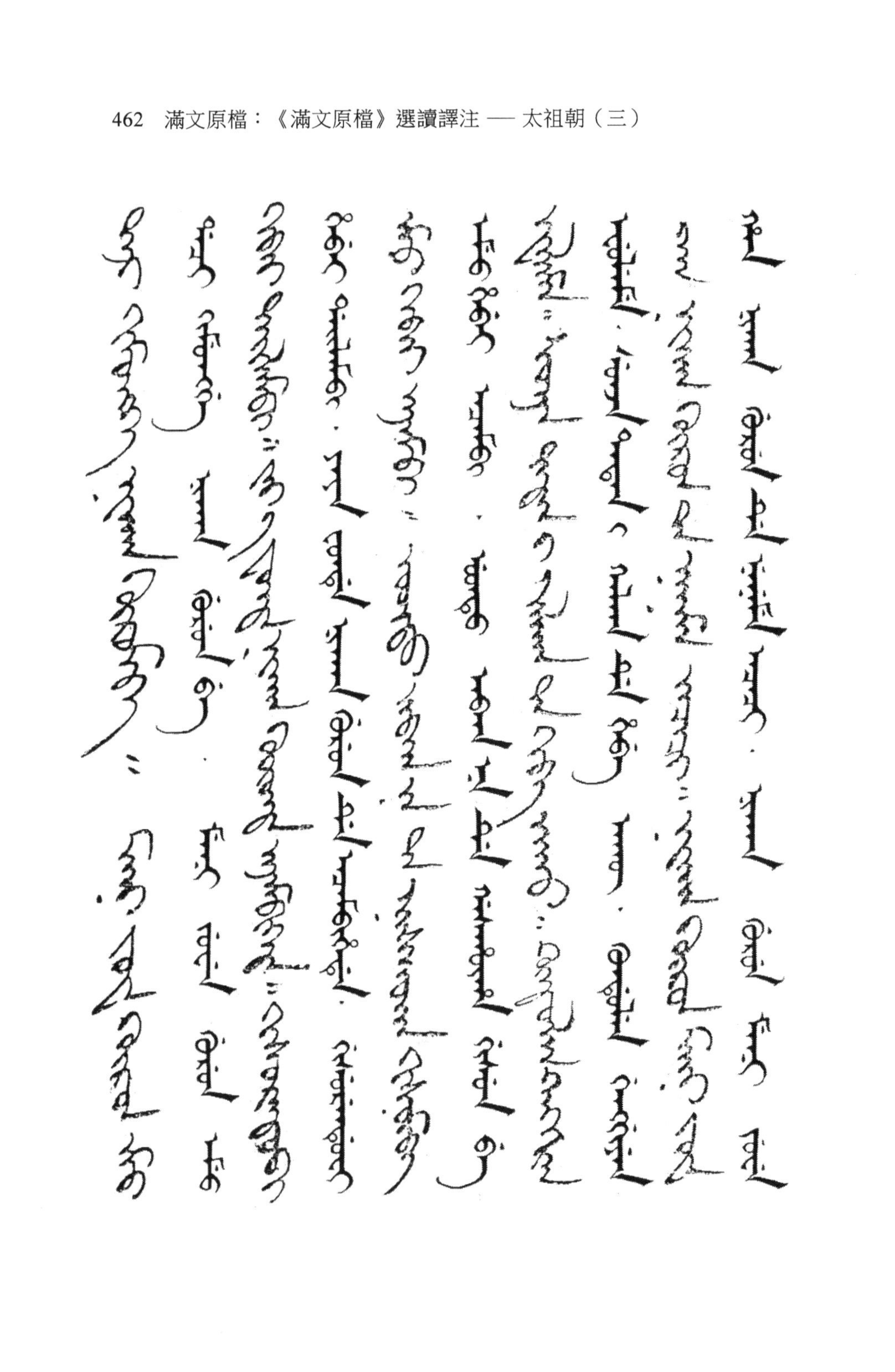

daci kimungge nikan gurumbe, meni juwe gurun emu hebei dailambi, yaya fonde nikan gurunde acambihede, gisurendufi emu hebei acambi. uttu abka na de gashūha gisumbe efuleme, sunja tatan i kalka de hebe akū, kundulen genggiyen han nikan gurun de neneme acaci, nikan gurun meni juwe

---

我二國素與明國為仇，合謀征之，不拘何時倘與明國修好，務必同心商議而後與之和。若燬誓告天地之盟，而不與五部喀爾喀商議，恭敬英明汗先行與明國講和，或明國欲敗我二國之好，

我二国素与明国为仇，合谋征之，不拘何时倘与明国修好，务必同心商议而后与之和。若毁誓告天地之盟，而不与五部喀尔喀商议，恭敬英明汗先行与明国讲和，或明国欲败我二国之好，

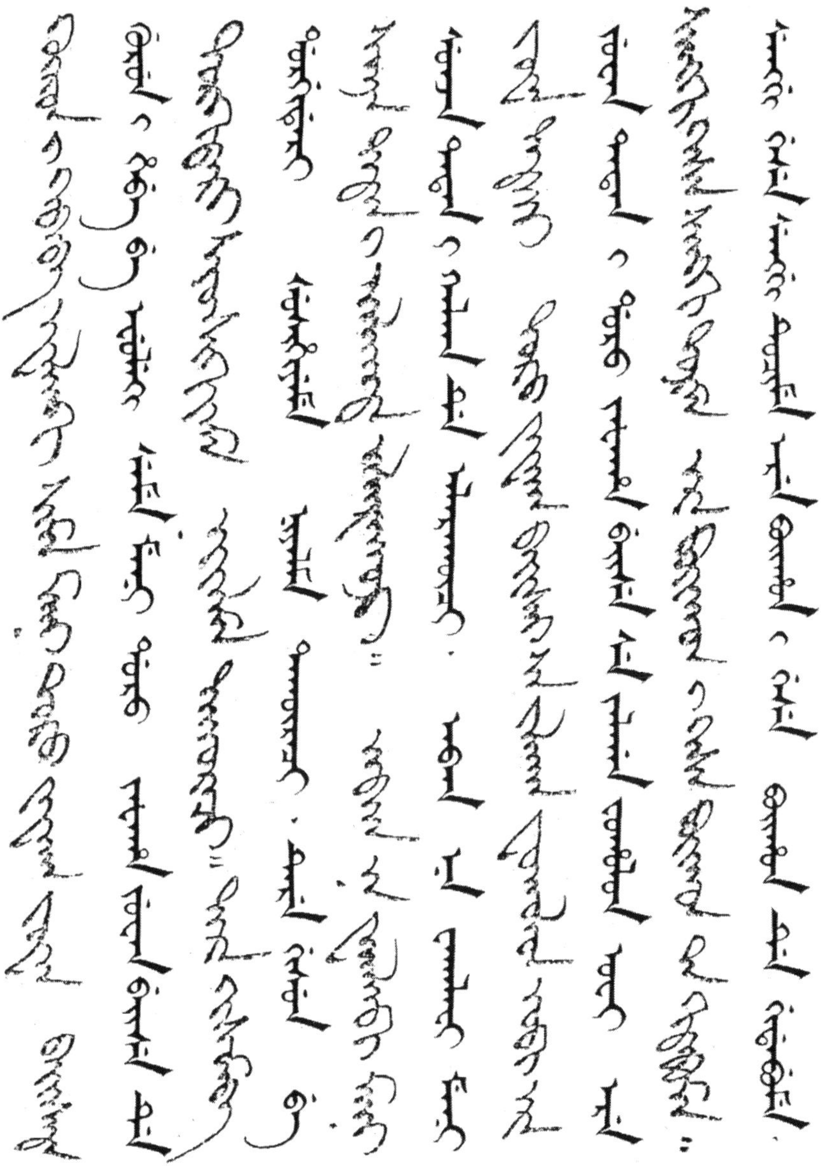

gurun i hebebe efuleki seme meni doro jafaha juwan beisede dorgideri šusihiyeme niyalma takūraci, tere gisun be sunja tatan i kalkade alarakūci, abka na wakalafi meni juwan tatani doro jafaha beisei se jalgan foholon ofi ere senggi gese senggi tucime ere boihon i gese boihon de gidabume,

---

密遣人從中離間我執政十貝勒，而不以其言告知五部喀爾喀，當受天地譴責，奪我十部執政諸貝勒之壽算，即如此血濺血，如此土蒙土，

密遣人从中离间我执政十贝勒，而不以其言告知五部喀尔喀，当受天地谴责，夺我十部执政诸贝勒之寿算，即如此血溅血，如此土蒙土，

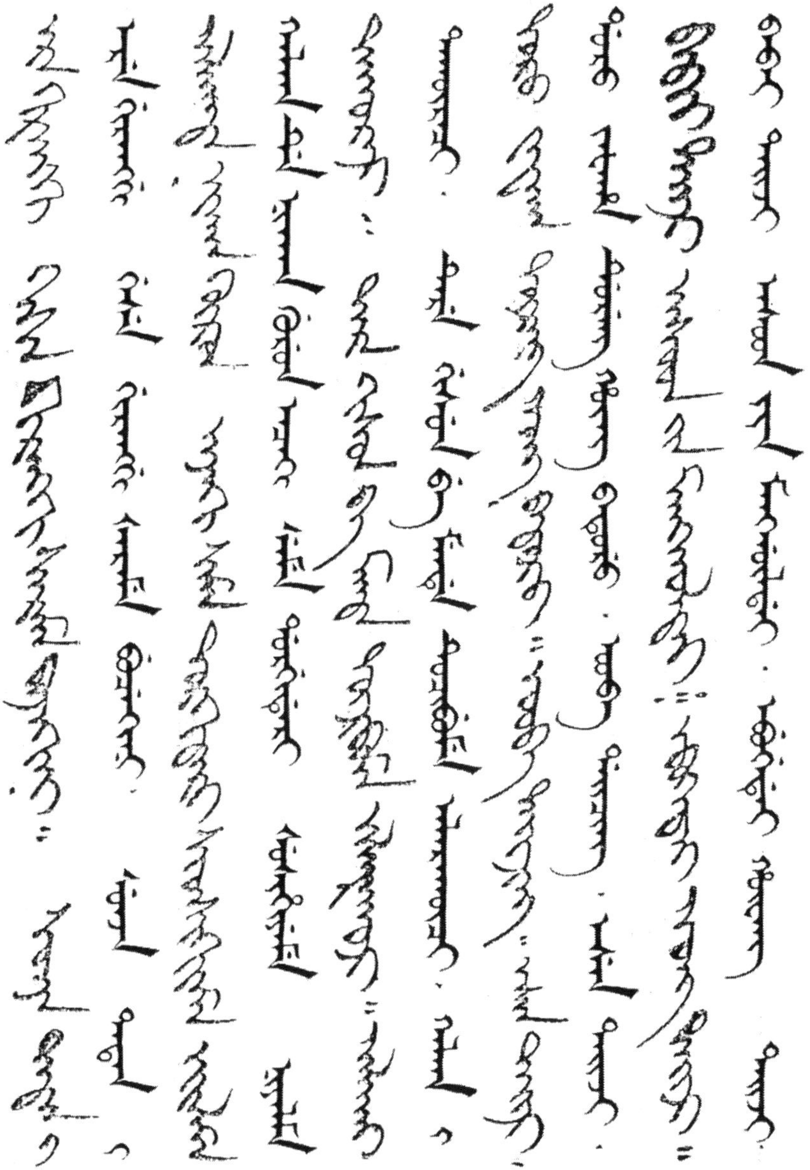

ere giranggi gese giranggi šarame bucekini. sunja tatan i kalka de nikan gurun acaki seme dorgideri šusihiyeme niyalma takūraci, tere gisun be mende tucibume alarakūci, kalkai doro jafaha dureng hūng baturu, ooba daicing, esen taiji, babai taiji asot jin manggūldai, ebugedei hong taiji,

---

如此骨暴骨而死。若明國欲與五部喀爾喀講和，密遣人從中離間，而不以其言告知我，則奪喀爾喀執政之杜稜洪巴圖魯、奧巴戴青、額參台吉、巴拜台吉、阿索忒晉莽古爾代、額布格德依洪台吉、

如此骨暴骨而死。若明国欲与五部喀尔喀讲和，密遣人从中离间，而不以其言告知我，则夺喀尔喀执政之杜棱洪巴图鲁、奥巴戴青、额参台吉、巴拜台吉、阿索忒晋莽古尔代、额布格德依洪台吉、

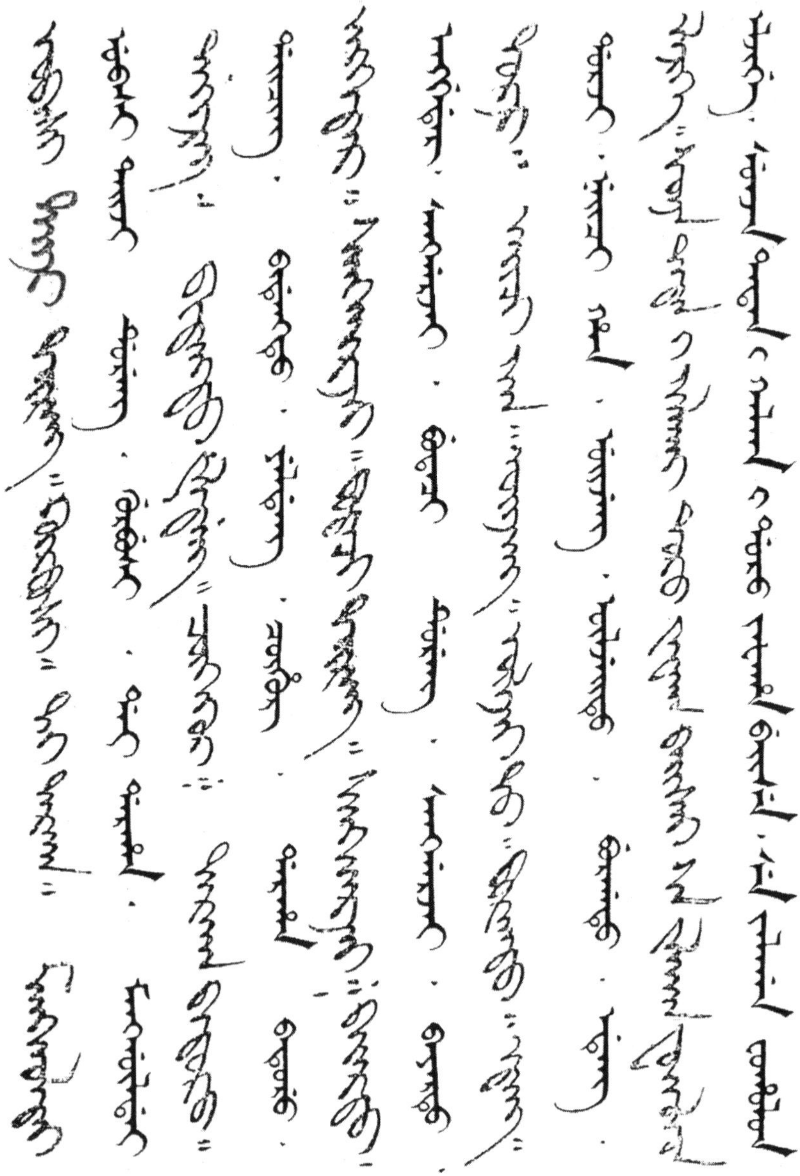

ubasi taiji dureng, gurbusi, dai darhan, manggūldai daicing, bidengtu, yeldeng, cūhur, darhan baturu, enggeder, sanggarjai, butaci dureng, sanggarjai, bayartu, dorji, neici han, uijeng, ūljei tu, burgatu, edeng, eljige, sunja tatan i kalkai doro jafaha beisei, se jalgan foholon

---

烏巴什台吉杜稜、古爾布什、代達爾漢、莽古爾代戴青、畢登圖、葉勒登、楚胡爾、達爾漢巴圖魯、恩格德爾、桑阿拉寨、布他齊杜稜、桑阿喇寨、巴牙喇圖、朵爾濟、內齊漢、衛徵、俄爾寨圖、布爾哈圖、額滕、額勒濟格等五部喀爾喀執政諸貝勒之壽算，

乌巴什台吉杜棱、古尔布什、代达尔汉、莽古尔代戴青、毕登图、叶勒登、楚胡尔、达尔汉巴图鲁、恩格德尔、桑阿拉寨、布他齐杜棱、桑阿喇寨、巴牙喇图、朵尔济、内齐汉、卫征、俄尔寨图、布尔哈图、额滕、额勒济格等五部喀尔喀执政诸贝勒之寿算，

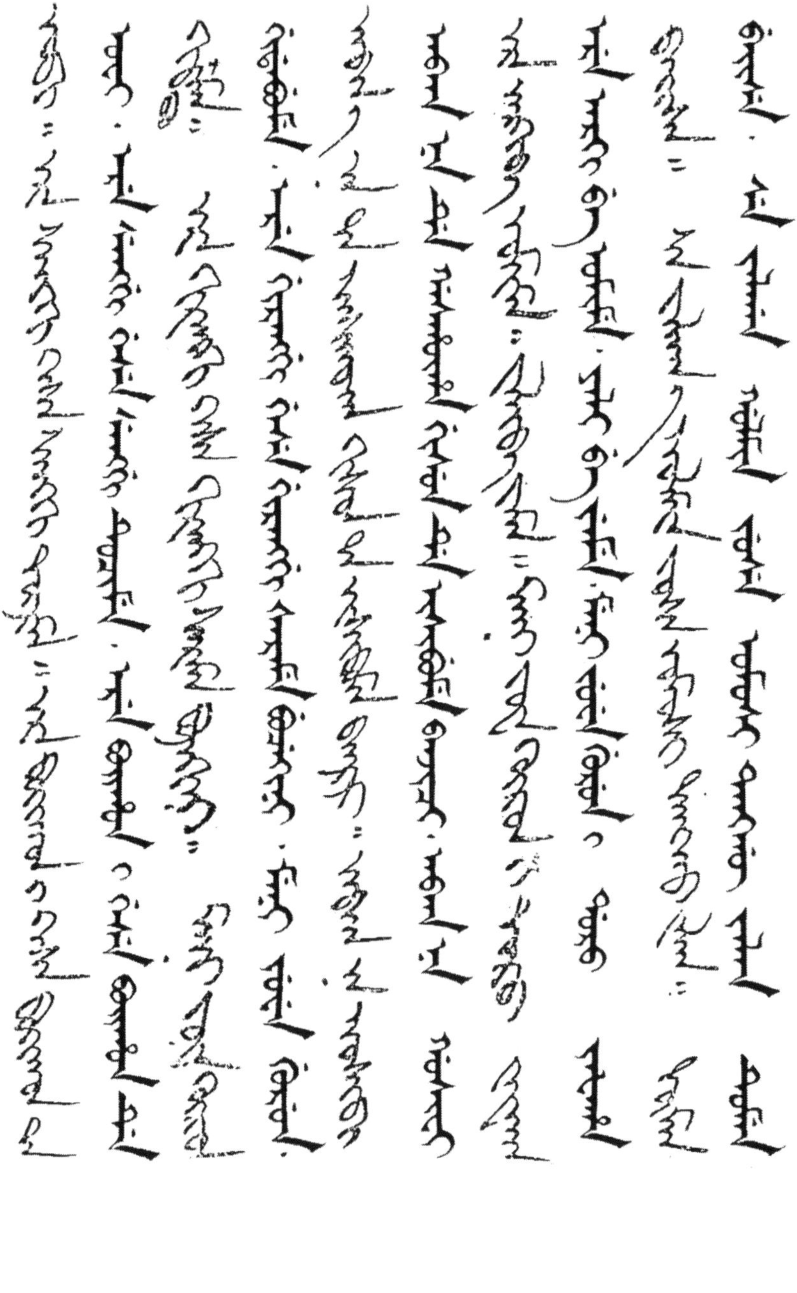

ofi, ere senggi gese senggi tucime, ere boihon i gese boihon de gidabume, ere giranggi gese giranggi šarame bucekini. meni juwe gurun, akba na de gashūha gisun de isibume banjici, abka na gosifi ere arkibe omime, yalibe jeme, meni juwe gurun i doro jafaha beise, se jalgan golmin juse omosi tanggū jalan, tumen

---

亦如此血濺血、如此土蒙土、如此骨暴骨而死。我二國若踐此天地之誓言，則天地佑之，飲此酒、食此肉，願我二國執政諸貝勒壽算綿長，子孫百世，

亦如此血溅血、如此土蒙土、如此骨暴骨而死。我二国若践此天地之誓言，则天地佑之，饮此酒、食此肉，愿我二国执政诸贝勒寿算绵长，子孙百世，

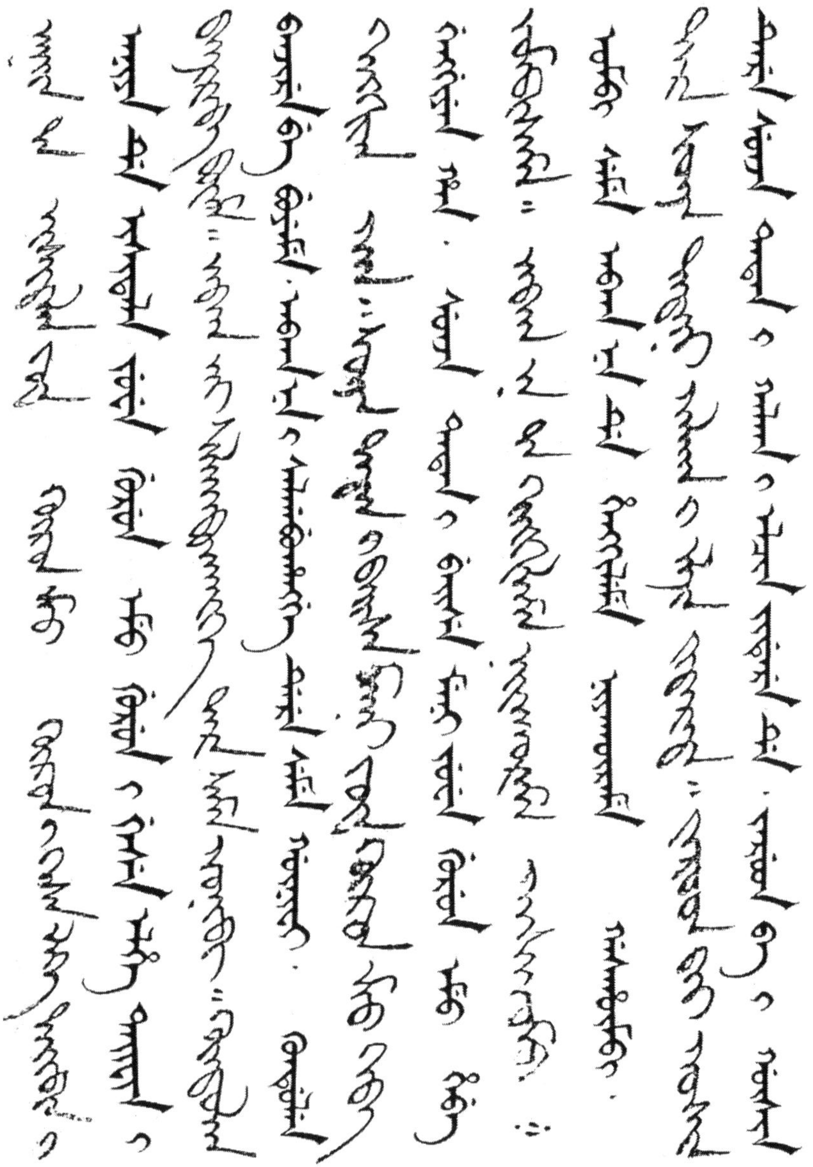

aniya de isitala juwe gurun emu gurun i gese elhe taifin i banjirebe buyeme, abka nai salgabuhangge dere seme gūnifi, kundulen genggiyen han, sunja tatan i beise meni juwe gurun emu hebe ombiseme, abka na de hengkileme niyakūrame gashūmbi, tere sunja tatan i kalkai elcin jiderede, jarut bai gūsin

---

及於萬年，二國如一，永享太平，亦乃天地使然也。恭敬英明汗、五部諸貝勒，我二國同謀。遂叩拜天地立此誓。」五部喀爾喀使者來時，扎魯特地方之三十

及于万年，二国如一，永享太平，亦乃天地使然也。恭敬英明汗、五部诸贝勒，我二国同谋。遂叩拜天地立此誓。」五部喀尔喀使者来时，扎鲁特地方之三十

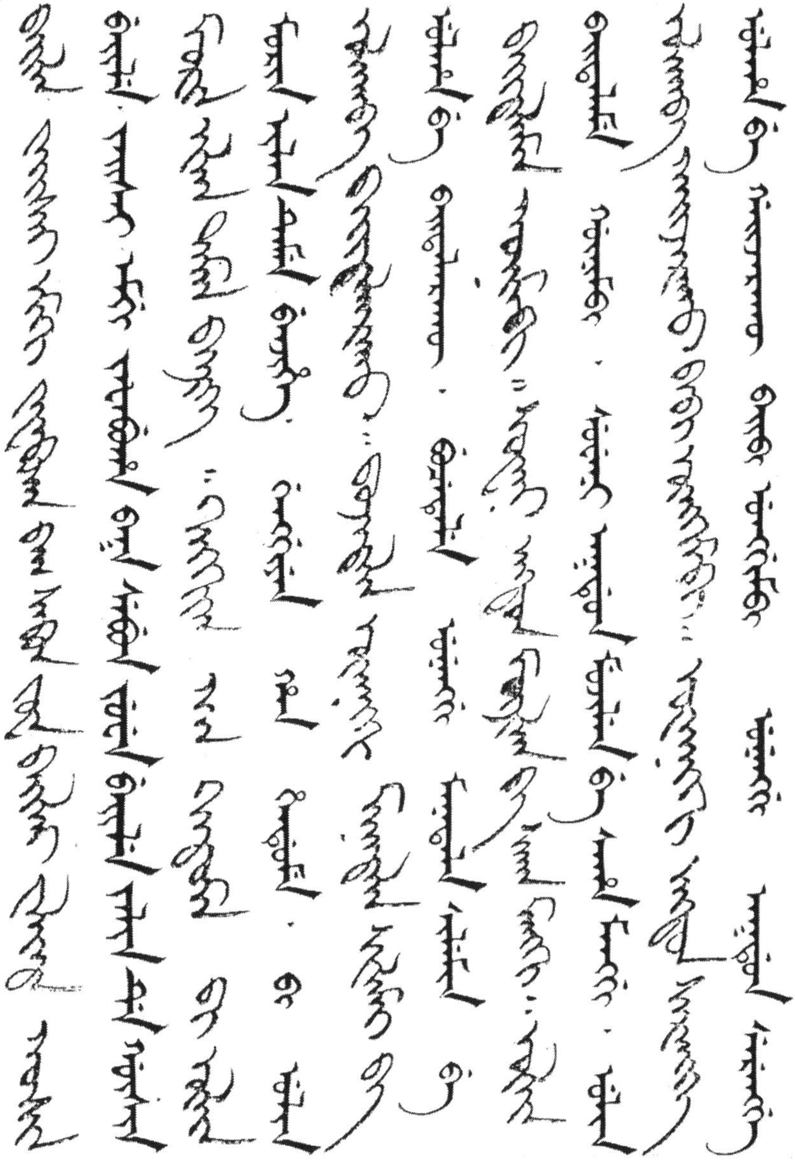

beile jaisai emgi jafabuha bak sebun juwe beilei jalinde gūsin morin ilan temen benjihe. genggiyen han hendume, bi ulin ulhabe baitalarakū, bucetele unenggi manatala silemi be baitalame gūnimbi. suweni akdun mujilen be saha manggi, ulin ulhabe gaijarakū baibi unggimbi. unenggi akdun serengge

---

貝勒乃因巴克、色本二貝勒與宰賽一同被擒，送來馬三十匹、駝三隻。英明汗曰：「我不需財物、牲畜，惟需至死不渝之誠。但見爾等之誠意，不接受財物牲畜，原物盡行退還。

贝勒乃因巴克、色本二贝勒与宰赛一同被擒，送来马三十匹、驼三只。英明汗曰：「我不需财物、牲畜，惟需至死不渝之诚。但见尔等之诚意，不接受财物牲畜，原物尽行退还。

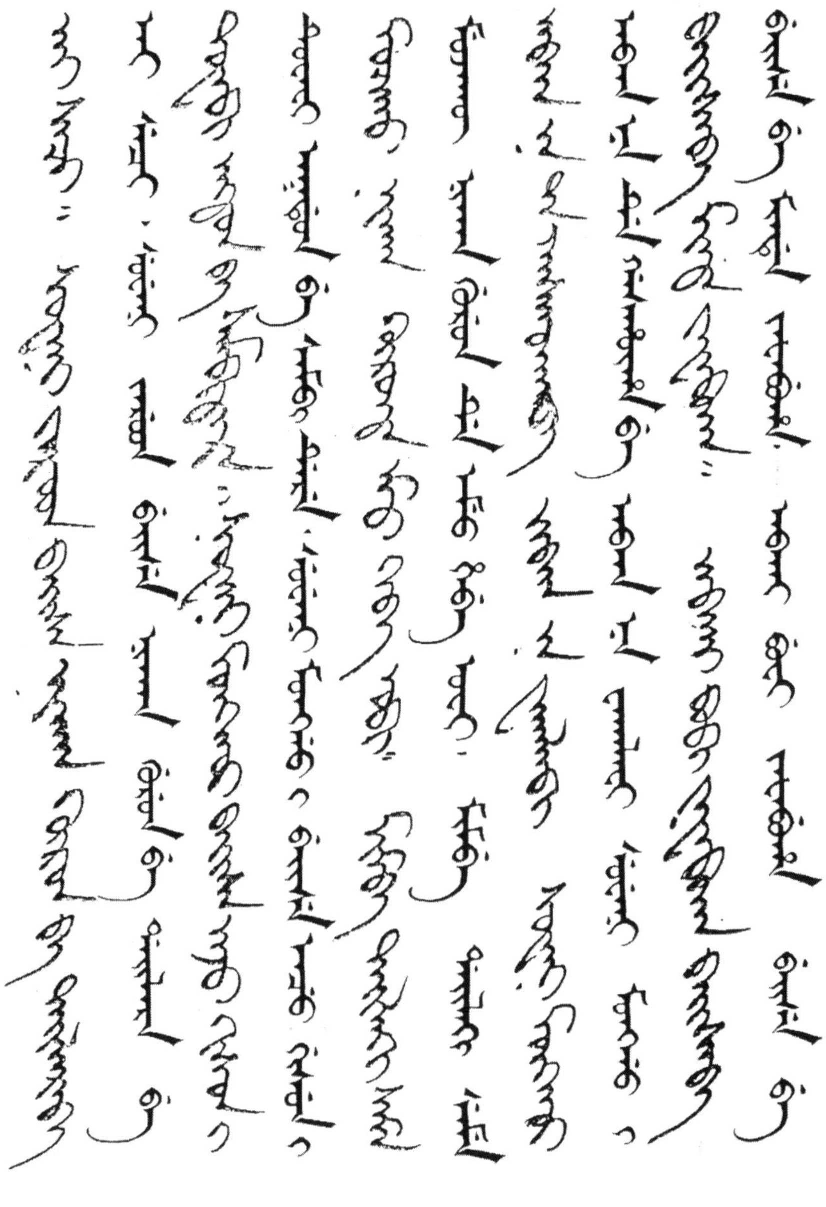

ai seci, suweni jarut beise nikan gurun be dailarabe tuwafi akdun be sambidere. suweni monggoi beise encu gisun i mujakū nikan gurunde emu hebe ofi, mimbe dailaki seme abka na de gashūhabe abka na wakalafi suweni monggoi beisebe minde jafabuha. abkai bufi jafabuha beisebe

---

若謂誠信為何？俟見爾等扎魯特貝勒舉兵征討明國，即知誠信也。爾等蒙古諸貝勒與語言殊異之明國同謀，欲征討我而對天地盟誓，受天地譴責，以致爾等蒙古諸貝勒為我所擒。天所賜為我擒獲之諸貝勒，

若谓诚信为何？俟见尔等扎鲁特贝勒举兵征讨明国，即知诚信也。尔等蒙古诸贝勒与语言殊异之明国同谋，欲征讨我而对天地盟誓，受天地谴责，以致尔等蒙古诸贝勒为我所擒。天所赐为我擒获之诸贝勒，

二十九、人質交替

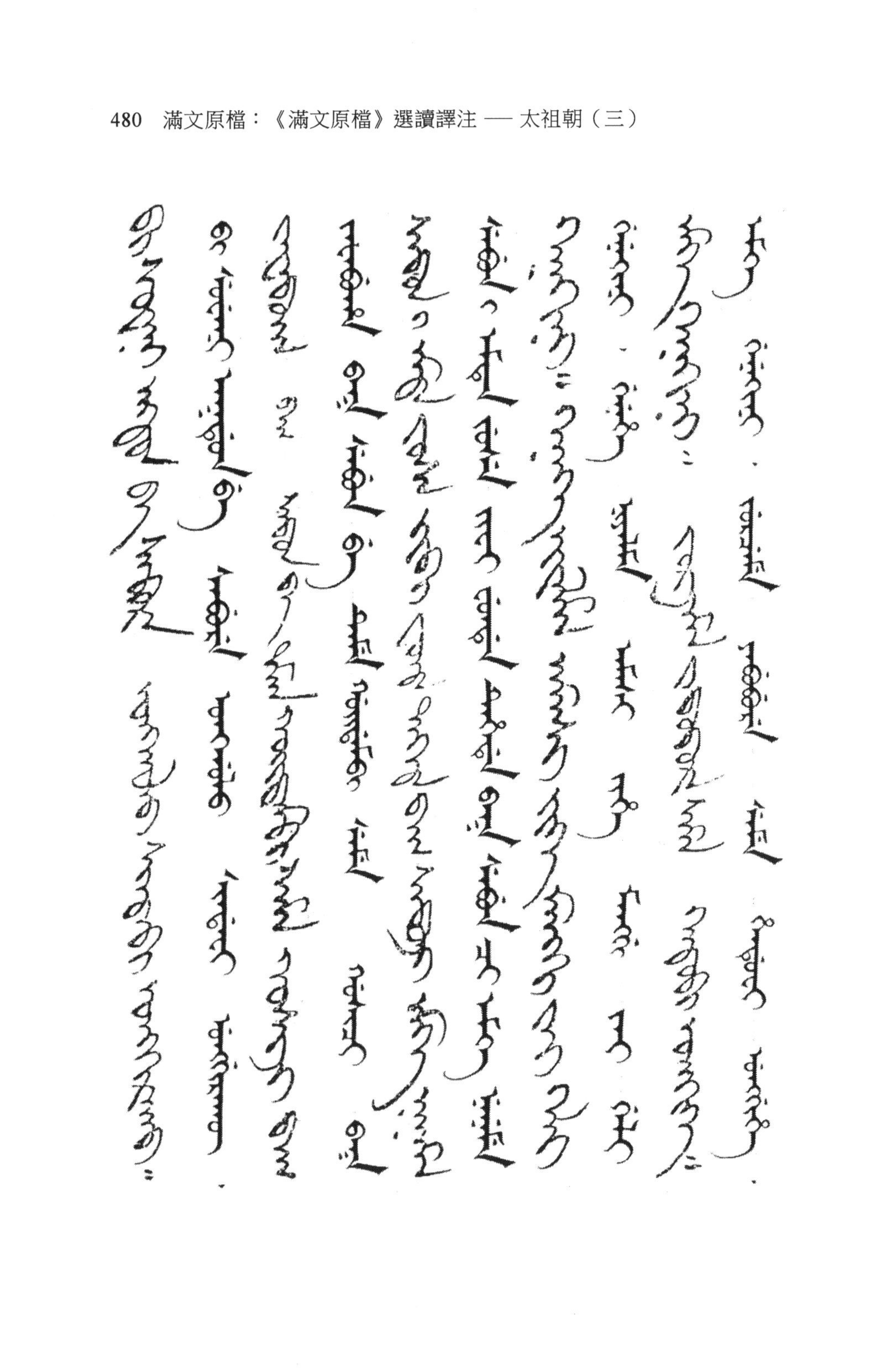

bi suweni akdun be sabure onggolo sindafi unggirakū. jafabuha bak sebun be teme goidambi seme gosici bak sebun i emte juse jifi funde tehede bak sebun ci emke neneme genckini, genehe niyalma amasi jihe manggi jai geli emke genekini, jurceme yabubure seme hendufi unggihe,

---

我未見爾等誠信之前，不予放回。倘以所擒之巴克、色本留居此處過久為憐，可遣巴克、色本二人之子各一人前來替代居此。巴克、色本二人之中一人先歸，歸著回來後，另一人再歸，如此交錯往來。」言畢，遣回來使。

我未见尔等诚信之前，不予放回。倘以所擒之巴克、色本留居此处过久为怜，可遣巴克、色本二人之子各一人前来替代居此。巴克、色本二人之中一人先归，归着回来后，另一人再归，如此交错往来。」言毕，遣回来使。

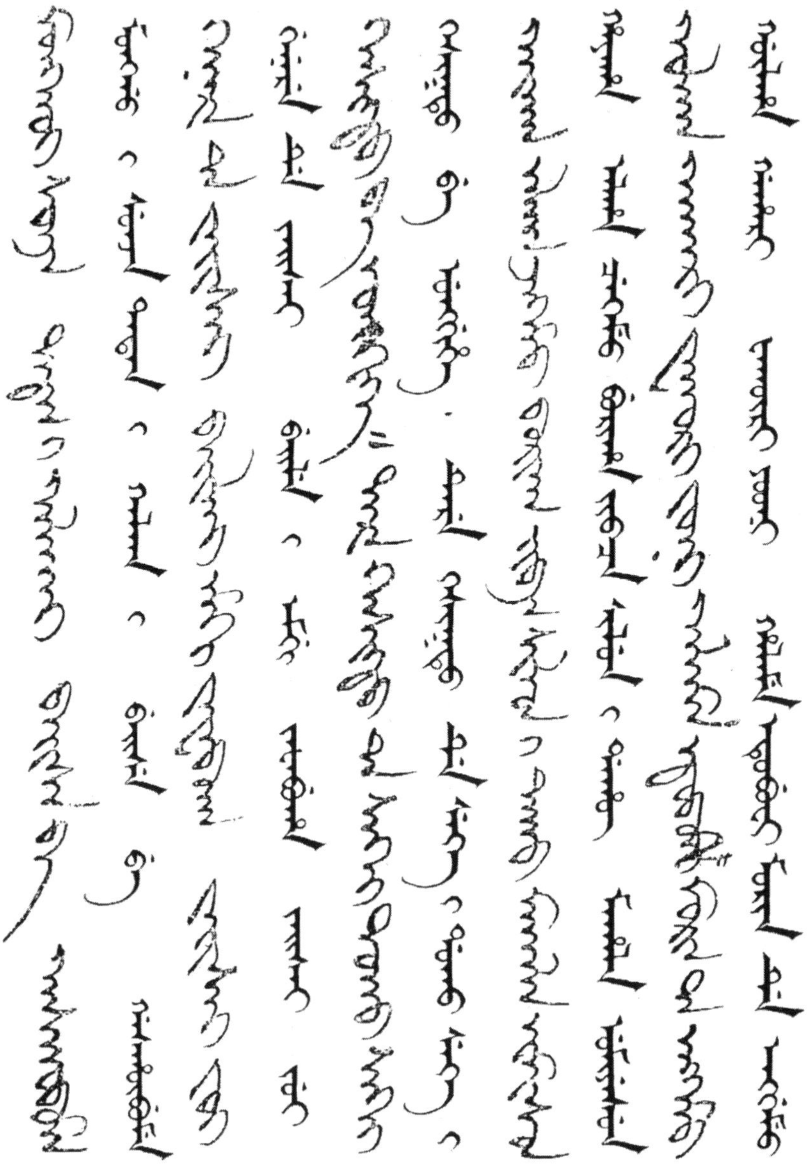

monggoi sunja tatan i kalkai beise be gashūbume genere de jaisai beilei emgi jafabuha jaisai jui kesiktu be unggihe. tere kesiktu de sekei doko sekei hayaha alha cekemu buriha jibca silun i dahū mahala umiyesun gūlha gahari fakūri yooni halame etubufi morin de enggemu

---

與蒙古五部喀爾喀諸貝勒盟誓時，將與宰賽貝勒一同被擒宰賽之子克石克圖遣回。賜克石克圖貂皮裏貂皮鑲邊閃緞倭緞面子皮襖、猞猁猻皮大衣、暖帽、腰帶、靴子、布衫、褲子等換穿之，及鞍馬、

与蒙古五部喀尔喀诸贝勒盟誓时，将与宰赛贝勒一同被擒宰赛之子克石克图遣回。赐克石克图貂皮里貂皮镶边闪缎倭缎面子皮袄、猞猁狲皮大衣、暖帽、腰带、靴子、布衫、裤子等换穿之，及鞍马、

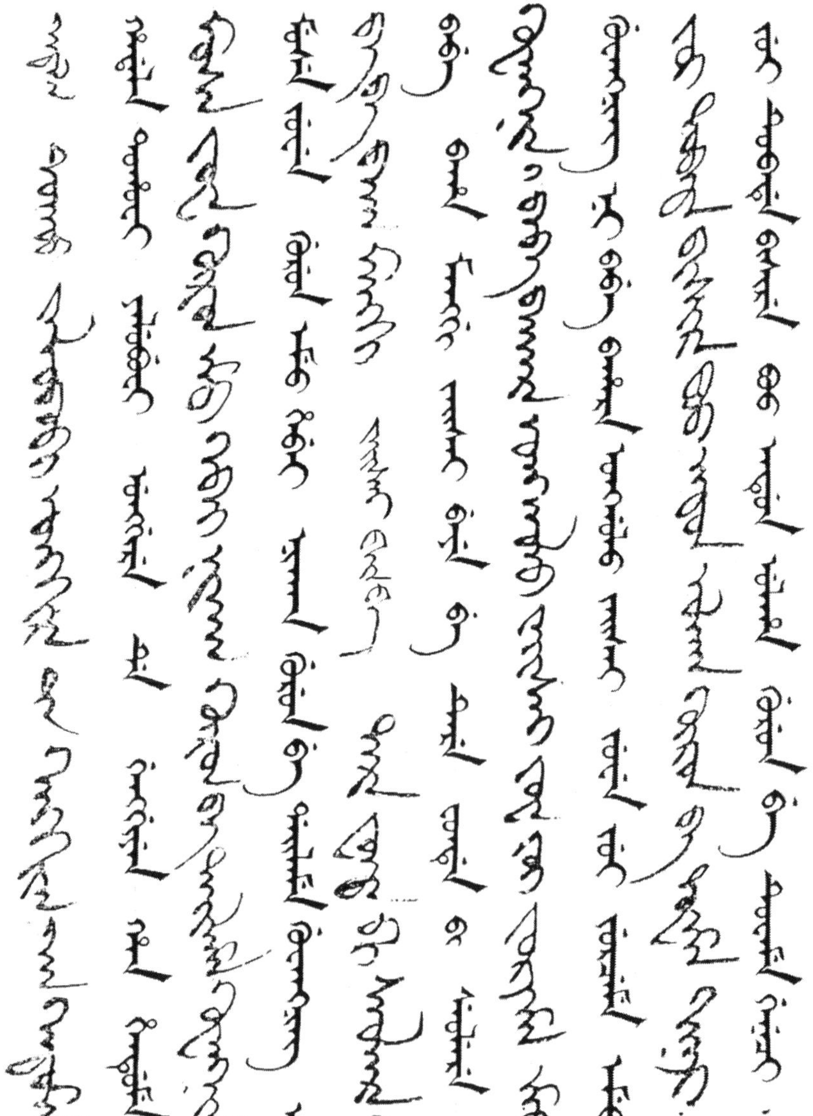

hadala tohofi yalubufi, unggire de genggiyen han hendume, muse juwe gurun emu hebei nikan gurun be dailame guwangnin i ba be baha manggi jaisai beye be tere fonde bi seolere. guwangnin i babe bahara onggolo jaisai juwe jui jurceme emu jui tubade bisire boo adun ulha gurun be tuwame geneci,

---

轡頭使乘騎。行前，英明汗曰：「俟我二國合謀征討明國，取得廣寧地方後，那時我再考慮放回宰賽本人。在取得廣寧地方之前，可令宰賽二子交錯往來，一子在彼處看守房舍、牧群、牲畜及國人，

辔头使乘骑。行前，英明汗曰：「俟我二国合谋征讨明国，取得广宁地方后，那时我再考虑放回宰赛本人。在取得广宁地方之前，可令宰赛二子交错往来，一子在彼处看守房舍、牧群、牲畜及国人，

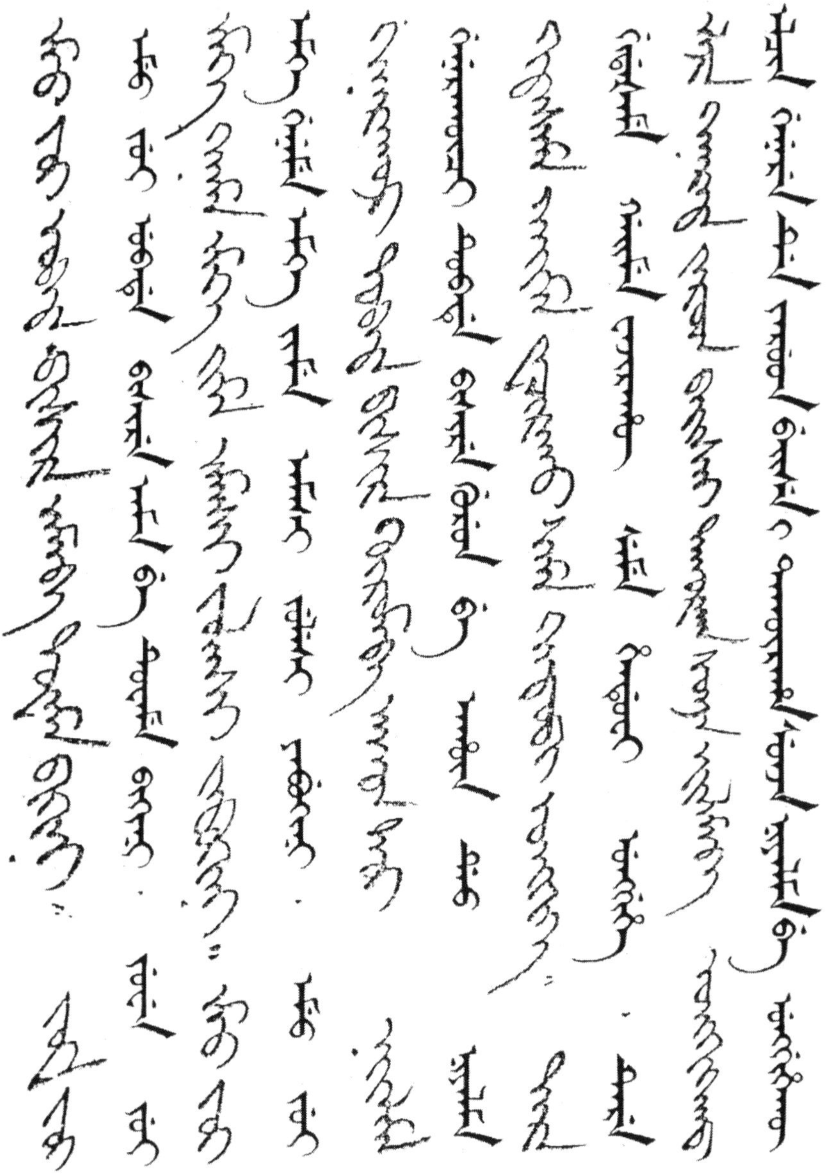

emu jui ubade bisire amabe tuwame bikini. juwe jui emke geneme emke jime amasi julesi yabukini, emu jui generakūci tubade bisire gurumbe, ahūn deo niyalma gidašame gaime wajirahū seme hendufi unggihe. tere elcin generede jarut beisei takūraha sunja niyalmabe unggihekū

一子則在此侍父。可令二子一人去一人來，若一子不去，恐彼處國人盡為兄弟欺凌侵奪。」言畢，遣回。其使者返回時，未令扎魯特諸貝勒遣來五人同時送回，

一子则在此侍父。可令二子一人去一人来，若一子不去，恐彼处国人尽为兄弟欺凌侵夺。」言毕，遣回。其使者返回时，未令扎鲁特诸贝勒遣来五人同时送回，

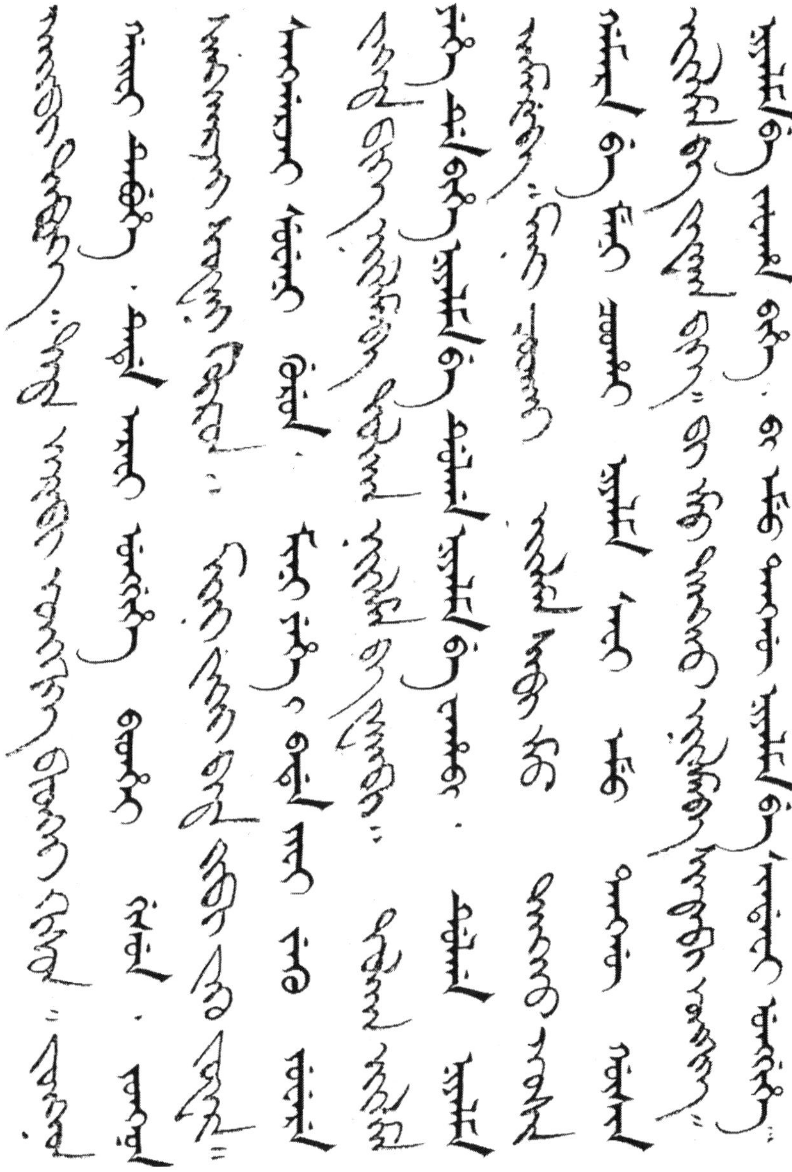

gaifi tebuhe. tede arafi unggihe. bithei gisun, jongnon sanggarjai suweni gurun, mini yehei bade jifi jeku juwere yehede bihe niyalmabe dulga niyalma be wahabi, dulga niyalma gamarabe, meni coohai niyalma safi emu tanggū gūsin niyalma be jafaha bihe, bi emu tanggū niyalma be sindafi unggihe.

仍留居之。繕寫書信付之送回，書曰：「鍾嫩、桑阿爾寨等國人來我葉赫地方，將我在葉赫運送糧食之人一半殺害，一半擄去。我軍士聞知，曾擒獲一百三十人，放回一百人。

仍留居之。缮写书信付之送回，书曰：「锺嫩、桑阿尔寨等国人来我叶赫地方，将我在叶赫运送粮食之人一半杀害，一半掳去。我军士闻知，曾擒获一百三十人，放回一百人。

三十、致書修好

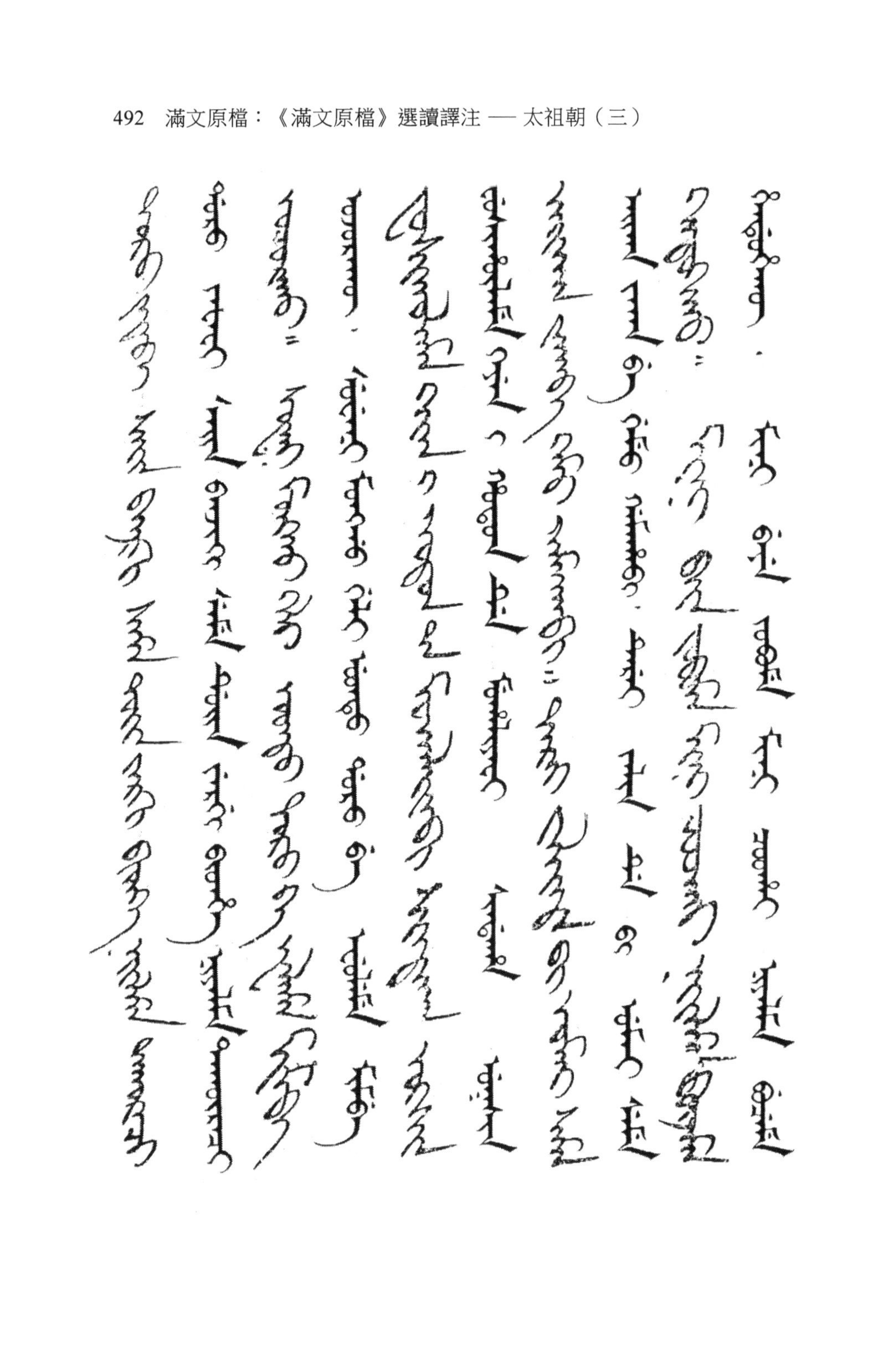

doro jafafi sain banjiki seme duin jergi bithe niyalma takūraci ojorakū. suweni monggo geli uttu doro be efuleme mimbe fusihūlame keyen i hoton de muhaliyafi sindaha uksin aika jakabe gemu gamahabi, terei jalinde bi umai seme henduhekū. mini beye jobome mini coohai niyalma buceme

---

我曾四次遣人致書,欲與爾等執政修好，爾竟不從。爾等蒙古又如此渝盟輕我,將我堆置於開原城之鎧甲諸物皆掠去，為此，我並未責問，將我自身辛苦，我軍士死戰

我曾四次遣人致书,欲与尔等执政修好，尔竟不从。尔等蒙古又如此渝盟轻我,将我堆置于开原城之铠甲诸物皆掠去，为此，我并未责问，将我自身辛苦，我军士死战

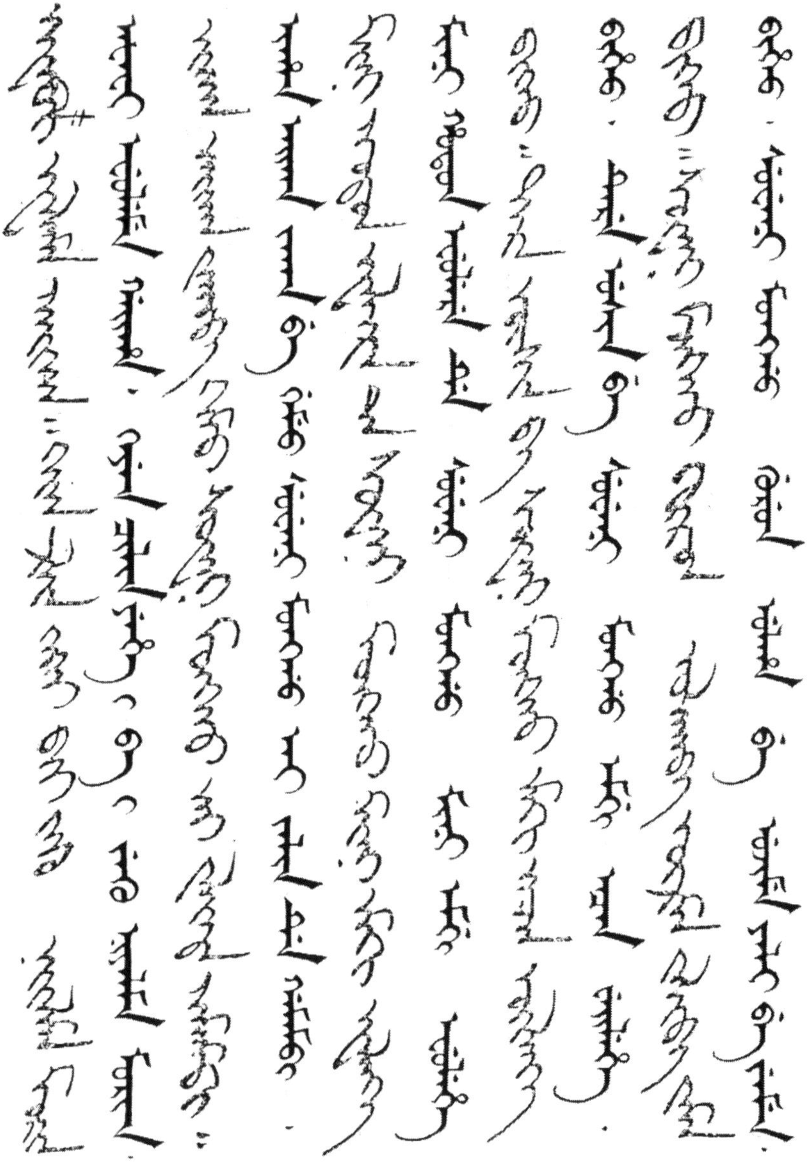

afafi efuleme gaiha keyen cilin yehei bai jeku niyalma morin ihan aika jakabe gemu suweni monggo ai jalinde gamambi. mini hoton efulere de suweni monggo mini emgi efulehe biheo. tere usin be suweni monggo emgi acan weilehe biheo. suweni monggo gurun ulhabe ujime yali be jeme,

---

攻破之開原、鐵嶺、葉赫等地所獲之糧食、人口、馬匹、牛隻等一應物件，爾等蒙古為何皆奪去？我破城時，爾等蒙古曾與我一同攻破乎？其田地，我曾與爾等蒙古共同合種乎？爾等蒙古國以牧養牲畜、食肉，

攻破之开原、铁岭、叶赫等地所获之粮食、人口、马匹、牛只等一应物件，尔等蒙古为何皆夺去？我破城时，尔等蒙古曾与我一同攻破乎？其田地，我曾与尔等蒙古共同合种乎？尔等蒙古国以牧养牲畜、食肉，

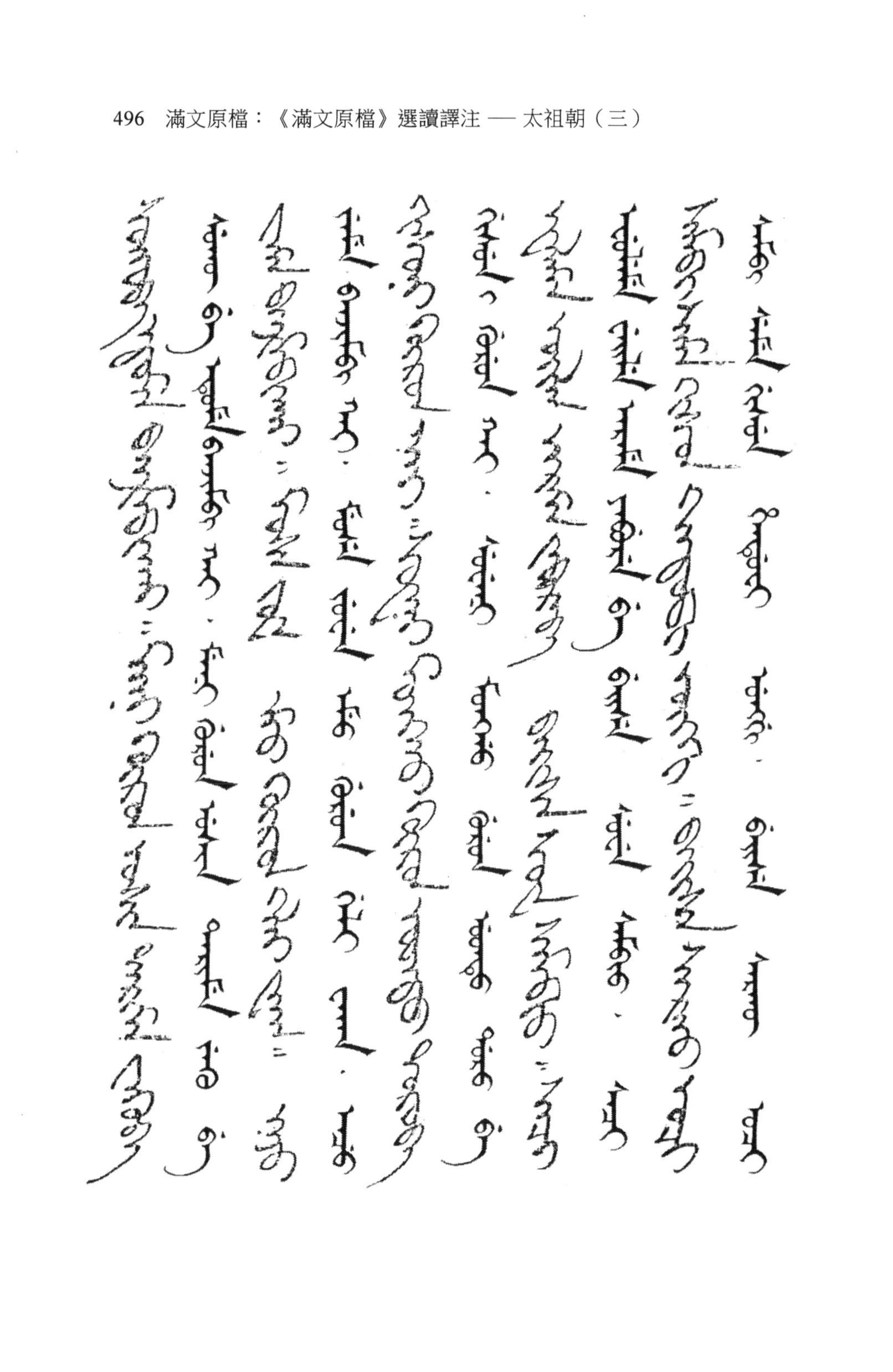

sukūbe etume banjimbikai. meni gurun usin tarime jekube jeme banjimbikai. muse juwe emu gurun geli waka, encu gisuni gurun kai. suweni monggo gurun uttu dorobe efuleme weile arame yaburebe beise suwe sambio. saci sambi seme gisun hendufi unggi. beise sarkū oci,

---

穿皮衣為生也。而我國則以耕田食糧為生也。我等兩國，又非一國，乃語言相異之國也。爾等蒙古國如此燬道犯罪，諸貝勒爾等知否？若知之，則寄語告知；若諸貝勒不知，

穿皮衣为生也。而我国则以耕田食粮为生也。我等两国，又非一国，乃语言相异之国也。尔等蒙古国如此毁道犯罪，诸贝勒尔等知否？若知之，则寄语告知；若诸贝勒不知，

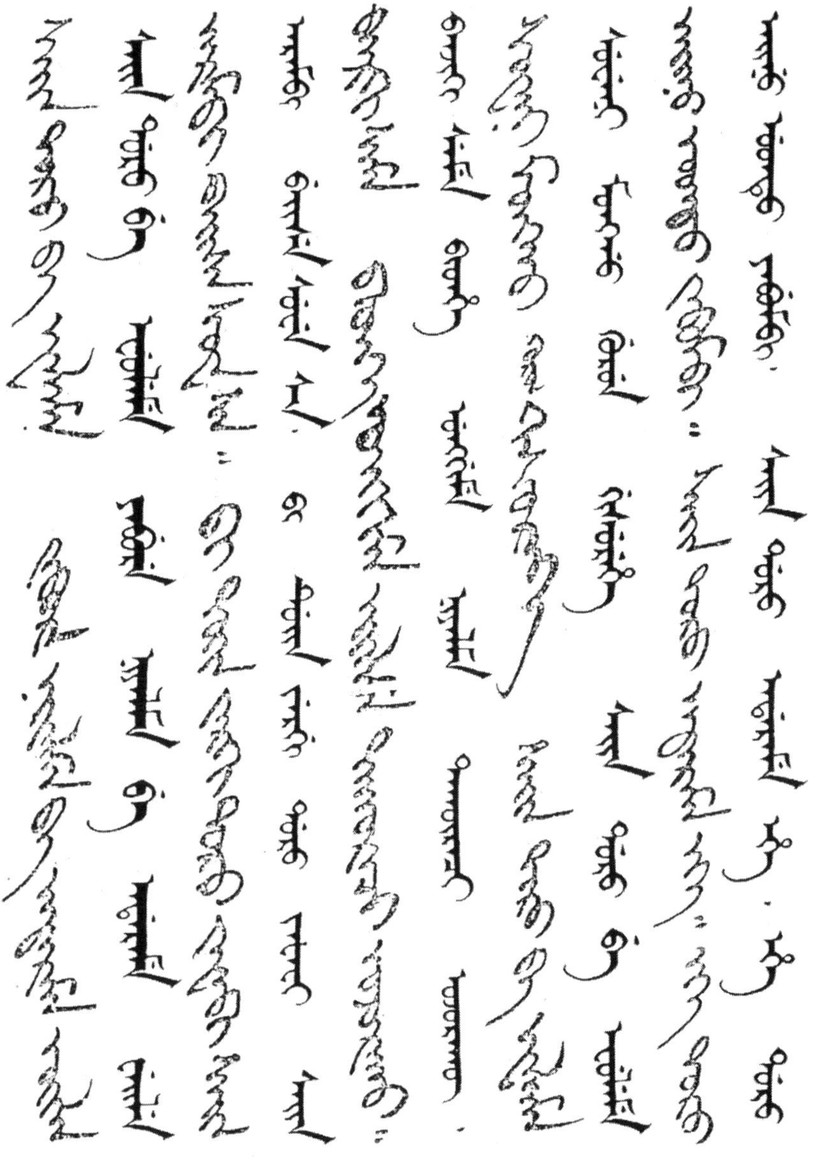

sain doro be efuleme yabure niyalma be adarame weile arambi beise suwe sa. bi duin jergi doro jafafi sain banjiki seme bithe unggime niyalma takūraci, ojorakū. suweni monggo gurun gisurehe sain doro be efuleme ainu uttu yabumbi. sain doro adarame ehe. ehe doro

---

則將破壞和好之道者如何治罪，令爾等諸貝勒知之。我四次遣人致書修好，爾竟不從。爾等蒙古國為何如此破壞所說和好之道？和好之道，何惡之有？

则将破坏和好之道者如何治罪，令尔等诸贝勒知之。我四次遣人致书修好，尔竟不从。尔等蒙古国为何如此破壞所说和好之道？和好之道，何恶之有？

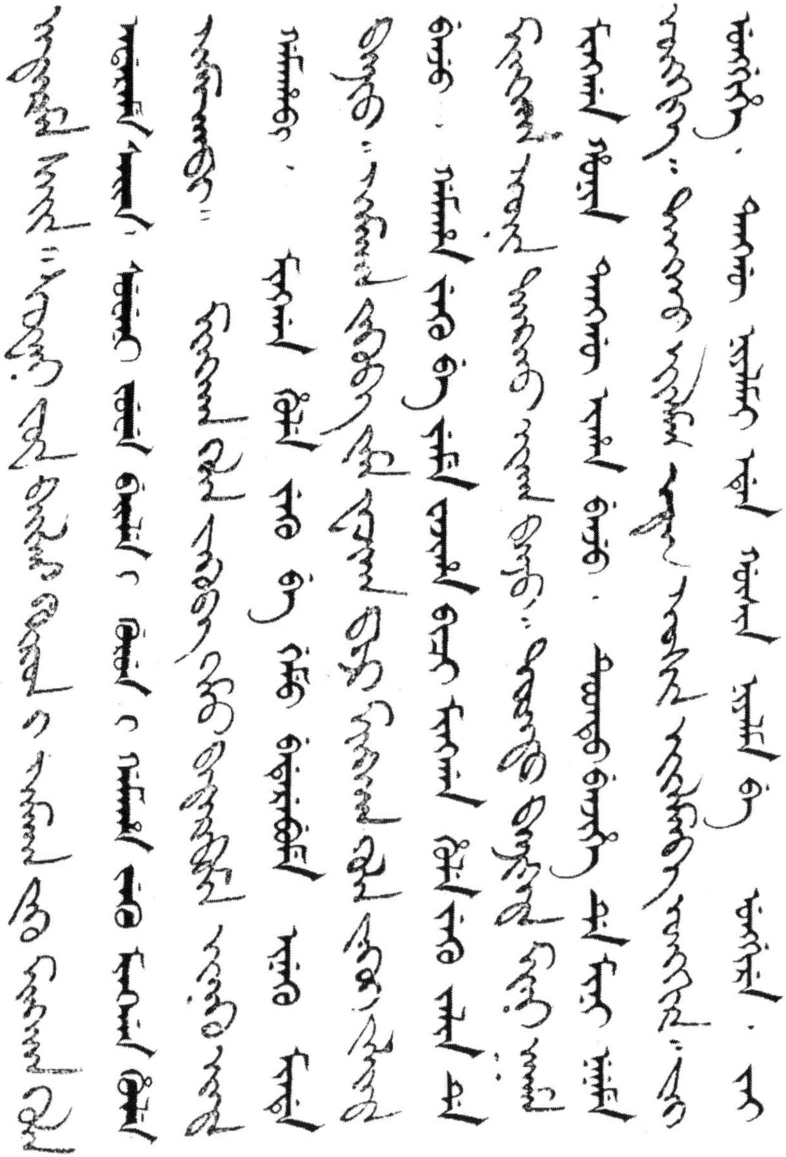

adarame sain. suweni juwe beilei gurun i gamaha jeku minggan hule gamahabi, minggan hule jekube gemu bederebume ineku minde benju. gamaha jekube jeme wajiha bici minggan hule jekui jalinde minggan honin tanggū ihan benju. tuttu benjihe de mini neneme unggihe, tanggū niyalmai eden gūsin niyalmabe unggire, jai

---

不和之道，何善之有？爾等二貝勒之國人搶去糧食千石，當將千石糧食仍舊送回給我，皆歸還。倘若搶去糧食已經吃完，為抵償千石之糧食，應送來羊千隻、牛百隻。若是如此送來時，則我即放還先前送回百人其餘之三十人，

不和之道，何善之有？尔等二贝勒之国人抢去粮食千石，当将千石粮食仍旧送回给我，皆归还。倘若抢去粮食已经吃完，为抵偿千石之粮食，应送来羊千只、牛百只。若是如此送来时，则我即放还先前送回百人其余之三十人，

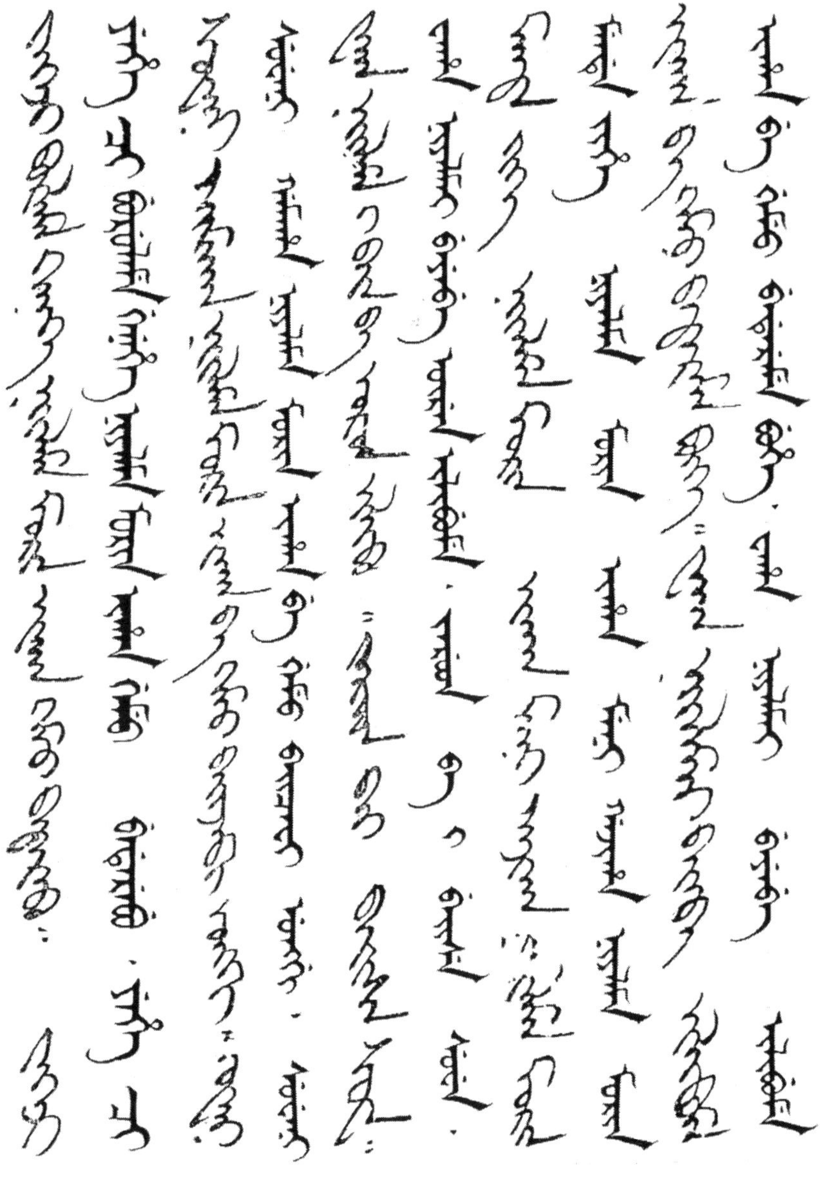

yehe ci burulame genehe niyalma morin ihan gemu bederebu. yeheci suweni gamaha niyalma morin ihan be gemu baicafi unggi, suweni waha niyalma i beye be ūren ilibume, jarut bai beise suwe, mende jihe niyalma morin ihan meni gajiha niyalma morin ihan be gemu bedereme buhe, waha niyalmai beyebe ilibume

---

並將從葉赫逃往之人、馬、牛皆歸還。爾等從葉赫搶去之人、馬、牛亦皆查還，爾等所殺之人，悉立牌位[102]。扎魯特地方諸貝勒爾等若將來投我之人、馬、牛及我所搶之人、馬、牛皆歸還，所殺之人立牌位

并将从叶赫逃往之人、马、牛皆归还。尔等从叶赫抢去之人、马、牛亦皆查还，尔等所杀之人，悉立牌位。扎鲁特地方诸贝勒尔等若将来投我之人、马、牛及我所抢之人、马、牛皆归还，所杀之人立牌位

---

102 牌位，《滿文原檔》讀作“oron” 意即「位置」，《滿文老檔》讀作“ūren” ，意即「尸位」。

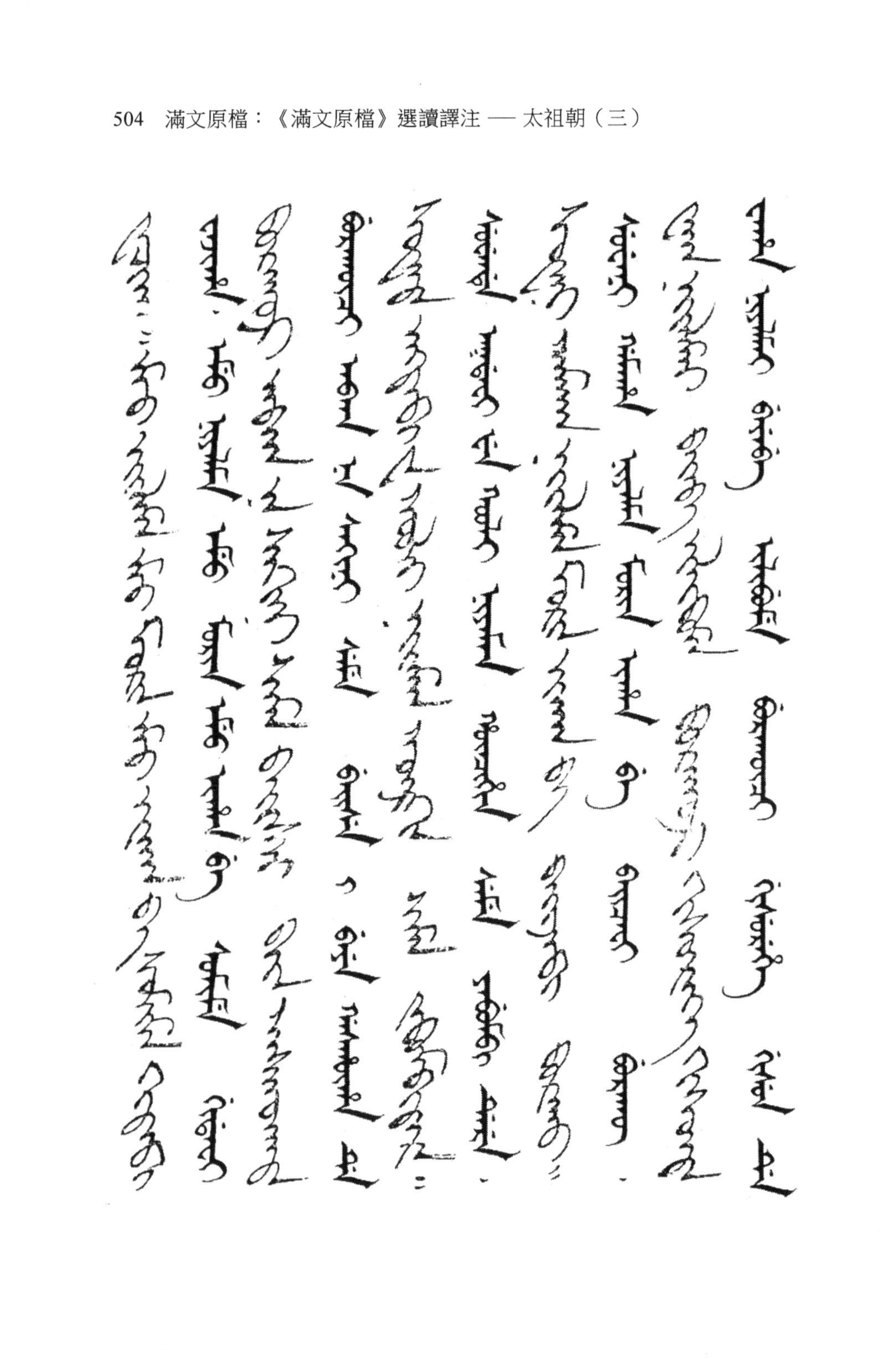

[illegible]

wajiha. emu niyalma emu morin emu ihan be somime gidafi burakūci abka na sakini seme. beisei beye gashūhade suwende akdafi fe kooli niyaman hūncihin seme yabumbi dere. suweni gamaha niyalma morin iha be baicafi burakū, waha niyalmai beyebe ilibume burakūci gisurehe gisunde

---

則已。倘若隱匿一人、一馬、一牛不還，則天地鑒之。倘若諸貝勒親自立誓，則我必信爾等，仍照舊例[103]，親戚來往。倘若不查還爾等所搶去之人、馬、牛，所殺之人不立牌位，

则已。倘若隐匿一人、一马、一牛不还，则天地鉴之。倘若诸贝勒亲自立誓，则我必信尔等，仍照旧例，亲戚来往。倘若不查还尔等所抢去之人、马、牛，所杀之人不立牌位，

---

[103] 仍照舊例，句中「舊」，《滿文原檔》，寫作 "we"，《滿文老檔》讀作 "fe"。按此即無圈點滿文 "we"與 "fe"之混用現象。

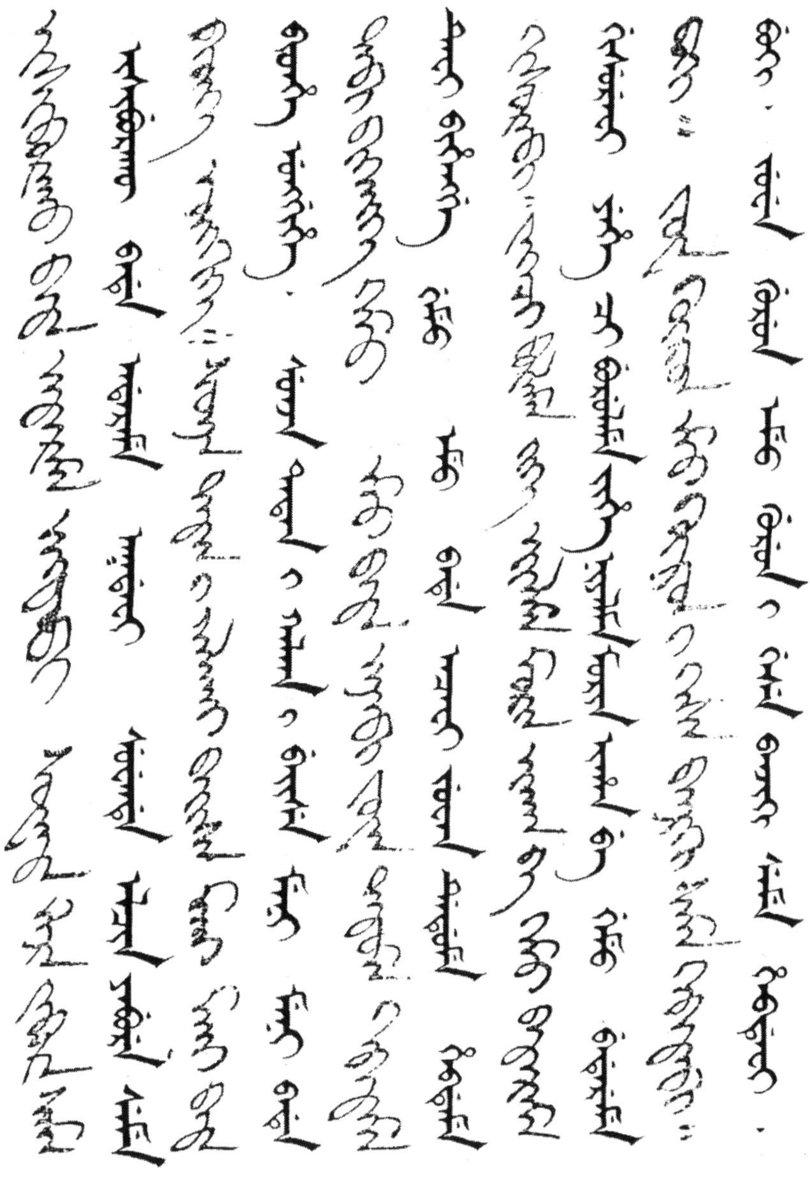

isiburakū bade adarame akdafi suwende elcin yabure seme bithe unggihe. sunja tatan i kalkai beise meni meni bade tefi bihengge gemu emu bade acafi juwan dedume hebdeme gisurefi, yeheci burulame jihe niyalma morin ihan be gemu bedereme buki, juwe gurun emu gurun i gese banjiki seme hebdefi,

---

行不踐言，如何相信爾等，遣使往來？」五部喀爾喀諸貝勒遂從各自居住地方會聚於一處，商議十宿後曰：「從葉赫逃來之人、馬、牛皆歸還之，願二國如同一國生活。」

行不践言，如何相信尔等，遣使往来？」五部喀尔喀诸贝勒遂从各自居住地方会聚于一处，商议十宿后曰：「从叶赫逃来之人、马、牛皆归还之，愿二国如同一国生活。」

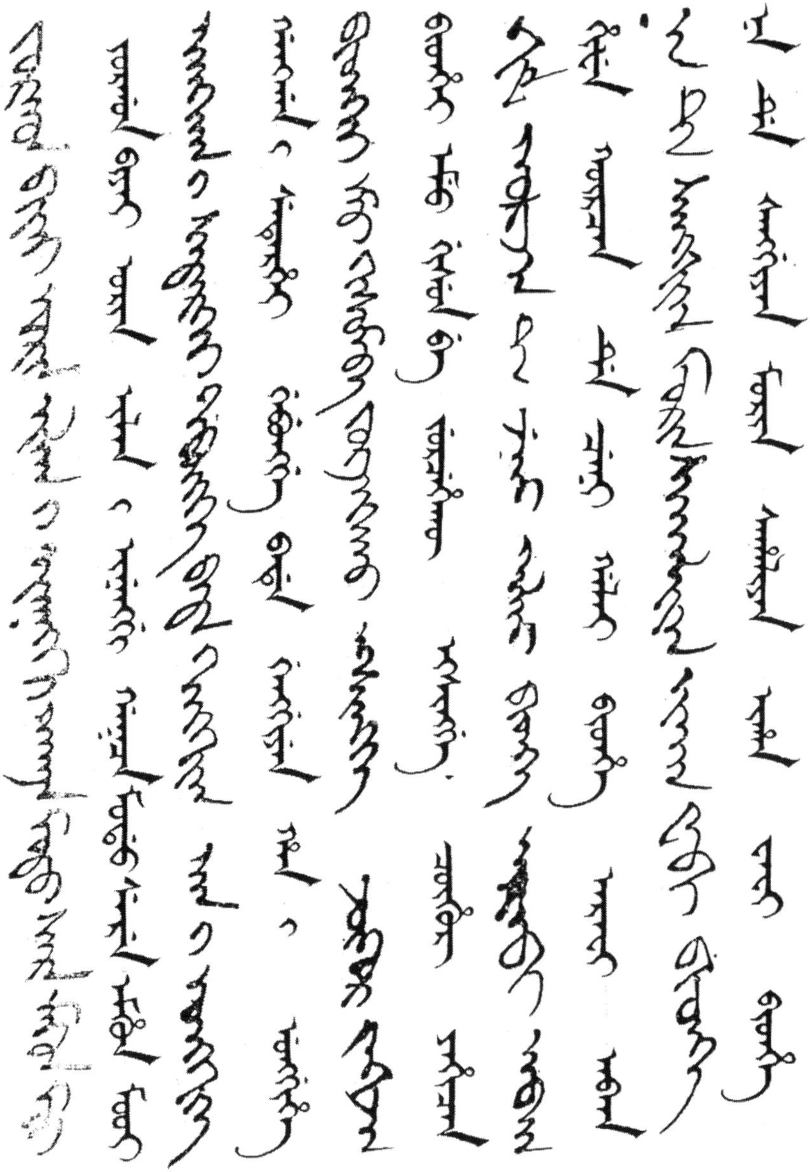

jorgon biyai orin ilan i inenggi gakca modo sere emhun moo ganggan i seterhei gebungge bade genggiyen han i unggihe bithei emu gisunbe jurcehekū eksingge cūhur yahican hife kūrcan de ceni galai bithe arafi, abka na de šanggiyan morin sahaliyan ihan wafi bithe

---

十二月二十三日，英明汗所遣之額克星格、綽護爾、雅希禪、希福、庫爾禪等齎手書誓辭，與五部喀爾喀諸貝勒會於名叫噶克察謨多獨木岡之塞忒勒黑[104]地方，皆按所齎誓辭繕寫，不違一言，刑白馬、烏牛，昭告天地，

十二月二十三日，英明汗所遣之额克星格、绰护尔、雅希禅、希福、库尔禅等赍手书誓辞，与五部喀尔喀诸贝勒会于名叫噶克察谟多独木冈之塞忒勒黑地方，皆按所赍誓辞缮写，不违一言，刑白马、乌牛，昭告天地，

---

104 噶克察謨多獨木岡之塞忒勒黑，《滿文老檔》讀作 “gakca modo sere emhun mooi ganggan i seterhei”，地名，係蒙文“ɣaɣ ča modo yin ɣangɣan u seterkei” 音譯，意即「噶克察謨多（獨木）深谷之豁口」。

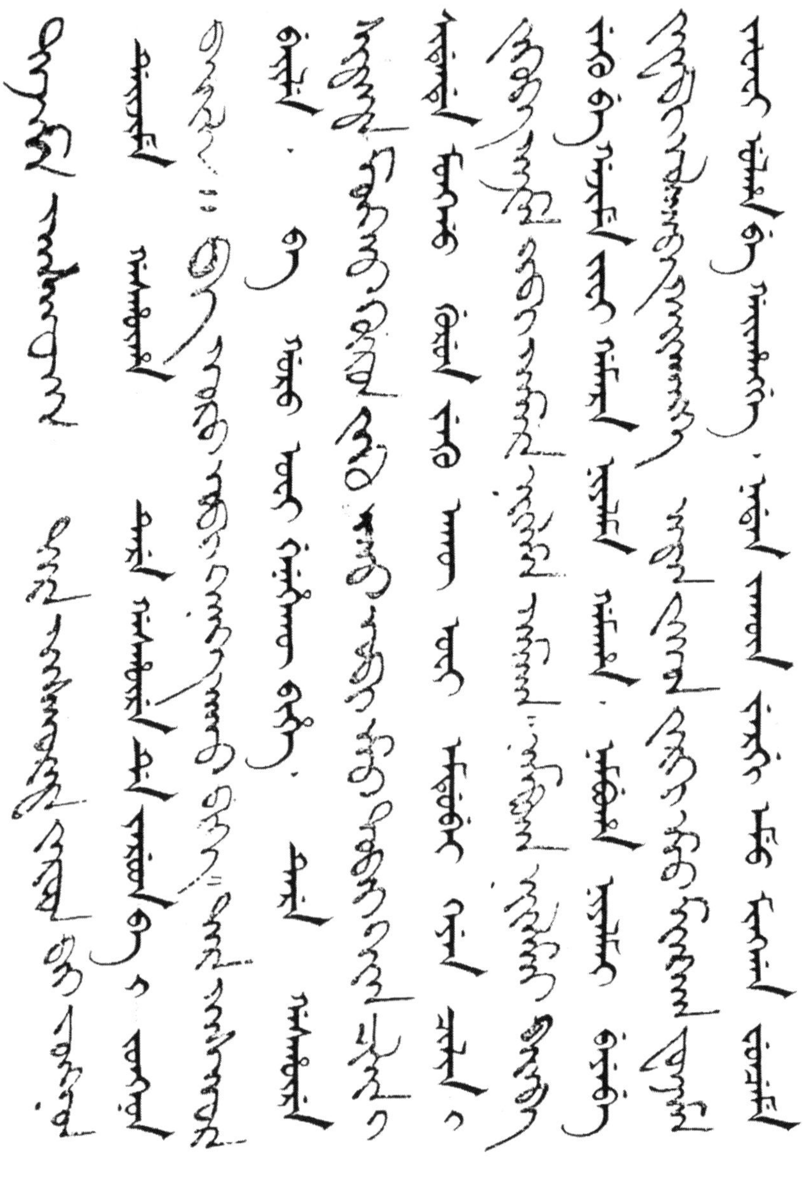

deijime gashūha. tere gashūrede jarut bai jongnon beile, ba goro ofi genehekū bihe. tere gashūre sidende monggo gurun jeku akū ofi emdubei keyen cilin i jekube gajime jifi gamara niyalma gamaha, nambuha niyalmai beyebe jafafi ulhabe gaihangge nadan jakūn jergi emu minggan funceme

---

焚書盟誓。盟誓之時，扎魯特地方鍾嫩貝勒因地方遙遠而未前來。盟誓期間，蒙古國因無糧食，而屢次[105]前來開原、鐵嶺搶奪糧食，或拏人，或擒人，搶奪其牲畜七、八次，奪去牛一千餘隻。

焚书盟誓。盟誓之时，扎鲁特地方锺嫩贝勒因地方遥远而未前来。盟誓期间，蒙古国因无粮食，而屡次前来开原、铁岭抢夺粮食，或拏人，或擒人，抢夺其牲畜七、八次，夺去牛一千余只。

---

105 屢次，《滿文原檔》讀作“emu dubei”，《滿文老檔》讀作“emdubei” ，意即「經常」。

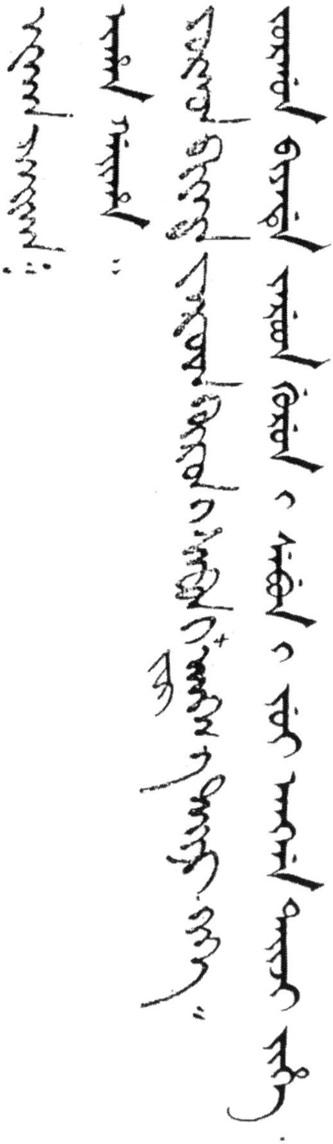

ihan gaiha.
jorgon biyade jarut gurun i sebun i jui angga taiji jihe.

十二月，扎魯特國色本之子昂阿台吉前來。

十二月，扎鲁特国色本之子昂阿台吉前来。

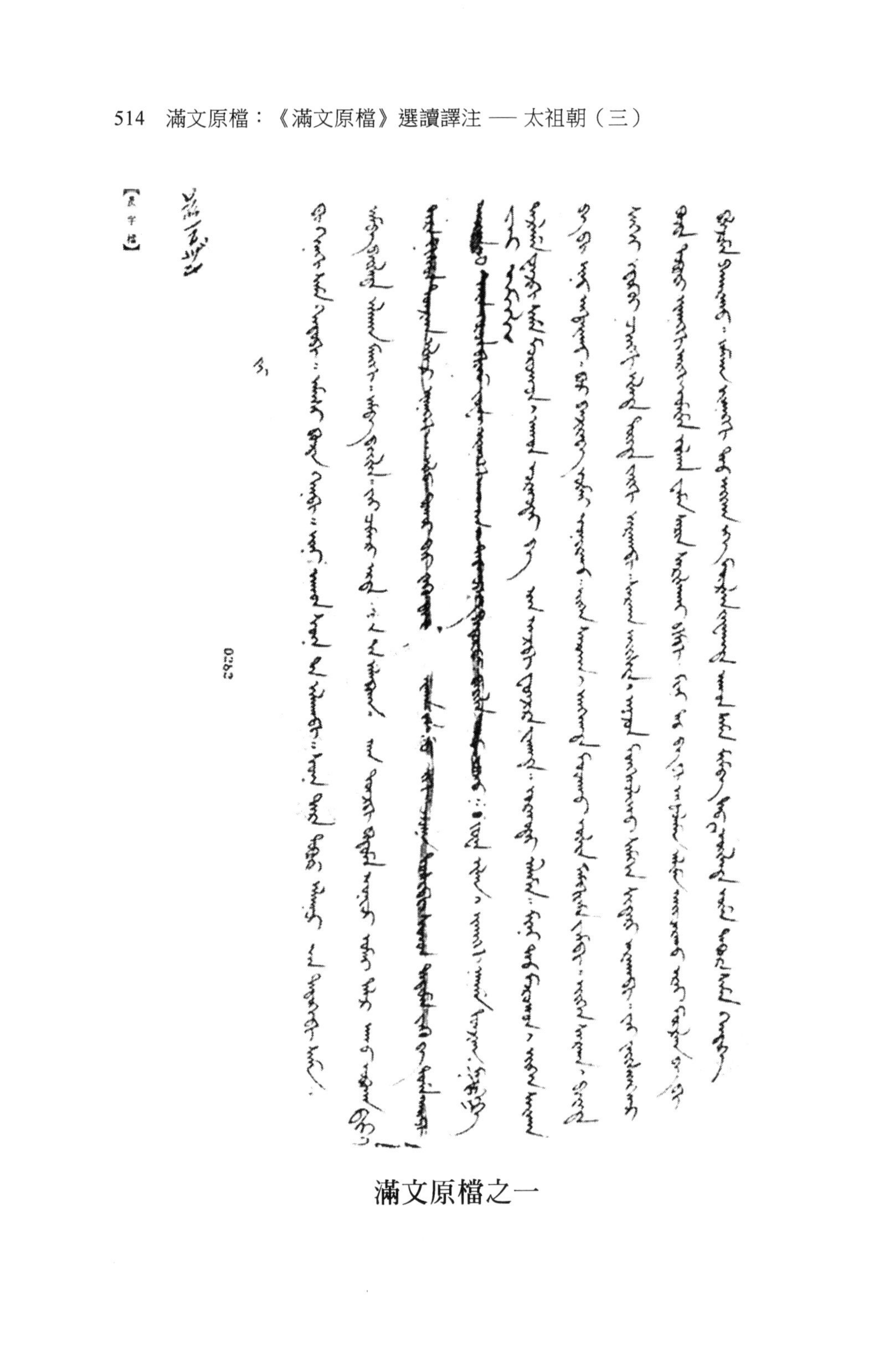

【昃字檔】

0282

滿文原檔之一

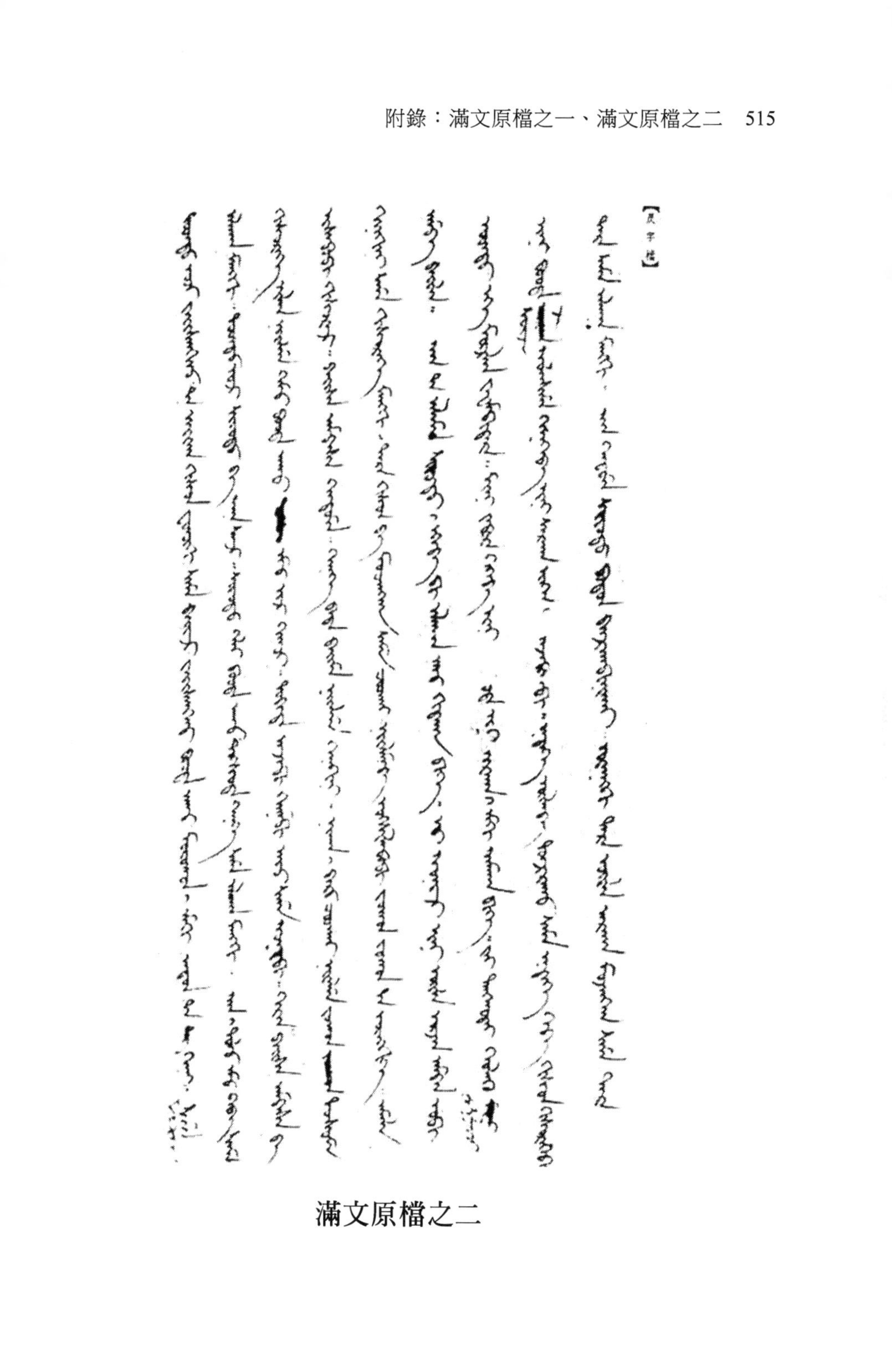

【辰字檔】

滿文原檔之二

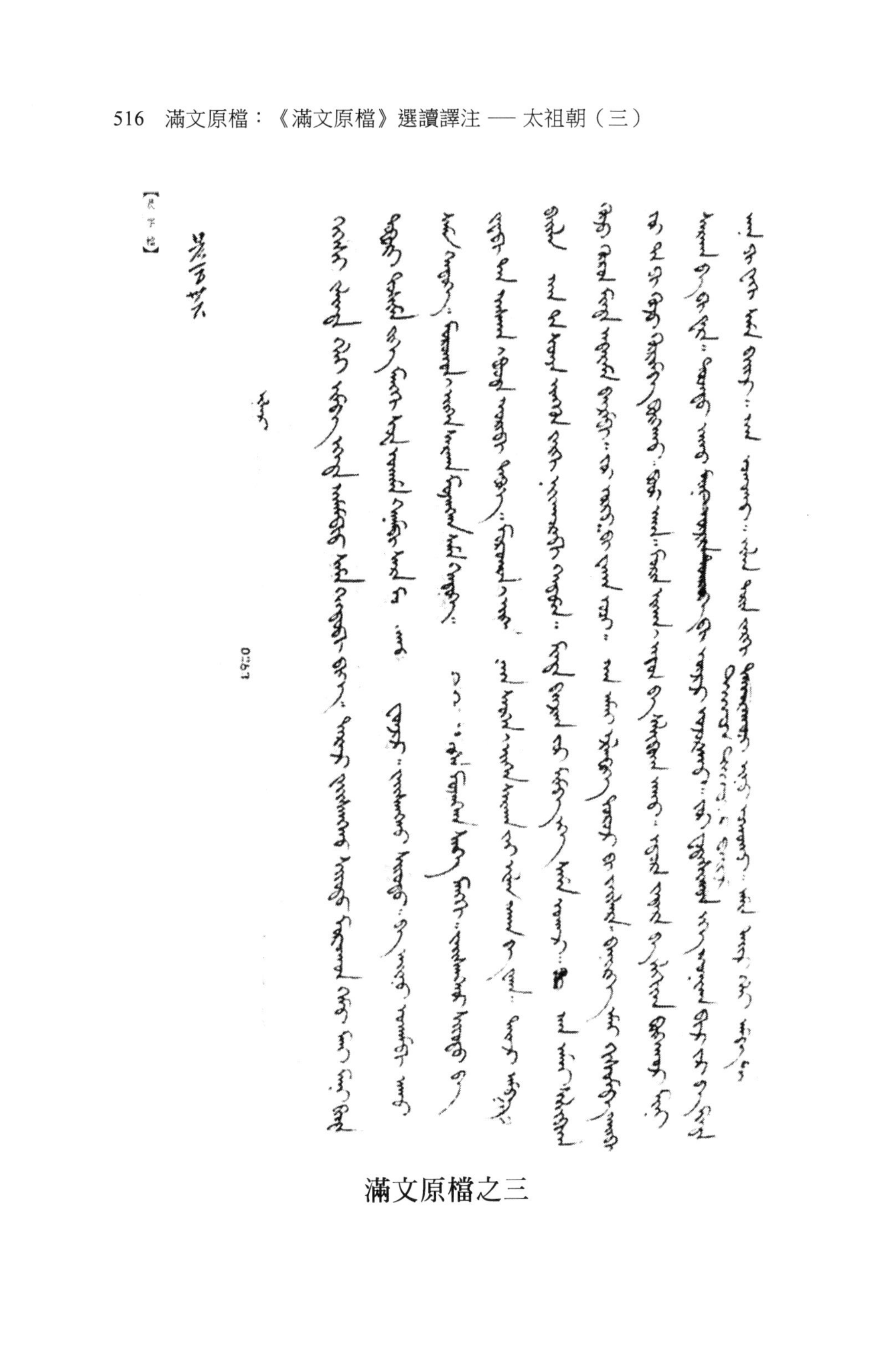

滿文原檔之三

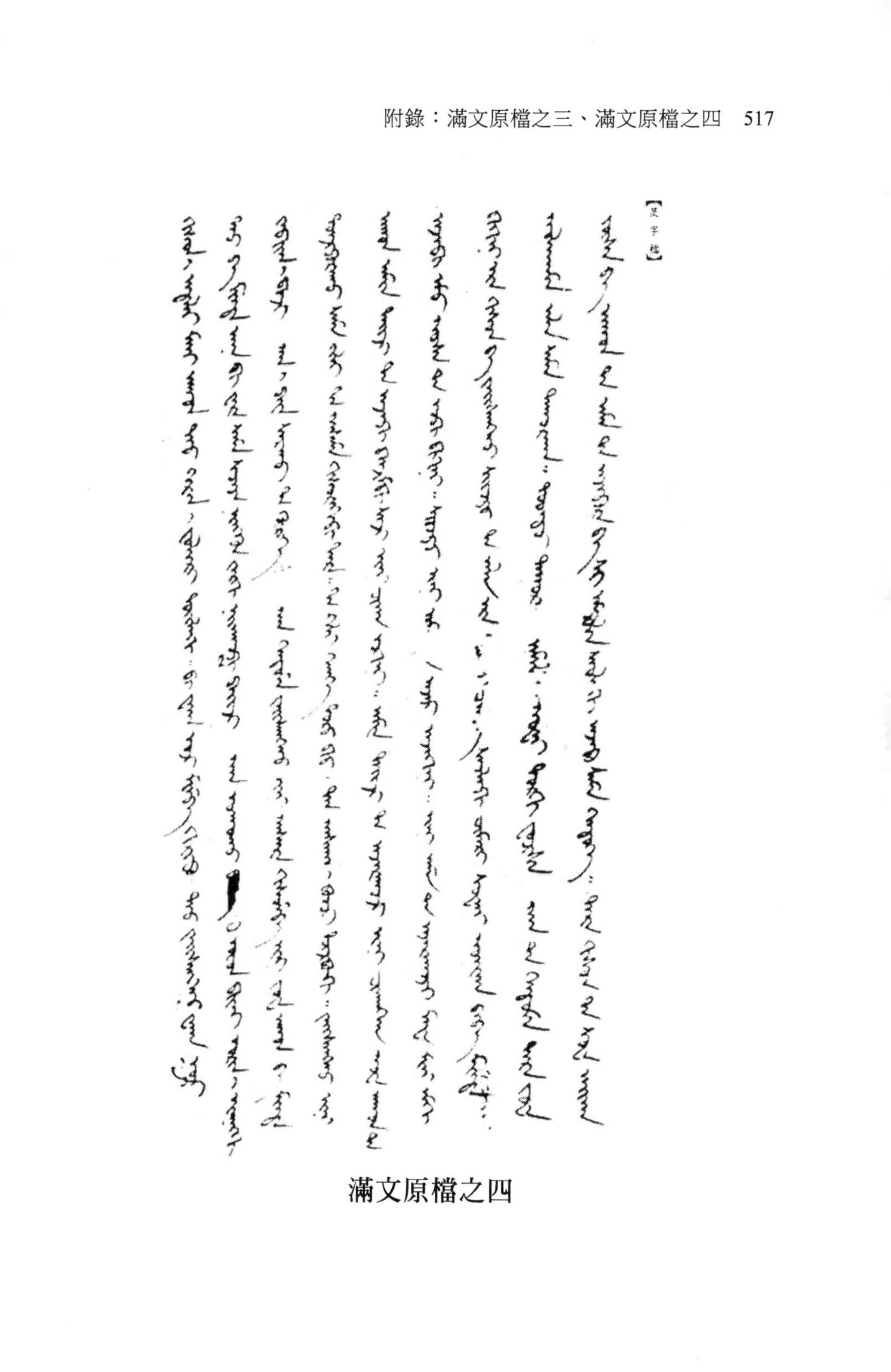

滿文原檔之四

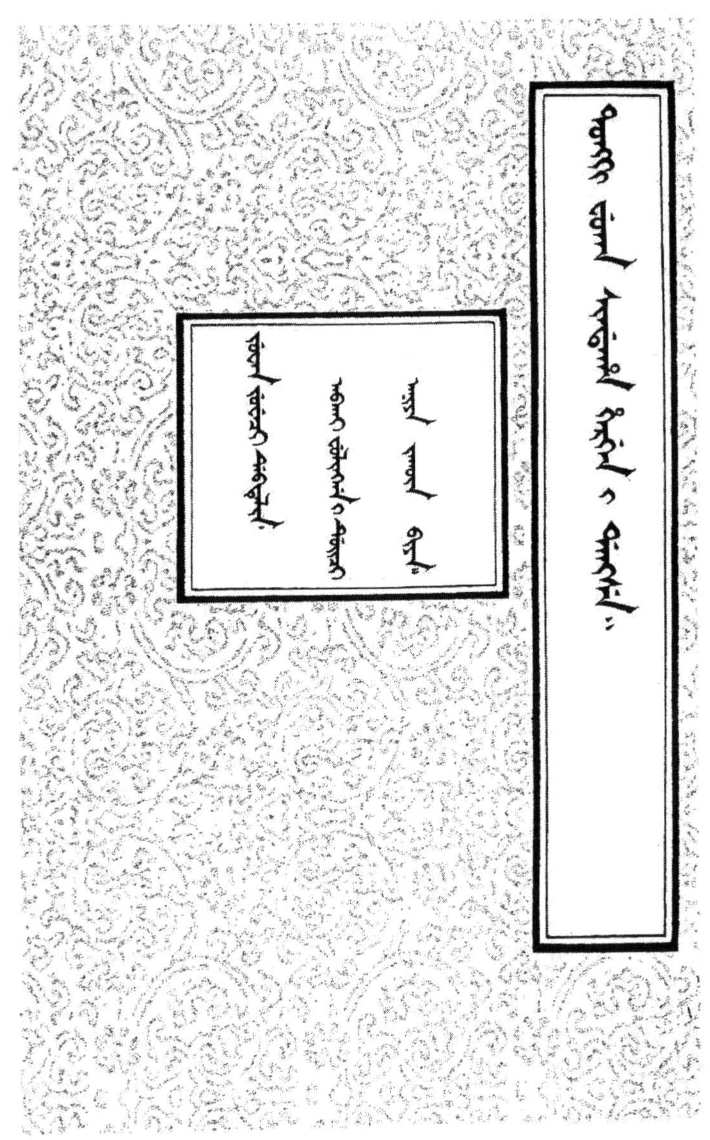

滿文老檔之一

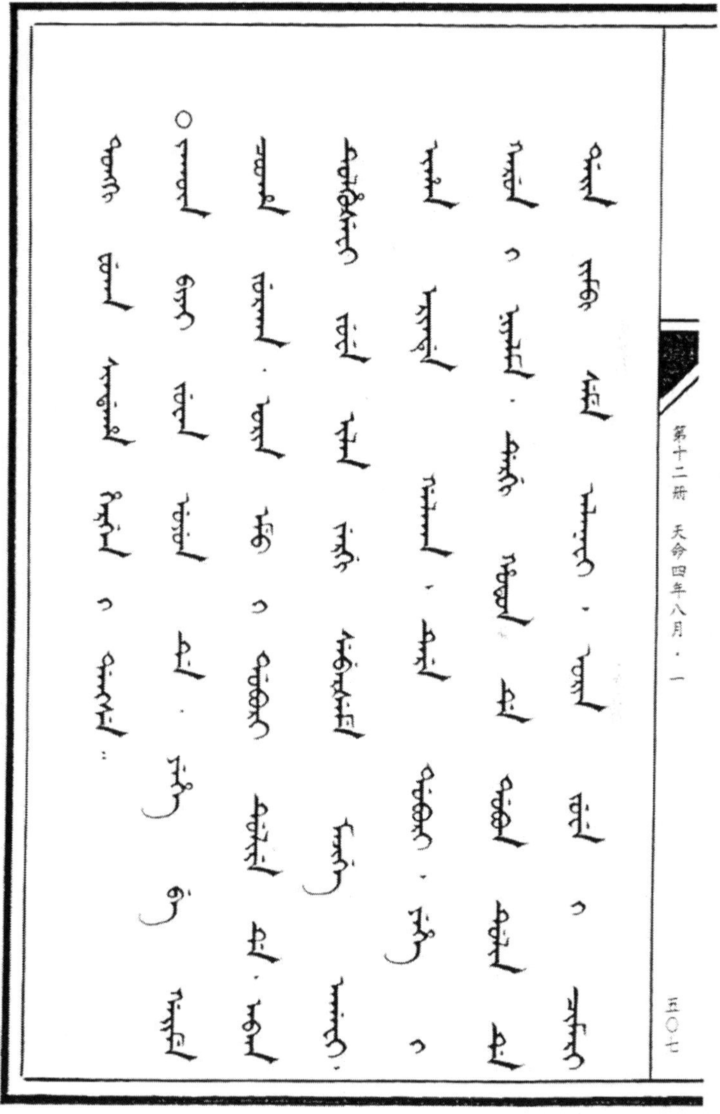

滿文老檔之二

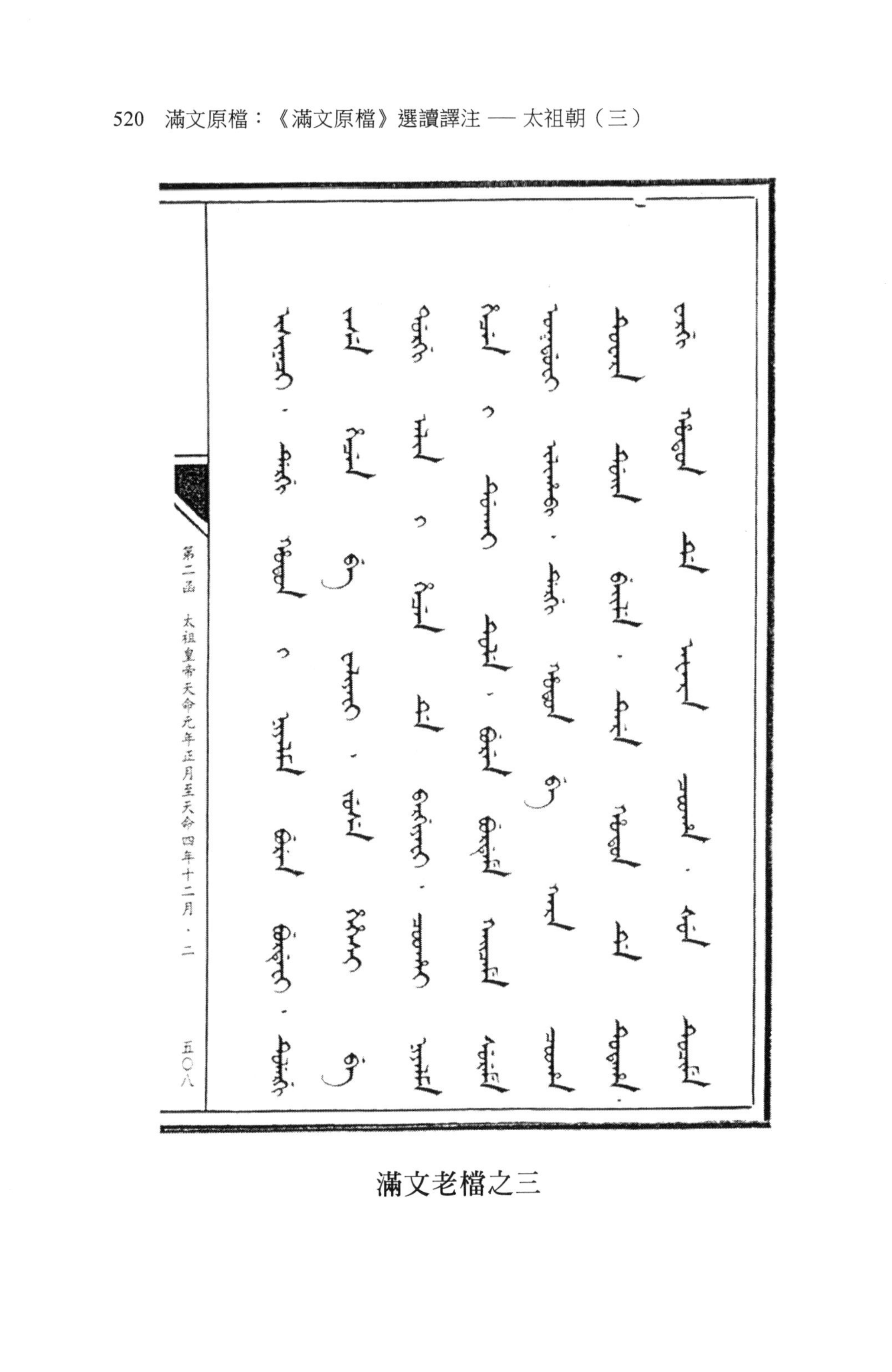

第二函　太祖皇帝天命元年正月至天命四年十二月・二

五〇八

滿文老檔之三

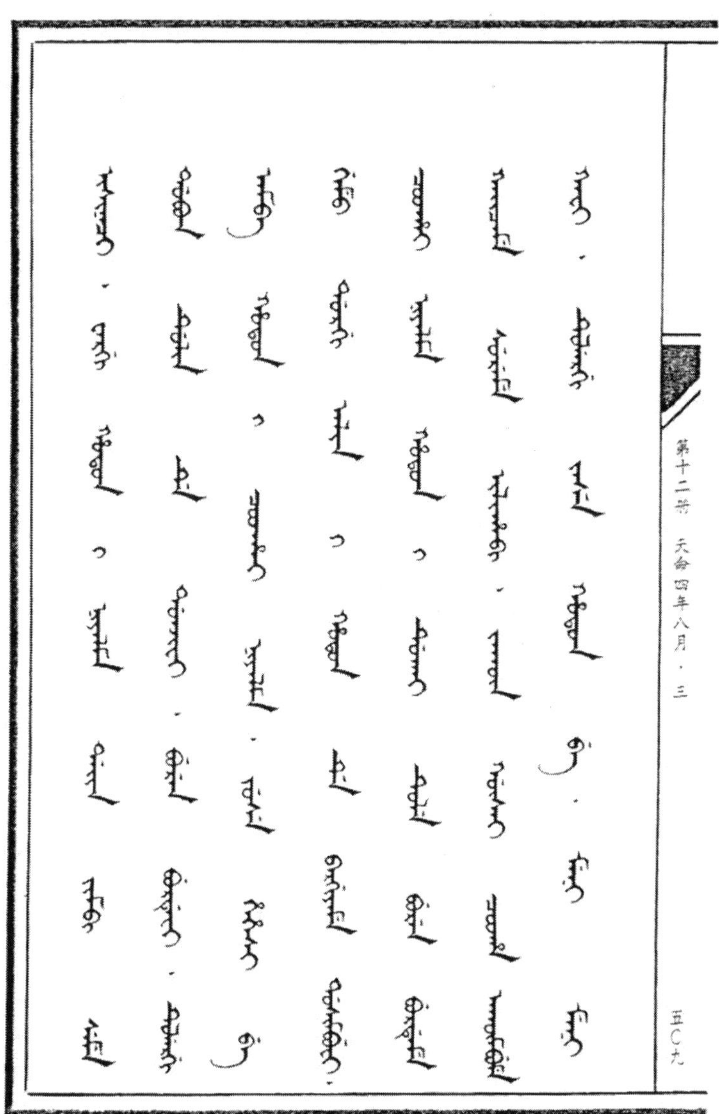

滿文老檔之四

致　謝

本書滿文羅馬拼音及漢文，由原任駐臺北韓國代表部連寬志先生精心協助注釋與校勘。謹此致謝。